場景設定靈感辭典

DICTIONARY OF
CONTEMPORARY JAPANESE
SCENE SETTING

瑞昇文化

前言

［本書的目的1］為什麼場景設定很重要？

近來不分職業或業餘，以個人身分在網路上連載個人原創小說的機會也漸漸增加了。因為社群網路的交流也變得稀鬆平常，就連看到這類創作作品的機會也是如此，而那些網路小說被改編為動畫的案例也並非稀罕之事。舉例來說，像是《Re:從零開始的異世界生活》和《為美好的世界獻上祝福！》等作品，都是前述提及的網路小說經歷實體出版並且獲得廣大群眾支持之後，又被改編成動畫的作品。類似的創作增加後，網路小說也在世人心中建立起一定程度的認知，因此**懷抱「我也來試著寫看看吧」這種想法的人**，會不會其實**意外地多**呢？當然，要突然讓人立刻就寫出相當正統的創作，門檻是很高的，但若是在Twitter或Pixiv等平台隨興地寫下短篇、進行既有作品的二次創作、或是以練習的心態寫出至少能發表的程度，相信障礙就不會這麼難跨越了。

而這本書，就是為了想寫出前述那樣的小說、以及想嘗試寫寫看的人所編寫的辭典。話雖如此，關於具體的小說寫作方式，還是交給專業編纂的專門用書來擔綱，**本書的目的在於以從略有不同的視點來幫助各位撰寫小說。而這個部分指的就是「場景設定」**。所謂的場景設定，意指登場人物所活躍的舞台、場所等狀況與樣貌等人事物的設定。例如有個人物正在跟朋友傾訴自己的煩惱時，事件場所會在何處、發生在什麼時間・時期、周遭環境有什麼物品、彼此穿著怎樣的服裝、現場還有什麼聲音和氣味、事情又會如何展開等等。去評估這些要素，**建構並描寫出更具效果性的場景**，這個過程就是在**進行場景設定**。

乍看之下不免讓人覺得應該在哪裡都無所謂也說不定，例如一群高中生們可能就會身處全國連鎖的速食店內，也可能是待在放學後的社團教室裡。至於上班族們，或許就是大眾居酒屋、想要久坐的話也可能選擇稍微高檔一點的咖啡廳、也有機會在彼此的家中開懷暢飲。**依據登場人物設定上的差異，和該場域有所關聯的場所和情境也會隨之變化**。此外，登場人物在進行什麼樣的話題，也會對場景造成影響。例如在談論生命有如風中殘燭這種沉重憂心話題的場景，可能會出現需要痛飲杯中物的描寫，也可能會選擇讓人內心平靜的居酒屋包廂、氣氛寧靜的酒吧等場所不是嗎？也就是說，**如果沒有評估場景就決定寫法，光是這樣就會讓真實感蕩然無存、導致共感流失**。即便好不容易構思出一個很棒的故事，也會因此變得毫無意義。

進行場景設定描寫的優點，在於能夠讓閱讀者更容易想像登場人物現在身處什麼樣的環境之中，並藉此融入故事情境、萌生共感。正因為是架空的故事，才更該以嚴謹的態度去描寫場景，為故事的真實感注入生命力。當然並不是徹頭徹尾都描寫得鉅細靡遺就是好的，但認為太過理所當然而省略過頭也是不行的。應該要觸及想彰顯的要點和作為伏筆的部分、勾勒出整體氛圍，在評估效果及演出的同時，維持恰到好處的平衡感來書寫才是最好的。

想要為登場人物的角色塑造增添血肉與靈魂時，場景設定也能發揮效果。例如在某個房間中，脫下的衣服就這樣四處散落在地上、廚房的水槽中還堆著要洗的杯盤、杯麵的空碗從垃圾袋的開口滿溢出來等等。若是聚焦描寫這些地方，想必就能讓人了解房間的主人是個懶散隨便的人。

在演繹登場人物的心理狀態方面，場景設定也能展現它的效果。舉個例子，一般來說每到黃昏時會覺得寂寥蕭瑟，聽到突然出現的烏鴉鳴叫聲還會進而讓人感到不安等等，類似這樣由場景聯想到其他的事物存在。**如果在日落時分進行離別的談話，應該也會讓悲傷感更加深刻吧**。

而且，場景設定還能夠用來闡述登場人物的身世背景。例如現在有顆被放在球場上、再普通不過的足球。對一般的孩子而言，它就是個讓人開心的娛樂用具罷了，但是對於曾遭逢交通意外，從此無法再上場踢球的孩子來說，則是個讓他感受到自己無法再跑動遊玩的辛酸物品。**藉由賦予情景和物品某些意義，便能觸及登場人物的背景，讓場景出現更深度的刻畫**。這也可稱之為場景設定的效果。

就像這樣，細心謹慎地進行場景設定，接著進行有效果的描寫，就能讓小說成為充滿魅力的產物。本書收錄了從各式各樣的場所、活動，以及它們各自衍生的場景中所存在的那些**能看到的事物、能聽到的聲響、能感受到的氣味、味覺、感覺、可能發生之狀況**等要素。當然這些並非就是一切，但希望各位能將這些項目當作設定場景時構思發想上的參考。

[本書的目的2] 為什麼選擇現代日本為主題？

本書將**收錄的場所、活動限定在「現代日本」**。「現代日本」對創作者而言，是相對比較容易描寫，對讀者而言也是更能產生共感的舞台。對初次進行寫作的朋友來說再適合不過。只不過，因為是重新對再日常不過的情景進行描寫，往往會發生許多遺漏的狀況。這裡我們就拿描寫拉麵店時，卻缺少「胡椒罐」呈現的文章來當事例。雖然並非是要大家沒必要也硬是去寫胡椒的事，但因為沒必要所以不寫，跟單純遺漏這點而讓場景設定有所欠缺，兩者在意義上是有所不同的。假設在該場所有個冒失鬼，他沒注意到胡椒罐少了蓋子，就輕率地把胡椒罐舉起來，因而讓胡椒粉四處飛散，簡直就是個搞笑劇般的場景。就像這樣，**若是在設定時疏忽了這個部分而沒有去描寫的話，就太可惜了**，是吧？

而且，**描寫拉麵店胡椒罐的這個部分，正是與現代日本相當契合的場景**。特別是當這個某牌胡椒粉可能設定為日本廠商的產品，是針對國內餐飲店的業務用商品（近年來可能也推出家庭用商品），而且在海外沒有設置店鋪時。像這種日本特有的產品、服務、習慣等等，還有許多類似的事例。比較有名的，還可列出日式拿坡里義大利麵、中華涼麵、天津飯、草莓鮮奶油蛋糕等等，不管哪一項都是日本人相當熟悉親近的餐點，這些發源自日本的料理，正是日本獨有的產物。將海外的文化依照日本人的喜好進行獨創性的變化，再催生出獨特的成果，正是日本人的拿手好戲。說起這類物品，將它們**作為故事中的小道具使用，對於醞釀出現代日本風情是相當有效的**。

此外，即使大家已經能理解哪些事物是日本的傳統文化，但**實際上還有很多人們習以為常、卻仍屬於日本特有事物之類的日常文化**。例如餐飲店會送上的濕毛巾、在便利商店繳納公共費用或稅金等等在日本理所當然、在海外卻未必有提供的服務就是一種典型。其他像是車站月台的導盲磚、刷IC卡通過的自動票閘等等，**也罕有國家能像日本如此普及**。另外像店家從業人員會行禮致意、上班族們會彼此交換名片等風俗習慣也是日本特有的情景。既然要以現代日本作為創作的舞台，如果將這些層面作為舞台設定來加以活用，應該就能催生出更上一層樓的真實感。因為本書內容將盡可能著重在這些部分，除了能讓日本人再次留意到那些容易被遺漏的地方，相信海外的朋友也能從這些要素發掘出日本的風情吧。

再者，**說起日本的獨特性，那就得提到傳統文化和COOL JAPAN**了。若先談及傳統文化及活動，神社、寺院、歌舞伎、落語、日式房屋、和食、撒豆子、盆舞等等，光是在腦海中瞬間浮現的要素就有這麼多呢。另外還有在情人節贈送巧克力、學校的避難演習等等，只有日本才存在的習慣其實相當多元廣泛。像這些**「THE和風」的情境，正是能夠呈現出現代日本特色與描寫**的絕妙場景設定元素。

至於COOL JAPAN，雖然現在其定義還處於曖昧的狀況，但總結來說就是**於日本獨自發展出的次文化領域**，這些也都能說是**象徵現今日本的場景**。漫畫咖啡店、漫畫專賣店、動漫商品店、模型店、COSPLAY商店、偶像活動、聲優活動、女僕咖啡廳、甚至是貓咪咖啡廳也都包含在內。像這一類店鋪與活動，絕對是以日本為正宗發源地，正因為如此，要是不熟知**現代日本的現況，也就無法把身為地下偶像的主角以秋葉原為舞台四處闖盪**的這類故事寫好。

另外像**運動之類的主題**也是如此，例如日本的棒球與美國職棒、新日本摔角聯盟與美國的WWE等等，**從比賽的進行過程到加油的方式都有所不同**。將這些要素**作為日本特有的風格來確立故事，也可說是一種COOL JAPAN的呈現**。這類場景面，我們日本人在進行實際調查時也更加方便，但是在海外的朋友眼中可能就會存在較高的門檻了。

像這樣再次進行思考與評估，用來構思舞台設定的**「現代日本」這個主題便充滿了趣味深厚的要素**。因為現代日本能活用的場所、物品、情境等意外地豐富，本書也聚焦於這一點，希望各位能從新的發現中衍生出各式各樣的活用，再依此進行故事的構成。當然，原本在撰寫小說的時候，靠自己確實地進行取材、調查都是十分司空見慣的事。但是，大家一定都曾遭遇過**突然陷入迷惘、期待能獲得某個契機、以及為點子所苦的時刻。碰到這些情況時，希望各位能翻翻這本辭典，若是能因此在解決大家的困擾上略盡棉薄之力，我們將深感榮幸。**

關於本書所介紹的各種範疇

在這個部分，我們將針對本書所收錄的各種場景範疇進行一個簡單的介紹。本書所節選的場景，主要是以【季節活動】、【日本的獨特場所】、【郊外的場所】、【都市的場所】、【休閒、次文化相關】等範圍的要素為中心。此外，為了避免項目過於繁雜，請恕我們除了地方和鄉下部分之外，基本上都以關東圈的都市地帶作為收錄的前提。

圍繞著季節的場景 ➡P.011

介紹正月、盂蘭盆節、端午節、七夕等等，依四季更迭而舉辦的日本特有活動與行事等相關場景。此外，像是忘年會這種日本特有的習慣等項目也包含在這個類別內。

圍繞著家屋的場景 ➡P.081

介紹神社、寺院或成為觀光景點的城池、溫泉地、日式庭園等日本風格的建築物及建造場所。關於一般的日式住宅，則依房間和區域來進行劃分。

圍繞著傳統文化的場景 ➡P.115

介紹歌舞伎、落語、能樂、茶道、歌會等日本傳統藝能的相關場景、場所。因為是日本的傳統文化，當然是日本特有，不管是建築、道具、習慣等都很獨特，專業用語也很多。

圍繞著郊外・大自然的場景 ➡P.127

介紹森林、河川、田地等會在郊外出現的廣大自然相關場景。棲息的生物、植物、自然現象、地形等當然都和海外有所不同，隨著四季交替，箇中樂趣也跟著變化是這個範疇的特徵所在。

圍繞著學校相關的場景 ➡P.141

介紹和學校有關的場所及活動等相關場景。學校中同時設置游泳池等等也算是日本的特殊風貌。為了方便起見，本書設定學校位於都市地帶，同時把幼稚園和大學也包含在這個類別內。

圍繞著小孩的場景 ➡P.187

介紹孩子們的遊樂場所、進行各項學習的場所等相關場景。為了國小入學考試而設立的幼兒教室、習字教室、英語會話教室、補習班等等，可說是相當具有日本風格的學習方式吧。

圍繞著公共交通的場景 ➡P.199

介紹鐵路、巴士、機場、利用車輛的設施等與交通相關的場景。充滿戴著口罩的人、盯著智慧型手機不放的人的電車車廂等處，也是日本獨特的情景吧。

圍繞著商業設施的場景 ➡P.219

在商業設施的範疇中，聚焦在蔬菜店、酒鋪等店林立的商店街，以及大型超市、百貨公司、量販店等處進行介紹。自動販賣機如此眾多的街景，也是日本特有的風格。

圍繞著餐飲店的場景 ➡P.265

介紹牛丼店、蕎麥麵店、居酒屋等和餐飲店相關的場景。收錄較多的和食店是理所當然的，但是像咖哩店的福神漬或蕗蕎等等，不在此列的其他店家也必定會有日本特有的元素在裡頭。

圍繞著服務業的場景 ➡P.309

介紹金融、旅宿、美容院、澡堂、電影院、卡拉OK等和服務業相關的場景。此外，為了方便起見，針灸院、租賃倉庫等其他業務店家也包含在這個類別內。

圍繞著興趣・運動的場景 ➡P.341

介紹職業摔角、空手道、棒球場、市民馬拉松等和運動相關的場景與活動。同時也介紹和音樂表演或慶典、柏青哥、賽馬等和興趣相關的場景與活動。

圍繞著御宅族的場景 ➡P.371

介紹漫畫、動畫、角色扮演、同人誌、女僕咖啡廳、偶像等御宅族次文化領域相關的場景與活動。這些項目的正統起源可說是出自現代日本，不同的類型也擁有多樣性的情境。

目次

本書的閱讀方式

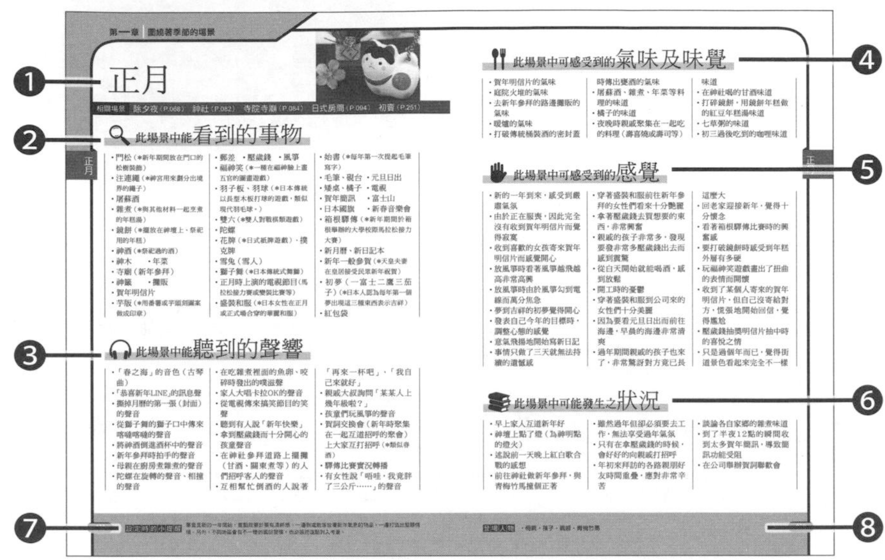

第一章 圍繞著季節的場景

正月

相關場景 除夕夜（P.068） 神社（P.082） 寺院寺廟（P.084） 日式房間（P.094） 初賣（P.251）

此場景中能看到的事物

- 門松（*新年期間放在門口的松樹裝飾）
- 注連繩（*神宮用來劃分出境界的繩子）
- 屠蘇酒
- 雜煮（*與其他材料一起烹煮的年糕湯）
- 鏡餅（*擺放在神壇上、祭祀用的年糕）
- 神酒（*祭祀過的酒）
- 神木 ・年菜
- 寺廟（新年參拜）
- 神籤 ・攤販
- 賀年明信片
- 芋版（*用番薯或芋頭刻圖案做成印章）
- 郵差 ・壓歲錢 ・風箏
- 福神笑（*一種在福神臉上畫五官的圖畫遊戲）
- 羽子板、羽球（*日本傳統以長型木板打球的遊戲，類似現代羽毛球。）
- 雙六（*雙人對戰棋類遊戲）
- 陀螺
- 花牌（*日式紙牌遊戲）、撲克牌
- 雪兔（雪人）
- 獅子舞（*日本傳統式舞獅）
- 正月時上演的電視節目（馬拉松接力賽或變裝比賽等）
- 盛裝和服（*日本女性在正月或正式場合穿的華麗和服）
- 始書（*每年第一次提起毛筆寫字）
- 毛筆、硯台 ・元旦日出
- 矮桌、橘子 ・電視
- 賀年簡訊 ・富士山
- 日本國旗 ・新春音樂會
- 箱根驛傳（*新年期間於箱根舉辦的大學校際馬拉松接力大賽）
- 新月曆、新日記本
- 新年一般參賀（*天皇夫妻在皇居接受民眾新年祝賀）
- 初夢（一富士二鷹三茄子）（*日本人認為每年第一個夢出現這三種東西表示吉祥）
- 紅包袋

此場景中能聽到的聲響

- 「春之海」的音色（古琴曲）
- 「恭喜新年LINE」的訊息聲
- 撕掉月曆的第一張（封面）的聲音
- 從獅子舞的獅子口中傳來喀噠喀噠的聲音
- 將神酒倒進酒杯中的聲音
- 新年參拜時拍手的聲音
- 母親在廚房煮雜煮的聲音
- 陀螺在旋轉的聲音、相撞的聲音
- 在吃雜煮裡面的魚卵、咬碎時發出的噗滋聲
- 家人大唱卡拉OK的聲音
- 從電視傳來搞笑節目的笑聲
- 聽到有人說「新年快樂」
- 拿到壓歲錢而十分開心的孩童聲音
- 在神社參拜道路上擺攤（甘酒、關東煮等）的人們招呼客人的聲音
- 互相幫忙倒酒的人說著「再來一杯吧」、「我自己來就好」
- 親戚大叔詢問「某某人上幾年級啦？」
- 孩童們玩風箏的聲音
- 賀詞交換會（新年時聚集在一起互道招呼的聚會）上大家互打招呼（*類似春酒）
- 驛傳比賽實況轉播
- 有女性說「唔哇，我竟胖了三公斤……」的聲音

此場景中可感受到的氣味及味覺

- 賀年明信片的氣味
- 庭院火堆的氣味
- 去新年參拜的路邊攤販的氣味
- 暖爐的氣味
- 打破傳統桶裝酒的密封蓋時傳出變酒的氣味
- 屠蘇酒、雜煮、年菜等料理的味道
- 橘子的味道
- 夜晚時親戚聚集在一起吃的料理（壽喜燒或壽司等）味道
- 在神社喝的甘酒味道
- 打碎鏡餅，用鏡餅年糕做的紅豆年糕湯味道
- 七草粥的味道
- 初三過後吃到的咖哩味道

此場景中可感受到的感覺

- 新的一年到來，感受到嚴肅氣氛
- 由於正在服喪，因此完全沒有收到賀年明信片而覺得寂寞
- 收到喜歡的女孩寄來賀年明信片而感覺開心
- 放風箏時看著風箏越飛越高非常高興
- 放風箏時由於風箏勾到電線而萬分焦急
- 夢到吉祥的初夢覺得開心
- 發表自己今年的目標時，調整心態的感覺
- 意氣飛揚地開始寫新日記
- 事情只做了三天就無法持續的遺憾感
- 穿著盛裝和服前往新年參拜的女性們看來十分艷麗
- 拿著壓歲錢去買想要的東西，非常興奮
- 親戚的孩子非常多，發現要發非常多壓歲錢出去而感到震驚
- 從白天開始就能喝酒，感到放鬆
- 開工時的憂鬱
- 穿著盛裝和服到公司來的女性們十分美麗
- 因為要看元旦日出而前往海邊，早晨的海邊非常清爽
- 過年期間親戚的孩子也來了，非常驚訝對方竟已長這麼大
- 回老家迎接新年，覺得十分懷念
- 看著箱根驛傳比賽時的興奮感
- 要打破鏡餅時感受到年糕外層有多硬
- 玩福神笑遊戲畫出了扭曲的表情而開懷
- 收到了某個人寄來的賀年明信片，但自己沒寄給對方，慌張地開始回信，覺得尷尬
- 壓歲錢抽獎明信片抽中時的喜悅之情
- 只是過個年而已，覺得街道景色看起來完全不一樣

此場景中可能發生之狀況

- 早上家人互道新年好
- 神壇上點了燈（為神明點的燈火）
- 述說前一天晚上紅白歌合戰的感想
- 前往神社做新年參拜，與青梅竹馬撞個正著
- 雖然過年但卻必須要去工作，無法享受過年氣氛
- 只有在拿壓歲錢的時候，會好好的向親戚打招呼
- 年初來拜訪的各路親朋好友時間重疊，應對非常辛苦
- 談論各自家鄉的雜煮味道
- 到了半夜12點的瞬間收到太多賀年簡訊，導致簡訊功能受阻
- 在公司舉辦賀詞聯歡會

設定時的小提醒

登場人物 ・母親・孩子・親戚・青梅竹馬

❶標題

本項目的主題。集結了所有日本風格的場景。

❷此場景中能看到的事物

在主題的場景中放眼望去時，視覺上能看到的事物。不論外觀，從小型到大型都有記載。

❸此場景中能聽到的聲響

在主題的場景中能自然地流入耳中的聲音。從物理性的聲音到主觀認定的聲音都有記載。

❹此場景中可感受到的氣味及味覺

在主題的場景中能實際感受到的氣味及味覺。記載的是能實際在這個情境以嗅覺感受到的味道。

❺此場景中可感受到的感覺

在主題的場景中於內心感受到的感覺。以高興的心情、悲傷的情緒等喜怒哀樂的表現為中心來記載。

❻此場景中可能發生之狀況

在主題的場景中可能會出現的狀況。試想實際發生時的情境再進行記載。

❼設定時的小提醒

記載思考該如何模擬主題場景時，用來參考的設定提醒。在試著評估可能情況與場面時就能派上用場。

❽登場人物

記載在主題的場景中登場的候補角色人選。像是家人、朋友、職場人士等等，記載模擬狀況下構思的角色作用。

第一章
圍繞著季節的場景

New Year's Day / Coming of Age Ceremony / Setsubun / Valentine's Day / Momo No Sekku / White Day / Ohanami / Tango No Sekku / Golden Week / Mother's Day / Father's Day / Rainy Season / Moutaing Climbing Season(Mountain Climbing)/ Tanabata / Sea Bathing / Clam Digging / Noryou / Obon / Summer Festival / Fireworks Display / Summer Festival(Food Stand)/ Test of Courage / Otsukimi / Leaf Peeping / Fruit Picking / Halloween / Tori No Iti / Shichi-Go-San / Christmas / Bonenkai / New Year's Eve / Birthday / Wedding / Funeral / Women's Association / Mom Friends Lunch / Shibuya

正月

相關場景 除夕夜（P.068） 神社（P.082） 寺院寺廟（P.084） 日式房間（P.094） 初賣（P.251）

此場景中能看到的事物

- 門松（*新年期間放在門口的松樹裝飾）
- 注連繩（*神宮用來劃分出境界的繩子）
- 屠蘇酒
- 雜煮（*與其他材料一起烹煮的年糕湯）
- 鏡餅（*擺放在神壇上、祭祀用的年糕）
- 神酒（*祭祀過的酒）
- 神木
- 年菜
- 寺廟（新年參拜）
- 神籤
- 攤販
- 賀年明信片
- 芋版（*用番薯或芋頭刻圖案做成印章）
- 郵差
- 壓歲錢
- 風箏
- 福神笑（*一種在福神臉上畫五官的圖畫遊戲）
- 羽子板、羽球（*日本傳統以長型木板打球的遊戲，類似現代羽毛球。）
- 雙六（*雙人對戰棋類遊戲）
- 陀螺
- 花牌（*日式紙牌遊戲）、撲克牌
- 雪兔（雪人）
- 獅子舞（*日本傳統式舞獅）
- 正月時上演的電視節目（馬拉松接力賽或變裝比賽等）
- 盛裝和服（*日本女性在正月或正式場合穿的華麗和服）
- 始書（*每年第一次提起毛筆寫字）
- 毛筆、硯台
- 元旦日出
- 矮桌、橘子
- 電視
- 賀年簡訊
- 富士山
- 日本國旗
- 新春音樂會
- 箱根驛傳（*新年期間於箱根舉辦的大學校際馬拉松接力大賽）
- 新月曆、新日記本
- 新年一般參賀（*天皇夫妻在皇居接受民眾新年祝賀）
- 初夢（一富士二鷹三茄子）（*日本人認為每年第一個夢出現這三種東西表示吉祥）
- 紅包袋

此場景中能聽到的聲響

- 「春之海」的音色（古琴曲）
- 「恭喜新年LINE」的訊息聲
- 撕掉月曆的第一張（封面）的聲音
- 從獅子舞的獅子口中傳來喀噠喀噠的聲音
- 將神酒倒進酒杯中的聲音
- 新年參拜時拍手的聲音
- 母親在廚房煮雜煮的聲音
- 陀螺在旋轉的聲音、相撞的聲音
- 在吃雜煮裡面的魚卵、咬碎時發出的噗滋聲
- 家人大唱卡拉OK的聲音
- 從電視傳來搞笑節目的笑聲
- 聽到有人說「新年快樂」
- 拿到壓歲錢而十分開心的孩童聲音
- 在神社參拜道路上擺攤（甘酒、關東煮等）的人們招呼客人的聲音
- 互相幫忙倒酒的人說著「再來一杯吧」、「我自己來就好」
- 親戚大叔詢問「某某人上幾年級啦？」
- 孩童們玩風箏的聲音
- 賀詞交換會（新年時聚集在一起互道招呼的聚會）上大家互打招呼（*類似春酒）
- 驛傳比賽實況轉播
- 有女性說「唔哇，我竟胖了三公斤……」的聲音

設定時的小提醒 畢竟是新的一年開始，重點就要於要有清新感。一邊到處散落放著新年氣息的物品，一邊打造出整體情境。另外，不同地區會有不一樣的風俗習慣，也必須把這點列入考量。

 此場景中可感受到的氣味及味覺

- 賀年明信片的氣味
- 庭院火堆的氣味
- 去新年參拜的路邊攤販的氣味
- 暖爐的氣味
- 打破傳統桶裝酒的密封蓋時傳出甕酒的氣味
- 屠蘇酒、雜煮、年菜等料理的味道
- 橘子的味道
- 夜晚時親戚聚集在一起吃的料理(壽喜燒或壽司等)味道
- 在神社喝的甘酒味道
- 打碎鏡餅,用鏡餅年糕做的紅豆年糕湯味道
- 七草粥的味道
- 初三過後吃到的咖哩味道

此場景中可感受到的感覺

- 新的一年到來,感受到嚴肅氣氛
- 由於正在服喪,因此完全沒有收到賀年明信片而覺得寂寞
- 收到喜歡的女孩寄來賀年明信片而感覺開心
- 放風箏時看著風箏越飛越高非常高興
- 放風箏時由於風箏勾到電線而萬分焦急
- 夢到吉祥的初夢覺得開心
- 發表自己今年的目標時,調整心態的感覺
- 意氣飛揚地開始寫新日記
- 事情只做了三天就無法持續的遺憾感
- 穿著盛裝和服前往新年參拜的女性們看來十分艷麗
- 拿著壓歲錢去買想要的東西,非常興奮
- 親戚的孩子非常多,發現要發非常多壓歲錢出去而感到震驚
- 從白天開始就能喝酒,感到放鬆
- 開工時的憂鬱
- 穿著盛裝和服到公司來的女性們十分美麗
- 因為要看元旦日出而前往海邊,早晨的海邊非常清爽
- 過年期間親戚的孩子也來了,非常驚訝對方竟已長這麼大
- 回老家迎接新年,覺得十分懷念
- 看著箱根驛傳比賽時的興奮感
- 要打破鏡餅時感受到年糕外層有多硬
- 玩福神笑遊戲畫出了扭曲的表情而開懷
- 收到了某個人寄來的賀年明信片,但自己沒寄給對方,慌張地開始回信,覺得尷尬
- 壓歲錢抽獎明信片抽中時的喜悅之情
- 只是過個年而已,覺得街道景色看起來完全不一樣

此場景中可能發生之狀況

- 早上家人互道新年好
- 神壇上點了燈(為神明點的燈火)
- 述說前一天晚上紅白歌合戰的感想
- 前往神社做新年參拜,與青梅竹馬撞個正著
- 雖然過年但卻必須要去工作,無法享受過年氣氛
- 只有在拿壓歲錢的時候,會好好的向親戚打招呼
- 年初來拜訪的各路親朋好友時間重疊,應對非常辛苦
- 談論各自家鄉的雜煮味道
- 到了半夜12點的瞬間收到太多賀年簡訊,導致簡訊功能受阻
- 在公司舉辦賀詞聯歡會

登場人物 ・母親・孩子・親戚・青梅竹馬

成年禮

相關場景 神社（P.082） 寺院寺廟（P.084） 體育館（P.154）

此場景中能看到的事物

- 紋付袴（*繡有家徽的男性正式和服）
- 振袖（*未婚女性穿的長袖和服）
- 扇子（*此處特指用來搭配振袖的華麗裝飾扇）
- 西裝套裝
- 穿著盛裝和服的女同學
- 相機（攝影機）
- 花束
- 成年禮邀請函
- 成年禮發放的物品（小冊子等紀念品）
- 學校體育館（會場）
- 市民活動中心（會場）
- 文化中心（會場）
- 因為見到許久未見面的朋友而興奮的人
- 靜靜站在角落等待典禮結束的人
- 在講台上致詞的年輕人代表
- 典禮工作人員（市公所的職員等）
- 穿著誇張有如脫韁野馬般奇特服裝的成年禮參加者
- 陪孩子來的家長
- 投影片（類似回顧學生時代的內容）
- 市長或市議員等
- 來採訪典禮的當地媒體相關人士
- 神社（祈禱）
- 摺疊椅
- 來賓用拖鞋
- 禦寒外衣
- 在典禮演奏上使用的鋼琴或長笛等樂器
- 報導成年禮一片亂糟糟現場的新聞

此場景中能聽到的聲響

- 由當地學校管樂社演奏的音樂
- 相機或智慧型手機拍照的快門聲
- 為上台演講者鼓掌的聲音
- 在會場裡來來往往的拖鞋聲
- 有人互打招呼「好久不見～好想見你喔！」、「你好嗎！？」
- 有人在談「大學生活如何？工作順利嗎？」、「已經習慣啦。」
- 深受感動的人發出哇哇大哭的聲音
- 忽然暴動起來的年輕人吵鬧聲
- 家長或親戚等說「恭喜啊」的道喜聲
- 看到孩子穿著盛裝和服的姿態而感到開心的家長聲音
- 典禮當中竊竊私語的聲音或手機發出振動聲響
- 參加典禮的年輕人們看著投影片的歡呼聲
- 市長等人向參加典禮的年輕人們打招呼或演講
- 成年禮參加者的代表向大家打招呼等
- 被來採訪的電視台工作人員詢問「將來的夢想是什麼？」
- 典禮結束後聽到「等下去喝酒吧」的對話
- 來拍攝典禮照片的攝影師大喊「再笑開心一點！」的聲音

設定時的小提醒 成年禮是一生只能參加一次的重要儀式，也是與舊友見到面、讓兒時回憶登場的時刻。藉由加入與已經疏遠的人物重逢的要素，就能夠有這樣的感覺。

此場景中可感受到的氣味及味覺

- 從精心打扮的年輕人身上傳來香水或髮膠的味道
- 第一次前往市民中心等會場的味道
- 典禮後聚餐或派對等吃到的料理及酒的味道
- 慶祝成年而吃的蛋糕味道
- 喝了酒才來參加典禮的人身上散發著酒味
- 由吸菸者身上傳來菸味

此場景中可感受到的感覺

- 迎接成年禮到來，沉浸於「如此一來我也是大人了」的感慨中
- 由於穿上有家紋的禮服或者長袖和服等平常不會穿的服裝，對於自己的扮相十分感動
- 不管往哪個方向看，都是精心打扮的年輕人，覺得非常振奮
- 與已經疏遠的人重逢時的懷念感
- 與分手的男女朋友重逢時的尷尬感
- 在陌生人居多的會場裡發現好朋友時的安心感
- 遇見了討厭的人或者非常不擅長應付的人而感到憂鬱
- 久未見面而重逢的朋友在各方面都變得不太一樣了，感到震驚
- 典禮開始的瞬間，會場突然變安靜，很難繼續聊天的感覺
- 典禮當中上台演講的人說話內容太過無聊而惹人厭煩
- 典禮結束後走出會場有種「終於結束了」的放鬆感
- 回到家脫掉有家紋的禮服或者長袖和服而感到放鬆
- 只有自己因為早了幾個月就學，其實還沒成年，心情很複雜
- 就算被邀請去參加喝酒的聚會，也因為還沒成年而無法好好享受
- 因為工作而無法參加成年禮，事後才聽朋友聊典禮的事情而感到難過

此場景中可能發生之狀況

- 覺得沒有必要參加成年禮，但因為周遭人勸說而勉強前往
- 因為是一輩子只有一次的儀式，因此前一天晚上打定主意不能睡過頭
- 總覺得自己一個人前往會場很尷尬，因此和朋友約好了一起去
- 與學生時代往來的朋友或認識的人重逢
- 出現了穿著打扮不符合TPO（*time, place, occasion表示時間、地點、場合）的人
- 一部分參加典禮的年輕人開始騷動，導致典禮暫停或者中止
- 感情不好的人重逢而引起紛爭
- 雖然不會和對方說話，但還是忍不住尋找自己學生時代喜歡的人有沒有來
- 典禮後參加等同於是開同學會的聚餐或者派對
- 典禮後與感情好的朋友一起去玩
- 因為回到家鄉，因此順便去向曾受過對方照顧的人打招呼
- 典禮時間太長，因此有人半途就離開了
- 前往神社祈禱（成人奉告祭）
- 和人聊起來參加典禮的人的話題，如「那傢伙變了好多」等

登場人物 ・家長・親戚・同學・前男女朋友・學校老師・市公所職員

節分

相關場景 日式房間(P.094) 玄關・土間(P.101)

此場景中能看到的事物

- 烘烤過的大豆
- 花生
- 日式酒杯
- 鬼的面具
- 鬼的服裝(紅色或藍色的全身緊身衣)
- 鬼的棍棒
- 惠方卷(較粗的壽司捲)
- 柊鰯(將烤過的秋刀魚頭插在柊樹枝上的辟邪裝飾)
- 往四面八方飛散的豆子
- 散落一地的豆子
- 朝著鬼丟豆子的人們
- 想到之後還要打掃,因此丟豆子丟得很客氣的人
- 看到鬼被豆子打到而非常開心的孩子們
- 看見鬼而哭泣的孩子
- 從鬼身邊逃開的困惑孩子
- 穿戴面具及服裝,裝扮成鬼的人
- 被氣勢十足的豆子打到而感到疼痛的鬼
- 孩童看到鬼就哭或者從鬼身邊逃跑,安慰他們的大人
- 只吃與年齡相同數量豆子(又或者多一個)的人
- 默默吃著惠方卷的人
- 撒完豆子以後收拾著四散在地上豆子的人
- 玄關或土間(*P.101)
- 客廳
- 庭院
- 寺廟(撒豆活動)

此場景中能聽到的聲響

- 裝在日式酒杯中的豆子在搖動時發出「嘩啦嘩啦」聲響
- 豆子打到鬼的時候發出「啪」的聲響
- 豆子掉到地板上、打到牆壁上發出的聲音
- 打掃掉到地板上的豆子時掃帚或吸塵器的聲音
- 吃豆子時「喀」的聲音
- 踩破掉在地上的豆子的聲音
- 由袋子取出豆子時的沙沙聲
- 包惠方卷或烹調日式蔬菜湯等節慶料理的聲音
- 專注吃著豆子的人嗆到而咳起來的聲音
- 告知開始撒豆的聲音
- 「鬼出去、福進來」又或者「福進來、鬼出去」,節分時會喊的話語
- 扮鬼的人為了嚇小孩而發出的低吼聲
- 害怕鬼而哭泣的孩童哭聲
- 被豆子打到而叫著「好痛!」的鬼的哀號
- 孩童們看到鬼被豆子打到而疼痛之後發出的笑聲
- 母親看到地上四散的豆子而發出的嘆息聲
- 由於再繼續下去只會弄得更亂,家長只好開口說「別再丟了!」阻止大家繼續丟豆子
- 看到孩童拾起掉落的豆子就要放進嘴裡,家長大喊「不可以!」的聲音

設定時的小提醒 「鬼」和「撒豆」兩個要素是節分最重要的,不過如果把豆子換成糖果等點心,又或者是非常強悍的將鬼趕出去之類的,試著稍做改變應該也很有趣。

此場景中可感受到的氣味及味覺

- 掏空袋子的瞬間，飄出一股烤豆子的氣味
- 沾附在手上的豆子氣味
- 鬼的面具或服裝的氣味
- 柊鰯的秋刀魚氣味
- 節分應景的食物氣味（惠方卷、節分蕎麥麵、日式蔬菜湯、福茶、蒟蒻料理、秋刀魚料理等等）

此場景中可感受到的感覺

- 被豆子用力砸中時的疼痛
- 吃豆子的時候口中沙沙的感覺
- 看到豆子撒滿地上，想著「得打掃才行……」而感到憂鬱
- 因為習俗上只會吃與自己年齡數字相同數目的豆子，想到自己的年齡而突然感到陰鬱
- 丟出的豆子順利擊中鬼而非常有成就感
- 不小心把豆子踩得粉碎而感覺「糟糕……」
- 對於浪費食物感到罪惡感的同時，在丟豆子的瞬間卻很開心
- 豆子丟到其他東西上面而打壞了東西，被罵而非常消沉
- 朝著鬼丟的豆子因為丟歪而打到自己時非常驚訝又疼痛
- 不小心吃了比自己年齡數字還多的豆子，知道這樣不能獲得保佑而感到悲傷
- 鬼的面具或衣服尺寸太小，扮起來的樣子不上不下
- 打算處理剩下的豆子而吃了起來，但因為量實在太多，吃到一半非常飽而覺得「還是算了吧……」
- 把掉在地上的豆子全部撿得乾乾淨淨，非常有成就感
- 幾個月以後發現打掃時沒掃到的豆子而呵呵笑

此場景中可能發生之狀況

- 覺得很平常的吃豆子實在太無聊，於是丟起來用嘴巴接、或者塞進鼻子裡看看等玩了起來
- 覺得應景節日料理買現成的太沒意思，挑戰自己手工製作
- 為了獲得保佑而吃惠方卷
- 家長為了小孩子而扮演鬼的角色
- 非常認真扮演鬼，結果孩子哭了起來
- 明明只能吃自己年齡數量的豆子，結果吃太多
- 因為豆子實在太好吃，不小心把要拿來丟的豆子也吃掉了
- 用豆子丟鬼丟到覺得厭煩，又或者是丟歪了打到其他人，結果演變成互丟豆子大戰
- 原本只能被丟豆子的鬼居然開始反擊
- 豆子原本要丟到鬼身上，結果打中其他東西、弄壞或者損傷物品
- 和同事或朋友聊天時，有人說「我家是撒花生耶」而知道不同地區會使用不同種類的豆子、喊的台詞會不一樣，又或者還有撒豆子以外的風俗習慣
- 為了避免踩到地板上的豆子而小心翼翼地走路
- 忘了開抽風機就烤起秋刀魚，整間房子都是烤魚的味道。忍不住把家裡的窗戶全打開來

登場人物 ・家長・孩子・鬼

情人節

相關場景 小學教室（P.142） 國中教室（P.144） 高中教室（P.146）

此場景中能看到的事物

- 巧克力（餅乾或蛋糕等，用巧克力做的點心）
- 花色非常漂亮的包裝紙、心形的包裝盒
- 附上巧克力、來自女性的情書
- 職場（打工處等）
- 學校（教室、頂樓、走廊、中庭、社團教室、體育館後面等）
- 附上手工巧克力照片的SNS投稿文章
- 分發義理巧克力給朋友或老師、又或者同事和上司等人的女性
- 把喜歡的人找出來，將本命巧克力交給他的女性
- 找不到時機把本命巧克力交給對方而浮浮躁躁的女性
- 平常沒有做料理，卻氣勢十足地做著手工巧克力的女性
- 打算代替本人去把男性找出來的多管閒事女性朋友們
- 總覺得心情浮躁的男性
- 反覆檢查拖鞋櫃或桌子抽屜裡的男性
- 收到巧克力而非常滿足的男性
- 向人誇耀自己收到巧克力的男性
- 由於自己並不受歡迎，而批評送巧克力這個習慣的男性
- 只收到來自母親或姊妹送的巧克力的男性
- 包裝非常豪華而高級的巧克力
- 用十幾塊錢就能買到的便宜巧克力
- 外觀上太過細緻，以至於乍看之下不知道那是什麼東西的巧克力
- 第二天在超市大特賣區有一堆賣剩的巧克力
- 在2月14日處做了記號的月曆
- 約會場所（電影院或遊樂園等）
- 咖啡廳、速食店

此場景中能聽到的聲響

- 吃巧克力的聲音
- 撕開巧克力包裝紙和鋁箔紙的聲音
- 手持式攪拌機的聲音
- 以打蛋器在大碗中攪拌巧克力等的聲音
- 小烤箱「叮」的聲音
- 打碎巧克力的「鏘、鏘」聲
- 從包包或紙袋裡拿出巧克力的聲音
- 女學生們對話詢問「什麼時候給他？」、「下課後？」
- 非常堅持「這只是義理巧克力喔」的女性聲音
- 說「我很期待白色情人節喔」使人倍感壓力
- 男女對話「你現在有空嗎？」、「可以呀」
- 男女對話「來，巧克力給你！」、「謝謝！」
- 女性部下與男性上司對話「還請您收下這個！」、「噢，謝謝！」

設定時的小提醒　要保留女性送巧克力給男性這個基本要點，可以添加女性做巧克力失敗、或者弄錯要送的對象等突發事件，來為故事加上高低起伏。

此場景中可感受到的氣味及味覺

- 巧克力的味道及香氣
- 由廚房飄出甜甜的味道
- 教室裡一片巧克力香氣
- 巧克力當中包的利口酒等酒類香氣

此場景中可感受到的感覺

- 在情人節前一天或者當天無法靜下心來
- 從女性手上拿到巧克力時的非常高興
- 將巧克力交給男性時覺得非常害羞
- 拿到巧克力卻得知是義理巧克力時的悲傷
- 知道自己不會拿到巧克力的人，在情人節前一天或當天抱持的憂鬱
- 想把本命巧克力送出去，卻找不到好時機而略顯煩躁
- 只有家人或親戚等熟識的人才會送自己巧克力的悲傷
- 被家人問到「有拿到巧克力嗎？」等情人節成果時非常尷尬（如果沒拿到巧克力）
- 只有朋友拿到巧克力時感到懊悔及羨慕
- 第一次收到本命巧克力時的喜悅
- 已經有男女朋友而迎接情人節的無敵感
- 聽到有女性叫住自己，就一驚而期待「該不會是……！？」
- 試著自己手工製作巧克力，但實在不好吃而苦笑起來
- 知道喜歡的對象把巧克力交給其他男性時的絕望感
- 收到的巧克力不太好吃而覺得心情很複雜
- 給對方的只是義理巧克力，但對方過於開心而感到困惑
- 情人節剛好遇到休假日而暫時安下心來（如果不太可能收到巧克力的話）
- 收到比想像中更多巧克力而感到困惑

此場景中可能發生之狀況

- 從出門上學或上班到回家路上都一直內心躁動
- 上學路上有班上的女同學埋伏
- 休息時間被女性找出去
- 送的時候弄錯本命巧克力和義理巧克力
- 為了送巧克力而一直跟在喜歡的對象後面
- 女性一路跟到家裡來送巧克力
- 為了情人節而在好幾天就開始準備
- 到了前一天才發現明天就是情人節而慌張的開始準備
- 巧克力做失敗了，急忙去買市售的現成巧克力
- 男女朋友沒留心情人節
- 自己跑去買情人節巧克力，享受一下氣氛
- 青梅竹馬看自己可憐而給了巧克力

登場人物 ・母親・兄弟姊妹・親戚・男學生・女學生・青梅竹馬・上司・部下

桃花節（女兒節）

相關場景 端午節（P.026） 日式房間（P.094）

此場景中能看到的事物

- 日式房間
- 女兒節人偶（公主、三位宮女、五人雜耍團、左大臣、右大臣等）
- 人偶祭壇
- 親王裝飾、七段裝飾、五人裝飾（*都是日本女兒節的擺飾）
- 桃花
- 散壽司
- 紅豆飯
- 白酒、甘酒
- 女兒節點心（女兒節彩豆、菱餅、引千切〔*京都特有的女兒節和果子〕、雛籠等）
- 圓形手燈
- 眺望著女兒節人偶的孩子
- 將女兒節人偶拿在手上玩弄的孩子
- 聽說是為了女孩舉辦的祭典而感到失望的男孩
- 害怕女兒節人偶的孩子
- 身穿和服宛如女兒節人偶的孩子們
- 在店裡到處看女兒節人偶的家長
- 自家
- 神社
- 商店街
- 奇怪的人偶（排了好幾百尊女兒節人偶又或以吉祥物代替人偶）
- 十二單等和服
- 樂器（笛、太鼓、琴、琵琶等）
- 女性嫁妝（髮簪、櫃子、竹籃、竹籠、髮梳、牛車）
- 櫻花枝
- 橘花枝
- 使用鯛魚或文蛤做的節日餐點
- 只在女兒節前後播放的電視廣告
- 在百貨公司特展區擺放的大小各式女兒節人偶
- 只在女兒節時舉辦的活動或者特賣（展示奇怪的人偶、或者販賣限定商品）
- 女兒節人偶的商品目錄
- 網路購物公司網站上的特設頁面（女兒節人偶特輯）

此場景中能聽到的聲響

- 「點上那圓形手燈吧～」的歌曲聲（〈開心的女兒節〉）
- 吃女兒節彩豆時的「喀滋」聲
- 打開包著女兒節人偶的包裝紙時的「沙沙」聲
- 為了冷卻散壽司要用的飯而搧著扇子的聲音
- 電視裡傳來女兒節人偶廣告的聲音
- 組裝女兒節人偶祭壇、又或拆卸的聲音
- 點起圓形手燈飾開關的「喀嚓」聲
- 相機或智慧型手機拍照的快門聲
- 夫婦對話「這組好貴喔～」、「不同廠商的價格完全不一樣呢」
- 夫婦對話「咦？裝飾品不夠！」、「沒在箱子裡嗎？」
- 孩子看到女兒節人偶而吵鬧著「好漂亮！」
- 害怕女兒節人偶而哭泣的孩子聲

設定時的小提醒 女兒節這個場景當中，最重要的應該就是女兒節人偶。可以加上女兒節彩豆或菱餅等女兒節點心；或者散壽司這種節日餐點，凸顯出女兒節氣氛。

此場景中可感受到的氣味及味覺

- 自女兒節人偶上頭飄來衣櫃或防蟲劑的氣味
- 和女兒節人偶一起裝飾的櫻花或桃花等花香
- 女兒節點心的甜甜香氣和味道
- 散壽司那直衝腦門的醋香和味道
- 魚肉鬆或香菇的甜甜味道
- 為了慶祝而買來的蛋糕味道

此場景中可感受到的感覺

- 因為能夠吃散壽司或蛋糕等美食而感到喜悅
- 看著五彩繽紛的女兒節人偶發愣
- 圓形手燈的溫和光線所帶來的溫暖
- 在做散壽司的時候，發現少買了一種材料而苦笑起來
- 在吃散壽司的時候發現有材料忘了放進去，而覺得有些遺憾
- 女兒節彩豆撒到地上的悲哀
- 發現女兒節人偶的零件不足、又或者不小心弄壞零件而非常焦躁
- 女兒節過去以後要收人偶，覺得很麻煩
- 不知道女兒節人偶的正確擺飾順序而感到困惑
- 看到還沒收拾的女兒節人偶放在原處，下定決心「明天一定要收」
- 半夜昏暗時看到女兒節人偶覺得非常詭異
- 拉起女兒節人偶的手想仔細看，卻被家長斥責「會弄壞，快住手」而感到悲傷
- 看到孩子們非常愉快享受女兒節，很有成就感
- 女兒節人偶的種類太多，不知道該買哪個而非常煩惱
- 被孩子告知朋友家裡擺的女兒節人偶比較大，感覺白費工夫
- 女兒節人偶的價格比想像中還高而感到非常驚訝
- 仔細盯著女兒節人偶的臉，越看越覺得其實沒有那麼可愛，心情非常複雜
- 買了非常豪華的女兒節人偶來擺飾，孩子們卻完全沒有興趣，因而非常失望
- 知道自己的女兒節人偶是親戚的舊東西，覺得有點悲傷
- 聽說太慢收女兒節人偶也會很晚才嫁出去的迷信傳說，覺得很可怕

此場景中可能發生之狀況

- 為了女兒節而製作散壽司或蛋糕
- 不知道女兒節人偶收在哪裡，找遍家中
- 打算裝飾女兒節人偶，卻發現零件不夠結果弄得七零八落
- 女兒節已過卻沒人要收女兒節人偶，就放在原處
- 雖然擺出了女兒節人偶，孩子們別說是開心了，根本就害怕得不敢靠近
- 親戚也來到家裡，大家一起熱鬧的吃飯
- 前往參加只有女兒節才舉辦的活動
- 為了女兒節而買的女兒節彩豆剩下太多，只好每天吃一點

登場人物 ・家長・孩子・親戚・女孩子・男孩子

白色情人節

相關場景 情人節（P.018）

此場景中能看到的事物

- 自家
- 職場（公司或者打工處的辦公室）
- 通勤上學道路
- 學校（教室、頂樓、走廊、中庭、社團教室、體育館後面等）
- 百貨公司的禮物專區
- 收錄適合買來送給女性的禮品目錄
- 白色情人節回禮（甜點、花、首飾、美容用品、雜貨等）
- 正在挑選禮物送女友的男性
- 打算親手做料理而在廚房手忙腳亂的男性
- 為了要買白色情人節回禮而去打工的男性
- 網路上或資訊刊物當中的白色情人節特別報導（約會場所或活動資訊等）
- 在網路上搜尋白色情人節回禮而緊盯電腦或手機的男性
- 明明只送了義理巧克力，卻收到回禮而感到驚訝的女性
- 從男朋友手上收到回禮而高興拆開的女性
- 自豪地敘述自己從男朋友手上收到什麼東西的女性
- 纏著要白色情人節回禮的女性
- 在超級市場或者便利商店等處擺放的「白色情人節回禮就選這個！」的商品POP
- 附上回禮照片的SNS投稿文章
- 正在談論白色情人節回禮事宜的男性們
- 因為不喜歡自己拿到的白色情人節回禮而心情不好的女性
- 約會場所（電影院或遊樂園等）
- 網路購物公司網站上的特設頁面（回禮特輯）

此場景中能聽到的聲響

- 為了尋找白色情人節回禮而前往百貨公司，聽見了店裡的廣播或者背景音樂
- 介紹對於白色情人節非常有幫助的各種資訊的節目聲音
- 男女對話「這是情人節的回禮」、「其實不用這樣費心的啊」
- 情侶對話「一直以來謝謝妳」、「不客氣」
- 情侶對話「白色情人節的回禮想要什麼？」、「有你的心意就夠了」
- 男女對話「欸，白色情人節的回禮呢？」、「妳給我的不是義理巧克力嗎……」
- 女性們對話「妳男朋友給妳的白色情人節回禮是什麼？」、「今年是包包」
- 男性之間對話「你準備好回禮了嗎？」、「不，還沒決定……」

設定時的小提醒 白色情人節是情人節時收到巧克力的男性，要回禮給女性的日子。依據故事的內容，可以從選禮物的過程、交付禮物的方式等，來決定要送的禮物。

此場景中可感受到的氣味及味覺

- 男女朋友為自己做的手作餐點味道
- 為了買回禮進入甜點店（蛋糕店等）的氣味
- 在「回禮約會」時前往的店家吃到的特別料理的味道

此場景中可感受到的感覺

- 和男女朋友一起度過白色情人節的喜悅
- 遞交回禮時的害羞感
- 看到對方高興收下回禮而感到開心
- 看到女性收下回禮以後沒多開心而覺得悲傷
- 期待不知會收到什麼回禮而感到興奮
- 並沒有期待收到禮物，卻拿到回禮而感到驚訝
- 收到的回禮用途太難以啟齒（內衣等物）而感到為難
- 情人節送了巧克力，卻沒拿到白色情人節回禮而感到悲傷
- 只有自己收到的禮物是便宜貨而覺得憤慨
- 計算了白色情人節回禮花費的總金額不禁苦笑
- 遲遲無法決定白色情人節要送什麼而非常煩惱
- 想像禮物交出去以後對方高興的樣子而傻笑起來
- 挑選回禮時的興奮感
- 看到白色情人節「回禮基本要是3倍」的資訊而感到膽戰心驚
- 覺得「這份回禮應該不錯吧」的商品，金額比想像中還要高而受到打擊
- 忘了情人節有從誰手上收到巧克力而感到焦慮
- 男朋友回禮送了他手工做的點心，味道比自己做的還要好吃，心情五味雜陳
- 選擇回禮的時候深刻感受到自己的品味不佳
- 不小心把回禮送給了並沒有送自己巧克力的人，覺得非常尷尬
- 原本以為收到的是義理巧克力，並不需要回禮，卻發現只有自己這樣而感到自己非常小家子氣

此場景中可能發生之狀況

- 邀請男女朋友去約會，度過一段快樂時光
- 遲遲無法決定白色情人節的回禮，只好將網路上的特輯網站從頭看過一遍
- 女性們互相告知收到了什麼樣的回禮
- 不知道白色情人節贈送甜點的時候，糖果表示「喜歡」、棉花糖表示「討厭」，就隨便亂選一通
- 到了前一天才發現明天是白色情人節，急忙準備回禮
- 完全忘記白色情人節這回事，惹女朋友生氣
- 因為是手工巧克力的回禮，就送了手工〇〇（歌曲等）結果對方的反應是「好噁心」而不屑一顧
- 思考了各式各樣的回禮，但最後還是選了安全牌
- 明明沒有收到某個人的巧克力，對方卻纏著說「我也要！」來凹回禮

登場人物 ・男朋友・女朋友・同事・朋友・男學生

賞花

相關場景 河岸邊 (P.128) 公園 (P.132)

此場景中能看到的事物

- 公園、河岸邊
- 櫻花、整排櫻花樹、櫻吹雪
- 到處都是人的賞花景點
- 野餐墊（藍膜）
- 家庭料理（飯糰等）
- 派對料理（洋芋片等）
- 酒類
- 下酒菜
- 無酒精飲料
- 飄到料理或飲料上的櫻花花瓣
- 垃圾桶和因為塞不進去而散落在周遭的垃圾
- 流動攤販或臨時攤販（章魚燒或大阪燒等）
- 靜靜享受賞花樂趣的家族或情侶
- 和同事或朋友聊天說笑的人
- 正在喝酒的人
- 呆呆眺望著花朵的人
- 巡邏的員警
- 大聲吵鬧的人
- 將領帶綁在頭上的男性
- 開始脫衣服的人
- 因為大醉而倒在一邊、或低著頭、最後開始吐的人
- 爬櫻花樹的人
- 唱歌、手舞足蹈的人
- 收拾垃圾的人
- 照顧爛醉者的人
- 起身去買東西的人
- 覺得難得而正在拍櫻花的外國人
- 大排長龍的廁所
- 都沒在看櫻花，只是一直喝酒吃東西的人
- 為了抵抗花粉過敏而帶著口罩和護目鏡的人
- 附上賞花照片的SNS投稿文章
- 打架互毆的人
- 為了剩下的食物而聚集過來的烏鴉或野貓
- 享受在室內舉辦賞花活動的室內賞花者
- 打翻在野餐墊上的食物或飲料

此場景中能聽到的聲響

- 倒酒等飲料的聲音
- 拆開免洗筷的聲音
- 開罐裝啤酒等的聲音
- 打開點心或零食包裝的聲音
- 風吹樹木沙沙聲
- 在野餐墊上走動的聲音
- 烏鴉或野貓的叫聲
- 相機或智慧型手機拍照的快門聲
- 捏爛啤酒等空瓶的聲音
- 賞花客開心的笑聲
- 爛醉者發出的怪聲
- 感嘆著「這未免也太漂亮了——！」的聲音
- 男女對話「我做了這個來，請用」、「噢，妳真機靈」呢
- 有人出言警告「拜託安靜一點！」
- 打著噴嚏說「好冷」的聲音
- 有人問「我要去買個東西，有人要買什麼嗎？」
- 看見孩子朝別人座位跑過去，家長出聲喊著「等等，不是那邊啊！……真是抱歉。」

設定時的小提醒 欣賞花朵是賞花的基本，但一大群人一起吃喝吵鬧的場面也是不可或缺。另外，根據故事內容或情節發展，也可能會欣賞櫻花以外的花。

 此場景中可感受到的氣味及味覺

- 櫻花的氣味
- 土壤或草皮的氣味
- 不同人帶來的各種料理味道
- 酒的味道
- 垃圾桶飄出的惡臭
- 流動攤販或臨時攤販飄來似乎非常美味的香氣
- 塗在身體上的防曬產品氣味

 此場景中可感受到的感覺

- 被主管或前輩交代要去佔位置時感到懶洋洋
- 一個人去佔位置，感覺非常寂寞
- 將料理和飲料一字排開時的興奮感
- 整面盛開的櫻花非常美麗
- 夜晚的櫻花帶著夢幻般的美麗
- 氣溫比原先預料的還來得低，後悔自己只穿了薄衣服來
- 找不到自己的鞋子而焦慮
- 找不到廁所；又或者是要上廁所的人非常多而感到焦慮
- 喜歡的人就坐在旁邊而感到喜悅
- 被一些並不是非常熟的人包圍，覺得緊張
- 想靜靜的欣賞，卻有些大聲喧鬧的人而感到憤怒
- 看見櫻花花瓣飄進杯子裡，覺得非常有氣氛
- 被人邀請去賞花，但自己對花粉過敏而覺得失望
- 由於周遭的噪音太大，很難講電話
- 才和朋友或同事成功會合，就已經渾身疲憊
- 想要拍照但人來人往絡繹不絕而非常煩躁
- 在非常有開放感的戶外吃的料理非常美味
- 大白天就能喝酒而感到開心
- 知道喜歡的人不會來之後大受打擊
- 能夠吃到女性親手做的料理，感到非常開心
- 隔壁的那群人當中有俊男或美女，感覺賺到了
- 覺得有個不錯的地方還空著，結果廁所就在旁邊而非常失落
- 被醉醺醺且不認識的人喊著「一起喝吧」而覺得很緊張
- 看到地面上散落的垃圾覺得憂鬱
- 公共廁所非常骯髒，破壞了原先的好心情
- 看到那些賞花的刺眼情侶忍不住怒上心頭

此場景中可能發生之狀況

- 為了要佔個位置賞花而熬夜
- 在公園裡到處徘徊，看有沒有好位置
- 為了展現出女人味，帶了自己親手做的料理去
- 趁著酒興來挑戰搭訕他人
- 因為人太多而失去方向感迷了路
- 和平常不太會說到話的人聊天，因而感情變好
- 賞花途中下起雨來淋成落湯雞
- 由於太過吵鬧而被周遭的人警告
- 穿著薄衣服長時間在外，第二天就生病了
- 因為時間不方便而晚到時，大家已經喝到嗨起來了
- 出現了因為喝太多而倒地的人
- 到了晚上變冷之後，換個地方去續攤

登場人物 ・家人・情侶・上司・同事・前輩・朋友

端午節（*在日本是以男童為主的兒童節）

相關場景 桃花節（女兒節）（P.020）

此場景中能看到的事物

- 人偶（模仿桃太郎或金太郎的樣貌）
- 武器（鎧甲、頭盔、刀劍等）
- 軍營用品（將軍帳篷、軍扇、軍用斗笠、軍用太鼓等）
- 燈火用品（篝火、軍用提燈等）
- 鯉魚旗或者室內旗（裝飾在室內的小鯉魚旗）
- 隨風飛舞的鯉魚旗
- 立旗
- 柏餅
- 菖蒲（菖蒲浴）
- 以菖蒲葉做的頭巾
- 魁蒿
- 粽子
- 鯉魚料理
- 栗子料理
- 紅豆飯
- 紅白方糖
- 自家
- 日式房間
- 神社（除穢等）
- 玩弄室內擺飾（刀劍或室內旗等）的孩童
- 披著裝飾用盔甲的男孩子
- 聽說節日主角是男孩而鬧脾氣的女孩子
- 拿著小小的鯉魚旗到處亂跑的孩童
- 代替爸媽去買五月人偶的祖父母
- 為了孩子而耗盡心力做節慶餐點的母親
- 將鯉魚旗設置在庭院或陽台等處的父親
- 在兒童節播放的特別節目（動畫的特別篇等）
- 從柏餅上被撕下來丟掉的柏葉
- 用色紙（又或報紙等）摺成的日式頭盔
- 在百貨公司等特設區展示的大大小小各種擺飾
- 端午節（兒童節）才有的活動（超過1000支的鯉魚旗或者能夠看到100公尺以上的巨大鯉魚旗等）
- 浴缸
- 農田
- 五月人偶的商品目錄
- 網路購物公司網站上的特設頁面（五月人偶的特輯）
- 充分享受假日的學生等
- 為了幫孩子慶祝而前來的祖父母
- 吊掛著鯉魚旗的房子

此場景中能聽到的聲響

- 唱著「比屋頂更高的鯉魚旗～」的歌聲（〈鯉魚旗〉）
- 碰到鎧甲與頭盔時發出的「喀鏘」金屬聲
- 隨風飛揚的鯉魚旗發出的「啪噠啪噠」聲
- 敲打玻璃盒的聲音
- 相機或智慧型手機拍照的快門聲
- 老夫婦與店員對話「這是我孫子第一次過兒童節」、「這個款式您覺得如何呢？」
- 祖父母對話「這個怎麼樣？」、「看起來有點廉價感呢」
- 看到五月人偶而大喊著「好酷！」的男孩子聲音
- 兄妹對話「我也想摸摸看」、「那可是我的」

設定時的小提醒 除了擺放五月人偶（相較於五月人偶，現在比較流行擺鎧甲或頭盔）以外，如果加上粽子和柏餅等節慶餐點，更能營造出端午節的感覺。也可以把各地不同風俗帶入故事創作。

此場景中可感受到的氣味及味覺

- 柏餅或粽子等節慶餐點的味道
- 由浴缸飄來昌蒲的氣味
- 鯉魚旗或五月人偶傳來衣櫃或防蟲劑的氣味
- 為了慶祝而買來的蛋糕味道

此場景中可感受到的感覺

- 拿起室內裝飾用的頭盔想戴在自己身上，卻發現這是不能穿的、穿不進去而感到難過
- 知道裝飾用的刀劍或弓是仿造的武器不能使用，覺得非常失望
- 玩弄裝飾品結果弄壞時非常焦慮
- 閃爍著金色與銀色光輝的頭盔及鎧甲非常美麗
- 被頭盔前方立起來的尖銳物體刺到手指而感疼痛
- 擺放了室內裝飾的玻璃盒打破時感到悲傷
- 浸泡在菖蒲浴裡，總覺得自己好像變得更健康了
- 看到大人吃柏餅的時候把葉子也吃掉，自己試著吃了之後因為實在太難吃而大為震撼
- 被孩子問「為什麼要裝飾頭盔？」的時候，回答不出來而感到自己不中用
- 看到戴著頭盔的男孩子而會心一笑
- 從久未見面的親戚手上拿到零用金而感到開心
- 被告知是兒童節而雀躍不已
- 好不容易把鯉魚旗掛上去，卻都沒有風吹，一直是垂下來的樣子，覺得悲從中來
- 為了迎接端午節而準備許多東西，結果孩子跑出門玩了，覺得鬱悶
- 孫子非常喜歡自己挑的五月人偶，感到很開心
- 見到久未見面的孫子十分開心
- 在連續假期最後一天，思及隔天就要上學或工作就覺得非常憂鬱
- 要把菖蒲放進浴缸裡，煩惱著該整枝放進去好、還是該切小段放進去
- 為孩子慶祝第一次迎接的節日，有許多人來了，雖然開心但也覺得應接不暇非常疲累

此場景中可能發生之狀況

- 不知道五月人偶或鯉魚旗等收在哪裡，找遍家中
- 用來綁鯉魚旗的繩子斷了，鯉魚因而飛走
- 由於適逢連續假期，親戚接二連三來拜訪
- 揮舞放在浴缸裡的菖蒲、又或著丟來玩耍
- 相信據說這樣頭腦會變好，因此把菖蒲葉綁在頭上
- 為了要除穢而前往神社等，拍攝紀念照片
- 所有親戚都來慶祝端午而開起派對
- 端午節結束後一直沒把五月人偶等收起來

登場人物 ・家長・孩子・祖父母（親戚）・店員

黃金週

相關場景 車站(P.200) 塞車(P.211) 機場(P.216)

此場景中能看到的事物

- 車子(自己家裡的車或租來的車)
- 電車(普通列車或新幹線等)
- 飛機
- 巴士(長途客運或遊覽車等)
- 自家
- 老家
- 塞車的高速公路(收費站或休息區等)或一般道路
- 火車站
- 機場
- 人非常多的車站月台或機場海關出入口
- 飯店
- 旅館(溫泉旅館或民宿等)
- 能夠預約住宿設施的網站(瀏覽房間的照片、費用、空房數量的月曆等)
- 國內外觀光名勝
- 國內外度假休閒勝地(沖繩或夏威夷等)
- 娛樂設施(博物館、美術館、動物園、水族館、電影院、天文館、電玩中心、主題公園)
- 活動(祭典或遊行)
- 溫泉街
- 露營地
- 大型公園(有健身器材等設施的公園等)
- 登機證(護照)
- 電車或巴士車票
- 行李袋(行李箱或觀光用小行李袋等)
- 旅行用品(換洗衣物或盥洗用品等)
- 停了許多車的高速公路休息區
- 在高速公路休息區休息的家族或團體旅遊客
- 在高速公路休息區迷路的孩童
- 許多人在高速公路休息區的廁所排隊
- 長時間開車而累倒的父親
- 母親正在安慰累壞了的孩子
- 覺得厭煩而開始在車內吵鬧的孩子
- 在回家路途的車上睡著的孩子
- 高速公路兩旁種植的大量常綠樹木
- 高速公路發生意外的現場
- 標示出「○○－○○回堵20km」等資訊的高速公路電子看板
- 路標
- 新聞網站等交通資訊
- 報導黃金週期間的街道樣貌及道路塞車狀況的新聞節目
- 有許多人而熱鬧萬分的觀光名勝地或伴手禮商店
- 住宿設施或高速公路休息區裡的電玩區
- 附旅行或約會照片的SNS投稿文章
- 在觀光名勝等地自拍的人
- 想拍照片而單手拿著智慧型手機徘徊的人
- 筆記本(時間表等)
- 家族或情侶
- 年輕人或老人團體
- 利用長期休假享受一個人旅行的人
- 在機場或火車站進行訪問的媒體從業人員
- 團體旅行的客人(隸屬於老人聚會或者大學社團的人們)
- 相機(攝影機)
- 車載導航系統或智慧型手機的導航程式
- 掌上型遊樂器
- 旅行資訊刊物或新聞網站的特輯採訪(黃金週推薦景點等)
- 在黃金週播放的特別節目(動畫的特別篇等)
- 黃金週才有的活動(博多Dontaku祭典或廣島花卉嘉年華等)

設定時的小提醒 黃金週比一般的假還要長，有很多人會去遠一點、平常不會去的地方旅行，因此這會變成這個時間的重點。可以使用國內外觀光名勝地來打造這個場景。

- 家庭餐廳
- 購物中心
- 速食店
- 機場或火車站的商店
- 乘務員（領隊、巴士導遊、空服員等）
- 桌遊（黑白棋或將棋等）
- 老家或自家

黃金週

此場景中能聽到的聲響

- 汽車或電車行走的聲音
- 飛機起飛的聲音
- 汽車喇叭聲
- 電車即將發車時，響徹月台的「嗶嗶嗶」發車鈴聲
- 巴士在巴士站停車時發出的「嗶嗶、嗶嗶」暫停聲
- 經過收費站（高速公路）閘口時，ETC傳來扣款聲
- 拉動行李箱時的輪子轉動聲響
- 相機或智慧型手機拍照的快門聲
- 親子對話「好煩喔，我要回去！」、「再一下就到了……」
- 吵鬧著說「肚子餓了」、「我想上廁所」的孩童聲
- 告知交通資訊的廣播電台
- 領隊告知「接下來是自由時間～」
- 在觀光勝地設置攤販（賣甜點或土產）的人招呼客人的聲音
- 在人潮洶湧的高速公路休息區，有人看到排隊上廁所的人龍說「呃！要等好久喔……」
- 在火車站或機場聽到廣播的聲音
- 巴士司機廣播的聲音
- 聽到空服員在機內廣播「請繫上安全帶～」
- 收費站（高速公路）服務員告知費用的聲音
- 巴士導遊告知「右手邊可以看到～」
- 有人抱怨「明天就要上課（上班）了～」
- 同事羨慕「就你一個人能休息……」
- 孩子們吵鬧著「我想出去玩！」
- 情侶對話「塞車好嚴重喔……」、「畢竟是連續假期嘛」
- 孩子們談論「黃金週我去露營了」、「好好喔～」
- 主婦們對話「我老公有工作，哪兒都去不成」、「我們家也是」
- 電視節目播報員詢問「您今天是從哪裡過來的呢？」

此場景中可感受到的氣味及味覺

- 該地區的名菜或名產的味道
- 在老家吃的母親親手做的餐點味道
- 高速公路休息區賣食物的地方充滿了各式各樣食物的氣味
- 在河岸邊或露營場地有人正在烤肉的氣味
- 溫泉或泳池的氣味
- 祭典的臨時攤販飄來各式各樣食物的氣味

登場人物 ・家長・孩子・同事・男女朋友

此場景中可感受到的感覺

- 即將進入黃金週而感到非常興奮
- 連續假期開始，想著該做些什麼好而雀躍不已
- 黃金週結束時的空虛感
- 長期休假讓身心放鬆、煥然一新
- 連續假期時沒有出門玩，無法加入同事或朋友的對話而感到悲傷
- 由於工作而無法盡情享受黃金週，因此感到悲傷
- 親眼在觀光名勝看到世界遺產等景緻的感動
- 聽到有人可以連放八天或九天時非常羨慕
- 聽到新聞等播報高速公路塞車狀況，覺得「幸好我沒出門」
- 塞在完全看不到盡頭的車陣當中感到絕望
- 連續假期沒有連在一起，斷斷續續的去公司又休假而覺得沒完沒了
- 黃金週結束之後才開始放連續假期，覺得只有自己放假而非常有優越感
- 發現黃金週之後會好一陣子都沒有國定假日而覺得憂鬱
- 某些行業在剛進入節慶時會非常忙碌，對於能夠享受連續假期的人產生一股怨恨
- 由於家人或孩子在家裡的時間變長，無法真心對於連續假期感到高興
- 在電視等處看到「〇連休！」的訊息，但其實無法休那麼多天而感到不悅
- 去旅行的時候發現忘了帶電腦或智慧型手機的行動電源而非常焦慮
- 因為沒有工作就覺得太閒，總覺得少了什麼

此場景中可能發生之狀況

- 和男女朋友或朋友去旅行
- 由於工作的關係，原本會變成做一休一，只好請有薪特休變成連續假期
- 規劃黃金週的行程
- 利用長期連續假期去見家長或祖父母
- 職業類別與國定假日無緣，在黃金週也一如既往地在工作
- SNS的投稿文章量大幅增加
- 知道所有地方都擠滿了人，所以在自家靜靜度過
- 想在家裡好好休息，卻被家人纏著外出
- 親戚（祖父母等）來家裡玩
- 由於連續假期，家人都在家裡所以比平常還吵鬧
- 雖然知道人會很多，但還是前往受歡迎的景點
- 為了避開塞車而下了高速公路走一般道路，結果卻迷路了
- 和朋友或同事聊黃金週去了哪裡
- 當地人平常會使用的道路或設施擠滿了人，因而有人前來抱怨
- 休假太多天而不知道已經是星期幾了
- 太過享受連續休假，想到要上班或上課就非常憂鬱
- 連續假期結束後想到要去學校或公司就苦惱，所以開溜休假
- 連續假期玩得太過火，錢包變得非常薄
- 在旅行的時候發生了掉錢包之類的問題
- 難得的黃金週假期，家長卻不帶自己出門去玩
- 朋友都和家人出門了，沒人可以一起去玩

母親節

關場景　父親節（P.033）　花店（P.231）

此場景中能看到的事物

- 康乃馨等花朵（花束或花朵禮物盒）
- 從孩子手上收下禮物的母親
- 送禮物給母親的孩子
- 寫著「一直以來非常感謝您」的小卡片
- 在幼稚園或托兒所裡孩子們畫的肖像畫
- 年幼孩童寫的信（「謝謝妳做好吃的飯給我吃」等）
- 年幼孩童才會做的手工禮物（搥肩膀、幫忙券等）
- 孩童在學校寫的以母親為主題的作文
- 母親節禮物（甜點、酒、美容用品、健康器具、廚房用品等）
- 在百貨公司等地尋找要給母親什麼禮物的人
- 陳列在便利商店裡的母親用日用商品
- 孩子親手做的料理
- 為了母親節而聚集在老家的兄弟姊妹
- 慶祝母親節的小小派對
- 即使是母親節也沒有特別開心，平常心以待的母親
- 為了母親而進行準備的孩子們，以及悄悄幫忙的父親
- 超級市場或便利商店裡裝飾著讚頌母親的商品POP
- 以母親節為主題的電視廣告
- 禮品目錄
- 寫著自家或老家地址的宅配單
- 提供母親喜歡料理的餐廳
- 自家
- 老家
- 網路購物公司網站上的特設頁面（母親節特輯）

此場景中能聽到的聲響

- 撕開禮物包裝紙的聲音
- 孩子們因為不習慣做料理而發出的聲響（「咚……咚……」等間隔很久才發出的菜刀聲響等）
- 孩子們說著「媽媽，非常謝謝妳」的感謝話語
- 兄弟姊妹討論「你選好禮物了嗎？」、「不，我沒還決定好」
- 親子對話「怎麼啦？」、「沒什麼特別的事情，只是今天母親節」
- 兄弟姊妹討論「我會送她這個，你就選別的吧」、「我知道了」
- 父親開玩笑說：「我沒有禮物嗎？」
- 母親說「不用送我這麼貴的東西啊……」
- 母親像是催促一般地說著「今天是母親節耶！」來要禮物

設定時的小提醒　可以設計孩童們送禮物給母親、又或者是幫忙做家事等基本情節，並且讓康乃馨等花朵類的東西出現，建構出這個場景。

此場景中可感受到的氣味及味覺

- 送給母親的花朵氣味
- 蛋糕等甜點的味道
- 孩子為了母親而做的料理味道
- 很久沒回到老家，難得吃到的母親料理味道

此場景中可感受到的感覺

- 孩子送禮物給自己而感到喜悅
- 收到孩子給的禮物忍不住感動落淚
- 送了禮物而母親非常開心，自己也覺得高興
- 母親不大喜歡自己送的禮物，覺得很悲傷
- 兄弟姊妹當中只有自己沒送母親禮物而覺得非常尷尬
- 由於母親已經過世，只能擺上白色康乃馨悼念
- 收到的禮物花朵非常美麗
- 送禮的時候被母親說「其實你不用準備的啊」而感到失望
- 挑選禮物時的興奮感
- 無法決定禮物要送什麼而不耐煩
- 回想至今為止的一切，發現母親的偉大之處
- 明明是母親節，但沒人為自己做什麼而感到悲傷
- 久未聯絡因此聯絡母親，卻被提醒「想早日看到孫子」而心情惡劣
- 拿到了非常昂貴的禮物，覺得開心又有點對不起孩子
- 打算送母親節禮物，卻發現想買的東西四處都缺貨而非常焦躁
- 從孩子那裡收到花盆，一方面覺得高興、卻也覺得要照顧很麻煩
- 看孩子代替自己做料理而覺得緊張兮兮
- 打算挑選禮物卻發現完全不知道母親的喜好，因此非常焦躁

此場景中可能發生之狀況

- 久久難得聯絡母親
- 因為是母親節所以回老家一趟
- 不知道該送什麼，只好不著痕跡地向母親本人探聽
- 代替母親做料理等家事
- 煩惱到最後送了和去年一樣的母親節禮物
- 孩子們說是要幫忙做料理，但因為實在太笨手笨腳，看不下去只好一起做
- 到了前一天才發現第二天是母親節，急忙去買禮物
- 由於工作的關係，時間不方便，又或者是不小心忘了母親節，結果日子都過了才送禮物
- 為了取悅對方，也送了婆婆或岳母禮物
- 和母親喝酒
- 寫錯收件和寄件地址，結果禮物送回了自家
- 母親忘了母親節
- 和兄弟姊妹一起準備禮物

母親節

登場人物 ・母親・父親・孩子・兄弟姊妹

父親節（*日本的父親節與大多數國家相同，為六月的第三個星期日）

關聯場景　母親節（P.031）

此場景中能看到的事物

- 收到孩子給的禮物而非常開心的父親
- 孩子寫的信（「工作要加油喔」等）
- 在幼稚園或托兒所裡孩子們畫的肖像畫
- 在百貨公司等地尋找要給父親什麼禮物的人
- 父親節禮物（酒、衣服、食物、手錶等）
- 黃色玫瑰花
- 孩童才會做的手工禮物（用紙黏土做的菸灰缸等）
- 為了父親節而準備的大餐或酒
- 禮品目錄
- 自家
- 老家
- 網路購物公司的父親節禮物特輯頁面

此場景中能聽到的聲響

- 倒酒的聲音
- 撕開禮物包裝紙的聲音
- 孩子們說著「爸爸，非常謝謝你」的感謝話語
- 父親拿到禮物而發出非常高興的聲音
- 父親開玩笑說「要給我禮物的話，送○○就行啦」

此場景中可感受到的感覺

- 孩子送禮物給自己而感到喜悅
- 送了禮物而父親非常開心，自己也覺得高興
- 父親不大喜歡自己送的禮物，覺得很悲傷
- 明明是父親節，但沒人為自己做什麼而感到悲傷
- 由於父親節總是被認為不像母親節那麼重要，因此鬧彆扭說反正收不到禮物
- 送衣服給父親但尺寸卻不合而非常焦躁
- 就算多喝點酒也不會有人對自己生氣，非常開心

此場景中可能發生之狀況

- 久久難得聯絡父親
- 和父親喝酒
- 明明記得母親節，卻忘了父親節
- 被父親纏著要禮物
- 每年都向母親詢問父親的服裝尺寸

設定時的小提醒　和母親節一樣，重點就在於孩子要送禮物給父親。如果能出現酒或衣服等，父親節比較容易出現的東西，就能夠表達出場景。

登場人物　・父親・母親・孩子

梅雨

相關場景 滿載乘客的電車（P.204） 投幣式洗衣店（P.320）

此場景中能看到的事物

- 傘（被風吹走或吹翻等）
- 黴菌
- 雨具（雨靴或者雨衣等）
- 繡球花
- 雨及雷
- 天空一整片黑雲
- 吹風機
- 蟲子（青蛙、蛞蝓、蝸牛等）
- 投幣式洗衣機
- 烘乾機（棉被烘乾機）
- 被雨淋濕的衣服或鞋子
- 由於結露而沾濕的玻璃窗
- 電捲棒
- 防水噴霧
- 積水
- 水滿出來的路邊水溝
- 水位漲到很高的河川或蓄水池
- 以毛巾擦拭濕漉漉頭髮或身體的人
- 有人手上的傘被強風吹走（或者吹翻）
- 以包包代替雨傘的人
- 將雨傘上的雨水甩掉的人
- 為避開積水而大步走的人
- 撐著傘、穿著雨衣的人
- 看著天氣預報的家庭主婦
- 讓孩子帶傘出門的母親
- 來學校接孩子的家長
- 因為雨水而腳步一滑差點摔跤的人
- 由於濕氣而黏答答的牆壁或地板
- 因為下雨而非常泥濘的地面
- 在走廊上慢跑的運動社團成員
- 從葉片上滴落的水珠
- 因為濕度高而軟掉的點心
- 硬薄床墊（*原文「煎餅布团」指硬棉被，是日本人用來鋪在榻榻米上睡覺用的棉被，多年後失去彈性變硬的情況。梅雨季則會因為一直無法曬棉被，吸收了濕氣及汗水的棉被也會發生相同情況。）
- 洗好的衣服曬在房間裡
- 水勢變強的河流
- 坍方的道路等（土石流等災害）

此場景中能聽到的聲響

- 雨落到地面上的聲音
- 洗衣機（烘乾機）的聲音
- 吹風機的聲音
- 車子雨刷的聲音
- 擦窗時發出「唧！」的聲音
- 除濕機的聲音
- 雨打在玻璃窗等東西上的聲音
- 風吹在玻璃窗或門上的聲音
- 車子走過積水時的「嘩啦！」聲響
- 人走過積水時的「啪噠啪噠」聲響
- 噴防水噴霧的聲音
- 青蛙鳴叫聲
- 要上班的人或者學生等說著「又下雨啊……」的聲音
- 隸屬於運動社團的學生們談論「今天還是在室內」、「又是暖身喔」
- 母親說著「雨傘帶了嗎？」
- 有人感嘆「洗好的衣服完全沒乾哪～」
- 有人說著「頭髮根本弄不好啊……」
- 店員說著「今天客人好少喔」
- 有人討論「總覺得好像有股味道？」、「因為衣服沒晾乾就……」

設定時的小提醒 一直下雨，空氣飄盪著水氣的梅雨季。使用雨傘等雨具或者毛巾這類小東西，打造出一些情境吧。正因為濕氣太高，也可以嘗試改變登場角色的髮型。

此場景中可感受到的氣味及味覺

- 衣服沒晾乾的氣味
- 雨的氣味
- 食物發了黴的氣味
- 將電捲棒纏在頭髮上時的氣味
- 從吹風機吹出的熱風氣味

此場景中可感受到的感覺

- 無法順利做出髮型而感到煩躁
- 潮濕而沉重的空氣令人生厭
- 天氣放晴時水氣蒸發上來的悶熱
- 從換穿的衣服上傳來惡臭而覺得嫌棄
- 被雨淋得濕透的鞋襪令人感到噁心
- 因為汗水及雨水而濕淋淋的衣服
- 走過木頭地板時黏答答的感覺
- 觸摸因結露而濕答答的窗戶時感到一陣冰涼
- 天空非常陰沉但卻始終不下雨，讓人覺得提心吊膽
- 在電車等處，碰到別人因雨淋濕的衣服或雨傘，結果自己也弄濕了而在內心慘叫
- 洗好的衣服沒辦法拿出去晾（不會乾）而非常煩躁
- 雨傘被風吹走時感到非常丟臉又焦慮
- 在便利商店等處的地板上滑跤，覺得可怕又丟臉
- 因為風雨導致電車延遲而感到焦慮
- 早上起床時正在下雨而覺得非常憂鬱
- 踩著淋濕的襪子穿鞋時非常不舒服
- 一直下雨無法好好進行社團活動，越來越浮躁

此場景中可能發生之狀況

- 頭髮濕氣太重而無法順利做造型
- 將洗好的衣服晾在室內
- 以吹風機將洗好的衣服吹乾
- 一直下雨使人心情陰沉
- 減少外出
- 變得比較常看天氣預報
- 由於氣溫變化過大而身體不適
- 太常下雨，很難排行程
- 各地發生土石流等災情
- 明明政府發表已經進入梅雨季，卻接連都是晴天
- 明明政府發表梅雨季結束了，卻還是一直下雨
- 氣壓變化過於激烈，偏頭痛等病症惡化
- 包包等處經常備有摺疊傘
- 由於可能會被雨淋濕，因此準備了替換的衣服放在車上或者公司裡
- 因為在室內晾洗好的衣服，所以房間裡有股臭味
- 怕濺到泥水會很明顯，所以避免穿白色衣服
- 太常下雨因此要騎機車或腳踏車移動都很麻煩
- 因為水腫導致看起來像是胖了
- 找不到晾衣服的時機，衣服越堆越多
- 平常沒在打掃的地方發了黴
- 車子經過的時候濺起水花，淋得一身濕
- 超級市場或便利商店的地板變得非常滑
- 觀光客減少了
- 電車或公車很擠

登場人物 ・學生・家庭主婦・社會人士・母親・孩子

開山（登山）

相關場景 能量景點（P.086）

此場景中能看到的事物

- 山（富士山或高尾山等）
- 登山用品（登山背包、登山鞋、登山杖、帳篷、水壺、指南針、地圖、手電筒、安全帽、冰爪、岩釘、登山繩等）
- 驅走熊用鈴鐺或隨身收音機
- 乾糧（乾麵包等）
- 登山服（運動服飾或休閒服等）
- 禦寒服裝
- 尖銳的大小岩石塊
- 茂密叢生的樹木
- 河流或瀑布
- 池子或湖泊
- 雪或霧
- 修繕過的登山道路
- 走到盡頭的懸崖或動物走過的小徑
- 以木材或鐵製作的欄杆或樓梯
- 纜線交通工具（複線空中纜車或地面纜車等）
- 山中小屋（休息處或避難處等）
- 綁在懸崖邊防止人員掉落的繩索
- 住宿設施或商店
- 高山植物（岩桔梗或雪割草等）
- 野生動物（熊或鳥類等）
- 立在路邊的看板（標示著標高或者設施場所等）
- 由山頂往下看到城鎮
- 瞭望台
- 學生團體（隸屬於登山社或戶外活動社團等的人）
- 準備非常充分而裝備非常多的登山客
- 沒怎麼準備裝備，著裝輕便的登山客
- 拄著登山杖走路的人
- 由於學校遠足活動等而來登山的孩童們
- 山中小屋經營者、管理者
- 直升機
- 雪上摩托車（雪山）
- 滑雪板（雪山）
- 夫婦或情侶
- 登山鐵路
- 單線空中纜車
- 寺廟（開山祭典）

此場景中能聽到的聲響

- 動物鳴叫聲
- 河流涓涓或瀑布水轟隆聲
- 風吹樹木沙沙聲
- 踩到掉落在地上的樹枝時發出「啪嚓」的聲音
- 複線空中纜車或地面纜車的引擎聲
- 登山客走在泥土上或岩石表面的聲音
- 登山杖拄在地面的聲音
- 吃乾糧（乾麵包等）的聲音
- 複線空中纜車或地面纜車發出的聲響
- 積雪內部坍方時發出的轟隆聲
- 走在積雪道路上的聲音
- 登山客氣喘吁吁的喘息聲
- 登山客們互相道好的打招呼聲
- 有人超越其他登山客時說聲「不好意思先行一步」
- 登山客們討論「要爬哪條路線上去？」、「初學者路線比較好吧」
- 「好累喔……」、「再一小段就是休息處了」類的對話
- 登山客對話「還有大概多遠……？」、「現在差不多是一半吧」
- 休息站或商店的店員說「您辛苦啦」

設定時的小提醒 打造出這個情景的重點就在於使用適合該山脈的裝備。如果是標高很高、路途險峻的山脈，就必須有確實的裝備前往，另外也要注意登場人物的設定。

此場景中可感受到的氣味及味覺

- 土壤或樹木的氣味
- 湧泉或融雪的水的氣味
- 四季更迭的花草氣味
- 登山服上飄來的汗臭
- 乾糧的味道
- 熊等動物體臭
- 山中小屋的暖爐氣味
- 露天澡堂或溫泉的氣味
- 登山後喝的啤酒味道

此場景中可感受到的感覺

- 山中空氣澄澈之美
- 登山後感到雙腳疼痛
- 努力登山之後獲得非常舒適的疲累感
- 開始登山前覺得「我一定要辦到！」
- 剛開始爬山就萌生「已經想回家……」的感覺
- 下山之後感受到「終於回來了」
- 登山後的泡澡無比舒適
- 前面的人讓路給自己，不得步加快腳步的痛苦感
- 路況不好而滑跤摔倒時的疼痛
- 對於規矩不好的登山客感到憤怒
- 登山服內充滿熱氣汗水，非常不舒服
- 脫掉登山服時的舒暢感
- 在山頂見到的日出非常美麗
- 看著永無止盡的漫長上坡道路，覺得渾身無力
- 登山道路修繕得非常好，很輕鬆就爬上去而覺得少了點什麼
- 吃乾糧（乾麵包等）時的沙沙感
- 遇到熊等大型動物而非常慌張
- 登山前後看到有遇難者的新聞，非常緊張
- 差點從高處掉下去時的驚恐
- 走在不像道路的小徑上前進時，困惑著「走這裡真的沒問題嗎？」
- 因為遠足等活動而帶著小孩子登山時心中非常惶恐
- 被孩子們「為什麼要登山？」時回答不出來，覺得非常尷尬
- 看見高齡者以比自己還快的速度登山，覺得非常佩服
- 與美麗的女性或者帥氣的男性擦身而過互打招呼時感到喜悅
- 肉體上無法承受繼續登山，只好半途折回，覺得非常沒面子
- 無法使用手機而非常焦躁

此場景中可能發生之狀況

- 查詢開山時間
- 登山時遇難
- 在山路上和擦身而過的人互打招呼
- 讓路給後來居上的人
- 登山時受傷
- 因為開始下雨而折返
- 上山時還有體力開心聊天，回程因為太累了而不說話
- 選擇高階者路線結果非常糟糕
- 遇到野生的熊
- 不知道需要準備些什麼、帶多少東西，結果行李越來越多
- 一開始慢慢登山，不知何時變成互相競爭越走越快
- 想讓女性看看自己帥氣的一面，結果先累倒
- 和其他登山客分享交換食物
- 在避難所或休息處和其他登山客變親近

登場人物　・學生・夫婦・情侶・登山客・販賣店等處的店員

七夕

相關場景 夏日祭典（P.048） 庭院（P.106） 小學教室（P.142） 商店街（P.220）

此場景中能看到的事物

- 竹葉枝
- 五彩繽紛的許願卡（紅、藍、黃、白、紫等）
- 織女星（天琴座）
- 牽牛星（天鷹座）
- 夏季大三角（天琴座、天鷹座、天鵝座）
- 銀河
- 學校
- 商店街
- 自家
- 庭院
- 神社
- 放在學校電梯口或教室等處的竹葉枝
- 在河流或海上漂流、又或被燒掉的竹葉枝（送七夕）
- 吊掛在竹葉枝上的裝飾物品（紙風鈴、網狀紙花、千羽鶴、摺紙人偶或服裝、錢包等）
- 在許願卡上寫願望的人
- 將許願卡綁到竹葉枝上的人
- 寫著七夕傳說的繪本、書籍
- 揮動竹葉枝或者將竹葉枝拿下來玩的孩子
- 以為織女星和牽牛星是情侶的人（*日本的織女和牽牛是分別擔任養蠶與農耕的神明）
- 超級市場或便利商店裡裝飾的小小竹葉枝
- 用筆或蠟筆寫上願望的許願卡
- 許願卡是寫著不是願望的其他事情（「今年冬天很冷」之類的）
- 寫著像是孩子般願望「希望能變有錢人」等非常獨特的許願卡
- 翻看許願卡寫了些什麼的人
- 發現有趣的願望而拍照的人
- 附許願卡照片的SNS投稿文章
- 麵線（節慶餐點）
- 夏日祭典
- 浴衣
- 織布機的插圖
- 牛的插圖
- 七夕才有的活動（七夕祭典、天象儀觀賞等）
- 在七夕播放的特別節目（新聞特集等）

此場景中能聽到的聲響

- 童謠「竹葉沙沙～」（〈七夕大人〉）
- 燃燒竹葉時發出的「啪嘰」聲
- 竹葉搖動的聲響
- 剪彩色紙時的剪刀聲響
- 切斷竹子或樹枝時的鋸子聲響
- 相機或智慧型手機拍照的快門聲
- 河流或海洋的聲音
- 老師告知「願望只能寫一個唷」
- 托兒所老師和幼稚園孩童說著「大家都寫好願望了嗎？」、「寫好了～」
- 孩子們討論「你寫了什麼？」、「秘密！」
- 女性們討論著「要不要寫希望有男朋友啊」、「聽說寫了想要○○的話，願望反而無法實現喔」
- 看著許願卡的人們討論著「這個的和我寫了一樣的！」、「果然大家都在想一樣的事情吧」

設定時的小提醒 原本是祈禱希望手工能變得更巧的節慶，現在則流行願望寫什麼都可以，所以許願卡上寫什麼並不重要。另外，也可以展現一些寫的內容不是願望的情況。

此場景中可感受到的氣味及味覺

- 竹葉的氣味
- 點火堆等燃燒竹葉的氣味
- 麵線的味道
- 夏日夜晚空氣澄淨的氣味
- 用來寫願望的色紙氣味

此場景中可感受到的感覺

- 竹葉枝掛上許願卡等物品後的繽紛感
- 滿天星斗（銀河）美麗無比
- 看到可能是孩童寫的願望而會心一笑
- 翻看其他人的願望而十分興奮
- 願望真的實現感到又驚又喜
- 看到有許願卡寫著令人難以理解的事情而感到困惑
- 發現有許願卡上寫著和自己一樣的願望，覺得有趣但心情有些五味雜陳
- 找到非常特別的許願卡時覺得有趣又滿意
- 寫出非常有趣的願望而很有成就感
- 沒寫什麼奇怪的事情，但還是不好意思讓別人看到自己的許願卡
- 在興頭上寫下了願望，後來卻後悔「早知道就不要寫那個……」
- 打算寫能引人發噱的願望卻失敗了，覺得十分羞愧
- 處分掉許願卡時覺得有些感傷
- 知道七夕傳說的內容並不是很浪漫而覺得很失望
- 只有朋友的願望實現了而非常羨慕
- 聽了七夕傳說而非常同情織女星和牽牛星

此場景中可能發生之狀況

- 準備竹葉枝
- 在許願卡上寫願望，綁到竹葉枝上
- 將竹葉枝放流到河流或海上又或者燒掉處分
- 在神社點火堆燒竹葉枝
- 吃麵線
- 由於是梅雨季節，因此天空一片陰霾看不見銀河
- 有天象儀的七夕活動，可以觀賞夏季天空投影
- 去看點了七夕款式燈飾的東京鐵塔
- 雖然覺得願望根本不可能實現，還是非常認真寫許願卡
- 被迫聽七夕傳說等七夕相關的事情聽個沒完
- 特別開闢一段學習七夕事宜的時間（小學等）
- 得知許願卡顏色會因願望內容不同而相異
- 寫在許願卡上的願望真的實現了
- 尋找有沒有寫了有趣願望的許願卡
- 尋找朋友或認識的人（喜歡的人等）寫的許願卡
- 用了不只一張許願卡；在一張許願卡上寫了很多願望
- 誤以為織女星和牽牛星是情侶而非常羞愧
- 別人的願望寫了自己的事情（「希望能夠和某某人感情變好」等）

登場人物　・老師・托兒所老師・孩童

海水浴

相關場景 潮干狩（P.043） 離島（P.138）

此場景中能看到的事物

- 海洋或沙灘
- 岩礁
- 防波堤（消波塊等）或堤防
- 大大小小各式各樣的貝殼
- 小魚或螃蟹等生物
- 被海浪打到岸上於退潮時露出的海藻
- 海之家（*只在夏季營業的海邊商家）
- 淋浴間或洗手間
- 更衣室
- 投幣式置物櫃
- 泳衣（泳褲或比基尼等）
- 防曬衣
- 泳圈
- 橡膠墊或塑膠墊
- 防曬用品
- 遮陽傘或遮陽帳篷（只用來遮陽的簡易帳篷）
- 保冷箱
- 野餐墊
- 水壺或水箱
- 海灘拖鞋或海灘鞋
- 墨鏡
- 衝浪板或趴板
- 泳鏡或呼吸管
- 玩沙工具組（鏟子、水桶、模型等）
- 飛盤
- 西瓜（打西瓜）
- 空氣幫浦
- 監視員（救生員）及監視台
- 帽子（草帽等）
- 毛巾（手巾或浴巾等）
- 沙灘奪旗賽
- 摺疊式野餐桌
- 海灘用膠囊（防水的置物盒）
- 烤肉用具組
- 相機（攝影機）
- 海之家料理（刨冰、炒麵、拉麵、咖哩飯、烤玉米、烤魷魚、法蘭克福香腸等）
- 穿著泳衣的人
- 開心談天說笑的家庭或情侶
- 在海裡游泳的人（可能有泳圈，或者是在香蕉船上等）
- 在離海邊最近的車站集合的學生等團體
- 在岸邊玩著沙子的親子
- 沒在顧店而到處奔走的海之家店員
- 被埋在沙灘中的人以及在旁邊惡作劇的人
- 趴著曬太陽的人
- 在遮陽傘下休息的人
- 因為無法抵抗暑氣而累癱的人
- 打沙灘排球的學生等團體
- 烤肉的家族等
- 衝浪（在板子上隨浪頭高低奔走）
- 盯著海邊看的救生員
- 泳衣鬆脫而用手遮住的人
- 沙子打造的裝置（城堡或山等）
- 在回程的車子或電車上睡著的孩童
- 對著海面大聲喊叫「笨蛋——！」的人
- 在浪潮退去時寫在沙上的文字，馬上就被下一個浪沖走
- 臉紅通通的醉鬼
- 用毛巾蓋著臉睡著的人
- 被海浪沖走而溺水的人
- 水肺潛水者
- 在防波堤等處釣魚的釣客
- 釣魚工具（魚竿或卷線器等）
- 附上泡海水浴樣子照片的SNS投稿文章
- 手持煙火
- 海上摩托車
- 寵物（狗或馬等）
- 救生員裝備（哨子及AED等）
- 玩水用尿布
- 黃昏時分被夕陽染成一片橘色的海面
- 映照在黑暗海面的月亮

設定時的小提醒 除了穿著泳衣在海裡游泳以外，還會有海灘球、沙灘奪旗賽、浮潛、煙火等這類事物。也可以做個私人海灘沒有其他客人的設定。

- 在夜晚海邊點燃的火堆
- 在海之家舉辦小型派對的學生等團體
- 海之家或廁所等大排長龍
- 對著溺水者進行人工呼吸的人
- 留在沙灘上的垃圾
- 燈塔
- 海邊植物（黑松或奧氏虎皮楠等）
- 車子（自己家裡的車或租來的車）、停車場
- 電車、火車站或公車站
- 私人海灘
- 國內外度假休閒勝地（沖繩或夏威夷等）

此場景中能聽到的聲響

- 海浪聲以及風聲
- 走在沙灘或水邊的聲響
- 水拍打在沙上的聲響
- 以鏟子等物品挖掘沙子的聲響
- 風吹野餐墊或遮陽傘的聲響
- 空氣幫浦發出的「咻咻」聲響
- 將空氣從泳圈或海灘球擠掉的聲響
- 在鐵板或烤網上烤食物的聲音
- 打開遮陽傘的聲響
- 從車上的收音機傳來夏天常聽見的歌曲
- 嗆到海水而拼命「咳咳」咳嗽的聲音
- 海灘球彈起的聲響
- 淋浴的聲音
- 打西瓜的聲音
- 相機或智慧型手機拍照的快門聲
- 手持煙火燃放時發出的「咻——」聲響
- 從火堆傳來「啪嘰啪嘰」的聲響
- 有親子對話「海水好鹹喔！」、「不可以喝下去喔」
- 親子對話「你在做什麼呢？」、「城堡！」
- 情侶對話「妳真適合這件泳衣」、「謝謝你」
- 情侶說著「幫我塗防曬油」、「好啊」
- 女性們彼此談論「妳胖了？」、「不要這麼說啦⋯⋯」
- 海水浴客人說著「糟糕，這邊踩不到底」
- 進到海裡的人說著「好冷喔——」
- 在沙灘上赤腳走的人喊著「哇、好燙！」
- 被曬傷的人說「我的背好痛」
- 孩子們談論著「把這傢伙埋起來吧」、「那就挖洞吧」
- 海之家店員說著「這是您的炒麵和刨冰」
- 海之家店員招呼客人的聲音
- 救生員說「你沒事吧？」

此場景中可感受到的氣味及味覺

- 海岸的氣味
- 防曬用品的氣味
- 烤肉的氣味
- 從海之家飄來食物的氣味
- 從海裡釣起的魚有腥味
- 許久沒使用的保冷箱有霉味
- 海水的鹹味
- 海水浴後喝的啤酒味道
- 炎炎夏日下吃的美味刨冰
- 用來玩打西瓜遊戲的西瓜味道

此場景中可感受到的感覺

- 游泳而腳抽筋時的疼痛與焦躁
- 和喜歡的人去海水浴，能看到對方穿泳衣的樣子而覺得開心
- 料理掉到沙上而覺得苦悶
- 日曬造成的疼痛
- 被水母刺到時的疼痛感
- 曬出了奇怪的形狀，覺得既羞愧又悲傷
- 只有自己身材不好而覺得非常丟臉
- 被男朋友稱讚穿著泳衣的樣子很好看，覺得非常開心
- 泳衣不小心鬆脫了的時候既焦急又覺得丟臉
- 沙子跑進嘴裡的沙沙感
- 赤腳走在曬燙的沙灘或柏油上時的熱燙及疼痛感
- 踩到貝殼時的疼痛
- 海藻纏在身體上時覺得非常噁心
- 夜晚黑暗的海面可怕又寧靜
- 夜晚在海邊舉辦的煙火大會非常美麗
- 保冷箱裡涼涼的感覺
- 海灘球滾到別人那裡去而覺得非常尷尬又抱歉
- 為了插遮陽傘需要挖個洞，覺得非常麻煩
- 被人交代要負責去買食物而感到非常提不起勁
- 進行倒杆遊戲時的緊張感（*「棒倒し」是一種競技遊戲，兩隊需在保護自己木杆不倒下的同時扳倒對方的木杆）
- 玩沙灘奪旗賽全力奔跑而感覺疲勞
- 被埋在沙灘裡沒人理會時的焦慮感
- 差點溺水時被人救起，覺得安心又有些丟臉
- 海水浴後髮絲變得非常乾柴或身體黏答答的感覺
- 沙子跑進鞋子裡，覺得非常不舒服
- 海之家或廁所很骯髒，因而感到不舒服
- 廁所非常多人在排隊，既焦慮又煩躁

此場景中可能發生之狀況

- 在沙灘上徘迴，尋找有沒有好地方
- 被海浪沖走而差點溺水
- 因為人太多而失去方向感迷了路
- 享受玩海灘球或者浮潛這類海邊才能進行的娛樂活動
- 為了要插遮陽傘而挖洞
- 挖個大洞把家人或朋友埋在沙灘上
- 為了穿泳衣而減肥
- 太少補充水分結果中暑了
- 不小心喝下太多海水而覺得噁心
- 得意忘形地一路游到海上，結果回不去岸邊
- 和家人或朋友玩打西瓜遊戲
- 使用泳圈等輔助用品呆呆地在海面上漂
- 忘了塗防曬用品，結果曬得全身黑
- 忘了帶替換的衣服，只好穿泳裝回去
- 明明沒帶泳衣卻跑進海裡，變成非得把衣服晾乾不可
- 到了晚上放起煙火
- 在海之家打工
- 教導孩子游泳的方法
- 在懸崖下的岩石區探險
- 拜訪日本有名的海水浴場
- 被朋友或認識的人招待前往私人海灘
- 捕捉在淺灘上的螃蟹等生物
- 非常在意小腹或蝴蝶袖，因此穿外套遮掩
- 天候惡化，海相變糟

潮干狩

相關場景　海水浴（P.040）

此場景中能看到的事物

- 潮干狩會場及報到服務處等
- 退潮後的海邊及沙灘
- 花蛤或文蛤等
- 挖貝類的工具（耙子或鏟子等）
- 用來裝貝類的工具（水桶或網子等）
- 帽子（草帽等）
- 長靴或海灘鞋等
- 挖著地面尋找貝類的人
- 低著頭東張西望大家腳邊的人
- 蹲得太累而站起來搥打著腰的人
- 不讓別人看見自己挖了多少貝類的孩子
- 防曬用品
- 花蛤之眼（沙灘上由於花蛤吸取氧氣而形成的空洞）
- 小魚或螃蟹等生物
- 厭倦了潮干狩而玩起沙子的孩童
- 棉布手套
- 潮汐表（記載著漲退潮時間的時刻表）

此場景中能聽到的聲響

- 波浪聲以及風聲
- 走在沙灘或水邊的聲響
- 以鏟子等物品挖掘沙子的聲響
- 放在水桶裡的大量貝類互相撞擊、磨擦的聲音
- 潮干狩的客人大叫「我找到花蛤了！」
- 潮干狩的客人對話「我完全沒挖到貝類」、「我找到很多耶」
- 潮干狩的客人對話「好重……」、「挖太多了啦」

此場景中可感受到的氣味及味覺

- 海岸的氣味
- 花蛤或文蛤料理味道
- 防曬用品的氣味
- 自花蛤等海鮮飄出的腥臭味

此場景中可感受到的感覺

- 挖掘可能會有貝類處的興奮感
- 找到貝類時的喜悅
- 不管怎麼挖都沒有貝類時的焦躁
- 一直蹲著造成腳及腰部疼痛
- 用自己採集到的貝類做成料理，覺得心滿意足
- 穿著拖鞋來，結果只能兩腳泥濘地回去而難為情

設定時的小提醒　目的是要尋找貝類，因此很少會像海水浴那樣穿泳衣或者游泳的情況出現。以性質上來說要表現得非常浪漫可能較為困難。

登場人物　・潮干狩客人等（親子或夫婦等）

納涼

相關場景 夏日祭典（P.048） 煙火大會（P.049）

此場景中能看到的事物

- 避暑勝地（輕井澤、奧日光、富良野、上高地、箱根、釧路、那須高原等）
- 河流或瀑布
- 池子或湖泊
- 山陵或溪谷
- 平原或高原
- 露天澡堂或溫泉
- 海或泳池
- 別墅
- 花田
- 洞窟或鐘乳石洞
- 納涼祭
- 煙火大會
- 撒在地面上散熱的水
- 裝了冰水的桶子
- 試膽大會或鬼故事
- 盆舞或夏日祭典（*盆舞是日本在盂蘭盆節眾人一起跳的舞蹈）
- 啤酒花園
- 浴衣
- 泳衣
- 風鈴
- 麵線等夏天才會吃的料理
- 西瓜
- 刨冰或冰淇淋
- 流動攤販或臨時攤販（撈金魚或射飛鏢等）
- 船（划艇、小船、快艇等）
- 神社或寺廟
- 纜線交通工具（複線空中纜車或地面纜車等）
- 澄澈的天空
- 滿天星斗
- 草帽
- 烤肉
- 屋形船（*日式觀光船，有屋頂使客人可在內休息遊覽）
- 圓扇或電風扇
- 蚊香
- 蚊帳
- 廢墟
- 緣廊
- 木屐或海灘拖鞋
- 神轎或山車（*山車是裝飾花車，並不放神明本尊、可以坐人）
- 塑膠泳池

此場景中能聽到的聲響

- 河流涓涓或瀑布水轟隆聲
- 風吹樹木沙沙聲
- 踩到掉落在地上的樹枝時發出「啪嚓」的聲音
- 手持煙火或高空煙火發出的聲響
- 動物鳴叫聲
- 洞窟等處自鐘乳石上落下水滴的聲音
- 潑灑散熱用水時的灑水聲
- 盆舞放的曲子
- 划船時發出的水聲
- 快艇等發出的引擎聲響
- 打西瓜的聲音
- 在鐵板或烤網上烤食物的聲音
- 風鈴的聲音
- 削刨冰用的冰塊時發出的聲音
- 木屐發出的腳步聲
- 用圓扇搧動的聲音
- 電風扇運轉的聲音
- 夏日祭典傳來的太鼓及笛聲
- 蟬鳴聲
- 相機或智慧型手機拍照的快門聲
- 「TA～MA～YA～！」吶喊聲（*「玉屋」是日本的煙火廠商，放煙火時喊商店名號表示支持）
- 「喔耶～！」吶喊聲
- 臨時攤販招呼客人的聲音

設定時的小提醒 納涼是指在炎炎夏日中花費一些工夫來讓大家祛暑氣。雖然夏日祭典和煙火大會等也是納涼活動，但一般來說還是會去避暑勝地。在避暑地進行觀光休閒娛樂的話，應該是最能營造出這個場景的感覺。

 此場景中可感受到的氣味及味覺

- 樹木或花草氣味
- 蚊香的氣味
- 冰涼酒的氣味及味道
- 臨時攤販的氣味及味道
- 烤肉的氣味其味道
- 在屋形船上吃的宴會料理味道
- 湧泉或融雪的水的氣味

此場景中可感受到的感覺

- 避暑地充滿了涼爽的空氣
- 水邊飄盪著沁涼感的空氣
- 在海水或泳池感受到的水非常冰冷
- 聽了鬼故事而覺得背脊發寒
- 一口氣吃下刨冰而覺得頭痛
- 浴衣涼爽又舒適
- 夏日祭典或盆舞非常熱鬧
- 煙火非常美麗
- 在溫泉等暢流汗水後的爽快感
- 在神社等處感到寧靜
- 提燈的火光溫和又暖和
- 蟬鳴聲令人感到煩躁
- 打西瓜非常有趣
- 風鈴聲聽起來十分悅耳
- 看見滿天星斗時的感動
- 試膽大會感受到氣氛詭異及害怕
- 洗完澡出來吹到電風扇的風感到非常爽快
- 能夠在避暑勝地度過暑期，感到優越感及舒適
- 和喜歡的人一起去夏日祭典，非常開心
- 和孩子一起抓蟲子，懷念起過往時光
- 圓扇搧出的風很涼爽，但手非常痠
- 看見撒在地上的水，就覺得還挺涼爽的
- 洞窟或鐘乳石洞裡氣氛非常詭異、空氣冷冰冰的
- 神轎或山車（*參見P.044）非常熱鬧或覺得吵鬧
- 在避暑勝地感受到夏季的炎熱
- 騎著腳踏車或機車時感受到迎面而來的風非常舒適

 此場景中可能發生之狀況

- 和家人或男女朋友去輕井澤等避暑勝地
- 前往夏日祭典或煙火大會
- 快艇遊覽
- 去高原或山上健行或登山
- 和同事在啤酒花園享用酒及料理
- 和同事在屋形船上吃飯
- 和朋友聊鬼故事、或者去試膽
- 被招待去朋友的別墅
- 進行森林浴
- 洗完澡後在緣廊吹風
- 與家人或朋友在大自然當中烤肉
- 在溪流順流向下
- 吃流水麵線
- 參加孩子去的托兒所或托兒所所舉辦的傍晚乘涼會
- 前往神社參拜
- 和孩子去抓蟲或釣螃蟹等
- 電風扇或冷氣故障
- 要去避暑勝地但有颱風來，打亂原先的計畫
- 拜訪以避暑勝地聞名的觀光名勝

盂蘭盆節

相關場景 七夕（P.038） 夏日祭典（P.048）

此場景中能看到的事物

- 神社或寺廟
- 迎火或送火（*為了迎接送走客人又或為神靈而點燃的火堆）
- 墳墓
- 卒塔婆（立於墳墓處的細長型木片）
- 木桶或水勺
- 打掃墳墓的工具（抹布及水桶等）
- 提燈（盆提燈）
- 念珠
- 花（菊花或龍膽等）
- 線香或蠟燭
- 盂蘭盆壇（放著麵線、昆布、酸漿果、鮮花、茄子做成的牛、小黃瓜做成的馬等）
- 神明廳
- 佛壇或禮佛器具（茶具、花器、香爐、燭台、磬等）
- 夏日祭典或盂蘭盆舞
- 七夕
- 中元禮品（點心類或水果等）
- 流動攤販或臨時攤販
- 盂蘭盆舞的中心木樁
- 煙火或鞭炮
- 僧侶
- 燈籠
- 火柴棒或免洗筷
- 喪服
- 焙烙（用來點燃迎火或送火的鍋子）、麻梗（用來燒迎火或送火的麻莖桿）
- 火把
- 焚香
- 來掃墓的家族
- 在目前雙手合十的人
- 打掃墳墓的人（除草或者擦拭墓石等）
- 墓園的管理者
- 供在佛壇或墳前的物品（逝者喜愛的食物或酒等）
- 神壇
- 遺照或者牌位
- 佛像
- 老家
- 盂蘭盆壓歲錢（在部分地區有發放盂蘭盆節壓歲錢的習慣）
- 精靈船（*長崎縣的傳統習俗「精霊流し」中船形的水燈，放流代表送走故人）
- 大文字燒（*京都大文字山在每年8月16日晚上8點點燃的篝火）
- 旅客
- 塞車的高速公路或一般道路（收費站或者休息區等）
- 由於長時間開車而非常疲憊的父親
- 開始哭鬧的孩子們以及安慰孩子的母親
- 因為覺得無聊煩躁而在車裡鬧起來的孩子

此場景中能聽到的聲響

- 麻梗在焙烙當中燃燒的聲音
- 盆舞放的曲子
- 煙火的聲響
- 夏日祭典傳來的太鼓及笛聲
- 將水潑在墳頭的聲音
- 撕開線香包裝的聲音
- 擊磬時發出的「叮——」聲響
- 轉動念珠發出的「嗶啦嗶啦」聲響
- 以鬃刷或者牙刷磨擦墓碑的聲音
- 僧侶念經聲
- 對著墓碑說「爺爺好久不見」的聲音

設定時的小提醒 回鄉去掃墓應該就是最符合這個場景的行為了。可使用老家或者祖父母家作為故事舞台，並且加入盂蘭盆節的風俗習慣打造出此一場景。

此場景中可感受到的氣味及味覺

- 線香或焚香的氣味
- 供奉在先人墳前等處的花束香氣
- 臨時攤販等飄來各種食物的氣味
- 煙火的火藥氣味
- 神社或寺廟的獨特氣味
- 祖父母做的料理味道

此場景中可感受到的感覺

- 提燈的火焰傳來暖暖的感覺
- 在神社等處感受到沉穩的空氣
- 由於盂蘭盆節，工作得以休息的開心感
- 拿到盂蘭盆壓歲錢時非常開心
- 夏日祭典或盆舞非常熱鬧
- 僧侶誦經時的莊嚴感
- 點燃送火時感覺有些悲切又寂寞
- 放置了各種裝飾品的盂蘭盆壇非常豪華
- 將墳墓打掃的乾乾淨淨時感到滿足又疲勞
- 看著放在佛壇上的遺照，覺得心情平靜
- 裝飾在墳前或佛壇上的花朵非常美麗
- 念珠粗糙的觸感
- 打開中元節禮品時的興奮感
- 盂蘭盆節正逢旺季無法休假時的難過
- 掃墓結束之後的解放感
- 寺廟進行法會時的窒息感
- 穿著喪服時覺得全身非常緊繃
- 墓地有種詭異感及寧靜感
- 祖父母家令人感到懷念
- 鞭炮非常吵
- 精靈船做的比原先預想的還要誇張，有些困惑

此場景中可能發生之狀況

- 回鄉
- 一家人一起旅行
- 搭乘公共交通工具的人非常多
- 困在回鄉人車潮中
- 去掃墓
- 參加在當地舉辦的夏日祭典或盆舞
- 僧侶為了超渡誦經而來家裡
- 製作用來裝飾盂蘭盆壇的牛或馬（將火柴棒插在茄子上等）（*習慣上會以小黃瓜做成馬，使先人快快回到家中；並以茄子做成牛，使先人可慢慢離去）
- 點燃迎火或送火
- 被招待前往法會
- 與當地的朋友重逢
- 適逢旺季，工作繁忙
- 困在返家人車潮中
- 幫需要回鄉的人代班
- 發現盂蘭盆節的時期與風俗習慣會因地區及宗教流派而異（有些地區會在掃墓時放煙火等）
- 贈送中元節禮品給平時非常照顧自己的人
- 被家長帶去祖父母家
- 參加盂蘭盆節才會有的風俗習慣活動（大文字燒或精靈流等）
- 盂蘭盆節休假時兒子或女兒夫婦來家裡玩
- 向墓園的管理者打招呼
- 為了點燃線香或蠟燭而被火燙傷

登場人物 ・家長・祖父母・孩子

夏日祭典

相關場景 煙火大會（P.049） 夏日祭典（流動攤販、臨時攤販）（P.050）

此場景中能看到的事物

- 流動攤販或臨時攤販
- 法被（*一種材質非常薄的和服短外掛，可能印有商店或社團名稱）
- 浴衣
- 煙火
- 提燈
- 神社或寺廟
- 公園
- 車站前
- 商店街
- 布包
- 神轎（神轎、孩童神轎、女性神轎）或山車（*參見P.044）
- 禁止通行的看板
- 三角錐或停車杆
- 木屐或拖鞋
- 樂器（太鼓或笛等）
- 散落在地面的垃圾
- 螢光物品

此場景中能聽到的聲響

- 太鼓聲或笛聲
- 木屐或拖鞋的聲響
- 流動攤販等商家使用發電機發出的聲響
- 山車在地面走動的聲響
- 抬拉神轎或山車的人們吶喊聲
- 流動攤販招呼客人的聲音
- 走散的孩童呼叫家長的聲音
- 因為走丟而哭泣的孩童聲音
- 學生們聊著「你和誰一起來的？」、「隔壁班的朋友」
- 家長說著「不要浪費錢亂買喔」

此場景中可感受到的感覺

- 道路上整排的流動攤販非常熱鬧
- 神轎與山車氣氛熱鬧又吵雜
- 浴衣涼爽而舒適
- 祭典結束後的寧靜
- 和喜歡的人一起前往夏日祭典，非常開心
- 和感情不太好的同學擦身而過，覺得很尷尬

此場景中可能發生之狀況

- 向家長拿零用錢
- 抬拉神轎或山車
- 因為人太多而與男女朋友或朋友走散
- 遇到同學等熟人
- 平常都沒有打扮，這天卻化了妝
- 只買了吃的東西就回家

設定時的小提醒　雖然只有流動攤販或臨時攤販，也可以稱為夏日祭典，但如果能加上神轎或山車、高空煙火等要素，會讓場景變得更加明確。

登場人物　・家長・孩子・男女朋友・同學

煙火大會

相關場景 夏日祭典（P.048） 夏日祭典（流動攤販、臨時攤販）（P.050）

此場景中能看到的事物

- 流動攤販或臨時攤販
- 河流或防波堤
- 海洋
- 神社或寺廟
- 五彩繽紛的高空煙火（大型煙火或有圖案的煙火等）
- 煙火的火藥球或發射筒
- 浴衣、圓扇
- 野餐墊或野餐桌
- 料理或酒類飲料
- 三角錐或停車杆
- 指揮觀眾前進的警察
- 家族或情侶
- 年輕人團體
- 害怕煙火聲的孩童
- 救護站
- 防蟲噴霧
- 轉播煙火大會情況的電視節目
- 屋形船（*參見P.044）

此場景中能聽到的聲響

- 煙火的聲響
- 河流淙淙聲
- 相機或智慧型手機拍照的快門聲
- 木屐或拖鞋的腳步聲
- 觀眾鼓掌的聲音
- 看煙火的觀眾發出的歡呼聲
- 「TA～MA～YA～！」吶喊聲（*參考P.044）
- 警察使用擴音器呼喊注意事項及指揮路線
- 告知煙火秀節目的廣播聲

此場景中可感受到的感覺

- 長時間仰望著天空而覺得脖子痠痛
- 高空煙火十分美麗
- 人潮洶湧暑熱難受
- 放煙火的時間太長而覺得膩了
- 由於下雨而中止放煙火，覺得非常失望
- 煙火的聲音太吵令人煩躁

此場景中可能發生之狀況

- 佔個好位置
- 在煙火開始前先去買各種東西
- 由於煙火的聲響和四周吵鬧的聲音太大而無法對話
- 長時間站著而累壞
- 因為人太多而與男女朋友或朋友走散
- 突然下起大雨而淋成落湯雞，辛苦的打扮都白費工夫
- 遇到扒手或色狼

設定時的小提醒 和夏日祭典最大的不同，就在於主要活動是否為高空煙火。雖然也會有流動攤販和臨時攤販，但並不像夏日祭典那樣以攤販為主。

登場人物 ・家人・情侶・朋友・男女朋友・警察

夏日祭典（流動攤販、臨時攤販）

相關場景 夏日祭典（P.048） 煙火大會（P.049）

此場景中能看到的事物

- 流動攤販
- 蘋果糖
- 杏子糖
- 棉花糖
- 撈橡膠球、撈水球
- 面具
- 水球
- 撈金魚、撈烏龜（碗或紙網）
- 抽籤遊戲（拉紙條或者拉繩子）
- 大阪燒
- 炒麵
- 法蘭克福香腸
- 炸薯條
- 雞蛋糕
- 脫模遊戲（壓成平板狀的糖粉與針等）
- 刨冰
- 射擊遊戲（玩具來福槍與軟木塞子彈）
- 套圈圈（各式各樣大小獎品與木製圓圈）
- 丟飛鏢（橡膠球與標靶）
- 巧克力香蕉
- 烤玉蜀黍
- 烤雞肉串
- 奶油馬鈴薯
- 磯邊燒（*將食材做成扁平狀後包上海苔燒烤的料理）
- 烤魷魚
- 章魚燒
- 鯛魚燒
- 美式熱狗
- 醬烤仙貝
- 車輪餅
- 可麗餅
- 花（酸漿草或牽牛花等）
- 在流動攤販前吵鬧著要買零食的孩童
- 帶著面具的孩童
- 在射擊遊戲攤前探出身子的人
- 拿著流動攤販的料理邊走邊吃的人
- 塑膠袋或紙杯
- 免洗筷或吸管
- 瓦斯桶、發電機

此場景中能聽到的聲響

- 在鐵板或烤網上烤食物的聲音
- 用手抓住水球的聲音
- 從射擊遊戲的槍中發出「砰！」的一聲
- 咬蘋果糖時發出「喀滋」的聲音
- 掰開脫模糖果時「啪！」的一聲
- 吃刨冰時發出的「嘎滋嘎滋」聲響
- 削刨冰的聲音
- 套圈圈的圓圈掉在地上的聲音
- 拉開免洗筷的聲音
- 聽見有人對話在說「那邊的大阪燒比較好吃」、「不過有點貴就是了」
- 看到有射擊遊戲的臨時攤販，孩童喊著「我想玩那個！」
- 玩著撈金魚等遊戲的孩童們說「根本撈不到嘛！」
- 孩子想要玩抽籤，家長在口中碎唸著「反正根本抽不到啊……」
- 流動攤販招呼客人的聲音

設定時的小提醒 流動攤販或臨時攤販，是構成夏日祭典和神明祭祀日、煙火大會等場景的重要要素。除了大阪燒或者射擊遊戲等大家都非常熟悉的事物以外，也可以根據故事內容來規劃比較獨特的攤販。

此場景中可感受到的氣味及味覺

- 臨時攤販等處飄來各種食物的氣味
- 臨時攤販的食物冷掉之後的難吃味道
- 金魚或烏龜的腥臭味
- 水球或橡膠球的橡膠氣味

此場景中可感受到的感覺

- 一口氣吃下刨冰時頭痛的感覺
- 蘋果糖的硬度
- 杏子糖上的麥芽糖黏在牙齒上的感覺
- 戴上面具時難以呼吸
- 吃了棉花糖以後嘴邊黏滋滋的感覺
- 玩套圈圈或者射擊遊戲之前的興奮感
- 玩套圈圈遊戲套中了獎品非常開心
- 射擊遊戲射中了獎品，東西卻沒有掉下來時非常失望
- 在流動攤販玩猜拳贏了而得到贈品，非常開心
- 脫模遊戲成功時的成就感與歡欣
- 抽籤只拿到銘謝惠顧的贈品覺得非常寒酸
- 橡膠球的彈力
- 金魚或烏龜非常可愛
- 巧克力香蕉或蘋果糖吃到一半卻掉到地上，感覺「搞砸了」
- 買之前覺得看起來非常好吃，吃了之後卻覺得還好而有些遺憾
- 水球破了結果自己被淋濕，既驚訝又悲傷
- 在流動攤販買來剛做好的料理熱騰騰
- 撈到許多橡膠球卻撒了一地，非常焦急
- 祭典結束之後看見地面上散落著許多垃圾而非常憤慨
- 好不容易撈到金魚或烏龜，卻不小心讓牠們死了而非常悲傷
- 烤玉蜀黍的顆粒感
- 奶油馬鈴薯熱騰騰暖烘烘的感覺
- 射飛鏢遊戲射中球時的爽快感
- 孩子說想玩抽籤或者射擊遊戲時覺得「噢好煩」
- 之後看到獎品到處亂放時心想「果然還是變成垃圾了……」而充滿罪惡感

此場景中可能發生之狀況

- 給孩子或孫子零用錢
- 在流動攤販亂花錢
- 吃許多不同攤販的料理來互相比較，結果吃太多
- 和朋友比射飛鏢或者套圈圈等
- 從頭走過一遍所有流動攤販觀看
- 將流動攤販當成約見面的地方
- 為了找方便吃向流動攤販買來的料理而漫無目的四處走（公園或停車場等）
- 被流動攤販的店員稱讚外表，說是「可愛的大姐」之類的
- 掉了錢包或智慧型手機（或者撿到）
- 飼養在流動攤販撈到的金魚或烏龜

登場人物　・家長・孩子・朋友・攤販店員

試膽大會

相關場景 神社（P.082） 寺院寺廟（P.084） 森林（P.139）

 此場景中能看到的事物

- 墓地或墓園
- 手電筒或提燈
- 廢墟（學校、醫院、飯店等）
- 廢屋
- 學校
- 神社或寺廟
- 森林
- 山（山路）
- 公園
- 隧道
- 刑場遺跡或首塚（*首塚為埋有古代犯人首級之處）
- 橋
- 海（海邊）
- 日式房屋
- 服裝（全白服裝等）
- 面具（模仿妖怪樣貌等）
- 假髮
- 蒟蒻
- 人偶或首級等裝飾品
- 特殊化妝用的工具（血漿或刺青貼紙）
- 放在試膽大會路線終點的小道具（證明抵達終點用的東西）
- 情侶
- 年輕人團體
- 害怕、哭喊的人
- 驚嚇參加者的扮鬼人
- 試膽大會的司儀
- 講鬼故事的人
- 地藏菩薩或者銅像
- 相機（攝影機）
- 音響機器（錄音帶播放機、MP3播放器等）
- 當地有名的靈異景點
- 探詢靈異景點的電視節目
- 水壩
- 廢村
- 燈塔
- 水池或湖泊
- 感應式燈具
- 蠟燭
- 提燈
- 除蟲噴霧

 此場景中能聽到的聲響

- 風吹樹木沙沙聲
- 波浪聲
- 踩到掉落在地上的樹枝時發出「啪嚓」的聲音
- 從錄音帶播放機中播出非常詭異的音效
- 在隧道等處聽見回音
- 在廢墟等處走路時地板發出的嘎吱聲
- 蒟蒻打到臉上時「啪噠」一聲
- 鳥或昆蟲鳴叫聲
- 相機或智慧型手機拍照的快門聲
- 原因不明的聲響（地板或牆壁發出嘎吱聲）
- 司儀說明「請拿回放在折返地點的卡片」
- 打算驚嚇參加者的扮鬼人聲音
- 參加者的尖叫和哭泣聲
- 參加者碎唸著「我想回去了……」
- 參加者對話「那邊是不是有人？」、「拜託不要那樣講……」
- 來訪靈異景點的人談論「這裡就是傳說中鬧鬼的醫院嗎？」

設定時的小提醒 試膽大會經常會辦在墓地、神社或者學校等大家熟悉的地方，不過也可以打造一個靈異場景，將該處作為故事舞台。這樣故事也比較好發展。

此場景中可感受到的氣味及味覺

- 樹木的氣味
- 海風的氣味
- 廢墟或廢屋發黴的氣味
- 蒟蒻的氣味
- 變裝用的面具或血漿的氣味
- 墓地或寺廟等感受到的線香氣味
- 除蟲噴霧的氣味
- 蠟燭的氣味

此場景中可感受到的感覺

- 墓地或墓園中的詭異氣氛
- 荒廢過度的廢墟或廢屋寸步難行
- 在昏暗的地方行走非常可怕
- 驚嚇的對象發出慘叫聲時覺得很開心
- 與喜歡的人組成一組非常開心
- 驚嚇的孩童哭起來而感到焦急
- 抵達終點時的成就感與「終於結束了」的感覺
- 手電筒的光線十分炫目
- 在黑暗當中感覺到有什麼的氣息
- 在靈異景點覺得呼吸困難
- 被嚇到的人發出尖叫，非常吵鬧
- 面具令人呼吸困難
- 前往造訪的靈異景點比想像中不可怕，有些掃興
- 因為嚴重驚嚇而發出奇怪的叫聲，覺得很丟臉
- 明知道是人類假扮的還是覺得害怕
- 試膽大會有人受了傷而覺得非常尷尬，後悔著「要是再多注意一些就好了」
- 半夜裡看著全黑的海面覺得非常可怕
- 蒟蒻冷冰冰的感覺
- 神社寺廟非常寂靜

此場景中可能發生之狀況

- 尋找可以辦試膽大會的場地
- 成為扮鬼嚇參加者的人
- 與朋友或男女朋友前往靈異景點
- 在社團活動等外宿時舉辦試膽大會
- 企劃在家長會等活動辦試膽大會
- 2～4人一組走試膽大會路線
- 由於男女人數不同，結果只好和同性者一起走試膽大會路線
- 準備用來嚇參加者的小道具
- 為了醞釀氣氛而講起鬼故事
- 為了讓女孩子覺得自己帥氣而逞強
- 因為覺得實在太可怕而中途退出
- 孩童驚慌異常無法遏止
- 到極度荒廢的廢墟或廢屋探險，結果跌倒受傷
- 遇到多了一個參加者等的靈異事件
- 大家都逃走了只留下一個人
- 拍到靈異照片
- 之後去收驚
- 因為迷路而遠離試膽大會的路線
- 在試膽大會的時候或者結束的時候身體不適

賞月

相關場景 日式房間（P.094）

此場景中能看到的事物

・滿月
・蘆葦
・賞月丸子（堆成金字塔般的糯米糰）
・代表秋季的農作物（芋頭或者栗子等）
・賞月酒
・兔子
・自家
・神壇或佛壇
・緣廊
・和賞月相關的各式各樣商品
・月亮意象的料理（月見蕎麥麵等）（*月見蕎麥或烏龍就是打一顆荷包蛋在麵上）
・日式房間
・寺廟或神社
・仰望著天空的人
・映照在水面上的月亮

此場景中能聽到的聲響

・蘆葦隨風搖擺的聲音
・斟著賞月酒的聲響
・「兔子兔子為何而跳～」的童謠歌聲（〈兔子〉）
・正在賞月的親子談論著「根本就看不到兔子！」、「那你覺得看起來像什麼？」

此場景中可感受到的感覺

・滿月的美麗與妖豔感
・秋風略帶涼意
・昏暗的夜晚有些詭異
・賞月丸子非常有嚼勁
・以美麗的月亮作為下酒菜，酒十分香醇
・好不容易做好了準備，月亮卻不是那麼地圓，覺得有些懊悔

此場景中可能發生之狀況

・尋找供奉用的蘆葦
・雲朵飄出擋住了月亮
・下起雨來只好暫停賞月
・製作供奉用的賞月丸子
・將麻糬或芋頭供奉在神壇或佛壇上
・供奉的時候用大福或者甜饅頭等圓形甜點取代丸子
・前往日本三大名月觀賞地等賞月景點

設定時的小提醒

重點就在於「眺望滿月」、「供奉物品」兩項。再加上使用秋天才有的食物或者花朵等提高季節感，會更容易傳遞出這個場景的感覺。

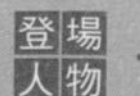

・親子

賞楓

關場景　日式庭園（P.089）　森林（P.139）

此場景中能看到的事物

- 會變紅的葉片（槭樹、楓樹、杜鵑等）
- 山、高原、溪谷（河流、瀑布等）
- 池子或湖泊
- 寺廟或神社
- 吊橋
- 公園
- 纜線交通工具（複線空中纜車或地面纜車等）
- 河流或瀑布
- 野生動物（熊或鳥類等）
- 穿著登山服或輕便服裝的人（T恤及牛仔褲等）
- 落葉鋪滿整片地面宛如一片地毯
- 參拜路或行道路兩旁整排的楓葉樹
- 被楓葉樹染紅整片山頭的山稜
- 電車或船
- 浮在水面上或者映現在水上的楓葉
- 後背包、禦寒用品

此場景中能聽到的聲響

- 河流涓涓或瀑布水轟隆聲
- 風吹樹木沙沙聲
- 踩到掉落在地上的樹枝時發出「啪嚓」的聲音
- 相機或智慧型手機拍照的快門聲
- 看著已轉紅的葉片的人發出感動的聲音
- 「楓葉」或者「找到小小的秋天」等童謠

此場景中可感受到的感覺

- 完全變紅的葉片五彩繽紛
- 葉隙光既炫目又溫暖
- 秋季的天空與澄澈的空氣十分舒適
- 秋風略帶涼意
- 隨風飛舞的楓葉非常美麗
- 在山間與溪谷來回行走而覺得疲累
- 茶屋等處提供的和果子與茶非常美味

此場景中可能發生之狀況

- 調查楓葉的時期以及適合觀賞的景點
- 賞楓順便健行
- 走來走去找拍起來美麗的地方
- 途中忽然下起雨來，連忙踏上歸途
- 前往楓葉知名景點（日本楓葉名景100選當中的景點等）

設定時的小提醒　賞楓在日文當中是獵楓葉，也就是前往觀賞槭樹或楓樹等葉片轉紅植物的活動，會靜靜觀賞這點與賞櫻花是最大的不同。另外，和賞櫻花不同，賞楓的場所非常受限。

登場人物　・老夫婦・家人

採水果

相關場景　田園（P.136）　校外教學（P.182）

此場景中能看到的事物

- 果園
- 水果（草莓、梨子、蘋果、桃子、葡萄、藍莓、櫻桃等）
- 被修剪得非常漂亮的水果
- 塑膠布搭成的溫室
- 結了水果的樹木或草苗
- 成熟以及尚未成熟的水果
- 使用水果做的產品（草莓果醬或葡萄汁等）
- 販賣使用水果做的產品的營業處或者禮品區
- 剪刀
- 塑膠製的托盤或提袋
- 梯子
- 剛摘下來的水果
- 家族或情侶
- 陪客人逛的領隊（管理水果田的人）
- 堆在箱子裡的草莓蒂頭或者櫻桃籽
- 邊走邊吃水果的人
- 大量塞在箱子裡的水果
- 為了要採摘從樹上垂下的果實而踮著腳的孩子
- 以剪刀或徒手採摘水果的人
- 採下水果就馬上大快朵頤的人
- 家長幫孩子收好採下來的水果
- 仰望著樹上水果的人
- 散亂在地面上的水果
- 站在樹木或草苗前品頭論足的人
- 朝剛採下來的水果拍照的人
- 團體遊覽車
- 團體觀光客（隸屬於老人會等的人們）
- 野餐墊
- 便當
- 長靴
- 穿著輕鬆服裝的人（T恤和牛仔褲等）
- 防曬用品及防蟲噴霧等
- 停在水果花朵上的蜜蜂等昆蟲
- 車掌（團體旅遊領隊或者巴士導遊等）
- 相機（攝影機）
- 附上水果與攝影者本人照片的SNS投稿文章

此場景中能聽到的聲響

- 將水果從藤蔓或樹枝上剪下時的剪刀聲
- 將水果從藤蔓或樹枝上摘下時發出的「啪滋」聲
- 吃蘋果或梨子時發出的「喀滋喀滋」聲
- 拿掉托盤或者包裝時的聲音
- 梯子嘎吱作響
- 領隊說著「蒂頭的部分已經有些脫落的草莓比較甜唷」
- 將水果放進嘴裡的人，說著「好甜！」或者「好酸」的聲音
- 正在採摘水果的人感動地說著「好大喔！」
- 親子對話說著「這個很甜唷——」、「這邊的比較甜啦！」
- 親子對話說著「那個好像很甜」、「哪個？」
- 女性們對話說著「吃太多了～」、「我也是～」

設定時的小提醒　梨子或葡萄等水果，可以自己摘取之後馬上食用是採水果的重點。隨著季節不同而有不同的當季水果，這可以根據故事內容來做決定。

此場景中可感受到的氣味及味覺

- 飄盪在田中的土及樹木氣味
- 水果的味道及香氣
- 使用水果做成的點心味道（蛋糕或餅乾等）
- 帶去吃的便當味道
- 尚未成熟的水果味道（酸澀或草腥味）
- 來採水果的人身上的防曬用品氣味

此場景中可感受到的感覺

- 用手觸摸水果時的觸感
- 採了許多水果時的滿足感
- 踩在田地柔軟土地上的感覺
- 吃蘋果或梨子等水果時的沙沙感
- 吃葡萄或藍莓時的顆粒感
- 發現了顏色美麗的水果，但太高手搆不到時覺得悲傷
- 得意忘形吃了太多而非常不舒服
- 能夠盡量吃自己喜歡的水果，非常開心
- 外觀上看起來非常好吃，但實際上沒有想像中的甜，覺得很失望
- 打算摘水果，結果上面有蟲而嚇了一跳
- 踩到水果或者樹枝時的感覺
- 爬梯子時覺得非常緊張
- 觸摸樹木時感受到粗糙的觸感
- 觸摸花朵或葉片時滑溜的觸感
- 蟲子爬到身上時一陣冷汗的感覺
- 水果的果汁等弄髒了衣服，十分悲傷
- 看到一整片的水果種苗或樹木而非常感動
- 吃太多一樣的東西而感到厭煩
- 看到孩子們非常開心的摘著水果，不禁會心一笑
- 知道原來在都市裡也能享受採水果的樂趣，非常開心
- 因為一直抬頭仰望，結果脖子非常痠

此場景中可能發生之狀況

- 尋找能夠享受採水果樂趣的果園
- 摘了大量水果，自己幾乎拿不動
- 因為非常集中精神找出可以摘的水果，結果忘了要吃
- 計算要吃掉多少水果才能回本
- 覺得採水果更開心，所以連別人要吃的量都摘走了
- 早上明明還有許多成熟的水果，但一天就被摘光了
- 一陣子都不想再吃那種水果了
- 確認要如何判別該種水果是否成熟
- 因為對花粉過敏而無法享受摘水果的樂趣
- 果園的預約都滿了，因此無法前往摘水果
- 下起雨來只好中斷摘水果的行程
- 很意外摘水果其實非常勞動身體，第二天肌肉痠痛

萬聖節

相關場景　澀谷（P.080）　原宿、表參道（P.198）　遊樂園（P.356）　角色扮演服飾店（P.382）

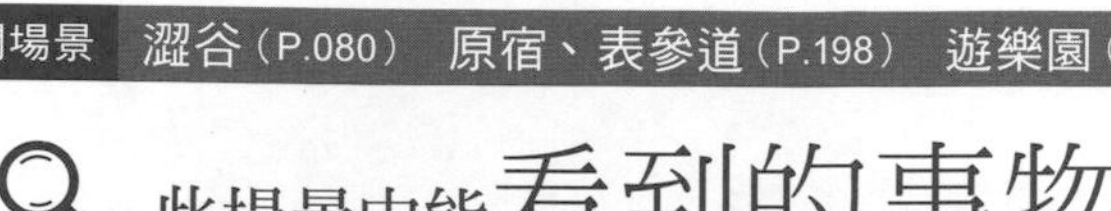

此場景中能看到的事物

- 南瓜或蕪菁
- 使用南瓜製作的甜點
- 傑克南瓜燈（使用南瓜等蔬菜製作成的燈具）
- 零食（糖果或餅乾等）
- 扮演妖怪或怪物等角色的服裝（吸血鬼、科學怪人、怪獸、魔女、狼人、活死人、殭屍等）
- 扮演連續劇或動畫等角色的服裝
- 制服或套裝（警察的衣服或護士等）
- 特殊化妝用的工具（血漿或刺青貼紙）
- 各式各樣的萬聖節商品（人偶、氣球、掛軸、燈具、花圈、置物盒等）
- 扮裝的人
- 拍攝扮裝者的人
- 為了向人要點心而在附近徘徊的孩童們以及陪在一旁的家長
- 警察或保全人員
- 由於限制通行而成為只有步行者可行走的道路
- 更衣室
- 由於會擾亂秩序而反對萬聖節的人
- 年輕人聚集的地點（澀谷或原宿）
- 民家
- 在城鎮裡訪問民眾的媒體人
- 萬聖節特有的活動（扮裝遊行或者比賽等）
- 附有扮裝者或者活動樣子照片的SNS投稿文章
- 在萬聖節播放的特別節目（動畫的特別篇等）
- 相機（攝影機）
- 散亂在活動會場等處的垃圾

此場景中能聽到的聲響

- 以湯匙挖出南瓜肉的聲音
- 小鞭炮的聲響
- 裝了許多零食的籃子裡發出「喀沙」聲響
- 巡邏車或救護車的警鈴聲
- 相機或智慧型手機拍照的快門聲
- 孩子們說著「Trick or treat（不給糖就搗蛋）」的聲音
- 扮裝的人們對話說著「你是扮成什麼？」、「是漫畫角色」
- 由於萬聖節而浮浮躁躁的人們騷動聲
- 參加萬聖節活動的人們對話說著「啊，有○○耶！」、「哇好像喔！」
- 電視節目播報員詢問「您這是扮演什麼呢？」
- 扮裝的人模仿角色發出的聲音
- 附近居民說著「來，這糖果給你」
- 警察說「前面不能再走過去囉」的聲音

設定時的小提醒　孩子們為了索要零食糖果而在附近繞來繞去，大人就扮裝走在街上，這就是萬聖節的活動內容。扮裝的質感越高，便越容易傳達出本場景。

此場景中可感受到的氣味及味覺

- 南瓜的氣味
- 點心的香甜氣味
- 扮裝用的服裝或血漿的氣味
- 化妝品或髮膠的氣味
- 四處散落的垃圾飄出惡臭
- 在宴會上端出的料理及酒類的味道

此場景中可感受到的感覺

- 拿到零食時非常開心
- 看到扮裝的孩子們而會心一笑
- 看見扮相非常道地的扮裝者而覺得感動又興奮
- 扮裝的人們聚集之處的節慶感及混亂感
- 舉辦萬聖節活動的場所熱鬧又混亂
- 雖然想要扮裝的道地一些，但沒想到意外地非常花錢，因此感到猶豫
- 扮裝樣貌做的不上不下還很開心，覺得有些丟臉
- 打扮的角色和別人重複，扮裝的品質卻輸給別人而覺得不甘心
- 看到看扮演的角色一點都不相襯的人而苦笑
- 因為能夠看到喜歡之人的角色扮演樣貌而覺得開心
- 穿著不習慣的服裝走出門，覺得有些害羞
- 妝卸不掉而覺得焦躁
- 看到完成度太低的角色扮演服裝而覺得煩躁
- 拿到的零食並不是非常好吃，覺得很失望
- 脫掉穿不習慣的服裝有解放感
- 做服裝的時候太過隨便，結果很容易就破了，後悔著「早知道應該買好一點的服裝啊……」

此場景中可能發生之狀況

- 製作或者去購買萬聖節要穿的服裝
- 扮裝成妖怪或怪物
- 繞行別人家要點心糖果
- 因為太過喧鬧結果被警察警告或者逮捕
- 參加扮裝遊行或者比賽
- 和朋友們以相同的服裝參加萬聖節活動
- 覺得既然是扮裝，那應該什麼都可以，就角色扮演成動畫等角色
- 扮裝的質感太低，別人看不出來是什麼
- 由於萬聖節而聚集了非常多人，因此非常慌張
- 因為扮裝而被當成可疑人士報警
- 和朋友或同事們開萬聖節宴會
- 參加萬聖節活動，發現有人的扮裝和自己一樣
- 上門來的孩子比預料中的還多，糖果點心不夠
- 扮裝太過認真結果孩子們都很害怕
- 接受電視節目採訪
- 自己扮裝的照片出現在雜誌等報導中
- 和孩子們一起在城鎮上繞行

登場人物 ・家長・孩子・朋友・警察・電視台人員・附近的居民

酉市（*在11月的酉日於各地的『鷲神社』舉辦的節慶活動。）

相關場景 神社（P.082）

此場景中能看到的事物

- 神社或寺廟
- 吊掛飾品的各種大小吉祥熊手（*熊手實為耙子，但作為裝飾品用途的熊手已非原先用途）（御多福面具、不倒翁、寫著生意興隆或家庭安全的旗幟、稻草米袋、酒樽、金幣、招財貓、稻穗、注連繩、鯛魚、松竹梅、大入袋、鶴、龜、許願小槌、七福神、寶船等）
- 熊手守護符
- 八頭芋
- 切山椒（一種便箋形狀的糯米果子）
- 流動攤販或臨時攤販（販賣吉祥熊手或者炸雞塊等料理）
- 寫著店家或公司名稱的提燈
- 鳥居
- 本殿（*神社的主要建築）
- 境內或參拜道
- 僧侶
- 前來參拜寺廟的客人
- 法被（*參見P.048）或袢纏（*與法被一樣是短外掛，但衣領及袖子形狀不同）
- 足袋或草履
- 毛巾（綁在頭上的）
- 寺廟或其周邊人山人海
- 立旗
- 太鼓或笛子
- 大麻（祛邪時用的工具）（*在神木樹枝或是白木棒上掛上紙垂或麻薴而成）
- 神轎
- 祈禱拍手
- 殺價的人
- 高舉熊手的人
- 紅包
- 祈求願望實現的人
- 紅豆飯
- 撫摸面具（傳說只要撫摸就能獲益的面具。目前鷲神社已不再展示此面具）
- 畸形秀展覽
- 去穢鹽
- 玄關
- 神壇
- 櫃子
- 神籤
- 鈴鐺
- 香油錢箱

此場景中能聽到的聲響

- 打開吉祥熊手包裝的聲音
- 穿著草履走路的腳步聲
- 鈴鐺的聲音
- 大麻揮動時的「沙沙」聲
- 祈求願望最後拍手的「啪啪」聲
- 太鼓或笛子的聲音
- 旗子或旗幟隨風飄揚的聲響
- 相機或智慧型手機拍照的快門聲
- 客人說著「大一點的好像比較有效果喔」
- 客人與攤販店員要求降價的對話「5000您覺得如何！」、「再降一些，4000吧！」
- 買了吉祥熊手的人談論著「要裝飾在哪裡？」、「櫃子上面怎樣？」
- 買了吉祥熊手的人談論著「這可以當成普通垃圾丟掉嗎？」、「好像可以交給下一次的酉市處理」
- 畸形秀展覽的店員喊著「還請過來看看」，屋裡傳來客人的歡呼聲
- 流動攤販招呼客人的聲音

設定時的小提醒 酉市是祈禱開運招福以及生意興隆的祭典。會場會有許多流動攤販，現場會販賣吉祥熊手。這是只有酉市才會具備的要素，因此也是塑造此場景的重點。

此場景中可感受到的氣味及味覺

- 臨時攤販等飄來各種食物的氣味
- 切山椒的味道
- 寺廟神社等漂盪的線香氣味
- 流動攤販啤酒的味道
- 流動攤販的食物冷掉之後非常難吃

此場景中可感受到的感覺

- 吉祥熊手非常誇張華美
- 祭典開始前的寧靜氣氛
- 有整排流動攤販的路上非常熱鬧
- 提燈的火焰傳來暖暖的感覺
- 切山椒具彈性的口感
- 撫摸面具那光滑無比的觸感
- 看到畸形秀展覽的表演時大受震撼
- 酉市祭典一直持續到深夜的喧鬧
- 購買吉祥熊手之後，期待「也許會發生什麼好事」
- 忘了把先前的吉祥熊手帶到回收熊手處時覺得「真是糟糕」
- 高舉吉祥熊手走路覺得有些害羞
- 有一整排流動攤販的地方宛如廟會
- 因為不知道該怎麼擺飾吉祥熊手而覺得困惑
- 販賣吉祥熊手的流動攤販太多，煩惱著不知該買哪個好
- 看到非常巨大的吉祥熊手而歪頭想著「買了的話要放在哪裡呢……？」

此場景中可能發生之狀況

- 在以往也曾買過的流動攤販上購買吉祥熊手
- 實踐道地的吉祥熊手購買方式（明明開口殺價卻用定價買下）
- 調查吉祥熊手的運用方式（擺飾方法或者處分方式等）
- 祈求願望結束後拍手
- 聽說高舉吉祥熊手回家能夠招來福氣，因此就高舉著熊手踏上歸途
- 聽說買了吉祥熊手後若是繞路到其他地方會吸引到不好的東西，因此直接回家
- 將前些年購買的老舊吉祥熊手，拿到熊手回收處或者守護符回收處去
- 忘了要處分吉祥熊手，只好委託寺廟神社另行燒掉
- 吉祥熊手壞了（裝飾品掉落等情況）
- 沒有購買吉祥熊手，只是專心一意地買流動攤販的食物邊走邊吃
- 老顧客來買吉祥熊手
- 得知酉市並不是全國性的祭典，而是只在關東部分地區舉辦
- 購買要放在公司裡的吉祥熊手
- 將買來的吉祥熊手裝飾在神壇或者櫃子等處
- 將找的零錢作為紅包交給店員
- 不知是否因為賣方有賺錢，每年吉祥熊手都越作越大
- 前往寺廟參拜
- 抽神籤

登場人物 ・僧侶・流動攤販的店員・客人

七五三節

（*日本神道教中兒童在三歲、五歲、七歲的11月15日要前往參拜以求神明保佑）

相關場景 成年禮（P.014） 神社（P.082） 寺院寺廟（P.084）

七五三節

此場景中能看到的事物

- 拍照的攝影棚
- 由於七五三參拜而熱鬧滾滾的神社或寺廟
- 身上穿著袴裝（*日本男性傳統褲裝）、和服或西裝的男孩子
- 穿著和服的女孩子
- 穿著正式服裝的家長和祖父母
- 和家長或祖父母牽著手走在路上的孩童
- 在拍照用攝影棚拍的紀念照
- 一家人和樂融融的紀念照
- 攝影師
- 神主、巫女
- 女孩子用的大型髮飾
- 草履
- 千歲糖
- 裝了千歲糖的細長袋子
- 紅豆飯
- 點心盒
- 供奉的香油錢
- 禮金袋
- 氣球
- 棉花糖
- 在餐廳或料亭吃到的料理
- 西餐廚師或日式廚師
- 端送料理的服務生
- 美容院
- 造型師、美容師
- 做過造型的髮型
- 下雨時用的雨衣或長靴
- 在神社或寺廟附近營業的流動攤販

此場景中能聽到的聲響

- 孩童穿的草履在地面上拖蹭的聲音
- 每當女孩子挪動身子就能聽見髮飾垂墜飾品搖擺的聲響
- 從拍照用攝影棚中傳來相機快門聲
- 將香油錢丟進錢箱裡的聲音
- 鈴緒（*神社香油錢箱上方的布料鈴鐺串）聲及鐘聲
- 裝了千歲糖的袋子磨蹭袴褲或和服的聲音
- 造型師在幫忙做頭髮的聲音
- 從餐廳或料亭傳來烹調的聲音
- 將料理器皿擺在桌子上的聲音
- 肚子咕嚕響
- 享用餐點時的咀嚼聲
- 氣球破掉的聲音
- 從流動攤販傳來的烹煮聲音或機械聲
- 攝影師想讓被攝者放鬆的聲音
- 指示動作的攝影師聲音
- 進行祛邪的神主聲音
- 穿著不習慣的盛裝和服而在抱怨的孩童聲音
- 孩子哭鬧著說「想趕快吃千歲糖」
- 因為不想穿著草履走路，因此鬧脾氣要「抱抱」的孩童聲音
- 不小心讓氣球飛走而哭起來的孩童聲
- 看見孩子穿著袴裝或和服而非常興奮的家長或祖父母
- 拿到裝了禮金的小紅包而滿臉笑容說著「謝謝」的孩童聲音
- 附近的人看到七五三的孩子，驚訝地說「已經長這麼大啦——」

設定時的小提醒 七五三節時常見的「千歲糖」是用來祈求孩童長壽的東西。袋子上會描繪「鶴龜」、「松竹梅」或者「壽」具有吉祥意義的動物或文字。

此場景中可感受到的氣味及味覺

- 拍照用攝影棚中相機或機械的氣味
- 常香爐中溢出的香火的氣味
- 美容院的氣味
- 髮膠的氣味
- 千歲糖甜甜的味道
- 紅豆飯的氣味及味道
- 點心盒中點心的味道
- 餐廳或料亭端上來的料理味道

此場景中可感受到的感覺

- 看見自己的孩子穿著盛裝和服時的喜悅與感動
- 看見別人家孩子穿著盛裝和服時內心浮現「噢是七五三節哪」的感受
- 覺得穿盛裝和服非常緊繃又很害羞
- 草履非常難走路
- 在拍照用攝影棚拍照片時心情興奮又緊張
- 拍照用攝影棚裡放的燈非常熱
- 攝影師的聚光燈十分炫目
- 拍了好照片時覺得鬆了一口氣
- 前往神社或寺廟參拜時非常興奮
- 神社或寺廟人潮擁擠而覺得很糟糕
- 七五三節參拜時下起雨來，覺得有些焦躁
- 請人幫忙做頭髮時感覺心情雀躍
- 第一次去高級的餐廳或料亭用餐，覺得非常興奮

此場景中可能發生之狀況

- 被孩子問到過七五三節的理由和由來
- 艱辛地讓孩子穿上盛裝和服
- 為自己孩子穿著盛裝和服的樣子留下照片或影像
- 孩子遇到同學而興致高昂
- 和孩子同學的家長一聊起來沒完沒了
- 孩子穿著平常沒怎麼在穿的草履走路，因為不習慣而摔跤受傷
- 因為不想穿著草履走路，而硬是要「抱抱」
- 向拍照用攝影棚租借七五三用的服裝
- 拍紀念照時孩子始終不笑
- 拍紀念照花了太多時間，孩子覺得厭煩
- 由於燈光熱度而開始流汗，母親的妝都融了
- 因為孩子實在定不下心來，而忍不住斥責孩子
- 因為是七五三節，所以努力多添些香油錢
- 煩惱應該要包多少參拜禮金
- 發現忘了買禮金袋而慌張前往購買
- 將祝賀禮金交給孩子，近距離看到孩子高興的臉龐
- 孩子在流動攤販前吵著「我要買！」
- 孩子拿到千歲糖的瞬間變得心情非常好
- 買的千歲糖吃不完而丟掉
- 花多些錢去豪華的餐廳或料亭用餐

登場人物 ・家長・孩子・祖父母・攝影師・神主・巫女・僧侶・西餐廚師・日式廚師・附近鄰居

聖誕節

相關場景 甜點店（P.304） 旅宿（P.312） 遊樂園（P.356）

此場景中能看到的事物

- 聖誕老人
- 麋鹿
- 聖誕樹或花圈
- 五彩繽紛的裝飾（裝飾在樹上或牆壁上的小東西等）
- 聖誕蛋糕
- 襪子
- 聖誕卡
- 每家自己的大餐（烤雞等）
- 香檳等酒類
- 燈光裝飾（電燈泡裝飾）
- 宴會相關物品（拉炮或者三角帽等）
- 陳列在店頭的聖誕節商品（蛋糕等）
- 包圍在聖誕節氣氛中的街道
- 雪
- 花樣非常漂亮的包裝紙
- 等待男女朋友的人
- 在平安夜約會的情侶
- 和家人或朋友享受聖誕節的人
- 獨身靜靜度過聖誕節的人
- 打扮成聖誕老人賣蛋糕等物品的店員
- 孩子們寫給聖誕老人的信
- 在12月24日做了記號的月曆
- 在聖誕節播放的特別電視節目（連續劇的特別篇等）
- 聖誕節才有的活動（展示巨大聖誕樹或者燈飾等）
- 約會場所（主題公園等）
- 特殊活動（祭典或遊行等）
- 禦寒服裝
- 聖誕節規格的營養午餐

此場景中能聽到的聲響

- 聽見「叮叮噹、叮叮噹、鈴聲多響亮」歌曲聲（「聖誕鈴聲」）
- 聽見鈴鐺「叮噹」聲響
- 開香檳時發出的聲響
- 打開燈飾電源時發出的聲音
- 打開裝著聖誕樹的箱子聲音
- 拆開聖誕禮物包裝紙的聲音
- 相機或智慧型手機拍照的快門聲
- 情侶對話說著「這給你，是聖誕節禮物」、「謝謝！」
- 親子對話說著「你向聖誕老公公要了什麼啊？」、「我想要電玩遊戲」
- 家長威脅孩子「不趕快去睡覺，聖誕老公公就不會來喔」
- 孩子們吵鬧著「快看，我拿到聖誕老公公給的禮物了！」
- 蛋糕店的店員說著「要不要買聖誕蛋糕呢？」
- 大家互道「聖誕快樂！」
- 單身者喃喃說著「今年也獨自一個人過節啊……」
- 有人發牢騷說著「說到底聖誕節是耶穌基督的誕生日子，日本人有什麼好慶祝～」
- 很難笑的冷笑話「難過聖誕」（＊原文是Merry Christmas的後者換成日文中發音相似的「苦しみます」，為痛苦的意思）

設定時的小提醒 這在國外是與家人一起度過的節日，但在日本通常是和男女朋友一起度過、又或者是和朋友開派對。可以使用聖誕老人或者聖誕樹等物品，凸顯出聖誕節的感覺。

此場景中可感受到的氣味及味覺

- 聖誕蛋糕的味道
- 烤雞等聖誕節料理的味道
- 香檳等酒的味道
- 蛋糕店飄出甜甜的香氣
- 聖誕樹的氣味
- 和家人或男女朋友一起吃的餐點非常美味

此場景中可感受到的感覺

- 燈飾之美
- 聖誕樹給人的熱鬧感
- 拿到聖誕節禮物時的喜悅
- 和家人或男女朋友一起過聖誕節而非常開心
- 男女朋友不在時感覺聖誕節非常寂寥
- 知道喜歡的人和其他人一起過聖誕節時的悲傷
- 獨自度過聖誕節時的寂寞感
- 明明有男女朋友但聖誕節卻要工作而非常悲傷
- 第一次知道其實沒有聖誕老人時的震撼
- 到處都買不到孩子想要的東西而非常焦躁
- 在聖誕節有工作而感到安心的單身者
- 送人禮物而對方非常喜歡，覺得鬆了口氣
- 被孩子問到聖誕老人的事情而覺得很尷尬
- 到處都是人，規劃好的約會無法順利進行而非常煩躁
- 聖誕節當天獨自出門，覺得有些尷尬又丟臉
- 因為工作而必須讓男女朋友自己一個人過節，覺得有罪惡感

此場景中可能發生之狀況

- 準備要給孩子的禮物
- 扮成聖誕老人送孩子禮物
- 和男女朋友約會
- 一個人寂寞地度過聖誕節
- 和朋友開派對
- 自掏腰包買下沒賣完的聖誕節商品
- 從聖誕老人手上拿到禮物
- 為了看一眼聖誕老人，整晚熬夜沒睡
- 問孩子向聖誕老人要了什麼禮物
- 為了要放禮物而在孩子睡著前都醒著
- 在放禮物給孩子前不小心自己睡著了
- 為了聖誕節而打算先交到男女朋友
- 因為討厭自己過節而和朋友（異性）一起度過
- 男女朋友不小心忘了聖誕節
- 到了前一天才發現第二天就是聖誕節，慌忙開始準備
- 為了聖誕節而先買好食材等，從好幾天前就開始準備
- 聖誕節適逢旺季，工作非常忙
- 搞不懂孩子想要的是什麼東西，在店裡和店員商量
- 有大量的蛋糕訂單
- 玩具店擠滿了人
- 寫信向聖誕老人道謝
- 要求「我想要妹妹」等而讓聖誕老人非常困擾

登場人物 ・家人・家長・孩子・情侶・男女朋友・單身男女

尾牙

相關場景 居酒屋（P.287）

此場景中能看到的事物

- 居酒屋
- 飯店
- 卡拉OK店
- 自家
- 公司
- 酒類或者無酒精飲料
- 各種料理和下酒菜
- 裝了飲料的玻璃杯或空玻璃杯
- 看來非常熱鬧的店內（居酒屋等店家）
- 上班族或大學生團體客人
- 和同事或朋友有說有笑的人
- 自己默默喝著酒的人
- 把料理分盤的人
- 集中精神吃吃喝喝的人
- 將領帶綁在頭上的男性
- 開始脫起衣服的人
- 醉倒而躺在一邊，或是低著頭、最後在一邊吐的人
- 唱歌跳舞的人
- 照顧爛醉者的人
- 聽上司抱怨的部下
- 對著部下說教的上司
- 性騷擾（或逼酒）的人
- 在車站剪票口或月台上睡著的人
- 非常喧鬧的桌客和非常安靜的桌客
- 玩賓果或表演等餘興節目
- 尾牙一結束就立刻回家的人
- 在居酒屋等店家前大聲喧鬧的人們
- 一開始就先叫了一堆食物和酒的人
- 路邊的嘔吐物
- 香菸及菸灰缸
- 藥（胃藥、薑黃等）

此場景中能聽到的聲響

- 斟酒的聲音
- 乾杯時玻璃杯相撞的聲音
- 拉開免洗筷的聲音
- 擠檸檬的聲音
- 餐具相撞擊的聲音（疊盤子等）
- 開罐裝啤酒時碳酸噗滋跑出來的聲音
- 店員在店裡奔走的聲音
- 玻璃杯翻倒或者打破的聲音
- 大家喊著「乾杯！」的聲音
- 上司慰勞說「大家都辛苦啦」的聲音
- 上司或者前輩說「今天隨意喝啊」（＊日文的「無礼講」包含喝酒聊天時無須在意身分地位的意思）
- 有人呼叫店員「抱歉，可以給我們幾個小盤子嗎？」
- 卡拉OK的歌聲
- 卡拉OK旁邊有人在講話的聲音
- 承辦人員說著「要參加續攤的人請告訴我」
- 上司在講很冷的老頭子笑話
- 店員向內場大喊「兩杯生啤酒」等
- 店員打招呼「歡迎光臨！」等

設定時的小提醒 喝酒並大聲喧鬧，忘卻一年的辛勞，是日本特有的活動。此場景的重點還是會放在喝酒，因此角色以社會人士或者大學生會比較自然。

此場景中可感受到的氣味及味覺

- 啤酒或燒酒等酒類味道
- 炸雞塊或煎蛋等料理的味道
- 最後去吃的拉麵等食物味道
- 香菸的氣味
- 白襯衫等衣服染上了汗水的氣味
- 香水或髮膠等的氣味

此場景中可感受到的感覺

- 雖不情願還是要前往參加尾牙而覺得很麻煩
- 在尾牙當中覺得「怎麼不趕快結束……」
- 婉拒參加時覺得有些尷尬又抱歉
- 並不喜歡喝酒的人感到有些憂鬱
- 被交代要當承辦人而覺得有氣無力
- 因為要踩上榻榻米座位而必須脫鞋子，焦急地想「要是很臭的話怎麼辦」
- 明明說可以隨便一點，但才稍微囂張一下，上司就生氣了，非常不講理
- 表演搞笑段子之後現場卻一片安靜，非常尷尬
- 自己一時酒興就對著部下或晚輩說教，之後感到非常後悔
- 對於自己喝到失憶一事感到非常後悔
- 雖然是尾牙，但其實工作還沒有做完而非常憂鬱
- 無法決定要去哪間店舉辦尾牙而非常焦慮
- 喝太多因此完全不記得那天的事情而感到焦躁
- 有人趁著酒興來性騷擾（被摸屁股等）而非常憤怒
- 被醉醺醺的人包圍時感到「這些傢伙真吵……」
- 喜歡的人就坐在旁邊而感到喜悅
- 被並不是那麼熟悉的人們包圍而覺得緊張
- 明明想回家卻變成得續第二攤甚至第三攤，非常煩躁
- 離開座位回來之後，位子上坐著其他人而感到困擾
- 太過顧慮周遭的人而非常疲憊
- 因為有工作而無法參加，覺得很寂寞

此場景中可能發生之狀況

- 擔任尾牙的承辦人
- 許多店家的預約都滿了，無法確保舉辦場地
- 被上司或前輩要求唱歌或者被逼表演搞笑段子
- 店家端上了不知道是誰點的料理或者飲料
- 被邀去續第二攤或第三攤
- 在回家的電車上因為爛醉而睡過頭
- 爛醉之後在不知名的地方醒來
- 乘著酒興搭訕喜歡的異性
- 因為連續應酬好幾天而腸胃不適
- 上司開始說教
- 弄丟了保管鞋子的櫃子鑰匙
- 一不小心喝太多
- 參加者比想像中少
- 被性騷擾或者逼酒（明明不太會喝酒卻被逼要一口氣乾杯等）
- 和平常不太會說到話的人聊天，因而感情變好
- 沒有尾牙時的印象，拼命的回想當天做了些什麼事情
- 爛醉如泥被別人照顧
- 沒坐到末班電車
- 不喝酒（或者不能喝酒）因此成為代步工具（開車）

除夕夜

相關場景 正月(P.012) 神社(P.082)

此場景中能看到的事物

- 除夕夜敲鐘(*日本的寺廟會在除夕夜跨年那一刻起敲一百零八下鐘聲)
- 家人或親戚
- 自家
- 親戚家(祖父母家等)
- 跨年蕎麥麵(跨年烏龍麵)
- 雜煮(*參見P.012)或年節料理
- 橘子
- 門松(*參見P.012)
- 注連繩(*參見P.012)
- 暖桌
- 電視
- 壽司或壽喜燒(鍋類料理)等感覺比較特別的料理
- 酒類
- 除夕澡
- 吸塵器或掃把(年前最後一次掃除)
- 紅豆湯或甘酒
- 神社(二年參拜)(*除夕深夜前往參拜後，於第二天元旦早晨再次前往參拜)
- 香油錢箱
- 參拜道路
- 除夕夜才有的電視節目(「紅白歌合戰」或者「閃耀！日本唱片大獎」等)
- 除夕夜才有的活動(倒數活動或者跨年活動等)
- 報導各地跨年狀況的新聞節目
- 在家裡悠哉度過的人
- 在公司跨年的人
- 和男女朋友一起跨年的人
- 製作雜煮或年節料理的人
- 大掃除的人
- 坐進暖桌裡悠閒放鬆的人
- 前往走訪神社的參拜客人
- 顯示時刻的電子儀表板(年節特別乘車時刻表)
- 年底大樂透抽獎
- 超市等店面陳列著正月用的商品(年糕或年節料理等)
- 人潮洶湧的超市等
- 神主
- 市民活動中心(地區團體的集合處等)
- 在神社等處舉辦的篝火
- 禦寒衣物

此場景中能聽到的聲響

- 除夕夜鐘聲
- 神社鈴鐺聲
- 將香油錢丟進錢箱裡的聲音
- 篝火啪嘰啪嘰的聲響
- 吃蕎麥麵的聲音
- 斟酒的聲音
- 想將滾燙的蕎麥麵吹涼時的「呼——呼——」聲
- 吸塵器的聲音
- 鍋裡傳出「咕嘟咕嘟」的聲響
- 從電視裡傳來歌唱節目的歌聲或搞笑節目的笑聲
- 親戚之間對話說著「好久不見！」、「過得好嗎？」
- 家人或朋友說著「一年好快就過去了呢」
- 聽到「今年最後的○○」之類的說詞
- 聽到「今年就要結束啦」之類的說詞
- 公司同事們對話說著「為什麼我們得在除夕夜工作啊」、「別提了」
- 念著「5、4、3……」的倒數聲

設定時的小提醒 為一年收尾的這天，大多是將打掃等家事處理完畢之後悠閒地度過。不過，近年來也有很多人會前往參加跨年活動，也可以納入這類要素。

 此場景中可感受到的氣味及味覺

- 跨年蕎麥麵的味道
- 橘子的味道
- 酒的味道
- 暖爐的氣味
- 神社等發放的甘酒或者紅豆湯的味道
- 篝火的氣味

 此場景中可感受到的感覺

- 除夕夜鐘聲聽來莊嚴或者令人煩躁
- 除夕夜特別節目非常無聊
- 凜冬寒冷
- 篝火非常溫暖
- 暖桌的暖意
- 沉浸在「今年也要結束啦」的思緒中
- 參加倒數活動時感覺非常開心
- 在公司一邊工作一邊跨年時非常難過
- 在暖桌裡悠閒渡過感覺非常安心
- 擠滿參拜信眾的神社非常熱鬧
- 想到就快可以拿到壓歲錢而覺得雀躍不已
- 大掃除做不完而有些焦躁
- 將所有角落打掃得乾乾淨淨而非常滿足
- 接下來幾天可以什麼都不用做而覺得輕鬆愉快
- 困在返鄉人潮當中而覺得非常煩躁
- 中了樂透時的喜悅
- 在SNS上輸入當年最一開始的招呼訊息，於倒數的時候按確定送出時的雀躍感
- 想起忘了寄出賀年明信片而非常焦慮

此場景中可能發生之狀況

- 返鄉
- 硬撐到跨完年都醒著
- 家人或親戚聚集在一起
- 大掃除（掃不完）
- 和老家那邊的朋友重逢
- 前往神社進行二年參拜（年初參拜的一種）
- 數除夕夜鐘聲
- 除夕夜還在工作（除夕夜做完最後的工作）
- 親戚都聚集在一起開了小規模的宴會
- 準備壓歲錢（去買紅包袋等）
- 和家人或朋友去聆聽除夕夜鐘聲
- 參加倒數活動或演唱會
- 和朋友一起開跨年派對
- 還沒跨年就睡著，醒來時已是明年
- 偷吃年節料理
- 電視都是特別節目，沒有想看的節目
- 一直轉台，只看自己覺得有趣的部分
- 寫準備要傳給朋友或認識的人的簡訊
- 拼命寫那些忘了要寄出的賀年明信片
- 回想今年有沒有還沒做的事情
- 「新年快樂」的簡訊如雪片般飛來
- 為了到初三都能不出門，買了許多東西放著
- 中了樂透
- 動手做跨年蕎麥麵要用的蕎麥麵
- 由於外出的人減少，因此沒有客人（餐飲店等處）

生日

相關場景 七五三節（P.062） 聖誕節（P.064）

此場景中能能看到的事物

- 迎接生日到來的人
- 為了慶祝生日而齊聚一堂的家人或客人
- 生日派對
- 為生日派對拍影片的人
- 裝飾在派對會場牆壁上的「Happy Birthday」字樣
- 生日禮物
- 生日卡片
- 旅行等驚喜禮物
- 家人或朋友的影片訊息
- 地方公共團體的祝福（若生日者為高齡人士）
- 寫著姓名或祝福話語的生日蛋糕
- 數量和年齡相同的蠟燭
- 祝賀的花束或花藝禮品
- 禮金袋及禮金
- 給生日派對主角戴的誇張帽子和墨鏡
- 用來裝飾派對會場的氣球、紙花等裝飾品
- 拉砲等派對商品
- 搞笑表演等餘興節目
- 用來祝賀生日的燈飾
- 來採訪長壽秘訣的新聞記者或者電視台工作人員
- 生日折扣或者生日特別服務
- 慶祝藝人或者動畫角色的生日活動、SNS上的大量投稿文章
- 寄給藝人或者動畫角色的大量生日禮物
- 生日占卜
- 生日星星、生日石、生日花

此場景中能聽到的聲響

- 拉砲的「砰！」聲響
- 吹熄生日蛋糕上插的蠟燭的火焰時「呼——」的聲音
- 參加派對的人拍手的「啪啪」聲響
- 生日禮物盒子裡的東西晃動聲響
- 撕開生日禮物包裝紙發出的聲響
- 搓揉到包著花束的塑膠紙時發出的聲響
- 吹開派對吹笛時的「嗶——！」聲響
- 打開生日卡片傳來背景音樂音樂聲
- 派對參加者說著「生日快樂！」的聲音
- 派對主辦人興奮大聲喊著「Surprise！」嚇主角的聲音
- 派對參加者唱著「Happy Birthday to you」的歌聲
- 主角對於驚喜或者生日派對非常感動的聲音
- 向參加者表達感謝話語的主角聲音
- 從影片訊息裡傳出家人或朋友的聲音

設定時的小提醒 提到生日，就會想到把與年齡相同數量的蠟燭插在蛋糕上、一邊許願一邊吹熄蠟燭的情景，若是很小的孩子或者高齡人士，也可能會發生因為氣息微弱而無法吹熄的小意外。

 此場景中可感受到的氣味及味覺

- 插在生日蛋糕上的蠟燭傳來煙燻味
- 用了拉砲以後有股燒焦味
- 花束或花藝禮品的氣味
- 氣球或帽子等派對商品的氣味
- 生日蛋糕甜甜的氣味與味道

 此場景中可感受到的感覺

- 拿到生日禮物時的興奮感與喜悅
- 煩惱著該送什麼生日禮物
- 計畫與執行驚喜派對時的雀躍感，以及希望不要被發現的心情
- 自己的生日快到了，周遭有種騷動感
- 對於生日派對感到高興與感動
- 對於驚喜派對感到非常驚訝，高興到說不出話來
- 對前來派對的人感到十分感謝
- 被邀去參加朋友的生日派對時的興奮與期待感
- 生日蛋糕甜甜的味道
- 無法吹熄插在生日蛋糕上的蠟燭而覺得煩躁
- 覺得「又老了一歲」的悲傷與焦躁
- 收到奇怪的禮物時感到非常困擾
- 拉砲或者派對喇叭非常吵雜
- 因為蛀牙而無法吃生日蛋糕，覺得非常懊悔

 此場景中可能發生之狀況

- 舉辦生日派對盛大慶祝
- 迎接生日到來的孩子興奮吵鬧
- 拿到生日禮物而笑容滿面
- 派對主角脫口說出「又老了一歲呢」
- 在餐廳裡送男女朋友蛋糕和唱生日歌的驚喜
- 使用大樓窗戶做成燈飾
- 生日前把玩具店的傳單給家長看，表達自己想要的東西
- 詢問朋友想要什麼樣的生日禮物
- 不是什麼了不起的禮物，包裝卻非常豪華
- 訂購的禮物趕不上生日當天
- 前來參加生日派對的人姓名和臉龐對不起來
- 收到有名人士的祝福影片而覺得非常驚訝
- 太過鬆懈而亂來，到了第二天才強烈反省
- 打算大肆為男女朋友慶祝生日，卻在時間快到的時候，對方提出分手
- 將訂婚戒指作為生日禮物，同時求婚
- 由新聞或電視節目為自己慶祝100歲生日
- 猛地要吹熄蠟燭，結果假牙飛了出來
- 將星星命名為生日者的名字當成禮物
- 記錯或者忘了朋友的生日

結婚典禮

相關場景　神社（P.082）　日式房間（P.094）

此場景中能看到的事物

- 新郎新娘
- 婚紗
- 頭紗
- 捧花
- 燕尾服
- 領結
- 手套
- 白無垢（*女性結婚時穿著的白色和服）
- 角隱（*白無垢的搭配頭飾）
- 文金高島田（*穿白無垢時梳的髮型）
- 羽織袴（*男性結婚時穿著的和服禮裝）
- 扇子
- 新娘新郎的家長、親戚
- 拉著新娘裙襬的孩童
- 參加者
- 禮服
- 白領帶
- 牧師
- 十字架
- 風琴
- 彩繪玻璃
- 花瓣雨、米粒雨（*西式結婚典禮上撒花瓣或米粒的活動）
- 戒指
- 聖經
- 紅毯（*指西式婚禮上新娘從門口走到新郎面前的那段路）
- 教會的長椅
- 神壇
- 神職人員
- 巫女
- 大麻（祛穢等使用的工具）（*參見P.060）
- 三三九度之杯（*日式婚禮中的儀式，交杯酒）
- 玉串（*供品的一種，將紙片綁在樹枝上）
- 媒人
- 司儀
- 結婚蛋糕
- 蠟燭
- 婚宴餐點
- 啤酒、酒類
- 圓桌
- 座位表
- 婚宴小禮
- 接待
- 禮金袋、袱紗包（*用來放紅白包的隨身包）、簽名冊
- 麥克風
- 互打招呼的上司或朋友
- 餘興節目
- 攝影師、攝影機
- 吊籃、煙霧

此場景中能聽到的聲響

- 聖歌
- 風琴伴奏
- 教會鐘聲
- 雅樂的樂聲
- 神職人員揮動大麻的聲音
- 結婚進行曲
- 在會場播放的婚禮用曲
- 出席者唱的卡拉OK聲
- 米粒雨撒下的米粒聲
- 乾杯時玻璃杯互相碰撞的聲響
- 倒啤酒等酒水的聲音
- 被拖在車尾跑的空罐所發出的聲響
- 典禮上放的新郎新娘歷程影片的聲音
- 神職人員的祝賀詞
- 歌謠曲「高砂」的歌聲
- 司儀的聲音
- 上司或朋友代表的致詞
- 準備室中與家長對話的聲音
- 媒人致詞、雙方家長致詞
- 喊著乾杯的聲音
- 對新郎新娘說的祝福話語
- 參加者們的說話聲
- 新娘念出寫給家長的信
- 朗讀祝賀電報的聲音
- 新郎的感謝詞
- 接待與客人的對話

設定時的小提醒　在準備室當中與家長對話等，可以說是必備的場面吧。在典禮會場及婚宴上，聚集了親戚、公司裡的人、學生時代的夥伴等，也可能會發生一些問題。

此場景中可感受到的氣味及味覺

- 木造神社的木頭氣味
- 和室房間中的榻榻米氣味
- 裝飾在現場的花朵氣味
- 會場外的草皮氣味
- 會場的芳香劑氣味
- 花瓣雨的花朵香氣
- 在接待處簽名時的麥克筆氣味
- 蠟燭擺飾的蠟燭氣味
- 新娘新郎出場時的乾冰氣味
- 吸菸室裡的香菸氣味
- 禮服上的防蟲劑氣味
- 三三九度之杯的酒杯味
- 婚宴上的餐點味道
- 結婚蛋糕的味道

此場景中可感受到的感覺

- 感受到這是一輩子僅一次的出場機會，非常緊張
- 終於能夠陪伴在此人身旁的放心感
- 對家長的感謝心情
- 交換戒指時的感動
- 教會或神社的神聖莊嚴氣氛
- 接到新娘丟出來的捧花而非常高興
- 將女兒嫁出去而覺得寂寞
- 天氣不好覺得有些遺憾
- 看到新人感情很好，覺得非常幸福
- 別人早於自己結婚而感到嫉妒
- 換禮服耗費太多時間而覺得很無聊
- 要上台發表感言覺得很緊張
- 點同心蠟燭時火焰的熱度
- 想著禮金應該要包多少而非常煩惱
- 曾經喜歡的人結婚了覺得很悲傷
- 開始覺得微醺非常舒服
- 穿著不習慣的禮服而覺得彆扭
- 見到許久沒見面的人而覺得懷念
- 有驚喜表演時覺得非常驚訝
- 讓總是互開玩笑的朋友看到自己認真的一面，覺得有些害羞
- 身為司儀有必須炒熱氣氛的使命感
- 被叫來表演餘興節目，但不知大家會不會喜歡而覺得不安
- 被大家灌了一堆啤酒，覺得很撐
- 有人打招呼說「好久不見」，卻想不起來對方是誰的心情
- 很久沒見到以前喜歡的某個人，見到面時的興奮感
- 會場播放的曲子非常有品味，令人覺得感動
- 緊張一口氣解除後的疲勞感
- 婚禮安然結束時的放心感

此場景中可能發生之狀況

- 典禮前女兒帶淚向家長述說感謝的心情
- 與學生時代的夥伴重逢，開心地談著以前的事情
- 當天新娘沒有現身，婚禮沒辦成
- 典禮中途有其他男人來搶新娘
- 和以前的男女朋友同桌
- 因為是第二次結婚，被參加者拿來和第一次比較
- 新娘寫給家長的信，讓參加者也感動落淚
- 悄悄仰慕著新郎的人，五味雜陳的前來參加典禮
- 在婚宴上喝酒過量而在席上亂來、使現場狀況混亂等
- 在典禮上相遇的男女意氣相投而成為一對
- 收到令人意外的名人祝賀影片
- 忘了買禮金袋，慌張地前去購買

登場人物 ・新郎新娘・牧師・神職人員・巫女・家長・親戚・公司上司・同事・學生時代的夥伴・朋友
・媒人・司儀・會場工作人員・負責接待的人・攝影師・廚師

葬禮

相關場景 寺院寺廟（P.084） 佛堂（P.103）

此場景中能看到的事物

- 遺照
- 祭壇
- 棺材
- 遺體
- 死者穿的喪服
- 供花（不同宗教派別會有不同種類的花）
- 牌位
- 焚香盆
- 牧師、神父
- 聖經
- 獻花台
- 十字架
- 線香
- 蠟燭
- 寫著贈花者姓名的名牌
- 和尚、神主
- 和尚敲的鐘
- 木魚、木魚的槌子
- 和尚坐的椅子
- 念珠
- 寫著經文的紙張
- 喪主
- 喪家、參加者
- 政治家、政治家秘書
- 電報
- 司儀、麥克風
- 接待人員
- 喪服
- 袱紗包（*參見P.072）
- 白包禮金
- 來賓冊
- 簽名用的麥克筆
- 白包回禮
- 公祭謝函
- 壽司等結束長期用齋的一餐
- 圓形手燈
- 水果等供品
- 護身刀
- 吸菸室
- 靈柩車
- 上釘儀式用的釘子
- 敲釘子用的石頭
- 祛邪的鹽巴
- 黑色領帶
- 入口處的提燈
- 寫著「〇〇家葬禮會場」的看板
- 袈裟
- 葬儀社的人員

此場景中能聽到的聲響

- 會場放的背景音樂
- 和尚唸經聲
- 木魚的聲音、鐘聲
- 參加者的哭泣聲
- 參加者所唱的聖歌
- 念珠的聲音
- 蓋上棺材的聲音
- 在棺材上敲釘子的聲音
- 將祛邪用的鹽巴撒在身上的聲音
- 靈柩車的喇叭聲
- 靈柩車的引擎聲
- 在來賓冊上簽名的聲音
- 結束用齋餐的用餐聲
- 斟啤酒的聲音
- 在蠟燭上點火的聲音
- 葬禮後收拾祭壇的聲響
- 計算禮金的計算機聲
- 司儀的聲音
- 和尚或神主的聲音
- 牧師或神父的聲音
- 誦念弔唁詞的聲音
- 指定焚香的點名聲
- 朗讀電報的聲音
- 喪主向大家打招呼的聲音
- 接待人員的聲音
- 說著「這實在是太……」的哽咽聲
- 對著遺體呼喚的聲音
- 與許久不見的人打招呼
- 公司相關者下指令的聲音
- 獻杯的聲音
- 聊著故人相關回憶的聲音

設定時的小提醒 葬禮的形式及步驟等，會因宗教、地區而有所不同。可以預料有人會因為親人或認識的人死亡而覺得悲傷、又或者是有些難以平復的心情。

此場景中可感受到的氣味及味覺

- 線香的氣味
- 裝飾在現場的花朵氣味
- 久久才穿一次的喪服上有防蟲劑的氣味
- 吸菸處的香菸氣味
- 靈柩車的汽車廢氣味
- 棺材的木頭氣味
- 點燃的蠟燭氣味
- 在接待處簽名時的麥克筆氣味
- 死者妝容的氣味
- 在通舖辦葬禮時有榻榻米的氣味
- 結束用齋餐的料理味道
- 啤酒或酒類的味道
- 祛邪鹽巴的味道
- 火葬場獨特的氣味

葬禮

此場景中可感受到的感覺

- 親人死去的悲傷
- 見到久未見面親戚的懷念感
- 身為喪主的責任感
- 會場中寒冷或者炎熱
- 念經時間很長而覺得無聊
- 煩惱白包應該要包多少
- 參加者一起出現時接待人員非常忙碌
- 見到遺體時感覺非常寂寞
- 煩惱香油錢或奉獻金應該要包多少
- 念弔唁詞時的緊張感
- 不知道焚香的步驟而覺得不安
- 在祭壇前雙手合十，心中感到非常神聖
- 出棺時心中覺得「這樣就無法再相見了」
- 擔心不知道會有多少人來參加
- 人來得比想像中多，因此十分擁擠
- 看見父親在哭泣而十分驚訝
- 不能念錯弔唁電報上的名字而非常緊張
- 對方享盡天年，覺得也真是辛苦了
- 曾經受對方照顧，心中充滿感謝
- 有人託帶白包過去，拿了一堆回禮非常沉重
- 久久才穿一次的喪服，總覺得不習慣
- 在供養過後希望對方能順利成佛的祈禱之心
- 擔心一臉憔悴的家人們
- 看到總是打扮隨便的人穿著正式服裝，覺得非常不可思議
- 不知道該不該參加用齋結束的餐會
- 在通舖舉辦葬禮，正座太久而腳麻
- 在用齋結束餐會上喝了酒，有些醉意
- 拿到了比預期還高的香油錢而非常開心
- 葬禮平安結束，鬆了一口氣

此場景中可能發生之狀況

- 與參加者聊天的時候，發現故人令人意外的一面
- 故人的外遇對象想要參加弔唁而與妻子鬧了起來
- 在準備室當中，親戚為了遺產分配而吵了起來
- 喪者平常總是遭人怨恨，但前來參加葬禮的人都只說他的好話
- 預定朗讀弔唁詞的人遲到了，司儀非常慌張
- 小時候常一起遊玩的親戚變成一副大人樣，因而感到非常驚訝
- 因事件而亡的人的葬禮上，刑警確認來參加的人
- 電視轉播名人的葬禮
- 為了包辦丈夫父母的葬禮，媳婦非常拼命

登場人物

- 故人・喪主・妻子・孩子・親戚・和尚・牧師・葬儀社人員・公司的上司或同事
- 老友・鄰居・政治家・政治家秘書・電視記者・刑警

女性聚會

相關場景　媽媽朋友午餐聚會（P.078）　丸之內（P.218）

此場景中能看到的事物

- 非常刻意地穿著時髦服裝的女性們
- 下班的女性們
- 媽媽朋友們
- 只有女性參加的家庭酒宴（非常時髦的獨居房屋）
- 只有女性參加的下課後家庭餐廳或涮涮鍋店餐會等
- 在朋友的房間開心喝茶吃點心聊天的小學女學生
- 只有女性參加，在活動中心或集會場所等處舉辦的茶會
- 時髦的居酒屋或義大利餐廳
- 時髦的餐點（義大利料理、法國料理等套餐料理等）
- 時髦的飲料（紅酒、氣泡水、啤酒等，依據主題或餐廳變更）
- 女孩子之間才會聊到的時尚話題
- 聊天時提到身邊有男朋友的女性、或者是男性的事情
- 傍晚飲酒（傍晚之後才開始的酒宴）
- 優雅地為大家分裝桌上的義式煮魚、義式香腸、烤牛肉等食物的女性
- 蔬菜拼盤、涼拌牛肉、硬麵包或佛卡夏、西西里油條、麵包捲等時髦料理
- 甜點拼盤
- 有料理表演的自助餐形式飯店晚餐
- 女性聚餐上的法式硬皮蛋糕（通常會是晚餐有這道，但也可能在午餐出現）
- 預約好的包廂房間
- 各式各樣的披薩
- 小手巾、紙手帕
- 投稿SNS文章時附上拍攝的料理照片的女性

此場景中能聽到的聲響

- 拍攝送上來料理的快門聲
- 享用餐點的聲音
- 玻璃杯中冰塊的聲音
- 鼓掌聲
- 乾杯時的玻璃杯聲音
- 智慧型手機上傳來SNS的訊息通知聲
- 大家很有精神的說「乾杯！」的聲音
- 開心笑著的聲音
- 笑得非常優雅的聲音
- 吵鬧聲
- 不知該說什麼評語就說「好可愛」的聲音
- 似乎希望周遭的人都羨慕她，而以稍微高亢的聲音「嗯、嗯」的回覆她人的女性聲音
- 各自談話的聲音
- 喝醉而哭起來的女性聲音
- 提到「妳最近瘦了？」、「沒有啦——」的減肥話題
- 談話間確認「交到男朋友了嗎？」
- 吃了一大堆東西之後，被詢問「要不要一起去吃甜點？」

設定時的小提醒　日本曾有長屋（＊類似集體宿舍、連在一起的房子），因此從以前就有「井戶端會議」（＊前述長屋的居民通常使用同一口井，因此女性會聚集在井邊洗衣服聊天），是女性們聚集閒聊的場所。經過時代與場所的變更，即使現在成了「女性聚會」，女性閒聊生活、戀愛、家人話題的樣子仍然不變。

此場景中可感受到的氣味及味覺

- 看來非常美味的食物氣味
- 多種酒精飲料混在一起的氣味
- 總覺得附近有香菸的氣味
- 很少吃到的料理非常美味

此場景中可感受到的感覺

- 覺得那種說著「我們女生聚在一起聊天，這樣很像美國的時尚連續劇呢」而洋洋得意的女性，有些令人不耐煩
- 老是被公司的老鳥女性約要參加聚會，感覺煩躁
- 能夠在很棒的場所享用美味的餐點，感覺非常幸福
- 看到還在帶孩子的主婦們帶著孩子去居酒屋辦「女性聚會」，覺得孩子們很可憐
- 將孩子託給婆婆或丈夫之後去參加聚會，但又覺得只有自己享用美食而有些內疚
- 因為有食物過敏，能吃的東西選項很少，感覺非常遺憾

此場景中可能發生之狀況

- 有人想辦活動的場所，旁人都可能聽見大家聊天；也有人想辦在能預約包廂的地方，選擇場地的時候意見分歧
- 年過30的姊妹誠實地說出：明明都已經不是學生了，還說自己是「女子」有點好笑（*此節原文為女子會，而日文中的女子給人較為年輕感），結果惹人生氣
- 每人的參加費5000日圓的五人聚會上，沒告訴大家有「承辦人減免500日圓」，自己結帳的時候是4500日圓，總覺得有些過意不去。
- 礙於氣氛，不說義大利麵而是說Pasta，不直呼啤酒而是說beer
- 由於沒有男性在場，因此聊戀愛話題很輕鬆，但對於有些人會一直講黃色笑話就覺得不是很適應
- 為了要把送上來的料理照片傳到SNS上，所有人一起用智慧型手機啪嚓啪嚓地拍照
- 去了甜點吃到飽的聚會，一不小心吃太多而非常後悔
- 女高中生在下課以後想去零食吃到飽的卡拉OK店或者是去吃到飽的涮涮鍋，用上了女性聚會可折扣●%的「女性聚會專用折價券」
- 在日式甜點店一邊吃著餡蜜（*一種有紅豆餡及其他配料加上糖蜜的日式甜點）、喝著茶聊到「妳都沒變呢，還跟年輕時候一樣」
- 小學女生們到卡拉OK店去吃到飽或喝到飽
- 媽媽朋友們各自帶料理參加（或者一起烹調料理）的午餐聚會
- 一群女性聚會十分愉快，因此同一群人會定期舉辦聚會
- 一旦成為承辦人，參加者就會說「妳要找間氣氛好的餐廳喔」，於是開始搜尋美食網站

登場人物 ・女性・OL・母親・小學女生・國高中女生・大學女性・媽媽朋友

媽媽朋友午餐聚會

相關場景 女性聚會（P.076） 國小入學考試（P.197）

此場景中能看到的事物

- 稍微打扮了一下的媽媽朋友們
- 午餐聚會上坐在一起的小孩子們
- 家庭餐廳的一角（有矮牆面區隔的座位）
- 午餐時間也有營業的居酒屋包廂（大多為包廂出租）
- 包廂座位
- 時髦的餐廳（法國料理或義大利料理）
- 聚集在某個人家裡的媽媽朋友們（外送料理或者是手作餐點等各種情況）
- 在附近大型公園中，媽媽朋友們帶著孩子一起野餐（大多自帶便當）
- 在監護人聚會、教學參觀結束後聚集去吃午餐的媽媽朋友們
- 家庭餐廳的停車場停滿了腳踏車（菜籃腳踏車）
- 餐廳的停車場（自行開車前往）
- 舖了榻榻米的和室（有長桌且擺放許多坐墊）
- 承辦人向大家簡單地打個招呼
- 學生換班級過後的媽媽朋友午餐聚會上，互相自我介紹的參加者們
- 菜單
- 店家送上來的套餐餐點
- 兒童菜單
- 飲料（大多是無酒精飲料，但也有人點了酒精飲料）
- 水杯、濕毛巾
- 正在結帳的承辦人
- 大考前互相探聽資訊的媽媽朋友們
- 在店裡毫無顧忌、到處奔跑的小孩
- 在兒童遊樂區（有些店家會有）玩耍的孩子們、玩具
- 在店門前看著智慧型手機上的地圖，確認著「是這間店沒錯吧？」的媽媽朋友們

此場景中能聽到的聲響

- 當中包含多重意義的掌聲
- 料理被放在桌上的聲響
- 乾杯的玻璃杯聲音
- 小孩子們吵鬧奔跑的聲音
- 無酒精飲料的冰塊在杯子內撞擊的聲響
- 上來一道擺盤漂亮的料理，到處都是拍照快門聲
- 結帳的時候各自拿出零錢的聲響
- 「上次見面是運動會那時了呢！」、「好久不見，過得好嗎？」等無關緊要的對話
- 「這是您的香嫩炸雞塊定食」等端上料理的店員聲音
- 說著稱讚自家孩子的對話
- 互相謙讓的聲音
- 互相稱讚對方孩子的聲音
- 下意識發出很大的聲音
- 大笑的聲音
- 各自喊對方「●●同學的媽媽」的聲音
- 自覺性很高的媽媽朋友們優雅的笑聲
- 悄悄談話的聲音
- 和座位較近的人聊起近況的話語聲

設定時的小提醒 媽媽朋友指的是因為孩子同住附近或同班而認識的人們。由於此場景會非常因人而異，包含午餐預算、主題，甚至是自己與氣氛不合等，都可能是壓力的成因，也許算得上是日本特有的活動。

此場景中可感受到的氣味及味覺

- 看來非常美味的食物氣味
- 因為太過在意他人眼光和話題內容，口中吃著料理卻食之無味
- 很少吃到的料理非常美味
- 坐在一起的孩子所點的柳橙汁和兒童套餐的氣味
- 餐後咖啡的香氣

此場景中可感受到的感覺

- 如果不是因為小孩子，根本不會結識的人，與他們往來產生悲喜交錯
- 如果拒絕邀請，也許會害孩子被討厭……而非常擔心
- 在難得有機會前往的高級餐廳吃著午餐，有種自己過著貴婦生活的錯覺
- 平常連1000日圓的套餐都不太會吃了，覺得媽媽朋友聚餐要吃到1500日圓以上實在很貴，感受到與其他人的金錢觀差異
- 老公總是吃500日圓只花一枚銅板的便當，但自己卻和媽媽朋友們吃2000日圓的午餐套餐食，總覺得有些內疚
- 承辦人把所有人的帳單拿去一起結帳，並且請店家把集點章都蓋在自己的集點卡上，換了很好的集點獎品（高級紅酒之類的），總覺得令人有些不快
- 在餐廳打工時，遇到認識的媽媽朋友團體碰巧前來用餐，覺得很尷尬
- 因為孩子生病而無法參加媽媽朋友聚餐，之後被告知「妳要是把小孩子託給其他人就好了～上次聚餐超有趣的」總覺得有些悲傷
- 在媽媽朋友群中沒有派系問題、和大家感情都很好，但午餐聚餐的時間卻都撞在一起而感到棘手
- 在上菜之前氣氛有說不出的異樣感

此場景中可能發生之狀況

- 承辦人從企劃一路包辦到預約、結帳等
- 因為不太擅長計算，希望盡可能不要當上承辦人
- 在活動的五天前左右，承辦人傳簡訊告知請回覆是否出席及點菜內容
- 由於活動預算和自己的金錢觀感差太多，雖然想去也只能找理由每兩次才去一回
- 雖然是孩子同學的媽媽，但對於對方大白天就在喝酒實在無法輕易接受
- 雖然參加聚會，但大家都在說學校、幼稚園或者婆婆的壞話，一點也不開心
- 和先前不太常交談的人有了說話機會，因為興趣相合而感情變好
- 監護人聚會、教學參觀結束後整班去吃午飯，結果幼稚園（學校）來函通知「媽媽朋友午餐聚會一年請在兩次以下」
- 如果附近就有家庭餐廳，把孩子送到幼稚園的媽媽們就會午餐聚會，吃完再去接小孩
- 補習班下課之後的媽媽朋友聚會，由於還帶著孩子，變成一定要有某個人陪小孩子

登場人物 ・母親・媽媽朋友・孩子・家人・丈夫・公公・婆婆・老師・托兒所老師

澀谷

澀谷是被稱為年輕人街頭的地方，有各式各樣的餐飲店、時尚服飾店家、大型商業設施等等。另外，也有幾間美術館等文化類型的設施。

此場景中能看到的事物

- 澀谷車站
- 八公前廣場
- 大型十字路口
- 站前的巨大街頭螢幕
- 澀谷109
- 中央街
- 代代木公園
- 明治神宮
- NHK攝影棚公園、NHK活動廳
- Bunkamura
- Yoshimoto Mugendai Hall
- 貓街
- 美術館（太田紀念美術館或WATARI-UM美術館等）
- 綠色電車觀光中心
- 澀谷摩艾雕像
- 鍋島松濤公園
- 澀谷HIKARIE
- 校外教學旅行的學生、外國人觀光客
- 在街頭進行訪問的TV攝影工作人員

此場景中能聽到的聲響

- 從巨大螢幕傳來正在播放的CM聲音、商店的背景音樂等
- 相機或智慧型手機拍照的快門聲
- 巨大卡車以極大音量播放著廣告且到處奔走的聲響
- 來旅行的學生們談論著「我想去109！」、「在哪裡啊？」的對話
- 外國人觀光客的聲音
- 派出所或觀光中心聽見有人在問「○○在哪裡？」
- 聽見有人招攬客人「要不要來居酒屋呢？」

此場景中可感受到的感覺

- 澀谷站及周遭毫無秩序的感覺
- 走過大型十字路口的人們摩肩擦踵且「似乎要撞到人」的感覺
- 因為旅行而來的學生等不習慣大都市的人，走在澀谷街頭時總覺得有些害羞又困惑
- 站前周遭的熱鬧程度已經太過頭而令人覺得煩躁
- 在車站等處迷了路而非常焦躁煩悶
- 第一次來訪澀谷覺得非常雀躍而感動
- 空氣中混雜了許多餐飲店、服飾店、化妝品店等的氣味而覺得呼吸困難

此場景中可能發生之狀況

- 和朋友或男女朋友一起去玩
- 欣賞路旁的櫥窗
- 在車站前等處被電視節目採訪
- 每當有萬聖節等活動時，就會人數眾多熱鬧異常
- 車站及周邊道路複雜，走進去之後就迷了路
- 斜坡很多、只是走路而已就覺得非常累
- 校外教學旅行前來觀光
- 機會難得而非常期待，沒想到因為大型開發案導致站前到處都在施工，非常失望
- 八公銅像附近太多人了，與人約見面卻找不到人

設定時的小提醒 這裡和年輕人多的原宿有許多雷同點，但是澀谷較為多變。加入各式各樣的商店、景點和雜貨店等，比較能夠展現出這個場景。

登場人物
- 年輕人
- 招攬顧客的人
- 來旅行的學生
- 外國人觀光客

第二章

圍繞著家屋的場景

Shrine / Temple / Power Spot / Spirit Spot / Japanese Castle / Japanese Garden / Hot Springs / Hotel / Japanese-Style Room / Bath / Kitchen / Living Room / Closet / Toilet（Japanese-Style House）/ Barn / Entrance Floor Mold / Balcony / Buddhist Altar Room / Storehouse / Old Houses / Garden / Mochimaki / Groundbreaking Ceremony / Moving / Apartment Complexes / Shelter / Kyoto Nara

神社

相關場景　正月（P.012）　七五三節（P.062）　寺院寺廟（P.084）　撒年糕儀式（P.107）

此場景中能看到的事物

- 鳥居、千本鳥居
- 石階、門柱、石柱
- 立旗
- 香油錢箱
- 神籤、綁籤的地方
- 匾額（掛在高位的看板等）
- 參道、表門（*神社的正門）、手水舍（*參拜處前可清潔雙手的地方）、水勺
- 攝末社（*本社以外，由該神社管理的小型神社）
- 社殿、拜殿、本殿
- 古札所（回收古老護身符的地方）、社務所（處理神社一般事務的辦公室）
- 狛犬或白狐的像
- 與該神社有關的人物銅像或石像
- 撫牛（牛的擺飾。摸一摸可治癒疾病）
- 百度石（百次參拜用的標示）（*民間信仰相信連續參拜同位神明百日可願望成真）
- 注連柱或標柱（在兩支石柱間拉起注連繩的標的物）
- 注連繩（*參見P.012）
- 石祠、燈籠、石燈籠
- 鈴緒（*參見P.012）
- 神木
- 石神、石碑、紀念碑
- 繪馬、掛繪馬的地方
- 獻燈台（用來為蠟燭點火的地方）
- 護身符、破魔箭、神札（*神社發放的木牌或旗子）、朱印帳（*專門蒐集參拜證明「朱印」的小冊子）
- 鎮守之森（*神社周邊用來保護神社的森林）
- 篝火
- 宮司（*神社管理人）、神主、巫女
- 裝束（*此指日本平安時代留下的服裝樣式）、衣冠單（重大祭典時使用的服裝）
- 烏帽子（*平安時代男性的正裝用帽子）、大麻（綁了許多和紙的棒狀祭祀用道具）
- 香油錢小偷
- 正在打掃環境的神主或巫女
- 在神社境內拍照留念的人
- 在手水舍淨手及淨口的人
- 為了參拜而正在排隊的人
- 將零錢或鈔票丟進香油錢箱的人
- 把抽到的籤紙綁在樹上的人
- 正在掛繪馬許願的人
- 正在進行消災解厄儀式的人

此場景中能聽到的聲響

- 走在石階或參道上的聲響
- 將零錢丟進香油錢箱時「匡瑯匡瑯」的聲響
- 鈴緒「喀啷喀啷」的聲響
- 參拜者拍手的聲音
- 由手水舍傳出水流動的聲音
- 以水勺取水然後漱口的聲音
- 抽籤的聲響及綁籤的聲音
- 綁籤到樹上時，樹枝斷掉的聲響
- 掛繪馬的時候，與其他繪馬互相敲擊的聲響
- 神主或巫女以掃把掃地的聲響
- 相機快門聲
- 神主或巫女談話的聲音
- 為了參拜而正在排隊的人談話的聲音
- 因為抽籤結果而開心或難過的人的聲音
- 導遊向外國人觀光客說明神社的聲音
- 將玩具或人偶拿來供養而必須道別的悲傷聲音
- 正在進行消災解厄儀式的神主聲音
- 詢問他人「你許了什麼願？」的聲音

設定時的小提醒　這是能夠貼身感受到日本文化的地方，因此有許多外國人觀光客會來訪。另外，也經常會成為動畫故事的背景舞台，也有些神社會與整個城鎮聯合以動畫作品為主題舉辦活動。

此場景中可感受到的氣味及味覺

- 神木的氣味
- 鈴緒繩子的氣味
- 香油錢箱周遭瀰漫著零錢的氣味
- 繪馬的氣味
- 在篝火中焚燒的玩具或人偶、護身符的氣味
- 拜殿或本殿建築上使用的木材的氣味
- 年初第一次參拜時穿的和服氣味
- 供品的氣味
- 在手水舍喝到的水的味道
- 臨時攤販所販賣的料理氣味及味道
- 撒年糕大會上撒的年糕氣味及味道

此場景中可感受到的感覺

- 一不小心就從鳥居下方正中間走過去而非常焦慮
- 年初第一次參拜時感受到新年那種清新氣息
- 年初第一次參拜要穿和服而非常興奮
- 年初第一次參拜踩著木屐覺得腳痛
- 年初第一次參拜穿著和服非常冷
- 看到千本鳥居非常驚訝、穿過鳥居時非常雀躍
- 排隊要參拜的人龍非常長，非常絕望
- 神籤抽到大吉時非常開心；抽到大凶時非常絕望
- 綁籤的樹枝折斷時感到悲痛及絕望
- 煩惱著該丟多少錢進香油錢箱
- 咬著牙丟了一萬元進香油錢箱時的期待感
- 希望能夠實現願望的強烈念頭
- 看到圖案畫得非常漂亮的繪馬時既感動又驚訝
- 看到人偶或玩具被燒掉時的悲傷
- 看見巫女長得很可愛而覺得開心
- 護身符的種類太多而不知道該買哪個好，總覺得有些困擾
- 向外國人觀光客說明神社裡某個東西的由來時，對方感到非常驚訝
- 看見陰暗的鎮守之森覺得有些不安及可怕
- 剛好遇到撒年糕大會而非常開心
- 看見整排的臨時攤販而非常興奮

此場景中可能發生之狀況

- 喘著氣爬上石階
- 想著該丟多少錢到香油錢箱裡而煩惱了非常久
- 丟了紙鈔進香油錢箱之後又後悔了
- 強烈地念禱祈願希望願望實現
- 神籤抽到大凶而非常意志消沉
- 因為巫女長得很可愛而忍不住想拍照，結果被罵了
- 年初第一次參拜前往神社，剛好遇到青梅竹馬
- 神社裡的參拜客人比想像中的多太多，完全不想進去
- 來到神社才想起家裡堆了許多護身符沒有帶來
- 買要給家人或朋友的護身符
- 非常認真的幫自己買了結緣用的護身符

登場人物 ・家長・孩子・祖父母・朋友・神主・巫女・外國人觀光客・導遊

寺院寺廟

相關場景 正月（P.012） 七五三節（P.062） 神社（P.082）

此場景中能看到的事物

- 山門、三門、石階、參道
- 常香爐（用來焚燒線香的大香爐）
- 手水舍（*參見P.082）、水勺
- 蠟燭與線香
- 香油錢箱
- 鱷口（一種吊掛在佛殿屋簷的佛具）
- 僧堂（僧侶進行集團生活及修行的場所）
- 本堂、佛殿、法堂、講堂
- 石像、石碑、鐘
- 庫裡（住持的起居間）
- 東司（洗手間）
- 佛像
- 多重塔、多寶塔
- 寫經、護身符、御札、朱印、念珠
- 墓地、墓園
- 小水桶、放水桶的架子、水勺
- 住持、僧侶、實習僧侶
- 法衣、袈裟
- 木魚、木魚槌
- 磬、鈴（金屬製的敲擊物）
- 經本、抄經桌
- 五具足（放在佛像前的香爐、燭台、花器等佛具）
- 線香、焚香、香炭（燒香用的火種）
- 錫杖
- 宮殿（用來安置佛像或牌位等的佛具）
- 輪燈、菊燈（都是黃銅製的燈具）
- 天蓋（在佛像或住持打坐處上方吊掛的斗笠狀佛具）
- 音木、節折（在讀經時用來調整速度的木製節拍道具）
- 曲錄（僧侶用的椅子）
- 護摩壇（擺放用來燃燒護摩〔*以火供養〕的火爐的地方）
- 華麗氣派的內陣（在本堂內供奉佛像本尊的場所）
- 為了供奉祖先或者祈求安產而前來拜訪的人
- 在常香爐前沐浴在香煙中的人
- 在手水舍淨手及淨口的人
- 敲鐘的人
- 在寺廟境內拍照留念的人
- 來掃墓的人

此場景中能聽到的聲響

- 走在石子路上的聲響
- 在手水舍淨手及淨口的聲響
- 敲鐘時發出「鏘——」的聲響
- 將零錢丟進香油錢箱時「匡瑯匡瑯」的聲響
- 敲響鱷口時發出的聲響
- 敲打木魚的「咚咚」聲
- 錫杖擊地時發出的「喀沙喀沙」聲響
- 擊磬時發出的「叮——」聲響
- 法衣摩擦發出的「沙沙」聲響
- 將水潑在墓碑上清洗的聲響
- 實習僧侶打掃環境的聲響
- 來參拜的人發出的聲音
- 來觀光的外國人觀光客聲音
- 唱誦經文的僧侶聲音

設定時的小提醒 寺廟會放置將神佛做成偶像樣貌的佛像或設有墓地。如來、菩薩、明王、天龍八部等神明都非常有名，也經常成為漫畫或動畫的題材。

此場景中可感受到的氣味及味覺

- 線香、焚香的氣味
- 常香爐飄出來的煙
- 在手水舍喝的水的味道
- 零錢的氣味
- 法衣的氣味
- 在寺廟境內生長的樹木花朵（櫻花、梅花等）的氣味
- 墓碑的氣味
- 供品的氣味
- 本堂或門的木材氣味

此場景中可感受到的感覺

- 聽見除夕鐘聲覺得今年結束了而感到放下心來
- 知道一般參拜客人要敲除夕鐘的話，必須要添香油錢而感到躊躇不已
- 看見眼前長長的石階感到絕望；爬上去之後非常疲累
- 由於線香或常香爐的氣味而感到非常放鬆
- 以手水舍的水清潔雙手及口腔覺得洗去身上的汙穢
- 造訪歷史悠久的寺廟非常感動
- 看見巨大佛像時既驚訝又感動
- 心中存著想摸摸看和尚光頭的邪惡念頭
- 看著金剛力士像感受到可怕
- 心中存著想敲敲看木魚的任性念頭
- 在法會念經時小孩子卻鬧起脾氣，讓場面變得不是很好看
- 把線香拿去點火時，感受到蠟燭非常燙
- 猛力擊鐘時覺得心情愉悅
- 要敲響鱷口而覺得非常雀躍
- 希望能夠實現願望的強烈念頭
- 不太會一邊合掌一邊敬禮的參拜方式，感覺非常焦躁
- 因為感覺和神社很像，就不小心拍了手，覺得挺丟臉的
- 因為墓地就在附近而感受到「會不會有幽靈啊？」的可怕
- 不知供養祖先及祈禱安產應該要添多少香油錢而感到不安
- 在法會上忘了給香油錢而非常焦急慌張
- 正座時腳抽筋疼痛、麻掉的感覺
- 被人看見自己腳抽筋的樣子，覺得丟臉沒面子

此場景中可能發生之狀況

- 要去敲除夕鐘、或者排隊都很累
- 掃墓時向經過的僧侶打招呼
- 墳墓周邊比想像中還要髒亂，打掃起來很辛苦
- 不知道參拜的正確方式而隨便打混過去
- 沐浴在常香爐的香煙當中
- 詢問僧侶這裡是否為可以實現哪種願望的寺廟、以及詳細參拜方式
- 由於葬禮或婚禮而前往拜訪
- 前往參加中元節餓鬼布施大會（供奉無主孤魂的法會）
- 前往參加○年忌法會，遇見久未見面的親戚
- 煩惱應該要包多少香油錢給寺廟
- 有幾十年才公開一次的秘佛開帳（公開展示），為了參拜而前往
- 外國人觀光客團體擠進寺廟境內
- 明白素食料理的美味之處
- 打算在本堂內拍照的時候卻被住持警告

登場人物　・家長・孩子・祖父母・朋友・住持・僧侶・實習僧侶・外國人觀光客・導遊

能量景點

相關場景 開山（登山）（P.036） 神社（P.082） 寺院寺廟（P.084）

- 標高非常高的群山
- 歷史悠久的神社或寺廟
- 神木
- 礫岩（*由無數小石子形成的石灰質沉積岩，被視為神聖的石塊供奉）
- 湧泉
- 鳥居、千本鳥居
- 石階
- 參道
- 門柱、石柱
- 香油錢箱
- 鈴緒（*參見P.062）
- 神籤、綁籤的地方
- 手水舍（*參見P.082）、水勺
- 社殿、拜殿、本殿、神樂殿
- 狛犬或白狐的像
- 石像或石碑
- 神札、護身符
- 神主、巫女、僧侶
- 進行冥想的人
- 拍攝紀念照片的人

此場景中能聽到的聲響

- 山風吹來時的「呼——呼——」聲響
- 走在石階或參道上的聲響
- 將零錢丟進香油錢箱時「匡瑯匡瑯」的聲響
- 敲鈴時發出的「噹瑯噹瑯」聲響
- 拍手的聲響
- 湧泉冒出水的聲響
- 以水勺掬起手水舍的水並喝下的聲音
- 神主或僧侶以掃把掃地的聲響
- 拜殿或本殿的木頭地板「嘎吱嘎吱」作響
- 相機或智慧型手機拍照的快門聲
- 登山的人們談話的聲音
- 前來參拜的人們談話的聲音
- 開心地說著「我感受到能量了！」的人聲
- 光顧著拍照而不是真的來參拜、喧鬧的無禮人士吵鬧聲
- 責備無禮之人的聲音

此場景中可感受到的氣味及味覺

- 山中的泥土花草氣味
- 樹木的氣味
- 清澈的湧泉味道

此場景中可感受到的感覺

- 來自大地的能量灌注進身體的感覺
- 完全無法獲得能量時的失望感
- 看見神秘又或者是幻想風格的景色時既開心又感動
- 有許多觀光客前來而驚訝又感到鬱悶

設定時的小提醒 能夠感受到大地能量（氣）的地方，被稱為能量景點。有許多神社、寺廟或者山上等較為神秘的地點很容易成為此類場景舞台。

登場人物 ・神主・巫女・僧侶・實習僧侶 ・觀光客・導遊

靈異景點

關場景　懸崖上（P.130）　森林（P.139）

此場景中能看到的事物

- 幽靈、靈異現象
- 飯店
- 墓地
- 古戰場
- 樹海
- 有懸崖的海邊
- 隧道
- 橋梁
- 山坡
- 醫院或學校等廢墟
- 廢棄的祠堂或神社
- 古道、廢棄道路
- 來試膽的人
- 非法入侵建築物的人
- 來採訪的電視或雜誌記者
- 人偶身上詭異的痕跡
- 神札
- 用血或紅色油漆寫的詭異文字
- 鏡子
- 破掉的玻璃
- 壞掉的人偶
- 骯髒的洗手間

此場景中能聽到的聲響

- 風吹過時的「咻——」聲響
- 木材地面或門扉嘎吱作響的聲音
- 汽車引擎或者喇叭聲
- 不是自己人發出的聲音，腳步聲或服裝沙沙聲
- 玻璃破裂的聲響
- 踩在玻璃碎片上的聲響
- 在建築物裡奔跑的聲響
- 漏雨滴落的聲響
- 只被攝影機收錄到的神秘雜音或聲音
- 非人細語聲或哭泣的聲音
- 來靈異景點拜訪者的尖叫聲

此場景中可感受到的氣味及味覺

- 沒有點香卻有線香的氣味
- 廢墟特有的發霉氣味
- 聞到了不應該存在的腐敗氣味

此場景中可感受到的感覺

- 有非人之物存在時令人發冷、感到惡寒
- 精神狀態越來越衰弱
- 覺得說不定能看見幽靈而期待又不安
- 因為可能會被詛咒而感到不安
- 看見幽靈時的絕望感
- 覺得好像聽見人聲時心臟停了一拍的感覺

設定時的小提醒　隧道或者山坡這種容易發生意外的地方，經常會成為靈異景點。另外，成為廢墟的學校和醫院等較為詭異的建築，也經常被稱為靈異景點。

登場人物
- 打算自殺的人・觀光客・年輕人
- 記者・僧侶・神主・幽靈

城

相關場景 日式庭園（P.089） 溫泉勝地（P.090）

此場景中能看到的事物

- 天守（*城中央的最高建築）
- 鯱（*天守屋頂左右兩邊、虎頭魚尾的裝飾物）
- 櫓（*日本城的防禦用高台倉庫，同時存放弓箭）
- 倉庫
- 石牆
- 城牆
- 宛如包圍城池一般設置的水道（*護城河）
- 設置於城牆外或建築物外牆等的縫隙
- 在佔地區域內大大小小各種建築
- 虎口（*城牆上的出入口）、城門
- 聯繫城內與城外的橋梁
- 屋瓦
- 家紋
- 藩廳（諸侯所管轄的公家機關）
- 寫著該座城資訊的旅遊訊息版
- 松樹或楓葉等樹木
- 池子、在池中游泳的魚或水鳥
- 來回觀看城內外的觀光客
- 拍攝紀念照片的觀光客
- 導遊
- 當地觀光導覽人員
- 介紹手冊
- 餐飲店
- 禮品店

此場景中能聽到的聲響

- 在城內步行的聲響
- 在石子路上行走的聲響
- 走在橋梁上的聲響
- 樹木在風中搖擺的聲響
- 池中魚優游水中的聲響
- 相機或智慧型手機拍照的快門聲
- 打開介紹手冊的聲音
- 在城內觀光的客人的聲音
- 說明本城相關事宜的導遊聲音

此場景中可感受到的氣味及味覺

- 種植在城周邊的樹木（松樹或楓樹）的氣味
- 包圍城或石牆的溝渠傳來惡臭氣味
- 從餐飲店飄來料理的氣味

此場景中可感受到的感覺

- 穿越城門時的興奮感
- 看見宏偉的天守時的喜悅
- 看見非常深的水道溝渠時很驚訝
- 看見打了燈的城十分美麗而覺得感動
- 對於入城費用如此便宜感到驚訝
- 想著「沒想到以前竟能蓋這麼大的建築呢」而內心感動
- 享受天守閣望出去的景色

設定時的小提醒

目前有許多日本城建築其實只有將外觀復原，但為了感受歷史或遺跡而前往造訪的觀光客仍然很多。為了防止敵人入侵天守而設置的水道溝渠、或者是大手門等在場景上較具戲劇效果。

・觀光客・導遊・管理工作人員

日式庭園

相關場景　城（P.088）　溫泉勝地（P.090）　庭院（P.106）

此場景中能看到的事物

- 庭石（*庭院裝飾主體的石頭）
- 飛石（*用來作為道路的石片）、澤渡石（*從庭院中的池子或泉水經過的飛石）
- 石燈籠
- 石橋
- 砂紋（以熊手在鋪好的砂子上描繪出的圖案）
- 樹籬、竹籬
- 有池子的日式庭園
- 池子反射出的周遭景色
- 鯉魚等魚類
- 四阿、東屋（有屋簷的休息用建築物）
- 竹編門
- 鹿威（*特指日式庭院中以竹子製成的「添水」）
- 苑路（庭園內的道路）
- 鶯等野鳥
- 松樹、楓樹、梅樹等庭院中的樹木
- 青苔
- 神社、寺廟
- 來觀光的人
- 園丁、庭園的工作人員
- 園丁的工具（梯子、修剪花木的剪刀、石材工程用的錘子、耙子等）
- 枯山水（不使用水而以地形、砂礫、石子等來表現山水的庭園形式）
- 導覽園內的導遊

此場景中能聽到的聲響

- 自泉中湧出水的流動聲響
- 魚兒在池子裡游動的聲響
- 樹木被風吹動搖擺時的沙沙聲
- 鹿威擊響時的「鏘」聲
- 走過飛石或澤渡石的聲響
- 走過橋梁的聲響
- 相機或智慧型手機拍照的快門聲
- 鳥兒鳴叫聲
- 觀光客或住宿客人的聲音
- 似乎非常忙碌工作的設施工作人員聲音

此場景中可感受到的感覺

- 看見美得令人屏息的庭園既開心又感動
- 從旅館房間裡能夠看見日本庭園，打從心底有種安心感
- 走在庭園裡觀賞時非常興奮
- 在飛石上滑了一跤而非常焦慮
- 聽見鳥囀而覺得非常舒適

此場景中可能發生之狀況

- 看見美麗的日本庭園風景，覺得心靈清淨
- 雖然很想摸摸看枯山水，但還是忍住了
- 想著希望能夠再來拜訪這間庭園

設定時的小提醒　大型日本庭園除了設在單獨的庭園設施外，也能在神社或寺廟等地發現，由於能夠看見日本傳統風格的風景，因此會有許多觀光客來訪。

登場人物　・觀光客・導遊・旅館工作人員　・神主・僧侶

溫泉勝地

相關場景　城（P.088）　日式庭園（P.089）

此場景中能看到的事物

- 溫泉、足湯
- 露天澡堂
- 大浴場
- 脫衣處
- 男湯及女湯的門簾
- 混浴澡堂
- 湯樋（*草津地區運送溫泉水的木製運送管群）
- 具有各式各樣效果的溫泉
- 寫著溫泉效果的看板或說明
- 冒著蒸氣的溫泉
- 湯揉（*翻動溫泉水使其降溫的行為）
- 溫泉街
- 靶場、遊樂場
- 餐飲店、甜點店
- 禮品店
- 按摩店
- 旅館、飯店
- 浴衣
- 泡湯服（*可穿著泡溫泉的毛巾服裝）
- 浴桶、椅子
- 洗髮精、肥皂
- 毛巾、手巾
- 溫泉饅頭、溫泉蛋
- 情侶、一家人
- 體驗湯揉活動的人
- 在溫泉街散步觀光的人
- 浸泡在溫泉裡的人
- 在溫泉裡被熱昏頭的人
- 因為公司的獎勵旅行或員工旅行前來拜訪的人
- 旅館或飯店的工作人員
- 為了電視或雜誌採訪而來的記者
- 宴會
- 觀光大使（宣傳模特兒）
- 河流、瀑布
- 枝垂櫻或楓葉等樹木
- 煙火大會
- 神社、寺廟
- 獨木舟溯溪體驗
- 觀光資訊中心
- 大型停車場
- 在澡盆裡把手帕放在額頭上的人
- 在澡盆裡浮浮沉沉的水盆、酒、酒杯
- 在澡盆裡喝酒的人

此場景中能聽到的聲響

- 熱水流出的「嘩啦——」聲響
- 進入溫泉時的「啪啦」聲響
- 腳在足湯裡擺動時的「啪噠啪噠」聲響
- 以厚木板執行湯揉時的「喀瑯喀瑯」聲響
- 以熱水桶汲起熱水的聲音
- 洗身體的聲音
- 打開露天澡堂或者大浴場門板的聲音
- 浴衣磨擦的聲音
- 河流或瀑布流動的聲響
- 由靶場或遊樂場傳來的聲音
- 走在石階或橋梁上的聲響（鞋子、木屐、草履等）
- 由溫泉街傳來活力十足的工作人員們的聲音
- 在湯揉表演中唱著民謠的工作人員聲音
- 盡情觀光的情侶或家族的聲音
- 泡進溫泉時感覺非常舒服的聲音
- 在宴會上喧鬧的人聲
- 帶起宴會熱鬧感的觀光大使
- 與來客談話的觀光大使聲音
- 旅館或飯店工作人員非常忙於工作的聲音
- 日式廚師或餐廳大廚對著部下指示料理步驟的聲音

設定時的小提醒　最近會準備泡湯服的旅館越來越多了，環境上變得讓人能夠較為輕鬆泡混浴。故事當中可以利用混浴打造出男女相遇場景或突發事件也是個不錯的辦法。

此場景中可感受到的氣味及味覺

- 在溫泉街上漂蕩的硫磺氣味
- 檜木等露天澡堂的氣味
- 澡缸或水盆的木頭氣味
- 浴衣或泡湯服的氣味
- 洗髮精或肥皂的氣味
- 溫泉饅頭或溫泉蛋的氣味及味道
- 旅館或飯店提供的宴席料理的氣味及味道
- 宴席上斟的日本酒或啤酒的氣味及味道
- 飲用的溫泉水味道
- 懷石料理中的土瓶蒸（*以土瓶蒸煮的高湯）以及一旁用來增添香氣的金桔氣味
- 水果澡及絲綢澡（*放滿細緻白色泡沫的澡湯）等特殊澡湯飄來的甜甜香氣

此場景中可感受到的感覺

- 看著風情萬種的小鎮街道覺得心情激昂
- 溫泉街上熱鬧的氣氛
- 走在晚間點了燈的溫泉街上覺得開心又感動
- 入住旅館或飯店時的雀躍感；退房時的寂寥感
- 旅館或飯店料理非常美味而感到高興
- 溫泉饅頭甜滋滋
- 在溫泉裡喝的酒特別美味
- 在溫泉街上看到互動親密的情侶而感到嫉妒
- 穿著浴衣走有些寒意
- 溫泉裡頭飄出來的蒸騰熱氣
- 溫泉的熱度
- 浸泡在溫泉裡非常舒適
- 熱暈了而覺得非常累
- 看見在溫泉開心吵鬧的家族，覺得真是來對了而非常喜悅
- 泡足湯的時候覺得很放鬆的心情
- 泡混浴澡的時候冒出了邪惡之心
- 去了混浴澡堂結果沒有人，覺得非常失望
- 預約到有露天浴室的房間而非常開心
- 強烈想著明年還要再來
- 能從大白天就開始喝酒，覺得非常放鬆
- 成了要負責處理宴會事宜的人覺得很辛苦
- 宴會上不小心過於鬆懈，覺得有些糟糕
- 對於觀光大使抱持著邪惡之心
- 觀光客很多而非常忙碌

此場景中可能發生之狀況

- 泡在溫泉裡悠哉地度過
- 為了要療養而在溫泉勝地過了好一些時日
- 為了尋求緣分而前往混浴澡堂，但結果大失所望而趕緊腳底抹油
- 想去泡露天澡堂結果正在打掃中、無法進去
- 想要享受泡熱水澡出來之後喝冰牛奶的樂趣，因此泡在自己能忍受的最燙的溫泉池中
- 旅行中卻接到公司上司打來的電話，覺得心情都變差了
- 因為在溫泉熱暈了，結果少了一些玩樂的時間
- 宴會上因為鬧得太兇而被罵
- 沒有預約到旅館或飯店，結果在大廳吃了閉門羹
- 在禮品店買了木刀、長型三角旗、鑰匙圈等，但大家都不怎麼喜歡

登場人物　・家人・情侶・觀光客・旅館或飯店的工作人員・幹事・社員・觀光大使

住宿設施

相關場景 日式庭園（P.089） 溫泉勝地（P.090）

此場景中能看到的事物

- 飯店、旅館、民宿
- 寫著設施名稱的看板
- 溫泉、足湯、露天澡堂、大浴場、岩盤浴
- 櫃檯、大廳、吧台
- 電梯、電梯間
- 手扶梯
- 餐廳、酒吧
- 宴會場、會議室
- 禮品區
- 方便寄送行李或禮品的宅急便櫃檯
- 庭園
- 寫著周邊觀光景點的公佈欄或者手冊
- 飯店門房、飯店男女工作人員
- 日式旅館老闆娘、日式旅館女服務員
- 日式廚師、餐廳大廚
- 清潔人員、清潔推車
- 觀光大使
- 大型吊燈
- 寫著房間號碼的門板
- 各式各樣不同等級的和室或西式房間
- 鑰匙或門卡
- 淋浴間、洗手間、洗臉盆
- 牙刷或刮鬍刀等盥洗用品
- 浴衣、睡衣
- 掛門把的告示牌
- 按摩或SPA服務
- 使用當地食材做的料理
- 掛軸、紙門
- 較大的床鋪（西式房間）
- 蓬鬆柔軟的棉被（和室）
- 保險箱、金庫
- 茶具組（茶包、茶包、小型電熱壺）

此場景中能聽到的聲響

- 打開住宿設施玄關大門的聲響
- 將行李搬下來的聲音
- 按下櫃檯呼喚鈴的聲響
- 敲打鍵盤調出住宿資料的聲響
- 電梯的聲音
- 開關客房鑰匙與門扉的聲響
- 掛上門把告示牌的聲響
- 敲門聲
- 旅館女服務生準備餐點、鋪棉被的聲響
- 清潔人員打掃房間的聲音
- 接送巴士或汽車引擎聲、停車聲響
- 熱水流出時的「嘩啦」聲響
- 進入溫泉時的「啪啦」聲響
- 以熱水桶汲起熱水的聲音
- 洗身體的聲音
- 打開露天澡堂或大浴場大門的聲響
- 浴衣或睡衣磨蹭的聲響
- 河流或瀑布流動的聲響
- 早晨鬧鐘服務的電話聲以及電話中傳來的聲音
- 櫃檯人員與住宿客戶的談話聲
- 清潔人員說著「打擾了」的聲音
- 打電話給櫃檯的住宿客人聲音
- 詢問準備餐點及鋪棉被時間的老闆娘或女服務員聲音

設定時的小提醒 日本的住宿設施，會有細心的待客服務、房間衛生管理、使用當地食材做成的豪華料理等，各種接待心意的表現方式。另外，盥洗用品也非常豐富，可以接待各種客人也是其魅力之一。

此場景中可感受到的氣味及味覺

- 旅館內的木材柱子或樓梯的氣味
- 庭園中花草樹木的氣味
- 乾淨的枕頭套或者棉被的氣味
- 和室房間中榻榻米或紙門的氣味
- 湧泉的氣味
- 大浴場的氣味
- 在溫泉街上漂蕩的硫磺氣味
- 浴衣或睡衣的氣味
- 在房間裡備妥的毛巾類物品的氣味
- 接送巴士車內的氣味
- 旅館或飯店提供的料理的氣味及味道
- 宴席上斟的日本酒或啤酒的氣味及味道
- 飯店玄關處鋪的地毯氣味

住宿設施

此場景中可感受到的感覺

- 發現有接送巴士時的感謝心情
- 從高樓層房間眺望出去的景色令人激動不已
- 看見非常有氣氛的庭園及日式走廊非常感動
- 看見大廳那異常挑高的天花板而非常驚訝
- 工作人員待客做得非常棒而開心
- 發現沒有預約到住宿時的焦慮及絕望感
- 弄丟了鑰匙或門卡時的焦急
- 感受到床鋪或棉被的蓬鬆柔軟而非常開心
- 發現盥洗用品種類豐富，既開心又感謝
- 叫了客房服務時的興奮感
- 不小心喝了放在冰箱裡的飲用水時覺得糟了
- 看付費頻道時的興奮感
- 覺得洗手間沖水的聲音或換氣風扇的聲音很吵而感到困擾
- 早上起床走向餐廳覺得與平常不同且很興奮
- 早上洗澡覺得十分清爽
- 叫了到房按摩服務覺得有種優越感
- 房間裡沒有Wi-Fi而覺得十分失望
- 半夜在寂靜的住宿設施裡探險覺得緊張刺激又興奮
- 退房時有種寂寥感

 此場景中可能發生之狀況

- 心情高昂無法抑制，結果比入住時間早到
- 確認房間裡的設施
- 確認房間掛的畫等背面有沒有貼符咒之類的東西
- 到房間就先檢查冰箱裡面
- 確認保險箱或金庫的使用方式
- 餐廳是自助式的，一不小心就拿了太多東西
- 忘了帶鑰匙或門卡只好去向櫃檯借用
- 心情太好而不小心買了太多禮品
- 在睡不習慣的床上，半夜裡好幾次從床上掉下來
- 換了枕頭一直睡不著，只好喝起睡前酒
- 棉被非常舒服而睡得很熟，來不及去吃早餐

登場人物 ・家人・情侶・觀光客・觀光大使・飯店門房・飯店男服務員・飯店女服務員・日式旅館老闆娘・日式旅館女服務員・日式廚師・餐廳大廚

日式房間

相關場景 佛堂（P.103） 古民房（P.105）

此場景中能看到的事物

- 榻榻米
- 床之間（*日式房間中一個凹進去的空間）
- 長押（橫跨柱子與柱子之間的橫木）
- 鴨居（*拉門或紙窗等出入口上方的橫木）
- 欄間（*為了通風及採光而在天花板與鴨居之間做的花窗）
- 敷居（*拉門的軌道，同時具備門檻的功用）
- 小壁（*鴨居與天花板之間的短牆壁）
- 掛軸
- 拉門
- 火缽（*用來燒炭取暖的缽）
- 紙門（有小孩子弄破的痕跡或者破洞）
- 插花
- 裝飾品架
- 矮桌、矮圓桌
- 坐墊、和室椅
- 熱水壺、茶葉、茶杯、茶壺、茶點、茶盤
- 擺飾
- 佛壇
- 神壇
- 圍爐裏（*設置在屋內、從地板向下挖掘的火爐）、暖桌
- 壁櫥
- 棉被、枕頭
- 紗門窗

此場景中能聽到的聲響

- 踩在榻榻米上的柔和「嘎喳嘎喳」聲響
- 時鐘滴答聲
- 拉開拉門的聲響
- 水滴在雨石（*擺放在屋簷下雨滴會滴落處的石子）上的滴答聲
- 從壁櫥裡將棉被拉出來時的「咚沙」聲
- 風鈴的聲音
- 雨滴打在屋瓦上的聲響
- 家人有說有笑的聲音
- 有客人來時的熱鬧對話

此場景中可感受到的氣味及味覺

- 榻榻米的氣味
- 紙門的氣味
- 佛壇上線香的氣味
- 土間附近的泥土氣味
- 茶及茶點的氣味和味道
- 火缽或圍爐裏的氣味

此場景中可感受到的感覺

- 不小心在榻榻米上睡著，在臉上壓出痕跡
- 聞到藺草的氣味而覺得心情平靜
- 風從庭院越過紗門吹來十分舒適宜人
- 添了火的圍爐裏、或者火缽十分溫暖
- 暖桌非常溫暖
- 天花板的木頭紋路看起來像張人臉，非常可怕

設定時的小提醒 這是能夠感受到自然環境的日本傳統建築。提到日式房間，就一定會有榻榻米，不過近年來也有一些和風房間，是以裝飾性質的床之間和擺飾棚架來營造出摩登和室。

登場人物 ・家長・孩子・祖父母・親戚

洗澡間

關場景　洗手間（日式房屋）（P.099）　古民房（P.105）

此場景中能看到的事物

- 浴槽（檜木製、琺瑯製、不鏽鋼製等）
- 熱水
- 室內平衡熱水器浴缸
- 五右衛門風呂（*圓筒型的浴缸）
- 淋浴工具
- 冷水及熱水的水龍頭
- 浴缸蓋及腳踏墊
- 熱水器遙控器
- 磁磚牆壁
- 換氣風扇
- 排水溝槽
- 凝結了水滴的窗戶
- 浴室用椅子
- 水盆、洗臉盆、小水桶
- 浴帽
- 鏡子
- 洗身體的毛巾、菜瓜布、輕石
- 肥皂、洗髮精、潤絲精
- 泡澡劑、沐浴乳
- 刮鬍刀或剃刀
- 刮鬍劑
- 頭皮按摩用刷子
- 浴室拖鞋
- 浴室用清潔劑
- 浴簾、洗面台、廁所（系統衛浴）

此場景中能聽到的聲響

- 自天花板滴水下來的聲響
- 淋浴時猛然噴出的水聲
- 泡進放了熱水的浴缸中的聲響
- 換氣風扇的聲響
- 水往排水溝槽流去的聲響
- 泡進熱水時感覺非常舒服的聲音
- 自己的回聲

此場景中可感受到的氣味及味覺

- 肥皂、沐浴乳、洗髮精的氣味
- 泡澡劑的氣味
- 浴室用清潔劑的氣味
- 檜木等木材的氣味
- 從排水溝傳來的氣味

此場景中可感受到的感覺

- 浸泡在熱水當中，覺得一整天的疲勞都消失了
- 覺得身體變乾淨而感到安心
- 快要在浴缸裡睡著而有些焦躁
- 看到不斷繁殖的黴菌而心生厭惡
- 覺得可能會有人偷看而感到不安
- 熱水器壞掉時非常絕望

設定時的小提醒　洗澡間不僅僅是洗去身體汙垢，也能讓心情感到平靜。可以利用不小心就發出安下心、吁了一口氣的聲音等表現手法，來讓人感受到此時角色有多放鬆，正是洗澡間所具備的優勢。

登場人物　・家長・孩子・祖父母・親戚・朋友

廚房

相關場景 日式房間（P.094） 古民房（P.105）

此場景中能看到的事物

- 正在做料理的家人
- 流理臺
- 水龍頭
- 瓦斯爐、IH電磁爐
- 烤魚架、烤魚網
- 三角瀝水盒、排水溝
- 換氣風扇
- 冰箱
- 熱水壺
- 各種烹調工具（菜刀、砧板、湯勺、鍋鏟、飯勺、木勺、計量湯匙、鍋子、平底鍋、刨刀等）
- 盛物器皿（盤子、小缽、湯碗、飯碗、大碗等）
- 杯子、馬克杯、茶杯
- 餐具（湯匙、叉子、刀子）、筷子
- 調味料（砂糖、鹽、醬油、醋、味醂、味噌、胡椒等）
- 毛巾、桌用抹布、抹布
- 餐具用清潔劑、海綿
- 圍裙、割烹著（＊日式服裝中作為圍裙用途的外衣）
- 微波爐
- 烤箱
- 電鍋、米甕、糠甕（＊用來醃漬泡菜的甕）
- 餐具架

此場景中能聽到的聲響

- 炒菜的聲響
- 以鍋子燉煮料理的聲響
- 湯勺或長筷敲到料理工具的聲響
- 熱水沸騰的聲音
- 煮飯時的聲響
- 放東西的聲響
- 關上冰箱的聲音
- 以水洗東西的聲響
- 製作料理的家長說話聲
- 跑過來說「我肚子餓了」的孩子聲音

此場景中可感受到的氣味及味覺

- 感覺非常美味的氣味及味道
- 燒焦的臭味
- 電鍋傳來非常香的白飯氣味
- 媽媽的味道
- 弄錯調味而變得非常難吃的味道

此場景中可感受到的感覺

- 料理完成前的雀躍感
- 肚子餓了等待著餐點怎麼還不來的興奮感
- 聞到燒焦臭味時感到不安
- 弄錯調味而感到絕望
- 煩惱著要做什麼菜才好
- 心裡想著得趕快弄出來給對方吃才行

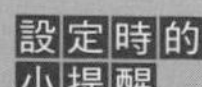

設定時的小提醒　可以是製作料理的人、又或者是等待的人，從不同角度來看就會有不同的故事。另外，如果能夠具體描述做菜時的樣子，應該也能提起讀者的興趣。

登場人物　・家長・孩子・祖父母・親戚・廚師

日式起居室

關場景 日式房間（P.094） 廚房（P.096）

此場景中能看到的事物

- 圍坐在餐桌旁的家人
- 矮圓桌
- 暖桌
- 和室椅
- 坐墊
- 榻榻米
- 燈具
- 裝著料理的餐具
- 香鬆粉、茶泡飯配料、調味海苔、醬油、餐桌用鹽等
- 熱水壺、茶葉、茶筒、茶壺、茶杯、茶盤
- 裝了飲料的容器（杯子或小酒杯等）
- 筷子、筷架、牙籤
- 餐具（湯匙或叉子等）
- 拉門
- 電視、收音機、市內電話
- 正在看報紙的父親
- 電鍋
- 老時鐘

此場景中能聽到的聲響

- 飯碗與筷子或矮圓桌撞擊的聲響
- 倒飲料並飲用的聲響
- 吃料理時的咀嚼聲
- 使用擺放在桌上的調味料的聲響
- 開關電鍋的聲響
- 將筷子或飯碗等物品擺放在桌上的聲響
- 電視的聲音
- 老時鐘的聲音
- 說著「我回來了」或「我吃飽了」的聲音
- 吃飯時聊天的家人聲音

此場景中可感受到的氣味及味覺

- 料理或飲品的氣味或味道
- 啤酒或日本酒等酒類氣味
- 桌上調味料的氣味
- 桌子的氣味

此場景中可感受到的感覺

- 料理在桌面上一字排開令人感到興奮
- 等不及所有家人聚集起來喊「我開動了」
- 正餐前吃了零食，結果吃不下飯而感到很遺憾
- 想再添碗飯卻沒有了的傷感
- 看見吃得開心的家人，自己也覺得很高興
- 看到吃飯時只顧著看電視或報紙的家人，覺得有些煩躁

設定時的小提醒　日本與國外不同，大多會直接以和室椅或者坐墊直接坐在榻榻米上吃飯，可以展現出和國外坐在椅子上吃飯的不同之處。另外，到了冬天可以把矮圓桌換成暖桌。

登場人物　・家長・孩子・祖父母・親戚・朋友

壁櫥

相關場景 日式房間（P.094） 日式起居室（P.097）

此場景中能看到的事物

- 棉被、毯子、被套
- 枕頭、枕頭套
- 木板條腳踏墊
- 橫隔板
- 拉門
- 畫在拉門上的典雅圖案
- 跑進壁櫥玩的孩子
- 因為太暗而看不到最裡面的空間
- 沒有在穿的衣服
- 收納盒、衣裝盒
- 紙箱
- 除蟲用品
- 除濕劑、防臭劑、寢具用除濕片
- 可以爬到天花板上的檢查用入口門板

此場景中能聽到的聲響

- 打開拉門的聲響
- 將棉被拉出來的「咚沙」聲
- 木頭橫隔板或者地面發出嘎吱聲響
- 紙箱或木板條腳踏墊磨蹭的聲響
- 進入壁櫥後關上拉門，聽見自己的呼吸聲
- 蟑螂爬動時的「喀沙喀沙」聲
- 孩子從壁櫥裡跑出來發出「咚」的一聲
- 藏在壁櫥裡的孩子嘻笑聲

此場景中可感受到的氣味及味覺

- 棉被的氣味
- 橫隔板的木材氣味
- 木板條腳踏墊的氣味
- 衣服的氣味
- 塵埃的氣味
- 濕氣造成發黴的氣味
- 衣服收納箱裡飄出防蟲劑的氣味

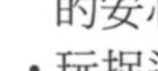

此場景中可感受到的感覺

- 要睡覺前把棉被拿出來時的安心感
- 玩捉迷藏時躲進壁櫥裡覺得緊張刺激
- 藏在壁櫥裡卻忽然有人從外面朝自己搭話而覺得非常驚訝
- 有什麼小東西在裡面移動，覺得非常恐怖
- 打開拉門的瞬間感受到霉味而覺得非常不安
- 壁櫥裡明明沒有人卻感受到視線而覺得非常詭異
- 帶著濕氣的黏膩感

設定時的小提醒 平時非常認真的人壁櫥裡卻是亂塞一通的樣子，類似像這樣，如果把這個地方當成是角色平常不為人知的一面來表現，應該能讓登場角色的魅力更加立體。

登場人物 ・家長・孩子・祖父母・親戚・朋友・幽靈

洗手間（日式房屋）

關場景 日式房間（P.094） 洗澡間（P.095）

此場景中能看到的事物

- 蹲式馬桶、西式馬桶
- 馬桶裡的水
- 排泄物
- 衛生紙
- 馬桶坐墊
- 馬桶沖洗水槽、用來沖水的按鈕
- 免治裝置
- 免治裝置的遙控器
- 打掃用的刷子、馬桶吸把
- 洗手間用腳踏墊
- 洗手間用拖鞋
- 毛巾
- 芳香劑、除臭劑、洗廁用清潔劑、除菌片等
- 垃圾桶
- 窗戶
- 換氣風扇、洗臉台、浴缸（系統衛浴）

此場景中能聽到的聲響

- 排泄聲響
- 排泄物掉落進水中的聲響
- 沖水時的「嘩啦」聲響
- 免治裝置的聲響
- 拿捲筒衛生紙時的「喀啦喀啦」聲響
- 開關馬桶蓋的聲響
- 噴除臭噴霧時的「咻咻」聲響
- 敲洗手間門的聲音
- 風扇換氣的聲響
- 排泄中的人用力的聲音
- 放鬆的人的聲音
- 敲門後回答「有人喔」的家人說話聲

此場景中可感受到的氣味及味覺

- 排泄物的氣味
- 清潔劑的氣味
- 芳香劑的氣味
- 香氛衛生紙的氣味
- 除臭噴霧的氣味

此場景中可感受到的感覺

- 將一時忍住的東西都解放出來時的安心感
- 使用免治裝置的舒適感
- 快要忍不住了但有家人在用廁所的絕望感
- 衛生紙用完時的焦慮感
- 殘留著排泄物臭味時的厭惡感
- 馬桶塞住時的煩躁感
- 長時間蹲著覺得腳要麻了

設定時的小提醒 使用洗手間的方式會因人而異。也可以安排洗手間使用方式造成的問題。另外，陰暗的洗手間也很適合作為靈異現象發生的地點。

登場人物 ・家長・孩子・祖父母・親戚 ・朋友・水電工・幽靈

納屋（＊用來擺放農工用具、家庭消耗品等的置物間）

相關場景　土藏（P.104）　庭院（P.106）

此場景中能看到的事物

- 搬東西進出的家人
- 農作物、稻草、炭等備用品
- 鋤頭或鐮刀等農工具、鏟子、竹掃把
- 拖拉機等農業機器、小型發電機
- 鋸子、錘子等工具
- 農藥、燈油罐、油漆
- 生鏽的波浪板屋頂
- 稻草屋頂
- 裝得不是很好的門、生鏽的鎖孔
- 用來劈柴的斧頭
- 堆疊在一起的薪柴
- 小型燈具
- 閣樓、延伸到閣樓的梯子
- 馬椅梯、梯子
- 杵、臼
- 幾乎等同廢車的車子
- 舊雜誌或玩具等已經不用的日常用品

此場景中能聽到的聲響

- 開門時的「嘎啦嘎啦」聲響
- 農機具倒下的聲響
- 燈具「嘎——」的聲音
- 樓梯或閣樓地板嘎吱作響
- 拖拉機的引擎聲
- 強風吹在牆壁等木材上的「嘎——嘎——」聲響
- 作業結束之後稍事休息的家人聲音
- 藏在閣樓裡小聲說話的孩子聲音
- 老鼠或蟲鳴聲

此場景中可感受到的氣味及味覺

- 稻草或薪柴的氣味
- 泥塵的氣味
- 灰塵的氣味
- 農機具生鏽的氣味
- 油的氣味
- 木材發黴的氣味

此場景中可感受到的感覺

- 做完農事或者搬完東西時的安心感
- 發現有閣樓時的期待感
- 要整理放在裡面的東西覺得很麻煩
- 覺得也許會找到什麼特別的東西而非常興奮
- 找到平常沒怎麼使用的東西而覺得真是要命
- 因為非常陰暗而覺得似乎有什麼東西在那兒的恐怖感
- 看見快要崩塌的納屋覺得非常不安

設定時的小提醒　納屋當中會收藏各式各樣的東西，有時候也可能藏著非常有價值的物品。除了作為普通的置物間以外，也可以讓登場角色在此發現一些令人高興的場景，來為故事帶出一點高潮。

登場人物　・家長・孩子・祖父母　・親戚・農家

玄關・土間（*土間是指玄關附近沒有裝潢而直接露出地面的部分）

相關場景　日式房間（P.094）　古民房（P.105）

此場景中能看到的事物

- 有鍊子或上鎖的玄關門
- 皮鞋等鞋類
- 出門到附近用的拖鞋
- 塞滿了報紙正在風乾的濕淋淋鞋子
- 門鈴、對講機
- 信箱、牛奶箱、姓名門牌
- 鞋櫃
- 鞋子用的除臭噴霧、衣服用的防水噴霧、鞋拔
- 傘、傘架
- 拐杖、拐杖架
- 拖鞋、拖鞋櫃
- 玄關地墊
- 掃把等掃除用具
- 孩子的外出用玩具
- 第二天要拿出去倒的垃圾
- 收信用的印章
- 腳踏車或嬰兒車
- 土間收納櫃
- 上框（在玄關的土間與地板之間的橫木或台子）（*相當於門檻）
- 大黑柱（*整棟日式房屋中最重要的主柱）
- 灶、釜
- 自在鈎（圍爐裏或者灶上用來吊掛鍋子或釜的掛鈎）
- 芳香劑

此場景中能聽到的聲響

- 鞋子在地面上磨蹭的聲響
- 開門聲
- 開關鞋櫃的聲響
- 用掃把打掃時的「唰唰」聲響
- 垃圾袋傾倒時的「喀沙喀沙」聲響
- 門鈴、對講機的聲音
- 家人說著「我出門囉」、「我回來了」、「歡迎回家」的聲音
- 貨運送貨員喊著「送東西來喔」的聲音
- 來訪的人敲門的聲音、說「打擾了」的聲音

此場景中可感受到的氣味及味覺

- 傘上傳來雨水的氣味
- 鞋墊的氣味
- 玄關的芳香劑氣味

此場景中可感受到的感覺

- 稍後就要去學校或公司而有氣無力
- 看到孩子回來一身骯髒而非常驚訝
- 收到東西時的興奮感
- 回家時的安心感
- 發現鞋子飄出臭味時的絕望感
- 被來訪者發現房子一團亂時的丟臉感受

設定時的小提醒　這是非常容易用來展現一天的開始與結束之處。如果希望很熱鬧、就擺上許多鞋子，又或者是聽見從裡面的房間傳出男女老少的笑聲也很不錯。

登場人物　・家長・孩子・祖父母・親戚　・朋友・來訪者・貨運業者

陽台

相關場景 日式房間（P.094） 古民房（P.105）

此場景中能看到的事物

- 從較高樓層望出去的景色
- 洗好的衣物
- 正在曬的棉被
- 正在晾洗好的衣服或棉被的人
- 扶手欄杆
- 從扶手欄杆伸出手腳的孩子
- 晾衣竿、晾物台
- 曬衣夾、曬衣架
- 曬棉被夾、棉被拍
- 拖鞋
- 空調的室外機
- 竹簾
- 遮陽板
- 園藝盆栽的花盆以及植物
- 排水溝
- 洗衣機
- 廚餘用的廚餘桶
- 在陽台吸菸的人
- 烏龜等寵物
- 烏鴉、鴿子、麻雀等鳥類
- 野貓
- 小型桌子和椅子

此場景中能聽到的聲響

- 風聲呼呼
- 開關窗戶的聲響
- 陽台地板嘎吱作響
- 穿拖鞋走路時與地板磨蹭的聲響
- 用曬衣夾去夾住衣物時的「啪噠啪噠」聲響
- 敲打棉被的聲響
- 強風吹落曬衣竿發出了「喀噠」聲響
- 鳥叫聲
- 從陽台呼叫認識的人或朋友的聲音

此場景中可感受到的氣味及味覺

- 洗衣精的氣味
- 濕衣服的氣味
- 乾燥棉被的氣味
- 植物的氣味
- 由附近飄來料理的氣味

此場景中可感受到的感覺

- 看見藍天而心情舒適
- 要曬許多洗好的衣服覺得非常麻煩
- 覺得天氣不是很穩定而感到不安
- 擔心風會不會吹走正在晾曬的衣服
- 要走到老舊的陽台上覺得有些緊張
- 擔心要是掉下去該怎麼辦
- 從高處往下看人覺得心情愉快

設定時的小提醒 陽台是高處也算是室外，是很容易被辨識出來的地方。可以活用這點安排看見其他角色，讓各式各樣的角色在此登場。

登場人物 ・家長・孩子・親戚・朋友 ・來訪者

佛堂

相關場景　日式房間（P.094）

此場景中能看到的事物

- 佛像、佛壇
- 寫著戒名（*死後取的法號）的牌位
- 遺照
- 佛具（燈籠、燭台、花器、磬、擊磬棒、香爐、經桌等）
- 線香、蠟燭
- 打火機或火柴等用來點火的工具
- 供品（飯、水果、點心、飲料等）
- 寫著御靈前的白包
- 紅色蠟燭
- 對著佛壇雙手合十的家人或親戚
- 進行開眼法會（在佛壇或墳墓等完工時需要進行的法會）的和尚
- 鮮花、假花
- 家譜
- 掛軸
- 坐墊
- 拉門
- 紙門
- 榻榻米

此場景中能聽到的聲響

- 開關佛壇門的聲響
- 以擊磬棒敲磬時發出的「叮——」聲響
- 將飯碗或杯子供奉到佛壇上的聲音
- 以打火機或火柴點線香的聲音
- 坐墊或腳在榻榻米上磨蹭的聲響
- 「咚咚咚」敲打木魚的聲音
- 和尚誦經聲
- 家人啜泣的聲音
- 似乎非常悠哉的孩子聲音

此場景中可感受到的氣味及味覺

- 佛壇的木材或漆的氣味
- 線香的氣味
- 火柴燃燒後的氣味
- 供品的氣味
- 花的氣味
- 榻榻米的氣味

此場景中可感受到的感覺

- 祈禱能庇佑家人的心情
- 失去家人的悲傷心情
- 思念已逝家人的心情
- 以擊磬棒敲磬時覺得心情開闊
- 線香點著時的雀躍感
- 正座之後腳麻痺的感覺
- 一不小心用嘴吹熄火焰而覺得糟了

設定時的小提醒　可以活用供品或遺照等物品，來表現出充滿哀愁的氣氛。另外，也可以活用這個場景，來告知讀者登場角色有哪些家人。

登場人物　・家長・孩子・祖父母・曾祖父母・親戚・和尚

土藏（*放置較貴重物品的倉庫）

相關場景 納屋（P.100） 庭院（P.106）

此場景中能看到的事物

- 灰泥浮雕
- 小型燈具
- 使用土或灰泥塗抹固定的厚實牆壁
- 網格圖樣的海鼠壁（*日本特有工程法，在牆面貼平瓦再以灰泥將縫隙塗成凸起狀，耐火且防水）
- 以屋瓦做成的三角屋簷
- 巨大的門扉、堅固的鎖頭
- 閣樓
- 用來上閣樓的梯子或樓梯
- 刀劍或陶器等祖先代代相傳的寶物
- 儲備用的食物、燃料
- 已經沒有在使用的家庭用品、服裝、書籍
- 腳踏車或農業機器
- 因老舊而開始剝落的外牆
- 木頭柱子、頗具厚度的小窗戶
- 為了修理損毀的土藏而前來的工匠
- 因為被罵而被關在裡面的孩子

此場景中能聽到的聲響

- 開關門的聲音
- 開關鎖頭的鑰匙聲
- 自土藏將東西拿進拿出的聲響
- 修復土牆的聲響
- 木頭柱子或地板嘎吱作響
- 打開照明或者關燈的聲音
- 看著貴重的財產而沉浸在喜悅中的人的說話聲
- 挨了罵而被關在土藏裡的孩子哭泣聲
- 土藏裡老鼠的吱吱聲

此場景中可感受到的氣味及味覺

- 泥土或灰泥的氣味
- 灰塵的氣味
- 生鏽的門扉或鎖頭的氣味
- 糧食的氣味
- 木材發黴的氣味

此場景中可感受到的感覺

- 看著眼前由工匠打造的極具歷史意義的土藏發出感嘆
- 看見貴重物品一字排開的樣子萬分期待
- 發現土藏裡什麼都沒有，非常失望
- 鎖頭壞掉了，打不開門而非常焦躁
- 擔心不知道會不會被土藏小偷看上
- 待在陰暗又封閉的空間當中總覺得心情不安穩
- 土藏過於老舊，煩惱著該不該修理的問題
- 思考要如何才能進入偷竊等問題而非常興奮

設定時的小提醒 土藏通常非常耐火，是用來保護貴重財產及糧食的地方。從前似乎有專門偷土藏裡貴重物品的小偷，曾有不少人受害。

登場人物
・家長・孩子・祖父母・親戚
・工匠・強盜（小偷）

古民房

相關場景　日式房間（P.094）　庭院（P.106）

此場景中能看到的事物

- 推拉式的門板
- 廣大佔地及庭院
- 瓦片或稻草屋簷
- 老舊的木造平房
- 寬廣的土間（*參見P.101）
- 井
- 圍爐裏（*參見P.094）
- 緣廊
- 有樂窗（外側並排竹子做固定的窗戶）
- 和室
- 電燈泡、利用和紙做的間接照明
- 褪色的拉門
- 開了洞的紙門
- 有些地方微裂的榻榻米
- 五右衛門風呂（*參見P.095）
- 納屋（*參見P.100條目）
- 表面已經開始斑駁剝落的外牆
- 非常有年代感的大黑柱（*參見P.101）
- 種滿整個佔地內的櫸木或樫木等樹木
- 搬行李的搬家業者
- 觀光客

此場景中能聽到的聲響

- 開門時發出的「喀啦喀啦」聲響
- 在走廊走動時嘎吱作響
- 腳在榻榻米上磨蹭的聲響
- 風從縫隙吹過的聲響
- 古民房附近河流淙淙
- 蟲鳴鳥叫
- 搬來的家族的聲音
- 來住宿的觀光客非常開心的聲音

此場景中可感受到的氣味及味覺

- 古老木頭的氣味
- 榻榻米的氣味
- 灰塵的氣味
- 古老美好日本古民家吃到的美味鄉土料理味道

此場景中可感受到的感覺

- 看見宛如連續劇裡看見的古民房時非常興奮
- 要離開長年居住的房子，感覺非常不捨
- 躺在榻榻米上覺得放鬆
- 坐在緣廊上眺望著外面覺得心情非常安穩
- 租金很便宜而非常開心
- 被介紹到某間古民房去，卻比想象中還破舊而感到絕望
- 住宿的古民房裡，廁所或者浴室已經重新裝潢過，覺得非常失望

設定時的小提醒　最近越來越多人會把古民房當成出租房屋或者住宿設施，讓大家能更加容易近距離感受古老美好的日本文化。當中也有一些考量到使用者的方便性，而重新裝潢過洗手間。

登場人物
- 家長・孩子・親戚・觀光客
- 搬家業者・不動產工作人員

庭院

相關場景 日式庭園（P.089） 日式房間（P.094） 古民房（P.105）

此場景中能看到的事物

- 池泉庭（以池子為中心的庭院）
- 鯉魚等魚類
- 庭石（*參見P.089）
- 飛石、澤渡石（*參見P.089）
- 掀式竹門（*日式茶室室外門，要通過時用竹竿將門板掀起）
- 樹籬、竹籬
- 石燈籠
- 石橋
- 苑路（*參見P.089）
- 緣廊、緣廊與榻榻米房之間的門檻
- 青苔
- 井
- 草皮
- 樹木（櫟木、丹桂樹、杉木等）
- 狗屋、寵物狗
- 曬衣台、晾衣竿、正在風乾的衣服
- 遮陽板
- 植物或花盆、盆栽
- 園藝用品（澆花器、園藝剪刀、肥料等）
- 孩子的玩具
- 以木材做成的桌子及椅子
- 納屋（*P.100）、置物間
- 正在整理花草的園丁
- 正在照顧盆栽的人

此場景中能聽到的聲響

- 花草樹木在風中搖擺的沙沙聲響
- 走過飛石或澤渡石的聲響
- 池子裡有魚兒躍出的「嘩啦」聲響
- 剪斷樹枝時的「喀嚓喀嚓」聲響
- 在砂石上走過的「喀沙喀沙」聲響
- 花盆或盆栽掉落時破裂的聲響
- 開關窗戶的聲響
- 挖掘地面的聲響
- 孩子在玩耍的聲音

此場景中可感受到的氣味及味覺

- 花草樹木的氣味
- 泥土及石子的氣味
- 池子裡的水及飼養在裡面的魚兒氣味
- 從洗好的衣服上飄來清潔劑的氣味

此場景中可感受到的感覺

- 看著庭院覺得非常感動
- 看見孩子或寵物跑來跑去時覺得內心非常溫暖
- 坐在緣廊上看風中搖擺的花草樹木，覺得非常舒適
- 有節奏地走在飛石或澤度石上而興奮
- 要修剪伸長的樹枝覺得非常麻煩；整理好之後非常整齊很有成就感

設定時的小提醒：可以運用能夠表現出日式庭園感的飛石、池子、燈籠等物品。池子裡如果能有很多鯉魚游動，會更有氣氛。

登場人物：・家長・孩子・祖父母・寵物・園丁

撒年糕儀式（＊日本的上梁儀式活動）

相關場景　神社（P.082）　寺院寺廟（P.084）

此場景中能看到的事物

- 拼命要接到年糕的參加者
- 參加者熱情望著撒年糕的名人
- 在有些距離之處觀望撒年糕儀式的路人或相關人士
- 爬到屋頂上撒年糕的屋主或工程師傅、神主等
- 在祭典上撒年糕的人（巫女、神職人員、名人等）
- 在天空中飛舞的年糕
- 被紙張或保鮮膜包裹住的紅白年糕
- 掉落在地面上而髒掉的年糕
- 祭壇
- 神籬（臨時搭建用來迎接神明的載體）
- 神社或寺廟的據地
- 結束上梁儀式的房子
- 糯米
- 臼與杵
- 供品（米、酒、蔬菜、魚等）
- 臨時攤販
- 受傷的參加者
- 和家長走散而哭泣的孩子、尋找孩子的家長

此場景中能聽到的聲響

- 年糕飛過天空的聲響
- 參加者在地上撲過去或者跳躍的聲響
- 灑出去的年糕掉到地面上的聲響
- 在會場非常熱情的參加者聲音
- 拼命喊著「也要丟到這邊來啊！」的參加者聲音
- 「呀！」、「不要推啊！」的參加者慘叫聲
- 撒年糕儀式結束的鼓掌聲

此場景中可感受到的氣味及味覺

- 上梁的木材氣味
- 年糕的氣味與味道
- 擠成一團的參拜者香水或汗水的氣味
- 供品的氣味

此場景中可感受到的感覺

- 接到年糕時的喜悅感
- 年糕飛過來打到臉時的疼痛感
- 看見其他參加者拼命的樣子覺得非常可怕
- 被捲進參加者人潮中時的絕望感
- 能近距離看到藝人而覺得非常開心
- 非常想吃年糕的心情
- 看見快要吵起來的人覺得有點擔心
- 有很多人來參加而覺得放下心來

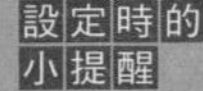

設定時的小提醒：依地域不同也有不是撒年糕，而是撒綁了紅線的五日圓或五十日圓硬幣的地方。另外，大型寺廟或神社有時候會請藝人來灑年糕。

登場人物：
- 家長・孩子・住持
- 宮司（＊參見P.082）
- 巫女・藝人・參加者・路過的人

地鎮祭

（＊日本在房屋動工前進行的宗教儀式，表示取得當地土地神明的許可，類似台灣的開工動土）

相關場景 搬家（P.109）

此場景中能看到的事物

- 神主
- 要建設房屋的屋主以及其家人
- 負責工程的施工公司負責人與員工
- 祭壇
- 注連繩（＊參見P.012）
- 青竹或帶葉的小竹子
- 烏帽子（＊參見P.082）
- 御幣（＊神道教中在木棍綁上摺紙的儀式用品）
- 沙堆或土堆
- 紅白布條
- 帳篷
- 供品（米、酒、蔬菜、魚等）
- 榊（擺放在神壇前的樹木枝葉）
- 茶杯或紙杯
- 半紙（＊接近B4大小的和紙，用來擺放祭品等）
- 初穗料（獻給神明的金錢）
- 鐵鍬或鏟子
- 椅子
- 觀望著地鎮祭樣子的路人

此場景中能聽到的聲響

- 竹子或紙片搖動的聲響
- 供品擺放到祭壇上的聲響
- 在地上走動的聲響
- 坐在椅子上的聲響
- 執行儀式的神主聲音
- 屋主打招呼

此場景中可感受到的氣味及味覺

- 竹子的氣味
- 注連繩的氣味
- 供品的氣味
- 泥土的氣味
- 神主的袴褲（＊參見P.062）的氣味
- 酒的氣味

此場景中可感受到的感覺

- 第一次要辦地鎮祭，不知道該做些什麼才好而感到非常不安
- 施工業者會幫忙處理地鎮祭相關事宜，感到非常安心
- 一直無法確定要哪天辦地鎮祭而非常焦慮
- 就要擁有新房的期待感
- 希望工程能夠平安完成
- 不知道初穗料該包多少才好
- 祭壇被大風吹走時感到非常絕望
- 無法將地鎮祭需要的東西準備齊全，開始覺得焦躁
- 地鎮祭結束時放下心來

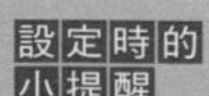

設定時的小提醒：地鎮祭是祈求工程無事及安全、家庭興旺的儀式。舉辦儀式的重要日子也非常重要，多半選在吉日的大安、先勝、友引等日子舉辦。（＊日本的吉日與我國的黃曆大不相同，但意義上是類似的東西）

登場人物：
- 家長・孩子・親戚・神主
- 工程師傅・工程人員

搬家

相關場景　古民房（P.105）　地鎮祭（P.108）

此場景中能看到的事物

- 搬家業者及卡車
- 搬家的家族
- 喬遷蕎麥麵
- 搬家後向鄰居打招呼用的禮物（點心或毛巾等）
- 疊起來、或者塞滿了行李的紙箱
- 紙箱膠帶
- 剪刀與美工刀
- 報紙和緩衝材料
- 紙箱和打包用材料
- 塑膠袋
- 油性筆
- 垃圾袋
- 棉布手套、毛巾
- 用緩衝材料包起來的精密機器
- 抹布和清潔劑等打掃用品
- 為了不要傷及房子或家庭用品而拿來打包的大型海棉
- 衣架紙箱
- 搬家的費用明細表及收據
- 搬家通知或者戶籍變更書等文件

此場景中能聽到的聲響

- 組裝紙箱的聲響
- 拉開紙箱膠帶的聲音
- 將行李放進紙箱或從紙箱裡取出的聲響
- 剪刀的聲音
- 將美工刀的刀片推進或收起的聲響
- 以剪刀剪斷紙箱膠帶的聲音
- 打掃的聲音
- 搬家業者非常俐落收拾家中用品的聲音
- 將行李搬上卡車車斗或者卸貨的聲音
- 搬家業者的聲音
- 搬家後前往打招呼而聽到的鄰近居民聲音

此場景中可感受到的氣味及味覺

- 紙箱的氣味
- 喬遷蕎麥麵的味道
- 灰塵的氣味
- 骯髒抹布的氣味
- 打掃時使用的清潔劑的氣味

此場景中可感受到的感覺

- 要與已經習慣而覺得親密的房子分離的悲傷
- 要在新家展開新生活非常興奮
- 家中用品很多而要協助搬家時的緊張感
- 必須打掃房子而感到非常鬱悶
- 搬家業者非常值得信賴

設定時的小提醒　這是能讓認識的人和家人有嶄新相遇等各式各樣特別情境的場景。以往也有習慣會送「喬遷蕎麥麵」等贈禮給新家的鄰居們，但是近年來已逐漸不再有人這樣做。

登場人物
- 家長・孩子・祖父母・親戚
- 鄰近居民・搬家業者

社區

相關場景 幼稚園教室(P.148) 托兒所(P.149)

此場景中能看到的事物

- 廣大的社區用地
- 排列整齊的國宅
- 寫在牆壁上的大樓號碼
- 老舊且裂開的牆面
- 寫著社區名稱的名牌或看版
- 一字排開的門、窗、陽台
- 有信箱的門
- 放在走道上的滅火器
- 用來貼社區活動或者警示公告的公佈欄
- 管理員室
- 門牌
- 有鐵欄杆的窗戶
- 電梯
- 晾在陽台上的衣服和棉被
- 正在晾衣服的人
- 將手腳伸出扶手欄杆的孩子
- 捲在陽台欄杆扶手上的蓆子或布料
- 寫著姓氏和房間號碼的信箱
- 由各個房間延伸出來的水管
- 水塔、天線、避雷針
- 設置在走道或者陽台上的洗衣機
- 在走道或樓梯上說話的人
- 在中庭玩耍的孩子
- 室外機
- 在汽車停車場或腳踏車停車場裡一字排開的汽車和腳踏車
- 在社區用地裡的指示圖
- 被種植在社區中的各種樹木與公園、兒童廣場、長椅
- 托兒所、幼稚園
- 包圍社區用地的欄杆
- 自治會集會場所
- 豆腐或烤地瓜的流動攤販
- 共用的垃圾集中處

此場景中能聽到的聲響

- 厚重的門板「砰」地關上
- 爬樓梯時的「喀喀」聲響
- 電視或洗衣機等日常生活中家電用品的聲響
- 開窗戶的聲音
- 有郵件投遞進房門上信箱裡的「喀噠」聲響
- 由房間走到陽台上時，換穿室外拖鞋的聲音
- 以棉被拍打器敲打棉被時發出的「砰砰」聲響
- 腳踏車「嘎——」的剎車聲，以及停下來之後放下腳架的「喀噹」聲響
- 進出停車場的車子引擎聲音、關車門的聲響
- 踩三輪車時發出的「嘎——嘎——」聲響
- 流動攤販的擴音器聲音
- 球打到牆壁時的「砰砰」聲響
- 孩子們在樓梯或走道上奔跑的聲音
- 孩子們在社區用地內玩耍的聲音
- 在房間裡哭泣的嬰兒大哭聲
- 在走道或陽台上講話的人聲
- 孩子們大聲說「我出門了！」、「我回來了！」的聲音
- 媽媽在陽台上喊著「早點回家喔」的聲音

設定時的小提醒 社區的魅力就在於一般大樓或公寓沒有的宏偉感。在社區用地當中會有幾十棟相同的住宅排列在一起，到處都能聽見日常生活中各種聲響與人的說話聲。另外，也有些社區當中包含托兒所等設施。

此場景中可感受到的氣味及味覺

- 許多料理混合在一起的氣味
- 鐵門生鏽的氣味
- 洗好的衣服上飄來清潔劑和水的氣味
- 中庭裡長的草皮的氣味
- 牆壁上發黴的氣味

此場景中可感受到的感覺

- 各式各樣的人往來的熱鬧氣氛
- 看見宛如要塞一般的連棟住宅非常驚訝
- 看見在公園玩耍的孩子、聊著無關緊要小事的主婦以及老人家們，覺得「真是和平啊」的安心感
- 覺得日常生活各種聲響及人們的聲音非常喧鬧
- 被巨大且冰冷的大樓、公寓包圍感到可怕
- 看見老舊的牆壁感到不安
- 每棟房子都沒有電梯而非常絕望
- 上下樓梯時腰或腳非常疼痛
- 從較高樓層的走道或者陽台向外看的時候，有種「要是掉下去怎麼辦」的不安感
- 對於聽見隔壁房間傳來的噪音感到十分憤怒
- 搬來的時候非常在意隔壁住了什麼樣的人，覺得不安
- 三更半夜走在寧靜異常的社區內的緊張感
- 由於活動而使許多居民聚集在一起，一體同心的感覺
- 要傳閱公告板而覺得非常煩躁
- 在走道上跑步而引人發怒時，覺得到「糟糕了」
- 電梯還沒到自己房間的樓層時非常煩躁
- 有東西從陽台上掉下去，瞬間非常緊張會打到人而冷汗直流

此場景中可能發生之狀況

- 因為孩子把手或臉伸出扶手之外，趕緊警告他
- 看見孩子們坐在樓梯上，提醒他們不可以這樣做
- 有主婦在走道上談話，雖然覺得很擋路還是直接走過去了
- 看見有老人家搬著非常重的東西，叫住對方之後幫忙把東西搬到對方的房間
- 對於樓上或者左右鄰居的噪音感到非常困擾
- 社區入口放著三輪車或孩童用的鏟子
- 不知是否因為老舊的社區蘊釀出詭異的氣氛，竟然開始有靈異傳說
- 同一層樓的居民說「我做太多料理了」而前來分享
- 自治會長為了張貼告示而前往每棟建築
- 住在隔壁棟的孩子們會隔著陽台說話
- 正在為陽台上的花澆水，一陣強風吹來把水吹到路人頭上
- 搬家業者拼命扛著大型家具爬樓梯

登場人物 ・家人・親戚・附近認識的人・同學・自治會長・搬家業者・豆腐店・兒童福利設施的工作人員

避難所

相關場景　體育館（P.154）　避難訓練（P.185）

此場景中能看到的事物

- 一臉不安的人
- 因為害怕而縮成一團的人
- 睡得非常擠的人
- 小孩子
- 地方自治單位的公所員工或義工
- 自衛隊員
- 急救人員、醫療相關工作人員（醫師、護理師等）
- 消防隊員、警察
- 棉被、毯子、藍膜、墊子
- 用來維護避難者隱私的隔間用布簾或紙箱
- 標示出避難所位置的手寫看板
- 帳篷
- 堆積在一起的糧食與飲用水
- 大鍋飯
- 小型收音機
- 一般手機或智慧型手機
- 牙刷等生活用品
- 後背包或手提包
- 手電筒與電池
- 打火機或火柴
- 蠟燭
- 安全帽或防災頭巾
- 拖鞋等鞋類
- 服裝
- 手套
- 雨衣
- 消毒藥水或是繃帶等急救藥品
- 流動廁所
- 臨時浴室
- 可免費為一般手機或智慧型手機充電的服務機器
- 裝滿換下來的衣服等用品的塑膠袋
- 和飼主一起避難的寵物（狗或貓等）
- 來採訪的媒體相關人士
- 鼓勵避難所中受災者的藝人或名人
- 來視察的政府要員
- 沒有容身之處而縮在角落說話的國高中生們

此場景中能聽到的聲響

- 告知地震、洪水或海嘯的警報聲響
- 攤開棉被或毯子時的「啪沙」聲響
- 將運送到現場塞滿糧食與服裝的紙箱卸下來的聲音
- 避難者吃喝糧食與飲用水的聲音
- 孩子們在地板上「啪噠啪噠」奔跑的聲響
- 避難者似乎非常不安的悲痛喊叫
- 許多避難者同時說話的吱吱喳喳聲
- 避難者以電話向家人報平安的聲音
- 家長責罵吵鬧孩子的聲音
- 確認避難者姓名的公所員工或工作人員的聲音
- 處理糧食分配或者確認是否有人身體不適的義工聲音
- 自小型收音機傳來廣播報著災害狀況的播報員聲音
- 訪問避難者的電視台相關人員聲音
- 由於藝人前來鼓勵大家，變得較為開朗的避難者聲音

設定時的小提醒　避難所分為暫時逃難用的一次性避難所；以及因房屋損毀等狀況無法居住在自家，而必須暫時滯留的長期性避難所。

此場景中可感受到的氣味及味覺

- 發霉而有臭味的棉被或毯子氣味
- 消毒液或OK繃等急救藥品的氣味
- 大鍋飯的料理氣味
- 被分配到的糧食或飲用水的氣味
- 骯髒衣服的氣味
- 汗水的氣味
- 泥土或泥巴的氣味
- 流動廁所飄出來的氣味

此場景中可感受到的感覺

- 終於抵達避難所而放下心來
- 擔心家人、朋友、或者留在家裡的寵物
- 在避難所遇到認識的人而感到喜悅
- 非常在意遭受災的房子而安不下心來
- 要好幾天都和不認識的人在同一個空間度過而非常不安
- 想努力在避難所過生活
- 聽見嬰兒或孩童的喊叫聲或者鼾聲而非常煩躁
- 完全沒有糧食或飲用水時感到絕望
- 路上道路被截斷，救援物資無法抵達而感到絕望
- 擔心一起來到避難所的年幼孩童與祖父母身心狀況
- 流動廁所大排長龍而令人焦慮
- 手機電量剩下不多而非常焦慮
- 聽見廣播或者看電視播報災害狀況感到非常不安
- 非常感謝公所員工或者義工
- 糧食等救援物資抵達時的喜悅感
- 透過SNS等感受到全日本的人都在擔心而非常感恩
- 藝人來到避難所鼓勵大家，覺得非常開心
- 想著希望能幫避難者做些什麼的心情
- 對於一窩蜂跑來避難所的媒體相關人士感到煩躁

此場景中可能發生之狀況

- 遇到洪水或地震等災害而前往避難所
- 找到先前失蹤的家人或認識的人
- 以電話向遠方的家人報平安
- 避難者們互相打招呼、一起努力過避難所生活
- 不知道要在避難所生活多久，絕望地流下眼淚
- 經濟艙症候群發作
- 和飼主一起避難的寵物療癒了有些不安的避難者心靈
- 為了要能夠生活得稍微舒適些，避難者們一起絞盡腦汁
- 透過SNS或採訪，全日本將避難者需要的東西送過去
- 自衛隊以直升機或卡車搬運救援物資
- 從全國各地湧來義工
- 在避難所發生食物中毒或者感冒等二次災害
- 已經過得非常刻苦，卻有媒體一直想要訪問，終於爆發憤怒
- 避難警報解除之後，終於能夠回家

登場人物
- 家長・孩子・祖父母・老人家・急救員・自衛隊員・消防隊員・警察・義工
- 公所員工・電視台人員・藝人・名人

地區限定場景

京都・奈良

京都與奈良除神社與寺廟外，仍保留著宏偉的自然景色。充滿日式風情的石板路及妝點風景的古老風格木造建築等，可說是向來者敘述日本歷史的貴重寶物。

此場景中能看到的事物

- 京都車站、京都塔
- 奈良公園、鹿、鹿仙貝
- 京都御所、二條城
- 法隆寺　・五重塔
- 東大寺與大佛
- 清水寺、新京極
- 鴨川、渡月橋
- 金閣寺、大文字燒
- 棋盤線（京都市內道路名稱）
- 祇園、舞伎
- 沒有電線、電線杆、霓虹燈和高樓大廈擋住的自然景色
- 枯山水庭園
- 與陰陽道、靈石、靈水、靈山、靈木等相關的能量景點
- 人力車與車伕
- 八橋、宇治抹茶
- 石舞台古墳、吉野山
- 平城京遺跡
- 在神社或寺廟舉辦的傳統文化活動
- 可以體驗傳統工藝或享受自然的行程等活動
- 觀光客　・平安神宮
- 旅館的老闆娘或女服務生
- 為了不要破壞風景而把看板招牌顏色改為較低調色彩的便利商店
- 東映太秦映畫村
- 伏見稻荷大社
- 春日大社
- 新選組的法被（*參見P.048）與木刀
- 納涼床（*夏天河邊店家設的戶外座位區）
- 貴船川的清流

此場景中可感受到的氣味及味覺

- 櫻花或楓葉的氣味
- 舞伎擦的白粉或胭脂的氣味
- 鹿糞的氣味
- 鹿仙貝的氣味與味道
- 醃漬品的氣味與味道
- 最中餅（*一種以糯米餅外殼包餡的點心）和八橋等和果子的氣味與味道

此場景中能聽到的聲響

- 神社的鈴緒的「喀啷喀啷」聲響
- 寺廟敲鐘時的「匡——瑯」聲響
- 法隆寺的鐘聲
- 拜訪神社的觀光客祈禱時拍手的聲音
- 舞伎穿著高底木屐走路時發出的「喀喀喀」聲響
- 往日式庭園中傳來水流動的聲響、以及鹿威（*參見P.089）「喀！」聲響
- 舞伎用京都腔說著「歡迎光臨」、「請進～」的聲音
- 觀光客或商店的店長說話的熱鬧聲音
- 校外教學旅行的學生吵鬧、或者和其他學校的學生吵起來的聲音

此場景中可感受到的感覺

- 在京都站下車時心中有著非常大的期待
- 看見自己出生前就已經蓋好的過往建築覺得開心又感動
- 拜訪極具歷史價值的神社或寺廟時，總覺得心情有些緊繃
- 看見做工非常細緻的傳統工藝品而十分感動
- 重新體會到醃漬食品的美味而有些驚訝
- 重新體會到「從清水舞台上跳下去」這句諺語的可怕之處而心生畏懼
- 舞伎的化妝與服裝都非常厚重
- 有緣切神社（*緣切表示斷絕關係）、呼喚死者前來的鐘等各種名稱可怕的景點，覺得驚訝又害怕

設定時的小提醒　京都的街道由於排列整齊宛如棋盤的方格，因此又被稱為「棋盤格」。另外，也有為了記憶道路名稱而出現的順口溜。

登場人物
- 觀光客・車伕・舞伎
- 校外教學旅行的學生・旅館老闆娘
- 女服務生・飯店的工作人員

第三章

圍繞著傳統文化的場景

Kabuki / Rakugo / Noh / Poem Competition Gathering of Haiku Poets / Tea Party Tea Ceremony / Flower Arrangement Living Flower / Japanese Dance / Ueno Asakusa

歌舞伎

相關場景 落語（P.118） 能樂（P.120） 日本舞（P.125）

此場景中能看到的事物

- 歌舞伎座等劇場
- 記載現正上演中的公演和之後公演的傳單
- 歌舞伎公演的門票
- 劇場販售的劇情簡介或排程等節目單
- 導覽耳機
- 字幕解說專用螢幕
- 記載觀賞歌舞伎時應遵守的禮節規範告示
- 慶賀鯛魚燒或人形燒等土產
- 升降平台
- 旋轉舞台（舞台中央可旋轉的圓形部分）
- 揚幕（花道出入口的布幕）
- 黑御簾（被黑色牆板圍起的音樂演奏用房間）
- 花道
- 定式幕和淺蔥幕等歌舞伎布幕
- 見台（擺放腳本或譜面的台子）
- 小鼓、大鼓、太鼓、締太鼓
- 柝（拍子木）
- 附木、附板
- 歌舞伎俳優、歌舞伎役者
- 狂言方（負責舞台裝置檢查與操作的幕後負責人）
- 大型道具負責人、編舞師
- 御囃子（*狂言、歌舞伎等演出的樂器演奏者）
- 床山（*髮型造型師）
- 顏師（為演出者化妝的人員）
- 竹本連中或長唄囃子連中等負責演奏歌舞伎音樂的人員
- 太夫、三味線奏者
- 歌舞伎衣裳、假髮
- 歌舞伎俳優臉上畫的隈取
- 使用導覽耳機或字幕解說專用螢幕的觀眾
- 觀賞歌舞伎的觀眾

此場景中能聽到的聲響

- 演出揭幕或落幕時，聽見由柝發出的「恰恰」聲響
- 在姿勢定格的瞬間或物品掉落時，聽見由附木發出的「啪噠啪噠」聲響
- 拉動揚幕時發出的「唰啦」聲響
- 載著演出者或大型道具的升降平台運轉聲
- 長唄或御囃子所演奏出的各式各樣音效
- 三味線的聲音
- 小鼓或大鼓的聲音
- 御囃子的音色
- 歌舞記衣裳摩擦的聲音
- 歌舞伎布幕升降的聲音
- 觀眾鼓掌的聲音
- 觀眾翻閱劇情簡介的「啪啦啪啦」聲響
- 觀眾入座坐定的聲音
- 觀眾在劇場內步行的聲音
- 歌舞伎俳優展現的聲音演出
- 唱誦長唄的演奏者聲音
- 敘述登場人物心境等的義太夫節（如同旁白）的聲音
- 導覽耳機流瀉出的聲音
- 在觀眾席裡面聽見「〇〇屋！」這種喊聲喝采（來自觀眾席的喊聲）

設定時的小提醒 因公演劇場而異，可能會提供以語音配合舞台演出，進行概要、精彩橋段、歌舞伎的個別規則解說的導覽耳機服務。

此場景中可感受到的氣味及味覺

- 伽羅（一種香木）或香的氣味
- 劇場中座椅的氣味
- 觀眾身上的香水氣味
- 歌舞伎俳優的服裝或化妝的氣味
- 歌舞伎布幕的氣味
- 從花道飄來的氣味
- 劇情或排程表上的氣味
- 從商店或土產店散發出的食物氣味與嚐到的味道
- 從後台準備室飄出的聞起來很美味的外賣餐點氣味
- 盒裝便當的氣味

此場景中可感受到的感覺

- 對票價昂貴的不安及意外發現便宜票券的訝異
- 理解到故事易懂以及有如此多劇目時的樂趣
- 穿著輕便進入劇場時的忐忑不安感
- 猶豫該觀賞哪齣表演時的煩惱感
- 進入劇場時的雀躍感
- 購買票券時不知該買哪邊的座位時的焦慮感
- 對上演時間的長度感到驚訝
- 對上演過程中有休息時間感到慶幸
- 為歌舞伎俳優和其他演出者帶來的演技震撼為之驚艷
- 聽見柝或附木聲響時的愉悅感
- 對提供導覽耳機或字幕解說感到安心
- 親眼見到曾在電視上看過的演員，感到欣喜與感動
- 對欠缺觀賞禮節的觀眾感到焦躁
- 對觀眾席中突然出現的喊聲喝采感到疑惑
- 參與喊聲喝采時的內心悸動感
- 買到接近花道的座位時，心中感到雀躍
- 聽到獨特的念白和台詞時感到疑惑
- 看到女形時，為其無法想像是由男性演出的美麗而感到衝擊
- 看到孩童演出者站上舞台時的震驚，並對他的未來性充滿期待
- 自己也想站上舞台演出看看的憧憬之情
- 在觀眾面前詮釋角色時的緊張感與高昂感

此場景中可能發生之狀況

- 初次觀賞歌舞伎，因此慌慌張張
- 特意穿著正式服裝去到劇場，發現除了自己之外大家都穿得很輕便，反而因此覺得不好意思
- 演出中突然想去洗手間
- 雖然很想喊聲喝采，但無法鼓起勇氣而放棄
- 一邊接受導覽耳機或字幕解說的引導，一邊掌握劇情方向
- 欣賞到精彩的演技，感動到淚流不止
- 對豪華的盒裝便當讚賞不已
- 購買土產帶回家
- 對歌舞伎萌生興趣，開始調查各種知識
- 列隊等待演出者出場，當崇拜的演出者出現時，為其鼓勵喝采
- 在眾多的觀眾面前因為緊張而忘詞
- 精彩詮釋角色，贏得滿堂熱烈鼓掌

登場人物 ・觀眾・歌舞伎俳優、歌舞伎役者・太夫・三味線奏者・大型道具負責人、編舞師等幕後工作人員

落語

相關場景 歌舞伎（P.116） 能樂（P.120）

此場景中能看到的事物

- 寄席（*落語等說話藝術的表演場所）
- 寫有寄席名稱的看板
- 公告白天演出和夜晚演出時擔綱壓軸演出者的看板，上頭有照片和姓名
- 寄席入口處列出的當日寄席參與演出者名字
- 定席、端席
- 地域寄席、會館寄席
- 古典落語、新作落語
- 後幕
- 旗幟
- 木戶（寄席的入口）、木戶錢
- 高座
- 捲り（寫有演出者名字的紙）
- 坐墊
- 和室拉門
- 屏風
- 麥克風、麥克風架
- 高座返し（在下一位演出者登場前，將坐墊翻面、捲り翻頁）
- 仲入り（休息時間）
- 席亭（寄席之主、經營者）
- 呼子（在寄席前招攬客人的人）
- 剪票的工作人員
- 商店、商店的店員、土產
- 藝人、演出者
- 前座（*暖場表演者）、真打（*壓軸）
- 漫才或搞笑短劇、魔術、曲藝等色物（落語之外的表演）
- 御囃子（演奏出囃子等佩樂的人）
- 最後壓軸登場的人氣落語家
- 扇子
- 手巾
- 根多帳（節目排程本）
- 羽織、袴
- 三味線
- 太鼓
- 提燈
- 顏見世興行（正月舉行、有眾多演出者參與的活動）
- 座席
- 造訪寄席的觀眾
- 通往觀眾席2、3樓座位的階梯

此場景中能聽到的聲響

- 開場時敲響一番太鼓的「咚咚咚」聲響
- 藝人或色物走在高座上的聲音
- 藝人登上高座時流瀉出的出囃子
- 三味線或太鼓演奏出的御囃子（*出場音樂）
- 高座上的落語家詮釋喝茶時的聲音
- 開啟扇子的聲音
- 使用手巾的聲音
- 翻閱節目排程本的聲音
- 將高座上的捲り翻開時的「嘩啦」聲響
- 羽織或袴摩擦的聲音
- 講談師用張扇（製造音效的扇子）敲打釋台（講談師面前的小桌）的聲音
- 觀眾的掌聲
- 觀眾出入寄席的聲音
- 落語家表演的聲音
- 色物演出漫才、魔術等節目時的聲音
- 呼子招攬客人的聲音
- 在寄席入口處支付木戶錢的觀眾聲音
- 觀眾的笑聲與歡呼聲
- 剪票員和商店工作人員的聲音

設定時的小提醒 在寄席中，除了落語之外，觀眾還能享受講談、漫才、魔術、曲藝等各式各樣富有多樣變化性的娛樂。附帶一提，落語之外的才藝演出者，就稱為色物。

此場景中可感受到的氣味及味覺

- 座位的氣味
- 後幕或幟的氣味
- 後台準備室中滿溢的香菸氣味
- 捲り上的墨汁氣味
- 坐墊的氣味
- 扇子的氣味
- 羽織或袴的氣味
- 演出者頭上整髮劑的氣味
- 商店販賣的食物或土產的氣味

此場景中可感受到的感覺

- 初次踏入寄席時的悸動感與雀躍感
- 聽到一番太鼓敲響時的期待感
- 旁邊的人都笑了，但只有自己無法理解而感到焦慮
- 感受到落語樂趣所在時的喜悅
- 能欣賞到各式各樣落語主題的喜悅
- 對落語家表現力之精湛感到驚艷
- 聽到不常見到的演出者表演的落語，為之欣喜與感動
- 觀賞色物表演時的愉悅心情
- 想為暖場表演者聲援鼓勵的心情
- 看到自己喜愛的演出者後幕或旗幟時的開心感
- 看到比平常更多表演者演出的顏見世興行（*全體演出）而感到滿足
- 見到在電視上看過的演出者時的喜悅
- 在會館落語表演時，聽了很多喜愛演出者的落語，感到開心與期待
- 因為欣賞落語，變得很想要一把扇子
- 看到欠缺觀賞禮儀的觀眾時，萌生厭惡感
- 登上高座，距離觀眾很近時浮現那深不見底的緊張感與不安感
- 擔心表演時結巴該如何是好的不安感
- 將演出收尾時萌生的安心感
- 晉升真打時湧現的欣喜與對將來的期待
- 坐上高座時，精神為之緊繃
- 拿到很多割り（寄席的演出酬勞）時的喜悅，或是拿到較少時的受挫感

此場景中可能發生之狀況

- 向觀眾展現新的落語題材或表演
- 偶然經過寄席時碰巧遇上罕見的演出者表演
- 欣賞演出者的落語或色物的表演而捧腹大笑
- 因為笑得太劇烈，甚至笑到掉下巴或過度換氣的程度
- 很幸運地買到最前排的位子
- 為年輕一輩擔任壓軸收尾演出而感動
- 對演出者喊出「等你很久了」的喊聲應援
- 因為落語實在太過有趣，聽得太過投入而忘記時間
- 意會過來時，自己已經在寄席欣賞了整天的落語或表演
- 和演出者或色物目光對上時，感到開心
- 因為演出太有趣了，雙手鼓掌到疼痛的地步

登場人物 ・觀眾・藝人・色物・剪票員或商店的工作人員・席亭・呼子

能樂

相關場景 歌舞伎（P.116） 落語（P.118）

此場景中能看到的事物

- 能樂堂
- 薪能（於戶外演出的能樂）
- 本舞台（向觀眾席延伸，大小三間四方、附有屋頂的舞台）
- 後座（位於本舞台後半部囃子方就座的位置）
- 橋掛（向左方深處延伸的走廊，演出者會由此入退場）
- 地謠座（地謠就座的位置，位於本舞台的右方）
- 仕手柱、目付柱、脇柱、笛柱（本舞台四角的柱子。依序位於左方裏側、左方前側、右方前側、右方裏側）
- 描繪著松樹的鏡板（位在後座的後方的板子）
- 揚幕（在橋掛り的出入口處垂下的布幕）
- 鏡之間（整裝、調整衣裝和能面的地方）
- 一之松、二之松、三之松（配置在橋掛前方的松樹）
- 白洲（在舞台和觀眾席之間鋪設有玉砂利的地方）
- 白洲梯子（連接舞台正面與白洲的階梯）
- 能面師
- 能樂師、仕手方（能樂主角）、脇方（對手角色）、狂言方、囃子方（樂器的演奏隊）
- 地謠（除了演出者以外，會唱誦敘述文字的人們，也可說是和聲隊伍）
- 翁面、尉面、男面、女面、鬼神面、怨靈面等能面
- 謠（配上語調抑揚變化唱誦詞句或口白）
- 仕舞（在演出高潮階段，只由地謠搭配演出的彙整部分）
- 狂言
- 囃子、扇子、能裝束
- 水井或萩屋（象徵簡陋的屋宅）、鐘樓等場景物
- 斗笠或太刀、團扇等小道具
- 四拍子（笛子、小鼓、大鼓、太鼓的總稱）
- 唱歌集（記載聆聽聲音的方法）、指附集（記載該按哪些笛孔），兩者都是能樂笛子（能管）演奏的樂譜

此場景中能聽到的聲響

- 囃子方演奏的音樂
- 笛子的聲音
- 小鼓和大鼓敲出的「砰」聲響
- 太鼓敲出的「咚咚」聲響
- 能樂師打開扇子在空中劃破的氣流聲
- 能裝束摩擦的聲音
- 能樂師用腳在舞台地板上打拍子的聲音
- 能樂師在本舞台演出仕舞的聲音
- 揚幕開闔的聲音
- 能樂師演出的聲音
- 囃子方所發出的「呀」、「哈」、「呦」、「咿」聲音
- 仕手方唱誦謠的聲音
- 狂言方你來我往的對談聲
- 前來欣賞能樂的觀眾對談聲
- 觀眾聽了狂言發出的笑聲

設定時的小提醒 能樂可以說是「世界最古老」的日本特有舞台藝術，是一種融合戲劇、舞蹈、歌唱等要素的音樂劇。能樂已被登錄為世界無形遺產，在日本國內外擁有廣大的支持者。

此場景中可感受到的氣味及味覺

- 能舞台的檜木氣味
- 鋪設在白洲的玉砂利氣味
- 能面的氣味
- 能裝束的氣味
- 扇子的氣味
- 鐘或竹竿等場景物的氣味
- 太刀等小道具的氣味
- 笛子或太鼓等樂器的氣味

此場景中可感受到的感覺

- 初次造訪能樂堂的雀躍感
- 開演前5分鐘鈴聲響起時的期待感（國立能樂堂的情景）
- 坐在靠近舞台位置的緊張與雀躍感
- 能面散發出的詭譎與恐怖感
- 對能面種類之豐富感到驚訝
- 因能裝束之美而大受感動的心情
- 看到描繪著松樹的鏡板時，內心深切地浮現「真是風雅啊」的情緒
- 欣賞優美的仕舞時，為之感動的心情
- 聽到囃子方精湛地詮釋樂器的音色，心中浮現愉悅又感動的情緒
- 聽到配上抑揚頓挫台詞與歌唱的謠，為之感動的心情
- 聽了故事後，希望趕快知道後續發展的情緒
- 不了解台詞時，因字幕系統的幫助而感到慶幸
- 狂言的深奧與趣味性
- 對能樂師聲音之宏亮而感到驚訝
- 觀賞能樂演出，卻對故事登場人物一無所知的焦慮與困惑
- 知道能樂是可以拜師學藝時的驚訝感
- 自己也萌生想試試看謠或狂言的強烈意念
- 對能樂師們為何都會擺一把扇子在膝前而感到疑惑
- 看到不動如山穩穩地持續佇立在那裡的能樂師，感受到其驚人的存在感
- 想著戴著能面的能樂師會不會從舞台上掉下來，為其感到憂慮
- 在演出中突然想要去洗手間的焦慮感
- 在觀眾面前演出戲劇或謠時的緊張感
- 呈現出完美戲劇演出時的成就感與高昂感
- 想要將能樂的樂趣傳達給觀眾、並且希望大家再度蒞臨欣賞的強烈意念

此場景中可能發生之狀況

- 為了不要錯過開演，儘早踏入劇場
- 熟讀節目導覽冊，特地事先研究本場劇目的概要與精華處
- 在演出中藉由字幕系統掌握故事的內容
- 能面的恐怖感太過驚人，讓自己無法融入故事
- 被能樂之美震撼到無法言語
- 不自覺地被四拍子合奏的旋律拉著走
- 欣賞狂言時，不自覺地笑了出來
- 因能樂觸發了自己也想在能舞台上舞一曲的念頭
- 在本舞台上演出華麗的戲劇

登場人物 ・能樂師・仕手方・脇方・狂言方・囃子方・觀眾・能樂堂的工作人員

歌會・句會

相關場景 日式房間（P.094） 茶會・茶道（P.123）

此場景中能看到的事物

- 寫有和歌、短歌的詠草（將詩歌寫在紙上之物）
- 寫有俳句的小短冊（寫上自己的俳句創作之物）、清記用紙（將分配到的俳句重新抄寫的紙張）、選句用紙（選出自己評價高的俳句時抄寫的紙張）
- 吟行地（為找尋和歌或俳句題材，外出探訪的名勝古蹟場所）
- 鉛筆或橡皮擦等書寫用具
- 抄寫和歌或句子用的筆記本
- 歲時記、國語辭典、漢和辭典、季語詞典
- 電子詞典
- 參加歌會或句會的與會者
- 主持者、幹事
- 披講（詠唱誦念、為和歌加上抑揚頓挫）人

此場景中能聽到的聲響

- 將俳句抄寫在清記用紙上的聲音
- 從寫在清記用紙上的俳句中，選出喜愛的俳句改抄在筆記本等物的書寫聲
- 書寫詠草的聲音
- 詠唱和歌的聲音與伴隨和歌而來的討論交談聲
- 披講者詠唱寫在用紙上的俳句的聲音
- 披講者詠唱自己的作品，並報出自己的俳號（俳句筆名）時的聲音
- 在意見交流時，互相討論和歌或俳句的言談聲
- 在歌會始（該年首次）時詠唱選歌（由徵選選出的優秀短歌）或御歌（皇族等成員創作的和歌）的聲音

此場景中可感受到的氣味及味覺

- 書寫用具的氣味
- 坐墊或榻榻米的氣味
- 寫下和歌或俳句的紙張氣味
- 國語辭典或漢和辭典的氣味

此場景中可感受到的感覺

- 被人聽見自己的短歌或俳句時萌生的害羞感
- 聽到出色的短歌或俳句時湧現的驚訝與感動
- 在意見交流會中得到寶貴意見而感到慶幸
- 自己的作品在歌會始儀式中被選出時的喜悅與感動

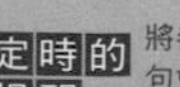

設定時的小提醒 將參與者帶來的和歌或俳句進行品評的聚會，就稱為歌會或是句會。對不習慣這種場面的人來說，這是場自己對作品的意念傾注與他人評價的鬥爭，似乎會是個悲喜交織的場合呢。

登場人物
- 參加者・幹事
- 披講者・皇族相關人士

茶會・茶道

關場景　日式房間（P.094）　歌會・句會（P.122）　和服店（P.235）

此場景中能看到的事物

- 茶室
- 茶、茶碗、茶筅
- 茶菓子（主菓子、乾菓子）
- 茶釜與涼爐（燒火煮水的道具）
- 風爐先屏風（進行點前時配置的L形直角屏風）
- 柄杓
- 水指（在茶釜中添水的茶道具）
- 茶器
- 帛紗（擦拭茶入、茶筅等用具的布）
- 懷紙（盛著乾菓子或擦拭手指等場合用的和紙）
- 扇子
- 香合（放入香的器物）
- 掛軸
- 花入（用來放置裝飾茶室的茶花）
- 茶道的師範與學生
- 亭主（主人、主辦人）與來訪客人
- 行禮、問候
- 榻榻米、正坐

此場景中能聽到的聲響

- 亭主進行點茶的聲音
- 衣服摩擦榻榻米的聲音
- 用右手旋轉茶碗的聲音
- 啜飲茶湯發出的「嘶嘶」聲
- 將茶碗放在榻榻米上的聲音
- 茶道師範指導學生的聲音
- 亭主對大家說「請享用茶點」的聲音
- 「領受您的茶菓子」、「恕我先品嚐了」、「感謝您為在下泡茶」等來訪客人的回應聲

此場景中可感受到的氣味及味覺

- 在喝茶之前享用的茶菓子風味
- 在空間中飄蕩、芳香濃醇的抹茶香氣
- 在緊張的情緒下感受到的茶湯風味

此場景中可感受到的感覺

- 雙腳因正坐而麻痺的感覺
- 衣服摩擦榻榻米的感覺
- 茶菓子的甜美、茶湯的苦韻
- 因為搞錯方法，被老師注意到時的驚慌感
- 無論如何都對發出聲音來啜飲感到抗拒的情緒
- 茶和茶菓子都得到很美味好評時的喜悅
- 對能夠泡出美味的茶的亭主或師範感到憧憬

設定時的小提醒　雖然茶道給人一種得在茶室中正坐的強烈印象，但其實還有在戶外進行的野立，以及使用桌椅的立禮等茶會形式存在。

登場人物
- 茶道的師範・學生
- 亭主・來訪客人

華道・插花

相關場景　日式房間（P.094）　花店（P.231）

此場景中能看到的事物

- 華道室
- 花鋏、花鋏套
- 水罐、水桶
- 劍山
- 花器、花台
- 插在花器中的草花
- 花留（讓花容易固定、不易鬆動的用具）
- 花袋
- 圍裙、割烹著
- 花藝膠帶
- 鐵絲
- 花展
- 華道教室、插花教室
- 華道家與學生
- 初生け式（於新年首次插花，慶祝新春的儀式）
- 書寫用具與筆記本
- 榻榻米
- 襖（*和室彩繪紙拉門）
- 障子（*和室半透光紙拉門）

此場景中能聽到的聲響

- 用花鋏剪裁枝葉或莖時的「喀嚓」聲響
- 在花器中插入剪裁後花木的聲音
- 將花材放入袋子中的聲音
- 穿上圍裙或割烹著的聲音
- 汲水或注水時的聲音
- 放下劍山時的沉重聲響
- 摩擦華道室榻榻米的聲音
- 使用花藝膠帶或鐵絲調整時的聲音
- 傳授學生華道規矩的師範聲音
- 對師範提出各式各樣問題的學生聲音
- 造訪花展的來訪客人聲音
- 向花展出展者獻上祝福語問候的親朋好友聲音

此場景中可感受到的氣味及味覺

- 花木的氣味
- 從花木切斷面發出的氣味
- 花鋏的氣味
- 花展中各式各樣的花木混合出來的香氣
- 榻榻米或和室拉門的氣味

此場景中可感受到的感覺

- 不清楚花木剪裁方式時的困惑
- 沒辦法適當進行剪枝時的焦慮感
- 剪裁過頭時湧出的絕望感
- 被草木劃到手指時的疼痛感
- 得到華道師範讚美時的喜悅

設定時的小提醒　關於器材的材質，有竹子、玻璃、陶器、不鏽鋼等相當多樣化的類型。也有將餐具或是日常用品當成花器來使用的例子。

登場人物　・華道家・學生　・朋友・親戚

日本舞

相關場景　歌舞伎（P.116）　能樂（P.120）

此場景中能看到的事物

- 上方舞（以男性和服便裝打扮，在座敷演出的日本舞）
- 歌舞伎舞誦（使用淨琉璃或長唄伴奏的日本舞）
- 日本舞教室、練習場
- 日本舞誦家與學生
- 三味線或太鼓、笛子等樂器
- 浴衣、和服、白足袋
- 半幅帶（寬度窄的女帶）、角帶（寬度10公分左右的男帶）
- 半襦袢（穿在和服和身體間的衣物）、肌襦袢（穿在和服下層、腰部以上的內裝）、襯褲（主要為男性穿著的內搭褲）
- 裾除け（穿在和服下層、腰部以下的內裝）
- 腰帶、伊達締め（在腰帶上再綁一圈的綁法）
- 扇子、手巾
- 風呂敷
- 襟留（直接固定長襦袢上前與下前衣襟的器具）

此場景中能聽到的聲響

- 浴衣或和服摩擦的聲音
- 三味線或太鼓等樂器的聲音
- 在舞台上滑步移動的聲音
- 繫上腰帶的聲音
- 打開扇子的聲音
- 塗抹化妝品的聲音
- 撐開油紙傘的聲音
- 師範在教室或練習場進行指導的聲音
- 接受指導的學生聲音
- 日本舞踊家或學生一邊起舞一邊歌唱的聲音

此場景中可感受到的氣味及味覺

- 浴衣或和服的氣味
- 樂器的氣味
- 化妝品的氣味

此場景中可感受到的感覺

- 在更換和服時陷入苦戰惡鬥的感覺
- 努力地記住舞蹈動作和歌唱方式的拼勁
- 舞蹈過程中和服或浴衣裝扮快要鬆開掉下時的焦急感
- 被師範盯上時的驚慌感
- 想要盡快在舞台或座敷粉墨登場的強烈意念
- 意識到白粉化妝的困難與棘手程度
- 站上舞台或座敷演出時的緊張感

設定時的小提醒　所謂的日本舞，是日本傳統舞蹈的總稱。技藝面上一般來說是練習上方舞或歌舞伎舞誦等領域，演出者會化上白粉妝，進行舞蹈表演。

登場人物　・日本舞誦家・家人　・朋友・學生・觀眾

地域限定場面

上野・淺草

上野・淺草是個同時擁有以悠久歷史的佛閣與下町為中心的古老純樸街景，以及以東京晴空塔為中心的現代都會面貌的魅力地區。

此場景中能看到的事物

- 上野車站
- 巨大貓熊像
- 上野動物園與動物
- 上野恩賜公園、不忍池、弁天堂
- 寬永寺
- 淺草寺、雷門
- 淺草花屋敷
- 仲見世通り
- 鄰近隅田川另一側的東京晴空塔
- 阿美橫
- 高架橋下的商店街
- 隅田川、隅田公園
- 西鄉隆盛像
- 上野公園內的美術館與博物館
- 蓋在上野車站周邊的雜居大樓與寫有各式各樣商店名稱的招牌
- 下町的古樸美景
- 能在淺草欣賞的傳統藝能或舞蹈（小唄或琴等等）
- 遍佈在淺草的各式各樣的劇場
- 人力車與車伕
- 車輛往來頻繁的上野車站前大通り
- 能在上野車站前或阿美橫商店街周邊看到的攬客店員
- 櫻花（上野公園、隅田川公園沿岸）
- 三社祭
- 淺草森巴嘉年華遊行大會

此場景中能感受到的氣味及味覺

- 常香爐飄出的煙霧氣味
- 串燒店飄出的香辛料氣味
- 被串起的切塊水果甘甜味
- 由職人親手烘烤、感覺很美味的人形燒氣味
- 展示製作過程、香氣撲鼻的雷粔籹（*類似爆米香的一種零食）氣味
- 動物園的氣味

此場景中能聽到的聲響

- 人力車在道路上經過的聲音
- 琴等樂器演奏出的聲音
- 淺草寺的「報時鐘」聲響
- 在雷門前拍紀念照時的相機快門聲
- 觀光客的交談聲
- 演藝會館傳出的觀眾笑聲
- 在動物園聽見各式各樣的動物叫聲
- 美術館或博物館館內的廣播聲
- 阿美橫商店街傳來充滿活力的叫賣聲
- 因柳川鍋而驚呼的外國觀光客聲音
- 拿著旗子，邊向一群人說明、邊帶著他們前往目的地的導覽員聲音
- 在攤販飲酒的人們笑聲

此場景中能感受到的感覺

- 看到擁有壓倒性存在感的東京晴空塔時的震撼與感動
- 對擁擠又充滿活力商店街感到驚艷
- 在商店街獲得打折或附送東西時的開心感
- 不要讓錢包或貴重物品被扒走的警戒感
- 被外國籍的攬客店員招呼時的焦慮與疑惑
- 為了看到巨大貓熊像而身處排隊隊伍中的雀躍感
- 搭上前往動物園的單軌電車，結果竟然幾分鐘就到了的失落感
- 進入餐飲老店用餐時的緊張感
- 抽籤抽到凶籤時的遺憾感

設定時的小提醒　在阿美橫，販售著食品、化妝品、生活雜貨、品牌商品等琳瑯滿目的物品。特別是在年初年尾時，前來採買的人們蜂擁而至，大家可以在這裡看到相當驚人的熱鬧情景。

登場人物　・雙親・小孩・祖父母・情侶　・觀光客・店主・攬客店員

第四章

圍繞著郊外・大自然的場景

River Bed / Underpass of The Line / Cliff Top / Bridge / Park / Pond / Camp Site / Boardwalk / The Countryside / Tea Plantation / Remote Island / Forest / Hokkaido

河岸邊

相關場景 正月（P.012） 夏日祭典（P.048）

此場景中能看到的事物

- 晴朗無雲的天空和寧靜悠閒的河川、河邊
- 滿滿一片的草地
- 部分地方光禿的草地
- 步行者專用道路
- 陸橋
- 土堤、堤防
- 水門
- 放鬆地躺在草地上的人
- 馬拉松跑者
- 散步的人
- 棒球場
- 記分板
- 足球門
- 自行車道
- 傳接球的親子
- 烤肉的人們
- 釣魚的人
- 騎自行車的人
- 放學途中的學生
- 牽著狗散步的人
- 寫有使用規則和注意事項的看板
- 遊民用藍色塑膠布或瓦楞紙板做成的住處
- 放風箏的家族
- 眺望河川景色的情侶
- 石製階梯
- 長椅
- 籃球場
- 煙火大會
- 棒球大賽
- 被隨手丟棄的垃圾

此場景中能聽到的聲響

- 河川的潺潺水流聲
- 在河川中遨遊的魚跳出水面時的「嘩啦」聲響
- 煙火大會中煙火綻放的「砰～」聲響
- 駛過陸橋的電車發出的「匡噹匡咚」聲響
- 駛過道路的車輛聲音
- 球棒擊中棒球時發出的「喀鏘～」聲響
- 烤肉時燒烤肉類和蔬菜發出的聲音
- 小狗的鳴叫聲
- 正在跑馬拉松或健走的人們發出的呼吸聲
- 烤肉或野餐中人們的交談聲
- 站在土堤邊的情侶交談聲
- 觀賞運動比賽，為選手加油的觀眾聲音

此場景中可感受到的感覺

- 看到晴空萬里的天空和美麗河川時的心情舒適感
- 踩到泥濘地或水窪差點滑倒，瞬間浮現出的焦躁
- 看到綿延不斷的河川時感受到的壯闊感
- 看到烤肉或野餐的人們而萌生的羨慕感
- 對在土堤邊大鬧、沒有規矩的年輕人感到憤慨
- 煙火大會聚集了很多人，對接下來要施放的煙火抱持期待感

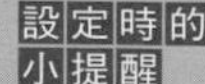

河岸邊可說是日本和平風景的代名詞。在土堤邊放鬆的人們、熱鬧地烤著肉的家族、朝煙火大會蜂擁而至的人們，由動與靜表現出多樣化的和平景觀。

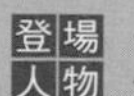

・釣魚者・情侶・家人・馬拉松跑者
・狗・小孩・年輕人・遊民

鐵路高架橋下

關場景　車站（P.200）　新幹線（P.206）　居酒屋（P.287）　立飲店（P.288）

此場景中能看到的事物

- 鐵路軌道
- 架空電纜
- 非法丟棄的垃圾
- 工程用圍牆
- 違規停放的腳踏車或機車
- 天花板低到快要撞到頭的隧道
- 牽著腳踏車通過隧道的人
- 寫有「留心頭頂處」的看板或標示
- 寫有高度〇〇M的告示板
- 被圍牆圍起的腳踏車停車場、公園
- 高架橋下一整排的商店
- 氣息古樸的小酒館街
- 靜靜地矗立在那的攤販
- 站著喝酒的人
- 喝得太過頭，正要嘔吐的人
- 有名的畫家或國中小學生所繪製的壁畫牆藝術
- 不知道是誰隨意畫上的塗鴉

此場景中能聽到的聲響

- 電車通過時發出的「匡噹匡咚」聲響
- 電車的喇叭聲
- 從餐飲店傳出的烹煮食物聲音
- 在隧道中聽見的回音
- 腳踏車的煞車聲或鈴聲
- 機車的引擎聲
- 喝醉人們的笑鬧聲

此場景中可感受到的氣味及味覺

- 電車通過時掀起的塵土氣味
- 餐飲店端出的料理氣味與風味
- 隧道中的潮濕氣味
- 排氣管送出的廢氣味

此場景中可感受到的感覺

- 通過昏暗狹窄的隧道時，出現的不安感
- 走在隧道內，對上方駛過的電車感到恐懼
- 看到隨處停放的腳踏車或機車所湧出的憤慨
- 看到維持老風格的小酒館時的雀躍感
- 看到從白天就開始喝酒的人，浮現出的羨慕感

設定時的小提醒　鐵路高架橋下出現成排的商店景致，是日本特有的風貌。最近就連海外遊客也會為了觀光而特地走訪這些高架橋下的居酒屋等店家。此外，天花板很低的隧道也可說是日本特有景致。

登場人物　・上班族・攤販店主・商店店員　・年輕人・路過的人・遊民

懸崖上

相關場景　開山（登山）（P.036）　海水浴（P.040）　森林（P.139）

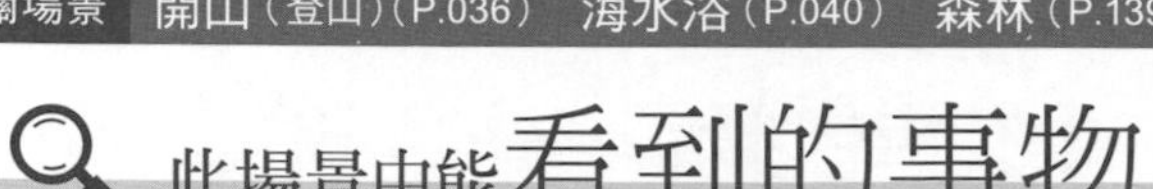

此場景中能看到的事物

- 讓人頭暈目眩的懸崖下景色
- 不管到哪邊都是寬廣的天空和大海
- 波濤打在岸壁上濺起的水花景觀
- 叢生一整片的森林
- 從懸崖上滾落的岩石
- 粗糙的岩石紋理
- 瀑布
- 防止滑落的扶手或繩索
- 投入硬幣後就能移動觀看的觀光望遠鏡
- 和觀光客同行的導遊
- 觀光巴士
- 想要自殺的人
- 為了及時勸阻自殺者，在四處巡邏的當地人士
- 電視劇中被刑警逼到絕境的犯人
- 奉勸人們打消自殺念頭的海報、看板
- 脫下的鞋子和遺書
- 張貼寫有「珍惜生命」告示的公共電話
- 慰靈碑
- 由某人獻上的供花
- 在海面上漂蕩的船舶
- 海鳥
- 燈塔
- 爬上懸崖的羊

此場景中能聽到的聲響

- 「呼～」的風聲
- 從海上傳來的「唰唰」海潮聲
- 海濤拍擊岩壁產生的「蓙乓～」聲響
- 瀑布流動的聲音
- 石頭從岩壁上滾落的聲音
- 懸崖周邊草木搖曳的聲音
- 巨大的岩石從懸崖上頭滾落，掉入海中時的「啪唰」聲響
- 觀光巴士的引擎聲
- 船舶的汽笛聲
- 海鳥的鳴叫聲

此場景中可感受到的氣味及味覺

- 海與海風的氣味
- 岩石或土壤的氣味
- 扶手或繩索的氣味

此場景中可感受到的感覺

- 寬廣海洋與陡峭岩壁的絕美景觀映入雙眼時的感動
- 凜冽的海風
- 雙腳因高度而顫抖的恐怖感
- 想著「如果掉下去會怎麼樣呢？」而感到忐忑不安
- 看到有落單的人獨自盯著大海看而萌生的不安感

設定時的小提醒　在日本說到懸崖，最有名的表現意象就是刑偵懸疑劇中犯人最後被逼至絕境的終點場所。在戲劇等創作中，也經常被作為揭露犯人真面目的地點來使用。

登場人物　・觀光客・導遊・想自殺的人・刑警・犯人

橋

關場景 海水浴（P.040） 河岸邊（P.128） 森林學校・臨海學校（P.183）

此場景中能看到的事物

- 桁架橋、拱橋、吊橋等外觀多樣化的橋
- 通過鐵路橋的電車
- 釣魚的人
- 控管橋梁的作業員
- 觀光客
- 玩高空彈跳的人與工作人員
- 鋼鐵或混凝土等建材
- 橋台、支承（位於橋與橋桁之間的部位）、主結構等構成橋梁的部位
- 電纜或繩索
- 固定處（固定吊橋用的混凝土塊）
- 防止滑落用的高圍牆或網子
- 海洋、河川、海流
- 廣闊的森林、峽谷
- 漁船、渡輪、海鳥
- 魚類、青蛙、澤蟹等水棲生物

此場景中能聽到的聲響

- 「呼呼呼」的激烈風聲
- 流經橋下的海流或河川的聲音
- 橋搖晃時產生的「嘰～嘰～嘰」聲響
- 電纜或繩索搖晃時「嗡嗡」聲響
- 駛過橋梁的汽車引擎聲
- 電車在鐵軌上行駛的聲音
- 汽車行駛的聲音
- 釣竿捲線器的聲音
- 船舶的汽笛聲
- 海鳥的鳴叫聲
- 走過橋上的人的聲音
- 玩高空彈跳的人的尖叫聲

此場景中可感受到的氣味及味覺

- 橋梁表面鏽蝕的氣味
- 橋梁繩索的氣味
- 河川或海洋的氣味
- 樹木的氣味
- 釣起來的魚的氣味
- 排氣管送出的廢氣味

此場景中可感受到的感覺

- 看見連接島和島之間的巨大橋梁全景時，那深不見底的感動
- 強風吹動橋時的驚嚇感
- 通過老朽化的橋，心中萌生恐懼和不安
- 看到溪谷或海洋等壯闊的景觀時，感到喜悅
- 好奇從吊橋上一躍而下會變成什麼樣子
- 搭船從橋底下穿過時的雀躍感

設定時的小提醒 在吊橋中，也有那種被風一吹就會劇烈搖晃、驚悚至極的類型存在。以這樣的場所為故事舞台，相信就能試著呈現出「吊橋效應」這種表現效果。

登場人物
- 通過的人・釣魚的人・觀光客
- 玩高空彈跳的人與工作人員

公園

相關場景 池子（P.133） 露營地（P.134）

此場景中能看到的事物

- 溜滑梯或滾輪溜滑梯
- 鞦韆
- 爬梯
- 立體方格架
- 爬桿
- 單槓
- 翹翹板
- 彈簧椅
- 沙坑
- 挑戰運動設施
- 動物外觀的裝置物
- 戲水區域、飲水處
- 涼亭
- 草地、花卉、草木等植物
- 在一旁看著孩子們遊玩的雙親
- 搶遊樂設施或區域的孩子們
- 告知公園注意事項的看板
- 被遺忘在沙坑的鏟子或玩具
- 球類
- 長椅、桌子
- 野餐的家族
- 牽著狗散步的人
- 在長椅上睡午覺的人

此場景中能聽到的聲響

- 翹翹板發出的「嘰哐啪噹」聲響
- 滑下溜滑梯的聲音
- 鞦韆晃動的聲音
- 在沙坑挖洞的聲音
- 頭撞到立體方格架的聲音
- 水湧出的「嘩啦」聲響
- 孩子們的笑聲或哭聲
- 照顧孩子的雙親聲音

此場景中可感受到的氣味及味覺

- 攀爬爬梯或立體方格架時聞到的鐵鏽味
- 木材的氣味
- 水龍頭流出的水所帶有的鐵鏽味
- 掉在沙坑中的糖果帶來的苦澀感

此場景中可感受到的感覺

- 玩耍的興奮感
- 被太陽曬得熱熱的金屬遊樂設施
- 頭撞到遊樂設施的疼痛感
- 擔心孩子會不會受傷的不安感
- 對孩子誤食沙子的擔憂
- 讓小狗自由玩耍時的忐忑不安感

設定時的小提醒　在公園有相當多樣化的遊樂設施，每天都有帶著孩子的家族造訪此地。此外，若是運動公園的等級，還可能會附設棒球場、足球場、體育館等設施。

・雙親・小孩・祖父母
・朋友・情侶・小狗與飼主

池子

相關場景　公園（P.132）　露營地（P.134）

此場景中能看到的事物

- 大型池子
- 鋪設有圓石的小池子
- 小小的浮島
- 水面上反射出的周遭景觀
- 魚類、鴨子、青蛙、水蜘蛛等水邊生物
- 覓食或戲水中的野鳥
- 浮在池子水面上的水草
- 噴水池或噴泉
- 小船
- 將池子圍起的柵欄或扶手
- 寫有利用時注意事項的看板
- 享受戲水樂趣的人們
- 划著小船的家族或情侶
- 因野餐或散步造訪此處的人
- 釣魚的人
- 花卉與草木等植物
- 潛藏在草叢中的昆蟲
- 長椅、桌子

此場景中能聽到的聲響

- 水花濺起時的「啪唰啪唰」、「霹洽霹洽」聲響
- 噴水池中湧出水柱的聲音
- 石頭等物掉入水中時發出的「噗通」聲響
- 魚跳出水面的聲音
- 野鳥的振翅聲
- 划小船的聲音
- 老朽化的柵欄或扶手發出的「嘰嘰嘰」聲響
- 花草或樹木隨風搖曳的聲音
- 戲水人們的聲音
- 眺望池子景觀的情侶談情說愛的聲音
- 野鴨發出的「呱～呱～」叫聲
- 野鳥的鳴叫聲
- 昆蟲的鳴叫聲

此場景中可感受到的氣味及味覺

- 池子的氣味
- 池子中魚類的氣味
- 花草或樹木的氣味

此場景中可感受到的感覺

- 因池水混濁產生的不快感
- 擔心掉進池子裡該如何是好的不安感
- 對池子底有什麼存在抱持興奮感
- 看到一起划小船的情侶時，浮現的忌妒感
- 看到在小池子中玩水的孩子，萌生羨慕感
- 在池畔感受到的涼爽感

設定時的小提醒　在公園或佛閣等各式各樣的場所，常常會設有池子。如果池水乾淨的話，就能看到水面反射光線後，映照出周圍景色的浪漫情景。

登場人物　・雙親・小孩・祖父母　・朋友・情侶・小狗與飼主

露營地

相關場景 公園（P.132） 池子（P.133）

此場景中能看到的事物

- 露營別墅或露營小屋
- 拖車房屋
- 帳篷、帳篷地墊布、睡袋
- 吊床
- 帳篷釘、鐵鎚、繩索
- 設施管理中心
- 遛狗場
- 挑戰運動設施
- 野炊烤肉區
- 在此留宿、利用設施的遊客
- 露營導覽員等工作人員
- 烤肉用具組、食材
- 木炭、點火燃料
- 保冷箱
- 飲用水、淨水器、啤酒等酒類
- 驅蟲噴霧、蟲咬用藥膏
- 摺疊式椅子、桌子
- 寫有露營地名稱或注意事項的看板
- 露營燈
- 野餐墊
- 小河川或池子
- 蒼鬱的森林

此場景中能聽到的聲響

- 用鐵鎚敲打帳篷釘的聲音
- 帳篷被風吹動的聲音
- 炭火或柴火燃燒時的「霹啪」聲響
- 燒烤肉類或蔬菜時的「嘶嘶」聲響
- 從保冷箱中取出飲料時的聲音
- 噴灑驅蟲噴霧的聲音
- 享受露營或烤肉樂趣的遊客聲音
- 工作人員對不守規矩的遊客提出勸告的聲音

此場景中可感受到的氣味及味覺

- 帳篷的氣味
- 露營別墅或露營小屋的木料氣味
- 烤肉時的肉類、蔬菜氣味與風味
- 驅蟲噴霧的氣味

此場景中可感受到的感覺

- 露營時的雀躍感
- 對周圍飛舞的蚊子或蒼蠅感到鬱悶
- 睡在帳篷中的興奮感
- 被工作人員勸告時的驚慌感
- 下雨時感受到的哀怨與不甘心

設定時的小提醒 有的露營地可能會出現前來覓食的野生動物。讓角色與這些動物相遇的這種描寫也是讓故事更引人入勝的一種手法。

登場人物
- 利用的遊客・露營導覽員
- 露營地的工作人員・情侶
- 野生動物

森林步道

相關場景　池子（P.133）　露營地（P.134）

此場景中能看到的事物

- 延續到遠方的森林步道
- 木製的扶手
- 能夠眺望到的遠處山峰
- 蒼鬱的森林
- 濕地區域或高原
- 茂密叢生的花草或樹木
- 池子或河川
- 在水中遨遊的水棲生物
- 在樹木上休憩的野鳥
- 居住在周遭環境的昆蟲
- 登山的人
- 賞鳥的人
- 在森林步道上滑倒的人
- 跑來跑去的小孩

此場景中能聽到的聲響

- 走在老朽化的棧道板上所發出的「嘰～嘰～」聲響
- 走在森林步道棧道板時的「嘟答嘟答」聲響
- 鋪設木板的道路「啪嚓」裂開的聲響
- 雨水打在鋪設木板的道路上的聲音
- 相機或手機的快門聲
- 花草或樹木隨風搖曳的聲音
- 河水流動的聲音
- 健行者規律的呼吸聲
- 享受森林步道散步樂趣的人的聲音
- 賞鳥人士發現鳥類時的喜悅歡聲
- 在森林步道上奔跑的小孩被家人斥責的聲音
- 野鳥、水棲生物、昆蟲的鳴叫聲

此場景中可感受到的氣味及味覺

- 森林步道的木材氣味
- 風流經這豐富自然環境產生的氣味
- 群生在周圍環境的花草氣味

此場景中可感受到的感覺

- 看到延伸至遠方的森林步道，心中為之雀躍
- 擔心地上鋪設的木板可能會裂開的不安感
- 走在老朽化森林步道上的不安感
- 沒有扶手可抓時的不安感
- 對叢生的花草像是要蓋住森林步道般的情景萌生感動
- 發現稀有罕見野鳥時的驚喜

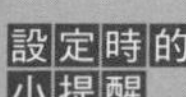

設定時的小提醒：森林步道，是為了保護生長在溼地區域的植被，或是為了便於在泥濘地帶行走而鋪設的道路。因為有很多沒有設置扶手的地方，行走時請務必要注意腳邊的狀況。

登場人物：
- 雙親・小孩・賞鳥人士
- 健行人士

田園

相關場景 茶園（P.137）

此場景中能看到的事物

- 廣大的區域範圍
- 被大片劃分的水田或旱田
- 種植得井然有序的作物
- 夕陽為稻穗染上一片顏色的風景
- 附著在作物上或是於水中游動的昆蟲
- 以昆蟲或雜草為食的合鴨
- 稻草人
- 水道與排水通道
- 土壤或泥巴
- 進行作物收成的農家成員
- 因學校的體驗教學前來幫忙種植或收成的小孩
- 體驗務農過程的觀光客
- 鐮刀或農藥等農務用品
- 割草機或除草器等農務機具
- 搬運收成作物的卡車
- 農家的人使用的長靴或草帽
- 倉庫
- 在水道中釣澤蟹的小孩
- 能眺望到的遠處山峰或森林

此場景中能聽到的聲響

- 作物隨風搖動的「沙沙」聲響
- 種田時的聲音
- 用農具收割作物時的聲音
- 用農機具開過田地的聲音
- 灌溉水通過水道的聲音
- 昆蟲的鳴叫聲
- 合鴨的鳴叫聲
- 農家的人似乎感到腰痛的喊聲
- 因第一次參與種田而喧鬧的小孩聲音
- 釣澤蟹的小孩聲音

此場景中可感受到的氣味及味覺

- 農作物的氣味
- 農藥的氣味
- 土壤、泥巴、水的氣味
- 農具或農機具的氣味
- 合鴨的氣味
- 澤蟹的氣味

此場景中可感受到的感覺

- 看到一整片田地時的感動
- 第一次種田，踏進田裡時覺得泥巴很髒
- 覺得合鴨很可愛
- 和長大後的合鴨分別時的感傷
- 因颱風等因素導致作物受損的惆悵感
- 農家沒有下一代繼承人時的寂寥感

設定時的小提醒 藉由合鴨來驅除害蟲，就能夠達到無農藥農法或減少農藥用量的效果。此外長大後的合鴨，還能當成畜產物作為食用肉類。

登場人物 ・農家・小孩・觀光客 ・農家繼承者・合鴨

茶園

相關場景　田園（P.136）

此場景中能看到的事物

- 一整片的茶樹
- 進行茶樹栽培的茶農
- 體驗採茶而身穿採茶姑娘裝扮的觀光客
- 防霜風扇（防止霜害的送風機）
- 採茶機、手套
- 平籠、茶籠、採茶剪
- 茶釜、蒸籠
- 宇治篩、承盤（於下方承接被篩選下的茶葉）
- 焙爐（製茶時使用的乾燥爐）
- 茶罐或茶壺
- 乾燥後的茶葉

此場景中能聽到的聲響

- 茶樹葉子隨風搖曳的聲音
- 用手摘取茶葉的聲音
- 用採茶機採收茶葉的聲音
- 將茶葉放入平籠或茶籠的聲音
- 用採茶剪採收茶葉的聲音
- 防霜風扇的聲音
- 將摘下的茶葉放入蒸籠蒸的聲音
- 在焙爐上搓揉茶葉的聲音
- 將乾燥後的荒茶放入茶罐或茶壺中的聲音
- 將乾燥後的茶葉用宇治篩篩選的聲音
- 體驗採茶的觀光客聲音

此場景中可感受到的氣味及味覺

- 茶園散發出來的茶葉氣味
- 乾燥後的茶葉氣味
- 防霜風扇的氣味

此場景中可感受到的感覺

- 手工採收茶葉的辛勞
- 放入大量茶葉的平籠或茶籠相當重
- 看到穿著採茶娘打扮的小孩或戀人時流露出的笑意
- 體驗採茶作業時的雀躍感
- 在採茶作業後體會到品茶的美味

此場景中可能發生之狀況

- 體驗收穫時期的茶葉採收作業
- 換上採茶姑娘衣裝體驗採茶，興致隨之高漲
- 在現場用剛採下的茶葉沏壺好茶來喝

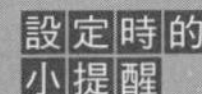

設定時的小提醒　設置在茶園中的電風扇稱為防霜風扇。從新茶冒芽的3月中旬開始，到進行新茶採收作業的5月為止，防霜風扇會在這段期間運作。

登場人物　・茶農・觀光客

離島

相關場景 海水浴（P.040）

此場景中能看到的事物

- 無人島
- 渡輪
- 渡輪站與停泊場
- 飛機
- 飛機場
- 覆蓋島嶼的茂密森林
- 因觀光客而熱鬧非凡的海灘
- 通透見底的美麗海洋
- 因退潮而出現的道路
- 珊瑚礁
- 潛水指導員
- 享受潛水樂趣的人
- 火山
- 觀光客
- 當地人居住的小聚落
- 離島上根深柢固的風俗習慣
- 即將停招的學校
- 野貓、野狗、野生羊隻等動物
- 獵人
- 漁船
- 在周遭捕獲的海味
- 觀光客取向的餐廳或土產店

此場景中能聽到的聲響

- 海潮聲
- 往來離島的渡輪、飛機、漁船的聲音
- 潛水者跳入大海中的「噗通」聲響
- 火山噴發的聲音
- 在森林中聽見的野生動物叫聲
- 唱著代代相傳歌謠的居民歌聲
- 渡輪站或飛機場的廣播聲
- 遊覽名勝的觀光客聲音

此場景中可感受到的氣味及味覺

- 海潮的氣味
- 潛水衣的氣味
- 覆蓋島嶼的樹木氣味
- 船舶燃料的氣味
- 飛機引擎的氣味
- 火山飄散出的硫磺氣味
- 山珍海味的風味
- 只有當地才能採收的農作物風味

此場景中可感受到的感覺

- 因觀光而造訪離島時的雀躍感
- 聽聞離島傳承的風俗與傳統時的悸動感
- 看到退潮後浮現出的道路而萌生感動
- 因天候惡化導致渡輪或飛機停開時浮現的焦慮

設定時的小提醒　在某些離島，還留有足以讓人毛骨悚然程度的可怕風俗習慣與傳統文化。這些古時候的風俗習慣與傳統文化，和恐怖驚悚系的故事相當搭配。

登場人物　・觀光客・離島的居民　・飛機或渡輪的駕駛・潛水指導員

森林

相關場景　神社（P.082）　公園（P.132）　露營地（P.134）

此場景中能看到的事物

- 茂密群生的蒼鬱樹木
- 被草或青苔覆蓋的傾倒樹木
- 從枝椏間透出的陽光
- 陡峭的斜面地貌
- 各式各樣形狀的菇類
- 熊或野鳥等野生動物
- 甲蟲或螞蟻等昆蟲
- 禁止進入的區域
- 山林小屋
- 森林巡守員
- 童軍或女童軍
- 遇難者與山岳救難隊
- 森林採伐業者與反森林採伐的團體
- 自殺者的遺體和遺物
- 木柴與斧頭
- 河川或池子
- 露營地
- 露營別墅等住宿設施
- 挑戰運動設施
- 神社

此場景中能聽到的聲響

- 踩到掉落在地上的枝葉的聲響
- 樹木或枝葉被風吹動搖晃的聲音
- 因為有野生動物攀附而大幅彎曲的枝條聲
- 將落葉左右推開的「喀沙喀沙」聲響
- 附近有河川流經的聲音
- 在森林中探險的童軍或女童軍聲音
- 遇難者的悲鳴
- 山岳救難隊呼喊遇難者的聲音
- 森林中棲息的野生動物的鳴叫聲

此場景中可感受到的氣味及味覺

- 樹木的氣味
- 乾枯腐朽的落葉氣味
- 苔蘚的氣味
- 花卉的氣味
- 野生動物的氣味
- 澄澈空氣的氣味

此場景中可感受到的感覺

- 因樹木遮蔽天空，缺少光線而顯得昏暗的恐怖感
- 從枝椏間透過的陽光帶來溫暖
- 碰到熊該怎麼辦的不安感
- 迷路時的焦慮與絕望感
- 在意群生菇類氣味的情緒
- 聽到好像是人的叫喊聲時湧現出的焦慮與不安感
- 發現鞋子或衣服等很像是遺物的東西時，背脊不禁為之打顫

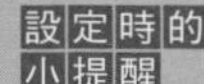

像是將神社包圍般生長的森林，一般會稱之為鎮守之森及鎮守之社。此外依場所不同，有的地方甚至會劃分出禁止進入的場域。

・森林巡守員・童軍或女童軍・遇難者
・山岳救難隊・森林採伐業者

地域指定場景

北海道

北海道是個擁有許多像是十勝平原和釧路溼原等美麗自然景觀的區域。也有積雪很厚的地方，並利用這一點在每年舉辦雪祭，吸引大批的觀光客共襄盛舉。

此場景中能看到的事物

- 札幌市大通公園、札幌市鐘樓
- 薄野
- SASARA電車（除雪用的路面電車）
- 札幌巨蛋
- 旭山動物園
- 札幌雪祭
- 羊之丘展望台、克拉克博士像
- 保留貴重動植物的知床自然環境
- 釧路溼原
- 富良野的鬱金香田與精油
- 美瑛之丘
- 小樽運河、赤煉瓦倉庫
- 五稜郭公園
- 十勝平原
- 函館市內的夜景
- 室蘭的工廠群聚
- 日本最北端之地
- 摩周湖、洞爺湖、屈斜路湖、支笏湖、佐呂間湖、屈茶路湖
- 日高地區的寬廣牧場（賽馬）
- 畜產農家、酪農家
- 登別熊牧場
- 北狐、棕熊、蝦夷鹿
- 經常吹拂著強風的襟裳岬
- Garinko號（觀光用破冰船）
- 鄂霍次克海上漂浮的流冰
- 洞爺湖、湯之川、登別等溫泉
- 筆直道路與白楊樹林蔭道
- 魷魚釣船的燈火
- 牧場與乳製品、新鮮牛奶製成的冰淇淋
- 烏賊飯
- 馬鈴薯（洋芋片）
- 擺滿螃蟹等新鮮魚貝類的市場
- 札幌味噌、函館鹽、旭川醬油等各式拉麵
- 成吉思汗料理
- 啤酒園、威士忌釀造所、酒莊
- 以新雪谷町為代表的滑雪場
- 網走監獄

此場景中能聽到的聲響

- 在啤酒園乾杯時啤酒杯相碰的聲音
- 以SASARA電車除雪為話題，告知冬天來臨的報導聲
- 品嚐北海道拉麵的聲音
- 因雪景而興奮躁動的觀光客聲音
- 即便在住宅區也能聽見的北狐等動物鳴叫聲

此場景中能感受到的氣味及味覺

- 鬱金香的氣味
- 啤酒園中的啤酒風味
- 豐盛地放入北海道素材的湯咖哩美味

此場景中能感受到的感覺

- 連身體內部都快凍僵的寒冷
- 鏟雪鏟到手臂跟腰都痠痛
- 對路面結凍感到焦慮和恐懼
- 看到巨大的雪雕一路排開的場面，感到雀躍與感動
- 看到從日本海或鄂霍次克海捕撈的海味，感到期待無比
- 海味充分發揮料理價值時的幸福感
- 將使用牧場擠出的牛奶製作成的甜點送入口中，感到喜悅
- 看到覆蓋海面的流冰，萌生無可言喻的感動與欣喜
- 放眼望去皆是一望無際的曠野，為之感動
- 明明就是在北海道內移動，卻要花上數小時的氣餒感
- 望著地平線，再次想起地球是圓的時湧現的滿足感

設定時的小提醒 北海道是擁有豐富自然資源的廣闊土地，使用當地生產的新鮮食材或乳製品製作成的美味料理，是其著名特色。此外像冰壺或活鱈等冬季運動也相當盛行。

登場人物 ・觀光客・漁師 ・畜產農家・酪農家

第五章

圍繞著學校相關的場景

Elementary School Classroom / Junior High School Classroom / High School Classroom / Kindergarten Classroom / Nursery School / The Student Council Room / Broadcasting Room / Teacher's Room / Principal's office / Gymnasium / Gymnasium Warehouse / School Pool / Dormitory / School Nurse's office / Rooftop / Entrance Ceremony / Graduation Ceremony / Sports Day / School Excursion / Culture Festival / High School Sports / High School Baseball / Test / Examination / University / School Song Rooters' Song Training / Parents' Day / Interview / Club Activities / School Trip / Camp School Summer School / Ball Game Tournament（Class Match）/ Evacuation Drills / Shinjuku

小學教室

相關場景 教職員辦公室（P.152） 體育館（P.154） 學校泳池（P.156） 考試（P.172）

此場景中能看到的事物

- 整齊地排了5～6排、總共30組左右的桌子和椅子
- 教室入口有寫著「●年X班」的板子
- 別上名牌的小學生
- 班級導師
- 坐在椅子上的小學生以及站在講台上的班級老師
- 黑板、粉筆
- 講台與講桌
- 黑板擦與板擦清潔機
- 點名簿、座位表、課表
- 營養午餐菜單
- 教科書、筆記本、筆記用品
- 講義或練習題、測驗卷
- 能從寬廣的窗戶望見的操場
- 擴音器
- 很大的時鐘
- 長型日光燈
- 走廊
- 展示在牆壁上的繪畫或書法
- 小學後背書包及掛在上面的防身警鈴
- 掛在牆壁上的班級目標或校長的座右銘
- 鋪在椅子上，裡面放了防災頭巾的坐墊
- 學校指定的通勤帽
- 掛在牆上的名牌箱
- 掛在書桌旁邊的體育服袋子
- 學年書櫃
- 直笛、口風琴、響板
- 電視（螢幕）
- 老師的桌子
- 個人用的櫃子
- 掛在教室後方的袋子，裡面裝了分發營養午餐時穿戴的圍裙及帽子
- 裝在天花板上的冷氣
- 掃除用具櫃
- 晾著抹布的毛巾架
- 班上的人都能使用的削鉛筆機
- 上課的時候偷傳紙條的孩子
- 陽台、窗簾

此場景中能聽到的聲響

- 上下課鐘聲
- 一起拉椅子的聲響
- 孩子們啪噠啪噠走路的聲響
- 領到獎之類的時候，班上同學鼓掌的聲音
- 用粉筆在黑板上寫字的聲音
- 用橡皮擦來擦掉文字時桌子喀噠作響
- 錄音機或鍵盤式風琴的聲音
- 在安靜的教室中迴響的空調機聲音
- 從擴音器當中傳來校內廣播的聲音
- 第四堂課時某個人肚子咕嚕叫的聲音
- 到處都是吱吱喳喳的孩子說話聲
- 活力十足舉手的孩子們的聲音
- 班級導師的說話聲
- 「早安」、「再見」等打招呼的聲音
- 合唱練習等歌聲
- 休息時間孩子們的喧鬧尖叫聲
- 和朋友或班上同學說話的聲音
- 上課時隔壁同學自言自語的聲音

設定時的小提醒 幾乎所有男孩子都還沒變聲，所以教室內會響徹著偏高的聲調。上課幾乎都是班級導師負責的，如果一整天大半都在教室裡頭度過，就會比較有小學生的感覺。

 此場景中可感受到的氣味及味覺

- 走廊傳來似乎非常美味的營養午餐氣味
- 練習寫書法用的墨水或顏料的氣味
- 體育課或游泳課後的汗水與氯氣混合的氣味
- 生物課上用來培育植物的泥土氣味
- 營養午餐分配用的圍裙上有洗衣精的氣味
- 大掃除時用來打磨地板的蠟的氣味

 此場景中可感受到的感覺

- 無法忍受上課時的寂靜而覺得渾身癢癢的
- 和感情好的朋友分到同一個班級而感到開心
- 無法與周遭打成一片時感到焦慮
- 和不擅長應付的人分到同一班時覺得有點擔心
- 希望能一整年都不要和班級導師或者同學發生衝突，想平安度過
- 新學期要換班時非常雀躍又期待
- 讓兒童們理解自己教學的內容時非常有成就感
- 和監護者們面談沒特別發生什麼問題就結束，放下心來
- 雖然不知道答案，但還是為了面子而硬著頭皮舉手
- 在安靜的上課時間，自己肚子叫了起來覺得很丟臉
- 看到營養午餐的菜單覺得悲喜交錯
- 游泳課後的課程很想睡覺
- 很在意老師或班上同學的服裝或髮型，非常好奇
- 忘了帶東西只好向隔壁的同學借，總覺得難為情
- 在上課時胡思亂想覺得實在很好笑
- 老師講太久的話，覺得很無聊
- 決定班級幹部的時候，大家為了不要成為幹部而一片沉默的緊張感

 此場景中可能發生之狀況

- 無法專心上課，一直呆呆地望著時鐘
- 被老師點名時偏偏剛好是回答不出來的問題
- 上課時有人的肚子叫了，忍不住嗤笑出聲
- 游泳課或體育課之後是非常沉悶的課程而非常想睡
- 看見打瞌睡的同學，自己也變得非常想睡
- 在教科書上塗鴉、發揮自己的想像力
- 上課的時候忍不住望向操場或者走廊
- 很在意老師或同學的服裝又或髮型
- 上課的時候有人傳紙條過來，看了內容忍不住大笑
- 挑剔那些被掛出來展示的圖畫或書法
- 打掃時間玩鬧的男孩子、以及責備他們的女孩子
- 非常憧憬能夠在上課時照顧身體不適者的保健股長
- 營養午餐菜單是大家都喜歡吃的東西，紛紛搶著要再添一碗
- 吞不下牛奶或青椒等討厭的東西而東挑西撿
- 和班上同學熱烈討論遊戲或電視等
- 家長將附有GPS功能的手機作為緊急聯絡用，放進孩子的後背書包裡
- 回家以後使用LINE或者MAIL和班上同學往來
- 老師的行為適得其反，造成兒童及監護人的反感
- 想假裝沒有霸凌這回事的老師，對很多事情視而不見
- 在監護人會議上，為了決定PTA的幹部而起了爭執
- 弄壞室內掛的東西

登場人物 ・班上同學（男女）・班級導師・朋友・其他班級、其他年級的學生・校長・老師

國中教室

相關場景 高中教室（P.146） 學生會室（P.150） 廣播室（P.151） 考試（P.172）

此場景中能看到的事物

- 穿著制服的國中男女
- 班級導師
- 正在上課的不同科目老師們
- 拿著大型三角尺規磁鐵的數學老師
- 穿著實驗袍的物理化學老師
- 英文流利得像是在說母語的英文老師
- 教室入口有寫著「●年X班」的板子
- 桌子和椅子
- 黑板、粉筆
- 講台與講桌
- 點名簿
- 掛在牆上的名牌箱
- 黑板擦與板擦清潔機
- 自動鉛筆等筆記用品
- 個人用置物櫃
- 長型日光燈
- 電視（螢幕）
- 擴音器
- 空調
- 體育服用品袋
- 裝著社團活動用的服裝提袋或後背包
- 通勤書包（有些學校會指定款式，但也有不限制的學校）
- 安裝在走廊牆壁上的透明壓克力板（也有些學校是從走廊上可以將教室看得一清二楚）
- 教科書（各種科目）
- 留在教室裡的教科書（也有學校禁止學生將教科書留在校內）
- 筆記本
- 作業的講義
- 考試
- 營養午餐的菜單
- 課表
- 正在上課的學生們
- 休息時間一起前往廁所的女孩子們
- 群聚在教室後方的學生
- 由於打掃時間玩鬧而被老師斥責的學生
- 正在寫班級日誌的值日生
- 學生正在喝裝在保溫杯裡的茶
- 陽台、窗簾
- 感情好的人聚集成一個團體
- 跟班上有些脫節的孩子

此場景中能聽到的聲響

- 拉椅子站起來或坐下的聲響
- 上下課鐘聲
- 上課時有人喀噠喀噠轉筆的聲響
- 廣播社在午餐時間播放的校內廣播聲音
- 為了換教室而發出的吵鬧聲響
- 有人打瞌睡發出了鼾聲
- 說話聲
- 正在上課的老師們的聲音
- 有人發言表示羨慕那些生活充實的同學
- 煽動班上同學的聲音
- 班上同學聊老師的八卦等閒話而氣氛熱烈的聲音
- 笑聲
- 談論關於升學考試等的老師聲音
- 打招呼的聲音
- 男孩子變聲到一半的沙啞聲

設定時的小提醒 國中生有高中考試、社團活動等，每天生活都非常忙碌。男孩子會突然長高、變聲等等，如果能夠將這些情況善加納入場景當中，也能夠表現出多愁善感的青春期。

此場景中可感受到的氣味及味覺

- 拭汗濕紙巾的氣味
- 女學生擦的護手霜或護唇膏氣味
- 夏天或體育課等結束後感受到的汗臭味
- 女老師的化妝品或男老師的髮膠氣味
- 游泳課後混著濕淋淋泳衣和氯氣混合的氣味
- 第三四堂課時走廊上飄來營養午餐的氣味

此場景中可感受到的感覺

- 升上國三覺得高中考試得要加油了的向上之心
- 學生會幹部或社團的社長們打算帶動整個學校的想望
- 剛入學的國一生對於剛要進入的國中生活有些畏縮
- 女孩子某天忽然發現男孩的身高已經追過自己、聲音也變了，因此非常驚愕
- 放學後有社團活動、家教、補習班等，要做的事情非常多，對於沒什麼自己的時間感到很焦慮
- 學長姐與學弟妹的關係非常深厚，害怕如果不打招呼似乎就會被高年級生斥責
- 測驗或期末考前，周遭緊繃的氣氛
- 因為正在成長期，覺得營養午餐的量不夠而有些不滿
- 第四堂課因為是空腹高峰期，注意力變得非常渙散
- 為了準備學校園遊會或者體育會而非常拼命的人、以及覺得不太在意的人之間的氣氛差異
- 身為班級導師，想要把零零落落的班級整合起來
- 青春期特有，對於老師或家長的反抗心
- 由於升學考試或者朋友關係而承受了各種壓力，非常煩躁
- 睡眠不足，上課中非常想睡覺
- 被班級導師叫過去，受到眾人矚目覺得非常丟臉、又或者覺得非常彆扭

此場景中可能發生之狀況

- 因為有加進班上的LINE群組，覺得不太需要學校的聯絡網
- 喜歡奇怪音樂、或者喜歡特別的動畫等的孩子，因為不想被說是「怪人」而沒有將喜好透露給任何人
- 有暗戀的人、或者喜歡的人，雖然學校禁止但還是在情人節送了對方禮物
- 忘了帶作業上學，只好在朝會前向好學生借來抄
- 每個科目的老師都不一樣，結果不擅長的科目仍然沒有進展
- 被告知需要補課來補成績，其實自己覺得真是得救了，但會被周遭的人恥笑所以覺得很丟臉
- 園遊會或運動會結束後的餐會盡量不讓老師們發現
- 園遊會後學生們要找地方聚餐，過去一看卻發現了正在放鬆的老師們
- 把不喜歡的人的雨傘或鞋子藏起來、或者不聽對方說話，霸凌對方
- 一旦召開緊急的監護人會議，平常不來參加的人都出現了
- 班上的問題只能透過孩子得知
- 雖然可以帶手機，但在放學前都必須寄放在老師辦公室，令人提不起勁帶來

登場人物 ・國中生（男女）・班級導師・監護人・各科老師・高年級生・低年級生・不同班的朋友

高中教室

相關場景 高中運動會（P.170） 高中棒球賽（P.171） 考試（P.172） 升學考試（P.174） 大學（P.176）

此場景中能看到的事物

- 穿制服的高中生（也有些私立學校並沒有制服，而是穿便服）
- 學校指定的書包、鞋子、外套或體育服
- 班級導師
- 不同科目的老師們
- 教室入口有寫著「●年X班」的板子
- 桌子與椅子
- 長型日光燈
- 黑板、粉筆
- 講台
- 講桌
- 黑板擦與板擦清潔機
- 自動鉛筆等筆記用品
- 考試
- 講義
- 早自習（考試前經常有這類活動）
- 第七堂課（放學之後的自習）
- 個人置物櫃（通常有鎖）
- 電視（螢幕）
- 擴音器
- 空調
- 和中小學教室相比，較為簡單樸素的教室
- 裱了框之後掛在黑板中央上方的學校校訓
- 放在走廊等處的自動販賣機
- 便當
- 到學生餐廳或者福利社購買午餐的學生
- 社團活動指定的休閒服和提袋
- 陽台、窗簾
- 體育館、操場
- 平板電腦
- 班上用LINE討論事情

此場景中能聽到的聲響

- 鐘聲
- 拉椅子的聲響
- 寫黑板的聲音
- 到學校之後忘了關閉手機或智慧型手機的電源，結果上課時有來電鈴聲或震動聲響起
- 校內廣播的聲音
- 放學後操場上響徹著棒球社以金屬球棒擊中球的「鏘——」聲響
- 球類社團輕快地踢球或者打球的聲響
- 放學後的社團活動，有舞蹈社放的音樂、管樂社正在練習演奏的聲響
- 打掃時間移動桌子的聲響
- 在學生餐廳買了麵類，帶回教室吃（吸麵）的聲響
- 高聲喊著「起立、立正、敬禮」的聲音
- 在老師上課時，有人碎碎唸的自言自語
- 考試結束後教室裡忽然湧現的歡呼
- 談論連續劇或者手機遊戲的聲音
- 針對社團活動或老師互相抱怨的聲音
- 斥責激勵學生的老師聲音

設定時的小提醒 高中除了男女同校以外也會有男校及女校的區分。另外還有公私立、普通科和職業科等，非常多變化。善用大學考試或搭電車上學等關鍵字，便能醞釀出高中氣息。

 此場景中可感受到的氣味及味覺

- 噴了除臭殺菌噴霧的制服氣味
- 髮膠或髮蠟的氣味
- 止汗噴霧或止汗貼片用品的氣味
- 化妝水或香水的氣味
- 便當或鹹麵包、學生餐廳的拉麵或咖哩等混合在一起的氣味
- 女高中生放在包包裡的手工點心氣味

 此場景中可感受到的感覺

- 和國中以前都沒交流過的人們往來，感覺十分新鮮；或者覺得要建構新的人際關係非常麻煩
- 因為學費也是一筆負擔，所以無法輕易放棄學業的責任感
- 由於已經不是義務教育，因此被告知將難已畢業或者無法升學時產生的危機感
- 升上高中三年級，為了升學或就業，從早到晚拼命念書
- 搭乘擁擠的電車上學感到非常疲憊
- 每天忙於社團活動或準備大考而覺得十分疲憊
- 高中畢業之後就得離開老家，覺得與家人的相處時間所剩不多感覺有些寂寞
- 第一次搭電車去上學，買了月票或者學生折扣票而覺得自己長大了些
- 教師希望能看清學生們的升學展望來給予建議，把學生當自己孩子關心
- 考試期間緊繃的氣氛與緊張感

 此場景中可能發生之狀況

- 因為參加補習班或學校補習、社團活動等，暑假一下子就過了
- 午休時間學生餐廳或福利社的東西都非常搶手，要去買東西非常辛苦
- 有些高中星期六要上課、有些高中不必，和不同高中的朋友難以搭上時間
- 高中考試失敗所以進入目前的高中，努力念書希望大學考試不要落榜
- 從幼稚園起有直升的學校，一路念上來的直升學生，覺得大學也直升就好了因此非常悠哉
- 在高中的升學商討會或學校說明會上，被拜託去做學校導覽的工作
- 休假日去附近大學的開放校園或者前往職場實習等
- 職業學校會有實習等要穿實驗袍或工作服的課程
- 家附近沒有可就職的公司或能升學的大學，決定高中畢業後就要離開老家、一個人生活
- 升學指導老師希望盡可能地讓學生依照個人期望升學，但又必須為學校確保一定人數的直升學生而非常辛苦
- 以欽羨的眼神望著以運動項目推薦進大學的同學
- 略略感受到高中生活說是青春正好，但其實都在準備升學考試
- 參加社團活動經常晚歸，上課的時候老是打瞌睡

登場人物 ・男高中生・女高中生・班級導師・升學指導老師・各科目的老師・監護人・朋友

幼稚園教室

相關場景　小學教室（P.142）　托兒所（P.149）　升學考試（P.197）

此場景中能看到的事物

- 畫了可愛動物或水果等插圖的牆面裝飾、花圈裝飾、紙花等
- 接送用的幼稚園巴士
- 制服、穿制服戴帽子、名牌
- 穿著相同圍裙的老師們
- 書包（園方指定）
- 手提包、玩耍用服裝
- 面對面排列的桌子和椅子
- 防災頭巾做成的靠墊（家人手工製作）
- 工具箱（裝了剪刀或蠟筆等）
- 玩黏土、畫畫
- 玩沙子及沙坑
- 手工藝及摺紙
- 鍵盤式風琴及鋼琴
- 用來放置包包及工具箱的個人用櫃子
- 中庭及遊樂器材、體育館
- 便當（做成動漫畫角色等圖案）
- 聯絡簿

此場景中能聽到的聲響

- 幼稚園孩童啪噠啪噠奔跑的腳步聲
- 鍵盤式風琴的聲音
- 慶祝生日等，幼稚園孩童拍手的聲音
- 老師彈鋼琴的聲音
- 幼稚園孩童的大叫聲
- 笑聲與哭聲
- 孩童非常有活力的「大家好！」的聲音
- 活力十足的歌聲
- 孩童特有的高亢音調與咬舌不太準確的說話聲
- 老師的聲音
- 吵鬧聲

此場景中可感受到的感覺

- 有人說「你的便當好可愛喔」時高興的心情
- 別人將天真無邪的孩童交付給自己，感受到身為老師的責任
- 羨慕幼稚園孩童滑嫩的臉頰
- 因為和家人分開，覺得非常不安

此場景中可能發生之狀況

- 幼稚園孩童搭上巴士時哭喊著「媽媽——」
- 家人也抽搭著目送剛進幼稚園的孩子
- 幼稚園孩童試圖從幼稚園跑出去
- 擔心孩子的家人躲藏在幼稚園外窺視著
- 走路上下學的孩童由於必須在固定時間前來或者離開，因此由家長接送

設定時的小提醒　在日本是文部科學省（＊相當於台灣的教育部）管轄的教育單位，照顧孩童的時間短於托兒所，多為家有專職主婦或主夫的孩子。可藉著描寫接送巴士、制服、學習等場景區別兩者。

登場人物　・幼稚園孩童・監護人・兄弟姊妹・祖父母・幼稚園教師・園長先生

托兒所

關場景　小學教室（P.142）　幼稚園教室（P.148）

此場景中能看到的事物

- 用腳踏車或嬰兒車帶著孩子去托兒所的人
- 所裡的孩子有最小0歲的嬰兒到六歲的幼童
- 照顧孩童的托育人員
- 育幼室（嬰兒、幼兒用）
- 在室外玩耍的孩童們
- 午休時間和棉被
- 自由玩耍
- 孩子們坐在托育人員推動的大型推車上
- 寫了名字的紙尿布
- 架子上放了每個孩子各自更換衣服用的包包
- 牛奶、奶瓶

此場景中能聽到的聲響

- 監護人騎著腳踏車來時「噹噹」的車鈴聲
- 托兒所入口的警鈴（門鈴聲）
- 孩子奔跑到前來迎接的家人身邊的腳步聲
- 在室外玩耍的孩童們發出的歡呼
- 嬰兒哭泣聲（需要換尿布和肚子餓的哭聲不同）
- 叫了孩子的名字，孩子非常有活力的回應
- 餵孩童斷奶食品或牛奶時說著「啊——」

此場景中可感受到的氣味及味覺

- 嬰幼兒特有的甜甜氣味
- 黏土或蠟筆的油膩氣味
- 沙坑的氣味
- 糨糊的氣味
- 大家正在吃的便當很美味的氣味
- 老師的圍裙上有洗衣精的氣味

此場景中可能發生之狀況

- 考量到鑰匙兒童的問題，想著即使有點遠，只要能幫忙照顧孩子就好
- 來接孩子的時間由於監護人有各種不同情況，因此有些孩子會留到很晚而似乎很寂寞的樣子
- 由於托育時間是八小時制，因此有許多托育人員是排班制上班的
- 經常在外散步，孩子能夠接觸到商店街和花草樹木的機會也增加了
- 常有兄弟姊妹在不同托兒所的情形，給他們行李時都會特別注意

設定時的小提醒　在日本由厚生勞動省（＊相當於台灣內政部社會司＋烙委會）管轄，照顧0歲至學齡前兒童。可用有工作的母親、鑰匙兒童等問題來區分其與內閣管轄認可的幼托機構兒童園、幼稚園。

登場人物　・育幼兒童・監護人・兄弟姊妹・托育人員・園長

學生會室

相關場景 運動會（P.164） 學校園遊會（P.168）

此場景中能看到的事物

- 小房間
- 長桌和5～6張摺疊椅
- 小型的白板或黑板
- 學生會的幹部們
- 不知從哪一屆就開始保存的大量資料
- 大型鋼製書架、老舊的書籍和老舊的信封
- 其他學校送來的學生會日誌或校刊堆積如山
- 擺放著歷屆學生會日誌的書架
- 桌上的筆筒放了許多已經寫不出來的筆
- 各社團活動送交的社團活動日誌、報告文件、申請文件等
- 堆積如山的老舊紙箱
- 影印機
- 時鐘
- 負責指導學生會的老師
- 很久以前某個人手工編製的老舊坐墊套
- 裝了現任學生會幹部私人物品的包包
- 運動部長、文化部長

此場景中能聽到的聲響

- 會計拼命地敲打著計算機的聲響
- 書記正在筆記的聲音
- 為了要回收而將從學生那裡收集來的寶特瓶或回收標章從袋子中取出的聲響
- 吃零食或其他食物的聲音
- 幹部集合起來開會討論的聲音
- 幹部們聊天的聲音及笑聲
- 聽起來像是在計算什麼的算數聲

此場景中可感受到的氣味及味覺

- 有人肚子餓而忍不住吃起泡麵的氣味
- 各種便當混在一起的氣味
- 粉筆灰等塵埃的氣味
- 老舊講義的油墨氣味

此場景中可能發生之狀況

- 為了準備開學生大會而非常忙碌的時期
- 為了準備學校園遊會或運動會等，秋天手忙腳亂
- 到了接近決定預算的時期，不同社團的社長紛紛聚集到學生會室
- 可能需要決定學校園遊會的場所或運動會的比賽項目

設定時的小提醒　學生會是由學校舉辦的學生會選舉選拔出來的成員構成的。也可說是代表學生們的人。如果能在學校園遊會或者運動會當中加入學生會室，能讓場景更加鮮明。

登場人物
- 學生會長・學生會幹部
- 負責指導學生會的老師

廣播室

相關場景　避難訓練（P.185）

此場景中能看到的事物

- 錄音室
- 副調整室
- 麥克風
- 播音機器
- 聲音調整面板
- 錄影機
- 櫃子
- 陳列在櫃子上的CD、MD或者播音機
- 廣播社員
- 演出人員（也可能是校長或學生會長參與）
- 午休時間負責廣播的幹部
- 點播單
- 被有孔牆面包圍的室內
- 連秒針都是正確時間的時鐘
- 小鐵琴
- 監視器
- 來做臨時廣播的幹部或老師

此場景中能聽到的聲響

- 小鐵琴敲出來的聲響
- 古典音樂
- 偶像歌曲
- 點播的曲子
- 校長或學生會長的說話聲
- 緊急時刻或避難訓練時，負責的老師廣播要避難的聲音

此場景中可感受到的氣味及味覺

- 非常獨特的機器氣味
- 包裝CD、DVD等的膠膜氣味
- 營養午餐的氣味
- 冷掉而不好吃的湯品及營養午餐味道

此場景中可能發生之狀況

- 因為被顧問老師特別交代過不可以亂來，結果變成非常正經的廣播
- 無法自由播放學生喜歡的音樂，總覺得困窘
- 有人放了匿名信給廣播部長，信中表示「因為會覺得不舒服，請不要放『〇〇曲子』」
- 雖然把營養午餐拿進廣播室裡，但因為是現場收音沒時間吃，結果飯都冷掉了
- 將CD交給認識的廣播社員，請他們放自己喜歡的曲子
- 可能發生播音機器故障，結果無法廣播的情況
- 由於天氣太熱，結業典禮難以在體育館舉行，而學校規模較大無法將學生聚集在同一個地方的時候，會以廣播代替典禮

設定時的小提醒　午休時在學校裡播的音樂、或者有影像的節目等，都是因為有廣播室才能成立的。比較特別的情節就是不小心將不能播出的東西，播給全校觀看或收聽。

登場人物
- 廣播社員・顧問老師
- 參與演出的老師或學生

教職員辦公室

相關場景　校長室（P.153）

此場景中能看到的事物

- 穿西裝或白袍的老師
- 穿著有些軟爛涼鞋的老師
- 為了指導社團活動而穿著休閒服的老師
- 詳細寫著社團活動的活動場所、學校各種活動的時間表板（黑板）
- 為了要討論升學問題或者詢問老師課業而走進來的學生
- 面對面排列的桌子
- 椅背上掛著小毯子或外套的椅子
- 放在椅子上的坐墊（或靠墊）
- 筆筒裡放了許多筆記用品
- 書本堆得亂糟糟的桌子
- 整理得非常整齊的桌子
- 作業講義、測驗卷
- 學生交出來的報告
- 塞滿了許多檔案夾的玻璃門櫃子
- 上課會使用的教科書及資料
- 鋪在桌子上的綠色桌墊
- 電腦
- 列表機、影印機
- 碎紙機、大型裁紙機
- 擺在桌子下方的外出用鞋
- 咖啡機、熱水壺

此場景中能聽到的聲響

- 學生或監護人敲門的聲響
- 內線電話的聲響
- 教職員工會議上老師們談論的聲音
- 學生和老師說話的聲音

此場景中可感受到的氣味及味覺

- 咖啡或茶的香氣
- 高中的教職員辦公室飄散出外送便當或手作便當的氣味
- 中小學校的教職員辦公室飄散出營養午餐的氣味

此場景中可能發生之狀況

- 由於考試前禁止學生們進入，因此學生一在門外晃來晃去就會被警告
- 已經畢業的學生來拜訪久未見面的老師
- 被叫到辦公室去，雖然不知道原因卻不禁猜測「難道我有違反校規嗎」
- 教同一學年的老師們談話

設定時的小提醒　教職員辦公室是老師們處理除了授課以外的學校事務之處。也會在這裡擬考題或者評分等，可說就是老師們工作的地方。放在桌上的東西，可以表現出老師們不同的個性。

登場人物
- 班級導師・副校長（訓導主任）
- 學生

校長室

相關場景　教職員辦公室（P.152）

此場景中能看到的事物

- 校長
- 校長的大桌子與皮革椅
- 校長專用的電話
- 桌上放著寫了「校長」的名牌
- 學校相關的文件與印鑑
- 桌子旁擺放著校旗
- 兒童（學生）的學籍名冊
- 待客用品
- 歷任校長的照片
- 歷任PTA會長的照片
- 過去曾來拜訪學校的名人簽名或照片
- 寫著校訓的裱框裝飾
- 放了學校周年紀念刊物、畢業紀念冊、市史等書籍的書架
- 大型保險箱
- 放了過去學校受到表揚的獎狀或獎盃、獎牌、優勝旗幟等的展示櫃
- 蘭花盆栽或著裝飾在花瓶中的花朵
- 和隔壁教職員辦公室相連的門
- 電腦
- 放了校長行李或包包的置物櫃

此場景中能聽到的聲響

- 內線電話響起的聲音
- 電腦或智慧型手機的聲音
- 接起電話的校長說話聲
- 隔壁教職員辦公室傳來教職員們的說話聲
- 監護人或學生和校長說話的聲音
- 因為有教育委員會等地位較高的人來訪，因此聽到校長活力十足的回話聲

此場景中可感受到的氣味及味覺

- 經常自己一個人吃的營養午餐味道
- 有客人來訪時泡的茶或咖啡香氣
- 擺飾在房間中的花朵氣味

此場景中可能發生之狀況

- 由於通常不會輕易進入這個場所，因此一般學生連敲門都覺得緊張
- 和副校長（訓導主任）討論事情
- 為了有問題的學生，找來監護人討論
- 在縣立大會或者全國大會等獲得好成績的學生們，與顧問一起來報告結果

設定時的小提醒　校長室對於大多數人來說都是不太熟悉的地方，也是不太會進去的場所，但其實裡面有記載學校歷史的刊物、保險箱等，有許多能讓人發揮想像力的物品。

登場人物
- 校長・副校長（訓導主任）
- 教務主任・老師・監護人
- 學生・兒童

體育館

相關場景　體育館倉庫（P.155）　社團活動（P.181）

體育館

此場景中能看到的事物

- 寬廣的體育館
- 很高的天花板與掛在高處的燈具
- 適合進行體育活動的木板地板
- 鋼製的體育館大門
- 舞台上裝飾著中央放了校徽的布幕
- 舞台旁放了貼著寫了校歌的板子
- 籃球用的籃框
- 畫廊
- 舞台下有可以收納摺疊椅的空間
- 體育課
- 穿著體育服的學生
- 體育老師
- 正在進行排球、籃球、體操或戲劇等社團活動的社員、顧問
- 卡在天花板鋼骨間的球
- 入學典禮、畢業典禮、結業典禮
- 身著正裝出席的學生
- 紅白布幕
- 全校朝會

此場景中能聽到的聲響

- 球在地面上彈跳的聲響
- 運動鞋發出的聲響
- 體育老師吹哨子的聲音
- 比賽或典禮進退場的鼓掌聲
- 社團活動中學生們互相呼喊的聲音
- 社團活動顧問斥責激勵學生的聲音

此場景中可感受到的氣味及味覺

- 木板地板打蠟的氣味
- 汗水的氣味
- 社團活動休息時喝的運動飲料或離子飲料的味道

此場景中可能發生之狀況

- 雖然在這裡舉辦學年開始或結束的活動，但畢竟是為了運動活動而蓋的，因此大家都覺得很冷
- 在這裡上體育課，不擅長運動的學生和很會運動的學生高下立分
- 除了屋內球類以外，也會用於武術、遊行、戲劇等社團活動
- 很在意一旁正在做社團活動練習的學長
- 和其他班一起上體育課，與隔壁班的同學感情變好

設定時的小提醒　體育館雖然是用來進行社團活動或上體育課的地方，但也會被用來作為畢業典禮或入學典禮等嚴肅活動的場所、又或者是緊急避難的地方。可以根據需要的情境來做使用上的區分。

登場人物
- 國中生・高中生・運動社團的社員
- 體育老師・社團活動的顧問老師
- 監護人・班級導師

體育館倉庫

關場景 體育館（P.154） 社團活動（P.181）

此場景中能看到的事物

- 黑暗而狹窄的房間
- 跳箱、跳板
- 裝了排球、籃球或躲避球的大型鐵製籃子
- 堆積如山用的體操用地墊
- 櫃子
- 羽毛球或網球使用的網子、裁判台
- 籃球或桌球用的記分板
- 三角錐
- 新體操用的呼拉圈、棍棒、緞帶
- 體操用的平衡台
- 室內用的槓桿
- 畫線工具及粉末
- 打掃用品
- 小型窗戶
- 收拾用品的學生們
- 聚集在一起說悄悄話的小團體
- 偶爾會過來看一下狀況的體育老師

此場景中能聽到的聲響

- 社團活動或體育課之後收拾用品的聲音
- 由某處傳來金屬聲響
- 有人在說悄悄話的聲音
- 熱烈談論著鬼故事或者傳聞的學生聲音

此場景中可感受到的感覺

- 因為非常陰暗，就算只是站在外面看也覺得有點可怕
- 窗戶很少（或根本沒有）又很冷，冬天只要摸到器具用品就覺得很冰
- 學校從以前就有可怕的傳聞，光是進去就覺得渾身發顫
- 不太常使用的器具被收在非常裡面，光想到要拉出來就覺得很麻煩

此場景中可能發生之狀況

- 社團活動後收拾東西時，遇到了暗戀的對象
- 和不同社團的朋友在社團活動之後聊天
- 由於有可怕的傳聞，因此盡可能不想靠近這裡，但卻非得進去不可
- 體育課要負責準備東西，但因為討厭這麼暗的地方所以有些猶豫
- 為了避免被人惡作劇鎖在裡面，所以把門開著沒關
- 被可怕的學長叫過去

設定時的小提醒 這裡通常又暗又冷，經常使用在各種小說當中。可以加上一些學校的傳聞、不知道躲在那裡做什麼的人群等，活用死氣沉沉的體育館倉庫。

登場人物 ・國中生・高中生・體育老師

學校游泳池

相關場景　社團活動（P.181）　游泳教室（P.190）

此場景中能看到的事物

- 游泳池（學校屋頂、地下室、學校用地內）
- 低年級生用的泳池（水深較淺）
- 游泳池的排水溝
- 循環幫浦
- 五彩繽紛的泳池用三角錐繩
- 跳台
- 穿著學校泳裝的男女
- 學校指定的泳帽
- 蛙鏡
- 穿著短袖短褲的教職員
- 為了安全防範而有著與外面隔絕、使人無法從外面窺視的牆面
- 搖擺晃蕩的水面
- 泳池底下畫的直線
- 浮板
- 更衣室（有男有女）、淋浴間
- 浴巾
- 著衣游泳的訓練
- 游泳社的社員、顧問

此場景中能聽到的聲響

- 推浮板踢水的聲響
- 水花嘩啦嘩啦聲響
- 老師吹哨子的聲音
- 循環幫浦啟動的聲響
- 似乎很開心的歡呼聲
- 準備體操的吶喊聲
- 老師指導的聲音

此場景中可感受到的氣味及味覺

- 泳池獨特的氯氣味
- 更衣室中汗水的氣味
- 游泳用品包裡有混著泳池水和清潔劑的獨特氣味

此場景中可能發生之狀況

- 忘了帶健康確認泳池卡、或者忘記寫體溫、忘了蓋章，雖然萬分期待卻無法進入泳池（*日本的小學生在游泳課當天早上需由家長確認孩子身體狀況是否能下水）
- 隨著年齡增長，不喜歡去換衣服等事情，因此開始討厭游泳課
- 如果寒冷的日子有游泳課，似乎會感冒而覺得有點可怕
- 由於要開始使用，六年級生開始準備打掃泳池
- 在暑假泳池開放的日子，和朋友一起去學校游泳
- 在著衣游泳的課堂上，為了萬一有一天遇到水難時不會慌張，很認真學習
- 有溫水泳池的學校，會在夏天以外的季節上游泳課

設定時的小提醒　學校的泳池主要是用在體育課上。著衣游泳的課程對於遇到緊急狀況時非常有幫助，會指導如何在穿著普通衣服的情況下浮在水面上，可說是日本特有的課程。

登場人物
- 小學生・國中生・高中生
- 體育老師・班級導師

學生宿舍

關場景　高中教室（P.146）　大學（P.176）　社團活動（P.181）

此場景中能看到的事物

- 住在宿舍裡的學生（離開家長身邊升學）
- 宿舍入口大門
- 玄關大廳
- 住宿生用的大型鞋櫃
- 個人房、兩人房、四人房等
- 床（可能是上下舖）
- 書桌
- 個人用的衣櫥
- 念書工具（教科書、參考書等）
- 裝在各房間裡的空調
- 學生餐廳
- 電視、電腦
- 早晚的均衡飲食
- 餐飲業者或清潔業者等在學生宿舍裡工作的人們
- 共用冰箱（各房間或各樓層等）
- 浴室（個別間、大浴場等）
- 洗臉台、洗衣室（也有些會有乾衣機）

此場景中能聽到的聲響

- 有某個人啪噠啪噠走回來的腳步聲
- 從餐廳傳來「咚咚」的菜刀切在砧板上的聲響
- 「滋——滋——」等炸食物的聲響
- 以吸塵器打掃走廊或房間等處的聲響
- 洗衣機或乾衣機的聲響
- 學生們的談話聲
- 餐廳裡可以聽見「再來一碗」的聲音

此場景中可感受到的感覺

- 不知道能不能和同寢室的人相處良好的不安感
- 想起家人或家鄉而思鄉
- 對於不習慣的生活方式感到困擾

此場景中可能發生之狀況

- 經常和同寢室或同時期住進宿舍的人一起行動
- 和宿舍裡的朋友等聊起自己老家的習慣或料理的調味方式等
- 將雙親從老家寄來的點心分給同寢室的人
- 在宿舍關閉的長期休假日回老家，或者住在朋友家裡
- 和別人一起生活、累積了壓力

學生宿舍

設定時的小提醒　學生宿舍大多是單人～四人的房間，住的是離開父母身邊的升學學生。如果能夠讓大家互相交流一些自己不知道的其他地方常識的情境，就會比較有學生宿舍的感覺。

登場人物　・住宿生・非住宿生・朋友・監護人

保健室

相關場景 小學教室（P.142） 國中教室（P.144） 高中教室（P.146）

此場景中能看到的事物

- 穿著白袍的保健老師
- 白色的隔間（屏風）
- 用來隔開休息床大型長簾子
- 2～3張床
- 用來放消毒水或藥品等物的醫師用櫥櫃（器械用品櫃）
- 身高計
- 體重計
- 視力檢查用的表
- 空氣清淨機
- 保健老師用的桌子和椅子
- 包紮用的檯子
- 學生用的念書空間
- 貼在板子上的醫療相關訊息或「保險資訊」
- 空調
- 沖水台
- 洗手台
- 洗衣機
- 晾衣服用的繩子
- 手指消毒劑
- 洗乾淨摺好的毛巾
- 沙發和茶几
- 書架
- 置物櫃
- 身體不舒服或受了傷的學生、以及陪同該學生前來的保健股長
- 無法前往教室、只好在保健室裡念書的學生
- 放在櫃子裡的茶具組與小點心

此場景中能聽到的聲響

- 空氣清淨機或空調運作的聲響
- 體溫計測量結束的聲響
- 保健老師與學生的對話
- 聯絡身體不適學生的監護人的聲音

此場景中可感受到的氣味及味覺

- 消毒藥的氣味
- 肥皂（洗手用）或洗衣用清潔劑的氣味
- 空氣澄澈的室內
- 綠茶或紅茶的香氣
- 午休時間的營養午餐氣味

此場景中可能發生之狀況

- 無法在自己班上上課的孩子在這裡度過一整天
- 有特定的學生會在休息時間跑來玩
- 瀏覽衛生所關於傳染性疾病等的相關聯絡
- 聯絡身體不適學生的監護人，請對方前來接該學生

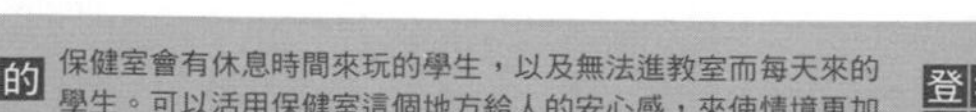

設定時的小提醒 保健室會有休息時間來玩的學生，以及無法進教室而每天來的學生。可以活用保健室這個地方給人的安心感，來使情境更加活靈活現。

登場人物
- 保健老師・小學生・國中生
- 高中生・身體不適的學生
- 保健股長

屋頂

相關場景　小學教室（P.142）　國中教室（P.144）　高中教室（P.146）

此場景中能看到的事物

- 將屋頂整個圍起來的柵欄
- 防止人員掉落的鐵絲網
- 水塔
- 空調的業務用室外機
- 視野寬闊、學校周邊的景色（海、山、大樓、房屋、街道）
- 看起來非常小的校園及人
- 在屋頂入口的門前，有「禁止進入」的看板（也有些學校並未禁止）
- 午休時在屋頂上吃便當的學生
- 仰躺在長椅上睡覺的學生
- 球打到牆壁上、和朋友們一起玩耍的學生們
- 靠在柵欄上說話的情侶
- 在避難訓練中到屋頂避難的全校學生

此場景中能聽到的聲響

- 風吹的聲音（聽起來比在地面上的時候強烈）
- 大型空調室外機運作的聲響
- 有人把球丟到牆壁上又撿起來的聲響
- 女孩子們尖叫喧鬧的聲音
- 情侶開心說話的聲音
- 避難訓練時老師或消防署長下指令的聲音

此場景中可感受到的感覺

- 能夠看到遠方的景色，覺得心胸寬闊十分舒適
- 躺下來之後真的睡著了，聽見上課鐘聲才被吵醒而非常焦急
- 明明沒有發生什麼事，卻覺得想要告白而心情激昂
- 腳下的水泥有種冰冷的涼意

此場景中可能發生之狀況

- 通往屋頂的樓梯有「禁止進入」的看板，但卻毫不在意地進去
- 放學後一個人看著夕陽，覺得非常奢侈
- 只是一對男女在這個地方說話，卻儼然成了宛如畫中一般的帥哥美女
- 放學後或休息時間請老師過來，找老師商量事情
- 把喜歡的人找出來告白

設定時的小提醒　在屋頂上大聲向喜歡的人告白、又或者是犯人公開自己的罪行以後打算跳樓等，屋頂已經成為現在校園連續劇、又或者懸疑劇當中不可或缺的場景之一。

登場人物
- 小學生・國中生・高中生
- 老師・學長姐・學弟妹・朋友

入學典禮

相關場景 畢業典禮（P.162） 體育館（P.154）

此場景中能看到的事物

- 穿著全新制服或套裝、剛開學的學生
- 穿著剛送洗回來或全新禮服的家長
- 胸前戴著胸花的人
- 穿著和服的人
- 頭髮整理得非常漂亮的人
- 和穿不習慣的跟鞋奮鬥的女性
- 立放在校門口的「入學典禮」看板
- 在正門前拍紀念照片的親子以及排隊等待的隊伍
- 入學典禮報到及報到後拿到的典禮流程手冊
- 學生拿著裝滿學校給的介紹手冊等資料的厚重信封
- 瞪著班級分發公告看板或文件的新生
- 讓人幫忙別胸針的新生
- 校園裡綻放著櫻花或鬱金香等花朵、以及葉片嫩綠的樹木
- 體育館或禮堂裡懸掛的紅白布幕
- 放置在舞台上的大型花瓶及裝飾在當中的豪華花朵
- 會場當中區分為前方及後方、新生以及為了陪同而來的相關人士用座位
- 參加入學典禮的在校生們
- 貼在公告欄上的大量祝賀入學電報
- 參加典禮的區長或市長、又或者是市議員等來賓

此場景中能聽到的聲響

- 由於沒有認識的人、不會跟旁邊的人說話，因此幾乎是寂靜無聲的新生準備室
- 入學典禮會場鳴奏的音樂（也可能是鋼琴或管樂社的演奏）
- 使用智慧型手機或者數位相機在校門口、會場等處，啪嚓啪嚓拍著新生的聲響
- 新生入場時，會場響起的鼓掌聲
- 發現和朋友或認識的人（先前學校或補習班等同一間的人）進入同一所學校，非常驚訝能夠重逢而發出高興的聲音
- 負責接待和引導的人對著新生說「恭喜你們」的聲音
- 班級導師向家人打招呼說「今後也請多多指教」的聲音
- 典禮結束後喊著「來，笑一下！」幫每個班級拍合照的攝影業者聲音
- 校長或市議員、說著當地或學校歷史以及祝賀詞的聲音
- 在校生代表及新生代表致詞
- 在有人致詞的時候，學生和坐在附近的認識的人吱吱喳喳的說話聲
- 合唱校歌的在校生聲音
- 典禮的司儀老師響徹會場的聲音
- 看著班級發表內容，向認識的人打招呼說「請多指教囉」
- 看見傳聞中那些高大、漂亮、體育保送或才華出眾的人以後發出的嘆息聲
- 很快就熟稔起來、感情變好的學生們說著「那我們交換聯絡方式吧」的聲音

設定時的小提醒 入學典禮是在新學年一開始就會辦的活動。國小、國中、高中和大學都會舉辦，可以放入的要素包含身處嶄新環境而感到不安又期待的新生、新制服、和新朋友往來、櫻花或有嫩葉的樹木等春天情境，就能展現出學生要開始過新生活的氛圍。

此場景中可感受到的氣味及味覺

- 全新制服的氣味
- 剛送洗回來的衣服氣味
- 女學生或母親用的香氛或化妝品的氣味
- 髮膠的氣味
- 用來擺放和服等服裝的櫃子中的防蟲劑氣味
- 校舍周遭綻放的花朵香氣

此場景中可感受到的感覺

- 要展開新生活的新鮮感
- 參加了嚴肅的典禮，決定要在這間學校努力的心情
- 學校的校舍、制服都給人新鮮又清新的感受
- 身為家長有種我家孩子也長這麼大了的安心感
- 和家長一起參加典禮，總覺得有點害羞
- 擔心孩子的為人父母心
- 順利進第一志願的學校，終於能夠在這裡上課的喜悅之心
- 雖然無法完全依照自己的期望，但還是努力說服自己既然已經選擇這裡，就應該好好努力的積極心
- 對自家孩子非常自豪的家長、以及覺得家長這樣有點煩而感到有些丟臉的孩子
- 現場朗讀了好幾封祝賀電報，忍不住覺得內容非常令人感動
- 不知道自己能不能跟上課業、能不能交到朋友的不安感
- 完全沒有認識的人，只好靜靜不說話的寂寞感
- 瞇眼看著孫子的成長，非常感慨的祖父母

此場景中可能發生之狀況

- 和轉學走的老友進了同一間學校，感慨萬千的重逢
- 兄弟姊妹或親戚、自己的孩子等進了自己曾經就學或者正在上班的學校
- 為了看孫子踏上人生的舞台而千里迢迢到東京的祖父母
- 身穿嶄新服裝明明應該很完美，卻因為穿了不習慣的皮鞋或跟鞋而導致腳非常痛
- 女大學生下定決心第一次挑戰化妝，結果化的不是很好而心情非常鬱悶
- 自己非常樸素，但家長的服裝或者行動卻很顯眼，搞得自己很丟臉
- 想在「入學典禮」的看板前拍照念照片，所以和家人一起排隊，結果等到典禮都快開始了，只好哭喪著臉放棄
- 由於是直升學校的典禮、又或者是升學到附近的學校，校舍和班級同學幾乎都沒什麼變，總有種少了些什麼的感覺
- 和前男友或前女友、又或者是相關的人進了同一所學校，互相都覺得很尷尬
- 在校歌表演等節目時，由於對新生來說是非常不熟的曲子，因此周遭流動著些許尷尬的氣氛
- 典禮時間太長而造成屁股很痛、又或者典禮進行到一半時因為肚子痛而奔向廁所
- 典禮上和隔壁的人隨口聊天，結果感情變得不錯
- 在以前的學校是隔壁班只認得臉的同學，進了同一個班級因此感情變好

登場人物　・新生（有男有女）・陪同前來參加典禮的監護人們・老師・朋友（同學）・校長・在校生・市區町村長・議員・攝影業者・兄弟姊妹

畢業典禮

相關場景 入學典禮（P.160） 體育館（P.154）

此場景中能看到的事物

- 穿著制服的畢業生（也有沒規定制服的學校、或者穿著制服風格夾克外套類服裝）的男男女女
- 表情感慨萬分的老師
- 穿著袴服的人（女大學生、女老師）
- 穿著西裝的人（男大學生）
- 穿著剛送洗回來或全新禮服的監護人、祖父母或老師
- 頭髮整理得非常漂亮的人
- 戴著胸花或項鍊的人
- 在校生（有些學校會有在校生參加）
- 立放在校門口的「畢業典禮」看板
- 在正門前拍紀念照片的親子以及排隊等待的隊伍
- 畢業典禮報到及報到後拿到的典禮流程手冊
- 胸前別上祝賀花朵的畢業生
- 畢業典禮會場（體育館、禮堂）
- 體育館或禮堂裡懸掛的紅白布幕
- 放置在舞台上的大型花瓶及裝飾在當中的豪華花朵
- 貼在舞台旁的典禮流程
- 舞台中央放著「畢業典禮」的大型看板（典禮看板）
- 在會場後方備有陪同來的家人用座椅
- 貼了祝賀電報的公佈欄
- 依照畢業證書發放順序排隊的畢業生
- 在畢業證書發放儀式上將證書交給畢業生的校長
- 放在信封裡的畢業證書
- 口氣輕鬆朗讀著送別辭的在校生代表
- 口中朗讀致謝詞、臉上表情感慨萬千的畢業生代表
- 畢業紀念冊
- 被招待與會的一眾來賓（市長、市議會議員、鄰近學校的老師等）
- 正在拍照片或影像、手上戴著臂章的相關業者
- 典禮途中由於感慨萬分而落淚的畢業生們
- 各自在講台上發表自己將來的夢想而非常感慨的畢業生們
- 學弟妹遞給學長姐的花束
- 綻放得十分美麗的櫻花

此場景中能聽到的聲響

- 畢業生進場和退場時響起的鼓掌聲
- 畢業典禮會場鳴奏的音樂（也可能是鋼琴或管樂社的演奏）
- 攝影業者或父母拍照片的快門聲
- 合唱校歌或驪歌的歌聲
- 校長或在校生朗讀祝賀詞的聲音
- 在畢業證書發放儀式上，被叫到名字而活力十足回應「在！」的畢業生
- 典禮結束後的教室內聽老師哽咽說出最後一席話，整個班上都是笑聲和哭聲
- 「要保重喔」、「要聯絡我唷」等依依不捨的話語
- 在腦中不斷重複著驪歌的某一小段

設定時的小提醒 畢業典禮是將要踏上新旅程的畢業生送走的儀式。可以交織些與朋友或高年級生的回憶、櫻花或雪這類四季分明的景色，來表現出畢業典禮。（＊日本畢業季是三月因此溫暖的地方會開櫻花、尚寒冷的北方則可能仍會下雪）

此場景中可感受到的氣味及味覺

- 剛送洗回來的服裝氣味
- 來賓、老師或母親等人的化妝品或香水的氣味
- 用來擺放和服或洋裝等服裝的櫃子中的防蟲劑氣味
- 擺放在會場、教室等處又或者學弟妹遞來的花朵的香氣
- 畢業生的髮膠等氣味
- 畢業紀念拿到的和果子或餅乾的味道

此場景中可感受到的感覺

- 我的孩子或孫子竟然要畢業了，感慨萬千
- 看見畢業生一個個被叫上台，和那個學生的各種回憶浮現心頭，總覺得已經開始懷念
- 對於學校或老師的感謝之心
- 要和朋友分別、升學到不同學校覺得有些寂寞
- 對於將來的新生活感到不安又期待
- 在學生們的畢業典禮上，想起這一年發生的事情而落淚感動
- 在高中畢業典禮上朗讀祝賀電報的時候，竟然聽見幼稚園或小學老師的名字，非常感動
- 比起畢業典禮，其實比較期待典禮結束後班上的祝賀聚餐
- 來賓或校長的演講太長，很想睡覺
- 不能像以前一樣每天都去學校附近的簡餐店或紅豆餅店，覺得有些寂寞

此場景中可能發生之狀況

- 班上同學幾乎都直升到同一個國中，因此看到畢業典禮大家都在哭反而覺得非常奇怪
- 自己下定決心絕對不哭，結果到了當天哭得比任何人都還兇
- 在紅毯上被社團活動的學弟妹們舉起來，覺得非常害羞
- 在紅毯上遞禮物給喜歡的學長、或者拍照片
- 由於畢業典禮和大學考試或者公司考試是同一天，因此無法參加畢業典禮
- 因為先前就不太去學校上課，所以乾脆也不參加畢業典禮
- 畢業典禮之後才會宣布期末考成績，因此還沒決定升學方向
- 學妹向要畢業的學長拜託「請給我第二顆扣子」
- 領口第二顆釦子安然無事，回想自己這三年還真不受異性歡迎啊
- 由於拍大合照那天生病缺席，因此畢業紀念冊上自己是被放在圓框中加上去，結果一直被人嘲笑
- 班上到處都有人在交換聯絡方式
- 畢業典禮之後，光明正大使用先前學校禁止的智慧型手機
- 正在休產假的老師帶了小嬰兒來，畢業典禮後被學生們包圍開心聊天
- 立正不動聽祝賀話語等，結果貧血發作昏倒了
- 介紹來賓時有十年前的校長等完全不認識的人，監護人和畢業生都很困惑
- 每天回家路上會聽見的交通號誌廣播等也是最後一次了啊，有點寂寞呢
- 後援會或者PTA送的畢業紀念品太重，不知該怎麼拿回家

運動會

相關場景　小學教室（P.142）　體育館（P.154）

此場景中能看到的事物

- 穿著運動服（學校指定服裝）的學生
- 成為運動會會場的學校操場
- 由各種國旗相連而成的國旗布條
- 依照不同班別或者紅白隊排的椅子（由教室拿出來）
- 白色頭巾（又或紅白色的帽子）
- 穿著白色襪子與運動鞋（或學校指定的鞋襪）的學生
- 椅子下放著行李與大型水壺
- 為了佔個好位置，拼命用藍膜鋪好之後放下行李的家長
- 雨天的時候貼在校門口的「雨天中止」或「開始時間變更通知」的紙張
- 設置在校門口附近的接待處及相關登記表格
- 戴著學校指定的識別證掛牌或已登記標示貼紙的監護人
- 架設在學校裡非常顯眼處的得分板
- 放置了給來賓、廣播員、教職人員等的椅子及桌子的帳篷
- 救護用的帳篷
- 臨時設置的停車場或腳踏車停車場
- 為孩子們加油的人
- 開幕典禮（體操、選手宣誓、校長致詞等）
- 閉幕典禮（比賽結果發表等）
- 跑步比賽中拼命奔跑的學生或兒童
- 疊羅漢或整隊比賽、舞蹈、遊戲等
- 接力賽（班級比賽、分組比賽、父兄參加等）
- 投沙包或障礙物跑、拔河賽等
- 啦啦隊比賽（穿著學蘭制服、戴手套及綁頭巾的男生，以及拿著啦啦球的女生）
- 吃飯時間在校園裡吃便當的家族（也有些學校是只有孩子在教室裡吃午餐）
- 拿著相機追著孩子樣子拍的家長

此場景中能聽到的聲響

- 「預備——跑！」的起跑吶喊聲及哨聲（抵達終點也有）
- 「郵遞馬車」、「小丑舞曲」、「天堂與地獄」等運動會上經常使用的樂曲
- 作為舞蹈配樂的歌曲，是近兩年流行歌曲或動畫主題曲等
- 啦啦隊比賽的太鼓聲
- 家人用相機或智慧型手機拍照的快門聲
- 「紅隊請再加油。白隊，就快了！」等負責加油的廣播聲響
- 投沙包比賽結束後，開始數「一、二、三……」的聲音
- 到處都有「加油——」的吶喊聲
- 只有運動會時才出現的啦啦隊的加油聲

設定時的小提醒　運動會上尤其以最後一個年級參加的人以及他們的監護人、還有班級導師等人會特別熱烈。但如果能夠站在不擅長運動的人、或者體力不好的孩子的立場，應該也能以不同的視線角度來拓展場面描寫。

此場景中可感受到的氣味及味覺

- 操場上隨風飛揚的泥土塵埃氣味
- 畫線用的石灰粉氣味
- 運動後的孩子們和父親哥哥等人的汗水氣味
- 麥克風或廣播機材等的機械氣味
- 飯糰、炸雞、煎蛋等各家便當的味道與氣味
- 朋友們給的點心的味道
- 裝在水壺裡的飲料味道

此場景中可感受到的感覺

- 天氣很炎熱卻要運動，非常痛苦
- 在沒有遮蔭處的會場非常炎熱
- 自己的孩子非常努力地撐過了自己不擅長的比賽，內心覺得很自豪
- 對於擅長運動的孩子來說，因為能夠成為英雄而非常努力打算上場
- 對於不擅長運動的孩子來說，這種活動只是讓自己更丟臉而已、非常痛苦
- 跌倒而受傷時非常疼痛
- 因為大風而有塵埃被吹進眼睛裡、非常疼痛
- 由於學校決定「孩子要留在教室裡面吃運動會的便當」，結果大人們只能在沒有主角的情況下吃午餐，非常無聊
- 因為不習慣使用攝影機或相機，結果沒能將孩子英勇的姿態拍好
- 平常就運動不足，結果在父兄要參加的項目當中上氣不接下氣，非常難堪
- 午餐時間全家人一起吃便當的時候，忍不住拿自家便當和隔壁家的便當相比而覺得非常悲傷
- 在自由入座的觀眾席上（學校準備好在孩子出場時有優先在此處觀看的場所）一直卡著位子不動的人令人感到生氣
- 對於那種奮力幫自己孩子加油，居然還喊著要其他隊伍的選手「快摔倒！」的下流傢伙感到厭惡

此場景中可能發生之狀況

- 為了佔個好位置而一大清早就站在校門前
- 意外發現非常在意勝負的同學或媽媽朋友們的不同面
- 為了看孫子厲害的樣子而前來會場的祖父母非常多，來賓帳篷中特地設置的敬老座位根本就不夠
- 如果有勝利至上主義的同學，那麼在兩人三腳等比賽或接力比賽，從練習的時候氣氛就很糟
- 在疊羅漢或班際接力競賽等比賽中，班上同學發展出團結的力量
- 使用非常冷門的樂團曲子或者深夜動畫的BGM，忍不住對於負責老師的選曲品味感到訝異
- 到了當天因為緊張過度結果從一大早就開始肚子痛
- 在非常炎熱的日子舉辦運動會，結果一直有人昏倒
- 由於有疊羅漢的孩子們受傷鬧上了新聞，因此看到疊羅漢節目的時候非常緊張

校外旅行

相關場景　校外教學（P.182）　森林學校・臨海學校（P.183）

此場景中能看到的事物

- 聚集在集合場地的校外教學生
- 在集合或者解散時間奔來的監護人們，以及代表大家打招呼的學生
- 因為擔心而在大家出發後依然目送他們的家長
- 水壺
- 大型後背包或提袋（也有學校會指定款式）
- 撲克牌、UNO牌等
- 以擴音器等對大家下指示的老師
- 轉運站或機場（集合場所）
- 在旅行地點住宿的飯店或旅館
- 當地的遊覽車司機、導遊和觀光領隊等
- 新幹線、飛機、遊覽車
- 在神社佛寺、城、公園等處拍的大合照
- 只在教科書或雜誌上看過的歷史性建築物或觀光景點
- 裝了零用錢（有限制上限金額）的錢包
- 校外教學用的旅行指南、手冊
- 因為禁止攜帶智慧型手機或一般手機，因此有很多人帶了相機
- 裝了伴手禮的紙袋
- 興頭上就買下了很醜的鑰匙圈或者吊飾、木刀等

此場景中能聽到的聲響

- 住宿房間的空調聲響
- 移動時乘坐的巴士或鐵路行駛的聲音
- 在回程的遊覽車上熟睡的學生們鼾聲大合唱
- 以擴音器下指令的老師聲音
- 帶大家遊覽的巴士導遊或領隊的聲音
- 在集合場所喧鬧的學生聲音
- 水族館的海獅秀或主題公園中吵鬧的孩童聲音

此場景中可感受到的氣味及味覺

- 在觀光地的神社寺廟聞到特別的氣味
- 巴士導遊或領隊的化妝品氣味
- 淋浴或者使用系統衛浴時的沐浴乳或洗髮精的氣味
- 旅行處的伴手禮店飄出抹茶或可麗餅的味道及氣味
- 某個人帶上遊覽車的法蘭克福香腸或炸串的味道及氣味
- 在旅行當地所吃到，該地才有的餐飲或便當的味道及氣味

設定時的小提醒　通常是小學到高中會有校外旅行，不同地區及學校的目的地也大不相同，不過以京都、奈良、沖繩或日光等地為多。可以將這個場景設定為學習日本文化的地方，又或者是學校生活的回憶。

校外旅行

此場景中可感受到的感覺

- 好幾天都是集體行動，因為太在意其他人而很疲累
- 第一次看見平常都穿西裝的老師穿了便服，總覺得看上去哪裡不太一樣
- 搭乘交通工具而覺得暈眩不適、想吐
- 在自由活動時間看到走在一起的情侶，覺得很羨慕
- 明明有一大堆適合拍照的景點，卻不能帶智慧型手機來覺得非常不耐煩
- 大家一起進大澡堂覺得很開心、又有點害羞
- 在飯店發現自己要睡在加放的摺疊床上，覺得非常絕望
- 被老師的聲音叫起床，既困惑又不開心
- 想著要為年幼的弟妹買什麼伴手禮好，覺得很開心
- 每天一直在走路，覺得肌肉痠痛
- 因為都去一些神社寺廟、城、博物館，對於喜歡歷史的人來說真是太幸福了
- 詢問喜歡的人是否有兩人獨處的機會，非常緊張
- 旅行時擔心抽屜裡不想被家人看到的東西會不會被發現、被發現了該怎麼辦
- 參拜神社或寺廟之後，發現居然拜錯神許錯願望而非常後悔
- 想起家人特別交代「伴手禮要買這個喔」，但已經錯過了而非常焦急
- 旅行中幾乎都沒看電視或新聞、也禁止使用智慧型手機，因此遠離世界動向

此場景中可能發生之狀況

- 大型行李前一天用貨運等方式寄送過去，結果因為天候不佳、行李還沒到當地
- 過了熄燈時間也還是睡不著，結果開始打起枕頭仗
- 晚上縮進棉被裡聊著「你有喜歡的人嗎？」等悄悄話
- 晚上大家在棉被裡聊得正開心，卻有破壞氣氛的人說「可以安靜一點嗎？」，馬上變成一片寂靜
- 因為一時興起就在神社寺廟塗鴉，豈止是學校老師生氣，還連警察都到場大發一頓脾氣
- 在不熟悉的土地上活動，因為太過開心結果集合時間遲到了
- 說出名言「到家之前都是校外旅行」
- 老師們每天徹底巡邏各房間
- 總之先裝睡，躲過巡邏的老師
- 回程的遊覽車上，幾乎所有學生都熟睡
- 沒想到竟然遇到颱風直接侵襲或者其他災害，無法走完原定的行程或者必須緊急中止活動
- 校外教學的時候感冒擴散開來，同行的保健老師非常忙碌
- 有過敏或特定疾病的孩童已經事先報告過，因此都備妥可能會有緊急需求的藥物
- 第一次看到帶隊老師沒化妝的樣子，根本就不認識
- 試著好幾個人一起抽神社的神籤
- 如果住在古老飯店或旅館，晚上就會聊鬼故事聊得非常熱烈
- 自由活動時間遇到同班的情侶，總覺得很不是滋味
- 伴手禮的保存期限會在旅行時就過期，連忙用貨運送回家

學校園遊會

相關場景 國中教室（P.144） 高中教室（P.146） 社團活動（P.181）

此場景中能看到的事物

- 裝飾在校門口上的「園遊會」、「●●高中園遊會」等看板
- 寫著各班級展示內容及教室等詳細位置的園遊會手冊
- 設置在校門前的接待處
- 會場到處貼滿園遊會的海報
- 每個班級的展示活動（咖啡廳、迷宮、餐廳、獨立製作的電影等）
- 輕樂團社的音樂活動
- 戲劇社的戲劇表演
- 合唱社的合唱表演
- 舞蹈社的發表會
- 銅管樂器社的演奏會
- 啦啦隊社或者樂隊的歡迎演奏
- 文科類社團或同好會的展示等
- 文藝社團或漫畫研究會發行的同人刊物（*非正式出版品）
- 在和室舉辦的茶道社茶會
- 全班穿著一樣T恤的高中生或國中生（也可能是原創設計印花的服裝）
- 睜大眼睛觀看有沒有人在搗蛋的老師們
- 來玩的畢業生或家人
- 同時舉辦的升學目標商量會（通常是私立高中）
- PTA的攤位（手作麵包或炒麵等）
- 攤販類的餐飲（刨冰、法蘭克福香腸、炒麵等）
- 以紙花、花圈或氣球等裝飾的校園
- 寫著園遊會標語的垂掛布幕
- 周遭擁擠的人群以及反而非常空曠的會場
- 藝人的演唱會或者相聲節目（通常是大學）
- 為了要看喜愛的藝人表演而前來的粉絲，以及付費門票

此場景中能聽到的聲響

- 準備園遊會的裝飾品以及大型道具的聲響
- 以槌子敲打釘子的聲響、用鋸子切割材料的聲響
- 臨時攤販翻炒炒麵等的聲響
- 在校園內不斷播放的音樂
- 輕音樂社或銅管樂器社的音樂
- 戲劇或音樂演奏開始及結束時的觀眾鼓掌聲
- 為了補充販售用的運動飲料或冰淇淋而多次來回奔走的腳步聲
- 播放在禮堂的活動開始時間、以及告知有迷路孩童等的廣播
- 來學校拜訪的客人聲音
- 非常熱鬧的展示（迷宮或鬼屋等）前湧出了歡呼聲
- 招攬客人的聲音
- 迎接以來賓身分前來的名人，接待人員那緊張的聲音
- 「所以我不是說不要賣嗎」、「話雖如此……」等推卸責任的對話

設定時的小提醒 學校園遊會在日文裡是「文化祭」，也被稱為「學園祭」，是老師和學生都會熱烈參與的學校活動。學校看起來就像是夏日祭典的會場，可以交錯加入這種不太像日常生活的氣氛、以及來場者和學生們的笑容等。

此場景中可感受到的氣味及味覺

- 到處都用了黑布簾擋光，但布料都是發黴的氣味
- 看板或裝飾品上使用的顏料、繪畫材料或油漆的氣味
- 看板或大型道具底座的合板氣味
- 剛完成的同人刊物或會報的油墨氣味
- 炒麵或法蘭克福香腸等食物的味道及氣味
- 為了減輕暑熱感而吃的美味珍珠奶茶或刨冰
- 茶道社所刷出的抹茶與和果子的味道

此場景中可感受到的感覺

- 學校變成和平常不一樣的空間，覺得很開心
- 美術社或文藝社、輕音樂社等，為了展現出平時活動的成果而非常努力
- 要畫社團活動的展示、又要處理班級展示的布置物品，美術社的社員非常忙碌
- 文化類社團的社員們為了拿到多一些園遊會經費而非常拼命
- 沒有興趣參加班上展示的項目，但因為會有其他學校的學生前來，因此女學生們還是花費一番心思化妝、拿出幹勁
- 去買補充的材料或食物等東西的朋友遲遲不回來，非常煩躁
- 負責看顧不怎麼受歡迎的展示，很無聊
- 雖然是不上不下的女裝或者角色扮演，但還是努力提高興致來做活動的積極心
- 覺得在人這麼多的情況之下，應該不會碰到家人吧，進而放下心來
- 不習慣在眾人面前發表，因此在後台非常緊張不安

此場景中可能發生之狀況

- 有些班級的展示造成大排長龍、又或者有些班的食物賣完了
- 園遊會公告時間即將結束，餐飲的價格忽然暴跌
- 文化類社團非常堅持他們才是學校園遊會的主角
- 因為身為美術社員或漫畫研究會的會員，就一直被指揮要去畫看板等
- 比起園遊會當天，準備活動的時間其實比較開心
- 到了換班時間，交班的人卻沒有來，結果只能一直顧攤子
- 因為是男校，想到會有女生來就幹勁十足
- 班上想要開咖啡廳，但因為太多班級都選咖啡廳，結果變成要用抽的
- 隸屬於文化類社團的人要排自己班級的班、還要前往公演活動，結果時間非常趕
- 終於結束之後感到放鬆，結果慶祝聚餐比園遊會還熱鬧
- 國中或國小的同學來玩，上傳到SNS
- 賣飲料的攤位盛況空前，全班都手忙腳亂
- 聽說商品營業額會捐贈給受災地區，忍不住就掏錢買下了

高中運動會

相關場景 高中教室（P.146） 社團活動（P.181） 游泳教室（P.190）

此場景中能看到的事物

- 全國高中綜合體育大賽（大部分的運動性質社團全國大賽）
- 寫著高中名稱及號碼的姓名貼布或制服
- 縣代表進場時的標語牌
- 獎牌、獎狀
- 全國高中錦標賽（足球、橄欖球等）
- 選拔賽（春季高中排球錦標賽等）
- 在學校操場上或體育館等進行的放學後練習或早晨練習
- 在運動強項學校，操場上有草皮、夜間設施等專業設備
- 來參觀練習狀況、拍攝的大學或社會人士隊伍的球探或媒體、粉絲
- 有精英課程、運動選拔課程、體育科的高中

此場景中能聽到的聲響

- 踢球（投球、回球、接球）的聲響
- 起始聲響
- 在操場上奔跑的聲音、在泳池裡游泳的聲音、敲打榻榻米的聲音等
- 跑步或游泳比賽前的「就位」、「預備」聲
- 因社團活動而在交流的選手們
- 呼叫選手的廣播聲
- 為了免費觀看高中生錦標賽而排列的隊伍吵鬧聲

此場景中可感受到的感覺

- 可在良好的環境中專心於運動這方面實在非常感謝，但又有種一定要有成果的使命感
- 順利晉級成為縣代表而非常開心
- 得到金牌或者獎牌時的驕傲感
- 輸掉比賽時的悔恨

此場景中可能發生之狀況

- 去幫忙加油足球或橄欖球的比賽，感慨萬千而哭出來
- 太過炎熱中暑而被送醫
- 看見那些把身體曬成短袖的形狀、短褲形狀的選手，就知道他們練習的有多兇
- 在全國大賽當中留下好成績的人（學校），幾乎都以運動推薦升學的方式進入強項大學

設定時的小提醒 高中運動會和高中棒球比賽相比，比較少電視轉播所以知名度也比較低，但這的確是將來會代表日本（或者已經代表日本）的精英輩出的領域。

登場人物 ・高中生・運動精英・老師 ・教練

高中棒球賽

相關場景 高中教室（P.146） 社團活動（P.181） 棒球場（P.351）

此場景中能看到的事物

- 硬式棒球（若是打軟式棒球的學校就是軟式棒球）
- 球棒和手套等棒球工具組
- 穿著相同的整套制服、戴著帽子的高中球員
- 拋接球
- 揮棒練習
- 守備練習
- 棒球場、甲子園（*阪神甲子園球場的簡稱，高中棒球賽的決賽用場地）
- 進入擊球區、戴著安全帽的高中球員
- 來加油的監護人及同學
- 佔據觀賽區的銅管樂隊、女性啦啦隊、男性啦啦隊
- 賣袋裝冰塊的販售員
- 有明星選手的學校出現在練習場或比賽場上，大學或職業棒球的球探、媒體
- 來看練習或比賽、喜歡棒球的附近居民
- 追著將來大有可為的選手跑的女高中生

此場景中能聽到的聲響

- 金屬球棒「鏘——」地將球擊出的聲響
- 射球機丟出球的聲響
- 投手投球的聲響
- 球落入手套的聲響
- 幫比賽加油的銅管樂隊音樂
- 比賽上忽喜忽憂的觀眾鼓掌聲
- 吶喊著「飛呀！」的加油聲

此場景中可感受到的感覺

- 比賽獲勝時的喜悅
- 身為隊長有帶領隊伍的責任感
- 身為高中最後一次站在打擊區或投手丘而感慨萬千
- 即使對手是實力非常強的學校，也絕對不放棄的不屈不撓心情
- 天氣暑熱中比賽非常痛苦
- 來加油卻因貧血或中暑倒下而非常痛苦
- 看著接連有人倒下，而想著「至少我絕對不能倒下」而在內心進行忍耐大會想忘記炎熱
- 在聯合隊伍當中杞人憂天心想校旗和校歌要怎麼辦

此場景中可能發生之狀況

- 來幫忙加油的女高中生因為比賽輸了而哭泣
- 輸掉的高中棒球社員帶了些甲子園的沙子走
- 很容易被轉播跳過的拿著遺照的棒球社員家人

設定時的小提醒 高中棒球賽以前被認為是國民活動，但由於少子化等影響，近年來也有許多會與鄰近的學校聯合成一個隊伍去比賽。

登場人物 ・高中生・隊伍經理人・啦啦隊 ・家人

考試

相關場景 小學教室（P.142） 國中教室（P.144） 高中教室（P.146） 升學考試（P.174）

此場景中能看到的事物

- 定期考試
- 期中考
- 期末考
- 模擬測試（通常會委外處理）
- 升級考試（高中）
- 考試的問題卷、答案卷
- 自動鉛筆或橡皮擦等筆記工具
- 學生依照點名簿順序排列的桌子和椅子坐著
- 監考的老師說著「不要忘記寫名字、不要寫錯」
- 考試的時候看起來像在打瞌睡的老師
- 考試前猜考題結果猜錯而露出絕望表情的人
- 非常順利地將考題寫完，然後就看起來很閒的人
- 非常煩躁地在寫考卷的人
- 想作弊卻失敗的人
- 忍不住自言自語說著「這個是●●所以要……」的人
- 考試前幾天的課堂上，說著「考題會從這邊出」，告知考試範圍的老師
- 考試前一天整晚拼命念書的人
- 熬夜做出來的小抄
- 協助背誦教材的紅筆和紅色墊板
- 手工做的單字卡、筆記條
- 改好的答案卷
- 貼著成績在前幾名的公佈欄
- 在學校以外場所接受外部考試的人們
- 跟著跑來外部模擬考會場而且看起來很擔心的監護人
- 考試結果還不錯而表情開朗的人
- 完全搞不懂考題而一臉放棄的人
- 決定考試結果出來以前都要輕鬆度過的人
- 播放英文聽力測驗的錄音機

此場景中能聽到的聲響

- 以自動鉛筆（或鉛筆）喀喀寫著解答的聲響
- 按出自動鉛筆筆芯的聲響
- 修改解答時用橡皮擦擦東西的聲響
- 用橡皮擦擦東西太用力，不小心擦破答案卷的「啪嘶」聲響
- 將答案卷、問題卷向後傳的聲音
- 由後方開始回收答案卷的聲音
- 考試開始時，一起將問題卷翻過來的聲音
- 告知考試開始及結束的鈴聲
- 監考的老師在教室裡來回踱步的聲音
- 有人忘記關掉智慧型手機電源而發出的震動聲響
- 考試時一個人低聲自言自語的聲音
- 監考老師如打呼般的支吾聲

設定時的小提醒 考試對於國高中生來說是非常重要的活動。不但是決定升級、升學的重要事項，也會對未來的走向大有影響。

此場景中可感受到的氣味及味覺

- 問題卷和答案卷的紙張及印刷油墨的氣味
- 監考老師身上的香水或髮膠的氣味
- 香氛橡皮擦或香氣筆的氣味

此場景中可感受到的感覺

- 因為是左右自己上高中或大學的重要考試，所以非常焦慮
- 雖然有努力念書，但卻沒有自信、非常不安
- 雖然想要用推薦入學的方式升學，但因為班上有很多人都這麼想，無可奈何只能放棄、感受到自己的能力劣於他人
- 考卷隨便寫寫居然對了不少，成績比想像中的還高時鬆了一口氣，但又有點罪惡感
- 發考卷的時候被告知比全班平均低非常多而感到絕望
- 發表考試結果時那個說自己幾乎沒念書、並不顯眼的人居然是前幾名，非常驚訝
- 看見有人在考試後問成績好的人說「那題的答案是什麼？」自己卻覺得事情都過去了，在意也不能怎樣，非常看得開。
- 已經非常緊張覺得時間不夠，考試中卻想去洗手間、非常絕望
- 寫完答案之後從頭檢查，卻發現背後還有題目而感到絕望
- 發現答案位置錯開一題時的震驚

此場景中可能發生之狀況

- 考試一星期前禁止社團活動，因此比平常早回家
- 自己喜歡的歌曲中的英文單字剛好出現在考題裡，有點開心
- 在上下學的電車或公車上拿著參考書和紅色墊板背單字
- 念書念不下去，為了轉換心情而打個電動結果打到半夜
- 考試前兩星期左右開始，在上課前一小時就到學校，算是自主性的早自習
- 高中因為考試不及格，而可能無法升級（有些學校不允許留級，因此可能會面臨退學危機）
- 身處以能力區分學年的升學學校，因此每次定期考試之後就會發表班級
- 雖然說考試的結果並非一切，但會影響到評量成績和內部申請結果，因此大家還是非常拼命
- 不小心考不及格，結果要補考或者補課，因此家長非常生氣
- 雖然大家都知道有人作弊，但不想遭受無妄之災所以都沒有說
- 發現考卷改得有問題，因此向老師抗議
- 考試結束之後，朋友們馬上就約好大家一起去唱卡拉OK
- 在通勤的電車上用智慧型手機APP來念書
- 有老師準備了手寫的問題卷，偏偏這位老師的字就是不好讀

登場人物 ・國中生・高中生・老師・家人

升學考試

相關場景 小學教室（P.142） 國中教室（P.144） 高中教室（P.146） 考試（P.172） 大學（P.176）

此場景中能看到的事物

- 考生
- 家長或家人
- 學校老師
- 補習班老師
- 考古題（每間學校都不一樣）
- 校園開放（也兼舉辦考試等說明會）
- 升學考試專門的補習班
- 放學後補課（通常是私立高中）
- 模擬考
- 能夠得知偏差值（*日本用的學力評估方式，可得知自己的成績落點）的模擬考成績表
- 准考證
- 報名表（文件報名、網路報名）
- 入學考試（除了科目考試以外可能會有面試或作文）
- 放了准考證號碼的桌子
- 考生坐的時候座位之間會空一個座位的大學教室長桌
- 旁邊的座位放著長夾克或外套
- 鉛筆（尤其是畫格子式的考試時一定要有）
- 筆記工具
- 在考試會場的走道上或者入口處，來激勵學生們的補習班老師
- 將孩子送到考場前的家長（也有些學校會有家長等候室）
- 內部推薦升學
- AO入學考試（以學校成績、小論文、面室等來評估的入學考試方式）
- 指定學校推薦入學考試
- 評量值
- 祈求合格的繪馬和御守
- 合格榜單（最近也有許多會發表在網路上）
- 用自家電腦確認合格與否的人

此場景中能聽到的聲響

- 以鉛筆等喀喀在答案卷或講義上書寫的聲響
- 將問題卷或答案卷收攏的聲響
- 英文聽力測驗的聲音
- 提醒考試注意事項的監考老師聲音
- 在新年或者聖誕節時舉辦的補習班訓練營當中活力十足的聲音
- 合格發表時的歡呼聲

此場景中可感受到的氣味及味覺

- 問題卷和答案卷的紙張及印刷油墨的氣味
- 坐在周遭座位的人的氣味
- 口罩的氣味
- 家長努力幫自己做的豬排三明治的味道（*日文中豬排與勝利同音）
- 類似護身符的香包或者香氛袋
- 為了維持清醒而帶來的咖啡味道

設定時的小提醒 國中高中的考試通常會是住在學校附近的國中小學生來考，但大學則是會有全國各地的考生聚集。校園開放或者升學諮商等等，可以透過這些首都圈常見的活動來表現此一場景。

此場景中可感受到的感覺

- 考試會場異常緊繃的氣氛
- 雖然不知道結果如何，但是能做的都盡力了，覺得非常有成就感
- 家人的期望過高，對於考試結果沒有自信，因此回家路上非常憂鬱
- 在校園開放活動或高中說明會上為自己導覽的學生溫柔的樣子，讓自己覺得更加想要進入這所學校而非常興奮
- 第一志願學校的結果還沒放榜，但是第二志願已經確定及格，至少不會變成重考生而鬆了一口氣
- 雖然提前一些時間出門，但因為搭乘的交通工具遇上意外，似乎無法趕上考試時間時的絕望感
- 因為很不吉利，所以家人們都盡可能不說「掉了」、「落下」之類的觸霉頭用詞，非常辛苦
- 拿到「炸豬排」便當，結果消化不良
- 因為太過緊張，結果前一天晚上睡不著
- 座位附近有人一直喀啦喀啦的轉筆或者是吱吱喳喳的自言自語，無法專注於自己的考卷
- 考試的時候腦袋裡一直自動播放喜歡的曲子，無法集中精神
- 無法和入學考試時感情融洽的人重逢，覺得有些遺憾
- 對於那些不需要考入學考試、可以直升上去的附屬學校學生感到嫉妒
- 從補習班老師手上拿到寫著必勝的頭巾，覺得有點丟臉

此場景中可能發生之狀況

- 已經有指定學校推薦或者內部升學確定及格的大學資格，但是被班級導師和家長嚴正叮嚀不可以玩太兇、以免被取消資格
- 開放網路報考的學校越來越多，可以不需要去拿紙本申請表就報名
- 雖然也可以網路報名，但覺得文件比較有實際感，因此刻意去索取紙本報名表
- 因為用網路報名加上是在私立大學中心進行入學考試，結果還沒去過那間大學就合格了
- 大概在秋天的時候就確定有大學可念，因此被告知要幫忙高中說明會或者諮詢會等學校事宜
- 從鄉下來的高中生帶著行李箱等大型行李到考試會場，結果在門口被攔下來
- 入學考試當天從車站前往考試會場的路上或交通工具都非常擁擠
- 前一天附近的旅館都客滿了，要找到能住的地方非常辛苦
- 如果是孩子要到自己的母校考試，會先確認是否有自己認識的教授或教職員，開始一個個打電話
- 考試當天下雪，交通工具都停擺了
- 考試當天感冒，雖然想以感冒藥和口罩撐過去，但腦袋還是一片空白，結果仍然考不好
- 成績能候補上第一志願，因此希望有人放棄資格
- 合格發表當天順利及格了，被運動社團的人高舉起來歡呼
- 擔心能否獨自前往東京的考試會場，因此家人也一起去東京
- 考試的前一天因為緊張而無法入睡，開始玩遊戲之後又變成熬夜，非常後悔

大學

相關場景 國中教室（P.144） 高中教室（P.146） 社團活動（P.181）

此場景中能看到的事物

- 高中無法扭轉形象，到了大學才來扭轉形象的大學生
- 和高中時代相比沒什麼變的學生
- 社會人士考試等入學的年長學生
- 國外來的留學生
- 讓人感受到歷史感的老舊校舍
- 最新設備非常充足的學校
- 學生餐廳或福利社
- 筆記本或T恤等大學原創產品
- 貼在福利社公告欄上的使用者問卷調查與職員的回覆
- 在校園裡的便利商店或餐飲連鎖店
- 各種運動專用的用地或者有球場的廣大操場、體育館等
- 校地內並排的多棟校舍（也會被稱為●●校區等）
- 可以容納幾百人的寬闊教室
- 可以上下挪動的黑板、排成扇形的長桌
- 大學講師的個人辦公室
- 放在講師個人辦公室或者電腦室當中型號較為老舊的電腦
- 講師在大教室當中使用的麥克風
- 藏書量很大的圖書室
- 寫著建設學校立意精神的紀念碑
- 大學創立者的銅像
- 往大學路上的舊書店
- 往大學路上的便宜影印店、裝訂店
- 社團大樓
- 大學內設置的博物館
- 校地內附屬的國高中校舍（也有些有幼稚園等）
- 隔音設備完善的音樂大學鋼琴室
- 幾乎在圖書館或學生餐廳裡待上一整天的學生
- 不去上課而一直泡在社團裡的學生
- 在學生餐廳請餐廳裝大碗飯的運動系所學生們
- 入學典禮等場合會使用到的大型禮堂
- 在大學附近、有大碗服務的拉麵店或簡餐店
- 在校園開放活動中與高中生進行升學諮商或說明會等的事務人員或教授和學生等
- 校門口的警衛、保全人員
- 校門
- 校門前的警衛室
- 就職活動

此場景中能聽到的聲響

- 輕音樂社等社團教室傳來的樂器聲響
- 打算向朋友們炫耀非常時髦的學生餐廳菜單，因此用智慧型手機拍照的聲音
- 從網球場傳來打球的聲音
- 學生們活力十足的說話聲
- 用麥克風上課的老師聲音
- 和朋友們在學生餐廳說話的聲音
- 運動社團成員在練習或者跑跳的聲音
- 上課時有人說悄悄話的聲音
- 在學生餐廳裡非常有活力地說「請給我大碗！」的學生聲音

設定時的小提醒　在升學考試中脫穎而出、上了大學之後就有些脫韁的人並不在少數，但也有些學生會去上星期六的課程、或者暑假補考之類，和過往的學生相比，其實現在大部分的學生都算是比較勤勉向學的。另外還可以加入考證照、念考試科目、就職活動等表現出大學生才有的獨特情境。

此場景中可感受到的氣味及味覺

- 女學生的香水或化妝品的氣味
- 實驗室或理科大樓傳來的藥品氣味
- 圖書館的書籍氣味
- 學生餐廳的料理味道及氣味

此場景中可感受到的感覺

- 看見穿著時髦化妝入時的學生，總覺得有些羨慕
- 非常意外有很多人其實很努力念書，因此而有些焦急
- 由於來回家中與大學很花時間，因此無法去打工而有些哀傷
- 上課要用的教科書和參考書比想像中的還貴很多，覺得非常無措
- 對於有許多研究、調查、討論、發表等的研究課程感到非常興奮、又或者很遲疑
- 學費是申請獎學金貸款來支付的，因此想要好好念書之後償還的心情
- 非常無法忍受二手菸的氣味，因此對於學校內全面禁菸的大學越來越多感到非常開心
- 不斷有交報告或者選課的需求，因此想要一台電腦
- 高中時代的朋友進入大學以後忽然變成非常豪放，覺得似乎只有自己被拋下了而非常寂寞
- 由於並未加入任何社團，因此在園遊會的時候也沒有什麼事情要做，看到為了準備活動而非常忙碌的人，總覺得有些抱歉
- 就職活動中遲遲無法確定有公司錄取，非常焦急

此場景中可能發生之狀況

- 髮型和服裝不像高中那樣受到限制，能夠自由享受時髦的樂趣
- 私人服裝會展現出個人品味，因此每天早上都覺得高中的時候穿制服還比較輕鬆
- 考試前在學生餐廳念書的學生多到滿出來
- 進到離家很近的大學就學，在校園公開活動中遇到國中或高中的學弟妹
- 用智慧型手機選課
- 老師提供的資料是電腦檔案，作業也要交檔案，因此一定得學會用電腦
- 自己住在外面非常花錢，因此花費幾小時從自家通勤（月票比較便宜）
- 有奇怪的招攬人員趁著社團招生的時候跑進大學裡
- 在社團的聚餐上學會了喝酒抽菸
- 學生交了不知道從哪裡引用甚至可說是整篇抄來的報告，忍不住頭痛
- 因為心軟所以不斷延後交報告的期限，但還是有交不出報告的學生來哭訴
- 和進了不同系別的高中時代朋友，為了交換資訊而每週一次，一起在學生餐廳吃午餐
- 詢問學長哪個老師的學分比較好拿
- 雖然進了學生宿舍，但討厭和別人住在一起，第二年開始就到外面自己住了

校歌・加油歌練習

相關場景 畢業典禮（P.162） 高中運動會（P.170） 高中棒球賽（P.171）

此場景中能看到的事物

- 剛入學的新生
- 音樂老師
- 音樂教室
- 抄寫著校歌歌詞的筆記本或紙張
- 花了一小時來說明校歌歌詞意義的音樂老師
- 配合鋼琴伴奏唱出校歌的學生們
- 加油隊隊長、加油隊隊員（*原文為応援団，一般只有男性成員）
- 分發加油歌或禮讚歌等歌詞卡的加油隊隊員
- 加油隊隊員放學後在體育館或屋頂上，教導新生唱加油歌

此場景中能聽到的聲響

- 配合加油歌擊打的鼓聲
- 吹奏樂器演奏校歌的聲音
- 音樂老師的鋼琴聲
- 加油隊的吶喊聲
- 大聲唱著校歌或加油歌的聲音
- 訝異於「加油歌有這麼多喔？」

此場景中可感受到的感覺

- 第一次看到加油隊獨特的動作，拼命忍笑
- 牢牢記住歌詞和旋律的時候，覺得非常有自信
- 加油隊熱血奔騰宛如昭和青春明星
- 加油歌非常多，覺得根本記不起來而有挫折感

此場景中可能發生之狀況

- 到當天為止都忘了加油隊曾經說過「要把歌詞背起來」
- 配合周遭人的歌聲對嘴，想辦法混過練習時間
- 加油隊隊員一天天聲音越來越啞
- 被告知「這首加油歌要在高中棒球賽上使用，所以請大家好好記起來」而承受了不必要的壓力
- 加油隊的隊員被班上同學取了「青春明星」的綽號，讓全班都大笑
- 知道校歌的作詞作曲者竟然是名人，非常驚訝
- 隨著年齡增長，搞混自己高中或國中小學的校歌
- 老師也剛調職過來因此不太記得校歌

設定時的小提醒 校歌和加油歌也代表了該學校的歷史。交織了四季更迭內容的校歌等，更是日本獨特的產物。

登場人物 ・新生・加油隊隊員・老師

教學參觀

關場景　小學教室（P.142）　國中教室（P.144）

 此場景中能看到的事物

- 教室
- 班級導師
- 在黑板上寫字比平常來得整齊的老師
- 往教室後方東張西望去尋找自己家人的孩子
- 後方排著一整排參觀教學的家長們
- 有特地打扮的家長、也有穿著平時服裝等各式各樣的家長
- 開放保育參觀的幼稚園
- 因為小孩開始哭鬧只好將孩子帶出教室的人
- 教學參觀前會稍微預演一下的老師
- 刻意打扮成母子裝前來的母親

 此場景中能聽到的聲響

- 認真上課的老師聲音
- 孩子們活力十足舉手回答「是！」的聲音
- 互相道早打招呼的監護人的聲音

 此場景中可感受到的感覺

- 班級導師比其他人都來得緊張發抖
- 老師用比平常更仔細且溫和穩定的語氣來上課
- 周遭的人都是很穩重的服裝，就只有自家爸媽穿著休閒服，總覺得很丟臉
- 對於媽媽特地穿母子裝來的事情，總覺得有些丟臉

此場景中可能發生之狀況

- 有人一直站在教室入口，之後到的人就無法進入教室，只好都站在走廊上
- 參觀結束之後進行的是監護人會議
- 參觀時明明禁止攝影，卻有人堅持他只有拍自己的孩子而被警告
- 有人不聽學校警告，仍把影像等上傳到SNS上
- 雖然事前老師有說就算不知道答案，也要先舉手，但偏偏真的不知道的時候又被點到，因此非常焦急
- 先把答案告訴全班同學，讓大家在學參觀的時候都能夠順利回答
- 不小心把老師叫成「媽媽」

設定時的小提醒　像日本這樣會將教學參觀作為學校固定活動一環的國家其實並不多。可以選擇從家長看見孩子在學校上課的模樣覺得很新奇的家長角度去撰寫，添加各種不同情境。

登場人物　・幼稚園兒童・小學生・國中生・高中生・老師・家人

面談

相關場景 小學教室(P.142) 國中教室(P.144) 高中教室(P.146)

此場景中能看到的事物

- 學生、監護人、班級導師都參加的三方會談場景
- 學生和班級導師參加的雙方會談
- 監護人和班級導師參加的個人會談
- 面對面的桌子和椅子
- 成績單
- 偏差值(*參見P.174)
- 模擬考試的結果
- 教室、升學指導室
- 教室前張貼的會談預定表
- 班級導師
- 為了接受升學諮詢而準備的資料
- 詢問朋友或學校生活的人
- 商量社團活動的孩子
- 詢問家中狀況的老師

此場景中能聽到的聲響

- 教室裡空調的聲音
- 詢問志願學校並具體說明的老師
- 看著成績單忍不住嘆了口氣的聲音

此場景中可感受到的感覺

- 補習班和學校的看法不一樣，覺得非常困惑
- 希望班級導師和家人的對話能早點結束，百般無聊
- 對於新上任的班級導師，學生和監護人都有些帶刺的警戒
- 知道很難升學進自己的志願學校時的絕望感
- 平常都叫「把拔」、「馬麻」的孩子在老師面前卻叫「爸、媽」而非常驚訝

此場景中可能發生之狀況

- 家人想著面談不需要自己安排時間、打掃家裡或準備茶點等，真是輕鬆啊
- 要推薦上志願學校的評量值在及格邊緣，懇求老師想辦法
- 模擬考的結果還不錯而鬆了一口氣，卻又被施以「不可以鬆懈」的壓力
- 非常專心聽老師說孩子在學校的情形
- 因為有和朋友之間的問題、升學志願變更等，結果面談大幅超過預定時間
- 前一個人的面談太久，時間已經過了卻仍只能在門外等候
- 老師是個路癡，如果要前往家庭拜訪會很辛苦，因此覺得家長前來學校會談比較輕鬆

設定時的小提醒

最近由於雙薪家庭逐漸增加，老師也很難前往家庭拜訪，因此學校以家長來校訪談的方式取而代之的情況就越來越多。另外也可以談論升學或者學校生活的事情，增加這個場景的廣度。

登場人物

・小學生・國中生・監護人
・老師

社團活動

關場景　高中運動會（P.170）　高中棒球賽（P.171）

此場景中能看到的事物

- 穿著運動服或練習服在練習的國高中生
- 放學後的操場上或體育館裡正在進行社團活動的運動社團
- 球類運動（棒球、足球、排球、籃球、網球等）
- 隔網運動（網球、排球用等）
- 手中拿著球拍的社員們（網球、羽毛球等）
- 穿著武術服裝進行練習的社員（武術類社）
- 穿著緊身服等服裝練習的體操社或新體操社（跳箱和平衡台等）
- 在泳池裡面游泳的游泳社（通常只有夏季會出現）
- 在操場上奔跑的跑步社（也有些學校是在接近比賽的時候才開始從其他社團招募運動神經好的學生）
- 教室或音樂教室裡正在進行社團活動的文化類社團
- 正在合音的吹奏樂團
- 進行發聲練習的戲劇社
- 正在刷茶的茶道社
- 跑道或道場等設施
- 體操競技等會使用的各種設置性器具
- 在操場或體育館練習的啦啦隊社或舞蹈社等
- 指導員（老師或從外面聘來的教練）
- 在操場附近或者體育館內的各社團教室

此場景中能聽到的聲響

- 棒球社的金屬球棒發出的鏗鏘聲
- 踢球（投球、回球、接球）的聲音
- 銅管樂隊的樂器聲響
- 舞蹈社的音樂聲
- 戲劇社的發聲練習聲音
- 運動社團選手們的吶喊聲
- 指導老師的聲音

此場景中可能發生之狀況

- 大賽或園遊會時間接近的時候，星期假日也要練習
- 看了新聞的家人非常擔心在暑假的時候也練習很可能會中暑
- 除了學校老師以外還聘請外面的人擔任教練
- 運動強項的學校會與運動品牌廠商合作開發軟硬體等，並請他們提供用品（通常是私立學校）
- 社團活動中有「剪短頭髮」等規定，覺得太過莫名其妙而感到遲疑
- 每當有比賽就會變成「請公假」，但補課還是很辛苦
- 有某項能力特別強的孩子（出席全國大賽級別的實力或成績）等人，會有大學或者高中等運動強項學校的推薦入學邀約

設定時的小提醒　社團活動是日本教育現場的一環，也是國高中生在學校內聚集成員進行活動的總稱。可以同時樹立學習與社團並行，來表現出青春期的不穩定。

登場人物　・國中生・高中生・教練・老師・家人

校外教學

相關場景　校外旅行（P.166）　森林學校・臨海學校（P.183）

此場景中能看到的事物

- 穿著學校指定體育服等的國中小學生
- 監護人同行的親子校外教學（若學生為幼兒）
- 後背包
- 好走路的鞋子
- 便當（大多是飯糰或三明治）
- 零食（通常有規定價格上限）
- 水壺（裝水或者茶類）
- 墊子
- 大型巴士、又或者以電車共同移動
- 校外教學前詢問班級導師「香蕉算是零食嗎？」的孩子
- 前往的目的地是動物園、遊樂園、博物館、公園等
- 去程巴士上唱卡拉OK喧鬧的孩子們
- 回程巴士上睡著的孩子們

此場景中能聽到的聲響

- 拍攝紀念照片的快門聲
- 吃點心的聲音
- 在移動中的巴士內唱卡拉OK的聲音
- 孩子們開心玩耍的聲音
- 巴士導遊或領隊說明交通工具的功能
- 孩子滿足地稱讚拿到的點心「好好吃喔」的聲音

此場景中可感受到的氣味及味覺

- 零食的味道與氣味
- 便當的味道與氣味
- 巴士或鐵路的氣味

此場景中可能發生之狀況

- 前往平常不太會去到的地方，接觸到動物、歷史或者大自然而被激起好奇心
- 回程疲勞到精疲力盡，第二天腳很痠痛
- 說出名言「到家之前都是校外教學」
- 小學全校的校外教學活動中，以縱向分班行動
- 吵起了「零食的金額是含稅嗎？」、「香蕉算是零食嗎？」
- 回去前撿垃圾
- 在動物園或博物館裡，對於動物或當地歷史等產生興趣

設定時的小提醒　博物館、公園或者動物園等，校外教學會去的地方五花八門，但也是接觸當地文化的機會，是學校非常重要的活動之一。可以一邊交織當地歷史來展現這個場景。

登場人物　・幼兒・小學生・國中生・老師　・家長・館員

森林學校・臨海學校

關場景 校外旅行（P.166） 校外教學（P.182）

此場景中能看到的事物

- 由地方政府管理的保健設施、露營場地或者私立學校的住宿設施
- 學生列出的注意事項單
- 體育服或休閒服
- 用煮飯盒煮的米飯和咖哩（也可能是烤肉場地）
- 在晚上試膽大會哭出來的人
- 登山（若為森林學校）的人
- 在海裡游泳（若為臨海學校）的人
- 第一天帶來的便當（指定要帶飯糰之類的）
- 水壺（裡面裝水）
- 裝了替換衣物的大型後背包
- 移動用的大型巴士
- 可睡四人以上的大房間
- 最後一天的營火晚會
- 班長帶來的手錶（尤其是小學）

此場景中能聽到的聲響

- 老師巡邏每間房間的聲音
- 晚上在房間裡講八卦的聲音
- 試膽大會中的哭聲
- 由於不常看見山上或海邊景色而反應熱烈的孩子歡呼聲

此場景中可感受到的感覺

- 營火的火焰熱度
- 煮飯盒的火焰熱度
- 大家一起做的咖哩非常美味
- 因為正逢青春期年紀，對於老師說無論男女都要牽著手去試膽大會感到非常厭惡
- 在山中散步或者在海中游泳之後的疲憊感
- 和感情好的人分在同一個房間非常開心
- 和不認識的人分在同一個房間，總覺得有點尷尬
- 煙燻到眼睛而感覺疼痛

此場景中可能發生之狀況

- 下起雨來只好在室內自習
- 大家圍著露營區跳土風舞
- 寫明信片寄給家人
- 班上所有人都忘記「要帶米」結果全班都只有咖哩醬可吃
- 試膽大會的時候偷溜到前面去嚇老師
- 在班級行動之前先發手機給班長

設定時的小提醒　去山上的森林學校、以及去海邊的臨海學校等，都是對放暑假中的孩子們來說時間較長的學校活動。這類活動會需要大家集體行動、住宿、營火煮飯等，可說是日本獨特的教育活動。

登場人物
- 小學生・國中生・高中生・老師
- 設施人員

球類比賽（班際競賽）

相關場景　考試（P.172）　體育館（P.154）

此場景中能看到的事物

- 班際競賽的運動大會
- 全班一樣的T恤
- 頭巾、啦啦球等加油道具
- 排球、籃球等室內團體競賽
- 桌球、網球等單人或雙人團體競賽
- 足球、軟式棒球等室外團體競賽
- 班際競賽的接力賽跑
- 馬拉松大賽（5km等）
- 游泳大賽（接力等）
- 體育館或操場上的各會場

此場景中能聽到的聲響

- 裁判的哨聲
- 游泳或接力賽跑的起跑槍聲
- 班上同學的加油聲音
- 從比賽對手加油席上傳來的喝倒采聲

此場景中可感受到的感覺

- 考試也結束了鬆一口氣，可以好好享受運動樂趣
- 有些緊張萬一贏了學長姐，是否會被說些什麼
- 看到班級導師比學生還要拼命加油，反而覺得有點退縮
- 因為肌肉痠痛而非常疲憊

此場景中可能發生之狀況

- 老師組也參加比賽，不知為何特別認真、令人感到困惑
- 有設實力差距限制，比如說排球社的社員不可以參加排球比賽等
- 在頒獎典禮上拿下綜合優勝的班級熱鬧異常
- 接力賽或馬拉松賽上，運動學系（有些高中有分科系）的班級大為活躍
- 第一天就輸了所有比賽，結果最後一天只能全班在教室自習
- 看見平常不喜歡的同學在場上比賽的英姿，忍不住覺得也挺帥氣的
- 目標是奪冠的班級會比較團結

設定時的小提醒　雖有著「球類大賽」或「班際競賽」等各種稱呼，但這類班級之間的運動競賽是氣氛最熱烈的活動之一。不妨藉此展現同班同學令人大感意外的一面吧。

・國中生・高中生・老師

避難訓練

相關場景　廣播室（P.151）　體育館（P.154）　屋頂（P.159）

此場景中能看到的事物

- 說明避難基本的「四不要」（不要推、不要跑、不要說話、不要回去）的校長或警察署長
- 預想火災、地震、海嘯等不同災害時不同的避難場所
- 穿著室內鞋走向避難場所的人
- 用手帕遮著口鼻、拿著手提書包或後背書包避難的孩子們
- 引導大家避難的老師們
- 蓋著防災頭巾的學生
- 使用救援袋或緊急用滑梯避難的情形
- 在集合場所每班整齊排列的學生們
- 在集合場所點名的人
- 開到操場上的消防灑水車或警車
- 以計時器計算避難結束時間的老師
- 來參加接孩子訓練的家人們

此場景中能聽到的聲響

- 響徹校園內的警鈴聲
- 廣播用擴音器中傳來指示避難的人工合成錄音
- 地震速報的警鈴聲（也可能是用播放的）
- 學生們喀噠喀噠地縮進桌子下方或者走出教室的聲音
- 老師指導避難的聲音
- 在集合場所使用擴音機說話的老師或消防員說話的聲音
- 在走向避難場所的路上，孩子們窸窸窣窣說話的聲音

此場景中可能發生之狀況

- 某個地方發生大型災害以後舉辦的避難訓練，大家都比平常還要認真
- 因為使用了煙霧，眼睛有點痛
- 穿著室內鞋就走進校園，總覺得腳下的感覺和平常不太一樣
- 對於避難結束、禁止私語時間等這種時間上的規範感到疑惑
- 避難路上經過火災發生預想處附近的班級首當其衝
- 避難時開玩笑而引人生氣
- 警鈴聲太大造成過大反應
- 原先是火災逃難訓練，乾脆順便進行滅火訓練
- 當地人（曾經歷災難者）或校長在學生們面前述說生命重要及安全生活的寶貴
- 聽到訓導主任告訴大家：「到避難完成總共花了●分×秒。這樣的話根本無法得救。」總覺得有些抱歉
- 附近的消防局或警察局局長前來，在學生面前述說避難訓練的重要性，因此有股責任感

設定時的小提醒　在日本，幼兒園或者學校都會進行避難訓練。日本國內的災難非常多，因此這樣的訓練在危急時刻非常重要。可以將日本避難的「四不要」或者各式各樣的避難場所加入這個場景。

登場人物　・幼兒・小學生・國中生・高中生　・老師・消防員・警察

地區限定場景

新宿

新宿的特徵是夜晚閃閃發亮的霓虹燈、以及不分晝夜都有大量人潮的熱鬧氣氛。這樣個性十足的街道也十分引人注目，是男女老少都非常熟悉的城鎮。

此場景中能看到的事物

- 新宿車站
- 歌舞伎町
- 新宿王子飯店
- 新宿二丁目
- 新宿黃金街
- 回憶橫丁
- 新宿ALTA
- Busta新宿
- 摩天大樓街道
- 東京都廳
- 新宿中央公園
- 新宿公園塔
- 新宿南塔
- 百貨公司（京王、伊勢丹、小田急、高島屋）
- Lumine the Yoshimoto
- 武士博物館
- 新宿Wald 9
- 新宿御苑
- 花園神社
- 熊野神社
- 紀伊國屋書店總店
- 天然溫泉Thermae-yu
- 哥吉拉頭
- 家電用品量販店
- 既寬敞又線路複雜的地下街

此場景中可感受到的感覺

- 穿過車站周邊熱鬧處覺得非常煩悶
- 在車站等處迷了路時焦躁不安
- 太多在發面紙廣告的人覺得實在擋路
- 有很多看來外表可怕的人，覺得非常恐怖
- 大馬路上就有門口放著禁止18歲以下進入的店家在營業，光是從門前走過就覺得很害羞
- 新宿車站等人的地方人太多，不知道是否能順利見到面而非常不安
- 從夜間巴士下車時的緊張感
- 仰望著一堆摩天大樓的時候，忽然發現周遭的視線而覺得非常丟臉

此場景中能聽到的聲響

- 人群的說話聲與腳步聲
- 從巨大螢幕上面傳來的廣告聲音
- 商店裡傳出了背景音樂等聲音
- 外國人觀光客的聲音
- 派出所或觀光導引處傳來「○○在哪裡啊？」的聲音
- 「要不要來居酒屋啊？」等招攬客人的聲音
- 牛郎店或公關店招攬客人的聲音
- 街頭音樂家的演奏

此場景中可能發生之狀況

- 訝異於通勤時間的人潮竟然如此洶湧
- 在車站前等處接受媒體採訪
- 被外國人觀光客問路
- 在車站裡找不到自己要去的出口
- 打算走到歌舞伎町去，沒想到其實有一段距離
- 看到巨大哥吉拉頭裝飾非常驚訝
- 聽見街頭藝人演奏忍不住入神
- 被公司前輩帶去從未去過的歌舞伎町或新宿二丁目
- 搭乘夜間巴士來到東京，拉著行李箱找目的地
- 喝酒的時候錯過了末班車，乾脆直接在網咖或者速食店度過時間
- 差點被捲入事件當中，在大街小巷中奔逃
- 下車的時候弄錯西口和東口，結果繞了車站一大圈才找到往目的地的方向

設定時的小提醒 雖然被認為是時髦且有名的街道，但相反地也有很多奇怪的店家。先搜尋好什麼樣的店家沒有問題再進去，才不會後悔呢。

登場人物
- 年輕人・招攬顧客的人
- 外國人觀光客・男大姐
- 街頭音樂家

第六章
圍繞著小孩的場景

Playground / Swimming School / Music Class / Cram School / English Conversation Class / Calligraphy Class / Soccer Club / Exercise Class / Ojyuken / Harajuku Omotesando

遊樂場

相關場景 媽媽朋友午餐聚會（P.078） 公園（P.132） 升學考試（P.174）

此場景中能看到的事物

- 兒童公園
- 兒童館
- 圖書館的兒童專區
- 超市等處的兒童空間（室內、室外）
- 懷舊零食店
- 沙坑
- 沙坑遊戲組
- 鞦韆
- 立體方格架
- 爬梯
- 溜滑梯
- 單槓
- 遊樂器材
- 停放在遊樂場外的小孩用腳踏車
- 玩著滑板的小孩
- 玩著遊樂器材的小孩
- 用嬰兒車推著嬰兒的母親
- 幼兒
- 初次帶著小孩出現在公園的母親
- 嬰兒背帶
- 放入奶瓶或毛巾等物的媽媽用包
- 國中小學生
- 踢著足球的小孩
- 玩傳接球的親子
- 長椅
- 在泥地或道路上塗鴉的小孩
- 把掌上型遊戲機或智慧型手機帶出來玩的小孩
- 和人交換人氣電玩遊戲角色的小孩
- 裝在寶特瓶或隨行杯中的飲料
- 在兒童館中的體育場玩耍的國中生
- 在假日帶著小孩來公園玩的父親
- 彈簧椅
- 親水公園
- 走進公園內的小河玩水的小孩
- 飲水處（有時也兼作洗腳處）
- 兒童食堂（民間較多）
- 課後教室（於學校舉辦為多）
- 看上去好像很美味的兒童食堂餐點
- 帶著將棋、貝陀螺、面子（*遊戲紙牌，類似尪仔標）來教學的當地居民
- 帶著紙牌遊戲來玩的小孩
- 在課後教室等處教導懷舊遊戲的當地居民
- 在課後教室或兒童食堂服務的志工
- 讀繪本給孩童聽的人
- 玩著洋娃娃或人偶的小孩
- 在圖書館的兒童專區，找出喜歡的書來讀的小孩
- 教小孩玩遊戲的志工
- 在卡拉OK包廂、家庭餐廳、美食廣場愉快談天的小孩們

此場景中能聽到的聲響

- 鞦韆或翹翹板的聲音
- 用鏟子鏟沙的聲音
- 打開帶來的零食包裝的聲音
- 踢球的聲音
- 球打到牆壁等處的聲音
- 敲擊遊樂器材等發出的金屬聲
- 小孩玩水發出的「啪唰啪

設定時的小提醒 隨著時代演進，小孩子的遊戲場也越來越少了。但以場景而言可以呈現的不只是公園，還可增添室內派也能愉快度過的多元場所，展現出首都近郊的氛圍。

唰」聲響
- 遊戲機傳出的電子音
- 貝陀螺旋轉的聲音
- 擺下將棋棋子的聲音
- 在兒童食堂等處，用菜刀切食材發出的「咚咚」聲響
- 腳踏車的鈴聲
- 小孩充滿活力的聲音
- 父母們的交談聲
- 四處奔跑的小孩的歡呼
- 嬉鬧玩耍的聲音
- 互相爭奪玩具的聲音
- 小孩們因爭奪遊樂設施或玩具所發出的哭喊聲
- 初次來到公園的母親，緊張地開始自我介紹的聲音
- 嬰兒的哭聲
- 閱讀繪本的聲音
- 「這個給你」、「謝謝」等彼此交換點心的聲音

此場景中可感受到的氣味及味覺

- 小孩們吃的糖果、口香糖、懷舊零食的氣味
- 土壤的氣味
- 草地的氣味
- 遊樂器材的金屬或塑膠氣味
- 木製遊樂器材或長椅的木料香氣
- 從商業設施美食廣場散發出的各種食物氣味混在一起的味道
- 稍微活動一下身體後的汗味
- 嬰兒用牛奶的氣味
- 兒童食堂的料理香味
- 在飲料吧或自動販賣機買的果汁風味

此場景中可感受到的感覺

- 擔心初次來到公園的問候禮數是否作足，感到忐忑不安
- 放學後在學校之外的地方和朋友玩耍的樂趣
- 雖然室外遊樂場所很多，但室內遊樂場所卻很少，因此不滿足
- 因雨天或天候不佳而無法在外面玩耍，感到寂寥
- 到了超過學童托育的年齡，覺得獨自在家等候家人回來的時間很漫長
- 自己在家玩耍的時間，不用在意別人覺得很愉快

此場景中可能發生之狀況

- 因為父母都在工作，為了不要太無聊，跑出去跟朋友一起玩
- 騎著腳踏車，跑到距離較遠的兒童公園去玩
- 想得到初次去公園問候時的相關情報，開始在網路上調查何時去公園才好等資訊
- 在公園等地遊玩，和附近年紀相仿的嬰兒、小孩、母親等對象結識
- 在假日帶小孩來公園的父親，坐在長椅上後就開始發呆
- 在公園和認識的人交換電玩遊戲角色，結果卻換回以前和別人交換過的自己原有的角色
- 因為父母要很晚才能回來，將小孩託付給學童保育設施或兒童食堂就能安心
- 回過神來，自己已經是一直以來造訪的兒童館中最年長的小孩了

登場人物 ・幼兒・小學生・國中生・家人・媽媽朋友・嬰兒・志工・兄弟姊妹

游泳教室

相關場景 學校游泳池（P.156） 社團活動（P.181）

此場景中能看到的事物

- 溫水游泳池
- 泳池跳台、水道繩
- 游泳池指導員、游泳池救生員（監視員）
- 上課的學生（幼兒～國中生）
- 觀摩空間（家人參觀用）
- 為了看看小孩而前來參觀的雙親
- 暖氣舒適的室內空間
- 噴射浴池、淋浴空間
- 男女更衣室、兒少專用男女更衣室
- 教室分配的專用包
- 專用泳衣與依照級數差異而分配不同顏色、上頭徽章數量也隨之變化的泳帽
- 教室專用巴士
- 游泳池用吹風機
- 浴巾
- 泳衣用脫水機
- 蛙鏡
- 浮板
- 充氣手臂泳圈
- 救生用泳圈、救生繩索
- 吸水墊、泳池用踏板
- 戲水用澆水器、球類

此場景中能聽到的聲響

- 「啪唰啪唰」的游水聲
- 在泳池中練習打水的聲音
- 循環幫浦的聲音
- 噴射浴池的噴射水流聲
- 更衣室傳出的吹風機聲
- 小孩們的聲音
- 老師進行指導的聲音

此場景中可感受到的感覺

- 對學校裡不起眼的孩子竟然如此擅長游泳而感到吃驚
- 每堂課都能在旁觀摩，父母因此感到安心
- 孩子學會游泳，對其成長感到開心
- 對努力給予指導的教練抱持感謝之情

此場景中可能發生之狀況

- 幼兒的雙親進入更衣室，協助換裝
- 沉浸於和媽媽朋友的閒聊，無法專心觀摩孩子的練習
- 下課後小孩們彼此交換點心
- 隔著觀摩空間的玻璃拍攝小孩上課的樣子
- 比起在泳池中游泳，待在噴射浴池還更加愉快

設定時的小提醒 游泳教室，算是孩童階段在老師指導下學習才藝的代表類型之一。和學校或幼稚園不同，擁有觀摩空間或更衣室等學校罕有的設施，或許也可說是一種和朋友或媽媽朋友聚會的場所。

登場人物

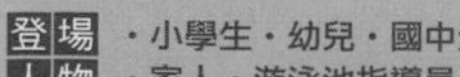

・小學生・幼兒・國中生
・家人・游泳池指導員

音樂教室

關場景　幼稚園教室（P.148）　學校園遊會（P.168）

此場景中能看到的事物

- 鋼琴（或是電子琴）
- 音樂教室的老師
- 上課的學生（從1歲左右開始）
- 團體課程（也有個人課程或親子課程）
- 參與其中或是在旁觀摩的父母
- 樂譜
- 長笛或小提琴等樂器
- Electone電子琴
- 節拍器
- 鈴鼓、響板、三角鐵等小孩熟悉的樂器
- 被隔音完善的牆壁包圍的室內空間
- 準備了小孩會喜歡的流行壁畫和裝飾的教室

此場景中能聽到的聲響

- 鋼琴（電子琴）的音色
- 敲響三角鐵或響板等樂器的聲音
- 配合樂音踏著腳打拍子的聲音
- 老師指導的聲音或配合鋼琴用手打拍子的聲音
- 老師或上課學生的歌聲
- 老師彈出節奏、孩子們配合唱出的歌聲
- 老師溫柔地給予指導的聲音

此場景中可感受到的感覺

- 眾人一起歡唱的樂趣
- 看到小孩快樂模樣時的欣喜
- 眾人的演奏內容孕育出的一體感與近似團結力的呈現
- 聽到老師絕妙的鋼琴音色與歌聲時浮現的憧憬與羨慕
- 第一次接觸樂器時的雀躍感

此場景中可能發生之狀況

- 為了施以節奏教育（感受音樂並享受樂趣的情操教育），讓小孩參加課程
- 和同一間音樂教室的朋友，在學校或幼稚園都成為好友
- 因為能看懂樂譜了，變得有點心高氣傲
- 和孩子一起參與課程，對原先毫無興趣的音樂也變得能樂在其中
- 一邊歌唱一邊演奏樂器，單純享受箇中樂趣
- 為了學會屬意的樂器，決心努力學習

設定時的小提醒　音樂教室課程，是為了讓自己更熟悉、貼近音樂，並習得音樂樂趣與音感的一門才藝。藉由團體課程的對話等方式，來呈現出孩童的情操教育場景吧。

登場人物
- 上課的學生・家人
- 音樂教室的老師

補習班

相關場景 升學考試（P.174） 面談（P.180）

此場景中能看到的事物

- 團體課程用教室
- 隔出許多個別桌椅空間的個別指導教室
- 桌子與椅子
- 黑板與粉筆、白板與白板筆
- 補習班用的講義與筆記
- 書寫用具（也有補習班專用品）
- 進行授課（個別指導時會坐著上課）的補習班講師
- 張貼在入口處的「●●高中×人金榜題名」的告示
- 接送小孩的家長
- 補習班學生（小學生～高中生）
- 站在補習班門口，跟學生打招呼的警衛
- 補習班櫃台（有時會放置上課時數卡）
- 補習班學生的包包
- 貼在教室牆上、大大地寫著模擬考日期的海報
- 專用置物櫃

此場景中能聽到的聲響

- 在安靜的教室內響起的衣物摩擦或物品取放聲
- 補習班講師在黑板上寫板書的聲音
- 回答出正確答案，教室內響起的掌聲
- 補習班學生不斷抄寫筆記的聲音
- 老師進行授課的聲音
- 被點名的補習班學生回答的聲音
- 補習班學生提問的聲音

此場景中可感受到的感覺

- 誓言考上理想志願，幹勁十足的考生與家長
- 被周遭氣氛震懾後退縮的焦慮情緒
- 對學生懷抱重大責任感的補習班立場
- 成績有所提升後，讀起書來也更帶勁的高昂感

此場景中可能發生之狀況

- 感受到成績優異的學生會被禮遇的這件事
- 金榜題名時，對雙親或補習班講師懷抱感謝之意
- 每每到了補習班上下課的時間，周邊道路就會被來接送的家長車子擠得水洩不通
- 學校老師和補習班的見解會有所差異，就連親子之間也對志願有不同看法
- 即便不想比較，往往最後還是拿自己和他人比較

設定時的小提醒　補習班會有個別指導和團體課程的形式存在，學生來源主要以準備升學考試的孩子居多。請從被夾在考試戰爭與雙親、學校與補習班之間的孩子立場，由彼此的關聯性來表現場景吧。

登場人物　・補習班學生・補習班講師・家人・班主任・學校級任老師・朋友

英語會話教室

關場景 國中教室（P.144） 幼稚園教室（P.148）

此場景中能看到的事物

- 包圍住大桌子、顏色相當多樣的椅子
- 色彩繽紛的牆壁裝飾
- 設計相當可愛的出席卡片
- 也有以年齡為分界，區分出幼兒和小學生班的情況
- 講師
- 上課的學生（幼兒、小學生）
- 前來伴讀的家人
- 邊比劃（肢體語言）邊進行英文會話的講師與小孩
- 英語會話用講義
- 書寫用具與白板
- 英語紙卡（單字卡）
- 英語的繪本
- 拿著卡片或繪本指導發音的講師
- 牆上貼著寫有英語曲子歌詞的紙

此場景中能聽到的聲響

- 配合音樂起舞時的腳步聲
- 老師仔細教導英語發音的聲音
- 快樂地唱著英語歌曲的孩子歌聲
- 只充斥著英語會話的教室
- 伴讀的家長窸窸窣窣地用母語交談的聲音

此場景中可感受到的感覺

- 在國際化的時代，希望我的孩子能順暢地培養起對英語的興趣
- 對英語沒有抗拒感的孩子們，愉悅地享受對話樂趣
- 覺得和自己的學生時代相比，孩子能盡早習慣英語環境是最好不過了
- 覺得自己對英語的理解比孩子更差而感到羞愧
- 對英語會話教室的老師並非一定出身於英語圈國家而感到訝異

此場景中可能發生之狀況

- 教導萬聖節、復活節等和我們關係相對淡薄的海外活動之真正的意涵，連父母都能一同樂在其中
- 被建議日常生活中也可和孩子用全英語對話，因此感到困擾
- 對英語圈的遊戲理解得更加透徹

設定時的小提醒 現在的時代已經演進到連小學都會教授英語了。但作為小孩才藝的一種，想著「盡可能讓他們早點熟悉英語」的雙親將孩子送去英語教室的例子依然相當常見。

登場人物
- 幼兒・嬰兒・小學生・雙親
- 英語會話講師

習字教室

相關場景 小學教室（P.142） 國中教室（P.144）

此場景中能看到的事物

- 長桌與椅子（也有在和室中擺放桌子、坐墊的情況）
- 放入習字道具的包包（也有在報名時指定購買品項的情況）
- 來教室上課的國中小學生
- 習字教室的老師
- 墨汁、墨條、筆洗桶
- 硯台、筆架、毛筆
- 放在書法用墊布（毯）上的宣紙
- 文鎮、筆捲
- 學童專用習字用具收納盒（包）
- 範本（由書法老師所寫的居多）
- 裝有書法老師使用的朱墨液（朱紅色的墨汁）的瓶子與專用筆
- 貼在牆上的書法作品與防止沾污而貼上的報紙
- 出席卡片
- 洗手台（清洗筆等器具時使用）
- 堆積如山的報紙（靜置寫好的作品或擦拭硯台用）
- 國語用筆記本與書寫用具（硬筆用）
- 新年開筆時使用的長卷宣紙

此場景中能聽到的聲響

- 在硯台上磨墨的聲音
- 在宣紙上運筆寫下文字的聲音
- 「您好」、「再見」的問候聲
- 老師用沾了朱墨液的筆，在學生的作品上一邊描字、一邊解說撇捺、停頓、提等技巧的聲音

此場景中可感受到的感覺

- 將注意力集中在文字書寫上頭，全神貫注地投入
- 知道能升段時的喜悅，並想著接下來要更加努力
- 端正姿勢、背部打直來書寫，調整到嚴肅的心情

此場景中可能發生之狀況

- 無法忍受教室安靜氣氛的小孩，跑去戲弄隔壁的同學
- 因為被稱讚字越寫越好，而感到難為情
- 因為模仿寫下法庭審判後出現的「無罪」、「勝訴」宣言而被老師罵

設定時的小提醒 習字教室多為毛筆字教學，但也有以小學低年級學生為對象的硬筆字課程。特色在於多數小孩都是父母在希望孩子能成為個性沉穩且寫得一手好字的期許下接受課程。

登場人物
- 小學生・國中生・習字老師
- 家人

足球俱樂部

相關場景 高中運動會（P.170） 足球場（P.350）

此場景中能看到的事物

- 位於學校內或河岸邊的場地（練習場）
- 穿著整齊劃一的足球隊服（衣褲與襪子）進行練習的小孩們（從幼兒到小學生的男女）
- 足球指導員（教練）、哨子
- 協力者與觀摩者
- 足球
- 號碼背心（號碼布）
- 足球門
- 三角錐（路錐）或角旗
- 畫線器與捲尺
- 整地用刷子
- 戰術板
- 守門員手套
- 球袋（或球籃）
- 將練習場入口處停到毫無縫隙的小孩用腳踏車
- 進行傳球或盤球練習的小孩們

此場景中能聽到的聲響

- 用腳踢球或使出頭槌技巧的聲音
- 把球踢進球網的聲音、守門員將球攔截下來的聲音
- 吹哨聲（練習中、比賽時等場合）
- 球員的母親們或一旁觀賽者的歡呼聲
- 「打起精神」、「Fight！」、「要上囉」等教練或小孩們的喊聲

此場景中可感受到的感覺

- 看到小孩在練習或比賽時努力的身影而為之感動
- 贏得比賽時的喜悅或因技術提升而得到教練讚美時的欣喜
- 比賽對手中有相當擅長足球的孩子，從中感受到自己與對方的差距

此場景中可能發生之狀況

- 觀賽太過投入，不禁把身子探進場內，被裁判警告
- 看到對手中有相當優秀的孩子就先向教練說「那傢伙真不是蓋的！」（*日本國家足球隊員大迫勇也高校球賽表現優異奪勝，令敵隊隊長中西隆裕於賽後傷心表示那傢伙真不是蓋的，後成為流行用語）
- 因為幾乎沒有全女性隊員的球隊，女生大多得加入男生群中練習
- 家人在假日也不休息，跟著陪同練習或參加正式比賽

足球俱樂部

設定時的小提醒 從職業球隊的轄下組織，到鎮上組成的足球隊伍，足球俱樂部存在著各種形式。剛開始接觸時，不管是誰都是初學者。所以不論是什麼樣的孩子都有機會在世界舞台獲得成就。

登場人物 ・小學生・幼兒・教練 ・家人・國中生・高中生

體操教室

相關場景 體育館（P.154） 體育館倉庫（P.155）

此場景中能看到的事物

- 體育館或文化中心等處的練習場
- 體操教室指定的包包
- 鋪上室內運動地墊的體育館（練習場）
- 跳箱、彈簧板
- 平衡木
- 體操墊
- 單槓
- 體操球
- 雙槓
- 鞍馬（小孩用）
- 跳繩
- 穿著指定體操服或韻律服的小孩們
- 升級檢定
- 彩帶、體操環、體操棒（若教室有新體操訓練的話）
- 體操（新體操）老師
- 上課的學生（幼兒、小學生）
- 觀摩的家人（也會幫忙換裝）
- 體育俱樂部的一室

此場景中能聽到的聲響

- 小孩在體育館中助跑的聲音
- 在單槓上旋轉的聲音
- 在軟墊上前滾翻的聲音
- 將體操球置地或拋投的聲音
- 老師進行指導的聲音
- 觀摩父母的談話聲
- 小孩開心地歡呼「我做到了」的聲音

此場景中可感受到的感覺

- 今天也順利地完成訓練課程的安心感
- 變得能感受活動筋骨的樂趣所在
- 父母對孩子能健康成長的祈願
- 在練習或比賽中落地時，感覺呼吸快要停止了

此場景中可能發生之狀況

- 先前無法完成的單槓上翻或倒立等都變得可以做到
- 集中力增強，成長到被人稱讚「就連讀書也更專注了」的程度
- 藉由和朋友一起配合步調起舞，培養出協調性
- 變得能夠確實地落實「您好」、「再見」等問候
- 藉由接觸各類的運動，讓自己運動的類型更廣泛

設定時的小提醒：有很多體操教室也會同時設有新體操教室或啦啦隊教室等課程內容。透過體驗各式各樣的運動，就能從中發掘出最適合自己的類型。

登場人物：・小學生・體操老師・家人

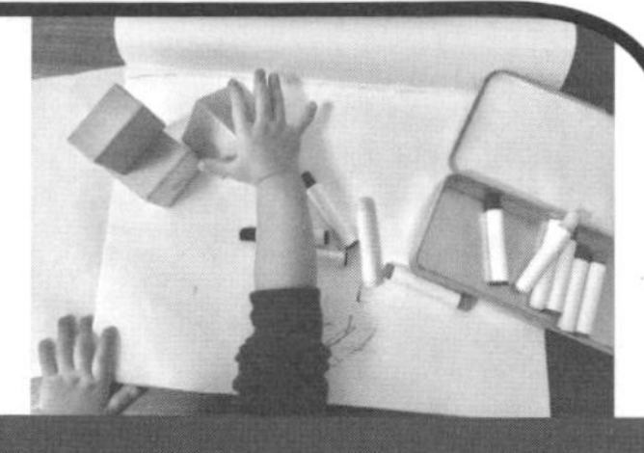

國小入學考試

相關場景　小學教室（P.142）　考試（P.174）

此場景中能看到的事物

- 入學考試取向的幼兒教室
- 成為考生的幼兒
- 坐在幼兒教室後方的椅子上，熱切地守護孩子的母親們
- 幼兒教室的老師
- 平假名教學卡片
- 書寫用具
- 題冊或講義
- 積木或拼圖
- 放著體操球的球籃
- 運動用軟墊
- 別家孩子的母親笑著拍手向孩子回答出正確答案的父母稱讚「●●同學真優秀」
- 下課後，在設有兒童空間的店裡一邊喝茶、一邊交換情報的入學考試媽媽們
- 為了準備入學考試中的面試關卡，因此造訪幼兒教室的父母與小孩
- 在家中的浴室貼上算術表等學習內容

此場景中能聽到的聲響

- 小孩解出正確答案時響起的掌聲
- 沙沙的鉛筆書寫聲
- 拍球的聲音
- 誇獎孩子的父母聲音
- 幼兒教室的老師聲音
- 以「府上的孩子真是優秀呢」搭話的媽媽朋友

此場景中可感受到的感覺

- 父母面對親朋好友們時顯現的意氣用事與愛慕虛榮
- 表面上是風平浪靜的和緩對話，實際上卻在檯面下相互刺探、城府極深的母親們
- 因為絕對不能失敗，所以經常處於戰戰兢兢的氛圍中
- 考生以外的兄弟姊妹感受到的冷落感
- 變得不想參加入學考試

此場景中可能發生之狀況

- 將「父親大人」、「母親大人」等敬稱徹底落實為日常對話
- 把祖父母一起捲進來，協助索取申請書或補習班接送等準備入學考的相關工作
- 為了四處做面子，補習班或幼兒教室換了一家又一家
- 考生以外的兄弟姊妹連看電視或玩耍也跟著受限

設定時的小提醒　以進入私立明星小學的國小入學考試可說是日本特有的考試制度，魅力在於就讀附屬學校以後，直到大學都可以內部升學。全家一起加入考試備戰的色彩十分鮮明也是其特徵所在。

登場人物
- 小孩（考生）・雙親・祖父母
- 兄弟姊妹・幼兒教室的老師
- 媽媽朋友・國小老師

地域限定場景

原宿·表參道

領導世界流行的街道，原宿。放學途中的國高中生們在此通曉最新的甜點、美妝品、時尚等情報的身影，現在也成為此地象徵，持續地對外傳遞這裡的特色。

此場景中能看到的事物

- 原宿車站
- 原宿車站宮廷月台（皇室專用月台）
- 竹下通り
- 明治神宮
- 神宮橋
- 代代木公園
- 國立代代木競技場
- 東急Plaza表參道原宿
- 東鄉神社
- 貓街
- 裏原宿
- Laforet原宿
- 表參道Hills
- 可麗餅、鬆餅等甜點店前的排隊人龍
- 原宿Abema Studio
- 打扮時尚的人
- 校外教學的學生
- 外國人觀光客
- 體育用品店
- KIDDY LAND
- 藝人周邊商品店
- 表參道的燈飾

此場景中能聽到的聲響

- 校外教學的學生開心到說個不停的交談聲
- 外國人觀光客的聲音
- 在竹下通り強迫推銷的聲音
- 星探攀談的聲音
- 發現名人時的「呀～」驚呼聲
- 實況主等進行轉播的說話聲

此場景中可能發生之狀況

- 和朋友一起在校外教學時四處觀光
- 進行最新的甜點店巡禮
- 穿著比平常打扮更奇特的服裝走在原宿街上
- 邊走邊吃，暢遊竹下通り
- 因為竹下通り過於擁擠，陷在人群中動彈不得
- 在循線到達目標店家之前，卻不自覺地繞路逛起來了
- 在Instagram上連日上傳表參道燈飾的照片
- 在明治神宮的能量景點獲得活力
- 在代代木公園練習平時無法進行的雜耍才藝
- 正月期間，造訪此處的盛裝打扮女性變多了
- 在高級精品店前想像自己有一天穿上展示服裝，變得時尚的情景
- 來這裡逛街的年齡層較年輕，擔心自己在此處會不會太過顯眼
- 在僅於正月期間開放的臨時月台下車

此場景中能感受到的感覺

- 想要找看看有沒有名人出沒
- 要越過人潮前進必須相當費力的感受
- 對人山人海的竹下通り感到吃驚
- 對外國籍的強制推銷者感到有些膽怯
- 因為美食的誘惑太多，煩惱著該去哪間店才好
- 被燈飾的美麗景象所感動
- 因明治神宮的莊嚴氛圍而肅然起敬
- 在代代木公園悠閒散步時的開放感
- 看到奇葩時尚裝扮時的衝擊感

設定時的小提醒　白天的竹下通可是擁擠到不突破人潮就無法通過的地步。但因為這也算是能展現竹下通特色氛圍的層面，所以先隨著大群的人流擺動，再伺機通過這個區域，應該也會是不錯的選擇。

登場人物
- 年輕人・強迫推銷
- 畢業旅行學生・外國人觀光客

第七章
圍繞著公共交通的場景

Station / Subway Station / Unmanned Station / In The Train（Railway）/ Crowded Train / Streetcar / Bullet Train / Sales In Vehicle / Travel Center Roadside Station / Metropolitan Expressway / Gas Station / Traffic Jam / Bus Station / Scheduled Bus（In The Bus）/ Taxi / Hato Bus / Airport / Marunouchi

車站

相關場景 社區（P.110） 地鐵車站（P.201）

此場景中能看到的事物

- 自動票口
- 售票機
- 售票窗口
- 乘車費用表
- 路線圖
- 時刻表
- 電子看板
- 自動販賣機
- 車站內或周邊地圖
- 轉乘指示看板
- 寫著站名的站名標示
- 通往月台的走道及樓梯
- 輪椅用無障礙坡道
- 點字地磚
- 月台
- 月台門
- 軌道
- 集電裝置與電線
- 進出站的電車
- 乘客
- 畫在地上要求乘客排隊的整隊線
- 旅行等相關廣告
- 補票機
- 站員
- 站員室
- 餐飲店或禮品店、商店
- 撿拾物品用的拾取器
- 長椅

此場景中能聽到的聲響

- 車票通過閘口時的聲響或IC卡感應時的電子音
- 電車行走聲響
- 電車警笛聲
- 發車音樂
- 在票口發生問題時的警告聲響
- 按下緊急停止按鈕時發出的聲音
- 站內廣播
- 販賣火車便當的聲音

此場景中可感受到的氣味及味覺

- 過站不停的電車揚起的塵埃氣味
- 火車便當店或甜點店等混在一起的食物氣味
- 在車站裡的立食麵店吃到的蕎麥麵或烏龍麵味道

此場景中可能發生之狀況

- 不小心搭上了不會停自己要下車那站的電車
- 被警告不應該在關門前還要衝上車
- 目擊人身事故
- IC卡餘額不足只好去加值
- 和家人、朋友或男女朋友別離或重逢
- 和醉醺醺的乘客等問題客人打交道

設定時的小提醒 不同故事舞台的車站整體及規模都不盡相同。若是人多的都市中心，那麼車站會非常龐大、使用者也很多；但若是郊外則有相反的傾向，要根據預設的舞台地點來改變車站的描繪方式。

登場人物
- 學生・上班族・觀光客
- 外國人・家人・站員・清潔員
- 商店店員・鐵道迷

地鐵車站

關場景 車廂內（鐵路）（P.203） 滿載乘客的電車（P.204）

此場景中能看到的事物

- 標示地下鐵出入口的看板
- 停車中的電車
- 排隊的乘客
- 下車的乘客
- 月台、月台門
- 站名標示
- 自動販賣機
- 牆壁或柱子上的廣告
- 剪票口
- 售票機
- 售票口
- 乘車費用表
- 路線圖
- 時刻表
- 電子看板
- 站內地圖
- 站員
- 清潔人員
- 商店或餐飲店
- 在店面工作的人
- 轉乘指示看板
- 很長的樓梯、手扶梯
- 電梯
- 輪椅或搬運貨物推車用的無障礙設施
- 地面上排隊用的指示線、點字磚

此場景中能聽到的聲響

- 電車行走聲響
- 電車警笛聲
- 發車音樂
- 電車門或月台門開關的聲響
- 售票機吐出票券的聲響
- 車票通過閘門的聲響
- IC卡感應閘門的聲響
- 在票口發生問題時的警告聲響

此場景中可感受到的氣味及味覺

- 濕氣與塵埃混合在一起的氣味
- 月台上像是鐵片燒焦的氣味
- 立食蕎麥麵或烏龍麵店傳來美味的氣息及其味道

此場景中可感受到的感覺

- 前往公司或學校的不耐煩感
- 沒搭上電車而非常焦急
- 趕上想搭的那班電車而鬆了口氣
- 車站過於寬廣，在站內步行非常煩躁
- 在人煙稀少的站內覺得氣氛詭異
- 對於燈光無法照射到的軌道前方那片黑暗感到可怕
- 覺得沒有禮貌的使用者令人感到厭煩
- 要讓車子照時刻表走的責任感

設定時的小提醒

地下鐵基本上都是在都市當中行走，因此情節中出現地下鐵的話，通常很容易給人這是發生在都市當中的印象。陰暗的情景也能夠幫助作者帶出一些地下感。

登場人物

- 學生・上班族・觀光客・家人
- 站員・清潔人員・商店店員

無人車站

相關場景　田園（P.136）　車廂內（鐵路）（P.203）

此場景中能看到的事物

- 寂寥的月台
- 建築非常簡單的候車室
- 老舊的車站
- IC卡用的機台
- 放置用過的車票的箱子
- 寫著站名及行車方向的站名標示
- 售票機
- 乘車費用表
- 路線圖
- 輸電電纜
- 老舊的長椅
- 千瘡百孔的鐵路公司海報
- 為了迎接觀光客而在車站內各處擺上的裝飾
- 住在附近的使用者
- 黃色點字磚
- 月台上的路燈
- 遮蓋月台一部分的屋簷
- 宛如牧歌中描述的景色
- 車廂數非常少的電車
- 過站不停的電車
- 種類非常少的自動販賣機
- 一人駕駛車輛用的車門開關按鈕
- 電車司機
- 上下車人數都很少的乘客
- 確認下車乘客的月票或車票的車掌
- 站前停車場

此場景中能聽到的聲響

- 電車行走聲響
- 停車的電車剎車聲
- 車廂開關門聲
- 鐵道迷拍照片的聲音
- 電車汽笛聲
- 柴油車頭的引擎聲
- 在車站內的腳步聲
- 乘客的說話聲
- 確認安全狀況的車掌聲音
- 來車站接送的家人聲音

此場景中可感受到的氣味及味覺

- 花草或海邊等自然氣息
- 老舊車站生鏽或發霉等混合在一起的氣味
- 清爽而澄澈的空氣香氣
- 電阻器或剎車的橡膠等被加熱的氣味
- 柴油火車頭排放的廢氣氣味

此場景中可感受到的感覺

- 人煙稀少而產生的寂寞感
- 終於回到家鄉的懷舊感
- 對於不習慣的氣氛感受到一種幻想般的印象
- 等車等得非常久而覺得昏昏欲睡
- 對於夜晚的月台感到可怕
- 警戒著不知是否會有可疑人士入侵的心情

設定時的小提醒　無人車站是一種鄉下的標記。因為人煙稀少而感到寂寞或悠哉的氣氛是比較基本的，但對於居住在都市當中的人，尤其是小孩子來說，很可能是一種帶有幻想風格的氣氛。

登場人物　・家長・親戚・老人家・學生・車掌・旅行者・鐵道迷・媒體人

車廂內（鐵路）

相關場景　車站（P.200）　滿載乘客的電車（P.204）

此場景中能看到的事物

- 設置於各處的扶手
- 吊環、行李架
- 自動門
- 一人駕駛車輛用的車門開關按鈕
- 多人用的座椅
- 博愛座
- 輪椅優先區域
- 安全門的門把、滅火器
- 車內廣告
- 路線圖
- 車頂空調
- 告知下一站等訊息的電子看板、液晶螢幕
- 駕駛座
- 連結車廂的伸縮帆布
- 用來區隔車廂的連結門
- 用來走向其他車廂的踏板
- 車掌
- 混在乘客當中瞪大眼睛的鐵路警察
- 坐在座位上的乘客
- 抓著扶手或吊環的乘客
- 規矩不好的乘客、扒手、色狼等
- 在看雜誌、報紙或者智慧型手機的乘客

此場景中能聽到的聲響

- 控制車輛的變流器聲響（電磁聲）
- 翻閱報紙或雜誌的聲響
- 走過軌道接縫時的「喀噠」聲響
- 司機踩剎車時車輪磨擦軌道的聲響
- 空調送風的聲響
- 車廂門開關聲
- 醉醺醺客人的鼾聲
- 車內廣播
- 乘客說話聲

此場景中可感受到的氣味及味覺

- 空調吹出的風略帶濕氣的氣味
- 換氣不夠頻繁而有些混濁的空氣氣味
- 乘客拿上車的速食食品氣味
- 商店或自動販賣機買來的飲料味道

此場景中可感受到的感覺

- 緊急停止等情況發生時車廂忽然大為搖晃而感到驚懼
- 無聊到隨意眺望著車內廣告或看板
- 不小心搭上反方向的車子而感到焦急
- 對於沒禮貌的乘客感到不耐煩

可說是庶民之足的電車，每天都會有許多人為了通勤或上課而搭乘。是個可以從中摸索出學生與上班族的日常生活以及在車內發生的事件與意外等各種可能性。

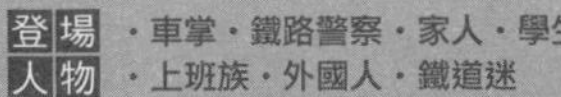

滿載乘客的電車

相關場景 車站（P.200） 地鐵車站（P.201）

此場景中能看到的事物

- 車內廣告
- 路線圖
- 電子看板
- 自動門
- 防止色狼用的監視攝影機
- 被收起來而不使用的座椅
- 車頂空調
- 推擠其他乘客打算擠上車的人
- 比其他車廂稍微空一些的女性專用車廂
- 幾乎所有吊環都有人抓著
- 因為互相推擠而表情扭曲的人
- 一臉安然無事坐在座位上的乘客
- 抱著行李縮緊身子的乘客
- 看報紙或智慧型手機看得入迷的人
- 在車廂中央不動如山的人
- 因為太過擁擠不得不放棄搭乘的人
- 體會到滿載乘客電車的外國人觀光客
- 開門時行李或身體被夾進門縫裡的人
- 從車裡一湧而出擠上月台的乘客

此場景中能聽到的聲響

- 司機踩剎車時車輪磨擦軌道的聲響
- 控制車輛的變流器聲響（電磁聲）
- 旁人耳機流洩出的音樂聲
- 翻閱雜誌或報紙的聲音
- 開得非常強的空調聲響
- 隔壁的人的呼吸聲
- 制止大家上車的車掌聲音
- 車內廣播
- 小聲說話的乘客聲音
- 被擠到忍不住發出呻吟聲

此場景中可感受到的氣味及味覺

- 空氣中汗水及體臭等混合在一起的氣味
- 附近乘客的止汗劑或髮膠的氣味
- 開得非常強的空調吹出的送風口氣味

此場景中可感受到的感覺

- 車內非常悶
- 有許多乘客下車而使車內變得比較空時的解放感
- 被其他乘客的行李等物品撞到時的疼痛
- 看到空蕩蕩的女性車廂令人感到羨慕
- 有座位坐的乘客宛如處在另一個世界
- 終於想辦法讓乘客都上了車然後發車，鬆了一口氣
- 犯罪者鎖定目標的氣息

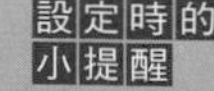

設定時的小提醒：在非常擁擠的車內是很容易發生因為一點小事就吵架、或者是犯罪行為的場所。描寫出乘客的壓力、以及封閉場所中行動的犯罪者心理，都能更有氣氛。

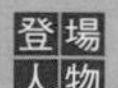

登場人物：
- 上班族・學生・車掌・鐵路警察
- 外國人旅行者・鐵道迷

路面電車

關場景　溫泉勝地（P.090）　車廂內（鐵路）（P.203）

此場景中能看到的事物

- 專用車站
- 一節車廂或數節車廂構成的車輛
- 車輛上方的目的地標示
- 車頭牌（*車頭前方標示該車輛公司或車輛名稱的金屬牌面）
- 集電裝置
- 輸電電纜
- 鋪在道路上的專用軌道
- 自動門
- 設置在各處的扶手
- 座位
- 吊環
- 駕駛座
- 告知下一站的電子看板
- 操縱儀器或者剎車閥等操作機械
- 吊掛式廣告
- 拉式窗戶
- 專用紅綠燈（也有些會直接和汽車用同一組）
- 乘車費用表
- 乘車費用盒
- 下車鈴
- 司機
- 乘客
- 橫向走過的汽車
- 城鎮的景色
- 觀光車廂的豪華車內裝潢
- 觀光用的復古式外觀

此場景中能聽到的聲響

- 路面電車行走的聲響
- 路面電車剎車的聲音
- 路面電車的警笛聲
- 電車經過軌道接縫時的「喀噠」聲響
- 發車時的「叮叮」鈴聲
- 平交道的聲音
- 汽車行走的聲響
- 將零錢丟進乘車費用盒裡的聲音
- 按下車鈴的聲音
- 廣告的車內播音
- 車內廣播
- 乘客說話聲

此場景中可感受到的氣味及味覺

- 從打開的窗戶流入汽車廢氣的氣味
- 道路上的塵埃氣味
- 通勤擁擠時間或休假期間擁擠的車內混濁的氣味

此場景中可感受到的感覺

- 和電車或巴士都有點像又不太一樣的奇異感
- 從窗戶吹進的風非常舒適
- 坐上觀光用車廂覺得非常特別
- 接近車站準備要下車時的興奮感
- 有人按了下車鈴，覺得被搶先一步

設定時的小提醒　如果在故事中出現了和電車或巴士都不一樣，只會出現在特定地區的路面電車，就能讓讀者對作為故事舞台的城鎮留下深刻的印象。

登場人物
- 一家人・孩子・老人家・學生
- 上班族・旅行者・司機

新幹線

相關場景 校外旅行（P.166） 車內販售（P.207）

此場景中能看到的事物

- 一節就非常長的車廂
- 前端縮為尖頭的首節車廂
- 自動門
- 電子看板
- 座位上方的行李架
- 無法開關的窗戶
- 座位附近或者踩腳板附近的插座
- 安在座椅背面的小型桌子
- 設有能夠放置大型行李空間的車廂連結處
- 旅行或者回老家的一家人
- 出差的業務
- 前往校外旅行的學生和帶隊老師
- 偶然搭同一班車的名人
- 每隔幾節車廂才有的洗手間、公共電話；吸菸車廂上的狹窄吸菸室
- 可躺下的椅子、可旋轉的2～3人座位
- 火車便當
- 飛速向後流動的景色
- 車掌
- 車內販售的推車和販售員
- 設置了專用機器（控制台）的駕駛座
- 安全門
- 無法坐到自由座的座位只好站著的人

此場景中能聽到的聲響

- 新幹線行走的聲響
- 推動車內商品販售推車的「喀啦喀啦」聲響
- 接近車站時就會播放的到站音樂
- 挪動靠背或者桌面的聲響
- 因為長距離移動感到疲憊的人的鼾聲
- 車內販售員招攬客人的聲音
- 詢問是否方便將靠背倒下的聲音

此場景中可感受到的氣味及味覺

- 酒的氣味
- 咖啡的氣味
- 火車便當的氣味及味道
- 車內販售的茶或餐飲的氣味及味道
- 看著景色喝的酒類味道

此場景中可感受到的感覺

- 讓思緒馳騁於目的地的感覺
- 大家一起搭新幹線的興奮感
- 周遭的人非常吵鬧而無法好好休息
- 找不到車票而非常焦急
- 綠色車廂（*相當於台灣的商務車廂）的寬敞舒適感
- 看著車內販售推車而煩惱著要買什麼

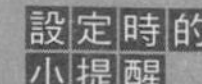

新幹線會有許多男女老少長時間搭乘。如果能在這裡描寫登場角色之間的關係、與他人往來的方式等，應該更能挖掘出每個角色的待人接物方式及個性。

・家人・校外旅行的學生・車掌
・販售員・旅行者・鐵道迷
・鐵路警察・情侶

車內販售

相關場景　車廂內（鐵路）（P.203）　新幹線（P.206）

 此場景中能看到的事物

- 放了商品的推車
- 包裝非常有巧思的火車便當包裝
- 三明治
- 鹹麵包
- 酒精飲料
- 下酒菜類商品
- 零食類商品
- 無酒精飲料
- 裝在專用容器裡的茶
- 從水壺裡倒出來的咖啡
- 伴手禮
- 非常堅硬的冰淇淋
- 雜誌
- 智慧型手機的充電電池
- 進行車內販賣的女性販售員
- 買東西的乘客
- 名信片
- 兒童用玩具
- 結帳用的小型手持機台（也可以使用電子錢包、信用卡）
- 寫著商品金額的板子
- 用新幹線或者吉祥物圖案做成的各類商品

此場景中能聽到的聲響

- 推動車內商品販售推車的「喀啦喀啦」聲響
- 電子錢包結帳時發出的「嗶」聲響
- 從專用水壺中倒出咖啡的聲音
- 機械列印出收據的聲響
- 販賣員的聲音
- 叫住販賣員的乘客聲音
- 販賣員和乘客交談的聲音
- 吵著要玩具的孩子聲音

 此場景中可感受到的氣味及味覺

- 火車便當的氣味
- 酒類的氣味
- 花生或魷魚絲等下酒菜的氣味
- 由水壺中倒出來的咖啡氣味
- 火車便當的味道
- 酒類、下酒菜的味道
- 咖啡的味道

 此場景中可感受到的感覺

- 看見車內販售推車就想叫住對方買東西的興奮感
- 雖然叫住販售員但看到價錢以後又非常煩惱，覺得真是抱歉
- 想買的商品居然賣完了，感覺非常失望
- 買到忘了買的伴手禮或火車便當而鬆了一口氣
- 有乘客問東問西又沒買東西，只能想著這就是工作的心情

設定時的小提醒　車內販售場景幾乎和新幹線是無法分開的。這對忘了買東西的旅客來說是個以防萬一的方便服務。可從「有什麼商品？」、「什麼人會買什麼東西？」等觀點著手思考故事的發展。

登場人物
- 販售員・家人・喝醉酒的人
- 隔壁坐位的人

休息區・休息站

相關場景　黃金週（P.028）　遊覽車（P.215）

此場景中能看到的事物

- 非常具巧思的建築物
- 告知此處有休息站的大型看板
- 此區的導覽指引板
- 出入口的道路
- 攤商
- 熱狗
- 冰淇淋
- 拉麵、烏龍麵、蕎麥麵
- 定食、丼餐、烤雞肉串
- 當地限定美食
- 當地名產
- 自動販賣機
- 吸菸區
- 寫著名產等標語的旗子
- 來休息的人
- 觀光客
- 當地老顧客
- 店鋪的販售員
- 搬運公司的作業員
- 美食區
- 長椅、休息區
- 告知交通狀況的電子看板
- 寬敞的停車場
- 自家車、巴士、卡車、摩托車
- 加油處
- 共同營業的溫泉設施或商業設施

此場景中能聽到的聲響

- 汽車或機車的引擎聲
- 建築物內播放的背景音樂
- 喇叭聲
- 告知食物已經做好的呼喚鈴聲
- 店員招呼聲
- 休息站顧客談話聲
- 鬧脾氣的孩子聲音
- 告知出發時間的巴士導遊聲音
- 服務台正在說明的聲音

此場景中可感受到的氣味及味覺

- 汽車廢氣的氣味
- 美食區的食物氣味及味道
- 為了讓自己清醒些而買的口香糖或咖啡的味道

此場景中可感受到的感覺

- 汽油快要不夠了而發現休息區時鬆了一口氣
- 因為販售品項太多而非常困惑，煩惱究竟該買什麼
- 吃了當地限定的食物而飽足覺得非常滿足
- 進入溫度適中的建築物內覺得放下心來的安心感
- 旺季時因為人潮眾多而忙不過來
- 休息站顧客過多而忙到頭暈目眩

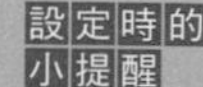

這些地方扮演了大型休息區及觀光景點兩種角色。以休息區來說，顧客主要會是長距離駕駛的巴士司機；以觀光景點來說就是會以家族或者旅行者為主。

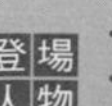

- 家人・親戚・附近認識的人・孩子
- 旅行者・該地從業人員・貨運業者
- 巴士司機・巴士導遊・卡車司機
- 計程車司機

首都圈高速公路

關場景　塞車（P.211）　計程車（P.214）

此場景中能看到的事物

- 自家車
- 計程車
- 巴士
- 卡車
- 機車
- 偽裝成普通車輛的警車
- 交通管理大隊
- 緊急電話
- 緊急避難用的樓梯
- 隧道
- 分流道
- 中央分隔島
- 直播攝影機（＊讓人可以看到交通現況的電視台攝影機）
- 道路管理的黃色車輛（高速公路巡邏車）
- 掛在高樓上的巨大看板
- 道路標示、指示標示、警告標示
- 收費站、ETC專用閘口
- 司機
- 收費站的收費員
- 傳達塞車資訊等的電子看板
- 隔音牆
- 護欄
- 橋梁或陸橋
- 設置在高架上的道路
- 因事故而停在原地的車輛
- 暫停區的入口與出口

此場景中能聽到的聲響

- 喇叭聲
- 緊急剎車的聲音
- 車內音響的音樂
- 警鈴聲
- 車上的人的說話聲
- 將手機設定為免持聽筒的說話聲
- 以無線電聯絡的聲音

此場景中可感受到的氣味及味覺

- 汽車排放的廢棄氣味
- 塵埃的氣味
- 車內芳香劑的氣味
- 發焰筒（＊車禍時用以燃放火光與煙霧示警）的氣味
- 急剎車後輪胎燒焦的氣味

此場景中可能發生之狀況

- 發生交通事故因此交通管理隊或警察正在管理交通秩序
- 明明很趕時間卻被卡在車陣當中
- 不小心超過了該下去的交流道
- 道路空蕩蕩的時候有跑車倏地飛奔而過
- 不小心開太快而有警車追上來
- 沒有裝ETC只好費工夫進收費站
- 差點和逆向行走的車子發生意外

設定時的小提醒　能給人首都圈道路印象的，就是首都圈的高速公路了。也可以放入彩虹大橋或者橫濱大橋這類有高速公路通過的有名橋梁。

登場人物　・家長・孩子・卡車或計程車司機　・乘客・警察・交通管理隊・飆車族

加油站

相關場景 休息區・休息站（P.208） 計程車（P.214）

此場景中能看到的事物

・標示目前汽油價格的看板
・立型看板
・大型屋簷（遮雨棚）
・計量機器（加油的機械）
・加油用的油管及噴槍
・洗車機、汽車檢驗處
・加油口
・油罐車
・用來裝燈油的大型塑膠桶
・防火牆
・正在加油、清洗、檢驗中的車輛
・擦拭窗戶的店員
・引導車子前進的店員
・收集菸蒂的馬口鐵罐
・用自助加油機加油的司機和乘客
・位置較高的服務區
・陳列在服務區中的汽車用品
・擺放陳列著輪胎的展示架
・休息用的長椅
・宣傳新產品油類的旗子
・共同營業的店家

此場景中能聽到的聲響

・打開加油口的聲響
・加油中的幫浦聲
・洗車機轟隆聲響
・打掃車內的吸塵器聲音
・開關車窗或車門的聲響
・調整胎壓的空氣壓縮機聲響
・告知加油種類及油量的客人聲音
・推薦客人檢查車子或更換機油的店員聲音
・引導車子前進的店員聲音

此場景中可感受到的氣味及味覺

・汽油的氣味
・汽車廢氣的氣味
・清潔劑的氣味
・輪胎的橡膠氣味
・收集菸蒂的罐子飄出香菸的氣味

此場景中可感受到的感覺

・對於細心應對的店員非常感謝
・汽油快用完時卻找不到加油站時非常焦急
・汽油價格比預料中還要高而感到驚訝
・對於要加多少油得先和自己的錢包商量一下而糾結許久
・對方幫忙收集車內的垃圾及打掃而感到清爽
・看見愛車變得亮晶晶而非常開心
・在自助式加油站得要自己加油覺得有些緊張

設定時的小提醒 不同的人前往加油站的理由五花八門。有前往旅行的一家人、工作中的業務，甚至是駕車逃亡的罪犯也是有可能的。

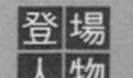
登場人物 ・一家人・情侶・上班族・飆車族 ・計程車司機・卡車司機・店員

塞車

關場景　黃金週（P.028）　除夕夜（P.068）

此場景中能看到的事物

- 連綿好幾公里的車陣
- 自家用車
- 告知塞車資訊的車用導航系統
- 計程車
- 巴士
- 卡車
- 巡邏車
- 腳踏車
- 司機
- 走在步道上的人
- 幾乎不變的景色
- 從車子旁邊穿過車陣的摩托車
- 車尾燈的燈光
- 隧道
- 天橋
- 照耀道路的街燈
- 中央分隔島
- 紅綠燈
- 道路、指示、警告標示
- 傳達塞車資訊等事項的電子看板
- 護欄

此場景中能聽到的聲響

- 喇叭聲
- 汽車空轉聲
- 因為太閒而開始玩起手機遊戲的聲音
- 自己和車上其他人的呵欠聲
- 整頓交通的警察哨聲
- 警鈴聲
- 司機或乘客抱怨的聲音
- 打電話回家或公司的聲音
- 告知塞車資訊的車用導航聲

此場景中可感受到的氣味及味覺

- 汽車排放的廢氣氣味
- 汽車芳香劑的氣味
- 發焰筒（*參見P.209）的氣味
- 發生事故的車輛飄來汽油外漏的氣味
- 為了轉換心情、保持清醒而嚼的口香糖味道
- 覺得嘴饞而吃的零食味道

此場景中可感受到的感覺

- 覺得一直沒有前進實在非常煩躁
- 想要去洗手間卻得忍耐的感覺
- 終於離開車陣時鬆了一口氣，以及希望後面不會遇到其他事故的緊張感
- 不知是否能趕上約好的時間而非常焦急
- 引發事故之後非常後悔
- 塞車太久已經聊完所有話題，覺得已經快要無法接話的感受

設定時的小提醒　發生塞車的理由五花八門。連假時的車潮、發生事故造成的車陣、甚至可能是突如其來的怪物阻擋了車輛前進等。

登場人物　・家長・朋友・男女朋友・司機・家人・警察

公車站

相關場景 公車（車內）（P.213） 遊覽車（P.215）

此場景中能看到的事物

- 停車的公車
- 過站不停的公車
- 寫著公車路線公司、路線號碼、公車站名等資訊，標示出公車站所在的停車柱（站牌）
- 時刻表、路線圖
- 給候車乘客坐的長椅
- 屋簷
- 候車處
- 照耀著公車站的路燈
- 道路（有時公車停車處地面會寫著「公車」等字樣）
- 護欄
- 停車柱或候車處的廣告
- 學生
- 上班族
- 老人家
- 一家人
- 下車的乘客
- 國中小學生掛在脖子上的月票夾
- 高齡者用的年長者月票等

此場景中能聽到的聲響

- 公車引擎聲、行走聲、空轉聲
- 公車自動門打開的聲音
- 下車、上車的人的腳步聲
- 將零錢丟進乘車費用盒裡的聲音
- IC卡感應扣款的聲音
- 智慧型手機的操作聲
- 排在前後的人耳機流洩出的音樂聲
- 等待公車的學生說話聲
- 擴音器中傳來的廣播聲
- 司機的廣播
- 詢問司機目的地的人聲

此場景中可感受到的感覺

- 似乎快要趕不上公車而非常焦急
- 弄錯排隊的地方而覺得很不是滋味
- 等待班次很少的公車覺得非常悠哉
- 煩惱該如何消磨等公車的時間

此場景中可能發生之狀況

- 由於交通問題的影響，公車到站時間也大為延遲
- 家人到自家附近的公車站接送
- 突然下雨，只好在有屋簷的公車站躲雨
- 第一次到的地方，不知道公車的方向而左顧右盼
- 看見要下車的使用者與司機發生爭執
- 打算要搭的公車就在眼前跑掉

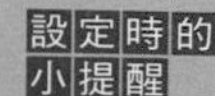

設定時的小提醒

比電車更加接近當地代步工具的公車車站，也是非常適合讓學生當成集合地點、或者偶然遇到附近不太好應付的大嬸等，安排角色和各種熟人相遇的地方。

登場人物

- 家長・住附近認識的人
- 朋友、男女朋友・學生・上班族
- 老人家・主婦・司機

公車（車內）

關場景　塞車（P.211）　公車站（P.212）

此場景中能看到的事物

- 公車站
- 自動門
- 散布在各處的扶手
- 座位
- 博愛座
- 吊環
- 駕駛座
- 吊掛式廣告
- 拉式窗戶
- 發給號碼券的機器
- IC卡用的感應裝置
- 乘車費用表
- 乘車費用盒
- 告知下一站地點的電子看板
- 下車鈴
- 車頂空調
- 行李網架
- 司機
- 乘客
- 道路
- 輪椅用的無障礙設施、電動踏板
- 輪椅優先的空間
- 在隔壁車道行走的車輛
- 上下車時出示月票給司機看

此場景中能聽到的聲響

- 公車行走聲
- 公車剎車聲
- 按下車鈴的聲響
- 接近公車站時播放的音樂
- 將零錢丟進乘車費用盒裡的聲音
- 車內廣播
- 當地店家的廣告文宣
- 乘客說話聲
- 吵鬧著無法先按下車鈴的孩子聲音
- 詢問司機車子目的地和停靠站的乘客聲音

此場景中可感受到的氣味及味覺

- 從敞開的窗戶飄進汽車廢氣的氣味
- 雨天時車內充滿濕氣的氣味
- 使用木材的車輛上有木材氣味

此場景中可感受到的感覺

- 車內溫暖、涼爽
- 車內非常舒適而感到睡意
- 車內非常擁擠、沒有座位可坐時的失望感
- 旁邊乘客身上的特殊氣味很重令人覺得呼吸困難
- 開車橫衝直撞或者緊急剎車而感到非常驚訝
- 銘記不能發生事故的安全駕駛責任感

設定時的小提醒　生根於地方上的交通方式就是公車，因此搭乘的人大多是「在當地生活的人」。一起坐上同一輛公車的，都是認識的人之類的，這說不定也是有可能發生的事情。

登場人物
- 家長・附近的鄰居・朋友、男女朋友
- 學生・一家人・孩子・上班族
- 老人家・主婦・司機

計程車

相關場景　加油站（P.210）　塞車（P.211）

此場景中能看到的事物

- 顯示「已預約」、「空車」等訊息的顯示器
- 車頂上顯示公司名稱的裝飾（公司名稱顯示燈）
- 駕照
- 穿著制服的司機
- 計費器、收據機
- 面向乘客席的行車紀錄器
- 無線對講機
- 放置乘車費用的托盤
- 整齊清潔的汽車椅套和安全帶
- 蓬鬆的腳踏墊
- 信用卡結帳用的刷卡機
- 分隔駕駛座和乘客座的透明板子
- 座椅背後的傳單
- 攔計程車的人
- 自動打開的車門
- 放了大型行李的後車廂

此場景中能聽到的聲響

- 搭乘的計程車引擎聲
- 汽車收音機流洩出的音樂
- 操作機器的聲音
- 車門開關聲響
- 搭話的司機聲音
- 從無線電對講機傳來配車中心的聲音
- 汽車收音機傳出的廣播電台主持人聲音
- 外國人觀光客七零八落的日文
- 醉醺醺而講話不清不楚的乘客聲音

此場景中可感受到的氣味及味覺

- 空調通風口吹來的冷氣氣味
- 車內芳香劑的氣味
- 汽車廢氣的氣味
- 司機的體臭
- 前一位乘客殘留的香水味

此場景中可感受到的感覺

- 高級計程車中軟綿綿的坐墊觸感
- 搭車時睡意襲上
- 宜人的車中溫度感覺十分舒適
- 司機開車橫衝直撞覺得非常害怕又煩躁
- 發現時間趕不上時的焦急
- 正在趕時間但搭上了計程車而鬆一口氣
- 發現司機是新人而覺不安
- 發現司機開往與目的地不同的方向而非常焦急
- 對於奇怪乘客保持警戒心
- 醉醺醺的乘客非常煩人

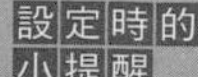

設定時的小提醒

計程車是一種奔跑的密室，可能是奇怪的司機或乘客演出的喜劇、遇到計程車強盜的懸疑劇，又或者乘客是幽靈的恐怖故事等，可以有各式各樣的情節發展。

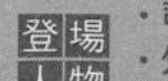

登場人物

・司機・上班族・學生
・外國人旅行者・醉客・犯罪者
・幽靈

遊覽車

關場景　城（P.088）　首都圈高速公路（P.209）

此場景中能看到的事物

- 畫著公司商標的車體
- 團體觀光客
- 外國人觀光客
- 為了觀光遠到而來的人
- 車體下方的行李艙
- 司機
- 巴士導遊、領隊
- 廣播、唱卡拉OK用的麥克風
- 一邊聽領隊講解、一邊看著景色和觀光名勝
- 比較容易看風景的較高座位
- 座位上方的行李架
- 附帶在座椅上的摺疊式桌子或飲料架
- 空調與燈光
- 摺疊式的輔助椅
- 放在網袋裡的嘔吐袋和免費手冊
- 沒有車頂的兩層式遊覽車
- 跟團遊覽觀光名勝
- 車輛模型等在車內販售的商品
- 從駕駛座可以看到一望無際的美麗景色

此場景中能聽到的聲響

- 巴士行走聲
- 巴士剎車聲
- 旁邊的車輛行走聲
- 拍攝紀念照片的快門聲
- 挪動靠背或者桌面的聲響
- 喇叭聲
- 領隊的導覽
- 乘客有說有笑
- 卡拉OK歌聲
- 從播放器流瀉而出的音樂
- 電視播放的影像聲音及音樂

此場景中可感受到的氣味及味覺

- 汽車廢氣的氣味
- 殘留些許清潔劑香氣的座椅
- 化妝品的氣味
- 車內服務提供的茶飲氣味
- 在觀光地購買的名產味道

此場景中可感受到的感覺

- 旅行的興奮感
- 對於盡力讓大家開心的領隊非常感謝
- 搭著巴士遊覽名勝非常開心
- 因為暈車而非常不舒服，根本無法好好觀光，覺得非常悲傷
- 對於喧鬧的乘客感到非常不耐煩
- 駕駛大型車輛的緊張感
- 聆聽領隊的解說，對於名勝由來十分感興趣
- 對於原本不認識卻莫名纏上自己的乘客感到困擾

設定時的小提醒　團體旅遊的遊覽車有種經常都是老人家會去的感覺，但其實現在也有許多外國人或年輕人會參加。由於行程也非常多樣化，因此不必太過拘泥於「年長者」、「東京名勝」這些項目。

登場人物
- 家人・情侶・外國人觀光客
- 老人家・領隊・司機

機場

相關場景 北海道（P.140） 校外旅行（P.166） 沖繩（P.340）

此場景中能看到的事物

- 飛機（巨無霸飛機、小型飛機等）
- 跑道、滑行道
- 塔台、控制室
- 雲梯、雲梯車
- 拖引車（牽引飛機用的車子）或貨物搬運車等特殊車輛
- 大型化學消防車
- 巡邏車
- 機場接駁車
- 航廈接駁巴士
- 瞭望台
- 自動步道
- 報到櫃檯
- 入境大廳
- 登機口
- 金屬檢測器
- 安全檢查處
- 寬敞的停車場
- 機場貴賓室
- 行李轉盤
- 動植物檢疫處
- 可以兌換外幣的銀行設施
- 醫療設施
- 休息室
- 等待室
- 郵局窗口
- 行李託運處
- 許多長椅
- 機場內的指引標示
- 告知飛機出發時間等的電子看板
- 購買機票的窗口
- 貴賓室裡提供的餐飲、雜誌和報紙
- 公車轉運站
- 計程車招呼站
- 綜合服務處
- 樓層地圖
- 直通車站閘口
- 航廈
- 機師
- 空服員（CA）
- 飛機維修人員
- 地面人員（在滑行道上工作的人）
- 地勤人員（機場內的指引人員）
- 出差的上班族
- 外國人旅行者
- 旅客
- 行李箱
- 團體行動的校外旅行學生
- 進行採訪的媒體人
- 為了見即將歸國的名人而聚集在此的粉絲
- 警察
- 海關人員、入境審查員
- 尋找毒品或爆裂物的搜查犬
- 機場清潔人員
- 機場裡的餐飲店
- 免稅店
- 將重點放在機場位置所在地區的物產展
- 針對外國人觀光客擺設的大量轉蛋機

此場景中能聽到的聲響

- 飛機引擎聲
- 飛機著陸的聲音
- 告知緊急事件的警鈴聲
- 飛機拖引車等的行走聲
- 飛機的巨大輪胎在滑行道上磨擦的聲音
- 有輪子的行李箱前進的聲音
- 金屬探測器發現物品的聲音
- 機場內店鋪或貴賓室播放的背景音樂
- 在護照上蓋下出入境章的聲音
- 搜查犬的叫聲

設定時的小提醒 在有各式各樣人聚集的機場裡，也可以考慮加入「外國人恐怖分子劫機事件」等較為大型的設定。以日本國內線來說，也可以作為前往較遠的北海道或沖繩等的移動方式。

- 廣播前的音樂
- 航廈接駁巴士的引擎聲
- 相機或智慧型手機拍照的快門聲
- 使用多種語言的廣播
- 呼叫乘客的工作人員聲音
- 行李有問題的觀光客和工作人員起爭執的聲音
- 各種語言交錯的談話聲
- 控制室與機師的通訊
- 導遊對參加者進行說明的聲音

此場景中可感受到的氣味及味覺

- 咖啡廳的咖啡氣味
- 許多餐飲店各式各樣食物混在一起的氣味
- 外國人觀光客身上各種不熟悉的香水氣味
- 航廈接駁巴士排放的廢氣氣味
- 貴賓室裡面的香氛氣味
- 咖啡廳或餐廳裡的輕食味道
- 在貴賓室裡享受到的酒精飲料味道

此場景中可感受到的感覺

- 震撼於滑行道的寬闊及巨無霸飛機的龐大、引擎爆音轟隆巨響
- 搭乘飛機的緊張不安
- 重新下定決心要遠走他鄉
- 尋找是否有名人在場的樂趣
- 遇到藝人或歌手時的喜悅
- 天氣太差飛機無法起飛，煩惱應該如何是好
- 由於一些因素導致必須在機場過一晚而感到不安
- 要進行如行李檢查等為數繁瑣的檢查而覺得非常麻煩
- 忘了帶護照或機票而血色盡失
- 要去旅行的興奮感
- 羨慕頭等艙乘客
- 搭乘頭等艙有種優越感
- 一直沒看到自己的行李上轉盤而非常煩躁
- 身體檢查時把精神集中在指尖上
- 搜查犬或金屬探測器有反應而非常緊張
- 要讓飛機維持在萬全狀態下的責任感
- 提供最棒服務的使命感
- 行李檢查時對於想要抱怨的觀光客維持堅決不妥協的態度
- 發現可疑人士時的事態緊急感

此場景中可能發生之狀況

- 迎接遠鄉居住而回來的家人或親戚
- 與家人或朋友揮淚道別
- 弄錯航廈
- 天氣太糟導致飛機無法起飛只好在機場過一晚
- 忘了帶護照或機票，連忙回去拿
- 在寬敞的機場內與家人走散
- 第一次來訪日本，拍攝紀念照片
- 在機場裡購買忘了買的伴手禮
- 錯拿別人的行李
- 被抽中要檢查而被帶到其他房間
- 向公安人員或警察表明自己的身分
- 在乘客的行李當中發現違法藥物或者爆裂物
- 飛機被恐怖分子劫機

登場人物
- 機師・空服人員・機場各類從業人員・保全人員・巴士司機・家人・親戚・朋友、男女朋友
- 旅客・外國人觀光客・名人・媒體人・警察

地區限定場景

丸之內

被稱為丸之內的地區指的是東京車站與皇居之間的地帶。當中包含了中央郵局及許多大型企業總公司等，是聚集經濟中樞、日本最大的高樓區。

此場景中能看到的事物

- 東京車站
- 東京車站丸之內建築
- 皇居
- 皇居外苑
- 皇居東御苑的櫻花
- 皇居馬拉松大賽
- 皇居周邊慢跑者
- 將門塚
- 東京國際論壇
- 帝國劇場
- 東京中央郵局
- 日本銀行總行總館
- 東京證券交易所
- 日本橋
- 三菱一號館美術館
- 三井紀念美術館
- 丸大樓、新丸大樓
- 東京City i
- 多棟高樓大廈
- 丸之內仲通
- 行幸通
- 內堀通（*以上三項都是路名）
- 和田倉噴水公園
- 上班族
- 聖誕節前後的燈飾
- 觀賞燈飾的情侶
- 觀光客
- 媒體相關人員
- 各大銀行總行
- 由高樓或飯店較高樓層向下看的夜景
- 比其他地區都來得多的警察
- 丸善淳久堂書店

此場景中可感受到的氣味及味覺

- 車站美食街餐飲店的氣味
- 許多車輛排放的廢氣氣味
- 皇居周邊的慢跑者汗水或止汗劑的氣味
- 皇居東御苑櫻花的氣味
- 在東京車站拉麵街裡吃的拉麵氣味
- 高級飯店的午餐或晚餐味道
- 跑步中或結束後喝的運動飲料味道

此場景中能聽到的聲響

- 許多電車行駛聲與警笛聲
- 在皇居周邊慢跑者的喘氣聲
- 東京車站前的國旗隨風飄揚聲
- 觀光客拿的相機發出快門聲
- 大量車輛行走或空轉的聲音
- 東京車站前丸之內廣場等處舉辦的活動音樂
- 車站或大樓裡傳出的廣播聲
- 巴士導遊向觀光客說明建築等景物
- 觀光客談話聲
- 享受逛街樂趣的女性們說話聲
- 正在轉播或採訪的主播或記者聲音
- 上班族們討論工作的聲音

此場景中可感受到的感覺

- 對於皇居與東京車站的莊嚴感到震撼
- 沿著皇居周圍跑完之後的成就感
- 大量高樓大廈並列的壓迫感
- 對於可能遇到名人的期待感
- 第一次來東京時的期待與不安
- 在大型企業工作的自負
- 來到日本中樞地區後，覺得自己是否不該出現在此的遲疑
- 警察或保全比其他地方都來得多而非常緊張
- 擦亮雙眼觀察人群之中是否有可疑人士的使命感
- 在時髦的咖啡廳裡享用午餐或下午茶，心情非常愉快

設定時的小提醒 這裡不僅是日本最大商業城鎮，同時還以皇居為始，至今仍保留著江戶文化影子的歷史性一面。由於有歷史悠久的劇場和美術館等，除了商務人員以外，觀光客也很多。

登場人物 ・上班族・經營者・政治家・媒體人・觀光客・計程車司機・警察

第八章

圍繞著商業設施的場景

Shopping Street / Reopening After Remodeling / Tofu Seller / Bakery / Milk Dealer / Drug Store / 100 Yen Shop / Vegetable Store / Meat Store / Fish Store / Book Store / Flower Shop / Variety Store / Bento Shop / Futon Shop / Kimono Shop / Liquor Store / Dry Cleaners / Grocery Store / Stationery Store / Optician's Shop / Baby Goods Shop / Clothing Store / Tobacconist / Dagashi Shop / Convenience Store / Rental Space / Vending-Machine Area / A Phone Booth / Alley / Department Store / The First Sale / Gift / Sales Event / Hero Show / Depa-Chika / Men's Restrooms（Business Space）/ Women's Restrooms（Business Space）/ Elevator / Escalator / Supermarket / Electric Appliance / Men's Clothing Appliance / Lottery / Jinbo-Cho

商店街

相關場景 夏日祭典（P.048） 車站（P.200）

此場景中能看到的事物

- 寫有商店街名稱的拱門
- 商店街道路鋪設的地磚
- 設置在各處的播音喇叭
- 各種店鋪與店鋪的招牌
- 停車場
- 取出商品後的外包裝（紙箱、塑膠籃等等）
- 放在店門口的轉蛋機
- 停在店門前的汽車或腳踏車
- 招呼攬客的店主
- 買東西的顧客
- 買食物吃的顧客
- 在店門口談天的店主與客人
- 從餐飲店飄出的烹調煙氣
- 放下鐵捲門的店家
- 等待買主的空地
- 自動販賣機
- 人孔蓋
- 街道路燈
- 電線桿與電線
- 道路標識
- 郵筒
- 畫在店家鐵捲門上的噴漆塗鴉
- 貼在電線桿或郵筒等處的當地小混混集團貼紙
- 丟在路旁的糖果包裝紙或空罐

此場景中能聽到的聲響

- 喇叭流瀉出的音樂等播音
- 從店鋪傳出的有線電視節目聲
- 塑膠袋摩擦的聲音
- 過路人的腳步聲
- 汽車的引擎聲
- 腳踏車的鈴聲
- 鳥或貓的叫聲
- 店主或店員招呼攬客的聲音
- 店員與顧客結帳的聲音
- 過路人的談話聲

此場景中可感受到的氣味及味覺

- 食物飄來的氣味（烤物、炸物、蒸煮物、鮮魚、剛出爐的麵包等等）
- 買了馬上品嚐的食物風味（可樂餅、烤雞肉串、章魚燒、小籠包、可麗餅等等）

此場景中可感受到的感覺

- 許多人熙來攘往營造出的熱鬧感
- 和父母一同造訪此處、感到興奮的孩子
- 被食物的香氣所誘惑，肚子因此咕嚕叫
- 成排拉下鐵捲門的店家，顯現出寂寥感
- 讓人回想起過去活力的懷舊感
- 被脫落或碎裂的磁磚絆倒的疼痛感

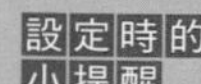

從知名連鎖店到個人店鋪等等，大都市或郊外都市等處的商店街店鋪也呈現不同的風貌。此外，通行人士的數量和有無活力，也會成為顯現該地區興衰的指標。

- 店主或店員
- 買東西的顧客
- 將這裡列為日常通行道路的過路人

重新開幕

關場景　商店街（P.220）　藥妝店（P.225）　柏青哥・柏青嫂店（P.368）

此場景中能看到的事物

・嶄新的店鋪與設備
・在開店時間即將到來時殺氣騰騰的工作人員
・擺在店門前的花圈或高架花籃
・放在櫃臺旁的蝴蝶蘭盆栽
・寫有「重新開幕」文字的旗幟或擺設看板
・貼在大門、牆壁、窗戶等處的紀念特賣告示
・在店門口招呼攬客或發送傳單的店鋪相關者
・穿著布偶裝發送氣球的人
・東西屋
・於店門前展開的開幕活動
・往各處展現公關式笑容的Show Girl
・抱著裝面紙的箱子在車站前發送的相關人員
・來觀察敵情的對手店家老闆
・準備好的小型樽酒
・倒入杯中的慶祝酒
・以特賣為目標造訪的顧客
・雖然對店家沒興趣，但有東西拿就拿的過路人
・跑向布偶裝人員的小孩們
・因人潮而注意孩子的家族
・一邊將視線投過來、一邊繼續走的過路人

此場景中能聽到的聲響

・拆開商品包裝紙箱的聲音
・拉開透明膠帶的聲音
・在店內來去交錯進行準備的工作人員聲音
・廣告旗幟被風吹動的「啪噠啪噠」聲響
・將氣體灌入氣球時的「噗咻」聲響
・熱鬧的東西屋演奏
・宣傳開店的店主或店員聲音
・透過大聲公或播音喇叭傳出的活動工作人員的聲音
・炒熱開幕活動氣氛的工作人員歡呼聲
・一起來訪的顧客們的交談聲
・小孩或幼兒的哭聲

此場景中可感受到的氣味及味覺

・新貼壁紙或塗料的氣味
・招待的果汁或輕食等餐點的風味

此場景中可感受到的感覺

・幹勁十足的店主與散發疲憊感的工作人員
・顧客起初的雀躍感，以及知道毫無改變後的失落感
・其他店主對重新開幕店主的忌妒感

設定時的小提醒　店家重新開幕的情景有多熱烈，視店鋪所在區域或店家規模而定。此外，同區域的競爭店家或是遭受生意門可羅雀的鄰近店鋪店主忌妒，想必都能作為編寫事件時的設定要素活用吧。

登場人物
・店鋪相關者・活動工作人員
・連鎖店幹部・其他店的店主
・顧客・路過的人

豆腐店

相關場景 商店街（P.220） 定食店（P.281）

此場景中能看到的事物

- 能感受到歲月痕跡的招牌與檐前遮雨棚
- 寫有「豆腐」文字的暖簾
- 感覺很重的舊型可動窗
- 零售專用的窗口
- 進行移動販賣時使用的腳踏車、拖車、輕型卡車
- 店鋪人員與顧客
- 各種豆腐（木棉豆腐、絹豆腐、充填豆腐、朧豆腐）
- 豆腐加工製品（烤豆腐、炸豆腐、豆皮、雁擬等）
- 其他的相關商品（豆漿、凍豆腐、湯葉、豆渣）
- 陳列商品的冷藏櫃
- 手寫的價目表
- 收銀機
- 區分內側空間與店內空間的布簾
- 作為原料使用的大豆
- 製作豆腐的設備（磨碎大豆的研磨機、蒸氣加熱器、鍋爐、鍋釜、金屬製水槽、包裝機等等）
- 製作豆腐使用的諸多道具（豆腐模具箱、金屬製大桶、豆腐刀、切豆腐器、杓子、木棉豆腐用的重石、布巾等等）

此場景中能聽到的聲響

- 進行機器沖洗或是水龍頭流水等各種水聲
- 黏稠原料的流動、飛濺聲
- 各種機器發出的運轉聲
- 鍋爐冒出的蒸氣聲
- 鍋釜下薪柴的燃燒聲
- 烹煮原料的聲音
- 使用道具時發出的冰冷金屬聲
- 移動金屬桶時發出的「叩通」聲響
- 製作炸豆腐或炸豆皮時滋滋作響的油炸聲
- 打開腳踏車或拖車上置物箱蓋子時的聲音

此場景中可感受到的氣味及味覺

- 各處使用的水的氣味
- 作為豆腐原料的大豆氣味
- 加熱後的油的氣味
- 剛完成的豆腐飄出的淡淡香氣

此場景中可感受到的感覺

- 對商品出爐的期待感
- 對成品價值的滿足或不滿
- 臉上汗如雨下
- 綁在額頭上的毛巾束縛感
- 戴上烹飪用手套的手感
- 手浸泡在流水中的溫度變化
- 對經營狀況的好壞感到滿足或不安

設定時的小提醒 過去在商店街肯定會有個一間的豆腐店，也在企業大廠進軍市場後大幅減少了。雖然還是有能因應時代變化的老店，但大多是維持老舊的建築與店面，做著能勉強餬口度日的生意。

・店主・家人・熟客

麵包店

相關場景 商店街（P.220） 西餐（P.266）

此場景中能看到的事物

- 也會出現寫著外文店名的招牌
- 貼在窗戶或門上的告示
- 寫有推薦商品或營業時間的立式黑板
- 托盤和夾子
- 放入商品的籃子與陳列架
- 吐司或法國麵包等多種類
- 鹹餡料麵包（咖哩、可樂餅、炸肉餅、炸火腿、香腸、炒麵、披薩、肉派等等）
- 甜味麵包（紅豆餡、奶油、果醬、巧克力、蜜糖吐司、瑪芬、蘋果派等等）
- 冷藏櫃
- 牛奶等各式飲品
- 價目表
- 告知出爐時間的告示
- 收銀機
- 內用區的桌子和椅子
- 陳列商品的販售員
- 造訪的顧客
- 混拌原料的攪拌機
- 發酵麵團用的焙爐
- 排出麵團氣體並塑形的麵包整型機
- 製作可頌等麵包時使用的壓麵機
- 烘焙麵包用的烤箱
- 吐司用的切片機
- 炸物用的油炸機
- 冰箱、冷凍庫、急速冷凍庫
- 製作紅豆麵包等類型時用的包餡器
- 桌上型攪拌機
- 默默地製作麵包的麵包職人

此場景中能聽到的聲響

- 各種廚房機器的運轉聲
- 提醒烘焙完成的計時器鈴聲
- 開關收銀機的聲音
- 「啪搭」一聲放下的托盤
- 顧客無意識中將夾子捏得「咖鏘咖鏘」作響
- 紙袋或塑膠袋摩擦的聲音
- 顧客咬下麵包的聲音
- 麵包職人叫喚販售員的聲音
- 販售員與顧客結帳的聲音

此場景中可感受到的氣味及味覺

- 各種麵包的香味
- 飲料的香味
- 肉桂等香料的香味

此場景中可感受到的感覺

- 麵包的濕潤感或派皮的酥脆感
- 職人很在意新商品的銷售情況，因此焦躁不安
- 因店內有小孩亂竄而感到擔心的店員

設定時的小提醒

由於便利商店的挑戰與設置機具的關係，近年來轉型主打吐司、主打法國麵包、主打餡料麵包、主打甜麵包等等，和過去相比在麵包品項上趨於減少並集中的情況有越來越顯著的趨勢。

登場人物

・麵包職人・販售員・買東西的顧客

牛奶店

相關場景 商店街（P.220）

此場景中能看到的事物

- 除了店名之外，還寫有合作廠商、電話號碼等資訊的招牌
- 停在店門前的宅配用車（三輪機車、輕型麵包車、輕型卡車等等）或客人的腳踏車等等
- 將堆起的商品搬進店內時用的手推車
- 設置在店門前的自動販賣機
- 冷藏櫃
- 合作廠商的各種乳製品（牛奶、優格等等）
- 其他合作廠商的飲料（蔬果汁、果汁、豆漿等等）
- 原創品牌乳製品（牛奶、咖啡牛奶、優格、奶油、起司、冰淇淋等等）
- 其他廠商的礦泉水或清涼飲料
- 霜淇淋機
- 收銀機
- 電話
- 宅配處的電話號碼一覽表
- 貼有便條紙的公布欄
- 宅配區域的地圖影本
- 剪貼簿
- 整疊的收費袋與收據
- 區分內側空間與店內空間的布簾
- 看店的店主或其家人
- 順道來訪的老顧客或買東西的顧客

此場景中能聽到的聲響

- 從居住區域傳出的電視聲
- 店內空調的聲音
- 電話的鈴聲
- 飲料瓶彼此相碰的聲音
- 冷藏櫃門的開闔聲
- 冷藏櫃傳出的壓縮機或風扇運轉聲
- 堆起飲料箱時發出的「喀噹」聲響
- 收銀機的開闔聲
- 宅配用車的引擎聲

此場景中可感受到的氣味及味覺

- 因瓶子破掉而流出的牛奶氣味
- 優格或冰淇淋等產品的風味
- 購買的各種飲料風味

此場景中可感受到的感覺

- 在早上宅配的路上略感睏意
- 將牛奶瓶裝進牛奶盒的重量感
- 在沒有客人上門時，覺得閒得發慌

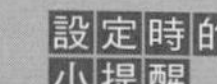

一直以來，牛奶店和大型廠商合作的情況相當普遍，但現今和在地品牌合作的店家也增加了。因為有許多人也會兼做其他的工作，因此似乎出現許多白天時店主不在的店家。

・店員・買東西的顧客

藥妝店

關場景 商店街（P.220） 醫院（診所）（P.337）

此場景中能看到的事物

- 寫有「藥」或「處方箋」的大型看板
- 寫著店名或營業時間的招牌
- 設置在店門口的商品陳列花車
- 顧客或店員的腳踏車
- 貼在牆壁或窗戶上的告示
- 感到乾淨整潔的內裝
- 從天花板垂下的商品區導覽板
- 堆疊起來的購物籃
- 排列在店內的大型陳列架
- 手寫的POP文宣或價目表
- 醫藥、醫藥部外品（感冒藥、胃腸藥、皮膚外用藥、消炎外用藥、整腸．便秘藥、解熱鎮痛劑、漢方藥、生藥、隱形眼鏡用品、生髮．養髮劑等等）
- 化妝品（護髮用品、護手霜、洗面基礎用品、唇膏、彩妝、刮鬍刀、攜帶用品、化妝小物、男性化妝品等等）
- 日用品（殺蟲．防蟲劑、洗滌用品、清掃用品、廚房用品、浴室用品、衛生用品、照護用品、嬰兒用品、衛生紙等等）
- 食品（甜食、麵類、調味料、海苔、香鬆、穀片、冷藏．冷凍食品、無酒精飲料、酒類等等）
- 處方箋受理櫃台
- 收銀機
- 待命中的店員與藥劑師
- 運送商品到店的貨運業者
- 造訪本店的顧客

此場景中能聽到的聲響

- 店內播放的音樂
- 將藥品放入紙袋中的聲音
- 客人翻找冷凍食品的聲音
- 客人將商品放進購物籃的聲音
- 收銀機的開關聲
- 店員拆開硬幣卷時的聲音
- 塑膠袋摩擦的聲音
- 店員的招呼攬客聲
- 從處方箋受理櫃台傳來的藥劑師與顧客對話

此場景中可感受到的氣味及味覺

- 在店內感受到的藥物氣味
- 淡淡飄出的化妝品香氣
- 在店門口現拆食物的氣味

此場景中可感受到的感覺

- 如同醫院般的整齊清潔感
- 空調送風的涼爽感
- 四處走遍都找不到商品時的焦躁感
- 感受到店員「防範行為可疑顧客」視線的不適感

設定時的小提醒　商店街中的藥妝店因為受限於規模大小，在商品種類上可能不如其他地方的店家那麼豐富。即便藥品比較齊全，但其他類型的商品可能就會相對不完備。

登場人物
- 店員．藥劑師．貨運業者
- 買東西的顧客

百圓商店

相關場景 商店街（P.220） 百貨公司（P.250） 超級市場（P.260）

此場景中能看到的事物

- 除了店名之外還寫有「百圓」或「100」文字的招牌
- 店門口擺出的季節商品（各季節或萬聖節、聖誕節等節慶活動相關商品）
- 堆在牆邊、用來搬運商品的摺疊式收納箱
- 擺在入口旁邊的旗幟
- 客人停放的腳踏車或機車
- 堆疊在店內入口附近的購物籃
- 高密度配置的陳列架
- 收納用品
- 生活雜貨
- 廚房用品
- 烹飪用品
- 餐具
- 打掃、衛浴、衛生用品
- 文具
- 工具
- 衣服
- 美容小物
- 健康器具
- 照護用具
- 寵物用品
- 汽車或腳踏車用品
- 食品、飲料
- 健康用品
- 手寫的POP文宣
- 結帳櫃台
- 搬運商品的貨運業者
- 買東西的顧客

此場景中能聽到的聲響

- 店內播放的音樂
- 收銀機的開關聲
- 塑膠袋摩擦的聲音
- 店員或顧客的腳步聲
- 翻找商品的聲音
- 提醒有客人進出的鈴聲
- 店員操作條碼掃描器掃過商品的「嗶嗶」聲響
- 在結帳處告知購買金額的店員聲音
- 向店員詢問欲購商品所在區域的顧客聲音
- 拿著商品，不知道在小聲碎碎唸著些什麼的客人

此場景中可感受到的氣味及味覺

- 合成樹脂的氣味
- 布製品散發的氣味
- 空調送出的風的氣味

此場景中可感受到的感覺

- 找不到最適合的商品時，感到失落
- 發現百圓商品「竟然還能有這種東西」而感到驚訝
- 對擋在狹窄通道的顧客感到不悅

設定時的小提醒：和郊外的店家相比，城裡的規模較小。比起季節性商品，也更傾向集中在備齊日常生活用品的層面。是其他地方未必能看到、風格也有所不同的便利商品入手地點之一。

登場人物：・店員・貨運業者・買東西的顧客

蔬菜店

關場景　商店街（P.220）　西餐（P.266）　豬排店（P.275）　定食店（P.281）

此場景中能看到的事物

- 寫有店名的招牌或檐前遮雨棚
- 放入商品的扁平籃子
- 放入小分量商品的塑膠袋
- 從天花板垂掛而下的零錢籃子或購物用塑膠袋
- 用紙箱或塑膠板等物組合而成的陳列台
- 手寫的價目表
- 葉菜類（高麗菜、萵苣、菠菜、小松菜等等）
- 果菜類（小黃瓜、茄子、青椒、番茄、花椰菜、青花菜、秋葵、苦瓜、南瓜、辣椒、草莓、哈密瓜、西瓜等等）
- 山菜或香草（長蔥、分蔥、韭菜、大蒜、生薑、芹菜、青紫蘇、獨活、竹筍、蜂斗菜、茗荷、楤木芽等等）
- 豆類（豌豆、蠶豆、菜豆等等）
- 根菜類（蘿蔔、紅蘿蔔、蕪菁、牛蒡、蓮藕、地瓜、山藥、馬鈴薯、芋頭等等）
- 蕈菇類（香菇、鴻喜菇、金針菇、舞菇、杏鮑菇、滑菇等等）
- 看店的店主或其家人
- 買東西的老顧客
- 向店主攀談的附近居民
- 從2樓窗戶向外張望的店主孩子們
- 鮮少亮相的店家看板貓

此場景中能聽到的聲響

- 看店者正在聽的廣播節目聲音
- 將商品放進塑膠袋的聲音
- 看店者從籃子裡取出零錢的聲音
- 腳踏車的鈴聲
- 過路人的腳步聲
- 看店者招呼攬客的聲音
- 看店者與顧客結帳的聲音
- 看店者與附近居民的對話
- 家人站在店內呼喚店主的聲音

此場景中可感受到的氣味及味覺

- 香草類散發出的香氣
- 葉菜類蔬菜的生澀味
- 根菜類散發出的土味
- 試吃到的蔬菜風味

此場景中可感受到的感覺

- 店主給予建議的溫情
- 新鮮蔬菜的水嫩感
- 店家看板貓的蓬鬆感

設定時的小提醒　商店街的蔬菜店，經常能看到店主或店主家人輪值看店。商品以當季農產居多。因為固定客源較多的關係，自然也增加彼此的對話機會，故而也不乏雙方都樂在其中的狀況。

登場人物
・店主・店主的家人・熟客
・附近的居民・過路人

肉店

相關場景 商店街（P.220） 西餐（P.266） 豬排店（P.275） 定食店（P.281）

此場景中能看到的事物

- 寫有店名與電話號碼的招牌、檐前遮雨棚
- 直立式冷藏櫃
- 展示櫃
- 秤重販售的計量機
- 收銀機
- 放置在展示櫥窗內的諸多調味料
- 手寫的價目表
- 各種豬肉部位（肩肉、肩里肌、里肌、菲力、五花、後腿肉、臀肉等等）
- 各種牛肉部位（肩里肌、肋眼、沙朗、菲力、五花、後腿肉、脛肉等等）
- 各種雞肉部位（胸肉、胸脯肉、腿肉、雞肝、雞翅等等）
- 炸物（可樂餅或炸肉餅等等）
- 加工食品（火腿、香腸、培根等等）
- 切肉機
- 製作絞肉用的絞肉機
- 清洗用具用的水槽
- 製作炸物用的油炸機
- 上方兼具作業空間功能的橫式工作台冷藏櫃
- 業務用冰箱與冷凍庫
- 包肉用的經木或包裝紙
- 包炸物用的耐油紙
- 身穿白衣、戴著帽子的店員
- 買東西的顧客
- 排隊購物的人龍
- 媒體的採訪團隊

此場景中能聽到的聲響

- 各種機器的運轉聲
- 冰箱或冷凍庫的開關聲
- 油炸可樂餅等物時滋滋作響的聲音
- 展示櫃的開關聲
- 收銀機的開關聲
- 使用包裝紙時的「喀沙喀沙」聲響
- 綁橡皮筋的「啪噠」聲響
- 夾起炸物發出的酥脆聲響
- 路過車輛的引擎聲
- 店員與顧客結帳的聲音
- 現買現吃的顧客的感想

此場景中可感受到的氣味及味覺

- 肉品的氣味
- 香氣四溢的炸物氣味
- 現買現吃的熟食風味

此場景中可感受到的感覺

- 打開冰箱或冷凍庫時冒出的寒氣
- 油炸機發出的熱氣
- 冷凍肉品的堅硬度
- 碰觸生肉時的柔軟觸感
- 來自排隊客人的目光
- 夾起炸物時傳來的酥脆感與熱氣
- 吃到美味食物的幸福感

肉品種類因店而異，有些地方甚至會明確地區分出以牛肉、豬肉為主的店家或雞肉專賣店。若是以兼售可樂餅等熟食商品聞名的商店，還可能引發排隊人潮或媒體採訪。

・店主・買東西的顧客
・過路人・媒體的採訪團隊

魚店

相關場景 商店街（P.220） 定食店（P.281）

此場景中能看到的事物

- 寫有店名或「魚」、「鮮魚」文字的招牌
- 擺在店旁的營業用有蓋塑膠桶
- 放在店門前，於啤酒箱、保麗龍箱、塑膠桶等物上擺放板子製成的簡易平台
- 放入冰水與商品的保麗龍箱
- 全魚（馬頭魚、沙丁魚、梭子魚、丁香魚、金目鯛、秋刀魚、竹筴魚等等）
- 切片魚（星鰻、鰻魚、剝皮魚、鮭魚、鱈魚、鰤魚等等）
- 生魚片（竹莢魚、鰹魚、紅魽、鮪魚、鰤魚等等）
- 熟食（天婦羅、麵包粉炸物、馬鈴薯粉炸物等等）
- 甲殼類（蝦子、螃蟹等等）
- 頭足類（章魚、魷魚等等）
- 貝類（蛤仔、蜆、蛤蠣等等）
- 裝零錢的籃子與收銀機
- 大型冷藏櫃
- 手寫的價目表
- 掛在彎曲電線上的電燈泡
- 掛在牆上或從天花板垂下的大疊塑膠袋
- 業務用冰箱或冷凍庫
- 作業台
- 切魚刀與砧板
- 不鏽鋼製水槽
- 身穿防水圍裙的店員
- 炸物用的油炸機
- 買東西的顧客

此場景中能聽到的聲響

- 開關冰箱或冷凍櫃門的聲音
- 切魚時，刀子落在砧板或魚骨上的聲音
- 製作炸物時的油炸聲
- 從箱中將魚取出時撥動冰塊的聲音
- 塑膠袋摩擦的聲音
- 有人不小心踢倒塑膠桶的聲音
- 頗具氣勢的店員招呼攬客聲
- 店員與顧客結帳的聲音

此場景中可感受到的氣味及味覺

- 店內飄出的生魚氣味
- 熱油與炸物的氣味
- 偷偷淺嚐的生魚片風味

此場景中可感受到的感覺

- 冰箱或冷凍庫冒出的寒氣
- 冰水的冷冽
- 炸油散發的熱氣
- 冷凍魚的硬度或生魚的柔軟觸感
- 得心應手地用刀砍斷魚骨

設定時的小提醒 最近似乎有許多魚店也會附設內用區，讓顧客立即品嚐鮮美的生魚片。此外，若是兼具熟食製作與販售業務店家，還會在店內後方劃分出專用的烹飪場所。

登場人物 ・店主・店員・買東西的顧客

書店

相關場景 商店街（P.220） 百貨公司（P.250） 漫畫專賣二手書店（P.379）

此場景中能看到的事物

- 寫有店名、電話號碼或「書」、「書籍」等文字的招牌、檐前遮雨棚
- 擺在店門前、附有滑輪的雜誌書報架
- 某大出版社的黃色旋轉式書架
- 放入特賣品的大拍賣花車
- 貼在入口玻璃或牆上的檢定考報名須知與行銷文宣海報
- 可能會繡有文字的入口玄關處地毯
- 下半部為收納空間的大型營業用書架
- 一般雜誌或漫畫雜誌
- 漫畫書
- 兒童書（繪本、童話、學習圖鑑、學習漫畫等等）
- 學習參考書
- 文藝書（國內文學、海外文學、隨筆等等）
- 實用書（個人興趣、運動、健康、育兒、料理、婚喪喜慶等等）
- 商業書
- 堆在推車上正準備進行上架更換的書籍
- 手寫的POP文宣
- 掛著布簾的商品倉庫出入口
- 結帳櫃台內等候顧客前來的值班店員
- 收銀機
- 條碼掃描器

此場景中能聽到的聲響

- 翻書的「啪啦啪啦」聲響
- 書或雜誌掉在地上的聲音
- 用手拍掉書上灰塵的「啪啪」聲響
- 將書籍放回書架上的聲音
- 推動推車的「喀啦」聲
- 用麥克筆或簽字筆寫POP時的「啾啾」聲
- 機器掃描條碼時的聲音
- 將商品放入紙袋中的聲音
- 收銀機的開關聲
- 店員與顧客結帳的聲音

此場景中可感受到的氣味及味覺

- 剛印刷好的新刊散發出的墨水特殊氣味
- 木製書架的氣味

此場景中可感受到的感覺

- 在發售日當天入手雜誌等物時的雀躍感
- 待太久時浮現出的焦躁感
- 找不到想要的書、期待已久的連載又暫停時的失落感
- 在安靜的店內，突然手機鈴聲大響時的驚嚇感

設定時的小提醒 整體而言，日本的小型書店在經營上都處於嚴峻的處境，同時販售文具等商品的店家似乎也變多了。此外也有銷售當地國中小使用教材或供貨給公立圖書館的情況。

登場人物 ・店主・店員・買東西的顧客

花店

相關場景　母親節（P.031）　華道・插花（P.124）　商店街（P.220）　重新開幕（P.221）　後台準備室（P.363）

此場景中能看到的事物

- 寫有店名與電話號碼的招牌、檐前遮雨棚
- 附有滑輪的陳列架
- 水桶與花桶
- 花材（康乃馨、滿天星、毛莨、玫瑰、向日葵、百合等等）
- 盆栽（仙客來、大花三色堇、秋海棠、聖誕紅、蝴蝶蘭等等）
- 各種花的種子
- 佛壇用的花束
- 觀葉植物（花燭、袖珍椰子、龍血樹、黃金葛等等）
- 作業台
- 收納各種緞帶或包裝紙捲的緞帶架
- 標示價格等資訊的卡片立夾
- 花藝搭配設計或插花教室的文宣
- 鮮花用冷藏櫃（裝設玻璃的展示保鮮櫃、設置在倉庫的儲藏櫃）
- 收銀機
- 空調機
- 水龍頭與水管
- 各種用具（澆水器、噴霧器、美工刀、剪刀、鉗子、掃把、畚箕）
- 盆栽、花瓶、水桶
- 運送用的箱子
- 電話與傳真機
- 運送商品的車輛
- 店員與顧客

此場景中能聽到的聲響

- 展示保鮮櫃（展示櫃）或儲藏庫（冷藏櫃）的開關聲
- 把水加進水桶或澆水器中的聲音
- 從排水溝中傳出的水流聲
- 使用噴霧器的「噗咻」聲
- 用剪刀裁剪花莖或緞帶的聲音
- 緞帶捲的迴轉聲
- 使用包裝紙時的「喀沙喀沙」聲響
- 拉開透明膠帶的聲音
- 移動花桶時的金屬聲
- 空調的聲音
- 車輛的引擎聲

此場景中可感受到的氣味及味覺

- 各式各樣的花香
- 從花材剪裁口流出的汁液氣味
- 用於花材的鮮花保鮮劑氣味
- 盆栽裡的土壤氣味

此場景中可感受到的感覺

- 在母親節等節日時的忙碌
- 被喜愛的花包圍的幸福感
- 找到想要花材時的滿足感

設定時的小提醒　花店的營收狀況會有大幅擺盪是很平常的事情。常常能看到有很多店家都沒有設置冷藏櫃，而是以少量進貨的方式來運作。也有店家是和鄰近商家合作，定期供應一定程度的商品。

登場人物　・店主・店員・買東西的顧客

生活雜貨鋪

相關場景　商店街（P.220）　百圓商店（P.226）　文具店（P.239）

此場景中能看到的事物

- 在周遭店家中特別醒目的個性店鋪
- 只寫了店名的簡易招牌、檐前遮雨棚
- 雜亂地擺設商品的狹窄店內空間
- 各種陳列台或架子
- 兼具陳列台功能的桌子或椅子
- 實際上就是商品的燈具
- 裝飾雜貨（小型桌子、椅子、擺設、人造花、壁掛小物、各種布套、抱枕等等）
- 廚房雜貨（各種餐具、餐墊、刀具、隔熱墊、烤麵包機、水壺、垃圾桶等等）
- 生活雜貨（墊子、捲筒衛生紙架、拖鞋、毛巾架、洗衣籃、面紙盒）
- 時尚雜貨（首飾、胸針、圍巾、手套、帽子、皮帶、包包、零錢包、傘等等）
- 文具（各種書寫用具、鉛筆盒、筆筒、尺、手冊護套、膠台、圖章、印章等等）
- 用途不明的謎樣小物
- 比販售商品還更具魅力的店內裝飾物
- 手寫的價目表
- 空調機
- 結帳櫃台

此場景中能聽到的聲響

- 店內播放店主喜愛風格的音樂
- 壁掛小物被空調等物的風吹得搖曳作響
- 將手上拿起的小物放回架上的聲音
- 陶器或金屬製餐具相互碰觸的聲音
- 計算機或收銀機的操作聲
- 駛過店門前的車輛聲
- 坐在位子上的店員突兀的說話聲

此場景中可感受到的氣味及味覺

- 商品飄散出的染料氣味
- 木製品散發出的木料氣味
- 編織籃等物的獨特氣味

此場景中可感受到的感覺

- 進入不知道在賣些什麼的店鋪時浮現的興奮感
- 雜亂店內瀰漫的渾沌氣息
- 進口雜貨店中的異國情調
- 挖到寶物時湧現的滿足感
- 沒事做的店員投來的視線
- 突然被店員招呼時的驚嚇
- 對於該如何向打扮奇特的店員問話感到困窘

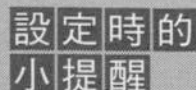

設定時的小提醒　一般來說，很多店家都會銷售各式各樣的小物，但也有專門和熟識的創作者攜手打造手作商品來販售的情況。在大都市的近郊地帶，也能看到推出大型家具或進口雜貨的店家。

登場人物　・店主・店員・買東西的顧客

便當店

相關場景　商店街（P.220）

此場景中能看到的事物

- 寫有店名與電話號碼的招牌、檐前遮雨棚
- 寫著「便當」文字的旗幟
- 新商品等物的宣傳海報
- 商品清單
- 結帳櫃台
- 收銀機
- 冷藏櫃
- 便當（海苔、雞肉飯、炸雞、南蠻雞、炸物系、漢堡排、燒肉系、烤魚系、幕之內、咖哩、中華系等等）
- 丼飯（豬排丼、親子丼、天丼、豬肉丼、鰻魚丼等等）
- 小菜單品（金平牛蒡、泡菜、各種炸物、馬鈴薯沙拉、拌菜等等）
- 飯糰（梅子、昆布、柴魚片、鮭魚、鱈魚子、明太子等等）
- 甜點（布丁、杏仁豆腐等等）
- 杯裝味噌湯或清涼飲料
- 營業用冷藏冷凍櫃
- 營業用電子鍋
- 大型營業用水槽
- 營業用瓦斯爐
- 油炸機
- 高麗菜刨絲器
- 不鏽鋼作業台與架子
- 各種鍋具
- 烹飪小物（菜刀、鍋鏟、料理筷、多用途夾子等等）
- 附金屬蓋的料理盤
- 秤重販售的計量機
- 各種外帶用容器
- 大量的衛生筷、橡皮筋、塑膠袋
- 穿著白衣的店員

此場景中能聽到的聲響

- 店內播放的音樂
- 提醒有客人進出的鈴聲
- 低聲振響的冷凍冷藏櫃或冷藏櫥窗運轉聲
- 菜刀碰觸砧板的聲音
- 高麗菜刨絲器運轉的聲音
- 炸東西或炒菜時的烹飪聲
- 烤箱定時器的鈴響
- 將道具或鍋具放入水槽時的金屬聲響
- 燒水或熱油時發出的聲音
- 容器綁上橡皮筋的聲音

此場景中可感受到的氣味及味覺

- 各種食材的氣味
- 製作完成的小菜氣味
- 剛開鍋的米飯氣味

此場景中可感受到的感覺

- 因為不知道要點哪樣商品而困擾
- 點好便當的等待期間，閒到發慌
- 被廚房傳來的氣味牽動了強烈的飢餓感

設定時的小提醒　在便當店這個領域中，有連鎖店、也有個人店家。個人店家多半品項較少，也有以每日菜單來供應的類型。此外，也有許多店家本身就有在販售熟食與配菜的情況。

登場人物
- 店主・店員・買東西的顧客
- 連鎖店的幹部

棉被行

相關場景 商店街（P.220） 中元・歲暮（P.252）

此場景中能看到的事物

- 能感受到歲月痕跡的店鋪
- 寫有店名等資訊的招牌、檐前遮雨棚
- 陳列用的營業器具（架子、台子、花車、掛架等等）
- 各種棉被（墊被、蓋被、暖被桌用棉被等等）
- 床墊
- 毛巾被
- 毛毯
- 被套類（床單、棉被套、枕頭套等等）
- 溫度調節墊
- 枕頭
- 坐墊或抱枕
- 衣物（半纏、褞袍、無袖羽織、睡衣等等）
- 浴巾
- 結帳櫃台
- 電話
- 區分內側空間與店內空間的布簾
- 將結塊棉花分開的混打棉機
- 重新構成棉團、調整回絲狀的製棉機
- 臭氧殺菌除臭器
- 計量秤
- 追加用棉花
- 縫製棉被的蠟線與縫被線
- 各種小道具（竹尺、裁縫剪刀、握鋏、棉被針、裁縫劃線片、絎台、熨斗等等）
- 職業用縫紉機
- 裝入棉被的塑膠套
- 宅配時使用的地圖

此場景中能聽到的聲響

- 花車或掛架移動的滑輪聲
- 把東西掛上掛架時的「喀鏘」聲響
- 塑膠袋摩擦的聲音
- 電話的來電鈴聲
- 各種機械的運轉聲
- 用剪刀剪開布或線的聲音
- 用針將線縫在布上的聲音
- 將棉被疊起時的「啪呼」聲響
- 店主正在講電話的聲音
- 看店者與顧客結帳的聲音

此場景中可感受到的氣味及味覺

- 取出的陳舊棉花氣味
- 重新彈過、整理後的棉花氣味
- 殺菌除臭時使用的臭氧氣味

此場景中可感受到的感覺

- 棉被重新彈過、整理後的柔軟度
- 試穿的半纏溫度
- 鬆軟的棉花觸感
- 棉花纖維飛舞、滿是塵埃的作業場
- 針不小心刺到手的疼痛感
- 接到大量租借訂單時感受到的喜悅

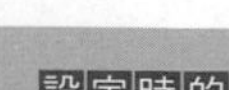

設定時的小提醒：通常店家只接受重彈棉被的委託，再將單轉給專門業者負責。只不過，雖然數量沒有很多，但還是存在著店內附設作業場的店家，他們就能自己進行重彈與整理的工作。

登場人物：・店主・店主的家人・買東西的顧客・前來洽詢租借或重彈棉花整被的客人

和服店

相關場景　茶會・茶道（P.123）　商店街（P.220）　中元・歲暮（P.252）

此場景中能看到的事物

- 以手寫字風格寫有店名等資訊的看板、檐前遮雨棚
- 覆蓋瓦片的檐前屋頂
- 和風、施以讓人感到內心平靜配色的外裝或內裝
- 掛在入口處上方的暖簾
- 大多採取拉門形式的入口門
- 停在店門前、用來運送商品的車輛
- 掛在和服架上、感覺很貴的留袖
- 各種和服（留袖、振袖、訪問着、付け下げ、色無地、小紋、紬、浴衣等等）
- 各種腰帶（丸帶、袋帶、名古屋帶、單衣帶、半幅帶等等）
- 下着（肌襦袢、裾除け、半襦袢、長襦袢、下襲等等）
- 各種和裝外套（時尚用、防寒用、雨天用等等）
- 男性用的羽織、袴
- 甚平或作務衣
- 各種和裝小物（腰紐、帶留、帶枕、足袋、皮草圍巾、髮飾、根付、長夾、手帕等等）
- 手巾或補妝用毛巾
- 悄悄地隱於店內深處一角男性用品區
- 草鞋或木屐
- 各種巾着或包袋
- 祭典衣裝相關（半纏、地下足袋、鯉口衫、股引等等）
- 反物（*製作和服用的布匹）
- 能看清全身裝扮的大鏡子
- 裝飾用的障子、和傘、人偶
- 測量用的尺
- 搬運商品用的紙箱
- 將商品運到店內的推車
- 放入茶葉的茶筒
- 急須壺與客人用的茶杯
- 煮水用的水壺
- 店員與顧客

此場景中能聽到的聲響

- 將沉重的紙箱堆疊起來時的「砰咚」聲響
- 將紙箱拆封時發出的「啪哩啪哩」聲響
- 用台車運送商品時「叩囉叩囉」作響的車輪
- 讓客人進行試穿時的和服摩擦聲
- 繫上腰帶等物時發出的聲音
- 首飾配件唰啦唰啦作響的聲音

此場景中可感受到的感覺

- 在進店之前感受到的高規格店家門檻讓人卻步
- 看到高價和服的價位表時為之震驚
- 店員毫不掩飾品評之意的視線
- 從被客人告知預算後的店員身上感受到的失望
- 挑選振袖的女子散發出的雀躍感
- 父母因為被推薦了大幅超出預算的和服，因此感到焦慮
- 店員在重要的顧客來訪時忐忑不安

設定時的小提醒　為成年禮做準備的女孩與其雙親，還有開設茶道教室的茶道師範等人，都會造訪鎮上的和服店。當店主的孩子成長到一定階段，他（她）的朋友或家人也可能來訪。

登場人物
- 店主・店員・買東西的顧客
- 順道來訪的老顧客

酒鋪

相關場景 商店街（P.220） 中元・歲暮（P.252） 居酒屋（P.287） 烤雞肉串店（P.289）

此場景中能看到的事物

- 寫有店名與電話的招牌
- 設置在店門前的酒類或清涼飲料自動販賣機
- 停在店門前、用來送貨的輕型卡車
- 設置在店門附近或店內一角的內用區域
- 冷藏櫃
- 在啤酒箱上擺上板子的簡單陳列台
- 陳列架
- 貼在牆上等處的大型廠商商品宣傳海報
- 配置在店內、兼具裝飾效果的樽酒
- 各種酒類（啤酒、發泡酒、日本酒、燒酎、葡萄酒、威士忌、白蘭地、蒸餾酒、伏特加、水果酒等等）
- 礦泉水
- 各種食品（魷魚絲、牛肉乾、風乾香腸、堅果類、罐頭等等）
- 手寫的POP文宣或價目表
- 內用顧客使用的杯子、小盤、小鉢
- 大量的衛生筷或牙籤
- 開瓶器或軟木塞開瓶器
- 存放葡萄酒或日本酒用的溫度調節倉庫

此場景中能聽到的聲響

- 冷藏櫃運轉時發出的「嗡嗡」聲響
- 冷藏櫃的開關聲
- 瓶子與箱子等物的碰觸聲
- 打開酒瓶蓋的聲音
- 打破瓶子的聲音
- 將商品擺上架子的聲音
- 堆疊起啤酒箱的聲音
- 電話鈴聲或接起電話的店主說話聲
- 店主或內用客人的談笑聲
- 店員與購物客人間的對話

此場景中可感受到的氣味及味覺

- 試喝或內用時感受到的酒香與風味
- 在內用時配酒享用的輕食或小菜氣味與風味
- 打發時間的店主忙裡偷閒來根菸的氣味與風味

此場景中可感受到的感覺

- 有好酒進貨時，對營業額抱有期待
- 訂單被取消時的失望感
- 和熟客閒談時的愉悅感
- 冰涼的啤酒通過喉嚨時的暢快
- 熱鬧內用區的喧囂氣氛
- 新客人初次進入都是熟客的內用區時，浮現的緊張感
- 客人離開後的寂寥感

設定時的小提醒 比起店鋪內的小額販售，附近餐飲店的定期進貨才是酒鋪較為重視的營收。設置於店內、能夠享用輕食的內用區域，也會成為鄰近居民茶餘飯後的社交場域。

登場人物
・店主與其家人・買東西的顧客
・在店內一角飲食的顧客

洗衣店

關場景　商店街（P.220）

此場景中能看到的事物

・能看出增建改建痕跡的住宅兼店鋪的裏側
・寫有「洗衣店」文字的招牌
・立在入口處旁的看板或旗幟
・停在店門前、用來配送用的車輛或客人的腳踏車
・標示在入口處的營業日或營業時間
・貼在入口處大門或窗戶上的廣告傳單
・接單櫃台
・電話
・貼在牆上等處的費用表
・收銀機
・擺放處理完畢衣物的收納架
・為了掛起衣服而設置的衣架軌道
・各種機械類（營業用洗衣機與乾洗機、營業用烘衣機、整衣機、疊衣機、包裝機、除漬機等等）
・鍋爐
・真空壓縮機
・熨斗與熨燙台
・放置洗滌衣物的洗衣籃
・洗衣袋
・各種洗潔劑或溶劑
・判別染色或污漬的紫外線燈
・去除染色污漬用的小道具（尼龍筆、小鏟、刷子等等）
・塑膠或鐵絲製的衣架
・以直立掛式收納襯衫等衣物的塑膠袋
・用耐水紙製作的管理用標籤

此場景中能聽到的聲響

・提醒有客人進出的鈴聲
・用釘書機固定管理標籤的「喀嚓喀嚓」聲響
・各種機械的運轉聲
・整衣機等發出的蒸氣聲
・手拿熨斗、在衣物上推展的「咻咻」聲響
・將衣架掛上衣架軌道的金屬聲
・塑膠袋摩擦的聲音

此場景中可感受到的氣味及味覺

・洗潔劑或溶劑的氣味
・尚待處理的衣物氣味
・清淨衣物的衣物氣味

此場景中可感受到的感覺

・換季時期昏天暗地的忙碌
・客人就是不上門時，閒到發慌的感覺
・面對有誤會的客人毫無道理的抱怨時，浮現的焦慮感

設定時的小提醒　近年來，將洗滌業務轉包給專門業者，自己只負責承接顧客委託的店家越來越多了。一些在自家店鋪中進行清洗服務的個人經營店，也有只負責特定材質衣物清洗的情況

登場人物　・店主・店員・造訪本店的顧客

乾貨店

相關場景 商店街（P.220） 魚店（P.229） 居酒屋（P.287）

此場景中能看到的事物

- 能感受到歲月痕跡的店鋪
- 寫有店名的招牌或簷前遮雨棚
- 掛在入口處的暖簾
- 大型的陳列架或陳列台
- 放置袋裝商品的竹筐、編籠、紙箱
- 水產品類（柴魚片、小魚乾、魷魚乾、鰪魚鰭、蝦米、昆布、烤海苔、羊栖菜、裙帶菜、寒天等等）
- 豆類（紅豆、大豆、金時豆、黑豆、蠶豆、花生等等）
- 水果乾（草莓、柳橙、柿子、李子、芒果、蘋果等等）
- 其他陸地農產（葫蘆乾、乾香菇、木耳、切片蘿蔔乾、芝麻、辣椒、堅果類等等）
- 麵、義大利麵類（蕎麥麵、烏龍麵、麵線、義大利麵、通心粉）
- 粉類（小麥粉、片栗粉、麵包粉、炸雞粉、天婦羅粉、葛粉、黃豆粉等等）
- 速食食品（袋裝麵、杯麵、杯裝味噌湯、咖哩等等）
- 其他（冬粉、米粉、日式年糕、乾糧、黃豆粉、湯葉、葛切、凍豆腐、香鬆、香辛料、調味料等等）
- 手寫的POP文宣或價目表
- 秤重販售的計量機
- 小型的結帳櫃台
- 收銀機
- 看店的店主或其家人
- 買東西的顧客

此場景中能聽到的聲響

- 以刨削機「喀咻喀咻」地削出柴魚片的聲音
- 柴魚片裝袋的聲音
- 裝箱物品的內容物撞擊外箱的聲音
- 瓶罐放到架上的叩咚聲
- 醬油等塑膠瓶裝商品互相碰觸的鈍重聲響
- 合成樹脂製的包裝袋「喀沙喀沙」的磨擦聲響
- 用竹筐撈起小魚乾等物時的「喀啦喀啦」聲響

此場景中可感受到的氣味及味覺

- 接到訂單才現場刨削的柴魚片香氣
- 豆類或乾香菇等物的香氣
- 進貨等場合使用的紙箱

此場景中可感受到的感覺

- 店主對食材的堅持
- 來自老顧客的厚愛
- 老舊店鋪的復古氛圍

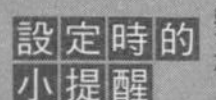

設定時的小提醒

整體而言，現在完全只販售乾貨的商店已經日漸減少，兼具食材商品店或雜貨店性質的店家變得越來越多。現在的乾貨店，多半都是以確保往來已久的熟客或特定進貨客戶的老店居多。

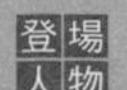

登場人物

- 店主・店主的家人
- 買東西的顧客

文具店

相關場景　商店街（P.220）　百圓商店（P.226）

此場景中能看到的事物

- 寫有店名或「文具」等文字的招牌
- 入口處的玄關地毯
- 陳列用的架子或網架、籃型花車等等
- 各種書寫用具（鉛筆、自動鉛筆、原子筆、水性筆、油性筆、鋼筆、製圖用筆、替換用筆芯等等）
- 修正用具（橡皮擦、修正液、修正帶等等）
- 各種接著劑或透明膠帶、絕緣膠帶、布膠帶
- 紙類（筆記本、記事本、筆記用紙、影印紙、方格紙、便條紙、信封組、單字本、半紙、便利貼等等）
- 裁剪、打洞用具（剪刀、美工刀、拆信刀、雕刻刀、千枚通錐子、造型打洞器等等）
- 檔案收納類（攜帶文件盒、資料夾、有孔拱型夾、文件收納盒、名片盒等等）
- 各種固定用具（迴紋針、長尾夾、山形夾、安全別針、圖釘、橡皮筋、釘書機等等）
- 郵件相關（牛皮紙信封、直式信封、西式信封、明信片、郵票等等）
- 畫材（色鉛筆、蠟筆、畫筆、顏料、調色盤、繪畫用紙等等）
- 其他（名片夾、簽名板、祝儀袋、熨斗紙、履歷表、書擋、尺規類、習字道具組、印章等等）
- 梯子或A字梯
- 收銀機

此場景中能聽到的聲響

- 提醒有客人進出的鈴聲
- 翻閱筆記本或手冊等紙類商品的聲音
- 試寫筆類商品時的「沙沙」聲響
- 客人試蓋印章時發出的「砰」聲響
- 客人將筆放回原位時發出的「喀洽喀洽」聲響
- 客人打開色鉛筆外盒子的聲音
- 客人隨意把釘書機壓得「喀洽咖洽」響
- 有孔拱型夾的金屬夾「啪鏘」一聲合起來的聲音
- 筆記本被客人攜帶的隨身物品「啪沙」掃落地面的聲音
- 擺好梯子或A字梯的「喀噠喀噠」聲響

此場景中可感受到的感覺

- 看到未曾見過的最新文具時的驚訝與雀躍感
- 看到印製完成的名片時，內心感到滿足
- 店員要從梯子或A字梯上跌下來時浮現的焦急
- 裝入許多紙類商品的紙箱的分量感
- 新來打工店員的緊張感

設定時的小提醒　只有文具專賣店能提供比便利商店或雜貨店等競爭對手更豐富的品項。現在也有很多店家會承接名片印製，因此設定上可將來製作名片的人以及已無法滿足於常見文具的人作為客源。

登場人物　・店主・店員・買東西的顧客

眼鏡行

相關場景　商店街（P.220）

此場景中能看到的事物

- 除了店名之外，也有店家的招牌還會同時寫有「鐘錶」或「珠寶」等文字
- 入口處的玄關地毯
- 擺放著各種鏡框的陳列台
- 擺放在陳列台上各處的桌上鏡子
- 能簡單檢測視力的全自動視力檢查儀
- 放在展示櫥窗內的品牌太陽眼鏡
- 特殊製品（遠近兩用、浴室用、有度數的蛙鏡）的展示樣品
- 拋棄式隱形眼鏡
- 各種小物（眼鏡盒、眼鏡布、眼鏡清潔液、隱形眼鏡沖洗液等等）
- 驗光設備與椅子
- 以Landolt C字來進行確認的視力檢測
- 視力檢測時使用的特殊鏡框與各種鏡片
- 解析角膜弧度與折射的驗光儀
- 驗光師檢測視力時使用的檢影鏡
- 檢測鏡框外形、尺寸、彎曲度等狀況的儀器
- 讓圓形鏡片配合鏡框加工、洗淨的加工機
- 以淨水分離鏡片削切粉屑的過濾機
- 測量鏡片度數或亂視方向的鏡片測量儀
- 超音波清洗機
- 顧客資料卡或視力檢測資料表
- 取件時需要的資料單據
- 店主或店員
- 買東西的顧客與其隨行者

此場景中能聽到的聲響

- 提醒有客人進出的鈴聲
- 店內以小音量播放的音樂
- 折起鏡架的聲音
- 鏡架叩咚放在架上的聲音
- 顧客坐上檢測儀器椅子的聲音
- 「咖嚓喀嚓」地替換檢測用鏡片的聲音
- 填寫資料卡的書寫聲
- 鏡片加工機等機器的運轉聲
- 超音波清洗機的震動聲

此場景中可感受到的感覺

- 初次入店時的緊張感
- 自行挑選鏡框時浮現的愉悅感
- 知道視力比自己想像中還差時，感到驚訝
- 在驗光師檢查後被告知可能罹患眼疾，震驚且不安
- 等待眼鏡完成的期間內，無所事事的感覺
- 新眼鏡布的柔軟感
- 試戴新眼鏡時，因為鏡架關節還很堅硬，必須費點勁打開
- 戴上新配好的眼鏡後，隨即感受到清晰的視野
- 能夠將周遭環境看得很清楚的喜悅感

設定時的小提醒　不論是大型連鎖店或是平價店之中，都有不進行鏡片加工的例子。在這種情況下，該店僅能提供視力檢測與鏡架調整等服務，新配的眼鏡必須要擇期才能交件。

- 店主・店員・買東西的顧客
- 顧客的隨行者

嬰兒用品店

關場景　商店街（P.220）　藥妝店（P.225）　服飾店（P.242）　百貨公司（P.250）

此場景中能看到的事物

- 明亮且多采多姿的店鋪
- 招牌或簷前遮雨棚
- 防滑地板
- 孕婦用品（腹帶、內衣褲類、溢乳墊、骨盆束帶、產褥墊等等）
- 嬰兒貼身衣物（短版衣、長版衣、開襟包屁衣、連身衣等等）
- 嬰兒服裝（2wayall、dressall、coverall、背心、襪子、帽子等等）
- 沐浴用品（浴盆、海綿、洗髮精、香皂、洗澡巾、嬰兒乳液、嬰兒油、溫度計等等）
- 衛生用品（棉花棒、指甲剪、清潔液、潔膚油、吸鼻器）
- 哺乳用品（調乳器、奶瓶、奶瓶消毒鍋、奶粉、哺乳巾、哺乳枕、擠乳器等等）
- 尿布（布製、紙尿片、袋裝尿片、嬰兒濕紙巾、攜帶式尿片包、尿片用垃圾箱等等）
- 寢具（嬰兒床、棉被、搖籃、攜帶式嬰兒床等等）
- 外出用品（嬰兒背包、嬰兒車、嬰兒背帶等等）
- 小物（圍兜、奶嘴、搖鈴玩具、床邊吊鈴等等）
- 結帳櫃台
- 收銀機
- 店主或店員
- 買東西的顧客
- 孕婦裝
- 儀式服（新生兒初次參拜時身穿的衣物）

此場景中能聽到的聲響

- 顧客為了確認，晃動搖鈴玩具的聲音
- 顧客轉動床邊吊鈴樣品的聲音
- 推動嬰兒車發出的「喀啦喀啦」聲響
- 店主剛將送貨車輛停到店門口的空轉聲
- 一邊挑選商品、一邊交談的夫婦顧客對話聲
- 顧客帶來的嬰兒所發出的笑聲或哭聲

此場景中可感受到的感覺

- 拿起各式各樣商品、邊挑邊選的樂趣
- 想像自己的孩子穿上可愛衣服時所萌生的雀躍感
- 新手媽媽來店後才發現清單漏掉很多待購商品，因此苦惱
- 年長女性店員以實際的經驗給予詳盡建言的親切感
- 不管討論什麼，丈夫都一臉疑惑、回答不清不楚的不可靠感
- 妻子因此理解到一切都只能靠自己決定，因而感到煩躁

設定時的小提醒　在嬰兒服裝店或藥妝店等處也會販售部分的嬰兒用品。因為只要缺少新生兒，這種店家就無法存在的關係，所以設定上可以將嬰兒用品店的有無作為表現該地區活力的一種手法。

登場人物　・店主・店員・買東西的顧客

服飾店

相關場景 商店街（P.220） 紳士服量販店（P.262）

此場景中能看到的事物

- 被店頭商品的顏色掩去光環而不怎麼醒目的招牌
- 也有很多店鋪會把大門敞開
- 像是要從店內滿出來般的成排掛衣架
- 經常會貼上銷售用的宣傳告示
- 快要被商品淹沒的模特兒或半身模特兒
- 放置商品、高度快要頂到天花板的陳列架
- 手寫的價目表
- 包裝商品用的塑膠袋
- 女性服飾（T恤、T罩衫、長版上衣、一件式套裝、毛衣、開襟衫、裙子、緊身褲、性褲、貼身衣物等等）
- 防寒服裝（羽絨外套、套頭衫、粗呢大衣、風衣等等）
- 小物（長手套、圍巾、手帕、包包、帽子、涼鞋、拖鞋、陽傘、雨傘等等）
- 兒童服飾（T恤、貼身衣物類、運動衫、長褲、褲裙、睡衣、襪子等等）
- 男性服飾（Y領襯衫、西裝、夾克、長褲、毛衣、領帶、襪子、貼身衣物等等）
- 結帳櫃台
- 收銀機
- 大量的塑膠袋或紙袋
- 修改長度用的機械與作業台
- 裁縫剪刀
- 兌換券
- 店主或店員

此場景中能聽到的聲響

- 店內的有線廣播播放著懷舊的歌曲
- 包覆商品的塑膠袋摩擦的聲音
- 路過時碰到陳列商品發出衣架碰撞聲
- 將衣架放到到掛衣架上時發出的「咖鏘」聲響
- 將掛衣架推到店門口時發出的「喀啦喀啦」滑輪聲
- 將展示用衣物攤開時的「啪沙」聲響
- 堆得太多的商品的滑落聲
- 以油性筆書寫POP文宣的聲音

此場景中可感受到的感覺

- 雜亂店內瀰漫的渾沌氣息
- 店員一心等待客人上門時無事可做的感覺
- 送到的商品與訂購的不同時萌生的煩躁感
- 盤點作業時因為數字對不上而浮現焦慮
- 打工的店員在店主不在時被殺價的困窘
- 老舊店鋪洋溢出的懷舊感
- 被愛說話的店員纏上時，顧客感受到的不悅感
- 店員若無其事地盯著可疑顧客的視線

設定時的小提醒 利用商店街的主婦客群相當多，因此這裡的服飾店也大多會推出較齊全的女性服飾。雖然也不是刻意擺放較少的男性服飾，但若是有男性服飾的專門店，大家應該都會往那邊跑吧。

登場人物 ・店主・店員・買東西的顧客

香菸鋪

關場景 商店街（P.220）

此場景中能看到的事物

- 寫有店名或「香菸」文字的看板、簷前遮雨棚
- 小小的販售窗口與喚人用的桌上按鈴
- 設置在店門口或側邊的香菸或清涼飲料自動販賣機
- 附設的吸菸區
- 吸菸客人用的菸灰缸或長椅
- 整齊排列著香菸或吸菸用具的陳列架或陳列櫥窗
- 常見的各種紙捲菸
- 加熱式菸品與加熱器
- 雪茄的相關商品（各種雪茄、剪出吸口用的雪茄剪、火力強的專用打火機、專用菸灰缸、保存用的雪茄盒、保濕器、溫度計、修補液等等）
- 手捲菸與相關的商品（捲紙、空煙管、濾嘴、用捲紙捲入菸草的捲菸器、將菸草填入空菸管中的填菸器、攜帶用包、專用菸斗等等）
- 菸草與菸斗、菸管相關商品（菸斗或菸管用的散裝菸草、菸斗架、攜帶用包、菸斗或菸管用的保養道具等等）
- 其他吸菸用具（香菸盒、菸灰缸、火柴、瓦斯或煤油打火機等等）
- 看店的店主或店員
- 買東西的顧客或吸菸客人

此場景中能聽到的聲響

- 駛過店門前的車輛聲
- 客人停下腳踏車或機車時的煞車聲
- 來店客人壓下桌上按鈴的聲音
- 櫥窗的「喀啦喀啦」開關聲
- 拆開包裝紙時的「啪哩」聲響
- 將香菸盒「碰」的一聲放在窗口
- 打火機的點火聲
- 吸菸客人將菸吐出的聲音

此場景中可感受到的氣味及味覺

- 吸菸區的香菸氣味
- 品嚐一根菸的氣味與味道
- 購買的清涼飲料風味

此場景中可感受到的感覺

- 想買的牌子缺貨時的不悅感
- 因為漲價而付不出足夠金額時的焦慮
- 在吸菸區來根煙而不必在乎周遭感受的解放感

設定時的小提醒 雖然香菸鋪給人一種街角小店的強烈印象，但也有一些轉換營業項目並進行改裝的大型店鋪出現。像這樣的店內，就會推出各式各樣的吸菸用具或雪茄等商品。

登場人物
- 店主・店主的家人
- 買東西的顧客・吸菸客人

懷舊零食店

相關場景 商店街（P.220）

此場景中能看到的事物

・有很多連寫著店名的招牌都沒有的陳舊店鋪
・放在店門前的遊戲機或轉蛋機
・存放懷舊零食的合成樹脂製食品保存桶
・放冰淇淋的冷凍櫃
・垂掛展示的台紙玩具
・舊型的電玩遊戲機
・懷舊點心（梅子、李子、紅豆加工甜點、黃豆粉棒、迷你羊羹等等）
・糖果類（鱉甲糖、水飴、金平糖、冰糖、麥芽糖、牛奶糖等等）
・口香糖（片狀口香糖、氣球口香糖、泡泡糖球、棉花糖口香糖等等）
・烘焙點心（麩菓子、長崎蛋糕、甜甜圈、餅乾、派、威化餅等等）
・零嘴點心（米香、洋芋片、薯條、仙貝等等）
・魷魚或魚肉的加工海味零食
・各種果汁粉
・玩具（橡膠人偶、各種手槍模型、滑翔機、戒指、紙肥皂、連環圈、編織手工藝組、萬花筒、吹泡泡、九連環、拼圖、貼紙等等）

此場景中能聽到的聲響

・旋轉食品保存桶蓋子的聲音
・零錢投入零錢箱或是在遊戲機投幣的聲音
・冷凍櫃的開關聲
・懷舊零食的包裝摩擦聲
・電玩遊戲機發出的電子音
・從店內深處傳來的電視聲
・孩子們的歡聲或說話聲
・看店者與顧客結帳的聲音

此場景中可感受到的氣味及味覺

・從打開的食品保存桶飄出酸酸的零嘴氣味
・添加於懷舊零食中的香料味
・調整成濃郁味道的懷舊零食風味

此場景中可感受到的感覺

・老舊店鋪的懷舊感
・看顧孩子們的店主溫情
・嬉鬧中的孩子們營造的喧囂
・內心緊張又期待的正在抽籤的孩子
・來店的成人顧客從中感受到對孩提時代的懷念感

設定時的小提醒

很多懷舊零食店的建築物都很老舊，許多人也會把寬廣民宅的土間當作店鋪使用。此外，似乎不光只有當地的小孩，就連外地的大人或觀光客也經常造訪。

登場人物

・店主・小孩顧客
・家人・從外地來的成人顧客

便利商店

關場景　商店街（P.220）　重新開幕（P.221）

此場景中能看到的事物

- 連鎖店的招牌
- 停在店門前的貨車或客人的腳踏車
- 放在玄關入口處的地毯或雨傘架
- 內用區空間
- 洗手間、垃圾桶
- 販售報紙或雜誌用的營業用具
- 大型陳列架或網架
- 營業用的冷藏與冷凍櫃
- 存放罐裝、瓶裝飲料用的保溫箱
- 設置在便利商店內部的小型ATM
- 能夠購買、儲值電子貨幣或票券的便利商店終端機
- 電子貨幣的儲值卡
- 多功能事務機
- 微波爐
- 區隔店內空間與工作人員區的門
- 報紙或書籍
- 在櫃台處的保溫箱販售的炸物、包子、關東煮
- 各種便當或小菜
- 保存食（真空包食品、罐頭、冷凍食品、即食食品、零嘴等等）
- 麵包（吐司、麵包捲、鹹麵包、甜麵包、三明治等等）
- 零食（零嘴點心、仙貝、巧克力、糖果、口香糖、軟糖、甜點等等）
- 文具（筆類、筆記本類、接著劑、修正用具等等）
- 美妝用品（唇膏、口紅、粉底、眼影、乳液等等）
- 日用雜貨（貼身衣物、襪子、毛巾、各種洗潔劑、橡皮手套、香皂、沐浴乳、衛生紙、刮鬍刀、口罩、電池、打火機、耳機、熨斗紙、塑膠傘等等）
- 香菸的陳列架
- 結帳櫃台
- 店員用洗手槽
- 炸物用的油炸機
- 推車或貨物箱（放入商品的塑膠箱）

此場景中能聽到的聲響

- 店內播放的音樂
- 入口處響起的門鈴聲
- 炸物炸得滋滋作響的聲音
- 微波爐的開關聲或計時器的鈴聲
- 瓶罐飲料在冷藏櫃中的架上滑動的聲音
- 推動推車時的「喀啦喀啦」聲響
- 將貨物箱堆疊起來時發出的「碰咚」聲響

此場景中可感受到的感覺

- 挑選進貨商品時的苦惱
- 油炸機冒出的熱氣
- 冷藏櫃冒出的寒氣
- 客人集中在白天時的忙碌
- 對慢吞吞店員的不滿
- 蠻橫客人帶給周遭的困擾

設定時的小提醒　便利商店只會擺放銷售成績好的商品，因此架上商品的輪替相當激烈頻繁。近年來到這裡購買小菜或熟食的家庭主婦與長輩顧客都有所增加，而雇用外國籍打工者的店家也越來越多了。

登場人物　・店主・店員・貨運業者　・宅配業者・來店顧客

租賃空間

相關場景　萬聖節（P.058）　COSPLAY活動・攝影會（P.396）

此場景中能看到的事物

- 設計成咖啡廳風、會議室風、教室風、個間、和室等用途的建築物與裝潢
- 大型桌子
- 大量的椅子或沙發
- 寬廣的廚房
- 包場游泳池
- 白板
- 卡拉OK設備
- 如鋼琴等很難搬運過來的樂器
- 觀葉植物
- 商務用桌子與椅子
- 時髦的照明或窗簾
- 床鋪或衣櫃等家具
- 杯子或盤子等生活用品
- 舞蹈課程用的整片鏡子
- 利用者製作的料理或工藝品等等
- 演出者或藝人
- 各媒體的關係者
- 照相機或攝影器材
- 空間的業主

此場景中能聽到的聲響

- 準備樂器的人的聲音
- 在廚房料理食物的聲音
- 舞蹈課或派對中播放的音樂
- 調整家具等室內陳設時發出的聲音
- 攝影工作人員的相機快門聲
- 派對參與成員的談笑聲
- 前來進行前置確認的人與負責人討論的聲音
- 演出者在節目拍攝過程中的聲音

此場景中可感受到的氣味及味覺

- 廚房或洗手間中的消臭劑氣味
- 料理或調味料的氣味
- 使用者噴灑的芳香劑或香水氣味
- 全體利用者品嚐到的料理或甜點風味
- 混雜著包場游泳池氯氣的氣味
- 派對中飲用的酒精飲料風味

此場景中可感受到的感覺

- 因租賃空間使用上的自由度感到心情愉悅
- 好像超過使用時間而萌生焦慮
- 在跟平常不同的空間中與家族或同伴快樂度過
- 因為弄壞備品而臉色發青
- 和想像中的空間不同而浮現複雜的心情

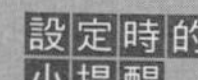

設定時的小提醒

租賃空間可用於派對、會議、活動、攝影等多樣化的用途。創作時可以嘗試去試想與登場角色相同的現實人物會基於何種目的租借這類空間。

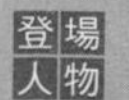

登場人物

・上班族・家人或親族・媽媽朋友
・音樂關係者・媒體關係者・老闆
・喜歡派對的人・管理公司的負責人

自動販賣機區

相關場景　商店街（P.220）　百貨公司（P.250）

此場景中能看到的事物

- 眾多的自動販賣機
- 鈔票或銅板投入口
- 零錢退出口
- 樣品或商品的照片
- 商品選擇按鍵
- 商品取出口
- 咖啡、茶飲、碳酸飲料
- 酒精飲料
- 甜麵包或甜點類
- 寶特瓶、鐵鋁罐、紙杯等容器
- 熱狗或薯條等熱食
- 杯麵
- 冰淇淋
- 關東煮罐或烏龍麵等時常有變動的商品類
- 長椅
- 桌子
- 垃圾桶
- 吸菸區
- 寫有「嚴禁隨手亂丟」等注意事項的看板
- 坐在長椅上休息的人
- 補充商品的作業員
- 保養維護自動販賣機的作業員

此場景中能聽到的聲響

- 投入零錢或鈔票時的聲音
- 零錢掉到零錢退出口的聲音
- 商品掉到取出口的聲音
- 冷卻機運轉的「嗡嗡」聲
- 已經能取出熱食或紙杯已注入咖啡時，機器發出的提醒音效
- 轉開碳酸飲料蓋子時的「噗咻」聲響
- 補充飲料存貨時發出的金屬音

此場景中可感受到的氣味及味覺

- 購入食物或飲料的氣味
- 垃圾桶周邊各式食物、飲料混雜在一起的氣味
- 在自動販賣機購入的飲料或食物風味
- 在吸菸區吸進的香菸氣味與味道

此場景中可感受到的感覺

- 因為自動販賣機數量太多，煩惱著該買些什麼
- 發現販售稀奇商品的自動販賣機時感到驚訝
- 熱咖啡或熱食傳來的熱度
- 冰涼飲料通過喉嚨時的暢快感
- 要幫這麼多台自動販賣機補貨的辛苦
- 想要看看零錢退出口或自動販賣機底下有沒有錢的念頭

設定時的小提醒　像是商店街、旅館、服務區等處，會擺放大量自動販賣機的場所也是相當多樣化。有時還會出現設置了稀奇罕見的自動販賣機，因而讓該處場所變成了觀光朝聖景點的事例。

登場人物
- 學生・朋友・男女朋友・小孩
- 長輩・附近的大叔・旅行者・遊民
- 作業員・自動販賣機的業主

公共電話

相關場景　車站（P.200）　商店街（P.220）

此場景中能看到的事物

- 灰色或綠色公共電話本體
- 裝設電話的台座
- 包覆著電話的玻璃罩（非電話亭的場合）
- 10日圓、100日圓硬幣
- 電話卡
- 聽筒
- 放聽筒的掛鉤
- 電話卡的插入口
- 硬幣的投入口
- 零錢的退出口
- 調節音量的按鍵
- 放手拿物品的架子或空間
- 緊急聯絡按鍵
- 輸入電話號碼用的按鍵
- 讓人不好帶走的超厚電話簿
- 顯示本台公共電話的編號與音量的液晶螢幕
- 使用者
- 維護公共電話的作業員

此場景中能聽到的聲響

- 投入零錢時的聲音
- 把聽筒從掛鉤拿下或掛回去時發出的「喀鏘」聲響
- 從聽筒中聽到的「嘟嘟」聲
- 按下按鍵或是撥動轉盤撥號時發出的聲音
- 零錢或電話卡額度所能提供的通話時間即將耗盡時的提醒音
- 對方接起電話的聲音
- 對方掛掉電話時的短暫「嘟」聲
- 電話卡退出時的電子音
- 通話結束後，提醒使用者不要忘記取回電話卡和隨身物品的錄音
- 與對方說話的聲音

此場景中可感受到的氣味及味覺

- 先前使用者留下的化妝品殘留氣味
- 電話亭中，夏天悶熱的空氣揮之不去的氣味
- 先前使用者帶進來的咖啡所留下的殘留氣味

此場景中可能發生之狀況

- 想找公共電話卻找不到時的焦急
- 沒有零錢或電話卡可用，因此在便利商店等處購物找開大鈔
- 講到一半，零錢或電話卡額度就已用盡了
- 因為大規模災害讓手機無法接通，導致公共電話大排長龍
- 因為發生災害，公共電話開放免費使用
- 因為只用過手機，不知道公共電話到底該如何使用

設定時的小提醒　雖然因為手機的普及，現在已經很難找到公共電話了，但人們已重新評斷它作為緊急聯絡方式的存在價值。因此讓公共電話在發生災害或事件時登場應該會是不錯的選擇。

登場人物
- 上班族・學生・還沒有手機的小孩
- 長輩・通訊公司的社員
- 被捲入事件的人・可疑人士

巷弄內

關場景　立飲店（P.288）　非法生意（P.339）

此場景中能看到的事物

- 有點昏暗的狹窄道路
- 冷氣機的室外機
- 小間但整齊排列的餐飲店
- 秘藏店家氛圍的居酒屋
- 建築物的後門
- 老舊的公寓或獨棟住宅
- 磚牆
- 餐飲店等處的垃圾集中處
- 鏽蝕的室外樓梯
- 緊靠建築物停放的腳踏車或機車
- 被擱置的垃圾
- 髒兮兮或被畫上塗鴉的建築物牆壁
- 屋頂排水溝
- 人孔蓋
- 不良分子
- 非法生意者
- 遊民
- 昏暗的路燈
- 野貓
- 建築物與建築物間交織的電線或電話線
- 寫有「前方區域勿進」、「禁止通行」等文字的看板
- 不合法的違規攤販
- 瓦斯的鋼瓶

此場景中能聽到的聲響

- 踏上還沒有乾透的水窪的聲音
- 燈泡發出的「喀唧喀唧」或「唧～」聲響
- 開闔狀況不好的門的開關聲
- 野貓或老鼠的叫聲
- 送貨員推著推車的「喀啦喀啦」聲響
- 從打開的門或窗子傳出的居民談話聲
- 人們打架時的怒吼

此場景中可感受到的氣味及味覺

- 不良分子抽菸的氣味
- 垃圾或髒東西等物散發的臭氣
- 居酒屋或公寓等處飄出的食物氣味
- 躲在一角來根菸的風味
- 在秘藏店家氛圍的居酒屋品嚐的推薦料理風味

此場景中可感受到的感覺

- 昏暗道路散發出「好像有什麼東西」的恐怖感
- 被不熟悉的道路激發的探險心
- 猶豫該不該通過這充滿髒污氣氛的地方
- 對「只有自己知道的小徑」感到得意
- 確信「來到這裡就能掩人耳目了」
- 在狹窄通路上意外感受到的平靜感

設定時的小提醒　巷弄內這種地方帶有地下社會或事件等強烈暴力負面印象。但另一方面來說，從大馬路踏進小巷後，在眼前開展出的成排餐飲店或住宅街區等等，也可說是巷弄內的一種情景。

登場人物　・學生・建築物的住戶・餐飲店的店員・不良分子・遊民・販毒者・可疑人士・幽靈・電力工程技師或下水道作業員

百貨公司

相關場景 初賣（P.251） 百貨公司地下街（P.255）

此場景中能看到的事物

- 大型玻璃窗、自動門
- 電扶梯
- 電梯
- 緊急逃生梯
- 電影院
- 啤酒花園
- 成衣專櫃
- 品牌專櫃
- 體育用品專櫃
- 生活雜貨、書店、文具用品
- 販售寶石或美術品等高價商品的專櫃
- 家電賣場
- 挑高空間大廳
- 地下的食品賣場（百貨公司地下街）
- 位於地下或屋頂的停車場
- 設置遊樂器材或長椅的屋頂空間
- 兒童遊戲區
- 依季節變換的裝飾
- 展示商品的模特兒
- 樓層圖
- 告知活動等資訊的巨大垂幕
- 固定於最高樓層展店的咖啡廳或餐飲店
- 工作人員專用的出入口、休息室、更衣室
- VIP專用沙龍

此場景中能聽到的聲響

- 店內播放的音樂
- 電梯或電扶梯運轉的聲音
- 防止偷竊用的防盜警鈴聲
- 店員的招呼攬客聲
- 店內的廣播聲
- 店內播放的廣告聲
- 討論要去哪裡的客人
- 資訊服務中心等處的店員說明
- 正在嬉鬧的小孩聲音

此場景中可感受到的氣味及味覺

- 餐廳或咖啡廳的餐食氣味
- 百貨公司地下街的熟食與小菜氣味
- 化妝品賣場的美妝品與香水氣味
- 卸貨場所空氣的氣味

此場景中可感受到的感覺

- 造訪百貨公司的愉悅感
- 在眾多專櫃中一間一間看下去的興奮感
- 對於新展店的專櫃感到雀躍
- 為了安撫想要玩具的孩子所費的苦心
- 立志維持彬彬有禮服務態度的責任感
- 在顧客沙龍購物的緊張感

設定時的小提醒 可以說是眾多專賣店集合體的百貨公司，其實也像是個主題樂園般的場所。比起凸顯特定店鋪在此展店，百貨公司這個場域還更想展現出「有著各式各樣東西」的氛圍。

登場人物
- 攜家帶眷・長輩・朋友・男女朋友
- 店員・警衛・資深店員・送貨員
- 媒體關係者

初賣

關場景 正月（P.012） 抽獎活動（P.263）

此場景中能看到的事物

- 福袋
- 陳列在顯眼處的主打商品
- 寶船裝飾品或達摩不倒翁等吉祥物
- 大幅降價的高價商品
- 讓人意識到新年的陳設
- 門松等新年裝飾
- 相當擁擠的賣場
- 徹夜排隊的人
- 用於管理排隊隊伍的紅龍柱與帶子
- 管理排隊隊伍的警衛
- 身穿紅色羽織的店員
- 分發號碼牌的店員
- 開店時列隊齊聲問候的全體店員
- 在開店的同時一口氣湧入店內的顧客
- 初賣的宣傳單
- 告知年初營業日與營業時間的張貼告示
- 購入商品時獲贈的福錢、折價券
- 互相交換福袋內物品的人

此場景中能聽到的聲響

- 「春之海」等讓人意識到新春的音樂
- 因為天氣寒冷讓牙齒打顫的聲音
- 兼具新年問候意涵的店內廣播
- 對店員的態度或引導不滿而怒吼的顧客
- 店員提醒行為舉止失當的顧客的聲音
- 顧客與店員爭論的聲音
- 全體隊員列隊進行的新年問候
- 針對號碼牌或排隊引導方式等事情的說明
- 買到商品後向家人朋友回報的談話聲

此場景中可感受到的氣味及味覺

- 冬季空氣的乾燥氣味
- 圍在脖子上的圍巾散發出的柔軟精氣味
- 徹夜排隊時，朋友送來的慰勞品咖啡氣味

此場景中可感受到的感覺

- 排在隊伍最前面的得意感
- 看到隊伍太長而放棄
- 決心一定要入手目標商品的氣魄
- 沒有買到目標商品時的沮喪感
- 對隊伍中吵鬧的某群人感到不悅
- 年末年初都要投入忙碌工作的精神疲乏感
- 對能否妥善應對大量的顧客感到緊張

設定時的小提醒 為了能更讓人理解初賣，請務必要充分放入帶有正月氣氛的事物。特別是「福袋」這種容易理解的元素，將之積極地使用在設定之中想必會很有用的。

登場人物 ・家人・男女朋友・家庭主婦・媽媽朋友 ・排隊的人・警衛・店員・轉賣者

中元・歲暮

相關場景 盂蘭盆節（P.046） 百貨公司（P.250）

此場景中能看到的事物

- 禮品目錄冊
- 禮品廣場
- 告知適逢中元或歲暮時期的廣告
- 網路商城的特設網頁
- 販售商品的店家店員
- 互相討論的夫婦或父母
- 洗潔劑或果凍等經典款禮品
- 信樂燒等珍奇禮品
- 包裝商品的風呂敷
- 要致贈中元禮品的上司或家族
- 商品上的熨斗指與水引
- 隨禮品一起付上的問候信
- 收到中元或歲暮禮品而興奮喧鬧的孩子們
- 在物流與收貨場所處理分類的人
- 為了支援送貨而增加的送貨員與貨車

此場景中能聽到的聲響

- 包裝購買的禮品的聲音
- 在網路上購買，要送出訂單時的鍵盤或滑鼠點擊聲
- 親自攜帶禮品拜訪時，按下玄關門鈴的聲音
- 告知適逢中元或歲暮時期的廣告聲
- 討論著要送誰、要送什麼等問題的家族交談聲
- 針對商品與販售人員談話的聲音
- 親自攜帶禮品拜訪時與對方的談笑聲
- 送貨員通知禮品送到的聲音
- 向對方致電表達已收到贈禮的電話聯絡聲
- 孩子喧鬧的聲音

此場景中可感受到的氣味及味覺

- 洗潔劑或食品等獲贈禮品的氣味
- 拜訪處的住家空間氣味
- 致贈食品的風味
- 禮品專區提供的試吃食物氣味

此場景中可感受到的感覺

- 對關照自己之人的感謝之情
- 對於該送給誰、該送些什麼等問題感到苦惱
- 因為對方很照顧自己，所以決定選購高價商品
- 獲贈禮品時的喜悅
- 收到不需要的東西時，浮現出的無言以對感受
- 對即將到來的中元、歲暮感到憂慮
- 比平時增加更多配送物的忙碌

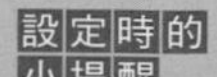

設定時的小提醒

最近贈送中元或歲暮禮品幾乎都是採用郵寄了，所以設定時選擇親自攜帶禮品前去致謝會比較有效果。從登門拜訪時遞出中元或歲暮禮品的場面來開啟故事，想必會比較有趣吧。

登場人物

- 父母・夫婦・上司・部下
- 贈禮對象的家人・送貨員
- 禮品廣場的店員

大特賣

聯場景　百貨公司（P.250）　家電量販店（P.261）

此場景中能看到的事物

- 重點商品
- 大量堆在特賣花車中的折扣商品
- 銷不出去的冷門商品
- 不在大特賣範圍內的商品
- 為了補貨而運來的紙箱或大型推車
- 大特賣的廣告
- 大大寫著折扣內容的POP文宣或資訊標籤
- 寫有購買量限制等訊息的注意事項
- 開店前就開始排隊的顧客
- 分發號碼牌的店員
- 管理排隊隊伍的警衛
- 爭先恐後挑選商品的顧客
- 宣傳特賣內容的店員
- 客人手上提著的大量提袋
- 告知特賣訊息的網路商城
- 特賣商品一字排開的活動特設網頁
- 告知商品承蒙惠顧已全數銷售完畢的看板

此場景中能聽到的聲響

- 店內播放的音樂
- 眾多客人在店內走動的聲音
- 不間斷持續運作的收銀機或條碼掃描器的聲音
- 購物完畢的客人，手中提著的紙袋或塑膠袋摩擦聲
- 店內的廣播聲
- 爭搶商品的顧客聲音
- 管理排隊隊伍的警衛或店員的聲音
- 將客人引導至賣場的店員聲音
- 和一起購物的同伴針對購買商品閒聊的聲音

此場景中可感受到的氣味及味覺

- 密密麻麻人群散發出的化妝品或體臭等混雜的氣味
- 販售的食品或洗潔劑等商品的氣味
- 從餐飲區或熟食小菜區飄出的食物氣味
- 在繁忙中抽空小憩時暢飲的飲料風味

此場景中可感受到的感覺

- 無論如何一定要入手特賣商品的幹勁
- 知道重點商品是什麼時感受到的悸動
- 成功買到目標商品時的欣喜
- 沒有買到目標商品時的悔恨
- 完成比平常還忙碌的工作後留下的費勁與疲憊感
- 明明是大特賣的場合卻門可羅雀而感到空虛

設定時的小提醒　在百貨公司等處會舉辦如夏季特賣或冬季特賣等定期特賣會。特賣活動中所銷售的商品會因為店家種類或時期等條件而有所不同，請務必先注意這一點，再來進行情節的設定。

登場人物
- 家庭主婦・媽媽朋友・小孩
- 攜家帶眷的一家子・朋友・店員・警衛

英雄表演秀

相關場景 百貨公司（P.250） 遊樂園（P.356）

此場景中能看到的事物

- 站在舞台上的演出者
- 服裝、布偶裝
- 主持人的介紹
- 負責音效或音樂的工作人員
- 表演秀的演出家或導演
- 舞台
- 在舞台側邊預備的演出者
- 背後的布景
- 演出時的煙霧或煙火
- 音響設備、擴音機
- 照明設備
- 依表演秀的場面不同使用的各種顏色的燈光
- 觀眾
- 警衛
- 負責處理諸多雜務的幕後工作人員
- 大道具工作人員
- 攝影工作人員
- 照明工作人員
- 後台準備室
- 演出者手持的小道具
- 在高潮場面時觀眾手持的螢光棒等小道具
- 接待櫃台
- 座位
- 拍照攝影空間
- 負責音效播出等部分的工作人員

此場景中能聽到的聲響

- 主題曲等音樂
- 使出必殺技時的音效
- 以激烈的動作擦過地面或擊中身體的聲音
- 現場小朋友觀眾的加油聲
- 觀眾的鼓掌聲
- 拍照時的快門聲
- 主持人介紹時的播報
- 英雄、反派角色的台詞
- 主持人或英雄等向觀眾們的呼喊聲

此場景中可感受到的氣味及味覺

- 營造爆炸效果時的火藥氣味
- 穿上英雄裝或玩偶裝時那股悶熱的氣味
- 在接待櫃台獲得的糖果風味

此場景中可能發生之狀況

- 有數名觀眾被邀請上台參與表演秀的演出
- 在動作戲場面出錯，不小心真的被對手角色打中了
- 靠主持人與演出者的臨場反應安然度過照明設備出狀況等難關
- 因舞台規模或演出者的關係而變更表演內容
- 在表演秀結束後，和英雄人物一起拍攝紀念照

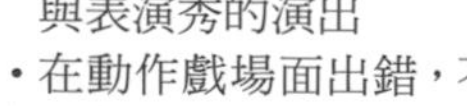

設定時的小提醒

和那些在劇場中定期舉辦公演的表演不同，這裡提到的英雄表演秀多半都是在地方活動會館或百貨公司屋頂等處舉行，因此若是在設定上呈現出帶有手工操刀的氛圍相信會很不錯吧。

登場人物

- 演出者・主持人・幕後的工作人員
- 父母・兄弟姊妹・小孩・警衛
- 該作品的粉絲

百貨公司地下街

關場景　百貨公司（P.250）　大特賣（P.253）

此場景中能看到的事物

- 熟食小菜店
- 和菓子店
- 洋菓子店
- 便當店
- 生鮮食品
- 麵包店
- 喫茶店
- 乾貨店
- 土產店
- 酒店
- 飯糰店
- 速食店
- 美食廣場
- 咖啡廳
- 停車場或往車站的出入口
- 電梯大廳
- 電扶梯
- 緊急逃生梯
- 購物籃
- 購物車
- 投幣式置物櫃
- 休息區
- 活動區
- 物產展等現場活動

此場景中能聽到的聲響

- 在該樓層播放的音樂
- 盛裝食品的容器或塑膠袋
- 操作收銀機的聲音
- 付款或找錢時的零錢聲
- 推動推車的聲音
- 和舉辦的活動相關的民謠等音樂
- 店員的招呼攬客聲
- 討論著要買些什麼的顧客一行人

此場景中可感受到的氣味及味覺

- 熟食小菜的氣味
- 甜點的氣味
- 咖啡廳的咖啡氣味
- 乾貨或茶葉的氣味
- 試喝酒的風味
- 在美食廣場品嚐到的食物風味
- 在物產展購買的便當風味

此場景中可感受到的感覺

- 被熟食小菜的氣味刺激鼻腔而引發的飢餓感
- 享用完在美食廣場購入的食物後的滿足感
- 對造訪稀奇的物產展所萌生的期待感
- 看到長長的排隊人潮，對是否能買到商品感到不安
- 對擁擠混雜的人流感到煩躁
- 對商品爆發性的銷售感到喜悅
- 對商品銷售成績不佳感到不安

設定時的小提醒

百貨公司地下街是一個給予人「食品或食材販售區」或「以飲食為主軸的物產展」等強烈印象的場域。如果設定上想要採用前述以外的元素時，最好增添額外的補充說明會比較妥當。

登場人物

- 父母・兄弟姊妹・小孩・家庭主婦
- 各店鋪的店員
- 物產展的主辦人與相關人士
- 百貨公司的工作人員・試吃販售員

男廁（商業設施）

相關場景　洗手間（日式房屋）（P.099）　女廁（商業設施）（P.257）

此場景中能看到的事物

- 標示男性使用的標誌
- 小便斗
- 馬桶
- 免治馬桶座設備
- 衛生紙、捲筒衛生紙架
- 沖水用的按鍵或把手
- 自動沖水感應器
- 大號時使用的廁所個間
- 廁所用芳香劑
- 磁磚地板或牆壁
- 洗手台、水龍頭、鏡子
- 馬桶沖洗器
- 裝入網袋中的香皂
- 盛裝洗手乳的容器
- 無障礙扶手
- 捲筒型手巾（壁掛捲筒手巾）
- 烘手機
- 存放衛生紙或香皂備品的櫥櫃
- 張貼在牆壁或門上的海報或廣告
- 寫有「向前一步」等注意事項的告示
- 換氣扇
- 清潔用具間與打掃用具
- 廁所個間中的寶寶安全椅
- 收費制洗手間的投幣孔

此場景中能聽到的聲響

- 解手時的聲音
- 沖洗便器時的水流聲
- 向廁所個間敲門的聲音
- 拉動捲筒衛生紙的聲音
- 洗手的聲音
- 使用烘手機的聲音
- 打掃洗手間時的灑水或刷洗聲

此場景中可感受到的氣味及味覺

- 阿摩尼亞的氣味
- 強烈的芳香劑氣味
- 洗手乳或香皂的氣味
- 洗手間用洗潔劑的香料或氯的氣味

此場景中可感受到的感覺

- 內急時發現洗手間後，放下心中大石的感覺
- 洗手間還沒被打掃過，心中感到不安
- 廁所個間人滿為患時的焦慮
- 進行解手時的開放感
- 臀部接觸到馬桶座墊時的冰涼感
- 廁所衛生紙用光時的窮途末路感
- 對洗手間被人用得髒兮兮感到不滿
- 看著鏡子整理自己服裝儀容的心情

設定時的小提醒　解決人們生理問題的洗手間，在我們的生活中是不可缺少的空間，但另一方面，許多出入人士不特定的公共場合洗手間，也會成為犯罪者們進行毒品買賣等非法交易行為時的招牌場所。

登場人物
- 朋友・上班族・學生
- 附設洗手間的店鋪裡的店員・警衛
- 清潔員・阿姨

女廁（商業設施）

相關場景 洗手間（日式房屋）（P.099） 男廁（商業設施）（P.256）

 此場景中能看到的事物

- 標示女性使用的標誌
- 多間的廁所個間
- 馬桶
- 免治馬桶座設備
- 水流擬似音效裝置
- 垃圾桶
- 衛生紙、捲筒衛生紙架
- 沖水用的按鍵或把手
- 自動沖水感應器
- 廁所用芳香劑
- 磁磚地板或牆壁
- 洗手台、水龍頭、鏡子
- 馬桶沖洗器
- 裝入網袋中的香皂
- 盛裝洗手乳的容器
- 捲筒型手巾（壁掛捲筒手巾）
- 烘手機
- 寫有「禁止吸菸」等注意事項的告示
- 存放衛生紙或香皂備品的櫥櫃
- 張貼在牆壁或門上的海報或廣告
- 寫有「向前一步」等注意事項的告示
- 換氣扇
- 清潔用具間與打掃用具
- 廁所個間中的寶寶安全椅
- 尿布更換台
- 收費制洗手間的投幣孔

 此場景中能聽到的聲響

- 水流擬似音效裝置的聲音
- 沖洗便器時的水流聲
- 拉動捲筒衛生紙的聲音
- 向廁所個間敲門的聲音
- 洗手的聲音
- 使用烘手機的聲音
- 打掃洗手間時的灑水或刷洗聲
- 洗手時與朋友交談的聲音

此場景中可感受到的氣味及味覺

- 阿摩尼亞的氣味
- 強烈的芳香劑氣味
- 洗手乳或香皂的氣味
- 化妝品的氣味
- 更換尿布時撒上的嬰兒爽身粉氣味

 此場景中可能發生之狀況

- 使用的人很多，輪到自己之前還要等很久
- 想幫寶寶換尿布，但空間內卻沒有尿布更換台
- 因為廁所衛生紙用光了，無計可施之下只能拿手邊的東西來湊合使用
- 在鏡子前補妝
- 在洗手時和朋友一起發牢騷
- 有活動時，女性化妝室總是人滿為患

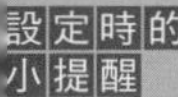

設定時的小提醒 相較於男性，女性在有鏡子的洗手台前進行補妝或是重新打理儀容等狀況相當常見。另外再加上洗手間中的對話作為輔助來推展整個故事，這樣的方式或許也相當有趣。

登場人物
- 朋友・OL・學生・家庭主婦
- 嬰兒・附設洗手間的店鋪裡的店員
- 警衛・清潔員

電梯

相關場景 百貨公司（P.250） 家電量販店（P.261）

此場景中能看到的事物

- 電梯大廳
- 特別厚重的電梯門
- 升降的內部（箱體）
- 升降用的按鍵
- 貼在電梯門上的注意事項
- 顯示電梯正停在幾樓的識別燈號
- 方向表示燈
- 輪椅使用者專用按鍵
- 電梯門開關按鍵
- 為了專用運行設定的特殊按鍵
- 電梯內的鏡子
- 目的地樓層按鍵
- 緊急按鍵
- 和外部聯絡時使用的對講機
- 延長電梯門開關的按鍵
- 扶手
- 監視器
- 鋪在電梯內的地毯
- 可以看到電梯內外部的窗子
- 從玻璃箱體牆或窗子看到的外頭景色
- 利用者、送貨員等業者
- 電梯服務生或服務小姐
- 保養維護的作業員
- 為了延長牆壁或地板壽命而採用的毛氈素材或膠合板等等

此場景中能聽到的聲響

- 電梯抵達本樓層的聲音
- 按下各個按鍵的聲音
- 電梯的運轉聲
- 電梯門沉重的開關聲
- 將行李帶入電梯內的聲音
- 按下緊急按鍵時的聲音與管理者的聲音
- 乘載過重等運轉出問題時出現的警告音
- 通知已抵達目的樓層的電子聲音

此場景中可感受到的氣味及味覺

- 電梯內部的芳香劑氣味
- 同乘者身上的化妝品或止汗劑氣味
- 剛採買回來的熟食小菜或花等物的氣味

此場景中可能發生之狀況

- 乘坐者太多，跟滿員電車一樣被擠得水泄不通
- 因為有小孩在電梯內玩耍而感到憤怒
- 和不知該如何相處的鄰居共乘電梯，覺得尷尬不快
- 因為突發狀況而被困在電梯內
- 在電梯裡碰見可疑人士

設定時的小提醒　電梯不光只是個移動裝置，意識到它也能夠變成「密室」，應該很有趣吧。因為具有壓迫感，還得和不認識的人共處一室，所以是個很容易就能融入懸疑或驚悚元素的場所。

登場人物
- 家人・朋友・附近的熟人
- 家庭主婦・小孩・建築物的管理人
- 電梯的作業員・可疑人士・幽靈

電扶梯

關聯場景 百貨公司(P.250) 家電量販店(P.261)

此場景中能看到的事物

- 金屬製的電扶梯前底板
- 踏階(分段)
- 踏階邊緣的黃色線條
- 跟著運轉的扶手帶
- 配置扶手帶的壁板(防護壁板)
- 扶手帶上的廣告
- 防止人從電扶梯上翻越的保護板
- 防止人跌落的網子
- 操作盤
- 緊急停止按鍵
- 靠右或靠左站的利用者
- 從空出來的那一側步行通過的利用者
- 擦拭扶手帶的作業員
- 保養維護的作業員
- 到達樓層的地圖
- 提醒搭乘者注意的警語貼紙
- 連結起來的移動步道
- 告知暫停服務的桿子與繩帶
- 告知往上或往下的看板或貼紙

此場景中能聽到的聲響

- 電扶梯運作的聲音
- 保養維護時的作業聲響
- 有人在電扶梯上步行的腳步聲
- 緊急停止時播放的電子聲音
- 站立的搭乘者與步行的搭乘者吵架的聲音
- 對在電扶梯上步行的人發出的提醒聲

此場景中可感受到的氣味及味覺

- 站在前方或後方的人散發的體味或化妝品氣味
- 清潔後的扶手帶散發的消毒水氣味
- 老舊電扶梯散發出橡膠和機油等物混雜後的氣味
- 趁著搭電扶梯時稍微喘口氣喝下的飲料水風味

此場景中可感受到的感覺

- 即將踏上面前長長的往下電扶梯時感受到的恐懼
- 在電扶梯上行走時摔倒，因而感到焦躁
- 看到連電扶梯前都在排隊時，浮現出覺得麻煩的情緒
- 帶著小孩一起搭乘時的緊張感
- 發現自己好像踏上反方向的電扶梯時，感到羞愧無比

設定時的小提醒

日本存在著東日本空出右側、西日本空出左側這種搭乘習慣，也成為主流風潮。但是這原本就是錯誤的搭乘方式，在進行情境描寫時務必要注意這一點。

- 父母・小孩・朋友或男女朋友
- 攜家帶眷的人・學生・上班族
- 家庭主婦・長輩・清潔員
- 保養維護的作業員

超級市場

相關場景　中元・歲暮（P.252）　抽獎活動（P.263）

此場景中能看到的事物

- 肉類、魚類、雞蛋等生鮮食品
- 蔬菜類
- 飲料類
- 酒類
- 真空包食品
- 甜點糕餅類
- 乾貨或調味料
- 米或麵包等主食類
- 熟食小菜專區
- 日用品專區
- 生活雜貨專區
- 降價的廉價商品
- 陳列品的台子、架子、冷藏庫、冷凍庫
- 結帳櫃台
- 作業台（整理購買商品或行李的台子）
- 花店
- 試吃販售員
- 店員
- 在入口附近營業的烤雞肉串店或麵包店
- 美食廣場
- 購物籃
- 購物車
- 環保購物袋、塑膠袋
- 熟食小菜用的塑膠容器
- 運送商品的推車
- 存放商品或進行整理的後方作業區
- 製作熟食小菜的烹飪場
- 鎖定限時特賣的熟客

此場景中能聽到的聲響

- 店內播放的音樂
- 裝設有門的冷藏庫或冷凍庫的開關聲
- 推動購物車或推車的聲音
- 將商品放入塑膠袋時的聲音
- 店內的廣播聲
- 店員的問候
- 試吃販售員的叫賣攬客
- 纏著父母買東西的小孩哭泣聲
- 客人站著閒聊的聲音

此場景中可感受到的氣味及味覺

- 熟食小菜的氣味
- 海鮮賣場的鮮魚氣味
- 從後方作業區的貨車發出的排氣管廢氣味
- 被推薦試吃的試吃品風味

此場景中可感受到的感覺

- 為今晚的餐食或明天的便當菜色煩惱
- 發現特價品所以買來加菜
- 鎖定限時特賣的便當或熟食小菜
- 對結帳櫃台人擠人時的不滿
- 被客人逼著貼折價貼紙時的煩躁感

設定時的小提醒　和百貨公司不同，超級市場是屬於和生活更緊密的場所，因此意外在這裡碰到認識的人、或是熟人在此擔任店員也是很有可能的。另外還有從店員的立場出發，藉此來構築故事的手法。

登場人物
- 父母・兄弟姊妹・小孩
- 家庭主婦・長輩・獨居的學生
- 附近的熟人・店員・試吃販售員
- 貨車司機

家電量販店

相關場景　初賣（P.251）　遊戲店（P.374）

此場景中能看到的事物

・洗衣機、吸塵器、煮飯用電子鍋、微波爐等白色家電
・美容家電
・按摩機器
・照明設備
・室內裝飾
・戶外用品
・監視器、感應燈等防盜設備
・手電筒或電池等防災用具
・汽車衛星導航或GPS等汽車用品
・冷氣機、電風扇、暖爐等冷暖溫控機器
・電視機、錄放影機等影像機器
・音響設備
・電腦、印表機、掃描機、其他周邊機器
・智慧型手機、手機、其他周邊機器
・照相機、攝影機
・時鐘、手錶
・影音光碟、音樂CD、遊戲軟體
・電玩遊戲機
・玩具、轉蛋玩具
・辦公室用品或文具
・顧客
・店員
・各廠商派來駐點的員工
・諮詢服務中心

此場景中能聽到的聲響

・從電視或音響設備等商品傳出的聲音
・店內播放的店家主題曲
・討論著同領域商品該買哪一種的聲音
・店內的廣播聲
・店內播放的廣告聲
・店員與顧客的商議

此場景中可感受到的氣味及味覺

・加入精油的加濕器散發出的香氣
・包裝商品用的紙箱氣味
・以電子鍋或微波爐等商品製作的試吃品風味

此場景中可感受到的感覺

・四處走走、看看新商品或話題商品的快樂
・覺得向自己搭話的店員很煩人
・比較著各式各樣家電的價位和性能，煩惱著該選哪款
・得知想要的商品已經售罄時的震驚
・對問東問西之後，最後什麼也沒買就離開的客人感到困擾

設定時的小提醒　為了添購生活必需的家電用品，從家庭客、學生、到外國人，各式各樣的客群都會造訪家電量販店。購買高價位商品時對價錢的掙扎，以及和店員進行價格上的交涉等情況也有可能發生。

登場人物
・家人・親戚・小孩・男女朋友
・夫婦・朋友・店員・製造商社員
・外國觀光客・家電狂熱者

紳士服量販店

相關場景　重新開幕（P.221）　服飾店（P.242）

此場景中能看到的事物

- 店鋪的招牌
- 西裝、休閒褲
- 禮服
- 領帶
- 襯衫
- 貼身衣物、襪子
- 罩衫
- 學生服
- 皮帶
- 衣架
- 吊帶褲
- 皮鞋、船型跟鞋
- 大衣
- 夾克
- 提包
- 名片夾
- 錢包
- 手帕
- 圍巾
- 試衣間
- 展示商品的模特兒
- POLO衫或背心等休閒裝扮
- 大幅降價的特價商品
- 縫紉機、裁縫剪刀
- 店員
- 裁縫師
- 捲尺

此場景中能聽到的聲響

- 店內播放的音樂
- 試穿衣服時的衣物摩擦聲
- 用裁縫剪刀剪開布料的聲音
- 縫紉機的聲音
- 不知自己適合哪一類而正在和店員討論的顧客聲音
- 店員針對西裝的用途進行說明的聲音

此場景中可感受到的氣味及味覺

- 鞋油或除臭劑的氣味
- 皮革製品的皮革氣味
- 衣裝儀容打理整齊的裁縫師或店員散發出的整髮劑或香水氣味

此場景中可感受到的感覺

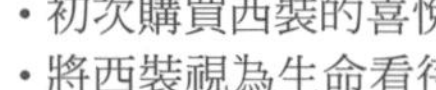

- 初次購買西裝的喜悅感
- 將西裝視為生命看待而認真地挑選
- 臨時非得需要禮服不可時的焦慮
- 因為求職不得不購買西裝，讓人覺得麻煩
- 對西裝、小物、提包該如何彼此搭配感到煩惱
- 為自己邁入社會的孩子的西裝打扮感動
- 被委託製作客製化西裝時的責任感

設定時的小提醒　因為可以用合理適當的價格購入西裝，因此不只是上班族，也會有很多學生和社會新鮮人造訪紳士服量販店。特別是在描寫學生添購自己第一套西裝時，肯定會萌發各式各樣的情感。

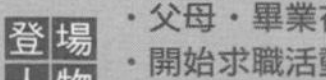

登場人物
- 父母・畢業在即的學生
- 開始求職活動的學生・上班族
- 附近的大叔・店員・裁縫師

抽獎活動

關場景　重新開幕（P.221）　初賣（P.251）

此場景中能看到的事物

- 搖獎機（回轉式的抽選器具）
- 各種顏色的抽獎小球
- 放入獎籤的箱子
- 帳篷
- 告知抽獎活動的傳單與海報
- 桌子
- 鐵管椅
- 寫有獎品品項的看板
- 抽中大獎者用的目錄
- 手搖鈴
- 日用品或甜點糕餅類等獎品
- 陳列獎品的架子
- 紅白幕
- 擺放回收的抽獎券與獎籤的箱子
- 引導抽獎者的工作人員
- 介紹活動方式的看板
- 正在抽獎的人
- 等待抽獎的排隊隊伍
- 管理排隊隊伍的工作人員
- 抽中高價獎品的欣喜之人
- 沒抽中想要獎品的失落之人

此場景中能聽到的聲響

- 轉動搖獎機時發出的「喀啦喀啦」聲響
- 攪動抽獎箱時發出的「喀沙喀沙」聲響
- 要打開抽出的獎籤時，剝除黏貼處的聲音
- 在大獎抽出時高聲響徹的手搖鈴聲
- 抽中想要獎品的人開心地大叫
- 工作人員的說明聲

此場景中可感受到的氣味及味覺

- 走向抽獎活動場所路途中的雀躍感
- 抽獎時的心跳加速感
- 因為把搖獎機轉動得太過頭，被人提醒了
- 抽中特獎時的驚訝
- 抽到雖然高價但並非想要的商品，因此感到困擾

此場景中可能發生之狀況

- 親朋好友圈內都在收集抽獎券，準備挑戰抽獎
- 抽中特獎的旅遊券，和家人或朋友去旅行
- 想要的獎品就在自己眼前被人抽走
- 不小心從搖獎機搖出太多顆抽獎小球
- 對結果不滿意的客人找相關人員的麻煩
- 朋友挑戰第一次就抽中最大獎了

設定時的小提醒

像旅遊券或家電商品等抽獎活動的獎品，都是很容易帶動故事進行的要素。因為也時常會在初賣或祭典等活動場合舉行，因此可以試著把它們相互搭配來建構故事，會是很不錯的方向。

登場人物

- 父母・兄弟姊妹・朋友・男女朋友
- 攜家帶眷的人・工作人員
- 當地組織的幹部・人偶裝・吉祥物角色

地域限定場景

神保町

日本全國各地有多個相同地名，而其中最有名的就是位於東京·神田的神保町了。從大正時代以來就以書籍之街而廣為人知，擁有世界最大規模的古書店街。

此場景中能看到的事物

- 大型書店的大樓
- 書店店員
- 古書店的店鋪
- 古書店的年邁店主
- 透過玻璃窗看到的古書店內書山
- 擺放在面向道路設置的店外書架上販售的書籍
- 咖哩店
- 中華料理店
- 大型出版社的大樓
- 上班族
- 輕裝打扮在街上漫步的大型出版社編輯
- 大學生
- 靖國通り、外堀通り
- 中古唱片行、中古影音店
- 隨處可見的地下鐵出入口
- 位於神保町十字路口處的大樓，其屋頂上設置的大型出版社書籍廣告
- 神保町書籍嘉年華的活動旗幟與來場的人潮
- 深夜時在大型出版社前排隊等候客人的計程車

此場景中能感受到的氣味及味覺

- 充滿古書店內略帶霉味的舊書氣味
- 古書店街巷弄中，不知從何處飄來的舊書氣味
- 受大型出版社員工們愛戴的中華料理店那長年不變的拉麵風味
- 在眾多咖哩店中評價特別高的店家，其咖哩那富有深度的風味
- 被認識的編輯帶去堪稱隱藏名店的餃子店，但風味卻意外普通

此場景中能聽到的聲響

- 往來神保町十字路口的車輛聲
- 在幾乎沒有車經過小巷內響起的過路人腳步聲
- 感覺像是編輯的輕裝男子邊走邊講電話的大音量
- 在安靜的古書店內聽見客人翻閱手上書籍的聲音
- 店主用撢子清理書籍灰塵的聲音
- 靖國通り路上咖啡廳的露天座位傳出的客人談笑聲
- 帶著開心笑臉走在路上的大學生團體發出的喧鬧聲
- 從體育用品店傳出的店內播放音樂

此場景中能感受到的感覺

- 光是看著大量的古書，就感受到自己好像變聰明的錯覺
- 初次踏入不熟悉的古書店時，自己似乎感受到店主的震攝感
- 翻閱書頁時，指尖感受到古書和紙那起毛的質感
- 拿起貴重的辭典類書籍時，感受到似乎快要滑落的沉甸甸感
- 古地圖那不太可靠的輕薄感
- 望著大學校園，自己大學時代的心境也因此甦醒的感受
- 稱霸周邊的所有咖哩店，覺得自己也能夠算得上是一個咖哩通了

設定時的小提醒

過去作為地標的神保町十字路口的相機店已經歇業，近年來這裡的景致也出現了部分變化。只不過在街道上往來的人們、為數眾多的餐飲店、古書店街等姿態，至今都沒有改變過。

登場人物

- 書店店員・古書店的店主
- 上班族・大學生
- 餐飲店從業人員

第九章
圍繞著餐飲店的場景

Good-Old Diner / Sushi / Soba Udon / Ramen / Tempura Restaurant / Tonkatsu Restaurant / Sukiyakiya Restaurant / Yakinikuya Restaurant / Shabushabuya Restaurant / Beef Bowl Shop / Okonomiyaki Shop / Diner / Curry Shop / Eel Restaurants / Oden Shop / Japanese Restaurant / Bar / Japanese Pub / Standing Bar / Yakitori Shop / Family Restaurant / Hamburger Shop / Pizza Shop / Delivery / Food Stands (Food Truck) / All-You-Can-Eat / Japanese Sweets Shop / Rice Dumpling Shop / Rice Cracker Shop / Taiyaki Shop / Manjuya Shop / Cafe Featuring Japanese-Style Sweets / Sweets Shop / Market / Osaka

西餐

相關場景 媽媽朋友午餐聚會（P.078） 百貨公司（P.250）

此場景中能看到的事物

- 陳列著餐點樣品的展示櫥窗
- 前來用餐的顧客
- 廚師
- 外場接待店員
- 白色的烹飪帽
- 吧台席位
- 桌子、椅子
- 桌巾
- 刀子、叉子、湯匙
- 摺疊得很漂亮的餐巾
- 盤子等餐具
- 垂掛在烹飪場作業區的平底鍋
- 菜單
- 葡萄酒
- 吊燈
- 寸胴鍋
- 湯勺
- 裝飾的花卉
- 牆壁上的繪畫
- 葡萄酒杯
- 入口處的看板
- 漢堡排
- 蛋包飯
- 義大利麵
- 冰淇淋
- 米飯
- 麵包
- 桌子上的調味料（鹽、胡椒、沙拉醬）
- 有年代的掛鐘
- 為顧客端上的水
- 烹飪場的水槽
- 大型冷藏庫
- 瓦斯爐
- 放置烹飪用具的架子
- 肉類、魚類等食材
- 工作人員配戴的領巾
- 料理刀
- 鋪設木板的地面
- 掛在入口處大門上的鈴
- 收銀機
- 夾入帳單或收據的板夾
- 為客人掛上外套或大衣的衣架
- 喚來店員的桌上按鈴
- 飲料吧、沙拉吧

此場景中能聽到的聲響

- 用平底鍋烹調食材的聲音
- 用打蛋器將雞蛋攪拌成蛋液的聲音
- 製作油炸料理的聲音
- 用料理刀切食材的聲音
- 將餐具堆疊起來的聲音
- 打開葡萄酒瓶塞的聲音
- 將葡萄酒倒入杯子的聲音
- 店內播放的音樂
- 店內現場演奏的鋼琴樂聲
- 有人開門時響起「喀啷叩隆」的掛鈴聲
- 刀子或叉子觸碰到盤子的聲音
- 掉落的盤子摔碎的聲音
- 「啪沙」一聲將桌巾展開的聲音
- 店內的電話鈴聲
- 收銀機的聲音
- 有人按下桌上按鈴喚來店員的聲音
- 一口咬下酥脆炸物時發出的「喀滋」聲響
- 用嘴小口吸食義大利麵的聲音
- 將冰塊放入玻璃杯中的聲音
- 老時鐘響起的報時聲
- 入店時聽到的「歡迎光臨」招呼聲
- 外場接待人員回覆點單的聲音
- 顧客們交談的聲音
- 為某人慶祝生日時響徹的生日快樂歌聲

設定時的小提醒 所謂的西餐，其意涵就是日本普遍品嚐的西洋料理。在過去，西餐主要是於百貨公司的餐廳等處所提供，時過境遷，現在已經多了很多規模相對較小的店鋪了。

此場景中可感受到的氣味及味覺

- 熬煮好的咖哩氣味
- 油炸料理的炸油氣味
- 清洗餐具的洗潔劑氣味
- 店內鋪設的木地板氣味
- 咖啡的氣味
- 翻炒洋蔥的氣味
- 蜜漬紅蘿蔔的氣味
- 用鐵板煎烤的多汁漢堡排風味
- 多蜜醬的風味
- 蛋包飯的番茄醬風味
- 配料的高麗菜絲風味
- 沙拉醬的風味
- 香甜好吃的甜點風味
- 葡萄酒的風味
- 米飯、麵包的風味

此場景中可感受到的感覺

- 品嚐到喜愛料理時的喜悅
- 等候料理上桌時的飢餓感
- 煩惱著該吃些什麼
- 出乎意料地碰到好吃店家食的欣喜
- 用毛巾擦完臉後的舒適感
- 擔心價位太高該怎麼辦的不安感
- 被眾人祝賀生日快樂時的幸福感
- 午餐價位便宜時的划算感
- 開店前的兵荒馬亂
- 被主廚前輩訓斥時的不甘心感
- 料理時被燙傷的疼痛感
- 和媽媽朋友相互抱怨發牢騷的樂趣
- 排隊時萌生的放棄念頭
- 和期望中的味道很接近時的滿足感
- 擁有屬於自己的店家的喜悅
- 工作站了一整天，雙腳感受到的疼痛感
- 對自己老是被人使喚而感到焦躁
- 第一次造訪店家時的緊張感
- 喝太多葡萄酒而醉醺醺的感受
- 無法順暢地使用刀子與叉子，因而覺得困擾
- 享用完分量十足的料理後的飽足感
- 分量意外很少時的空虛感
- 對於在現場吵鬧的客人感到煩躁
- 吃著兒童餐的小孩散發出的惹人憐愛感
- 依然使用餐券點餐的店家洋溢出的懷舊感
- 嚴厲主廚的可怕感
- 看到美女服務生時的小鹿亂撞感
- 用心擺盤呈現出的美感
- 店內人滿為患時的悶熱

此場景中可能發生之狀況

- 和久違的家人在外聚餐時，眾人聊得很起勁
- 在餐廳獻上戒指求婚
- 媽媽朋友們一起吃午餐，同時抱怨著彼此的丈夫
- 料理長辭世，店內因此陷入由誰繼承的騷動
- 地方出身的菜鳥料理人被前輩嚴格訓練著
- 暌違多年再次造訪餐廳，同樣的風味牽動起懷念的感受
- 常客們看到料理長的臉就覺得安心了
- 因為更換主廚，讓料理的風味也因此走調了
- 以前在這裡打工的女性，久違地帶著孩子一同上門拜訪
- 被附近的家庭餐廳搶走客人
- 因為團體客臨時取消，對營業額造成了衝擊

登場人物
- 料理長・主廚・菜鳥料理人・外場接待店員・打工店員・攜家帶眷的人・情侶・個人散客
- 侍酒師・食材業者・媽媽朋友・嬰兒

壽司

相關場景　賞花（P.024）　巷弄內（P.249）　百貨公司（P.250）

此場景中能看到的事物

- 壽司職人
- 顧客
- 吧檯區
- 冷藏櫥窗
- 擺放壽司的台子（壽司下駄）
- 擺放壽司的竹葉
- 壽司桶
- 桌子、椅子
- 握壽司
- 軍艦捲
- 散壽司
- 海苔捲
- 壽司薑片
- 鮮魚等壽司配料
- 醬油瓶
- 小盤子
- 毛巾
- 啤酒
- 日本酒
- 茶杯
- 清場
- 生魚片
- 御品書（*手寫品項單）
- 筷子、筷架
- 招牌
- 藝人的簽名
- 小上がり（*榻榻米席位）
- 盛飯桶
- 團扇
- 料理刀
- 山葵
- 用來為壽司刷上醬料的刷毛（刷子）
- 職人的鉢卷
- 職人戴的帽子
- 暖簾
- 拉門
- 菸灰缸
- 盒裝便當
- 迴轉輸送帶
- 點餐用的平板電腦
- 吃完後投入空盤的回收機器
- 提供熱水的水龍頭
- 煎蛋捲用的平底鍋
- 放入進貨鮮魚的保麗龍箱
- 等候入店的排隊隊伍
- 盛り塩（*祈福除厄用的鹽）
- 外送箱
- 外送用的機車

此場景中能聽到的聲響

- 拉開拉門的聲音
- 倒茶的聲音、喝茶的聲音
- 放下壽司台的聲音
- 打開衛生筷的聲音
- 料理刀切壽司配料的聲音
- 混拌醋飯的聲音
- 團扇替米飯散熱的搧風聲
- 開店營業掛上暖簾的聲音
- 小口啜飲湯品的聲音
- 店內播放的音樂
- 迴轉輸送帶運作的聲音
- 將吃完的空盤投入回收機器的聲音
- 迴轉壽司拉霸遊戲的聲音
- 打開啤酒瓶蓋的聲音
- 倒入啤酒的聲音
- 享用壽司捲時咬開海苔的聲音
- 結帳時的收銀機聲音
- 乾杯時，玻璃杯相互碰觸的聲音
- 日本酒倒入德利壺的聲音
- 打烊後打掃店內的聲音
- 店員喊出的「歡迎光臨」招呼聲
- 客人點壽司時的聲音
- 職人端上料理時喊出「來～讓您久等了！」的聲音
- 顧客們交談的聲音
- 顧客們乾杯的聲音
- 「╳╳先生／小姐○位貴賓久等了」的店員招呼聲
- 告知本日推薦料理的聲音

設定時的小提醒　最近壽司店的營業情況也逐漸有所變化了。在傳統的吧台座位形式之外，又增加了立食壽司、迴轉壽司等等類型。如果我們把焦點放在它們各自的客群差異面上，或許就能因此催生出故事也說不定。

此場景中可感受到的氣味及味覺

- 醋飯飄出的醋味
- 吧台散發的木料香氣
- 盛放壽司的竹葉香氣
- 衛生筷的氣味
- 新鮮漁貨的氣味
- 煎蛋捲的氣味
- 軍艦捲的海苔香氣
- 清洗餐具的洗潔劑氣味
- 茶水的味道
- 壽司的味道
- 壽司生薑的味道
- 山葵的辛辣味道
- 醬油的味道
- 清湯、花蛤味噌湯的風味
- 啤酒等酒類的風味
- 迴轉壽司提供的天婦羅或炸物的風味

此場景中可感受到的感覺

- 獨自踏入壽司店時，感覺自己變成熟了
- 和美味壽司相遇時的欣喜
- 茶水超乎想像的熱度
- 猶豫應該點哪道壽司才好的情緒
- 點菜前的飢餓感
- 排隊等候入店時萌生的放棄念頭
- 酒足飯飽後的爽快感
- 對客人源源不絕上門感到滿足
- 在營業額無法成長時感到焦慮
- 被職人收為弟子後感到幹勁十足
- 山葵氣味太過強烈，鼻子瞬間暢通的感覺
- 進貨進到好素材時的喜悅
- 工作站了一整天，雙腳感受到的疼痛感
- 結帳時消費金額貴得超乎想像而感到震驚
- 將吃完的盤子層層疊起時的爽快感
- 外帶盒裝便當回家那股為家人著想的思緒
- 在壽司店舉辦宴會時的高昂興致
- 從修行的店家獨立出來時的榮耀感
- 冷卻剛炊煮好的米飯時感受到的熱度
- 接待顧客時浮現的緊張感
- 因為接連錯過輸送帶上想吃的品項而感到慌張
- 和職人談話交流的樂趣
- 因迴轉輸送帶的狀況不好而感到焦躁
- 對於在店內吵鬧的顧客感到憤怒
- 享用到美味的壽司後，踏出店外所浮現的好心情
- 在冷天踏入店內後所感受到的溫暖
- 施以精緻技巧的壽司之美
- 客人太多時，對自己該在何時點菜感到艱難
- 在座敷席位享用壽司，覺得心情舒暢

此場景中可能發生之狀況

- 在下班途中獨佔吧台，享受一個人的壽司時光
- 帶著只吃過迴轉壽司的後輩初次造訪有吧台席位的壽司店
- 來到迴轉壽司店的高齡長輩，對於該如何使用平板電腦點菜感到困惑
- 酒店工作結束後的男女一行人，閒聊著瑣碎的小事
- 前輩們對於該如何與剛加入團隊的女性壽司職人應對而困擾
- 工作相當努力的女性壽司職人，在客人間大獲好評
- 因為附近開了大型連鎖迴轉壽司店，壽司老店的生意因此下滑
- 想讓孩子繼承壽司店的師傅與不想繼承家業的孩子大吵一架
- 修業中職人的家人前來店裡捧場

登場人物
・壽司職人・外場接待店員・個人散客・團體客人・情侶客人・送別會的客人・修業中的職人
・修業中的職人父母・店長・打工店員・運送食材過來的業者・保養維修迴轉輸送帶的業者

蕎麥麵・烏龍麵

相關場景　除夕夜（P.068）　車站（P.200）

此場景中能看到的事物

- 暖簾
- 餐點樣品
- 御品書（*手寫品項單）
- 丼物碗
- 盛放冷蕎麥麵或烏龍麵的竹筐
- 蕎麥麵、烏龍麵
- 海鮮什錦炸
- 天丼套餐
- 調羹
- 咖哩丼
- 鍋燒烏龍麵
- 豆皮壽司
- 石臼
- 手打蕎麥麵鉢
- 擀麵棍
- 蕎麥麵職人、烏龍麵職人
- 外場接待店員
- 顧客
- 吧台
- 桌子、椅子
- 榻榻米席位
- 自行取用的飲用水
- 蕎麥麵醬汁
- 湯桶（*盛裝備用蕎麥麵醬汁）
- 蕎麥豬口（*盛裝醬汁用）
- 調味佐料（蔥、山葵等）
- 入口處的看板
- 旗幟
- 食券自動販賣機
- 食券
- 煮麵用的大鍋
- 衛生筷
- 撈麵網
- 蕎麦がき（*蕎麥餅）
- 蕎麥味噌
- 板わさ（*魚板山葵）
- 天ぬき（*天婦羅搭配醬汁的料理）
- 日本酒、啤酒
- 蕎麥燒酎
- 德利壺
- 豬口
- 啤酒杯
- 職人身穿的白衣
- 藝人的簽名
- 餐具回收口
- 自助式烏龍麵店的醬汁水龍頭
- 熬煮高湯用的柴魚片
- 車站月台裡的立食蕎麥麵店

此場景中能聽到的聲響

- 大門開啟的聲音
- 湯鍋正在煮東西的聲音
- 甩去麵條的水分的聲音
- 將剛煮好的麵條以流動水沖洗冷卻的聲音
- 將醬汁倒入碗公內的聲音
- 打破碗公的聲音
- 撒上七味粉時的聲音
- 用嘴小口吸食蕎麥麵、烏龍麵的聲音
- 打開衛生筷的聲音
- 從供水器取飲用水的聲音
- 油炸天婦羅的聲音
- 清洗使用完畢餐具的聲音
- 將冰塊裝入玻璃杯的聲音
- 店內的音樂（有線廣播）
- 自動販賣機送出食券的聲音
- 手打麵條、切麵的聲音
- 店內的電話鈴聲
- 要入座時拉動椅子的聲音
- 開店前進行打掃的聲音
- 倒入蕎麥湯的聲音
- 磨山葵的聲音
- 打開丼物碗蓋子的聲音
- 店員喊歡迎光臨的招呼聲
- 送上餐點時說的「讓您久等了」招呼聲
- 顧客們交談的聲音
- 買單離開時，店員喊出的「多謝惠顧」招呼聲
- 店員承接電話外送訂單的聲音

設定時的小提醒　不論是蕎麥麵店還是烏龍麵店，現在以連鎖店形式展店的例子也越來越多了，呈現出與過去的老店截然不同的場域氛圍。因為在車站月台等處也能輕鬆方便享用，相信從這些地方應該能催生出許多情節。

此場景中可感受到的氣味及味覺

- 使用在蕎麥湯中的柴魚高湯氣味
- 天婦羅炸油的氣味
- 新蕎麥麵的氣味
- 食券的紙張氣味
- 打開食券自動販賣機台時的機械氣味
- 衛生筷的木料氣味
- 萬能蔥等調味佐料的風味
- 清洗餐具的洗潔劑氣味
- 蕎麥麵、烏龍麵的風味
- 加入蕎麥湯後的沾麵醬汁風味
- 豆皮壽司的風味
- 天婦羅的風味
- 山葵、辣椒的辛辣味
- 在白天品嚐的酒的滋味
- 蕎麥味噌的風味

此場景中可感受到的感覺

- 踏入店內時的飢餓感
- 從白天就開始飲酒的不合宜感
- 在立食蕎麥麵店匆忙吃著東西的感覺
- 在自取式烏龍麵店挑選天婦羅的樂趣
- 享用跨年蕎麥麵時，對一年結束的感慨
- 鍋燒烏龍麵超乎預料的熱度
- 吃到咬勁十足的烏龍麵，下巴嚼到疲倦
- 感受到現在是吃新蕎麥麵季節的情緒
- 煮麵條過程中發出的熱度
- 顧客接連上門時的忙碌感
- 店內門可羅雀時感受到的危機感
- 轉車時還能在月台上即時享用麵食的慶幸感
- 想挑戰看看能吃多少碗的碗子蕎麥麵的念頭
- 和喜歡的同伴一起享用的樂趣
- 不小心打破丼物碗時浮現出「糟糕了」的情緒
- 碰到吃霸王餐顧客時的憤慨
- 酒足飯飽後步上歸途的滿足感
- 拜入蕎麥麵店門下學藝時的緊張感
- 和外國籍店員溝通的困難度
- 蕎麥麵店提供的咖哩丼意外的美味程度
- 立食店空間人滿為患時的拘謹不適感
- 在夏天進入冷氣很涼的店家時的暢快感
- 向店員點了隱藏菜單時的期待悸動感
- 被囑咐做點什麼員工餐時的煩惱
- 把山葵放在麵條上一起享用時的醒腦暢快感
- 酒醉客人上門時的困窘感
- 請登門光顧的藝人簽名時的緊張感

此場景中可能發生之狀況

- 附近開了便宜的連鎖店，老店的客人因此被搶走了
- 顧客對蕎麥麵太過熱衷，之後也試著自己開始手打蕎麥麵了
- 和主管一起吃飯的時候，對方開始講起蕎麥的相關歷史知識
- 把口袋中的零錢集結起來，最後終於足夠享用一份蕎麥麵了
- 原本只打算小酌一番，最後不小心喝得太醉了
- 正準備開始吃蕎麥麵的時候，電車就來了，趕緊大口把麵條吸進嘴裡
- 在高檔的蕎麥麵店中，第一次理解到什麼是「蕎麥香」
- 開發當地特有的變化版菜單
- 對沾麵醬汁在關東與關西有所差異而感到驚訝

登場人物
・手打蕎麥麵職人・手打烏龍麵職人・店員・個人散客・攜家帶眷的人・團體客人・職人的弟子
・供貨商・車站職員・月台上準備搭車或下車的乘客

拉麵

相關場景 百貨公司地下街（P.255） 攤販（P.294）

此場景中能看到的事物

- 開在普通住家一樓的店鋪
- 和其他店家裝潢相同的連鎖店店鋪
- 寫有「拉麵」文字的暖簾
- 招牌
- 紅色系的吧台
- 木製的桌子席位
- 木製的椅子
- 固定在地板上的椅子
- 身為知名人士的店主
- 店主的妻子等其他店員
- 打工的店員
- 坐在吧台席位的成排顧客
- 坐在桌子席位的家庭客
- 食券自動販賣機
- 掛在牆上的濾篩（甩去麵條水分專用的深底金屬網篩）
- 在牆上靠近天花板處，一道菜一張排列的手寫菜單
- 生啤酒的宣傳海報
- 菜單表
- 「中華涼麵開始販售」的告示
- 剛煮好、放在碗中的熱騰騰麵條
- 從店主甩動的中華鍋裡朝空中飛舞的炒飯
- 胡椒等桌上調味料
- 筷架、牙籤、紙巾、調羹
- 自行取用的飲用水水壺
- 用棉繩綁起的叉燒肉
- 繪有雷紋（方形漩渦狀）圖案的中華碗
- 冷水壺、倒入冰水的杯子
- 店裡設置的電視機
- 不鏽鋼製淺菸灰缸
- 中華鍋
- 寸胴鍋
- 廚房計時器
- 橘色的瓦斯管
- 洗手間的門
- 掛在牆上的時鐘
- 外送專用的腳踏車
- 外送箱
- 等待入店的排隊隊伍

此場景中能聽到的聲響

- 打開衛生筷的「啪洽」聲響
- 湯匙和碗相互碰觸的聲音
- 啜飲麵湯的聲音
- 嚼著筍乾時的「嘎哩嘎哩」聲響
- 撒上胡椒粉時的聲音
- 嚼著堆積如山的豆芽菜的聲音
- 切蔥時的菜刀聲
- 煮麵的聲音
- 煎餃烹製完成後發出的「咻嗶～」聲響
- 用濾篩甩去麵條水分的聲音
- 將完成的拉麵放在吧台桌上的「叩咚」聲響
- 小口吸進拉麵的聲音
- 在因油煙而黏答答的地板上行走的獨特聲響
- 店內播放的廣播聲
- 電視機的聲音
- 隔壁客人的吸菸聲
- 拉動椅子時，椅腳擦過地板的聲音
- 吃麵時向熱騰騰的麵條「呼～呼」吹氣的聲音
- 打開入口處的玻璃門時響起的「喀啦喀啦」聲響
- 設置在入口處的鈴響起的「喀啷喀啷」聲響
- 外送的機車回到店門口的引擎聲

設定時的小提醒 因為近年持續延燒的拉麵熱潮，讓店鋪數不斷增加，只不過相較於過往，個人經營形式的店家有趨於減少的傾向。除了地方或縣市的名產拉麵之外，也存在著像是味噌拉麵專賣店這樣的店家。

・身為知名人士的店主充滿元氣的「歡迎光臨」招呼聲
・店員們交談的聲音

此場景中可感受到的氣味及味覺

・拉麵湯上的油脂交融出的撲鼻氣味
・附上的配料蔥那股貫通鼻腔的刺激氣味
・店內染上的香菸氣味
・吃下盼望已久的第一口拉麵時的風味
・放入拉麵的切半溏心蛋蛋黃融入麵湯中的風味
・第一口喝下的湯頭中，那股鹽分十足的鹹度
・不小心放了太多的大蒜泥佐料，讓整碗麵變成強烈的大蒜風味
・依喜好添加醬油、醋、辣油等醬料後享用的煎餃風味
・堆積如山的豆芽菜那股和麵湯一點都不搭的清淡如水風味
・在享用美食的過程中喝下的冰水滋味
・感受到飯後來一根的深厚韻味的香菸風味

此場景中可感受到的感覺

・手拿免洗筷時被邊角碰到時的微微痛楚
・打開入口的玻璃門時感受到的重量感
・從吧台席位感受到的廚房熱氣
・從吧台或桌子上的螺絲感受到木材的堅固度
・將麵碗端起時感受到朝著臉部襲來的熱氣
・因為想喝湯而將麵碗端起時感受到的重量感
・富含油脂的叉燒肉在口中化開的感覺
・配料蔥吃起來的清脆口感
・看到家裡沒有、上頭印有啤酒公司標誌的杯子時浮現的懷念感
・喝下清涼的冰鎮瓶裝啤酒的爽快口感
・因滲入老店鋪地板的油分，讓腳步變得滑溜溜
・拿起放在店內年代久遠的少年漫畫週刊誌時，手上傳來的微微潮濕感受

此場景中可能發生之狀況

・廚房中，多名店員正忙碌地處理著各自不同的工作
・平時的店主不在，只由年輕打工店員一個人來服務。對他不親切地應對感到不滿
・去廣獲好評的店家看看，卻因為排隊人龍很長，對是否該進去感到猶豫
・挑戰以分量和濃郁味道為賣點的店家，最後卻沒有吃完
・店內空空蕩蕩，被店員招呼「請隨意入座」後，因為自己只有一個人，便在吧台席位入座
・原本應該在點餐時就遞出了「免費加大」的折價券，但結帳時卻發現根本沒有打折
・雖然兒子繼承了父親衣缽，但卻因為改變前代的製作風味，讓客人不再上門
・雖然看到客人在結帳處等候了，但因為忙不過來，無法前去招呼
・為了避免用餐時間的忙亂而增加了店中人手，卻又因為客人不上門而煩惱人事成本

登場人物
・中年的男性店主・店主的妻子・外國籍店主與店員・大學生樣貌的年輕打工店員
・在白天造訪的上班族男性・工匠打扮的職人師傅團體・攜家帶眷的人

天婦羅店

相關場景 便當店（P.233）．百貨公司地下街（P.255）

此場景中能看到的事物

- 自動門
- 暖簾
- 吧台
- 桌子、椅子
- 炸天婦羅用的大鍋
- 蝦子等食材
- 天婦羅（蝦子、魷魚、地瓜、南瓜、香菇等等）
- 看板
- 御品書（*手寫品項單）
- 料理人
- 外場接待店員
- 用餐的顧客
- 油品
- 麵粉
- 天婦羅墊紙
- 料理筷
- 料理盤
- 天婦羅醬汁
- 鹽（甘鹽、抹茶鹽等等）
- 啤酒
- 外帶用的盒子
- 放置天婦羅用的濾網
- 盛放著各式各樣天婦羅的天丼
- 料理人戴的帽子
- 味噌湯、醃漬物、茶水

此場景中能聽到的聲響

- 油炸天婦羅的聲音
- 處理蔬菜等食材的切菜聲
- 打開啤酒瓶蓋的聲音
- 剛炸好的天婦羅發出的滋滋聲響
- 磨蘿蔔泥時的研磨聲
- 清洗使用完畢餐具的聲音
- 料理人大聲喊出的「歡迎光臨」、「感謝惠顧」招呼聲
- 點天婦羅的顧客聲音
- 顧客們乾杯的聲音

此場景中可感受到的氣味及味覺

- 天婦羅炸油的撲鼻香氣
- 芝麻油那勾起食慾的氣味
- 肉質緊實有彈性的蝦子天婦羅風味
- 口感酥脆的天婦羅麵衣風味

此場景中可感受到的感覺

- 享用剛炸好的天婦羅時的喜悅
- 與知心好友一起享用的樂趣
- 因為客滿而無法吃到時的遺憾感
- 喝酒後的微醺感
- 待客應對不佳時感到憤怒
- 炸油沸騰時感受到的熱度
- 清洗大鍋時感受到的重量感
- 研磨菜刀時的緊張感

設定時的小提醒 和壽司店一樣，是洋溢著高級感的和食店。從顧客、員工、料理人等各自不同的角度與觀點，去嘗試思考什麼樣的人會因為什麼樣的理由而選擇了這間店等相關背景設定。

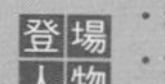

登場人物
- 料理人・見習生
- 外場接待店員・個人散客
- 團體客人・供貨商・老闆

豬排店

相關場景 升學考試（P.174） 百貨公司（P.250）

此場景中能看到的事物

- 炸豬排用的大鍋
- 豬肉、炸豬排
- 放入手切高麗菜絲的竹筐
- 菜刀、砧板
- 盤子、衛生筷
- 放在豬排下方的網架
- 和辛子、醬汁、檸檬、蘿蔔泥
- 料理人
- 外場接待店員
- 顧客
- 吧台
- 桌子、椅子
- 味噌湯、豬肉湯
- 醃漬物
- 自動門
- 暖簾
- 畫有豬的圖案的看板
- 御品書（*手寫品項單）
- 寫有「高麗菜絲無限享用」的告示
- 炸蝦、奶油可樂餅、炸雞柳
- 炸豬排咖哩
- 豬排丼
- 米飯、茶水

此場景中能聽到的聲響

- 油炸豬排的多汁聲
- 切開炸豬排時的酥脆聲響
- 將高麗菜切絲時的聲音
- 倒茶水的聲音
- 自動門的開關聲
- 將盤子堆疊起來的聲音
- 開關冷藏櫃的聲音
- 店員的招呼問候聲
- 顧客點餐的聲音
- 顧客們交談的聲音

此場景中可感受到的氣味及味覺

- 油炸豬排時飄出的香味
- 熱騰騰又多汁可口的炸豬排風味
- 醬汁甜甜辣辣的風味
- 豬肉味噌湯讓人安心的風味

此場景中可感受到的感覺

- 想要大快朵頤的食慾
- 為了祈求「勝利」（*日文「勝つ」讀音與炸豬排相同）而吃豬排以求好運
- 對於該點松、竹、梅哪種套餐而迷網
- 能夠以便宜價格享用時的喜悅
- 該吃豬里肌還是腰內肉時的內心糾結
- 酒足飯飽後的幸福感
- 對料理到上菜時間太過漫長而感到不悅

設定時的小提醒 為了祈求好運，在考試或是比賽之前享用炸豬排的人應該不在少數吧。大家也可以試著單純將它視為一個受歡迎的食物，思考人們會在什麼樣的時間場合下享用吧。

登場人物 ‧師傅‧店員‧上班族‧考生 ‧攜家帶眷的人‧運動社團成員

壽喜燒店

相關場景 日式房間（P.094） 牛丼店（P.279）

此場景中能看到的事物

- 壽喜燒用鍋子
- 爐子
- 壽喜燒用牛肉（五花、肋眼、肩里肌、腿肉等部位）
- 生雞蛋
- 蔬菜（茼蒿、長蔥等等）
- 豆腐
- 蒟蒻絲
- 牛油
- 綜合調味湯汁
- 獨立包廂（日式房間）
- 坐墊
- 和式椅
- 床之間（*參見P.094）
- 掛軸
- 仲居（*旅館或料亭的招待人員，多為女性）
- 鞋櫃
- 和室拉門
- 料理人
- 料理刀
- 烹飪場
- 看板
- 暖簾
- 御品書（*手寫品項單）
- 啤酒
- 不同等級、多樣化的套餐
- 收尾菜色的雜炊或烏龍麵
- 筷子、印有店名的筷套

此場景中能聽到的聲響

- 用鐵鍋烹煮牛肉的聲音
- 烹煮肉類或蔬菜時發出的「咕滋咕滋」聲響
- 將雞蛋攪拌成蛋液的聲音
- 為爐子點火的聲音
- 拉開和室拉門的聲音
- 倒入啤酒的聲音
- 仲居人員針對食用方式的說明
- 加點肉類的點餐聲
- 客人在包廂中密談的聲音

此場景中可感受到的氣味及味覺

- 壽喜燒用鍋子的鐵材質氣味
- 烹煮牛肉的氣味
- 壽喜燒鍋飄出的美味氣味
- 蛋液和牛肉巧妙融合的美味壽喜燒風味

此場景中可感受到的感覺

- 在和室中用餐感到平靜
- 因仲居人員細心謹慎的待客方式而感動
- 看到好像很好吃的肉類時覺得開心
- 在包廂中接待客人時的謹慎小心
- 重要客人到場時的緊張感
- 想怎麼吃就怎麼吃的滿足感
- 鍋中只剩下蔬菜可吃時的寂寞感

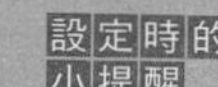

設定時的小提醒：因為鍋物的特性，在包廂或是和室空間享用的機會很多。此外，有仲居人員細心謹慎地接待客人也是其特徵所在。如果設定時能巧妙地呈現出這種特別感就太好了。

登場人物：
- 仲居・顧客・料理人
- 外場接待店員・貨運業者
- 店家的老闆

燒肉店

關場景　肉店（P.228）　吃到飽（P.296）

此場景中能看到的事物

- 爐子、炭爐
- 燒肉用的網子
- 煙霧
- 冒出網子的火焰
- 食材夾
- 以鹽、醬料等進行調味的肉類（肋間肉、里肌肉、橫隔膜肉、內臟、牛舌等部位）
- 蔬菜（萵苣葉、鹽拌高麗菜等等）
- 在烤肉網上燒烤的肉類或蔬菜
- 燒肉醬料
- 生啤酒
- 米飯
- 韓式泡菜
- 海帶湯
- 冷麵
- 排煙抽風設備
- 紙圍裙
- 顧客
- 店員
- 菜單
- 包廂
- 帳單、看板、結帳櫃台

此場景中能聽到的聲響

- 用旺盛的火力燒烤肉類的聲音
- 店內播放的音樂
- 小口吸食冷麵的聲音
- 飲下生啤酒的聲音
- 排煙抽風設備的運轉聲
- 切蔬菜的聲音
- 店員說「幫您更換烤網」的招呼聲
- 在吃到飽結束時，店員說「您的用餐時間到了」的招呼聲
- 顧客交談的聲音
- 加點肉類的點餐聲
- 結帳時與店員的交談聲

此場景中可感受到的氣味及味覺

- 爐子散發出的瓦斯氣味
- 炭爐散發出的木炭氣味
- 燒烤前的醃肉醬料氣味
- 美味的燒肉風味
- 加了鹽與檸檬汁調味的牛舌風味

此場景中可感受到的感覺

- 吃燒肉讓興致變得高昂的感覺
- 冒出煙霧的迷濛感
- 接近爐子時的炎熱感
- 既然是吃到飽，就要吃到回本的使命感
- 因為太過沉浸於烤肉，大家因此變得沉默
- 煩惱著該點哪種肉類才好
- 網子突然起火時的焦急

設定時的小提醒　燒肉店從高級店到物美價廉店、吃到飽等等，有著各種類型，最近甚至還推出了站著享用的立食店形式。請思考客人們選擇各式各樣店家的想法及理由，來決定你的設定吧！

登場人物
- 攜家帶眷的人．團體客人．個人散客
- 店員．烹飪工作人員．打工店員
- 肉品業者

涮涮鍋

相關場景 媽媽朋友午餐聚會（P.078） 吃到飽（P.296）

此場景中能看到的事物

- 涮涮鍋用鍋子
- 爐子
- 涮涮鍋用肉類（牛五花、牛里肌、豬五花、豬里肌、雞腿肉、雞肉丸子等等）
- 綜合蔬菜盤（萵苣、白菜、豆芽菜、蒟蒻絲、菇類、小松菜等等）
- 豆腐
- 柚子醋
- 芝麻醬
- 調味佐料
- 外場接待店員
- 廚房工作人員
- 顧客
- 杓子
- 浮渣瓶
- 米飯
- 烏龍麵
- 菜單
- 放置吃到飽食材的空間
- 吃到飽的看板
- 結帳櫃台
- 桌子、椅子
- 筷子、料理筷（或食材夾）
- 盛裝肉類或蔬菜的盤子
- 帳單、收銀機

此場景中能聽到的聲響

- 將高湯倒入涮涮鍋專用鍋子的聲音
- 涮涮鍋烹煮時的聲音
- 店內播放的音樂
- 享用肉類或蔬菜的聲音
- 調整爐子火力時的聲音
- 店員針對吃到飽方案的解說聲
- 加點肉類的點餐聲
- 顧客們說著「真好吃耶」的交談聲

此場景中可感受到的氣味及味覺

- 涮涮鍋的高湯氣味
- 將稍微涮過的肉片沾上柚子醋或芝麻醬後品嚐的美味
- 在鍋中涮過後的肉類風味
- 蔬菜的風味

此場景中可感受到的感覺

- 望眼欲穿地等候高湯沸騰的盼望
- 鍋中的高湯沸騰時感受到的熱度
- 該沾柚子醋還是芝麻醬吃才好的迷惘
- 時限內想吃多少就能盡情享用的喜悅
- 吃到飽的時間快到時的焦慮
- 驚覺吃得太多時，腹部飽脹的痛苦感

設定時的小提醒

原先只有高級店鋪才有吃到飽而已，但現今推出能以經濟實惠的價格享用的店家也越來越多了。進行設定時，請嘗試想像客人們為何選擇這間店的理由等元素吧。

登場人物

- 個人散客・團體客人
- 攜家帶眷的人・外場接待店員
- 廚房工作人員・打工店員

牛丼店

關場景 商店街（P.220） 居酒屋（P.287）

此場景中能看到的事物

- 自動門
- 食券自動販賣機
- 吧台
- 椅子
- 店員
- 顧客
- 牛丼
- 沙拉、沙拉醬
- 味噌湯
- 生雞蛋
- 紅薑
- 燒肉定食等牛丼之外的餐點
- 筷子盒
- 七味唐辛子等調味料
- 飲用水
- 食券
- 菜單
- 啤酒
- 烹煮牛肉的鍋子
- 盛裝米飯的碗
- 熬煮味噌湯的鍋子
- 店家的招牌
- 新菜單推出的海報
- 在所點的料理送上之前，坐在位子上滑手機的人

此場景中能聽到的聲響

- 顧客享用牛丼的聲音
- 店內播放的音樂
- 自動門的開關聲
- 食券自動販賣機的聲音
- 餐具相互碰觸的聲音
- 攪散生雞蛋的聲音
- 燒烤肉類的聲音
- 倒入啤酒的聲音
- 將剩下的牛丼掃入口中時筷子觸碰容器的聲音
- 店員喊出的「歡迎光臨」招呼聲
- 顧客點餐的聲音
- 起身離開的客人說著「謝謝招待！」的聲音

此場景中可感受到的氣味及味覺

- 熬煮牛肉的氣味
- 燒烤肉類的氣味
- 味噌湯的氣味
- 牛丼的風味
- 充分吸收湯汁的牛肉可口美味

此場景中可感受到的感覺

- 等待外送送來時的飢餓感
- 因為一個人來吃的顧客很多而感到安心
- 對外國籍店員變多而感到驚訝
- 能夠以實惠價格享用的喜悅
- 即便時間倉促也能享用的安心感
- 察覺自己一不留神放了大量紅薑的情緒

牛丼店

設定時的小提醒　牛丼店是日本24小時連鎖店的代表之一。說想要吃供餐快速、頗具分量料理的人們都聚在這裡也不為過。請試著構思他們各自的背景與到此用餐的理由，來進行故事設定吧！

登場人物
- 上班族・學生・女性客人
- 日本籍店員・外國籍店員
- 從本部派來的工作人員

御好燒

相關場景 商店街（P.220） 攤販（移動販售）（P.294）

此場景中能看到的事物

- 鐵板
- 御好燒
- 明太子、起司等配料
- 裝入麵糊的碗
- 青海苔
- 柴魚片
- 醬汁
- 塗上醬汁的刷毛（刷子）
- 鏟子
- 取用盤
- 炒麵
- 雞蛋
- 暖簾
- 料理人
- 店員
- 顧客
- 吧台
- 桌子、椅子
- 榻榻米席位
- 菜單
- 煙霧
- 啤酒
- 油罐、油刷
- 小麥粉
- 豬肉、高麗菜等食材
- 大型冷藏櫃

此場景中能聽到的聲響

- 在鐵板上製作御好燒的聲音
- 用鏟子切開御好燒的「咚咚」聲響
- 用鏟子拌炒炒麵時的聲音
- 店內播放的音樂
- 在碗中攪拌麵糊的聲音
- 在鐵板上淋上一層油的聲音
- 店員的招呼問候聲
- 店員針對御好燒的製作方法進行說明的聲音

此場景中可感受到的氣味及味覺

- 用鐵板煎烤麵糊的氣味
- 在鐵板上淋上一層油的氣味
- 醬汁的氣味
- 御好燒的風味
- 淋上的美乃滋風味
- 啤酒的風味

此場景中可感受到的感覺

- 自己製作時控制煎烤狀態的難度
- 要一口氣幫御好燒翻面時的緊張感
- 把剛做好的御好燒送入口中的熱度
- 撒在上方的柴魚片因熱氣而微微晃動的趣味感
- 看著料理人在面前幫你服務的樂趣
- 專業級鏟子運用顯現出的新鮮感

設定時的小提醒

御好燒的店家，有料理人在顧客面前服務、完全由自己親手製作、在攤販販售等多種不同的店鋪類型。因為它們都各自具有獨特的樂趣，因此設定時可試著由這一點來構思喔！

登場人物

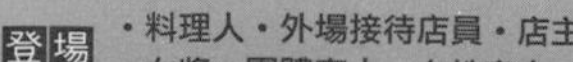

・料理人・外場接待店員・店主
・女將・團體客人・女性客人
・攜家帶眷的人・運送食材的業者

定食店

關場景 便當店（P.233） 家庭餐廳（P.290）

此場景中能看到的事物

- 入口處的大門
- 桌子、椅子
- 電視機
- 店員、女將、看板娘
- 廚師
- 顧客
- 菜單
- 每日推薦定食
- 烤魚
- 炸物
- 生魚片
- 米飯
- 味噌湯
- 醃漬物
- 豬排丼等丼飯類餐點
- 筷子桶
- 醬油等調味料
- 看板
- 展示櫥窗中的餐點樣品
- 店員頭上榜的三角巾
- 店員穿的圍裙
- 盛放餐點用的托盤
- 寫有推薦菜單的白板
- 大型的鍋具

此場景中能聽到的聲響

- 店內播放的電視或廣播聲
- 倒水的聲音
- 品嚐炸物時的「咖滋」聲響
- 烹飪場中煎煮肉類或魚類的聲音
- 飯鍋蓋子開開關關的聲音
- 店員喊出「歡迎光臨」的招呼聲
- 顧客點餐的聲音
- 結帳時與店員的交談聲
- 顧客的交談聲

此場景中可感受到的氣味及味覺

- 烤魚時的氣味
- 炸物散發出的油脂味
- 魚類或肉類等定食配菜的風味
- 醃蘿蔔乾的風味
- 味噌湯的風味

此場景中可感受到的感覺

- 因為客人太多，不得不和人併桌的困窘感
- 知道續碗免費時的開心感
- 因味噌湯很好喝，對這間店抱有信賴感的情緒
- 因女將注意到自己是常客而備感親切
- 燉煮物宛如母親手藝風味的安心感
- 在白天就能小酌一番的喜悅

設定時的小提醒

雖然現在全國連鎖展店的定食店相當多，但肯定還是在地的老店數量更多吧。設定時請試著衡量女將或店員的人物特性，以及變成常客等細節，來進行場景的建構。

登場人物

- 女將・店員・料理人
- 師傅・上班族・學生
- 女性客人・運送食材的業者

咖哩店

相關場景　車站（P.200）　牛丼店（P.279）

此場景中能看到的事物

- 咖哩盤
- 咖哩壺
- 米飯
- 烤饢
- 湯匙
- 福神漬
- 蕗蕎
- 菜單
- 炸豬排、起司等配料
- 沙拉
- 紙巾
- 主廚（外國籍、日本籍）
- 外場接待店員
- 顧客
- 飲用水
- 醬料等調味料
- 吧台
- 食券自動販賣機
- 展示櫥窗
- 餐點樣品
- 咖哩鍋
- 放入米飯的飯鍋
- 炸豬排等油炸主餐
- 桌子、椅子
- 看板
- 圍裙
- 主廚的帽子

此場景中能聽到的聲響

- 湯匙觸碰到盤子的聲音
- 油炸主餐食材的聲音
- 熬煮咖哩的聲音
- 搖勻沙拉醬的聲音
- 將烤饢撕成小塊的聲音
- 飯鍋蓋子開開關關的聲音
- 外國籍店員說的片斷日文
- 店員確認辛辣程度，詢問「辣度怎麼調整呢？」的聲音

此場景中可感受到的氣味及味覺

- 咖哩醬的氣味
- 炸物散發出的油脂味
- 複雜的辛香料味道
- 烤饢的風味
- 福神漬、蕗蕎的風味

此場景中可感受到的感覺

- 對於該選什麼辣度感到迷惘
- 觸碰剛出爐的烤饢所感受到的熱度
- 對裡面添加了什麼辛香料覺得好奇
- 被咖哩的氣味刺激食慾的感受
- 想要以相同的速度去吃米飯與咖哩
- 享用辛辣的咖哩時，身體發熱的感受

設定時的小提醒　從連鎖店到由外國籍主廚掌管的正統派店家，咖哩店的類型可說是相當多元化。能夠在較早的時間以較快的速度提供給客人，並讓大家能迅速吃完，也能說是它的特徵所在吧。

登場人物
- 主廚（外國籍、日本籍）
- 外場接待店員・打工店員
- 上班族・學生・女性客人

鰻魚店

場景　納涼（P.044）　百貨公司地下街（P.255）

此場景中能看到的事物

- 爐烤台
- 煙霧
- 炭火
- 醬料
- 團扇
- 活蹦亂跳的鰻魚
- 烤鰻魚
- 烤串
- 重箱
- 丼物碗
- 肝吸い（*鰻魚內臟湯）
- 米飯
- 醃漬物
- 吧台
- 榻榻米席位
- 桌子
- 山椒
- 料理人
- 店員
- 顧客
- 鰻魚造型的招牌
- 暖簾
- 御品書（*手寫品項單）
- 料理刀
- 剖鰻魚時固定住頭部的釘子（目打ち）
- 砧板

此場景中能聽到的聲響

- 燒烤鰻魚的聲音
- 用團扇搧風的聲音
- 翻動木炭的聲音
- 剖開鰻魚的聲音
- 打開重箱、丼物碗蓋子的聲音
- 小口啜飲肝吸い的聲音
- 拉開拉門的聲音
- 倒茶的聲音
- 在砧板上用釘子固定鰻魚頭部的聲音
- 大將喊出的「歡迎光臨」招呼聲
- 店員回應顧客點單的聲音
- 顧客們的交談聲

此場景中可感受到的氣味及味覺

- 燒烤鰻魚用的炭火氣味
- 蒲燒醬料的氣味
- 山椒的香氣
- 剖開鰻魚時發出的生魚味
- 鰻重（*以重箱盛裝）的風味
- 肝吸い的風味

此場景中可感受到的感覺

- 在土用丑日吃鰻魚帶來體力與精力的念頭
- 對於該點松、竹、梅哪種套餐而迷網
- 燒烤時冒出煙霧的迷濛感
- 享用高價鰻魚時的奮發情緒
- 在店家前排對等候時的炎熱難耐
- 客人都在土用丑日上門時的忙碌

設定時的小提醒

日本在土用丑日（＊依曆法推算，約在每年七八月）享用鰻魚的印象非常強烈，但因為鰻魚屬高級食材，也有不少人不分季節選在特殊日子享用。到底是基於什麼原因才來吃鰻魚呢？不妨試著思考這一點。

登場人物

- 大將・店員・打工的店員
- 女性客人・上班族
- 攜家帶眷的人・鰻魚業者

關東煮店

相關場景 巷弄內（P.249） 攤販（移動販售）（P.294）

此場景中能看到的事物

- 關東煮的招牌
- 紅色燈籠
- 吧台
- 依不同食材分格放置的鍋子
- 關東煮高湯
- 蘿蔔、雞蛋、昆布、蒟蒻等常見必備食材
- 半片、雞肉丸子、魚丸、雁擬、薩摩炸魚餅、竹輪、竹輪麩、鯊魚漿等漿類加工食品
- 章魚、番茄、黑半片、豬內臟、香腸等不同類食材
- 竹串
- 料理筷
- 關東煮鍋具的蓋子
- 勺子
- 暖簾
- 大將、女將、店員
- 顧客
- 攤販
- 衛生筷
- 和辛子
- 日本酒
- 酒湯婆（溫酒用金屬酒器）
- 杯子
- 御品書（*手寫品項單）
- 椅子
- 盤子

此場景中能聽到的聲響

- 關東煮鍋熬煮中的聲音
- 打開鍋蓋的聲音
- 處理蘿蔔等食材的聲音
- 打開一升瓶瓶蓋的聲音
- 日本酒倒入玻璃杯的聲音
- 乾杯時玻璃杯相互碰觸的聲音
- 在攤販周遭聽見的車輛或電車行駛聲
- 點關東煮的聲音
- 顧客在攤販討論著生涯規劃的聲音

此場景中可感受到的氣味及味覺

- 關東煮高湯的氣味
- 客人抽的香菸氣味
- 關東煮的風味
- 杯酒的風味

此場景中可感受到的感覺

- 關東煮鍋散發出的溫暖
- 對巾着中放了什麼抱有期待
- 對於該點哪種品項感到迷惘
- 將關東煮送入口中時感受到的熱度
- 冬天時攤販環境的寒冷
- 冷日本酒帶來的醉意
- 老闆儘可能不去聽客人牢騷的貼心表現

設定時的小提醒

攤販形式的關東煮店通常是以吧台席位為主、較狹窄的店內空間，已經是很多電視劇必定出現的場景了。設定時可從顧客的會話中體察到其內心的動搖，以及大將的心情等處來做構思。

登場人物

- 關東煮店的大將・店員
- 上班族・女性客人
- 酩酊大醉的人

和食店

關場景 日式房間（P.094） 家庭餐廳（P.290）

此場景中能看到的事物

- 座敷席位
- 一人一份的套餐
- 宴會
- 床之間（*參見P.094）
- 掛軸
- 吧台
- 料理人（師傅）
- 弟子
- 店員
- 顧客
- 料理人的制服
- 料理刀
- 砧板
- 雪平鍋（附把手的鍋具）
- 魚類、蔬菜等食材
- 生魚片
- 燉煮物
- 米飯
- 醃漬物
- 御品書（*手寫品項單）
- 啤酒
- 日本酒
- 有名燒窯製作的盤子
- 筷架
- 裝飾用的插花花藝
- 碗
- 毛巾
- 結帳櫃台

此場景中能聽到的聲響

- 剖開鮮魚的聲音
- 烹調燉煮物的聲音
- 拉開拉門的聲音
- 倒入啤酒的聲音
- 拉動椅子的聲音
- 拉開和室拉門的聲音
- 大將與顧客的交談聲
- 店員針對料理進行說明的聲音
- 宴會中人們的聲音（乾杯、問候）

此場景中可感受到的氣味及味覺

- 柴魚高湯的氣味
- 煎烤鮮魚飄來的氣味
- 和室榻榻米的氣味
- 新鮮的生魚片風味
- 清湯的風味
- 日本酒的風味

此場景中可感受到的感覺

- 料理裝盤方式的美麗
- 在座敷舉辦宴會的樂趣
- 以鹽處理生魚片再吃，有如饕客般的感覺
- 能夠親眼見到烹飪過程，讓人覺得安心
- 打掃得一塵不染的店內空間讓人感到舒適
- 歷史悠久店家的穩重感
- 當家者傳承接棒時的不安
- 師傅對弟子的嚴厲
- 被允許自立門戶的欣喜

設定時的小提醒

和食店中，會有白木製吧台呈現出的靜謐氛圍，以及在和室舉辦宴會時熱鬧喧囂場景等兩相對比的情境。此外，因為至今仍保有拜入料理人門下學藝的制度，從這層面亦能催生出故事情節。

登場人物

- 料理人（親方）・弟子
- 店員（仲居）・打工店員・個人散客
- 宴會客人・送貨來的酒鋪

酒吧

相關場景 居酒屋（P.287） 立飲店（P.288）

此場景中能看到的事物

- 燈光昏暗的店內空間
- 聚光燈
- 設置在牆壁上的間接照明
- 感覺很高級的皮革沙發
- 排列在調酒師後方架上的酒瓶
- 調酒師
- 雪克杯
- 以黑色或是茶色為基調的吧台
- 附設在吧台區的酒柱（啤酒龍頭）
- 設計統一、一字排開的吧台席位座椅
- 印有文字的玻璃窗
- 搖晃著烈酒杯中波本酒的客人
- 在吧台區吞雲吐霧的客人
- 刻有店家標誌的杯墊

此場景中能聽到的聲響

- 店內播放的時尚音樂
- 玻璃杯中晃動的冰塊聲
- 將玻璃酒杯放在桌上時的「叩」聲響
- 調酒師將威士忌倒入玻璃杯中的聲音
- 掛在入口處大門上的鈴響起的聲音
- 調酒師平靜地說出「歡迎光臨」的聲音
- 在店內聽到的空調聲
- 顧客們安靜小聲的對話聲
- 翻閱菜單的聲音
- 椅腳摩擦地面的聲音

此場景中可感受到的氣味及味覺

- 似乎能從中品嚐到水果香的威士忌香氣與風味
- 使用水果調製的雞尾酒的清爽香氣與風味
- 盛裝在小盤子上的小菜風味
- 顧客吞雲吐霧時的二手菸味

此場景中可能發生之狀況

- 原打算在吧台席位靜靜獨飲，沒想到調酒師很愛聊天，於是期望落空
- 顧客向調酒師討論著自己的煩惱
- 發現竟然有本該停止販售的稀有酒款，興致因此高昂
- 在幾乎萬籟無聲的店內，覺得好像有種窒息感
- 明明是週休前的夜晚，店內卻門可羅雀
- 想對在意的女客人施展讓酒保說出「是那位客人招待您的」的請客搭訕招數

設定時的小提醒 時尚且洋溢著高級感，價格上也有點偏高，這是一般對酒吧的常見印象。其中也有只提供威士忌等特定酒款的專門店家。

登場人物
- 調酒師・上班族
- 正在接待客人的企業職員

居酒屋

關場景 酒吧（P.286） 立飲店（P.288）

此場景中能看到的事物

- 大大寫著店名的招牌
- 寫有本日推薦的直立式看板
- 放在入口處旁的盛り塩（＊祈福除厄用的鹽）
- 暖簾
- 招募打工者的海報
- 推薦菜單的張貼告示
- 木製吧台
- 廚房、冰箱、啤酒龍頭
- 以少人數劃分的桌子席位
- 和隔壁桌區分開來的隔板
- 進行料理製作的店員
- 拿著托盤、負責領位的店員
- 設置在店內一角的電視機
- 生啤酒的海報
- 衛生筷桶、牙籤桶、紙巾盒
- 桌上調味料（醬油、鹽、胡椒、七味唐辛子等等）
- 銀色的淺菸灰缸
- 桌上菜單表
- 衣架

此場景中能聽到的聲響

- 店員大喊「歡迎光臨！」的招呼聲
- 酒醉顧客們的爆笑聲
- 乾杯時響起的玻璃杯或啤酒杯碰觸聲
- 向玻璃杯或啤酒杯中注酒時的「咕通咕通」聲響
- 將瓶裝啤酒倒入玻璃杯時的聲音
- 暢飲生啤酒時喉嚨發出的「咕嘟」聲響
- 杯中冰塊撞擊杯壁的聲音

此場景中可感受到的氣味及味覺

- 餐點混雜著酒類的氣味，顯得混濁淤塞的空氣
- 小菜味噌小黃瓜的味噌風味
- 乾杯時飲下的啤酒苦澀味
- 高湯蛋捲那股高湯催化出的微甜風味
- 甜點的甜味

此場景中可能發生之狀況

- 一群人沒有預約就上門，被店家婉拒
- 店員在店門口處招呼攬客
- 剛剛點的餐點怎麼樣就是不上菜
- 自己沒點的餐點被搞錯送上來
- 被隔壁桌完全不認識的酒醉客人搭話
- 有客人開始在店內打起架來
- 請店員過來，但對方因為店內太忙而無法抽身

設定時的小提醒 物美價廉，聚集了各方人群的庶民夥伴，居酒屋就是給人這樣的印象。而過往常看到的強勢攬客手法，現在幾乎都已經被列入騷擾行為而受到規範限制了。

登場人物
- 店主・從業人員・上班族團體客
- 大學生集團

立飲店

相關場景 酒吧（P.286） 居酒屋（P.287）

此場景中能看到的事物

- 二處外牆開放的店內空間
- 店名加上寫有「大眾居酒屋」文字的招牌
- 紅燈籠
- 寫有「ホッピー」(*Hoppy 一種麥酒發酵清涼飲料)的小型招牌
- 小型的暖簾
- 設置在露天空間的高腳桌
- 設置在店外的垃圾桶
- 上班族客人
- 穿著輕便隨興的男性客人
- 上下顛倒著放，當作置物台使用的啤酒箱
- 將啤酒箱堆疊起來設置而成的桌子
- 沒有椅子的吧台、高腳桌
- 銀色的淺菸灰缸
- 料理送到時即時付款用的金屬盤
- 菜單表
- 顧客放置隨身物品用的置物籃
- 放在冷藏櫃上的小時鐘
- 昭和風情的電影海報
- 遮雨用的塑膠棚
- 設置在店外的營業用電風扇

此場景中能聽到的聲響

- 來自許多高聲談話的客群的喧囂
- 放下玻璃杯或啤酒杯的聲音
- 移動放入物品的置物籃時摩擦地面的聲音
- 將瓶裝啤酒倒入玻璃杯時的聲音
- 乾杯時啤酒杯相互碰觸的聲音
- 將盤子放在桌子上的聲音
- 打開衛生筷的聲音
- 收音機的聲音
- 將冷水壺中的水倒入杯子時的聲音
- 結帳時收銀機響起的聲音

此場景中可感受到的氣味及味覺

- 因為風在吹拂，僅能微微嗅到的食物或酒的氣味
- 從作業員打扮的客人們身上嗅到汗水與塵埃的氣味
- 人氣料理串炸的油脂味

此場景中可能發生之狀況

- 從外頭灌進來的風
- 在大冷天中感受到從烤網傳來的熱度
- 啤酒杯的冰涼感
- 高腳桌的不安定感
- 長時間站立的疲憊感

設定時的小提醒 在都市地區經常能在被稱為下町的老街地域看到這類立飲店家，但是在地方上卻幾乎看不到這種營業方式。很多店家都採用室內、室外空間並用的模式，只在室外營業的店鋪並不多見。

登場人物 ・店主・從業人員・上班族 ・普通打扮的男性客人

烤雞肉串店

關場景　居酒屋（P.287）　立飲店（P.288）

 此場景中能看到的事物

- 店家的招牌
- 身著制服或圍裙的從業人員
- 穿著白色割烹着的店主
- 紅色燈籠
- 面對烤爐作業區的吧台席位
- 以竹串串好，只等待燒烤的雞肉
- 寫有雞心、雞肝、雞皮、雞胸、雞腿、雞胗、雞屁股等多樣化部位餐點的菜單
- 烤雞肉串專用的燒烤用具與烤到焦黑油亮的鐵網
- 區隔吧台和烤爐作業區的玻璃板
- 在準備燒烤的肉上撒鹽的店主
- 裝入秘傳醬料的陶壺
- 正在烤著雞肉的炭火
- 桌子席位與和式席位
- 用團扇搧風以調整火候和燒烤程度的店主
- 像石板路一樣的灰色地板
- 吃完以後堆在盤子上的竹串
- 竹串桶中滿滿的竹串
- 將竹串上的烤雞肉取下放在盤子上的團體客
- 在桌上調味料之中特別醒目的七味唐辛子
- 裝設烤爐，要在街上進行販售的輕型卡車
- 瓦斯的鋼瓶

此場景中能聽到的聲響

- 連鎖店店員氣勢十足喊出「請賞光惠顧！」的聲音
- 店主「啪噠啪噠」地搧動團扇的聲音
- 將吃完的竹串丟在盤了上的聲音

 此場景中可感受到的氣味及味覺

- 燒烤雞肉串時的撲鼻香氣
- 烤雞肉串上的醬料風味或鹽風味
- 雞肝獨特的氣味
- 山椒刺激的辛辣味
- 微焦蔥段恰到好處的苦味

 此場景中可能發生之狀況

- 在吧台席位前的烤雞肉串所散發出的熱氣
- 竹串細長但堅固的觸感，以及享用時不小心被竹串刺到口腔的疼痛感
- 橫著咬肉串時，竹串貼到嘴邊的觸感
- 雞肉丸子的柔嫩度

設定時的小提醒　烤雞肉串店過去幾乎都是個人形式經營的店鋪，現在連鎖店的比例也增加了。甚至還出現了會在超市前等場所用輕型卡車進行販售的移動式店鋪。

登場人物　・店主・從業人員・上班族　・大學生

家庭餐廳

相關場景　百貨公司（P.250）　西餐（P.266）

此場景中能看到的事物

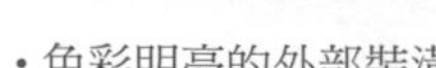

- 色彩明亮的外部裝潢
- 放入連鎖店標誌的招牌
- 24小時營業的標示
- 柔和的店內照明
- 用蠟打磨過的地板
- 招募打工者的海報
- 印有照片的本日推薦菜單旗幟
- 租賃型店鋪入口處陳列的諸多餐點樣品
- 男服務生、女服務生
- 廚師
- 國高中生或大學生的集團客人
- 相約在午後聚會的家庭主婦們
- 帶著小孩的父母
- 桌上菜單
- 貼在桌上的百匯等季節餐點菜單
- 觸控螢幕式菜單
- 4人座的桌子席位
- 高雅的木製椅子
- 小孩用的高腳兒童椅
- 沙發席位
- 擺在結帳櫃台販售的小孩玩具
- 喚來店員用的呼叫按鈴
- 紙巾、牙籤桶、調味料架
- 飲料吧、沙拉吧
- 放入叉子或湯匙的餐具盒
- 冰水
- 排隊候位的登記用紙
- 依排隊順序坐在候位椅上的人
- 觀葉植物
- 設置在洗手間旁的洗手台
- 被區隔開來的吸菸專區
- 入口處的風除室

此場景中能聽到的聲響

- 進入店內時響起的音樂旋律或鈴聲
- 眾多客人交談的聲音
- 喚來店員的呼叫鈴聲
- 餐具掉落在地時發出的大聲響，以及為此向顧客道歉的店員聲音
- 回應呼叫鈴聲的店員聲音
- 重複一次顧客點單的店員聲音
- 顧客或店員的腳步聲
- 店內播放的音樂、告知商品訊息的店內廣播
- 店員將送來的料理放在桌上的聲音
- 拉動椅子的聲音

此場景中可能發生之狀況

- 明明還是白天，店內卻擠滿了人
- 深夜時為了打發時間而踏入店內，只看到座位上的人三三兩兩
- 年幼的小孩正在吵鬧，之後被父母訓斥了
- 在排隊候位的名簿上，開玩笑地寫上動畫或遊戲角色的名字

設定時的小提醒　過去家庭餐廳幾乎都是設置於百貨公司內的租賃店鋪。分菸（劃分可吸菸的時間地點）的動態大約從90年代後期開始推動，現在幾乎已確立分菸制度，全面禁菸的店家也越來越多了。

登場人物
- 男服務生・女服務生
- 烹飪工作人員・攜家帶眷的人
- 家庭主婦・學生

漢堡店

關場景　百貨公司（P.250）　西餐（P.266）

此場景中能看到的事物

- 畫有簡單標誌的招牌
- 招募打工店員的海報
- 寫有菜單的店內直立看板
- 旗幟
- 新推出菜單的海報
- 點餐櫃台上的菜單表
- 收銀機前的店員
- 戴上得來速服務用對講機的店員
- 依漢堡種類不同區分開餐點的銀色架子
- 油炸薯條用的油炸機
- 國高中生的集團
- 帶著小孩的父母
- 用包裝紙包起來的漢堡
- 用長串貫穿固定的超厚漢堡
- 從蓋子上方插入吸管的飲料
- 桌子席位的沙發
- 大型店鋪中的兒童遊戲區
- 放置使用完托盤的回收台
- 分開回收紙類與塑膠製品的垃圾桶
- 放在托盤上的傳單
- 提供免費Wi-Fi的標示

此場景中能聽到的聲響

- 店內顧客的交談聲
- 顧客點餐的聲音
- 重複一次顧客點單的店員聲音
- 將托盤放在桌子上的聲音
- 店內播放的音樂
- 拆開包裝紙時的「喀沙喀沙」聲響
- 外頭駛過的車輛聲音

此場景中可感受到的氣味及味覺

- 漢堡中的番茄醬風味
- 醃黃瓜的酸味
- 咖啡的香味
- 撒在薯條上的鹽帶來的鹹味

此場景中可能發生之狀況

- 面對眾多顧客，店員慌張匆忙地應對
- 上班前的上班族緊盯著智慧型手機不放
- 菜單照片與實物的外觀實在差太多了
- 明明就是炸個薯條，卻花了不少時間
- 用餐完畢想擦嘴時，才發現桌上沒有紙巾
- 店內有邊吃邊熱烈閒聊的女孩子們
- 店內有正在寫功課的高中生們

設定時的小提醒　在車站前或國道沿途由大型連鎖品牌開設的店家，是一般對漢堡店的強烈印象，但市面上也有提供個性化餐點的小型店家。通常前者較具備開放感、後者則是洋溢時尚且沉穩的氣氛。

登場人物
- 店長・打工的店員・攜家帶眷的人
- 家庭主婦・學生・上班族

披薩店

相關場景 商店街（P.220） 外送・宅配（P.293）

此場景中能看到的事物

- 外觀呈四方箱型的連鎖店店鋪
- 具有義大利意象的木造店鋪
- 招牌
- 身穿制服、戴著帽子的連鎖店店員
- 身穿圍裙的內用型店鋪的店員
- 招募打工店員的海報
- 裝有宅配用收納箱的機車
- 外送員專用的安全帽
- 入口處的自動門
- 入口處旁寫有菜單的看板
- 披薩餅皮
- 多種類的起司
- 巴西利等香草
- 披薩烤窯
- 將披薩放入烤窯中時使用的披薩鏟
- 披薩輪刀
- 放入披薩的紙盒
- 店內櫃台
- 菜單表
- 桌子席位
- 回收台
- 洗手台
- 椅子
- 塔巴斯科辣椒醬
- 紙巾

此場景中能聽到的聲響

- 自動門開啟的聲音
- 店員喊出的「歡迎光臨」招呼聲
- 顧客點餐的聲音
- 打來點餐的電話
- 店內播放的音樂
- 宅配用機車的引擎聲
- 將放入紙盒中的披薩裝進袋子的聲音

此場景中可感受到的氣味及味覺

- 烘烤披薩餅皮的氣味
- 小麥風味從剛烤好的餅皮小麥風味擴展而出的滋味
- 帶有番茄醬料酸味的氣味與風味
- 起司濃郁的風味
- 美乃滋的氣味與風味

此場景中可感受到的感覺

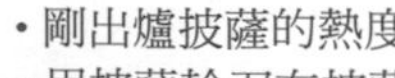

- 剛出爐披薩的熱度
- 用披薩輪刀在披薩餅皮上劃過時感受到的彈性
- 隔著外盒也能感受到的微微透出的披薩溫熱感
- 冷飲的冰涼度
- 買了很多份披薩時，手提袋變得意外地重

披薩店

設定時的小提醒 雖然連鎖店會提供外送以及來店購買等服務方式，但設有內用區域的店鋪還是比較少的。此外，還有供應義大利麵等餐點的食堂風格披薩店存在。

登場人物
- 連鎖店的工作人員
- 戴著帽子或身穿圍裙的店員
- 來店購買的客人

外送・宅配

相關場景　商店街（P.220）　披薩店（P.292）

此場景中能看到的事物

- 排成一列、設計統一的宅配用三輪機車
- 宅配用的汽車、本田小狼機車
- 保溫用的收納包
- 連鎖店代表色塗裝的安全帽與工作服
- 外送員的白色皮革手套
- 在機車上安裝外送箱等裝置改裝而成的外送運輸車
- 外送箱
- 印有外送菜單的傳單
- 外送訂購者的家
- 外送用的地圖
- 外送員用來查詢地圖的智慧型手機
- 店內電話

此場景中能聽到的聲響

- 機車的引擎聲
- 外送員爬上社區樓梯的腳步聲
- 外送員穿的保暖大衣摩擦聲
- 到達外送目的地後按下門鈴的聲音
- 訂購者聽到門鈴聲後的回應
- 現場收款用的小包中零錢相碰的聲音

此場景中可感受到的感覺

- 騎著宅配機車時所感受到的風壓
- 路面的震動
- 下雨天時在雨衣內感受到的濕度
- 騎在積雪道路上感受到機車龍頭的笨重與後輪的滑溜感
- 騎夜路時行駛在昏暗道路上的不安
- 隔著外盒傳來的披薩溫熱感

此場景中可能發生之狀況

- 由於天雨路滑而更謹慎地行駛
- 因為大雪無法宅配，所以接到店家打來婉拒的電話
- 雖然不快點送到不行，但卻連續碰到塞車或紅燈，因而感到焦急
- 在盛夏的烈日下，安全帽中宛如蒸籠般悶熱
- 在因豪雨積水的道路上濺起水花前進
- 客人掏錢包付錢時花了很多時間，但又不能抱怨
- 外送目的地的訂購者竟然不在家
- 撥了電話叫外送，但外送員卻無法送到家裡或店鋪的收件區域

設定時的小提醒　除了披薩之外，像是速食店、家庭餐廳、便當店等很多店家都有提供宅配服務。有的餐飲店也會推出外送服務，在這種情況下店家還會在之後再次前往以回收餐具。

登場人物
- 外送員
- 電話接單的工作人員
- 領收訂購物品的客人

攤販（移動販售）

相關場景　海水浴（P.040）　公園（P.132）　車站（P.200）　商店街（P.220）　拉麵（P.272）　烤雞肉串店（P.289）

此場景中能看到的事物

- 加上橡膠輪胎的木製結構攤車
- 使用比攤車更簡單的鐵架組成的貨架
- 裝設在木製攤車後方部位的反光板
- 拖動攤車的腳踏車
- 以人力拉動攤車時使用的鐵製把手
- 加裝料理與店鋪部分結構的鮮豔輕型機車
- 打開後車廂門就會出現麵包架的輕型汽車
- 販售冰淇淋的腳踏車
- 寫有商品品項的板子
- 紅色的暖簾
- 用來遮雨的厚塑膠棚
- 客人坐的紅色椅墊椅子
- 放入衛生筷的筷桶
- 裝飾攤販的燈籠等裝飾物
- 裝商品使用的大量塑膠袋
- 店主
- 在車窗部分貼了寫有價錢的貼紙
- 關東煮
- 麵包
- 烤雞肉串
- 石烤地瓜
- 章魚燒
- 可麗餅
- 拉麵
- 丼物碗
- 桌上調味料
- 燉煮湯品的寸胴鍋
- 瓦斯鋼瓶
- 橘色的橡膠管
- 送來清洗用水的管子
- 寶特瓶中大量的飲用水
- 竹筐中堆積如山的雞蛋
- 打烊時用來綁起攤鋪並加以固定的繩子
- 日光燈或電燈泡
- 發電機
- 保冷箱
- 小型冰箱
- 陽傘
- 酒瓶、杯子、垃圾桶
- 公園
- 超市的停車場
- 商務街
- 霓虹燈閃爍的夜晚車站前

此場景中能聽到的聲響

- 嗩吶吹出的高音旋律
- 喇叭的聲音
- 發電機「噠噠噠噠」的震動聲
- 拉動攤車的機車聲
- 以人力拉動攤車時，橡膠輪胎磨擦地面的聲音
- 熬煮湯品的聲音
- 客人小口吸進拉麵的聲音
- 收音機的聲音
- 清洗餐具的聲音
- 將洗好的丼物碗堆疊起來的聲音
- 商務街的喧囂
- 響徹公園的孩子們的歡聲
- 在朝著城鎮移動過程中隨口哼起的原創小調
- 用勺子將關東煮食材撈起時的水波聲
- 店主與顧客的交談聲
- 女性店主充滿活力的聲音

設定時的小提醒　在過去，攤販形式的拉麵店等店鋪是相當受到歡迎的，但近年來已經趨於減少。此外，在日本以攤販形式開店時，如果沒有具備營養師等資格，就必須取得食品衛生責任者證以及販售地域或場所的許可才行。

此場景中可感受到的氣味及味覺

- 經過攤販附近就會飄來的拉麵的醬油湯頭氣味
- 燉煮關東煮時，從熱氣飄散出的高湯氣味
- 掰開石烤地瓜時，撲鼻的甘甜香氣隨著熱氣一起湧出
- 在大冷天裡享用一碗熱騰騰的拉麵時，那彷彿要滲進全身的風味
- 和喜愛的關東煮品項一起享用的日本酒風味
- 買了立刻就在公園吃起來的麵包，其充分發揮小麥風味的滋味
- 在店前品嚐到可麗餅中的鮮奶油甘甜味

此場景中可感受到的感覺

- 用筷子夾起拉麵時，一股熱氣撲向臉部的感受
- 盛夏的夜裡在攤販來碗拉麵，因而滿頭大汗的感覺
- 老闆將石烤地瓜遞來時，從外面包的紙所傳來的溫度
- 在毫無預期的場所，看到販售可麗餅的攤車時的雀躍感
- 上門買便當的上班族，卻因已經售罄、無法買到而感到失望
- 睽違已久的返鄉，當麵包販售車的原創歌曲流入耳中時的懷念
- 雖然沒有要買，但是今天也在超市門口看到烤雞肉串販售車時所萌生的安心感
- 在販售車購買章魚燒時，會有種比店家賣的還更好吃的錯覺

此場景中可能發生之狀況

- 供應的料理被好幾位客人誇獎而感到開心
- 販售車明明處在好位置，遺憾的是卻因為下雨讓客人不上門
- 開著販售石烤地瓜輕型卡車時，沉浸在自己竟然在做這個職業的感慨之中
- 向鐵路公司提出申請，獲得了在車站前營業的許可
- 一邊播放著宣傳音樂、一邊開著車在住宅區移動時，因為被人抱怨而將音量轉小
- 黃昏時，有很長一段時間都沒有客人，望著流經身旁的小河，落入了感傷的情緒之中
- 在休息日看到其他攤販，而且生意比自己還好，因此想知道箇中原因
- 因為生意太好而讓準備的飲用水用罄了，只好提早打烊
- 發現了土耳其烤肉等不熟悉的料理攤販，卻拿不出購買未知料理的勇氣
- 在打烊後一個人吃起賣剩的關東煮
- 聽到販售煎餃等罕見販賣車的叫賣聲時，對於什麼樣的人會去買感到不可思議
- 因為人不舒服，覺得手拉式的攤車變得非常重
- 在當地運動會的會場旁，來了一輛販賣冰淇淋的移動販賣車
- 為了找尋過去品嚐過的美味攤販拉麵，因此四處尋訪各家攤販，但卻沒有再碰到同樣的味道
- 看到女性將拉麵碗捧起喝湯的樣子，覺得實在是不可思議

登場人物
- 拉動攤車的店主・駕駛販售車的人・當地的居民・商務街的上班族・攜家帶眷的人
- 聽到販售車的聲音，從窗戶向外窺看的鄰近居民

吃到飽

相關場景 女性聚會(P.076) 住宿設施(P.092) 壽司(P.268) 拉麵(P.272) 燒肉店(P.277) 涮涮鍋(P.278) 甜點店(P.304)

此場景中能看到的事物

- 店家招牌與大大寫著「吃到飽」的旗幟
- 設在路旁介紹「吃到飽」方案的大型看板
- 舉辦美食展活動的大型室內場館
- 在戶外擺設的美食活動攤位
- 寫有規則或注意事項的店內告示
- 菜單表
- 穿著制服的店員
- 在一旁看著客人挑戰的拉麵店主
- 飯店的從業人員
- 自助吧台
- 桌子、椅子
- 和式椅與坐墊
- 自助式的各種料理品項
- 甜點自助總匯的諸多糕點
- 總覺得味道有點淡的免費飲料
- 堆積如山的餐盤
- 筷子與湯匙等餐具類
- 放著自選餐點的銀色托盤與取餐夾
- 製作霜淇淋的機器
- 迴轉壽司
- 捏製鮪魚壽司的壽司職人
- 堆得高高的螃蟹山與取出蟹肉的工具（通稱螃蟹湯匙叉）
- 甜甜圈
- 天婦羅
- 燒肉店提供的品質似乎不太好的薄片肉
- 高價燒肉店吃到飽方案提供的黑毛和牛肉
- 鋪滿整個烤網範圍內的肉
- 燒肉的醬料
- 桌上調味料、大蒜泥
- 攜家帶眷的人
- 情侶客人
- 像是對自己的大胃口很有自信的壯年男子
- 像是運動社團的大學生們
- 享受著擺滿整桌糕點的女高中生們
- 正在拍攝自己挑戰影片的直播主
- 因為吃不下，留在餐盤上的料理
- 因活動而聚集的人潮
- 依自己喜好挑選料理的人們的笑容
- 告知結束時間的標示

此場景中能聽到的聲響

- 從堆疊的餐盤取下一個的聲音
- 點餐用平板電腦的操作聲
- 美食展活動會場的廣播
- 燒肉的燒烤聲
- 打開衛生筷的聲音
- 剝開包覆蛋糕的鋁箔紙時發出的聲音
- 自助取餐後將餐盤放在桌上的聲音
- 車輛群聚在停車場的聲音
- 客人選擇吃到飽方案時的雀躍聲音
- 店員針對吃到飽方案進行說明的聲音
- 在桌子上把螃蟹堆得像小山一樣時掀起的歡呼聲
- 美食展活動現場的人聲鼎沸
- 小孩高亢的聲音

設定時的小提醒 小從附近的燒肉店企劃、大至室內場館舉辦的美食展活動，吃到飽都會提供各式各樣的食物或規劃項目。從多人、情侶客人、到單獨一人的散客，會選擇或參與的人也是各有不同。

此場景中可感受到的氣味及味覺

- 充滿店內空間的燒肉氣味
- 眾多的男性客人散發出的熱氣，以及香菸、酒、料理等混雜獨特怪味
- 拉麵湯頭的醬油氣味
- 糕點的香甜氣味
- 在飯店大廳準備的自助式料理中，由各式料理混合的空氣氣味
- 在甜點自助總匯吃到飽品嚐到的各式各樣蛋糕或甜點的風味
- 新鮮壽司的風味
- 吃完大量蟹肉後再享用的蟹膏風味

此場景中可感受到的感覺

- 對睽違已久的燒肉抱持期待感與喜悅
- 一個人去吃燒肉吃到飽時莫名感受到的寂寞
- 在剩下的戶外活動擺攤，烹調時感受到的酷熱
- 剛出爐料理的熱度
- 聚精會神地吃著螃蟹時，手指上的濕潤感
- 為了削減吃太多引起的胸悶，喝下清涼飲料後的爽快感
- 提高對自助取餐期待感的取餐夾觸感
- 還沒吃到目標品項數字，時間就快要結束時的焦慮
- 看到年輕且身材纖細的女性竟然吃下驚人分量的食物，為之震驚
- 參加挑戰賽吃到目標分量，拿回報名費時的達成感與充實感

此場景中可能發生之狀況

- 自助取餐區盡是喜愛的食物，興致為之高昂
- 一個勁地吃肉結果不小心吃到膩，對自己未能吃到預期的分量感到驚訝
- 不經意地被某種料理的美味擄獲，結果完全沒吃到其他東西
- 因為太在意結束時間而狼吞虎嚥，結果哽到喉嚨了
- 才剛開始吃就接到重要的工作電話，結果幾乎沒吃到就得離開了
- 在用餐時間快結束前才到店，結果已經幾乎沒剩下什麼好菜了
- 排在自己前面的人，把自己想要品項的最後一個夾走了
- 女高中生們在甜點自助總匯拍下準備曬IG的照片
- 像是正在上傳影片的人
- 不知不覺間喝碳酸飲料喝到胃脹
- 另外點的菜不在吃到飽菜單的項目中，結果得另外付費了
- 為了吃下很多東西，刻意從前一天就空腹等待吃到飽時光的來臨
- 在嚴禁浪費食物的店中，抱著飽滿的肚皮望向還剩下一點食物的盤子，覺得很痛苦
- 便宜的吃到飽果然一點都不好吃，反倒覺得虧大了
- 因為吃得太撐，下定決心發誓不要再去吃到飽了
- 在室內場館舉辦的當地美食展活動中，聚集了從全國各地跑來的人，盛況空前
- 幫自己的店規劃吃到飽活動，無視其與宣傳費用的折算，確立了計畫
- 大胃王藝人到店內做節目採訪，因而成為話題

登場人物

・店主・店員・飯店從業人員・活動企劃者・廣告代理商・攜家帶眷的人・當地的顧客・學生
・運動社團的集團・喜愛甜點的集團・大胃王偶像

和菓子鋪

相關場景 車站（P.200） 商店街（P.220） 百貨公司（P.250）

此場景中能看到的事物

- 宛如古樸和風家屋一般的店鋪
- 有著摩登設計的連鎖店店鋪
- 開設在車站月台上的小店面、賣場
- 垂掛在瓦片屋簷下的大型暖簾
- 自動門
- 高齡的女性店主
- 連鎖店的店員
- 玻璃展示櫥窗
- 展示櫥窗內的和菓子
- 價目表
- 垂掛在展示櫥窗上方、以明朝體書寫的御品書（*手寫品項單）
- 在鄰接賣場的烹飪場製作和菓子的職人
- 分隔賣場與烹飪場的大型玻璃窗
- 烹飪場的營業用冷藏櫃
- 搓揉小麥粉等物的銀色機械（蒸練機）
- 來買和菓子的附近顧客
- 順路造訪都市地帶中某店鋪的購物客
- 位於賣場中央，在紅色桌巾上擺放商品的圓桌

此場景中能聽到的聲響

- 入店時的鈴聲
- 打開展示櫥窗玻璃門的聲音
- 店員手法巧妙地進行裝盒包裝的聲音
- 將包裝完的盒裝和菓子放入塑膠袋的聲音
- 蒸練機的運轉聲
- 店員說出的「歡迎光臨」招呼聲

此場景中可感受到的感覺

- 入店時即感受到那調整到恰到好處的溫度，覺得很舒適
- 進入沒有大門的店內時所感受到的微微昏暗感
- 包裝紙的觸感

此場景中可能發生之狀況

- 想要買壽甘，但店內卻沒有販售
- 知道老店主的孩子繼承店鋪的消息，因此感到安心
- 校外教學時，萌生買當地的稀有和菓子給祖父母當伴手禮的念頭，因此踏入店中
- 在月台上的販賣處看店，但卻沒有一個人上門光顧

設定時的小提醒 位於附近的商店街內、住商混合的店鋪是和菓子店的常見類型，但也有連鎖店的存在。特別專攻特定品項的專門店比較罕見，幾乎都是擺出相當多樣化的和菓子來販售。

登場人物
- 店主・和菓子職人
- 連鎖店的店員
- 當地的客人・觀光客

糰子店

相關場景　商店街（P.220）　百貨公司（P.250）

此場景中能看到的事物

- 宛如和風家屋一般的店鋪
- 在車站內以租賃形式開業的小型賣場
- 讓人以為是攤販的小型店鋪
- 沒有大門的店內，面向道路的吧台與展示櫥窗
- 為店鋪屋頂妝點洗鍊色彩的枝垂櫻
- 在店門前掛成一排的燈籠
- 寫有「糰子」文字的暖簾
- 設置在店門前用來休息的長椅
- 架在休憩用長椅上的大型日本傘
- 在店鋪地域中有如日本庭園般的豪華休憩所
- 年邁的店主
- 連鎖店的店員
- 烤著糰子的職人
- 擺放糰子的四方形盤
- 御手洗糰子、鶯糰子、檸檬糰子等多樣化的糰子串
- 塗在糰子上的醬料、紅豆餡等等
- 放冰淇淋的保冷箱與霜淇淋的看板
- 於店頭實際展示製作的過程，將竹串插在炭灰中，被炭火烘烤的糰子串
- 排列在店頭擺設的烤網上烘烤的糰子串
- 放入糰子串的餐盒、橡皮筋

此場景中能聽到的聲響

- 在烤網上烘烤糰子的聲音
- 在放入糰子串的餐盒上綁上橡皮筋固定的聲音
- 拿起糰子時拉起黏稠醬料的聲音
- 店員與顧客的交談聲

此場景中可感受到的氣味及味覺

- 烘烤糰子時散發出的撲鼻香味
- 從塗在糰子上的醬料散發出的醬油香味
- 微微感受到材料中粉的氣味

此場景中可能發生之狀況

- 職人將糰子串上下一翻，確認烘烤的狀況
- 店員將烤好的糰子塗上醬料後放在盤子中
- 許多客人聚集在下町的知名糰子店，熱鬧非凡

除了同時販售糰子以外商品的店家之外，也有單純只推出糰子這項商品的店家。甚至還有在屋簷下設置內用空間或附設食堂的糰子店。

- 店主・店員・職人
- 來買糰子的附近顧客
- 正在吃糰子的人

煎餅店

相關場景　商店街（P.220）　百貨公司（P.250）　百貨公司地下街（P.255）

此場景中能看到的事物

- 寫有店名的招牌
- 寫有店名的暖簾
- 旗幟
- 玻璃展示櫥窗
- 放在玻璃展示櫃內及其上方的煎餅
- 在入口處旁實際展示製作過程的店員
- 烤網
- 放入醬油的壺
- 塗醬油用的刷毛（刷子）
- 炭火
- 夾煎餅用的料理夾
- 寫有商品名稱的短冊
- 商品的海報
- 告知地方活動訊息的海報
- 燈籠
- 穿著深藍色法被的店員
- 身著白色工作衣與帽子打扮的職人
- 結帳櫃台
- 陳列商品的木製架子
- 煎餅
- 放置散裝販售煎餅的竹籃
- 放入煎餅的玻璃或塑膠容器
- 吉祥圖畫
- 神棚
- 包裝紙、盒子、熨斗紙
- 贈禮用的盒裝煎餅組合
- 招財貓
- 頗具歲月的磅秤
- 分隔作業區與賣場的玻璃窗

此場景中能聽到的聲響

- 店員喊出的「歡迎光臨」招呼聲
- 打開展示櫥窗玻璃門的聲音
- 將煎餅裝入盒子中的聲音
- 用包裝紙包起盒子的聲音
- 玻璃容器蓋子的開關聲
- 烘烤煎餅的聲音
- 煎餅上塗的醬油滴進火中發出的聲音
- 職人們交談討論的聲音

此場景中可感受到的氣味及味覺

- 飄散出來的撲鼻醬油香氣
- 烘烤煎餅時的香噴噴氣味
- 山葵煎餅直衝腦門的辛辣、超辣煎餅讓人驚嚇的辛辣
- 咖哩煎餅發揮辛香料風味的鹹度

此場景中可感受到的感覺

- 買下作為贈禮用的盒裝煎餅，並請店家幫忙包裝
- 對店主赤手拿起熱騰騰的煎餅而有些驚訝
- 堅燒煎餅硬得超乎想像，讓牙齒和下巴都很疼痛

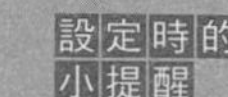

有美麗且嶄新的店鋪，但也能看到很多從以前就開始營業、頗有歲月痕跡的木造店鋪。店員多為年長的女性，另外也經常能看到中高年齡層的男性在烘烤煎餅。

- 店員．烘烤煎餅的職人
- 買了自己吃的份的顧客
- 來購買禮品的顧客

鯛魚燒店

相關場景　商店街（P.220）　百貨公司地下街（P.255）　超級市場（P.260）

此場景中能看到的事物

- 店鋪的招牌
- 寫有「鯛魚燒」文字的攤販紅色暖簾
- 在居家生活百貨的地域內營業的小型店鋪
- 烤好以後依種類排列的鯛魚燒（豆沙、卡士達醬、巧克力、芋泥、栗子等等）
- 放著鯛魚燒的托盤
- 托盤上鋪的白紙
- 夾鯛魚燒用的料理夾
- 寫有本日推薦商品的白板
- 附有鯛魚燒照片的海報
- 店鋪旁讓人坐著享用的長椅
- 白色塑膠桌子與椅子
- 菜單表
- 鯛魚燒的模具（能烤大量的「養殖款」、一隻一隻烤的「天然款」）
- 翻轉模具時使用的把手
- 麵糊的材料
- 紅豆餡、卡士達醬等等
- 紙盒
- 包裝紙

此場景中能聽到的聲響

- 將鯛魚燒麵糊倒入模具中烘烤的聲音
- 將模具翻轉時發出的「喀洽喀洽」聲響
- 將鯛魚燒塞入紙袋時發出的「喀沙喀沙」聲響

此場景中可感受到的氣味及味覺

- 剛烤好麵糊的撲鼻氣味
- 紅豆餡的甜味
- 卡士達醬的風味
- 烤焦部分的微微苦味

此場景中可能發生之狀況

- 店員將放入紙袋的鯛魚燒遞過來
- 必買的小倉紅豆餡味道賣光了，大受打擊
- 被卡士達醬、鶯谷餡、焦糖風味等豐富的味道陣容所吸引
- 知道有放入白湯圓或布丁、咖哩風味或藍莓等等味道存在時的震驚
- 雖然是拿到先做好擺著的鯛魚燒，但還是溫熱的
- 鯛魚燒連尾巴部分都塞滿紅豆餡，令人開心
- 因為溫度太高而燙傷了
- 紅豆餡滿溢出來了
- 外帶回家的紙袋因熱氣濕透，最後破掉了
- 是從頭部開始吃、還是從尾巴開始吃，這個經典代表話題持續被討論著

設定時的小提醒　不只是鯛魚燒，同時販售章魚燒、刨冰、霜淇淋等品項的店鋪也時常能看到。此外也有內用型的店鋪，請視情況來加以活用吧！

登場人物
- 店員．買了就當場吃起來的顧客
- 拿著提袋回家的顧客

饅頭店

相關場景 商店街（P.220） 百貨公司（P.250） 百貨公司地下街（P.255）

此場景中能看到的事物

- 宛如江戶時代舊家那般樣式氣派的店鋪
- 百貨公司內的小店鋪
- 設計統一的連鎖店店鋪
- 設置在寬廣空間深處狹窄賣場
- 在狹小空間內排了許多架子、走道狹窄的賣場
- 僅在租賃空間內擺出小型台子就做生意的賣場
- 車站內的小型賣場
- 掛在入口處上方的招牌
- 以和風書寫體寫下的路邊看板
- 寫有店名的暖簾
- 旗幟
- 貼在窗戶玻璃上、寫有商品名稱的紙
- 御品書（*手寫品項單）
- 設置在店門前鋪上紅布的長椅
- 裱框的日本畫
- 玻璃展示櫥窗
- 結帳櫃台
- 饅頭
- 銅鑼燒、水羊羹、蕨餅等一起販售的品項
- 放著饅頭的托盤
- 蒸籠
- 放入饅頭的木盒
- 放入饅頭的紙盒
- 塑膠袋
- 價目牌
- 寫有商品說明的解說牌
- 店員
- 穿著白色工作服製作饅頭的職人
- 放置職人製作饅頭的不銹鋼製架子
- 大量製作饅頭時使用的大面積模具
- 分隔賣場與製作場的大型玻璃

此場景中能聽到的聲響

- 打開展示櫥窗玻璃門的聲音
- 將購買商品放入紙袋的聲音
- 店內對招牌商品的宣傳
- 店員說出的「歡迎光臨」招呼聲

此場景中可感受到的感覺

- 鎖定的人氣商品銷售一空了
- 想買饅頭作為伴手禮，將對方品嚐的時間與購買時間一起評估
- 紅豆餡能夠以少分量供給高營養價值一事成為熱門話題，客人又再度上門
- 地區車站開始販售稀奇的地區饅頭
- 覺得反正也不會有其他客人，趕快買一買就可以離開了，沒想到人意外地多，原先的計畫被打亂
- 原本想買名產饅頭，但卻被其他商品所吸引，最後選了別的東西

設定時的小提醒

其實單純只賣饅頭的店家並不多，也有同時販售其他類型的和菓子，而饅頭則是定位為當地的名產來推廣。除了商店街之外，也有在大樓群聚的街道一角開業的例子。

登場人物

- 店員・高齡的顧客
- 因喜歡饅頭而光顧的附近顧客
- 觀光客・外國人觀光客

日式甜品店

相關場景　商店街（P.220）　百貨公司（P.250）

此場景中能看到的事物

- 宛如江戶時代舊民家那般樣式氣派的店鋪
- 在大樓1樓區域營業的摩登店鋪
- 在百貨公司美食街樓層的一角營業的小規模店鋪
- 掛在入口處上方的招牌
- 寫有店名的暖簾
- 旗幟
- 放在入口處旁玻璃展示櫃中的餐點樣品
- 設置在入口處旁鋪有紅布的木製長椅
- 貼在店內牆上的御品書（＊手寫品項單）
- 格子門窗
- 玻璃自動門
- 菜單表冊子
- 放在桌上的直立式塑膠品項牌
- 裝飾用的日本畫
- 盆栽、觀葉植物
- 桌袱台
- 鋪設榻榻米的和式席位
- 坐墊
- 茶杯
- 杯子、筷子、托盤、盤子
- 和服打扮的店員、看板娘
- 和風設計的照明
- 障子（＊參見P.124）
- 和風的屏風
- 年糕紅豆湯、年糕紅豆粥、餡蜜、心太等和風甜品
- 刨冰
- 霜淇淋

此場景中可感受到的氣味及味覺

- 榻榻米的氣味
- 紅豆的甜味
- 黑糖蜜的濃郁甜味
- 抹茶的澀味
- 刨冰的清爽風味

此場景中可感受到的感覺

- 糰子或白湯圓軟嫩黏彈的口感
- 紅豆餡濃厚的黏性
- 厚杯身茶杯的重量感
- 乾燥的榻榻米觸感
- 坐墊讓人身心舒適的涼爽

此場景中可能發生之狀況

- 原本以為都是高齡者客人，結果年輕人或外國人意外地多，讓人吃驚
- 積極地在店內導入創作甜品，結果反倒出現缺少招牌經典款的困擾
- 把餡蜜中的水果留下來，當作最後收尾的享受
- 以曬IG為目的造訪的客人造成困擾，因此立下店內禁止攝影的規範

設定時的小提醒　除了能在全國的商店街看到之外，都會的商務街上也意外地多，在購物客的族群裡相當有人氣。有只在夏季營業的店鋪，以及一天之中僅僅在相當短的時間內營業的店鋪。

登場人物
- 店員・高齡的顧客
- 因喜歡日式甜品而光顧的附近顧客
- 觀光客・外國人觀光客

甜點店

相關場景 情人節（P.018） 白色情人節（P.022） 聖誕節（P.064） 女性聚會（P.076） 車站（P.200） 商店街（P.220） 百貨公司（P.250）

此場景中能看到的事物

- 時尚的店鋪
- 在民宅1樓營業的小店鋪
- 裝在高支柱上的看板
- 掛在入口處上方的招牌
- 大大寫著商品名稱的掛布
- 寫有店名或開店時間的直立式看板
- 擺在店門前的橫幅、旗子
- 自動門
- 玻璃展示櫥窗
- 排列在展示櫥窗內的切片蛋糕或大蛋糕
- 保冷櫃內同時販售的冰淇淋
- 餅乾或巧克力
- 地墊
- 用蠟打磨過的地板
- 擺著放進餅乾的籃子等物的木製桌子
- 內用型店鋪的桌子與椅子
- 內用時使用的時尚蛋糕盤、金色或銀色的湯匙與叉子
- 結帳櫃台
- 磅秤
- 印刷的POP文宣或價目牌
- 穿著制服的店員
- 穿著圍裙的女性店員
- 擔任甜點製作，也兼任接待客人的男性老闆或甜點師
- 天花板的嵌入型照明
- 可以從店內空間看到的廚房
- 在廚房中擠著生奶油、戴著調理帽、口罩、橡膠手套的職人
- 巨大的營業用冷藏櫃
- 觀葉植物
- 裝著餅乾的玻璃瓶
- 印有店家標誌的塑膠袋
- 放在展示櫥窗裡的白色紙盒
- 裝入完整蛋糕的厚紙製裝飾盒
- 擺放蛋糕的鋁盤
- 夾蛋糕用的料理夾
- 插在蛋糕上的多彩蠟燭
- 坐在店內擺設椅子上的泰迪熊吉祥物

此場景中能聽到的聲響

- 自動門開啟的聲音
- 掛在門上的鈴響起的聲音
- 在木質地板上優雅響徹的腳步聲
- 店員與顧客的交談聲
- 店員開關玻璃展示櫥窗門的聲音
- 收銀機的操作聲
- 使用夾子時發出的聲音
- 將裝有蛋糕的紙盒放進塑膠袋中發出的「喀沙喀沙」聲響
- 在內用區開心交談的顧客聲音
- 將茶杯放在茶杯托盤上的響聲
- 店內播放的有線廣播
- 連鎖店的商品宣傳廣播
- 挑選蛋糕的顧客與店員間的交談聲
- 店員說出的「歡迎光臨」招呼聲
- 家庭顧客中的小孩喧鬧的聲音

設定時的小提醒 從個人經營的蛋糕店到大型的連鎖店，以及附設內用區的店鋪等等，存在著各式各樣的營業類型。甚至還有在車站內擺上一張桌子就直接販售甜點的例子。

此場景中可感受到的氣味及味覺

- 在店內微微感受到的香甜氣味
- 從玻璃展示櫥窗取出時甜香四溢的蛋糕氣味
- 在內用區品嚐的蛋糕甜味
- 從內用區享用的紅茶中，感受到不同於在家飲用的深厚風味
- 帶出蛋糕甜味的咖啡苦味
- 從職人烘烤的派散發出的撲鼻香味
- 職人嘗驗味道時感受到的鮮奶油風味

此場景中可感受到的感覺

- 光是看到裝潢時尚的店面外觀，心中就能藉由想像浮現蛋糕風味的感覺
- 打開厚重木門時，手上感受到的重量感
- 將叉子插入蛋糕時，從中感受到海綿蛋糕體的反饋感
- 鮮奶油在口中化開的感覺
- 果凍搖晃顫動的口感與爽口度
- 從茶杯傳來的紅茶熱度
- 從放入盒裝蛋糕的塑膠袋傳遞到持物手上的重量感
- 放入保冷劑的蛋糕盒的冷度

此場景中可能發生之狀況

- 完整蛋糕比想像中的還要貴，預算不夠
- 想要的切片蛋糕已經銷售一空了
- 一起來幫小孩買生日蛋糕的家族
- 即便是同體系的連鎖店，也會因為開店地點不同出現人聲鼎沸與門可羅雀的差異
- 1樓是水果店，2樓則是冰果室兼甜點店的店鋪
- 為了決定該放入多少保冷劑，被店員問及回到家要花多久時間時，才開始思考到底要多久
- 都是些平時嚐不到、看起來超美味的品項，所以猶豫該買哪一種
- 在內用區享用的一家人，正熱烈地交談著
- 靜靜地讀書的顧客
- 女高中生們正在用智慧型手機拍攝要用來曬IG的照片
- 在個人經營的蛋糕店中，賣剩的聖誕蛋糕正在降價促銷
- 想買蛋糕當禮物，因此告知店員要在巧克力板上寫的文字
- 車站前的蛋糕店店員，在打烊前熱情地向過路人們攬客招呼
- 停車場塞滿了車，找不到空位
- 即將迎接聖誕節，才急急忙忙地跑去訂蛋糕
- 為了準備聖誕蛋糕，全體店員不眠不休連趕好幾天的工
- 雖然開店時間相對較晚，但負責事前準備的店員就要早起了
- 為了避免夕陽直接照射到蛋糕，因此放下了百葉窗
- 出奇招構思的蛋糕新作廣獲好評，連電視台都跑來採訪
- 因為營業額蒸蒸日上，因此開始規劃二號店，並尋找開店預定地
- 職人思考著要到海外進行修行

登場人物 ・老闆・蛋糕職人・店員・服務生・攜家帶眷的人・附近的顧客

市場

相關場景 蔬菜店（P.227）、肉店（P.228）、魚店（P.229）、乾貨店（P.238）

此場景中能看到的事物

- 室內場館般的建築物
- 市場入口處的大招牌
- 密集群聚的露天攤販店鋪
- 四處架起的遮雨棚
- 各家店鋪掛上的招牌
- 黎明時分便在市場開始賣力工作的人
- 穿著防水圍裙的店員
- 紙箱
- 保麗龍箱
- 冰塊
- 灑水用的橡膠水管
- 上方能用來煮水的暖爐
- 在托盤上整齊排列的各式各樣種類的魚
- 魷魚、章魚、貝類等海鮮
- 鄰近市場的熟食小菜店
- 掛在天花板上的巨大魚模型
- 大漁旗
- 玻璃海產缸
- 各商品的價位牌
- 宣傳重點商品的直立式看板
- 放在籃子中的蔬菜或水果
- 磅秤
- 放置鈔票或零錢的竹筐
- 放在店鋪招好運的達摩不倒翁
- 招財貓
- 市場內通道或電梯方向等資訊的標示
- 設置在天花板的日光燈、白熾燈、電燈泡
- 在通道上行駛的堆高機、叉架式堆高機、運輸板車
- 被水沾濕的地板
- 打掃得很徹底的乾燥地板
- 買東西的顧客
- 造訪著名市場的國內觀光客
- 身上掛著照相機的外國籍觀光客
- 前來採訪的媒體
- 標示「免稅」的旗幟
- 「全國配送OK」的標示
- 進出的貨運業者
- 標示貨運業者受理處的旗幟
- 來採買剛捕獲海產的壽司店等場外市場（鄰接中央批發市場的商家群聚處）的店鋪群

此場景中能聽到的聲響

- 將魚貝類等放到磅秤上的聲音
- 穿著長靴走在濕地板上的腳步聲
- 用水管灑水的聲音
- 堆著貨物的推車移動聲
- 堆高機、叉架式堆高機的行駛聲或後退時的警告音
- 堆高機將抬起的棧板放到地面時發出的「喀匡」聲響
- 進出停車場的一般車輛或貨運業者的貨車行駛聲
- 雨水打在店鋪屋頂或遮雨棚的聲音
- 組合紙箱的聲音
- 移動保麗龍箱時發出的「啾啾」聲響
- 在保麗龍箱中鋪上冰塊的聲音
- 「競標」時各業者大聲出價的聲音
- 找錢給客人時的交談聲
- 店員充滿魄力的招呼攬客聲或宣傳商品的聲音
- 店員與買東西的家庭主婦閒聊的聲音
- 業者在抬起很重的貨物時發出的吆喝聲

設定時的小提醒 日本有批發市場以及零售市場，對一般大眾而言最熟悉親切的就是零售市場了。在這些零售市場中，大多會提供鮮魚、蔬菜水果、肉品等未加工的生鮮食品。

此場景中可感受到的氣味及味覺

- 魚貝類賣場的海潮味
- 魚類或蔬菜等多種食材、食物混雜在一起的氣味
- 殘留在保麗龍箱中的魚腥味
- 新鮮蔬菜散發出的生澀味
- 脫掉橡膠手套之後，手上散發出的悶熱氣味
- 冬天從眾多穿著厚衣的客人身上散發出的汗臭味
- 試吃新鮮的生魚片時感受到的鮮味

此場景中可感受到的感覺

- 保麗龍箱裝滿大量漁獲後的重量
- 天還沒亮就開始工作的業者所感受到的睡意
- 在購物的客人變多之前感受到的開放感
- 在年末時期或一天中最忙的時間帶，擠入大量客人的窒息感
- 將找的零錢遞給客人時的硬幣觸感
- 結束一天工作後的安心放鬆感
- 一年內最後的營業日結束後，在計算營業額的同時感受到的解放感
- 看到大量在超市中找不到的新鮮漁獲、蔬菜時的興致高昂感
- 用破盤的便宜價格買到新鮮商品時的喜悅

此場景中可能發生之狀況

- 店員一邊推廣商品、一邊對路過的人面露微笑
- 店員因應顧客的訂購而開始剖魚
- 正在擺放鮮魚的店員，不慎被銳利的魚鱗割傷手
- 工作時，夜幕露出微光，東方天空也開始呈現魚肚白
- 推車上堆了太多東西，堆積如山的保麗龍箱因此崩塌
- 推著推車的業者和倒車中的推高機駕駛似乎因碰撞而爭吵中
- 現場目睹魚店店員回應電視節目採訪的請求，抱起大魚供人拍攝的場面
- 家庭主婦們為了破盤的優惠價商品而湧入，演變成有如大特賣般的爭奪戰
- 停車場車輛爆滿，一位難求
- 因為要把購買的大量商品帶回車上，所以向人借了拖車或推車
- 為了購買當地名產而特地跑去遠處的市場看看，結果並沒有比想像便宜而大受打擊
- 在場外市場的店家享用了新鮮的海鮮丼，大為滿足
- 看到扛著冷凍鮪魚還健步如飛的業者，相當震驚
- 對方找自己800日圓零錢時，還開玩笑地說「找您800萬！」
- 在沖繩買了東西後，才首次知道因為防疫規範，商品無法送到外縣市
- 在旅行途中造訪的購物客，於配送受理處填寫自家的地址
- 沒有屋頂的露天市場遭遇了豪雨的影響
- 因為預測颱風的影響，相關人士協議讓市場臨時休市
- 因大雪打亂了交通網路，載運大量商品的貨車無法抵達

登場人物
・店員・批發業者・駕駛堆高機的業者・進出的貨運業者・警衛・一般的購物顧客
・為了進貨到店內販售而造訪的店員・準備做晚飯的家庭主婦・觀光客・外國籍觀光客

地域限定場景

大阪

日本代表性的大都市之一・大阪，擁有「吃到倒之街」、「搞笑的聖地」等別名。我們也可以說這裡擁有的強烈獨特性文化與風俗，就是大阪最大的魅力。

此場景中能看到的事物

- 大阪城
- 大阪城公園、大阪城Hall
- 阿倍野Harukas
- 通天閣（新世界）
- 比利肯大人
- 道頓堀
- 環球影城JAPAN（USJ）
- 固力果廣告牌、螃蟹道樂的螃蟹、食倒太郎等醒目的看板或裝置物
- 難波Grand花月（NGK）
- 美國村
- 御好燒店、章魚燒店、串炸豬排店
- 551蓬萊
- 諸如阪神、近鐵、南海、阪急、京阪等私鐵
- 淀川、大阪灣
- 萬博紀念公園、太陽之塔
- 國立文樂劇場
- 黑門市場
- 四天王寺
- 岸和田地車祭
- 造幣博物館的「櫻花通道」
- 眾多的阪神虎迷
- 上方落語的寄席或現場搞笑演出
- 表演街頭漫才的藝人與圍觀觀眾
- 豹紋時尚打扮的阿姨們

此場景中能聽到的聲響

- 食倒太郎人偶打鼓時的「咚咚」聲響
- 通天閣的報時鐘聲
- 落語或漫才等出囃子
- 由許多人拉動地車時的聲音
- 在觀光景點或是和名人拍照時的快門聲
- 當地居民用大阪腔交談的聲音
- 遊客等人士模仿大阪人說話腔調的聲音
- 地車祭進行時的洶湧吆喝聲
- 工作帶勁的店員招攬客人的聲音
- 表演落語或漫才時的聲音
- 觀眾在欣賞現場搞笑演出時的笑聲
- 『六甲おろし』（＊阪神虎隊歌）的大合唱

此場景中可感受到的氣味及味覺

- 粉製食品或串炸豬排上的醬料或柴魚片等物的氣味
- 道頓堀川的氣味
- 當地阿姨們身上的化妝品與香水混合的氣味
- 御好燒或章魚燒等粉製食品的風味
- 串炸豬排的風味
- 551蓬萊的豬肉包或燒賣風味
- 從當地阿姨那裡拿到的糖果風味

此場景中可感受到的感覺

- 黑門市場等市場或小酒館的活力
- 對開朗且擅長交談等大阪人基礎特質感到困惑
- 在留有下町氛圍的商店街體會到懷舊感
- 享用御好燒或章魚燒等名產，吃到肚皮圓滾滾的充實感
- 因阪神虎比賽的輸贏而或憂、或喜
- 若是身為阪神虎以外的球迷就會有點難以自處
- 發現知名藝人時的驚喜
- 對壞心眼的觀光客對自己刻意搞笑或插科打渾的行為感到困擾
- 以為他們都非常執著在搞笑這點，知道並不盡然之後覺得失望

設定時的小提醒　能否自然融會大阪腔或抓到大阪人笑點等大阪特有獨特性之中，想必會是此場景的重點所在。但請務必注意，阪神虎的主場・阪神甲子園球場實際上是位於隔壁的兵庫縣，而非大阪喔。

登場人物　・攜家帶眷的人・情侶・當地居民・校外教學學生・阪神虎迷・觀光客・特色搶眼的阿姨們

第十章

圍繞著服務業的場景

Financial / Lodging / Barber Beauty / Pet / Publlc Bath / Luxurious Bath House / Laundromat / Stage Theater / Cinema-Palace / Downtown Factory / Newspaper Delivery / Fish Pond / Karaoke Club / Rental Box / Adult Video Arcade / Driving Schools / Smoking Area / Acupuncture And Moxibustion Clinic / Osteopathic Council / Hospital (Council) / Sex Establishment / Darkness Occupation / Okinawa

金融

相關場景 彩券賣場 (P.367) 柏青哥・柏青嫂店 (P.368)

此場景中能看到的事物

- 銀行
- 證券金融公司
- 保險公司
- 當鋪
- 銀行員
- 證券商業務員
- 在保險公司或保險代理店工作的職員、工作人員
- 負責為送來當鋪典當物品估算價值的專業鑑定員
- 銀行搶匪
- 因為想開戶或使用ATM而造訪的顧客
- 因為想商討投資或進行諮詢而造訪的顧客
- 因為想買保險或進行諮詢而造訪的顧客
- 帶著想典當的物品上門的顧客
- 寫有公司或店鋪名稱的大型招牌
- 零錢、成捆鈔票、新鈔
- 自動存提款機(ATM)
- 換鈔兌幣機
- 金庫
- 抽號機、觸控式排隊號碼抽號機
- 放有各式各樣文件單據的寫字台
- 記載開戶須知或存款詐騙等各式各樣情報的文宣
- 沒有扶手的椅子或沙發
- 排隊絨繩(區分排隊隊伍的繩子)
- 顯示金融相關資訊影像的薄型螢幕
- 分成多個窗口的服務受理櫃台
- 點鈔紙套
- 銀行帳冊
- 找錢盤
- 現金箱、公事包
- 電子計算機
- 印泥、印鑑、圖章、蓋章墊
- 顯示股價、匯率兌換等資訊影像的螢幕
- 記載本處經手保險業務的手冊或文宣
- 要典當的高級手錶或品牌包包
- 當鋪鑑定員使用的放大鏡
- 報紙、週刊雜誌等等
- 祝儀袋
- 導盲磚
- 彩券
- 為了兌換高彩金的中獎彩券而造訪的人

此場景中能聽到的聲響

- 將印鑑壓在印泥上的聲音、在文件上蓋章的聲音
- 從抽號機中送出號碼單的聲音
- 點算零錢或整疊鈔票的聲音
- ATM的聲音
- 正在進行開戶或投資議題討論的顧客與工作人員的聲音
- 從ATM中傳來的語音播報聲
- 以語音或是工作人員親自廣播叫號的聲音

設定時的小提醒 金融機關是個圍繞著金錢以及進行相關議題商討的場所(當鋪等也包含在內)。在這些地方有可能會得到大筆金錢、也可能會有所損失。請利用帶有緊張感的場所這個印象,試著去設定故事吧!

此場景中可感受到的氣味及味覺

- 零錢或鈔票的氣味
- ATM區像是熱氣被悶住般的氣味
- 銀行員使用的點鈔指套氣味
- 印泥的氣味
- 被帶來當鋪典當的高級手錶或包包的氣味
- 當鋪使用的放大鏡的氣味

金融

此場景中可感受到的感覺

- 「為什麼放假時不營業啊」之類的不滿
- 當自己因不知該前往哪個窗口而感到不安時，因為銀行員的帶領而感到感激
- 開設銀行帳戶時的雀躍感
- 存入大筆金錢時的興奮感與對將來的期待感
- 對窗口承辦人走到後方工作區，遲遲不回來時感受到的不安感
- 使用ATM時搞錯密碼、冷汗直流的感受
- 擔心後方的客人是否會偷看ATM螢幕而感到不安
- 忘記帶印鑑時的驚慌感
- 填寫文件時，才發現自己不知道家人的出生年月日的焦慮感
- 拿到新鈔時的喜悅
- 客人們不會理解的，下午3點結束當天營業後的忙碌感
- 和證券商業務員討論時的安心感
- 買股票或投資失利時那茫然的巨大絕望感
- 因為保險的種類太多了而讓自己陷入不安
- 帶著東西上當鋪典當時的期待與忐忑
- 看到當鋪估價後的喜悅或失望感
- 拿到成捆鈔票時那股壓倒性的欣喜
- 因為誠懇謹慎地待客，得到客人感謝時的喜悅

此場景中可能發生之狀況

- 因為不知道該填寫什麼文件，所以向負責導覽的銀行員詢問
- 將一點一滴存下的500圓硬幣存款存進銀行
- 因為隔了很久沒有刷存款簿了，一刷下去ATM的資料更新一時就停不下來
- 寫字台上供人使用的原子筆墨水出不來，因此感到焦急
- 將中了高額彩金的彩券拿去銀行換現金
- 看著存款簿的存款數字，不禁一個人笑了起來
- 盯著顯示股價的螢幕看，情緒有喜有憂
- 被證券公司的人教授股票或投資的各種知識
- 為家人保了高額的人壽保險
- 把從戀人或客戶那收到的高級品拿去當鋪變現
- 無法接受當鋪的估價，因此展開交涉
- 帶來的東西被估了高價，所以就喜不自禁地交給當鋪處置了
- 為前來諮詢的客戶誠懇謹慎地針對保險或投資進行相關的說明

登場人物 ・利用的顧客・銀行員・證券商業務員・保險公司職員・保險代理業者・工作人員
・當鋪的估價員・銀行搶匪

旅宿

相關場景　溫泉地（P.090）　住宿設施（P.092）

此場景中能看到的事物

- 飯店
- 旅館
- 民宿
- 民泊（*近似寄宿形式的旅宿）
- 溫泉
- 飯店櫃台、客房部門、禮賓部門
- 女將、仲居（*參見P.276）
- 廚師、主廚、板前（*特指日本料理的料理人或其領導）
- 引導自駕客泊車的工作人員
- 接送住宿客人的巴士與司機
- 工作人員或仲居人員排成一列迎接住宿客人的姿態
- 彎腰角度90度的完美行禮儀態
- 將住宿客人的行李送到客房的工作人員
- 和櫃台聯繫的直通電話
- 客房內的鋪床或清掃工作
- 門把掛牌
- 棉被的準備與整理
- 將料理送到客房供客人享用的旅館風格服務
- 大小不同、有著各式尺寸的浴衣
- 備有齊全的女性用化妝品或裁縫用品組合的備品
- 加濕器或手機充電器等多樣化的可借用設備
- 輔助便座或腳凳等小孩使用的設備
- 浴廁用扶手或床邊扶手等照護輔助設備
- 客房中的冰箱（或迷你吧）
- 付費使用的電視卡與付費頻道
- Wi-Fi等免費網路服務
- 自助洗衣服務
- Morning Call服務
- 客房服務
- 客房按摩服務
- 擦鞋服務
- 自助吧餐點

此場景中能聽到的聲響

- 敲房門的聲音
- 掛上門把掛牌的聲音
- Morning Call服務的聲音
- 運送客人客房服務餐點的推車聲
- 堆放許多打掃用具的房務清潔車聲
- 進行鋪床等房務整理的聲音
- 鋪棉被的聲音
- 撕開備品外包裝袋的聲音
- 迷你吧的開關聲
- 「歡迎」、「歡迎蒞臨」等工作人員或仲居人員的招呼問候聲
- 工作人員或仲居人員敲了客房門，說著「不好意思，打擾您了」的聲音
- 住宿客人打電話到櫃台的聲音
- 在大廳或休息室內談笑的住宿客人或住宿設施的工作人員聲音

設定時的小提醒　在招呼問候、行禮、接待態度等層面落實至極致的款待方式，是日本聞名世界的文化。應該有很多外國籍觀光客，在歸國前都曾受到日本式盛情款待的衝擊吧。

此場景中可感受到的氣味及味覺

- 乾淨的床單或棉被的氣味
- 浴衣的氣味
- 化妝品的氣味
- 沐浴乳的氣味
- 刮鬍膏的氣味
- 客房按摩服務使用的精油氣味
- 客房內榻榻米或地墊的氣味
- 溫泉的氣味
- 送到客房供客人享用的料理氣味與風味

旅宿

此場景中可感受到的感覺

- 在旅館或飯店check in時的興奮感與雀躍感
- 對工作人員慎重至極的待客態度感到驚訝與困惑
- 對工作人員協助將行李送至客房的感謝
- 從房間內眺望到外頭的美麗景色時的感動
- 對高級飯店的迎賓大廳豪華程度感到震撼
- 打電話給櫃台時的忐忑不安感
- 打電話叫客房服務時的緊張感
- 對24小時提供的客房服務感到驚訝
- 看到放在迷你吧中的飲料或食物價格時的驚訝
- 購買電視卡，觀看付費頻道時的雀躍感
- 看到客房很乾淨時的喜悅
- 對免費Wi-Fi速度太慢的失望感與「果然是這樣」的思緒
- 搞丟房間鑰匙時感到「糟糕了」的焦慮與絕望感
- 回到房間後，發現床已經鋪好時的安心感與感謝
- 在深夜時漫步於住宿設施之間的樂趣與悸動感
- 被住房客人感謝時的喜悅
- 引導團體客人入住並進行接待時的勞心費力
- 對民泊竟然如此便宜感到驚訝與欣喜
- 得知有空房可以入住時的喜悅

此場景中可能發生之狀況

- 抱著緊張的情緒打電話叫客房服務
- 毫無理由，就是想在住宿設施內漫無目的地閒晃
- 向飯店的工作人員或旅館的仲居人員打聽周邊的推薦景點
- 工作人員依序送來一個又一個的備品
- 房間被列為建築外牆燈光秀的一部分，因此要短時間處在黑暗的房間內
- 結帳時才知道小孩偷偷吃了迷你吧中的食物
- 將小孩寄託在嬰兒室，享受了久違的夫婦二人時光
- 確認是否有住宿客人不敢吃或是會過敏的食材
- 將空房間或是空屋以民泊的形式租出
- 因為做了不恰當的應對，因此向客人謝罪
- 媒體相關人士前來進行採訪

登場人物 ・住宿客・飯店櫃台・客房部門・禮賓部門・女將・仲居・廚師・主廚・板前

理容・美容

相關場景　成年禮（P.014）　聖誕節（P.064）　結婚典禮（P.072）

此場景中能看到的事物

- 理髮店、美容室、美容院
- 美甲沙龍
- 美體沙龍
- 理容師、美容師
- 美甲師、美體師
- 造型師
- 前來接受理容或美容服務的顧客
- 剪髮
- 刮鬍
- 洗髮精
- 頭皮或肩膀按摩
- 頭髮造型、染髮
- 白、紅、藍三色的旋轉燈
- 寫有店名的旗幟
- 大型的鏡子
- 剪髮椅
- 剪髮衣、剪髮圍布
- 剪髮用剪刀、打薄用剪刀
- 剃刀
- 收納各式各樣剪刀的理髮工具包
- 鯊魚夾
- 刷子
- 理髮梳
- 洗髮精、刮鬍膏
- 髮蠟或造型慕斯等髮型造型用品
- 乳液或精油等身體保養用品
- 睫毛膏與指甲油等美甲用品
- 粉餅或眼線等化妝用品
- 毛巾保溫箱、蒸氣式毛巾箱
- 消毒機、殺菌庫
- 吹風機、燙髮夾、髮捲
- 接髮片、造型假髮
- 美體用床、毛巾
- 會員卡
- 放在等候室內的漫畫或造型目錄
- 收音機、電視機

此場景中能聽到的聲響

- 坐上剪髮椅的聲音
- 剪下頭髮時發出的聲響
- 使用剪髮用剪刀時發出的「喀嚓喀嚓」聲響
- 為客人披上剪髮圍布時的「啪沙」聲響
- 蓮蓬頭的「唰唰」水流聲
- 為客人抹上洗髮精後洗頭的聲音
- 用剃刀刮鬍子的聲音
- 吹風機的聲音
- 進行頭皮或肩膀按摩時發出的「啪啪」聲響
- 用髮捲等物固定頭髮時發出的聲音
- 裝上指甲片的聲音或塗抹指甲油的聲音
- 塗抹美體油的聲音
- 有一搭沒一搭聊天的顧客與店員的聲音
- 從收音機傳出的廣播節目主持人或播報員的聲音
- 從電視機傳出的藝人聲音

設定時的小提醒　理容室會提供剪髮或刮鬍子等打理外貌容姿的服務。相對來說，美容室則是提供髮型造型或化妝等讓容姿更加美麗的服務。

此場景中可感受到的氣味及味覺

- 洗髮精或刮鬍膏的氣味
- 剪髮衣或圍布的氣味
- 剪髮椅的氣味
- 從吹風機吹出的風的氣味
- 剪髮後塗上的通寧水氣味
- 造型髮蠟的氣味
- 染髮劑的氣味
- 接髮片或造型假髮的氣味
- 美甲去光水的氣味
- 美體油的氣味

此場景中可感受到的感覺

- 剪頭髮時不禁想打噴嚏的感覺
- 聽到剪刀在耳邊響起的「喀嚓喀嚓」聲，感到心情舒暢
- 要讓資淺美髮師剪髮時的忐忑不安感
- 剪下的頭髮沾在臉上的搔癢感與鬱悶感
- 發現白頭髮很多時的驚訝與哀傷感
- 洗頭時剛好被搔到會癢的地方，感到慶幸
- 被剪成奇怪髮型時的絕望與憤慨
- 剪完頭髮，覺得頭上變得很輕盈時的解放感
- 溫熱毛巾那讓身心放鬆的舒適溫度
- 用剃刀刮除鬍子時的爽快感
- 做了頭髮造型，感覺頭變重的感覺
- 做了美甲片或指甲彩繪後變美的喜悅
- 進行染髮時的緊張與雀躍感
- 化完妝後彷彿變成另一個人似的驚訝與喜悅
- 看到做了極具衝擊力的指甲彩繪或妝髮的客人時，為之驚訝
- 第一次做頭髮造型時的樂趣與雀躍感
- 接受美體保養時的身心舒適感
- 因為剪髮椅坐起來太舒適，不小心就這樣睡著時的羞愧感

此場景中可能發生之狀況

- 提出「我想要造型目錄模特兒的這種髮型」的期望時，理髮師露出苦笑
- 因為遲遲無法決定髮型，讓理髮師在旁邊枯等
- 剪髮時對方話匣子大開，因此覺得困擾
- 想學理髮師那樣用髮蠟打理頭髮造型，但卻無法做得很好
- 染髮後的顏色和自己不搭，大受打擊
- 為了不傷害美甲片或指甲彩繪，小心翼翼地拿取東西
- 提起幹勁做了頭髮造型與化妝，結果竟然被熟人問說「你是哪位？」
- 因為美體過程實在太過舒適，不禁就這樣沉沉睡去
- 搞錯顧客的名字與職業
- 不小心把頭髮剪得過短，已經是束手無策的地步了
- 因為客人的剪髮需求太過瑣碎，讓人相當苦惱
- 比預約時間還要早到，只好先在一旁等候
- 客人過了預約時間還沒來，試著和對方聯絡
- 把自己帶來的髮型目錄忘在店內就回家了

登場人物 ・顧客・理髮師・美容師・美甲師・美體師・造型師

寵物店

相關場景 河岸邊（P.128） 公園（P.132）

此場景中能看到的事物

- 狗或貓等動物
- 動物的飼主
- 獸醫
- 寵物美容師
- 訓犬師
- 配種師
- 寵物店的工作人員
- 動物醫院
- 寵物美容沙龍
- 遛狗區
- 寵物店
- 寵物旅館
- 獸醫使用的聽診器或注射器
- 動物用營養補給品或治療藥物
- 與動物疾病相關的海報
- 動物醫院的掛號單
- 寵物的保險卡
- 診療台
- 寵物用洗毛精、潤絲精、潔耳液
- 寵物用吹風機
- 寵物用澡盆
- 寵物用修毛剪、電動剃刀
- 梳子、刷子
- 寵物用嘴套
- 伊莉莎白頸圈（防止寵物舔傷口用的圓錐形保護用具）
- 為修剪毛完畢的狗掛上的裝飾緞帶
- 寵物籠、犬舍
- 寵物用行李箱型推車、推車
- 項圈、牽繩
- 犬笛
- 防止亂叫的相關用具
- 教導規矩或防止搗亂用的噴霧
- 貓塔、貓抓板
- 供水器
- 寵物食品
- 寵物墊
- 寵物用尿布
- 寵物用玩具
- 遛狗區用附門柵欄
- 犬用游泳池
- 附設遛狗區的咖啡廳
- 散步時撿拾寵物排泄物的用具（袋子、小鏟子等等）

此場景中能聽到的聲響

- 寵物坐立不安地在飼主附近來回走動的聲音
- 用剪刀或電動剃刀為寵物修毛的聲音
- 在寵物用澡盆為寵物清洗身體的聲音
- 貓使用貓抓板時發出的「嘎嘎嘎嘎」聲響
- 寵物在給水器旁喝水的聲音
- 犬笛發出的「嗶」聲響
- 掛上項圈或牽繩的聲音
- 小狗在遛狗區四處跑動的聲音
- 獸醫與飼主交談的聲音
- 討厭治療過程的寵物所發出吼叫聲
- 飼主和寵物說話時出現的幼兒聲調
- 寵物美容師試圖安撫寵物的聲音
- 訓犬師管教寵物的聲音
- 看著寵物店內的人們發出的「好可愛」等談話聲
- 寵物因為太過寂寞而發出的低鳴聲
- 向飼主提醒自己餓了、討東西吃的寵物叫聲

設定時的小提醒 現在的寵物旅館在服務面上也日漸進化了，最近甚至也出現了附設遛狗區或提供散步場所的店家。這對因為離開飼主而感受到壓力的寵物而言，可說是個非常棒的服務呢。

此場景中可感受到的氣味及味覺

- 狗或貓等動物的氣味
- 寵物排泄物的氣味
- 消毒液的氣味
- 寵物用治療藥物的氣味
- 寵物用洗毛精或潤絲精的氣味
- 教導規矩或防止搗亂用的噴霧的氣味
- 貓塔或貓抓板的氣味
- 寵物食品或寵物點心的氣味與風味

此場景中可感受到的感覺

- 在動物醫院擔心愛寵的心情與知道不是大毛病後的安心感
- 情況緊急時動物醫院卻沒有開的時候，心中焦急又感到絕望
- 寵物在診療台上排泄時，身為飼主的難為情
- 抱起修剪完毛的寵物時，對重量如此之輕感到驚訝
- 剪完毛、掛上裝飾緞帶的寵物竟如此可愛，但同時也感受到取下緞帶時有多麻煩
- 對寵物旅館的存在感到慶幸
- 將寵物寄放在寵物旅館時的不安感
- 小狗不聽自己的話時感受到的筋疲力竭感
- 小狗聽從自己的話時感受到的欣喜與安心
- 不管怎麼管教，就是無法改正亂叫的行為，因而感到焦慮與沮喪
- 進行寵物繁殖或品種改良卻無法順利進行時的焦慮
- 看到寵物在遛狗區奔跑時感受到的欣喜
- 當自己養的雄犬接近雌犬時，內心感到忐忑不安
- 寵物在遛狗區和其他寵物發生交配行為時，為之焦急與羞愧
- 不管何時經過寵物店都能見到一直沒被帶回家的寵物，從中感受到悲戚
- 當動物從寵物店中逃出時的「糟糕了」感受
- 將動物從寵物店帶回家時的喜悅

此場景中可能發生之狀況

- 一靠近動物醫院，小狗就停下來，怎麼樣也不往前走了
- 發現醫院的等候室中有其他動物，寵物就開始吼叫了
- 才剛讓寵物服下醫師開的藥，馬上就吐了出來
- 被迫掛上裝飾用緞帶的寵物，露出一臉厭惡的表情
- 小狗用相當驚人的氣勢在遛狗區奔馳
- 自己養的狗在遛狗區中開始逗弄其他的狗
- 因為要出門旅行，所以把寵物寄放在寵物旅館
- 寵物旅館傳來寄放寵物狀況的照片檔案
- 為了繁殖，讓動物們多次進行交配
- 訓犬師管教小狗的行為舉止
- 連續多日造訪寵物店
- 發現毛剪得很有創意的寵物
- 向飼主解釋寵物的病症
- 安撫在動物醫院或寵物美容沙龍中不安的寵物
- 決定寵物店中那些沒有被人帶走的寵物該何去何從

登場人物 ・飼主・獸醫・寵物美容師・訓犬師・配種師・寵物店的工作人員

澡堂

相關場景 超級澡堂（P.319） 投幣式洗衣店（P.320）

此場景中能看到的事物

- 寬廣的磁磚浴池
- 銀色的扶手
- 水溫溫度計
- 磁磚地板
- 富士山圖案的磁磚壁畫
- 黃色的洗臉盆
- 塑膠椅
- 鏡子
- 有著藍色與紅色按鈕的水龍頭
- 蓮蓬頭
- 男湯與女湯的分界
- 番台（*浴池區入口的輪班高台）
- 附鑰匙的置物櫃、附橡膠繩的鑰匙
- 衣物籃
- 咖啡牛奶
- 費用價目表
- 垂掛的日光燈
- 體重計
- 掛鐘
- 按摩椅
- 冷風機
- 販售用的洗髮精
- 香皂
- 浴巾
- 煙囪
- 瓦片屋頂
- 區分男湯女湯的紅藍暖簾

此場景中能聽到的聲響

- 洗臉盆掉到地上發出的「哐」聲響
- 水勢強勁的蓮蓬頭水聲
- 往浴池中注水的聲音
- 男性有氣勢地洗著頭髮的聲音
- 澡堂內響徹的小孩們高亢的聲音
- 堅固的水龍頭

此場景中可感受到的感覺

- 磁磚地板的硬度
- 設定溫度較高的浴池水熱度
- 水龍頭的水勢
- 按下後就會流出熱水的堅固水龍頭按鈕

此場景中可能發生之狀況

- 因為客人沒有很多，所以和別人拉開一人以上的間隔沐浴
- 因為池水很燙，想要加入冷水，但因為有其他的客人在，所以無法擅自作主
- 隔壁坐了威壓感很強的人，因此感到膽怯
- 看到擁有一身精實肌肉的人，再回頭看看自己後不禁感到慚愧
- 以為自己搶了入浴的第一名，結果發現已經有人先到了，覺得很不甘心

設定時的小提醒 雖然現今逐漸消失中的設施，但是在昭和時代可是人們相當熟悉的場所。如果撰寫的是昭和時代設定的作品，那麼澡堂就會成為一個想呈現當時氛圍時極為有用的設定要素。

・家人・朋友・附近的居民

超級澡堂

關場景 住宿設施（P.092） 澡堂（P.318）

此場景中能看到的事物

- 木製走廊
- 高聳的木製天花板
- 走廊上的飲料販賣機
- 露天浴池
- 噴射浴池
- 藥湯浴池
- 檜木浴池
- 「天然溫泉」的標示
- 吹風機
- 澆淋浴池水
- 三溫暖
- 砂浴
- 用餐區
- 按摩區
- 去角質設備
- 鋪設榻榻米的宴會場
- 鋪設榻榻米的休息空間
- 成排的按摩椅
- 吸菸區
- 小憩室
- 冷水浴
- 服務台
- 相關服務券販售機
- 大型停車場

此場景中可感受到的氣味及味覺

- 木製地板或天花板飄散出有如高級旅館般的木料氣味
- 更衣處踏墊的氣味
- 躺臥在榻榻米上小憩時嗅到的芳香青草氣味
- 從浴場出來後享用的冰涼霜淇淋甜味

此場景中可感受到的感覺

- 將手放在檜木浴池邊緣時感受到的黏滑觸感
- 進入三溫暖的瞬間，感受到貫通到鼻子深處的熱度
- 從三溫暖出來後，喝下飲水機的水，清涼滲透全身
- 將置物櫃鑰匙掛在手上時感受到的束縛感

此場景中可能發生之狀況

- 不分平日、假日，停車場總是擠滿了車輛
- 雖設有各式浴池，但無法分辨差異感到困惑
- 服務券販售機上分有一般入場費用與折扣費用的按鈕，瞬間不知道應該按哪個
- 不經意地想從上排開始依序使用置物櫃
- 為了不要在浴池中碰觸到他人，刻意坐得距離稍微開一點
- 想要泡的浴池類型已經有人進去了，因此無法使用
- 多支吹風機全部都有人在使用，只好排隊等著輪到自己了

設定時的小提醒 如今已取代澡堂而日漸普及，成為人們聚集的高人氣場所。和傳統澡堂相比較不會碰到熟面孔，通常雖然人多卻不太會交談而顯得十分安靜。

登場人物
- 男性・女性・服務台的店員
- 用餐區的工作人員

投幣式洗衣店

相關場景 住宿設施（P.092） 商店街（P.220） 澡堂（P.318）

此場景中能看到的事物

- 寫有「投幣式洗衣店」文字的招牌
- 旗幟
- 排列著數十台洗衣機、烘衣機的大型店鋪
- 洗衣機、烘衣機加起來不到10台的小型店鋪
- 附設澡堂的店鋪
- 宛如樣品屋那樣時尚的店鋪
- 玻璃門
- 因容量而體積大小不同的洗衣機與烘乾機
- 清洗毛毯用的大容量洗衣機
- 烘乾棉被用的大型烘乾機
- 烘乾機上裝有圓形玻璃窗的蓋子
- 因應烘乾機的大小而預留收納空間的壁面
- 兌幣機
- 顯示洗衣或烘乾結束時間的紅色顯示文字
- 洗衣機、烘衣機的硬幣投入口
- 儲值卡插入口
- 說明洗衣機使用方式的看板
- 水泥地板
- 光滑的磁磚地板
- 放置在空間中央的桌子
- 椅子
- 放在烘乾機中的洗滌物
- 提供洗滌一次所需的洗衣精、柔軟劑的販賣機
- 洗鞋用的洗滌機器與烘乾機
- 排列在天花板處的日光燈
- 放入洗滌物的裝有滑輪的洗衣籃
- 「電解水」的標示
- 在等待衣物清洗完畢的期間讀書的顧客
- 在自己停在停車場的車內抽菸的顧客
- 帶著約烘乾機3台份的大量洗滌物上門的顧客
- 牆上的時鐘
- 明亮的窗戶
- 有線廣播的播音喇叭
- 監視器
- 店門前的果汁自動販賣機
- 24小時營業的標示
- 提供Wi-Fi服務的標示
- 保養維護烘乾機的作業員
- 大型停車場
- 僅能停2到3台車左右的狹窄停車場

此場景中能聽到的聲響

- 洗衣機的運轉聲
- 洗衣機處於清洗階段時的水流波動聲
- 進行脫水的聲音
- 烘乾機的運轉聲
- 一次投入1枚100日圓硬幣的聲音
- 顧客將洗衣精倒入洗衣機中的聲音
- 烘乾機外蓋門的開關聲
- 顧客從烘乾機中將衣物取出的聲音
- 將取出的衣物抖開皺褶的聲音
- 拉椅子時，椅腳摩擦地面的聲音
- 顧客的腳步聲
- 洗衣精從洗衣精販賣機中掉出來的聲音
- 開車來店的顧客關上車門的聲音
- 店內的有線廣播聲

設定時的小提醒　投幣式洗衣店在日本高度經濟成長期登場，擁有悠久的歷史。因為單身世代的增加，得以維持一定程度的需求度，但像是自家中沒有洗衣機等等家族世代的顧客也會使用。

此場景中可感受到的氣味及味覺

- 從大型店鋪散發出的嶄新建築物氣味
- 盤據在老舊店鋪中的空氣霉臭味
- 將洗好的溼衣物放入烘乾機時散發出的洗衣精芳香
- 打開烘乾結束後的乾燥機時，從中飄出的溫熱洗滌物氣味

此場景中可感受到的感覺

- 毫無節制地將大量洗滌物丟入自家洗衣機時的爽快感
- 從洗衣機中取出洗好的溼衣物時，感受到的濕氣與重量
- 乾燥機外蓋門的重量與開啟時突然突然消失的手感
- 看到鎖定的大容量烘乾機沒人使用時的喜悅
- 花了錢烘乾衣物，結果卻要乾不乾時的失望感
- 打開烘乾機外蓋門時迎面而來的熱氣
- 取出烘乾的毛毯時，傳遞到手中的柔軟與溫熱感
- 第一次看到前所未見的巨大乾燥機時的震驚
- 以為沒有人的店內已經有先到的客人，因此感到不悅
- 乾燥機顯示的CD（冷卻）時間實在太長，因此感到煩躁
- 在深夜來到24小時營業店鋪時的寂寞感
- 為了烘乾衣物而來，但所有的烘乾機都有人使用時的悲戚感
- 很討厭洗衣過程中發生某些狀況，因為還得擔心要是離開現場衣物會不會怎樣

此場景中可能發生之狀況

- 因為家裡的洗衣機壞了，不得不利用投幣式洗衣店
- 將大量洗滌物放進紙袋，搖搖晃晃地騎著腳踏車，最後終於到達
- 在等待衣物洗好的空檔，利用店鋪附設的澡堂
- 數量不多的烘乾機連半台都沒有空著
- 店鋪設有洗鞋用的洗滌機器與烘乾機，視若珍寶
- 打開烘乾機的外蓋門時，被產生的靜電嚇了一跳
- 因為想嘗試販賣機賣的柔軟精，就買來用看看，因其除去靜電的效果而驚訝
- 第一次看到平常沒去過的大型店鋪，因其店鋪的大坪數與停車場之寬廣而驚訝
- 對宛如樣品般時尚的店鋪大感驚艷
- 使用者於等待洗滌物烘乾好之前，在桌子旁抽菸消磨時間
- 被翻到爛的老舊漫畫，無論何時造訪都會看到它們躺在那
- 放進乾燥機的衣服上沾到了油，差點引發火災
- 使用連結網路、清洗完畢後會寄送mail告知的便利投幣式洗衣店服務
- 把貼身衣物在內的洗滌物忘在乾燥機裡面了
- 店主定期檢視防盜監視器的內容
- 附近關門歇業的便利商店原址，開起了投幣式洗衣店
- 駕駛長距離貨運巴士的司機們前來利用

登場人物
・中年的男性顧客・年輕的男性顧客・家庭主婦・店主・進行保養維護的服務人員
・附設便利商店的店員・沒有洗衣服也來這裡消磨時間的人

舞台・戲劇

相關場景 歌舞伎（P.116） 落語（P.118） 能樂（P.120） 電影院（P.324）

此場景中能看到的事物

- 預告今後公演的劇碼或演出者的看板文宣
- 寫有入場費用或劇場守則的看板
- 寫有公演中劇團或主演者名字的旗幟
- 出演者等人的等身大立牌
- 充滿魄力的招呼攬客
- 導覽手冊、傳單、調查問券
- 舉辦各式各樣公演的舞台
- 設置在舞台上的巨大螢幕
- 舞台布幕、舞台側邊
- 升降平台（設置在舞台中央的升降裝置）
- 設置在舞台上方的照明
- 經理或劇場工作人員
- 交響樂團與指揮
- 藝人或新喜劇的演員
- 歌舞伎役者、能樂師、雅樂師
- 歌劇團與團員
- 歌劇歌手
- 芭蕾舞者
- 前來觀賞公演的觀眾
- 打瞌睡的觀眾
- 認真閱讀導覽手冊的觀眾
- 音響或照明等幕後工作人員
- 演出者的經紀人或事務所相關人士
- 公演中使用的衣裝或道具
- 掛有座位號碼牌的觀眾席
- 立見（*站票）專用的空間
- 多用途空間
- 募集工作人員的告示
- 厚重的隔音門
- 燈籠
- 吊燈
- 預祝公演成功的花架
- 商店、土產店
- 服務台、售票場
- 使用歌劇望遠鏡觀看的觀眾
- 起立喝采致敬的觀眾身影
- 購買票券的人
- 進行前導解說的人
- 巨大的播音喇叭

此場景中能聽到的聲響

- 舞台布幕或升降平台升降的聲音
- 演出者在舞台上步行、奔跑的聲音
- 告知公演開始的「哺～」預告鈴聲
- 觀眾入座時的聲音
- 使用摺疊式劇場座椅時發出的「啪噹」聲響
- 觀眾翻閱導覽手冊的聲音
- 觀眾的鼓掌聲
- 樂器或背景音樂的聲音
- 講解公演觀劇禮儀的播音聲
- 正在進行公演準備細節的幕後工作人員聲音
- 演出中觀眾跟同伴窸窸窣窣的交談聲
- 演出者的說話聲或歌聲
- 觀眾的笑聲
- 觀眾吶喊「安可！」的聲音
- 觀眾們起立喝采致敬的歡呼聲
- 在會場中引領觀眾的工作人員聲音
- 為觀眾或觀光客說明公演的導覽聲音

設定時的小提醒 在擁有很多座位的劇場，觀眾搞錯位子、坐到別人座位的突發事件經常會發生。將這些作為幫故事增色的調味料，充分地融入這些突發事件想必會是很不錯的方向。

此場景中可感受到的氣味及味覺

- 使用木料打造的地板氣味
- 飄散在空氣中的盒裝便當那感覺很美味的氣味
- 化妝品或香水的氣味
- 裝飾在大廳的花架所散發出的香氣
- 舞台布幕那擁有歷史的香氣
- 從商店或餐廳中飄出的料理氣味與風味

此場景中可感受到的感覺

- 和等身大立牌一起合照的樂趣
- 被挑高的迎賓大廳之寬廣與巨大空間感震撼時的驚豔
- 公演因故中止時的失落感
- 購買導覽手冊來閱讀時的興奮感
- 在商店購買土產時那讓人無法停手的雀躍感
- 聽到開演鈴聲響起時的驚慌與踏入劇場時的期待感
- 要自己找到座位時的鬱卒感
- 從自己的位子完全無法看清楚時的焦慮
- 一時搞錯坐到別人位子時的慌亂感
- 碰到很髒的座位時，感到失望與絕望
- 坐在後方的位子，完全看不到舞台時的沮喪感
- 公演開始時的欣喜與興奮感
- 演出中突然想去洗手間的焦慮感
- 演出中不得不穿過眾多位子之間走出劇場時的抱歉與慚愧感
- 欣賞到出色公演時的喜悅與感動
- 公演結束後，離開劇場踏上歸途時感受到「已經結束了」的哀愁感
- 非得讓這次演出成功的壓力
- 眾多觀眾坐在自己面前時的緊張感
- 出色地完成表演並聽到觀眾的掌聲時，湧現那難以言喻的喜悅

此場景中可能發生之狀況

- 沒聽到開場的廣播，在千鈞一髮之際才踏入劇場
- 一邊盯著自己的票券一邊尋找座位
- 找到座位入座時，不小心撞到其他觀眾的腳，向對方道歉
- 要坐下時，因為摺疊式劇場座椅自行收回，所以沒有成功入座
- 眼睛因劇場強力的舞台照明而感到刺眼
- 仔細地閱讀導覽手冊
- 演出剛剛結束，觀眾們就高喊「安可！安可！」
- 演出者看到觀眾起立鼓掌喝采，相當感動
- 為了回應精彩傑出的演技，觀眾紛紛起立鼓掌喝采
- 全體演員與工作人員一同開慶功宴
- 在劇場外碰到粉絲，為對方簽名
- 演出者相互切磋砥礪，一起打造整齣劇目演出
- 因應狀況，多次修改劇本
- 搞錯看戲的日子，到了當天才察覺，因而焦急

登場人物 ・觀眾・演出者・幕後工作人員・經理・劇場工作人員

電影院

相關場景 舞台・戲劇（P.322）

此場景中能看到的事物

- 寫有電影院名稱的大型看板
- 上映中電影的海報
- 電影的上映時間表
- 呼籲禁止在電影院內偷拍的海報
- 已發表的電影宣傳海報或登場人物的等身大立牌
- 微暗的迎賓大廳或劇場
- 巨大的螢幕
- 設置在劇場內的播音喇叭
- 附有坐位號碼牌與杯架的觀眾席座椅
- 放映室
- 放映技師
- 電影膠卷
- 放映機與其投射出的光
- 投射到螢幕上的影像
- 電影的試映會
- 電影導演與演出者
- 電影院的經理與劇場工作人員
- 前來欣賞電影的觀眾
- 分發劇場特典的工作人員與因收到禮品而開心的人們
- 應援上映（*允許觀眾在播放時出聲參與）
- 聽覺輔助用耳機
- 輪椅席位
- 兒童用輔助椅
- 票券賣場
- 商品賣場
- 販售海報或導覽手冊的土產店
- 販售爆米花或飲料的商店
- 觸控式自動售票機
- 觸控式自動售票機前長長的排隊人龍
- 負責進行觸控式自動售票機操作說明的專門工作人員

此場景中能聽到的聲響

- 從商店傳來的爆米花或飲料機具運轉聲
- 劇場大門的開關聲
- 電影結束後，人們把垃圾丟進垃圾桶的聲音
- 翻閱導覽手冊的聲音
- 拆開劇場特典外包裝的聲音
- 在觀眾席入座的聲音
- 將飲料放在杯架上的聲音
- 杯中飲料所剩不多，繼續吸著吸管發出的「滋滋滋滋滋」聲響
- 飲料杯中的冰塊或吸管撞擊或摩擦容器內壁的聲音
- 喝飲料或咀嚼熱狗的聲音
- 告知電影開演的鈴聲
- 從播音喇叭傳出大音量的音效或背景音樂
- 放映機的運轉聲
- 等待開演的觀眾嘰嘰呱呱的交談聲
- 講解電影觀劇禮儀的播音聲
- 從播音喇叭傳出的演出者聲音
- 放映時，由想離開劇場的觀眾說出的「不好意思」
- 觀眾輕聲的笑聲或窸窸窣窣的交談聲
- 放映時大聲說話的觀眾聲音

設定時的小提醒 所謂的應援上映，是一種允許觀眾在放映時大聲參與的特別播映方式。有許多觀眾都會在觀賞動畫或特攝電影時為劇中人物加油打氣。也是和平常的電影上映有著極大差異的鑑賞風格。

此場景中可感受到的氣味及味覺

- 飲料或咖啡的香氣
- 商店裡正在製作中的爆米花或薯條那似乎很美味的氣味
- 滋潤因亢奮而乾渴的喉嚨的冰涼飲料風味

此場景中可感受到的感覺

- 購買門票時，猶豫該買哪個座位的煩惱感受
- 身為一個大人獨自跑去買兒童取向的電影票時所感受到的害羞感
- 看到陳列著一整排的電影導覽手冊或海報時的興奮感
- 購買爆米花或飲料時的喜不自禁感受
- 弄丟電影票時的焦慮與絕望感
- 因為被興致沖昏頭，買了大份的爆米花或飲料後的後悔感
- 周遭都是情侶或攜家帶眷的人時，感到寂寞
- 在觀眾席入座，等待電影開演時的雀躍感
- 電影開演的鈴聲響起時，內心浮現的「等好久啦」情緒
- 劇場照明熄滅時心跳加快的感受
- 在電影放映的同時，被播音喇叭傳出的大音量嚇了一跳
- 冗長的預告片讓人等到不耐煩
- 終於進入重頭戲時的安心感與期待感
- 觀賞電影的樂趣與雀躍感
- 電影的劇情展開太具衝擊性，讓人看得瞠目結舌
- 在放映中突然想要去洗手間的焦慮感與絕望感
- 因為憋尿憋過頭，感覺尿意都不見時的焦慮
- 放映中被咳嗽聲或小孩的哭鬧聲打擾而感到煩躁
- 不知道這場是應援上映而踏入劇場，之後感到困惑與慌亂
- 從陰暗的劇場走到較為明亮的迎賓大廳時，睜不開眼的感覺
- 看電影配爆米花時咬到堅硬的部分，牙齒感到疼痛
- 飲料的冰涼感

電影院

此場景中可能發生之狀況

- 思考在電影開演前要做些什麼來打發時間
- 逛商品周邊賣場時，這個也想買、那個也想買，但最後打消了念頭
- 買了大份爆米花與飲料，電影才看到一半肚子就飽了
- 空調很強，讓人在電影放映中感到寒冷
- 因為突來的大音量，讓耳朵一時耳鳴了
- 電影播畢後，因為覺得「感覺還會再出現什麼」，所以待在座位上看到最後
- 在社交軟體平台上分享自己對電影的觀後感想
- 對應援上映這種氣場奇特的場域為之震驚
- 在應援上映的場次不自覺地提高音量
- 畫面上播出不喜歡的類型電影預告片，不由得用手遮住眼睛
- 不清楚觸控式自動售票機的使用方法，因此向工作人員求助

登場人物 ・觀眾・家人・小孩・情侶・電影導演・演出者・電影院的經理・劇場工作人員・放映師

下町的工廠

相關場景　吸菸區（P.334）

此場景中能看到的事物

- 有些髒污的工廠牆壁
- 聳立在下町的煙囪
- 小型的事務所
- 廠長、作業員、職人
- 成型壓力機或加工機等高價機器
- 光學顯微鏡或相機等光學機器
- 扳手或鎚子等工具
- 堆高機
- 鑄造用的爐具
- 零件的模具
- 樹脂或金屬材質的零件
- 作業程序書或檢查表
- 輸送帶與上面被運送中的零件或產品
- 不易產生靜電的桌墊
- 挑出不良品的作業員
- 經常確認機械動作的作業員
- 進行危險預防訓練的作業員
- 檢查產品是否符合規格的作業員
- 手工製作零件或產品的職人
- 記載產品相關規格的規格表
- 髒污的手套與工作服
- 安全帽、帽子
- 保養機材用的道具
- 基板與焊接
- 調整器（機械的調整裝置）
- 護目鏡、焊接護目鏡
- 被打包好的商品、交貨單
- 運送製造完畢物品的貨車
- 為了販售製作完畢物品而附設的直銷店
- 直銷店的工作人員
- 造訪直銷店的顧客
- 對過路者打招呼的人
- 能從工廠看到的高層大樓或公寓等巨大建築物
- 作業員通勤時使用的腳踏車或汽車

此場景中能聽到的聲響

- 輸送帶運轉中發出的「嗡嗡」聲響
- 用圓鋸機切斷物品時發出的「鏘～」聲響
- 進行電弧焊接時發出的「啪嘰啪嘰」聲響
- 在基板上進行焊接的聲音
- 用堆高機抬著物品升降的聲音
- 貨車發出的引擎聲或倒車時的警示聲
- 打包產品時發出的聲音
- 機械緊急停止時發出的警告音
- 廠長與作業員針對當日業務的交談聲
- 作業員以不輸給機械運轉聲程度的大音量交談的聲音
- 直營店傳來的工作人員與顧客的聲音
- 為了和工廠簽下契約而上門拜訪的業務員聲音
- 人們在休息時間的談笑聲

設定時的小提醒　使用著自古就流傳下來的日本技術，腳踏實地地開發商品的，就是下町的工廠了。此外，在工廠區域中聳立的巨大煙囪，也被人稱作是下町風格的景致。

此場景中可感受到的氣味及味覺

- 油或潤滑油的氣味
- 樹脂或金屬材質零件的氣味
- 輸送帶的氣味
- 加熱零件時的氣味
- 工具的氣味
- 紙箱的氣味
- 貨車排放出的廢氣味
- 工作服或手套的氣味
- 作業員或職人身上的汗味
- 從附近飄來的料理香氣

此場景中可感受到的感覺

- 機器突然停止時的焦慮
- 對於「要是被捲進機械而受傷的話該怎麼辦」這件事抱持著不安感與恐懼感
- 完全沒有訂單過來、機械也完全不啟動的時候，感到焦慮
- 複數的機械同時放熱，形成更炎熱的環境
- 確認生產線是否有好好運作時的辛苦
- 新生產線開啟運作時的欣喜與心跳加速感
- 進行細微的職人作業，手與眼睛都感到疲憊
- 取得大筆訂單時的喜悅與期待感
- 想要換下汗濕的襯衫或工作服的念頭
- 無法趕上交貨期時的焦慮與不安感
- 結束工作、關掉機械時的安心感
- 工廠生產的商品獲得好評時，萌生「明天也要更努力」的思緒
- 「如果沒辦法獲利的話」之類的焦慮
- 無法支付作業員薪資時的絕望感
- 無法獲得充分休息時的失落感與絕望感
- 被直銷所販售的產品優異處感動的感覺
- 希望能作為支撐下町的工廠而更加努力的思緒
- 因工廠被電視節目採訪而感到開心與喜悅
- 一直聽到工廠傳出的噪音而感到鬱悶

此場景中可能發生之狀況

- 少數幾位作業員團結一致地挑戰計畫
- 檢查機械成為每天都要進行的慣例
- 找出隨輸送帶流動的不良品，並且移除
- 變得更注意不要因工具或機械弄傷了自己
- 取得大筆訂單，員工全體都感到欣喜
- 幾乎無法休假。每天都過著忙碌的日子
- 因為工作過頭而被上司找去，應允能放有薪假
- 盼望著要用在新產品上的零件到來
- 因為被媒體採訪而變得有名，連續好幾天都拿到了訂單
- 為了構思新商品或企劃的點子，和同事或上司討論
- 在和工廠附近居民的一場無意中的對話，獲得了開發新商品的提示，因此開始著手進行
- 午休時間，大家一起吃著便當、討論今後的商品規劃

登場人物 ・廠長・作業員・職人・直銷店工作人員

送報

相關場景 社區（P.110）

此場景中能看到的事物

- 送報員
- 堆著大量報紙的機車或腳踏車
- 被投遞進信箱中的報紙
- 直接從送報員手上接下報紙的居民
- 報紙販售店
- 桌子上堆積如山的報紙
- 夾在新聞中的廣告傳單
- 比早報還要薄且幾乎不夾廣告傳單的晚報
- 為了不要被雨淋濕、用塑膠套包起來的報紙
- 在下雨天時使用的報紙自動包裝機
- 寫有販售店名的大型招牌或立牌
- 安全帽
- 機車手把套
- 籠罩在清晨寂靜中的住宅區
- 散步的人、慢跑的人
- 睡眼惺忪、準備上班或上課的人
- 毛巾、衛生紙、洗潔劑等推銷報紙用的贈品
- 對推銷報紙感到困擾的居民

此場景中能聽到的聲響

- 機車的引擎聲、停車聲、發動聲
- 報紙相互摩擦的聲音
- 將廣告傳單夾入報紙時的聲音
- 把報紙投進信箱時的聲音
- 在自動販賣機旁稍作歇息的送報員聲音
- 向送報員打招呼的居民聲音
- 婉拒報紙推銷的居民聲音

此場景中可感受到的氣味及味覺

- 報紙的氣味
- 機車散發出的機油氣味
- 送報員在休息時喝的飲料氣味與風味

此場景中可感受到的感覺

- 覺得送報紙這件事很麻煩
- 看人用很快的動作將廣告傳單夾進報紙，覺得很驚訝
- 昏昏欲睡的感覺
- 早晨霧氣太濃時的不安感
- 在雨天送報時感受到雨衣的厚重
- 對送報員抱持的感謝之情
- 有種「一天就要開始了呢」的感覺
- 要對人推銷新聞的鬱悶感

設定時的小提醒　送報算是早晨打工的經典代表工作。國中生大多騎腳踏車，而高中生、大學生、專門學校的學生等則多是騎機車進行配送。各位可以描繪出登場人物在不為人知的層面努力的樣貌。

登場人物　・送報員・國中生・高中生・大學生・專門學校的學生・居民・報紙販售店的工作人員・過路人

釣魚池

關聯場景 海水浴（P.040） 河岸邊（P.128）

此場景中能看到的事物

- 虹鱒或紅點鮭等魚類
- 有許多魚游動的大型池子
- 計量池
- 大小不同的各式釣竿、魚簍、網子
- 塞在小盒子內的釣餌
- 顧客釣魚時坐的椅子或啤酒箱
- 以木板建置成的棧板
- 沉醉於釣魚樂趣的顧客
- 將釣到的魚放走的顧客
- 將釣到的魚帶回家的顧客
- 釣到魚，喜不自禁的小孩
- 拿著撈網的雙親
- 為釣到的魚拍照的人
- 因為滑了一跤，不慎掉進池子裡的顧客
- 釣魚池的服務台、工作人員
- 寫有釣魚池利用規範的導覽告示
- 寫有釣魚池名稱的招牌或立牌
- 設置在池子周圍的扶手
- 顧客喝的飲料
- 給水幫浦

此場景中能聽到的聲響

- 池水的波動聲
- 魚在池水中的遊動聲
- 釣起來的魚活蹦亂跳的「啪噠啪噠」聲響
- 釣竿或釣魚線嘎吱嘎吱作響的聲音
- 轉動捲線器時發出的「嘰嘰」聲響
- 為釣到的魚拍照時響起的快門聲
- 幫浦的運轉聲
- 顧客從椅子上跌落的聲音
- 享受釣魚樂趣的家人聲音
- 完全釣不到魚的人，因此不滿碎唸的聲音

此場景中可感受到的氣味及味覺

- 積存在池中的水的氣味
- 魚的氣味
- 釣餌的氣味
- 周圍的河川或海水的氣味
- 飲料的風味

此場景中可感受到的感覺

- 大量的魚在池水中遨遊的歡欣感
- 對活生生釣餌的驚恐與不快感
- 完全釣不到魚時湧現的不滿
- 好不容易釣到了，卻不得不放走魚的遺憾感
- 對搞不好會掉進池子裡這件事感到不安

設定時的小提醒：依照釣魚池的不同，對於該怎麼處理釣到的魚這件事也有各種方式。有的地方會要求你將魚放回池子、有的地方則是能讓釣客帶回家。描寫釣魚池場景時，請明確地設下這些規範吧！

登場人物：
・雙親・小孩・釣魚池利用者
・魚・釣魚池的工作人員

卡拉OK

相關場景　成年禮（P.014）　商店街（P.220）

此場景中能看到的事物

- 以隔音牆隔起而沒裝設對外窗的小包廂房間
- 以編號區分出的無數小包廂房間與裝設小窗子的門
- 興致高昂地唱著歌的顧客
- 無線麥克風
- 寫有歌曲名稱與曲目編號的厚歌本
- 輸入想唱的歌曲時所使用的小型終端平台
- 大型的卡拉OK用終端機
- 巨大的液晶螢幕、巨大的喇叭
- 鏡球、黑光燈等照明
- 聯絡櫃台時使用的室內電話
- 鈴鼓等樂器
- 點餐菜單
- 將料理送來包廂的店員
- 擺放顧客餐點或打掃用具的推車
- 各式各樣的料理與飲料
- 大型包廂房間內的舞台
- 桌子與沙發
- 空調
- 防盜監視器
- 服務台
- 為聚會續攤或學校園遊會慶功宴而造訪的團體客人
- 到此舉行聯誼的人們
- 記載利用時間或費用的項目看板
- 洗手間

此場景中能聽到的聲響

- 從喇叭大聲傳出的音樂
- 鈴鼓等樂器的聲音
- 能夠聽到從隔壁間傳來的音樂聲
- 坐上沙發時發出的「嘰嘰」聲響
- 有人敲門時發出的「咚咚」聲響
- 電話鈴聲
- 顧客跟著歌唱聲拍手喝采
- 液晶螢幕上播出的歌手宣傳廣告聲

此場景中可感受到的氣味及味覺

- 無線麥克風的氣味
- 沙發的氣味
- 空調的氣味
- 料理或飲料的氣味
- 消毒液的氣味
- 止汗噴霧的氣味

此場景中可感受到的感覺

- 藉由大聲歌唱來紓解壓力的心情爽快感
- 不想在人前唱歌的抵抗情緒
- 煩惱著該唱什麼歌
- 被電話突然響起的大聲來電鈴聲嚇了一跳
- 對利用時間所剩不多時的意猶未盡感

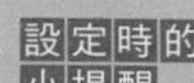

設定時的小提醒：畢業典禮或學校園遊會的慶祝聚會，或是公司行號的續攤聚會等等，卡拉OK都是能以各式用途來加以利用的場所。此外，這裡也經常被當作聯誼的會場來使用。

登場人物：・雙親・小孩・朋友・卡拉OK店的店員
・上班族・情侶・顧客

租賃倉庫

相關場景　租賃空間（P.246）　出租式展示櫃販售店（P.385）

此場景中能看到的事物

- 記載營業時間或使用費用等資訊的大型看板
- 排成一列、大大小小的貨櫃型倉庫
- 通往上層貨櫃型倉庫的階梯
- 在室內分隔成房間狀的箱體空間（個人倉庫）
- 開啟個人倉庫時，用於輸入密碼或卡片鑰匙解鎖的裝置
- 迷你游泳池或帳篷等等平時用不太到的休閒用品
- 已經不騎的腳踏車或機車
- 換季的衣服或用具
- 衝浪板、滑雪板、高爾夫、釣魚等佔空間的大型戶外用品
- 收藏家蒐集的大量玩具、模型
- 收藏家蒐集的大量漫畫或書籍
- 鋼材的架子、塑膠製收納箱
- 運送東西進出的推車
- 租賃倉庫的管理事務所
- 服務台

此場景中能聽到的聲響

- 門鎖開關的聲音
- 倉庫、架子的門、鐵捲門等開關的聲音
- 將大型物品放到倉庫中的聲音
- 將小型物品放到架子上的聲音
- 打掃倉庫或架子時發出的聲音
- 搬運商品或行李的人的聲音
- 顧客打來客服中心詢問的聲音
- 前來參觀了解的顧客與事務所職員的交談聲

此場景中可感受到的氣味及味覺

- 倉庫的氣味
- 架子的氣味
- 收納物品的氣味
- 路上行駛車輛排出的廢氣味

此場景中可感受到的感覺

- 看見成排排列的巨大貨櫃型倉庫，心中感到興奮
- 覺得把東西搬進貨櫃型倉庫很麻煩
- 心裡很在意收進貨櫃型倉庫裡的東西
- 對於什麼樣的人會使用這種服務一事抱持疑問
- 對保全設備感到不安
- 因為是設置於室外的貨櫃，有點擔心溫度對收納物品的影響

設定時的小提醒　租賃倉庫也被稱作「出租倉庫」，一般較常見的是設置於室外的貨櫃型倉庫、設置於室內的個人倉庫。日本在郊外地區比較常出現貨櫃型倉庫，特別是設置道路沿線的例子似乎相當多。

登場人物
- 租賃倉庫的契約人
- 管理公司的職員

視聽娛樂包廂

相關場景 風俗店（P.338）

此場景中能看到的事物

- 寫有店名的鮮豔花俏招牌
- 服務台
- 寫有使用費用或房間類型的項目看板
- 從業人員
- 陳列著一般作品、成人作品DVD的架子
- 雜誌或漫畫
- 擺放在櫃台處販售的成人用品
- 零食、杯麵
- 洗漱用品、毛毯
- 讓顧客放入DVD或漫畫的小籃子
- 正在挑選DVD的男性顧客
- 狹窄的通道
- 被分出無數間的小包廂房間
- 寫有房間號碼的牌子
- 附門鎖的高密閉性房門
- 依房間不同而異的椅子或床墊（可調整椅、可調整床墊等等）
- 液晶螢幕、DVD播放器、遙控器
- 衛生紙、濕紙巾、保險套
- 空調
- 聯絡櫃台時使用的室內電話
- 成人用品等販售項目表
- 鏡子
- 自動販賣機
- 成人用品販賣機
- 電腦
- 卡拉OK
- 洗衣機、烘乾機、淋浴空間

此場景中能聽到的聲響

- 入店的鈴聲
- 從防盜盒中取出DVD盒的聲音
- 打開DVD盒的聲音
- 讀取條碼的聲音
- 收銀機的聲音
- 店內播放的音樂
- 店員向顧客說明系統的聲音
- 顧客在包廂內休閒放鬆的聲音
- 從電視中傳出的成人影片性感豔聲
- 從周圍的包廂中傳出的鼾聲

此場景中可感受到的感覺

- 要進入開在人潮眾多處的店家，因而感到羞恥
- 在不清楚店內系統的情況下入店，心中感到不安
- 錯過末班車後，在這裡找到空房間時的安心感
- 知道這裡可以使用淋浴或卡拉OK等服務時，相當驚訝
- 看到一字排開的為數眾多DVD時的興奮感
- 看到成人用品時的心跳加速感
- 提供的洗漱用品陣容很充實，心中浮現喜悅之情
- 在通道或洗手間碰到別人時的困窘

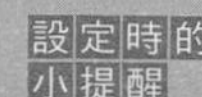

最近的視聽娛樂包廂，因為淋浴空間、洗衣機、烘乾機、洗漱用品等服務都相當完善，也讓這裡能夠像是網咖那樣被大眾多方利用。

・顧客・從業人員・性感演員

汽車駕訓班

相關場景 休息區・休息站（P.208） 首都高速公路（P.209）

此場景中能看到的事物

- 設定各式各樣道路狀況的教學課程
- 教學用的汽車與機車
- 接送用的汽車
- 拿著駕訓教材的受訓學生
- 拿著記錄板的教練
- 安全帽
- 駕訓班建築物
- 服務台、等候室
- 吸菸區
- 處理受訓時間或接送預約等事務的電腦
- 進行教學的教室
- 排列整齊的桌子與椅子
- 白板與白板筆
- 電視機
- 咖啡機
- 紙杯
- 餐廳
- 供教學合宿時入住的宿舍

此場景中能聽到的聲響

- 汽車或機車的引擎聲
- 煞車聲
- 輪胎磨擦地面的聲音
- 將倒下的機車扶起的聲音
- 輪胎脫離的聲音
- 指導教官的聲音
- 回應各種詢問的工作人員聲音
- 受訓學生在學開車時的焦躁說話聲
- 受訓學生的交談聲

此場景中可感受到的氣味及味覺

- 教練車的氣味
- 引擎或輪胎的氣味
- 咖啡的氣味
- 從附設的餐廳飄來的料理氣味

此場景中可感受到的感覺

- 能夠開車或騎機車時的雀躍感
- 隔壁坐著教練時，倍感放心
- 教練很兇時引發的焦慮
- 習慣駕駛後的樂趣
- S型彎道或上坡起步的困難
- 在一般道路上推著拋錨車子時的焦慮
- 把倒下的機車扶起時的費勁
- 對Kick Down機能的驚訝
- 對快速教學的不安感

設定時的小提醒：汽車駕訓班會備有S型彎道、路邊停車、障礙迂迴等教學課程。設定時，展現出登場人物和這些課程竭力苦鬥的樣貌，也是很不錯的方向。

登場人物：
- 受訓的學生・教練
- 駕駛接送車的司機・櫃台工作人員

吸菸區

相關場景 車站（P.200） 新幹線（P.206） 香菸鋪（P.243）

此場景中能看到的事物

- 寫有「吸菸區」文字的招牌或看板
- 用透明玻璃隔出的空間
- 紙菸、加熱式菸品、電子菸
- 打火機或火柴
- 直立式菸灰缸
- 因應分菸政策用的直立式菸灰缸（室內場合）
- 放入菸灰缸中用來捻熄菸的水
- 掉在地上的菸蒂或菸灰
- 抽根菸，藉此紓壓放鬆的人
- 厭惡菸味的人
- 清理菸灰缸，將裡面的水更新的清潔員
- 清潔員攜帶過來的抹布、水桶、竹筐等清潔用具
- 滯留在空間內的香菸煙霧
- 空氣清淨機（室內場合）
- 自動販賣機（室內場合）
- 從吸菸區能看到的車站月台、電車等景致
- 從吸菸區看到的汽車、過路人

此場景中能聽到的聲響

- 吸菸區門的開關聲（室內場合）
- 將香菸從袋子或菸盒中取出的聲音
- 點火的聲音
- 吸菸後將煙吐出的聲音
- 將香菸靠在菸灰缸上「咚咚」敲擊、抖落菸灰時的聲音
- 菸蒂掉入水中發出「咻」的熄滅聲
- 人們在此放鬆紓壓的聲音
- 人們一邊吸菸一邊沉浸於對話的聲音
- 有人被香菸的煙霧嗆到的咳嗽聲

此場景中可感受到的氣味及味覺

- 香菸的菸味
- 芳香劑的氣味
- 飲料的風味

此場景中可感受到的感覺

- 渴望能抽根菸的急躁感
- 抽著香菸時的安心感
- 手邊香菸變少時的不安感
- 找不到吸菸區時的憤怒感
- 對吸菸區中的煙霧量與氣味感到驚訝的情緒
- 對香菸煙霧感到不適的情緒
- 帶火星的菸灰被風吹到衣服上時的焦急
- 對高性能加熱式菸品或電子菸感到吃驚
- 糾結於到底該不該戒菸

設定時的小提醒 近年來，日本有香菸價格上漲以及吸菸區年年減少的傾向。試著將類似這樣的吸菸者不便之處充分融入場景情境之中，也是一種表現方式。

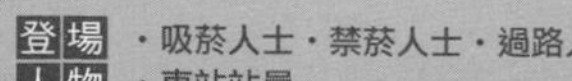

登場人物 ・吸菸人士・禁菸人士・過路人 ・車站站員

針灸院

關場景　整骨院（P.336）　柔道場（P.343）

此場景中能看到的事物

- 治療用的床
- 枕頭
- 針灸
- 艾灸
- 艾灸時冒出的煙霧
- 拔罐用的拔罐器
- 繪有人體經絡穴道圖像的海報
- 針灸師
- 接受針灸或艾灸療程的患者
- 貼紮用品
- 用來隔出診療區域的布簾
- 布簾滑軌
- 高溫高壓式殺菌裝置（消毒針灸用針的裝置）
- 電針低周波治療器（將針灸用針接電，進行脈衝電療的裝置）
- 紅外線治療器（改善血液循環的治療器）
- 毛巾
- 服務台與服務台工作人員
- 寫有症狀等資訊的掛號單
- 候診室
- 健康保險證
- 報紙或雜誌
- 拖鞋

此場景中能聽到的聲響

- 扎針的聲音
- 點燃艾草的聲音
- 進行拔罐的聲音
- 診療時床鋪發出的聲音
- 布簾開關的聲音
- 紅外線治療器等機械運轉聲
- 診療室門開關的聲音
- 針灸師的聲音
- 接受診療，症狀得到緩解的患者聲音
- 患者與工作人員在服務台的交談聲

此場景中可感受到的氣味及味覺

- 艾草點燃的氣味
- 枕頭或毛巾的氣味
- 候診室中的氣味

此場景中可感受到的感覺

- 對針灸或艾灸感到恐懼
- 覺得扎針會痛時的焦慮
- 發現扎針不痛時的訝異
- 扎針時的舒暢感
- 艾灸的熱度
- 拔罐時的疼痛感
- 拔罐器在皮膚上留下痕跡的感覺
- 接受紅外線治療時的溫暖
- 治療結束後身體變輕盈的感覺

設定時的小提醒：人們認為，針灸治療對於肩膀僵硬或腰痛，以及頭痛、感冒、胃腸疾病、腹瀉、便祕、寒性體質、耳鼻科疾病等各式各樣的症狀都有效果。

登場人物：
- 針灸師・工作人員・患者
- 運動選手

整骨院

相關場景 針灸院（P.335） 醫院（診所）（P.337） 職業摔角會場（P.342）

此場景中能看到的事物

- 治療用的床或墊子
- 枕頭
- 椅子
- 柔道整復師（整骨師）
- 正被按摩身體的患者
- 整脊槍（活化神經傳導，改善骨骼或肌肉異常的器具）
- 干擾波治療器（從吸盤狀的導體送出低周波刺激的治療機器）
- 高電位治療器（將高電壓導向身體，活絡新陳代謝的裝置）
- 近紅外線治療器（以紅外線促進疼痛患部血液循環的裝置）
- 微波治療器（以微波溫熱疼痛患部的治療裝置）
- 解說用的骨頭或脊椎模型
- 用來隔出診療區域的布簾
- 毛巾
- 服務台與服務台工作人員
- 寫有症狀等資訊的掛號單
- 候診室、沙發
- 傳遞健康資訊的雜誌

此場景中能聽到的聲響

- 骨頭之間發出的「波嘰波嘰」、「叩嘰叩嘰」聲響
- 治療器的機械運轉聲
- 診療時床鋪發出的聲音
- 整骨師的聲音
- 按摩中的患者身心舒暢下發出的聲音
- 接受骨盆矯正療程的患者疼痛的叫聲

此場景中可感受到的氣味及味覺

- 治療藥物的氣味
- 柔道整復師穿著的服裝氣味
- 治療儀器的氣味
- 枕頭或毛巾的氣味
- 候診室中的氣味

此場景中可感受到的感覺

- 對柔道整復師身懷的高明技術感到期待與不安
- 按摩時那身心舒暢又帶點疼痛的感受
- 療程結束後，僵硬或疲勞得到緩解時的舒暢感
- 明明接受治療，僵硬或疲勞卻沒有改善的錯愕感
- 聽到骨頭發出聲音時的驚訝感
- 對骨盆矯正療程抱有恐懼
- 成功矯正骨盆時的喜悅與感謝
- 看到大型治療儀器時萌生的不安感

設定時的小提醒 整骨院或接骨院，在日本的法律中被稱為「柔道整復術」。進行施術治療的，舊式柔道整復師，也就是所謂的整骨師。此外，日本的柔道整復師是有獲得國家資格認證的。

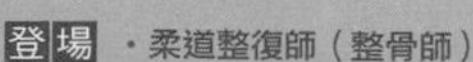

登場人物 ・柔道整復師（整骨師）
・工作人員・患者・運動選手

醫院（診所）

關場景　針灸院（P.335）　整骨院（P.336）

此場景中能看到的事物

- 穿著白衣的醫師或護理師
- 戴著口罩的人
- 撐著拐杖的人
- 乘坐輪椅的人
- 一臉不安地接受診療的患者
- 掛心患者的家人
- 救護車與救護隊員
- 被擔架送進來的患者
- 壓舌板等診療時使用的醫療用品
- 進行CT或MRI等掃描成像的高價醫療機器
- 支付診療費用與處方藥費用的醫療繳費機
- 顯示領藥號碼的電子看板
- 放入處方箋、處方藥的藥袋
- 前來推銷醫療器材的業務員
- 調劑藥局
- 服務台與服務台工作人員
- 診療室、候診室
- 健康保險證或醫療手冊
- 病房
- 護理師呼叫鈴
- 護理站

此場景中能聽到的聲響

- 機器送出號碼單時的聲音
- 拉門開關的聲音
- 在病歷表上書寫的聲音、操作電腦的聲音
- 由聽診器聽到的心跳聲
- 醫療機器的機械音
- 護理師的聲音
- 呼叫患者姓名或號碼單號碼的聲音
- 醫師與患者的交談聲
- 患者家人的哭泣聲

此場景中可感受到的氣味及味覺

- 消毒液的氣味
- 擔架或病床的氣味
- 紗布或OK繃的氣味
- 院內商店販售的食物氣味與風味

此場景中可感受到的感覺

- 擔心被其他人傳染感冒的不安感
- 在候診室等待時，心中忐忑不安的感受
- 等待診斷結果的不安感
- 知道診斷結果時的安心感或絕望感
- 向患者告知病名時的愁苦感
- 希望手術能成功的祈願
- 對院內病人太多時的不滿

設定時的小提醒

近年來，日本的醫師與護理師都有減少的趨勢，對許多都道府縣而言，如何確保人才已經成為了迫切的課題。將這層背景妥善融入設定中，會是一個建構故事的方法。

登場人物

- 醫師・護理師・患者
- 服務台工作人員・事務職員
- 救護隊員・幽靈

風俗店

相關場景 非法生意（P.339）

此場景中能看到的事物

- 霓虹燈招牌
- 穿著正裝、負責接待的從業人員
- 從事性服務的從業人員
- 愛情旅館
- 免費風俗店導覽所
- 任職該店的女性的照片與三圍等情報告示
- 寫有費用或服務內容的價目表
- 多樣化的扮裝道具
- 貼在牆上的注意事項告示
- 清潔雙手用的消毒液
- 等候室
- 依次序排隊等候的顧客
- 設有床鋪與淋浴空間的小房間
- 擺放衣服或貴重物品的籃子
- 漱口水
- 塑膠氣墊床
- 衛生紙
- 潤滑液

此場景中能聽到的聲響

- 漱口的聲音
- 床鋪晃動的聲音
- 淋浴的聲音
- 擠出潤滑液時發出的「匹洽匹洽」聲響
- 塑膠氣墊床發出的「啾啾」聲響
- 負責接待的從業人員與顧客的交談聲
- 從事性服務的從業人員與顧客的交談聲
- 肉慾的聲音

此場景中可感受到的氣味及味覺

- 消毒液的氣味
- 芳香劑的氣味
- 洗髮精的氣味
- 漱口水的氣味、風味
- 潤滑劑的氣味、風味（也有添加味道的產品）
- 肉體散發出的淫靡氣味

此場景中可感受到的感覺

- 踏入店內或撥打電話時的心跳加速感
- 對費用之高感到震驚
- 猶豫該指名誰的苦惱思緒
- 排隊等候時的興奮感
- 指名的對象一點都不可愛時的失落感
- 和風俗從業者共度短暫良宵時的快感
- 擔心自己去風俗店玩的事情可能會曝光的不安感
- 決意這次絕對不要被小姐修圖照片欺騙的強烈念頭

設定時的小提醒 將女性從業人員的檔案照片進行加工，讓照片看起來比本人更漂亮或更可愛的技術，就稱為「パネルマジック」（Panel Magic），也被簡稱為「パネマジ」。

- 從業人員・接待從業人員
- 顧客・攬客的人

非法生意

相關場景　風俗店（P.338）

此場景中能看到的事物

- 暴力團（*黑道）事務所
- 掛上親分或舍弟等黑道位階的暴力團成員
- 交盃（*締結盟約或長幼等關係的儀式）的成員
- 家紋
- 歷代組長的照片
- 監視器與監控螢幕
- 沙發與桌子
- 香菸與菸灰缸
- 秘密金庫
- 牌匾
- 週刊雜誌
- 日本刀
- 小刀
- 手槍
- 非法賭場、鐵火場（*日式賭場）
- 毒品販子
- 針筒
- 贓車或贓物仲介商
- 殺手
- 詐欺師
- 密醫
- 人體器官販子
- 非法金融業者
- 隱語（*黑話）
- 警察
- 手銬

此場景中能聽到的聲響

- 手槍發出的「砰！」開槍聲
- 玻璃「哐啷」一聲破裂的聲音
- 暴力團組員的怒吼
- 被害人哭喊的聲音
- 毒品販子與顧客的交談聲
- 用隱語交談的可疑人士聲音
- 調查地下金融的刑警聲音

此場景中可感受到的氣味及味覺

- 倒入盃中的酒的氣味與風味
- 硝煙的氣味
- 血的氣味
- 成捆鈔票的氣味
- 香菸的氣味

此場景中可感受到的感覺

- 對暴力團組員或毒品販子的恐懼之感
- 被切斷手指時那絕望的痛楚
- 全身刺青的痛楚
- 不良高中生對任俠世界懷抱的憧憬
- 得手巨額金錢時那欣喜若狂的感受
- 吸食毒品後進入恍惚出神狀態的情緒
- 被地下金融業者逼債的恐怖感
- 還不起錢，不得不涉入非法工作時的絕望感

設定時的小提醒　這算是日常生活中很難碰到的場景情境。像是要在暴力團的地盤上做特定的生意，就要繳交保護費給他們，請試著將類似這樣的畫面放入你的故事設定中吧！

登場人物　・暴力團成員・販子・仲介商・殺手　・詐欺師・密醫・地下金融業者

地域限定場景

沖繩

沖繩是即便進入冬季，氣溫也不會降到10度以下的溫暖土地。此外，因為這裡有許多以擁有清澈美麗的海洋為傲的海灘，因此作為度假勝地也相當出名。

此場景中能看到的事物

- 那霸機場
- 國際通
- 首里城公園
- 沖繩都市單軌電車
- 美麗海水族館
- 石垣島、宮古島
- 鐘乳洞
- 琉球建築的屋宅
- 紅甘蔗田
- 原生林或紅樹林
- 琉球獅子
- 被稱為「哎薩」的沖繩傳統藝能
- 名為「宮廷舞蹈」的琉球舞蹈
- 琉球玻璃
- 三線
- 以紅型為特徵的衣服或工藝品
- 泡盛
- 扶桑花等植物
- 苦瓜炒什錦或沖繩麵等沖繩縣民的靈魂食糧
- 沙翁、金楚糕（點心）
- 祖母綠顏色的海洋
- 美麗的珊瑚礁與熱帶魚
- 沖繩秧雞或西表山貓等稀有動物
- 美軍基地
- 姬百合學徒隊慰靈塔

此場景中能感受到的氣味及味覺

- 從祖母綠海洋傳來的海潮氣味
- 紅甘蔗的氣味
- 扶桑花的氣味
- 原生林或紅樹林散發出的草木氣味
- 泡盛的氣味與風味
- 苦瓜炒什錦或沖繩麵等美食的氣味與風味

此場景中能聽到的聲響

- 演出哎薩時，太鼓響徹的「咚咚」聲響
- 三線的音色
- 紅甘蔗田隨風搖曳的聲音
- 小孩在紅甘蔗田中穿梭奔跑的聲音
- 從海洋傳來讓人內心平靜的「沙～沙」海潮聲
- 潛水時耳邊聽到的水聲與呼吸聲
- 「はいさい」（你好）或「メンソーレ」（歡迎光臨）等說著琉球方言的聲音
- 表演琉球舞蹈時的歌唱聲
- 演唱沖繩民謠的聲音
- 一聲巨響後隨即往天空飛去的飛機聲音

此場景中能感受到的感覺

- 親眼見到神秘的祖母綠海洋時的喜悅
- 看到傳統的琉球建築時的雀躍感與感動
- 品嚐到沖繩麵等美食時，萌生「有來真是太好了」的欣喜
- 突然被人用沖繩方言搭話時的焦急與困惑
- 觀賞到祖母綠海洋中的景致時，浮現了無窮的感動
- 看到沖繩玻璃或紅型的美麗模樣時的喜悅與感動
- 看到草木生長繁盛的蒼鬱原生林或紅樹林時的驚艷
- 踏入鐘乳洞前的不安感與進入後的感動
- 造訪姬百合之塔時感受到的莊嚴肅穆感

設定時的小提醒　在位處亞熱帶地區的沖繩縣，以祖母綠色的澄澈海洋、原生林或紅樹林等日本本島無法目睹的美麗自然景觀而聞名。

登場人物　・觀光客・琉球舞蹈的舞者・潛水教練・校外教學的學生

第十一章

圍繞著興趣・運動的場景

Professional Wrestling Venue / Judo Hall / Karate Dojo / Kendo Field / Archery Field / Regular Sumo Tournament / Citizens' Marathon / Public Viewing / Football Stadium / Baseball Stadium / Boxing Gym / Batting Cage / Skating Rink / Sports Gym / Amusement Park / Opera Troupe / Band Live / Idol Boy Group Live / Music Festival / Voice Actor Live / Comedy Live Show / Dressing Room / Racecourse / off-Track Betting Shop / Motorboat Field / Lottery Sales Floor / Pachinko Pachislot Parlor / Mah-Jongg Parlor / Akihabara

職業摔角會場

相關場景　體育館（P.154）　後台準備室（P.363）

此場景中能看到的事物

- 擂台
- 邊繩
- 角柱
- 摔角選手
- 觀眾
- 裁判
- 擂台司儀
- 轉播席
- 鐵管椅
- 照明
- 擂台側邊的護墊
- 選手入場口
- 麥克風、銅鑼
- 面具
- 凶器（梯子、圖釘、桌子、纏繞有刺鐵絲的球棒等等）
- 女子職業摔角選手那鮮豔華麗的服裝
- 大廳
- 商品販賣處
- 彩帶
- 生啤酒
- 加油用的布條
- 電視螢幕
- 攝影師

此場景中能聽到的聲響

- 摔角選手的入場音樂
- 宣告比賽開始的銅鑼聲
- 摔角選手被摔在擂台上的聲音
- 觀眾的鼓掌聲、摔角選手使出猛力踩踏技巧的聲音
- 摔角選手的戰吼聲
- 觀眾的聲援、奚落聲、噓聲
- 選手比賽前的相互嗆聲
- 播報員實況轉播的聲音
- 擂台司儀的呼喚聲

此場景中可感受到的氣味及味覺

- 觀眾或摔角選手的汗味
- 作為會場的體育館中特有的霉臭味
- 商店販售食物的氣味與風味

此場景中可感受到的感覺

- 比賽開始前的情緒高昂狀態
- 喜愛的選手陷入危機時的緊張感
- 欣賞到一場好比賽時的感動
- 和強悍對手對峙時的恐怖感
- 被對手使出技巧對付時的疼痛感
- 進行二對二對戰或使出合體攻擊時的連帶感
- 輸掉比賽時的悔恨感
- 對裁判判決的不滿

設定時的小提醒　摔角並非僅一般常見的職業摔角，還有女子職業摔角或使用有刺鐵絲網擂台的死鬥競賽等類型。設定時並不是只能從觀眾的視線去描寫，透過選手或裁判的角度來思考應該也會很有趣。

- 摔角選手（男女）・裁判・觀眾
- 擂台司儀・轉播者・攝影師
- 商店的店員

柔道場

關場景　體育館（P.154）　社團活動（P.181）　空手道場（P.344）

此場景中能看到的事物

- 加入緩衝材的榻榻米
- 高聳的天花板
- 師範（老師）
- 選手
- 柔道服（白色、藍色）
- 顯示段位的多色腰帶
- 框出比賽區域範圍的不同顏色的榻榻米
- 掛在牆上的木製名牌
- 裝飾在牆上的裱框獎狀、獎盃
- 和太鼓
- 前來觀摩的父親或兄長
- 更衣室
- 裁判
- 裁判坐的椅子、判決用的旗子
- 前來採訪的攝影師
- 比賽用的名牌
- 寫有名言的牌匾
- 觀眾席
- 道場入口處的招牌
- 多用途運動記分板
- 相關人士席位
- 練習中的門生、學生
- 貼紮用品、急救箱
- 比賽後的頒獎典禮

此場景中能聽到的聲響

- 告知自由練習時間或比賽結束的記分板音效聲
- 採取受身動作的聲音
- 裁判喊出「一本！（*一勝之意）」、「技あり（*半勝之意）」、「待て（*暫停之意）」等比賽中的裁決聲
- 行禮後進出道場的問候聲
- 練習中的喊聲
- 觀眾的加油聲
- 選手在比賽中發出的聲音
- 練習前後的問候聲
- 裁判組進行討論的聲音

此場景中可感受到的氣味及味覺

- 道場榻榻米的氣味
- 選手的汗味
- 運動冷凍噴劑的氣味
- 比賽後喝下的水的風味
- 滲進柔道服中的汗水與眼淚鹹味

此場景中可感受到的感覺

- 比賽即將開始前的緊張感
- 看到聲援的選手正在奮戰時的情緒高昂感受
- 對不能接受的判決感到憤慨
- 使出技巧取得一本勝時的爽快感
- 被摔到地面時的疼痛感
- 輸掉比賽時的悔恨感
- 贏了比賽，站上頒獎台時的榮耀感
- 參與團體戰時的一體感

設定時的小提醒　柔道場從學校設施等級的小型場地，到舉辦國際大會時使用的大型場地都有。請嘗試站在選手、觀眾、指導者、裁判等人物的立場來進行構思吧！

登場人物　・選手・指導者・裁判・觀眾　・家人・工作人員・教師・踢館者　・計時員・攝影師

空手道場

相關場景 體育館（P.154） 社團活動（P.181）

此場景中能看到的事物

- 空手道的師範
- 選手
- 空手道服
- 以顏色區分階級的腰帶
- 用來擊破的瓦片
- 用來踢破的木板
- 掛在牆上的國旗
- 防具（頭盔、護胸、護腳等等）
- 拳套
- 空手道的型
- 對戰比賽
- 獎盃、獎狀
- 歷代師範的照片
- 貼紮用品、急救箱
- 道場的門牌
- 前來觀賞比賽的觀眾
- 接送在此學習空手道的小孩的雙親
- 慰勞用的飲料
- 擦汗用的毛巾
- 掛軸
- 神棚
- 練習用的靠墊
- 空手道大會的海報
- 裁判
- 多用途運動記分板

此場景中能聽到的聲響

- 技巧確實命中時的打擊聲
- 判定的旗子揚起的聲音
- 擊破瓦片的聲音
- 比賽後響徹的鼓掌聲
- 進行型的演武時，肢體劃過空氣的聲音
- 選手們的吆喝聲
- 師範的怒吼聲
- 觀眾加油的聲音
- 輸掉比賽的選手哭泣的聲音
- 裁判提出判定的聲音

此場景中可感受到的氣味及味覺

- 倒在地板上時嗅到的打蠟氣味
- 選手的汗味
- 擊破木板時散發出的木材氣味
- 嘴巴受傷時嚐到血味

此場景中可感受到的感覺

- 踏入道場時瞬間讓人為之緊繃的氣氛
- 接受師範指導時的緊張感
- 比賽開始前的情緒高昂狀態
- 輸掉比賽時的悔恨感
- 被對手技巧擊中時的疼痛感
- 贏了比賽時的振奮感
- 獲頒獎狀時的榮耀感
- 看到自己的孩子正在奮戰時的不安
- 道場內被熱氣壟罩的炎熱

設定時的小提醒 相較於其他武道，空手道會散發出更強烈的緊張氛圍。在各位描寫時，適當地把對戰或型這類的競爭或擊破瓦片等場面放進設定中會比較好。

登場人物
・師範・選手・裁判・觀眾
・選手的家人・協會人士・踢館者
・前來採訪的攝影師

劍道場

關場景 體育館（P.154） 社團活動（P.181）

此場景中能看到的事物

- 師範
- 選手
- 鋪設木板的地面
- 和太鼓
- 面、胴、小手、垂
- 劍道服、袴
- 捲在頭部的手巾
- 竹刀
- 放入防具的袋子
- 竹刀袋
- 觀眾
- 裁判
- 天花板的照明
- 入口大門
- 獎盃、獎狀
- 寫有名言的牌匾
- 入口處的招牌
- 踢館者
- 神棚
- 前來採訪的攝影師
- 中午吃的便當
- 裁判手持的紅白旗子
- 多用途運動記分板

此場景中能聽到的聲響

- 用竹刀擊中的聲音
- 赤腳在地板上移動的聲音
- 裁判揚起旗子的聲音
- 防具與防具相撞的聲音
- 素振練習時劃開空氣的聲音
- 踏入道場時的開門聲
- 選手練習時的吆喝聲
- 比賽時喊出的「面！」
- 裁判的聲音
- 觀眾的加油聲
- 場內的廣播
- 師範指導的聲音

此場景中可感受到的氣味及味覺

- 木製地板的氣味
- 防具等物品上的汗味
- 竹刀散發的竹子氣味
- 清潔地板用的抹布氣味
- 比賽後喝下的水的風味

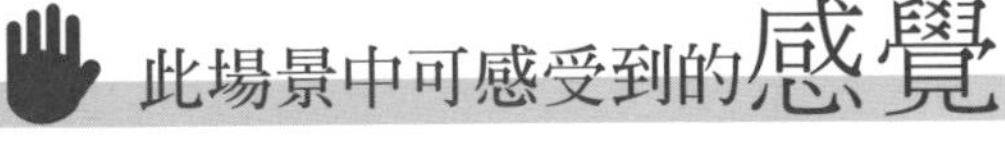

此場景中可感受到的感覺

- 冬季時道館地板的冰冷
- 比賽時瞬間讓人為之緊繃的氣氛
- 被竹刀擊中時的疼痛感
- 輸掉比賽時的悔恨感
- 使出技巧取得一本勝時的爽快感
- 輸給同伴時的不安感
- 道場內被熱氣籠罩的炎熱
- 獲得優勝的榮耀感
- 進行裁決時的緊張感
- 脫下防具後所感受到的輕盈感

設定時的小提醒 比賽中因為穿上防具的關係，表情並不容易被看到，請務必注意這點。場館地面會鋪上木板，冬天寒冷、夏天則會顯得悶熱。將季節要素列入考量的場景描寫是有其必要性的。

登場人物
- 師範・選手・裁判・觀眾・監護人
- 大會相關人士・前來採訪的攝影師
- 希望拜師的小孩

弓道場

相關場景 神社（P.082） 社團活動（P.181）

此場景中能看到的事物

- 選手
- 指導員
- 裁判
- 弓、弦
- 箭矢
- 箭靶
- 箭桶
- 弓道服（上衣、帶、袴、足袋、護胸）
- 弓懸（拉弓時戴的手套）
- 射場（射手拉弓射箭的場所）、裁判席（裁判坐的位於側面的位子）
- 矢道（射箭處與箭靶之間的草皮場域）
- 的場（立箭靶的土丘處）
- 卷藁（草靶，練習用的箭靶）
- 神棚、日本國旗
- 矢立箱、弓立て（*放置弓與箭）
- 矢道上方的天空
- 寫有名言的牌匾
- 前來觀摩練習的人
- 更衣室
- 裝入弓的袋子
- 木製的地板
- 大會相關人士
- 賽程表
- 的場上方的屋頂

此場景中能聽到的聲響

- 拉弓的聲音
- 飛行中的箭矢劃過空氣的聲音
- 箭矢射中箭靶的聲音
- 場地附近飛鳥的鳴叫聲
- 箭矢在射中靶之前就提前落地的聲音
- 觀眾的掌聲
- 「很好」、「呀 ～」等喊聲（僅限高中或大學的社團活動。弓道在射箭時原本就是不能發出聲音的）

此場景中可感受到的氣味及味覺

- 從外頭吹進來的風的氣味
- 地板鋪設木料的氣味
- 弓懸的皮革氣味
- 練習後喝下的飲料風味

此場景中可感受到的感覺

- 冬季寒風吹拂的冷冽感
- 夏季的炎熱感
- 清風吹拂的舒適感
- 拉弓時手指的疼痛感
- 射中箭靶時的心情暢快感
- 比賽開始時的緊張感
- 比賽結束後的安心感
- 擔心自己在還未習慣的升段審查會中搞錯「射法八節」（拉弓的8個步驟）

設定時的小提醒

和其他的競技不同，弓道場與箭靶之間的範圍多半都是露天的。依照季節或天氣的變化，在這裡所感受到的感覺或風景都會隨之變動。若是各位能將這一點列入設定評估就太好了。

登場人物

- 指導者・選手・裁判・觀眾
- 監護人・大會相關人士
- 前來取材的攝影師

大相撲本場所

相關場景 體育館（P.154） 社團活動（P.181）

此場景中能看到的事物

- 土俵
- 力士
- 相撲褌、垂飾（さがり）、裝飾腰帶
- 大銀杏（幕內力士的髮髻）
- 力士身穿的浴衣
- 土俵上方的懸吊屋頂
- 屋頂下的水引幕、流蘇
- 用來撒的鹽、鹽箱
- 行司（*相撲裁判）、軍配
- 呼出（*唱名者）、扇子
- 勝負判定
- 獎金袋、獎賞旗
- 觀眾、枡席（*以桿子圍起的坐墊席位）
- 電視轉播的攝影機、轉播席、前力士解說者
- 取組表（*賽程表）
- 番付表（*排名表）
- 歷代優勝力士的看板
- 觀眾享用的便當、相撲火鍋、烤雞肉串
- 力士通過的花道
- 力士、水桶、吐出漱口水時遮掩用的紙
- 十兩、幕內、橫綱的土俵入場儀式
- 拋向土俵的坐墊
- 弓取式（*將弓授予優勝力士，由力士持弓演舞的儀式）

此場景中能聽到的聲響

- 力士們激烈進攻的聲音
- 比賽開始之前，力士拍擊自己身體的聲音
- 呼出唱誦力士名字的聲音
- 行司喊出的「はっきょい（*鼓舞力士進攻）」、「残った！（*表示仍未決勝，請繼續努力）」等聲音
- 觀眾的加油聲
- 橫綱在土俵入場儀式進行四股踏（*左右腳抬高蹬地的驅魔動作）時，觀眾喊出「呦伊秀～」的喊聲
- 廠內的廣播
- 觀眾席中的交談聲

此場景中可感受到的氣味及味覺

- 力士的汗味
- 土俵上的土味
- 綁髮髻時使用的髮油氣味
- 舔拭撒鹽手時感受到的鹹味
- 便當、烤雞肉串的風味

此場景中可感受到的感覺

- 比賽開始前的熱氣
- 喜愛的力士獲勝時的情緒高昂感受
- 賽事出現大逆轉時的興奮感
- 被從土俵跌落的力士壓到時的疼痛感
- 輸掉比賽時的悔恨感
- 獲頒優勝賜杯時的榮耀感

設定時的小提醒 大相撲本場所（＊日本相撲協會官方定期賽事）的舉辦會場以兩國國技館開始，每年舉辦6次賽事。回想在電視轉播中看到的比賽情景，再連帶考量力士或裁判的心情來嘗試創作吧！

登場人物 ・力士・行司・付人・呼出・裁判・觀眾・販售員・播報員・攝影師

市民馬拉松

相關場景 塞車（P.211）

此場景中能看到的事物

- 跑者
- 沿途的觀眾、加油旗幟
- 號碼布
- 馬拉松跑鞋
- 水分補充站
- 飲料、杯子
- 宣告起跑的發令槍
- 終點線布條
- 設置起點與終點的競技場
- 轉播車
- 實況轉播員
- 解說者
- 吸飽水的海綿
- 選手的教練
- 晴朗的天空
- 戴在優勝者頭上的月桂冠
- 頒獎台
- 獎牌
- 跑在前方的選手背影
- 折返點
- 前導車
- 選手佩戴的太陽眼鏡

此場景中能聽到的聲響

- 起點響徹的發令槍聲音
- 選手們跑動的腳步聲
- 沿途觀眾揮舞旗幟的聲音
- 選手喝完飲料後丟棄容器的聲音
- 在選手旁邊行駛的車輛聲
- 沿途觀眾的加油聲
- 實況轉播員的聲音
- 教練發出指示的聲音

此場景中可感受到的氣味及味覺

- 選手的汗味
- 跑步過程中喝下的補水飲料風味
- 跑步過程中感受到的風的氣味
- 月桂冠與獎牌的氣味

此場景中可感受到的感覺

- 跑步過程中清風拂過臉頰的舒適感
- 長時間跑動造成的呼吸困難
- 途中感受到的跑者愉悅感
- 跑者通過自己面前時的興奮感
- 完賽時的目標達成感
- 登上頒獎台時的榮耀感
- 喉嚨強烈的乾渴感
- 跑步過程中腳的疼痛感
- 意外發生時的焦慮
- 獎牌掛在脖子上的沉甸甸感
- 通過終點後在頭上澆下冷水的清涼感

設定時的小提醒

市民馬拉松會在日本全國各地舉辦，需要配合每個地區各自的氣候來進行狀況設定。也請各位試著思考觀眾、跑者、主辦單位等各個立場會面臨的狀況。

登場人物

- 跑者・沿途的觀眾・教練
- 起跑發令員・實況轉播員
- 主辦方的工作人員

公眾實況轉播

相關場景　高中體育（P.170）　電影院（P.324）

此場景中能看到的事物

- 大型螢幕的畫面
- 播音喇叭
- 畫面上出現的競技者
- 畫面上出現的實況轉播員
- 畫面上出現的解說者
- 觀眾
- 桌子、椅子
- 攤商料理、飲料、酒類
- 加油用的頭帶
- 加油用的旗幟
- 橫幅
- 電視轉播攝影機
- 轉播報導者
- 收音麥克風
- 會場的工作人員
- 選手的家人
- 穿著選手球衣的觀眾
- 加油棒等加油道具
- 觀眾手持的國旗
- 體育場、運動酒吧、租賃會場、公民會館等等
- 會場的職員
- 轉播用的設備器材

此場景中能聽到的聲響

- 加油棒等加油道具的聲音
- 獲勝時響起的掌聲
- 為慶祝優勝要乾杯時的啤酒開瓶聲
- 轉播會場的聲音
- 獲勝時響起的全場歡呼聲
- 輸掉比賽時的失望聲
- 實況轉播員的聲音
- 解說者的聲音
- 賽後MVP訪問時的聲音
- 在會場接受訪問的受訪者聲音

此場景中可感受到的氣味及味覺

- 人群眾多混雜而成的體臭
- 室外會場感受到的風的氣味
- 室內會場感受到的霉臭味
- 店內飄散出的料理氣味
- 供應的料理風味
- 供應的酒類風味

此場景中可感受到的感覺

- 在比賽開始前情緒無法冷靜的感受
- 看到讓人摒息的對決時萌生的緊張感
- 聲援的隊伍獲勝時的興奮感
- 聲援的隊伍落敗時的絕望感
- 被過路的人盯著看時的難為情感
- 慶祝勝利而乾杯時的喜悅
- 和同伴共享勝利喜悅的幸福感
- 會場內聚集眾多人潮的炎熱

設定時的小提醒　即使稱之為「公眾實況轉播」（Public Viewing），也有足球、棒球、相撲等等各種競技類型。此外，場所也有設於野外或店家等情況，因此有必要依據它們各自的情況來進行設定。

登場人物　・觀眾・螢幕上出現的選手　・會場的工作人員・店員・路過的人

足球場

相關場景　高中體育（P.170）

此場景中能看到的事物

- 足球選手
- 贊助商
- 場地、球門
- 足球
- 選手的球衣、釘鞋、門將的手套
- 觀眾席
- 電子告示牌（顯示選手更換、傷停時間等資訊）、大型螢幕
- 企業廣告
- 總教練、翻譯、教練、醫療團隊人員
- 賽事裁判（主裁判、助理裁判）
- 吹哨、黃牌、紅牌、角旗
- 擔架
- 商店、販售員
- 入場大門
- 帽子或毛巾等加油道具
- 寫著給選手的留言的圖畫紙
- 聲援隊伍的旗幟
- 轉播席、轉播員
- 球僮
- 選手用的飲水瓶
- 更衣室

此場景中能聽到的聲響

- 踢球時的聲音
- 選手在場地上奔馳的聲音
- 巫巫茲拉等樂器的聲音
- 開場小號
- 國歌或校歌
- 選手的吶喊聲、選手隊友們的激勵聲
- 總教練下達指示的聲音
- 觀眾的歡呼聲
- 實況轉播員的轉播聲
- 場內的廣播聲

此場景中可感受到的氣味及味覺

- 會場中吹拂的風的氣味
- 場地草皮的氣味
- 畫場地框線的水性漆氣味
- 滿場的會場散發出的人的氣味
- 在觀眾席喝下的飲料風味

此場景中可感受到的感覺

- 比賽開始前的嚴肅情緒
- 比賽過程中的狂熱
- 聲援的隊伍得分時，情緒為之高漲
- 輸掉比賽時的悔恨感
- 獲勝後接受表揚時的榮耀感
- 比賽呈現勢均力敵態勢時的擔憂感
- 進行PK戰時的使命感
- 被對手犯規時的憤怒感
- 陷入激烈對抗時的辛苦感

設定時的小提醒　希望大家不要只從觀眾的觀點出發，也能從選手、總教練、裁判等各式各樣的立場來試著描寫足球場的場景。不管是勝利者還是敗戰者，眼中所見到的景致是有所不同的。

- 選手・總教練・贊助商・教練
- 實況轉播員・攝影師
- 商店的販賣員・會場工作人員

棒球場

關場景　高中棒球（P.171）　打擊練習場（P.353）

此場景中能看到的事物

- 投手、捕手、守備的選手
- 打擊者
- 裁判
- 總教練、教練
- 觀眾
- 選手的家人
- 場地
- 投手丘
- 本壘板
- 草皮
- 夜間比賽用的照明
- 大型螢幕
- 選手名稱顯示板、計分板
- 場外舞台進行的LIVE演出或活動
- 商店、啤酒的販售員
- 播音喇叭
- 手套、球棒、棒球
- 球衣、帽子、打擊手套、釘鞋、頭盔
- 捕手面罩、護脛、護胸
- 休息區、休息區後準備空間
- 候補選手
- 牛棚
- 球隊吉祥物的人偶裝
- 更衣室

此場景中能聽到的聲響

- 投手投球的聲音
- 球被球棒擊中的聲音
- 球被接進手套的聲音
- 跑者滑壘的聲音
- 應援團演奏的音樂
- 觀眾的加油聲
- 場內播報員的聲音
- 實況轉播的聲音
- 啤酒販售員的促銷聲

此場景中可感受到的氣味及味覺

- 場地內土壤的氣味
- 草皮的氣味
- 手套的皮革氣味
- 塗抹在手套上的保革油氣味
- 在觀眾席喝下的生啤酒風味

此場景中可感受到的感覺

- 寬廣球場帶給人的爽快感
- 弱小隊伍取勝所帶來的感動
- 被觸身球打中時的疼痛感
- 擊出全壘打時的快感
- 在室外球場感受到的日曬炎熱
- 贏得比賽時的滿足感
- 輸掉比賽時的悔恨感
- 和許多人一起加油的一體感
- 比賽結束後唱校歌或球團歌的榮耀感

設定時的小提醒　依據業餘棒球、職業棒球、高中棒球等層級不同，場面情況也會跟著有所變化。著重於該賦予選手或觀眾等人物什麼樣的設定，應該會是較好的描寫方法。

登場人物
- 選手（正式、候補）・總教練
- 教練・啦啦隊・觀眾・選手的家人
- 實況轉播員・解說者

拳擊館

相關場景　高中體育（P.170）

此場景中能看到的事物

・擂台
・拳擊手
・訓練員
・會長
・沙袋
・拳擊手套
・拳擊頭盔
・拳擊球
・跳繩
・護齒
・銅鑼
・發汗衣
・拳擊鞋、拳擊褲
・踢靶
・護墊
・裝飾的獎狀、獎盃
・牆上的鏡子
・拳擊繃帶、貼紮用品
・拳擊服
・大會的海報
・測定比賽時間的計時器
・體重計
・更衣室
・藥球

此場景中能聽到的聲響

・拳擊手出拳擊中沙袋等物的聲音
・拳擊手出拳劃過空氣的聲音
・拳擊手進行跳繩訓練的聲音
・拳擊手進行訓練時的腳步聲
・敲響銅鑼的聲音
・拳擊手急促的呼吸喘氣聲
・訓練員進行指導的聲音

此場景中可感受到的氣味及味覺

・拳擊手的汗味
・拳擊手套的皮革氣味
・含入口中的護齒的塑膠材質味

此場景中可感受到的感覺

・訓練後出一身汗的爽快感
・被對手出拳打中時的疼痛感
・因為繁重的訓練陷入朦朧的意識
・對嚴苛訓練感受到的恐懼
・打贏對手時的滿足感
・在比賽來臨之前減重的辛苦
・和同伴共享勝利喜悅的幸福感
・會場內聚集眾多人潮的炎熱
・對同級別選手萌生的對抗心態

設定時的小提醒　拳擊館內並非只有以職業選手為目標的人，也是為了鍛鍊身體或是以減重為目的的人會來的場所。以各式各樣的人聚集的場所為前提來構成場景會是比較適當的。

登場人物
・拳擊手・訓練員・會長
・以減重為目的的女性・參觀者
・會長的家人

打擊練習場

關場景　棒球場（P.351）　遊戲中心（P.386）

此場景中能看到的事物

- 發球機
- 球棒
- 揮舞球棒的顧客
- 情侶客人
- 球網
- 棒球
- 照明設備
- 休息區
- 長椅
- 打擊頭盔
- 被細分成許多間的打擊空間（打擊區、本壘板）
- 職業棒球選手的影片
- 打出去的球擊中的話就能獲得獎品的板子
- 投球九宮格設施
- 大廳、服務台
- 播音喇叭
- 大型機台遊戲區
- 停車場
- 球棒箱
- 自動販賣機
- 租借用釘鞋
- 打擊手
- 棒球帽套

此場景中能聽到的聲響

- 發球機的運轉聲
- 擊中球的聲音
- 設施內播放的音樂聲
- 揮空球棒劃開空氣的聲音
- 打出去的球擊中獎品板時播放的音樂
- 將硬幣放進硬幣投入機的聲音
- 顧客的喊聲
- 設施內的廣播聲
- 工作人員進行說明的聲音

此場景中可感受到的氣味及味覺

- 軟式棒球的橡膠氣味
- 金屬球棒的氣味
- 場地的泥土味
- 機械類的油味
- 打擊者的汗味

此場景中可感受到的感覺

- 一個人默默持續練打的孤獨感
- 打中球時的心情暢快感
- 擊球偏移球芯，手因此酸麻
- 揮棒落空時的難為情感
- 擊中獎品板時的喜悅
- 和同伴相互較勁打擊成績的樂趣
- 在投球九宮格完成目標時的達成感
- 嘗試能打到幾公里的球時湧現的興致高昂感

設定時的小提醒　在日本，打擊練習場是個不管事都市還是鄉下都有的設施，但似乎多數較為老舊。描寫時可以假定一個人默默來這裡練打或一群人打打鬧鬧等各種場景。

登場人物
- 練打者・工作人員・情侶
- 參觀的客人・服務台人員
- 停車場職員・機械廠商的作業員

滑冰場

相關場景　公園（P.132）　遊樂園（P.356）

此場景中能看到的事物

- 滑冰場地
- 攜家帶眷的人
- 情侶
- 職業選手（花式滑冰、競速滑冰、冰上曲棍球等等）
- 天花板的照明
- 冰刀鞋租賃區域、服務台
- 更衣室
- 冰刀鞋
- 圍巾、耳罩、手套
- 食堂
- 大廳
- 供人抓住的鐵管扶手
- 觀眾席
- 國旗
- 花式滑冰選手的服裝
- 競速滑冰選手的服裝
- 冰上曲棍球選手的防具（頭盔、手套、護具等等）、冰球棍、曲棍球、冰球球門
- 宣告比賽開始的發令槍
- 裁判
- Kiss and Cry（等候成績計算結果發表的場所）
- 播音喇叭

此場景中能聽到的聲響

- 冰刀鞋削過冰塊的聲音
- 宣告競速滑冰開始的發令槍聲
- 滑冰場中播放的音樂
- 冰上曲棍球選手們激烈衝撞的聲音
- 頒獎典禮上播放的國歌
- 館內的廣播聲
- 小孩摔倒時的哭聲
- 觀眾的歡呼聲

此場景中可感受到的氣味及味覺

- 場地中的冰的氣味
- 冰刀鞋的皮革氣味
- 發令槍開槍時的火藥氣味
- 場地側邊地板的橡膠氣味

此場景中可感受到的感覺

- 手接觸冰時那讓人驚呼的冷度
- 一屁股跌坐在地上時的疼痛感
- 摔倒時的難為情感
- 比別人溜得更快時的自豪感
- 在Kiss and Cry等待結果發表時的不安感
- 發生失誤時的悔恨感
- 看到精彩競技時的感動

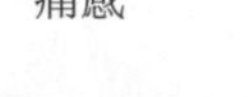

設定時的小提醒　除了室內、室外的分別之外，滑冰場還有針對一般人開放以及正式競技使用等類型上的差異。此外，進行競速溜冰、花式溜冰、冰上曲棍球時的景致也都會有所不同。

登場人物
- 情侶・花式滑冰選手
- 競速滑冰選手・冰上曲棍球選手
- 教練・裁判

運動健身房

關聯場景　高中體育（P.170）　拳擊館（P.352）

此場景中能看到的事物

- 服務台
- 跑步機
- 室內健身車
- 挺舉器材
- 槓鈴
- 游泳池
- 更衣室
- 淋浴空間
- 三溫暖、SPA
- 使用訓練器材的人
- 在游泳池中游泳的人
- 參觀者
- 訓練員
- 職員
- 訓練服
- 練習鞋
- 有氧韻律教室
- 鏡面牆
- 置物櫃的鑰匙
- 大廳
- 室內模擬高爾夫
- 瑜伽教室
- 體重計

此場景中能聽到的聲響

- 在跑步機上跑動的聲音
- 踩動室內健身車的聲音
- 使用運動器材時發出的「喀鏘喀鏘」聲響
- 人在游泳池中划水、打水的聲音
- 從耳機中聽到的音樂
- 館內的廣播聲
- 人們在訓練中的呼吸喘氣聲
- 訓練員進行指導的聲音
- 健身顧客們暢談的聲音

此場景中可感受到的氣味及味覺

- 訓練器材等機械氣味
- 跑步機的橡膠氣味
- 健身者散發出的汗味

此場景中可感受到的感覺

- 跑步時的辛苦
- 一個人默默進行著訓練時的孤獨感
- 完成目標訓練菜單時的達成感
- 身上稍微練起一點肌肉時的喜悅
- 游泳池水的清涼感
- 訓練時身體的熱度
- 進行瑜伽訓練後的暢快感
- 減輕體重後的開心感
- 和同伴暢談時的樂趣
- 進入三溫暖後的舒適感受

設定時的小提醒　最近的運動健身房，在設備層面都相當多樣化，在各種機械器材之外，也有附設游泳池或瑜伽教室的場館。大家可以有效地運用這些元素。

登場人物
- 健身的顧客・訓練員・服務台的人
- 瑜伽老師・參觀者・設施的工作人員

遊樂園

相關場景 萬聖節（P.058） 校外教學（P.166）

此場景中能看到的事物

- 雲霄飛車
- 旋轉木馬
- 旋轉咖啡杯
- 摩天輪
- 遊樂設施前的排隊人潮
- 約會中的情侶
- 攜家帶眷的人
- 爆米花
- 霜淇淋
- 長椅
- 操作機械的職員
- 鬼屋
- 入場大門
- 餐廳
- 大型機台遊戲區
- 角色人偶裝
- 播放音樂的播音喇叭
- 入場門票
- 正在享用便當的人
- 氣球
- 卡丁車
- 蒸氣火車外觀的搭乘物
- 迷路的小孩
- 管理事務所
- 活動舞台
- 垃圾桶

此場景中能聽到的聲響

- 雲霄飛車的運轉聲
- 旋轉木馬的音樂
- 卡丁車的引擎聲
- 園區內播放的音樂
- 蒸氣火車發出的「哺哺」汽笛聲
- 排隊人們的說話聲
- 告知有小孩走失的廣播
- 擔綱角色人物秀司儀的聲音
- 從遊樂設施傳出的遊客叫喊聲

此場景中可感受到的氣味及味覺

- 遊樂設施散發出的機油氣味
- 花壇等處的花草氣味
- 卡丁車排出的煙味
- 在園區內品嚐的霜淇淋風味

此場景中可感受到的感覺

- 來到遊樂園時的雀躍感
- 搭乘雲霄飛車時的害怕感
- 進入鬼屋時的恐懼感
- 搭乘旋轉木馬時喜不自禁的情緒
- 和男女朋友搭乘摩天輪時的心頭小鹿亂撞感
- 和家人走散時浮現的不安寂寞感
- 觀賞角色人物秀時的樂趣

設定時的小提醒 雖然根據設定的遊樂園規模不同，遊樂器具或設施也會跟著變化，但還是要掌握雲霄飛車或摩天輪等經典款的代表性設施。

登場人物
- 情侶・攜家帶眷的人・園區內職員
- 角色人偶裝・現場LIVE SHOW的司
- 園區內廣播人員

歌劇團

相關場景　音樂教室（P.191）　執事咖啡廳（P.393）

此場景中能看到的事物

- 男役明星
- 女役明星
- 觀眾
- 舞台
- 舞台場景
- 緞帳
- 觀眾席
- 照明
- 播音喇叭
- 光彩奪目的服裝
- 大廳
- 票券販賣場
- 商品販賣場
- 等候團員出場的粉絲
- 作為生徒（*於此領域特指寶塚歌劇團團員）俱樂部會員証明的個人商品
- 在等候團員進出時遞交、寫在明信片上的粉絲信
- 舞台側邊
- 後台準備室、鏡子
- 梳妝用具
- 劇場大門
- 音響操作機器
- 觀眾手持的歌劇望遠鏡
- 公演導覽手冊
- 劇場內的咖啡廳
- 劇場內的洗手間
- 花架、後台贈花（*送到後台，慰勞或祝賀演出者的花禮）

此場景中能聽到的聲響

- 公演的音樂
- 歌曲
- 觀眾的掌聲
- 緞帳升起的聲音
- 演出者們的台詞
- 場內的廣播聲
- 觀眾在上演前、上演後的交談聲
- 演出者收到守候在外的全體粉絲送上的粉絲信時說出「很謝謝大家」的聲音

此場景中可感受到的氣味及味覺

- 劇場座椅的氣味
- 舞台的木料氣味
- 演出者們的化妝品氣味
- 花架散發出的香氣
- 香袋伴手禮的氣味

此場景中可感受到的感覺

- 第一次踏入劇場時的緊張感
- 演出開始前的興致高昂感
- 觀劇時的興奮與感動
- 等候團員出場時的興奮感
- 對複雜的等候規範感到困惑
- 登上舞台前的緊張感
- 完成角色演出後的安心感

設定時的小提醒　這是以寶塚劇團為例的一般公眾對歌劇團公演印象。除觀眾角度外還加上演出者的觀點、後台準備室與舞台側邊描寫，應該能讓設定更顯有趣。

登場人物
- 男役明星・女役明星・觀眾
- 等候團員出場的粉絲・劇場工作人員
- 商店的販售員・音響工作人員

樂團系表演

相關場景　學校園遊會（P.168）　音樂祭（P.360）

此場景中能看到的事物

- 主唱
- 吉他
- 吉他彈片
- 貝斯
- 爵士鼓
- 查普曼琴
- 鍵盤
- 舞台服裝
- 照明
- 舞台場景
- 播音喇叭
- 麥克風、麥克風架
- 舞台監聽耳機
- PA系統（將音質或音量調整到更容易聆聽的器材）
- 觀眾
- T恤周邊產品
- 毛巾周邊產品
- 演唱會導覽手冊
- 雷射光機器
- 監控螢幕
- 飲料區
- 觀眾喝的酒
- 觀眾席的柵欄
- 隔音門
- 演唱會的工作人員

此場景中能聽到的聲響

- 鼓手敲出的開場節奏
- 樂團演奏的音樂
- 主唱的歌聲
- 觀眾的掌聲
- 會場廣播
- 中場口白的聲音
- 觀眾席的呼喊聲
- 觀眾喊出的安可聲
- 點飲料的聲音
- 推銷CD或周邊商品的銷售聲
- 與服務台人員交談的聲音

此場景中可感受到的氣味及味覺

- 許多人群聚的汗味
- LIVE HOUSE的灰塵味
- 女性顧客的化妝品氣味
- 戶外LIVE演出時周遭的攤販氣味
- 在飲料區喝下的啤酒風味

此場景中可感受到的感覺

- 表演開始前的期待感
- 表演中的興奮感
- 與會場融為一體的感受
- 表演結束後感受到的耳鳴
- 撞到周遭聽眾身體時的疼痛感
- 戶外LIVE演出的酷熱
- 中場口白的趣味性
- 在屬意的樂團登場前等到望眼欲穿的感受
- 被人從後方推擠時的恐懼感
- 看到滿場聽眾時的欣喜

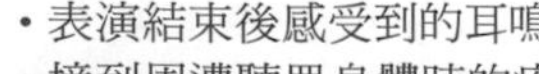

設定時的小提醒　從小型的LIVE HOUSE，到會館、戶外表演等等，設定時可以衡量各種不同的場景情況。另外，如果從觀眾、樂團成員、工作人員等視角來看待的話，則是又會出現一番不同的情景。

登場人物
- 樂團成員・觀眾・工作人員
- 伴奏樂隊・事務所相關人士
- 酒吧店員

男性偶像表演

相關場景　棒球場（P.351）　偶像大會（P.407）

此場景中能看到的事物

- 舞台
- 花道
- 照明、播音喇叭
- 團體成員
- 伴舞舞群
- 坐在觀眾席、畫著醒目妝容的女性粉絲
- 相關人士
- 音響負責人
- 被招待欣賞的藝人
- 手工製作的應援扇子
- 電視轉播攝影機
- 麥克風
- 鮮豔華麗的舞台服裝
- 演出飛行效果的吊索
- 筆燈
- T恤、毛巾等周邊商品
- 望遠鏡
- 乾冰製造的煙霧
- 軌道滑車
- 監控螢幕
- 商品賣場
- 門票
- 在會場外高舉著「誠徵讓票」紙板的女性

此場景中能聽到的聲響

- 現場演出的音樂
- 舞台音效（點燃火藥等）
- 粉絲呼喊關注成員名字的聲音、尖叫聲
- 由相關領域藝術家擔任的中場口白
- 會場的廣播聲
- 入場前聽到的彩排聲
- 觀眾呼喊安可的聲音
- 協助進場管理的職員聲音
- 黃牛在入口附近轉賣票的聲音

此場景中可感受到的氣味及味覺

- 眾多粉絲們的汗味
- 女性粉絲的化妝品氣味
- 相關人士致贈的花架的氣味

此場景中可感受到的感覺

- 表演開始前的期待感
- 表演過程中的情緒高昂感
- 對附近失禮的觀眾感到不悅
- 對舞台上的成員投注的關愛之情
- 音響設備出問題時的遺憾感
- 全體觀眾席融為一體的感受
- 表演結束後的寂寥感
- 踏上歸途時那帶有舒適情緒的疲憊感
- 在相關人士席位看到藝人時的驚喜

設定時的小提醒　該如何呈現出「男性偶像系」的特殊性，就是進行設定的重點所在。從應援用的扇子、衣服或毛巾等周邊商品、超級華麗的舞台演出等等來構思的話就沒有問題了。

登場人物
- 男性偶像・觀眾・伴舞舞群
- 工作人員・前來欣賞的藝人
- 偶像的家人

音樂祭

相關場景 樂團系表演（P.358） 偶像大會（P.407）

此場景中能看到的事物

- 舞台、樂器
- 演奏音樂的樂團成員
- 陣容龐大的播音喇叭
- 舞台後方的看板
- 舞台側邊的組件（鋼架）
- 商品販售區
- 攤販提供的食物、冰涼的飲料
- 因Head Banging（甩頭）、Mosh（身體衝撞）、Lift（將他人抱起抬至肩膀或頭上）、Cicle（宛如畫圓般迴轉）等動作炒熱氣氛的觀眾
- 在會場中徘徊的音樂家
- 觀眾戴在手腕上的護腕
- 在演奏途中揮舞的毛巾
- 因為下雨而跑到有屋頂之處的人們
- 因為中暑昏倒的人、急救帳篷
- 洗手間前大排長龍的隊伍
- 入場大門
- 警衛

此場景中能聽到的聲響

- 從舞台傳來的音樂
- 從別的舞台傳來的聲音
- 突然降下大雨的聲音
- 前來採訪的直昇機運轉聲
- 觀眾鼓掌的聲音
- 擔任中場口白的音樂家聲音
- 觀眾的歡呼聲
- 會場的廣播聲
- 警衛提醒觀眾的聲音

此場景中可感受到的氣味及味覺

- 戶外演出時的土壤氣味
- 觀眾的汗味
- 臨時廁所的氣味
- 攤販販售的食物氣味
- 觀賞演出時暢飲的啤酒風味

此場景中可感受到的感覺

- 踏入會場時的期待感
- 觀賞現場表演時的情緒高昂感
- 因為演出的大音量導致耳朵耳鳴
- 因為下雨導致表演中斷的遺憾感
- 有多個會場，不知是否能按照時間表趕上鎖定的表演，為此煩惱
- 一整天內在會場內走來走去的疲憊感
- 從音樂祭踏上歸途時的寂寞感

設定時的小提醒

夏季的戶外音樂祭是代表性活動，但是在都市活動類型中亦有在室內場館舉辦的情況，依照季節或天候的不同，實際進行狀況也會有很大的變動。

登場人物

- 音樂家‧來場者‧同行者
- 警衛‧攤販的店員‧工作人員
- 攝影師‧經紀人

聲優表演

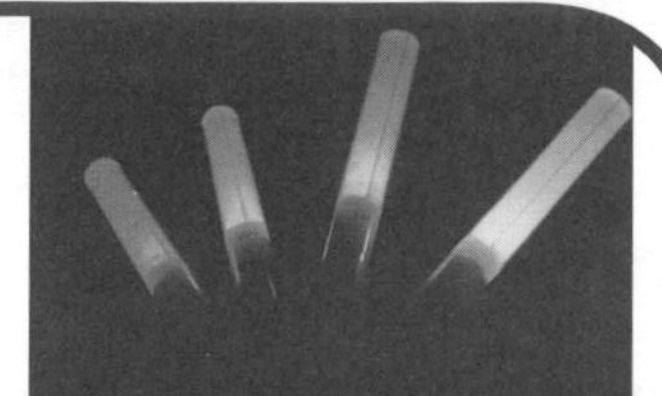

關場景 聲優當面遞交會（P.400） 地下偶像活動（P.405）

此場景中能看到的事物

・舞台
・花道
・動畫角色的舞台裝置
・舞台上的螢幕、播音喇叭
・演唱歌曲的聲優
・麥克風
・衣服
・照明
・前來會場的聲優粉絲
・動畫角色的T恤、毛巾
・粉絲揮舞的筆燈、螢光棒（藉著化學反應發光的棒子）
・商品販售場
・觀眾席
・打Call（在曲子的重要環節加入鼓掌喝采的喊聲）的粉絲
・音控席
・相關人士席位
・入場口
・手提行李檢查
・相關人士致贈的花架
・張貼在會場的海報

此場景中能聽到的聲響

・現場演出開始前的SE（開演前播放的音樂）
・聲優的歌聲
・會場的掌聲
・折螢光棒的聲音
・以設備發射彩帶的聲音
・中場口白的說話聲
・觀眾席的歡呼聲
・來自觀眾的呼喊
・觀眾席的交談聲
・會場的廣播聲
・商品販售場的店員聲音

此場景中可感受到的氣味及味覺

・舞台裝置的木料氣味
・觀眾散發出的體味
・商品冊的紙張氣味
・吸菸區瀰漫的香菸氣味
・在飲料區享用的酒類風味

此場景中可感受到的感覺

・舞台照明的炫目感
・對擁有動畫聲線的人存在於現實之中感到不可思議
・氣氛熱烈的興致高昂感
・會場整體一起打Call時的一體感
・高喊安可時的高漲情緒
・附近有麻煩的觀眾時的厭煩感
・離開會場後浮現出的一絲寂寥感
・順利完成演出時的安心感

設定時的小提醒：聲優表演的特徵，就在於充滿熱情的粉絲。請將焦點放在他們使出不讓偶像演出蒙羞的加油應援、打Call等各式各樣炒熱現場氣氛的方式吧！

登場人物：・聲優・觀眾・工作人員・警衛・商品販售員・經紀人・製作人

搞笑藝人表演

相關場景　學校園遊會（P.168）　舞台・戲劇（P.322）

此場景中能看到的事物

- 漫才師
- 搞笑藝人
- 舞台
- 立於舞台中央的麥克風
- 司儀
- 香盤表（寫下演出者表演的順序或時間等訊息的排程表）
- 照明
- 觀眾席
- 觀眾
- 等候演出者出場的粉絲
- 搞笑短劇的佈景、小道具
- 電視台的工作人員
- 公演的傳單
- 公演的海報
- 會場工作人員
- 入場時的排隊隊伍
- 購買周邊商品的排隊隊伍
- 販賣周邊商品的職員
- 前來看表演的業界人士
- 相關人士致贈的花束
- 慰勞用的糖果點心
- 在舞台側邊確認搞笑橋段的藝人
- 電視轉播攝影機

此場景中能聽到的聲響

- 會場在開演前播放的音樂
- 藝人登場時的配樂
- 搞笑短劇的音效
- 觀眾席的掌聲
- 表演漫才的聲音
- 觀眾的笑聲
- 司儀說話的聲音
- 在滿溢幽默氛圍的會場中播放的注意事項廣播
- 觀眾席的交談聲

此場景中可感受到的氣味及味覺

- 劇場場景的氣味
- 觀眾散發出的體味
- 大廳的鮮花氣味
- 傳單的紙張氣味
- 在觀眾席飲用的飲料風味
- 慰勞用的糖果點心風味

此場景中可感受到的感覺

- 搞笑哏的趣味性
- 開懷大笑時的好心情
- 笑得太過頭後的肚子痛
- 登上舞台前的緊張感
- 觀眾席上人太少時的遺憾感
- 搞笑哏對觀眾無效時的絕望感
- 雖然犯了錯誤，結果卻讓大家笑出來時的安心感
- 在等候演出者的時候，看到鎖定的藝人出現時的心跳加速感

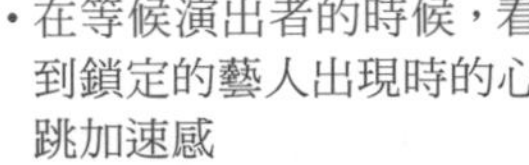

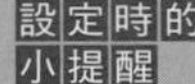

比起單人演出，大部分人對此的印象多為多位藝人共同演出的表演。從觀眾與演出者雙方的視點來審視也是很重要的。

- 漫才師・司儀・前座・觀眾
- 會場工作人員・經紀人
- 電視台相關人士

後台準備室

相關場景 歌劇團（P.357） 地下偶像活動（P.405）

此場景中能看到的事物

- 化妝用的大型鏡子
- 化妝道具
- 髮膠
- 偶像
- 音樂家
- 經紀人
- 慰勞用的糖果點心
- 相關人士致贈的花束
- 播放舞台上實況的螢幕
- 照明
- 衣裝
- 前來打招呼的其他演出者
- 腳本、香盤表、寫有演出順序的單子
- 便當、飲料
- 舞台上使用的樂器
- 簽在牆壁上的過去演出者簽名
- 來通知上場的工作人員
- 舞台上使用的小道具
- 演出者們的行李
- 髮型造型
- 吹風機
- 準備的雜誌

此場景中能聽到的聲響

- 從舞台上傳來的聲音
- 吹風機的聲音
- 調整樂器的聲音
- 拍攝合照的快門聲
- 從觀眾席中傳來的歡笑聲
- 事前討論確認的聲音
- 演出者們的交談聲
- 人們前來後台打招呼的聲音
- 配合搞笑哏的應對聲
- 化妝師的聲音

此場景中可感受到的氣味及味覺

- 化妝時使用的化妝品氣味
- 慰勞用的便當的氣味與風味
- 老舊後台準備室的塵埃氣味
- 端出的咖啡風味

此場景中可感受到的感覺

- 演出前的緊張感
- 有熟人來拜訪問候時的安心感
- 與對手演出者之間劍拔弩張的氣氛
- 待在個人室時的解放感
- 等待時間延長時，閒得發慌的感受
- 登台結束後鬆了一口氣的情緒
- 前去和共演者打招呼時的緊張感
- 進行髮型造型時，頭上感受到的吹風機熱風

設定時的小提醒　後台準備室也作為舞台或音樂表演室，會有許許多多的人進出，也很容易從中催生出劇情。請想像陷入緊張與安心漩渦之中的後台準備室情景來進行設定吧！

登場人物
- 偶像・音樂家・藝人・經紀人
- 表演工作人員・前來打招呼的熟人
- 化妝負責人

賽馬場

相關場景 場外馬券販售處（P.365） 競艇場（P.366）

此場景中能看到的事物

- 賽馬
- 跑道
- 草皮
- 塵土
- 起跑閘門
- 騎手
- 起跑發令員
- 觀眾席
- 室內觀賞席
- 馬券販賣處
- 轉播席
- 場內播報員
- 電視轉播攝影機
- 食堂
- 商店
- 賽馬報紙
- 算牌者
- 圍場
- 馬券
- 大型螢幕
- 電子告示板
- 廣播用播音喇叭
- 樹圍籬
- 夜間用照明

此場景中能聽到的聲響

- 賽馬的奔跑聲
- 圍場中的馬鳴聲
- 起跑閘門的開啟聲
- 開場小號的聲音
- 騎手揮動鞭子的聲音
- 撕破沒中獎馬券的聲音
- 實況轉播的聲音
- 觀眾的歡呼聲
- 場內的廣播聲
- 算牌者的聲音
- 中獎者開心的聲音
- 沒中獎者失望的聲音
- 場內食堂的點餐聲

此場景中可感受到的氣味及味覺

- 跑道上的塵土氣味
- 草皮的氣味
- 馬匹的氣味
- 馬券販賣處人潮擁擠的體味
- 名產美食的風味

此場景中可感受到的感覺

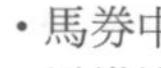

- 馬券中獎時的喜悅
- 馬券沒中時的失望感
- 觀看賽事時的興奮感
- 在圍場看到好馬時的期待感
- 夜間賽馬流露出的時尚感
- 挑選賽馬場美食時的飢餓感
- 冬季冷風吹拂的寒冷
- 夏日日曬的炎熱
- 室外空間的開放感
- 對出雙入對的情侶客人感到嫉妒

設定時的小提醒　最近，賽馬場也開始製作採用人氣演員演出的CM等措施，讓這裡逐漸成為一個時尚的地點。不過依照年代設定不同，氣氛也會有所變化，務必要注意這點。

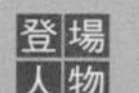

登場人物
- 騎手・來場者・情侶・算牌者
- 場內播報員・形象大使女孩
- 醉漢

場外馬券販售處

關場景　賽馬場（P.364）　競艇場（P.366）

此場景中能看到的事物

- 轉播賽事的電視螢幕
- 購入馬券用的號碼紙
- 馬券動販賣機
- 馬券
- 購買馬券的顧客
- 顯示勝率等資訊的螢幕
- 賽馬報紙
- 顧客飲用的杯酒
- 退款機
- 購買方式的洽詢處
- 有人馬券購入窗口
- 賽馬導覽手冊
- 貼在牆壁上的海報
- 職員、警衛
- 顧客手持的紅色鉛筆
- 顧客抽的香菸
- 螢幕前設有座椅的位子
- 商店
- 算牌者
- 散落沒中獎馬券的地板
- 顧客頭戴的棒球帽

此場景中能聽到的聲響

- 賽馬場的開場小號
- 賽馬的奔馳聲
- 翻閱賽馬新聞的聲音
- 撕破沒中獎馬券的聲音
- 賽馬實況轉播的播報聲
- 場內的廣播聲
- 比賽中觀眾的歡呼聲
- 中獎顧客的欣喜聲音
- 沒中獎顧客的失望聲音
- 職員對入門者給予建議的聲音
- 與商店店員的交談聲
- 警衛提醒可疑顧客的聲音

此場景中可感受到的氣味及味覺

- 賽馬粉絲群聚的體味
- 醉漢客人散發出的酒臭味
- 從吸菸區飄散出來的香菸氣味

此場景中可感受到的感覺

- 猶豫該賭哪匹馬
- 觀看比賽時的高漲情緒
- 賭馬獲勝時的喜悅
- 押錯寶時的失望感
- 一邊看比賽一邊喝酒的心情暢快感
- 比賽中，人們群聚所散發出的熱氣
- 服務處職員的親切感
- 無法進到馬場的遺憾感
- 一個人碎碎唸時散發出的恐怖感

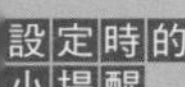

設定時的小提醒　現在的場外馬券販售處和過往相比，氣氛上也有所變化了。看到人一手拿著杯酒、另一手拿著畫了很多紅圈圈的賽馬新聞，這種情景也已經成為過往的印象了吧。

登場人物　・買馬券的顧客・醉漢・場內工作人員・警衛・商店店員・馬券販售員

競艇場

相關場景 河岸邊（P.128） 賽馬場（P.364）

此場景中能看到的事物

- 賽道
- 快艇
- 競艇選手
- 看台席位
- 附設螢幕的指定席、特別付費席位
- 觀眾
- 電子告示板、大型螢幕
- 起跑線
- 大時鐘
- 立在快艇上的塗有顏色的旗子
- 以顏色區分的競艇選手服裝
- 競艇選手頭戴的安全帽
- PIT（競艇選手待機的場所）
- 迴轉標記（設置在迴旋場所的浮標）
- 濺起的水花
- 安裝在快艇上的馬達
- 填寫預測用的投注單
- 舟券
- 舟券自動販賣機
- 算牌者
- 商店
- 商店販售的食物
- 活動舞台

此場景中能聽到的聲響

- 快艇的馬達聲
- 開場小號
- 水花濺起的聲音
- 觀眾的加油聲
- 實況轉播的聲音
- 算牌者的攬客聲
- 從活動舞台傳來的聲音
- 商店店員的聲音
- 中獎客人的歡喜之聲
- 沒中獎客人的失望之聲

此場景中可感受到的氣味及味覺

- 吹拂水面的風的氣味
- 接近賽道時嗅到的水的氣味
- 快艇的機油氣味
- 觀眾散發出的體味
- 名產美食的風味

此場景中可感受到的感覺

- 鄰近水邊的清爽感
- 清風吹拂的爽快感
- 煩惱該押哪艘快艇
- 預測命中時的喜悅
- 預測落空時的失望感
- 比賽開始前的緊張感
- 活動舞台的熱鬧喧騰
- 女性選手的華美感

因為場地需要寬廣的水面，因此競艇場是個洋溢著開放感的設施。將在這個場域小賭怡情、所有的錢孤注一擲等人物樣貌確實運用在其中就能寫出不錯的設定。

- 競艇選手・觀眾・醉漢
- 舉辦活動的藝人・職員
- 商店的店員・實況播報員

彩券賣場

關場景 除夕夜（P.068） 商店街（P.220）

此場景中能看到的事物

- 寫有「彩券」文字的大型招牌
- 彩券
- 放入彩券的信封
- 購入窗口
- 裝設在窗口處、上頭開了許多孔洞的塑膠板
- 賣場的阿姨
- 前來購買的顧客
- 前來確認是否中獎的顧客
- 顧客的排隊隊伍
- 立式旗幟
- 寫有「本期開出最大獎」的告示
- 海報
- 麥克風
- 寫有本期開出號碼的告示
- Numbers、LOTO6等彩券投注單
- 填寫投注單用的鉛筆
- 填寫投注單用的檯面
- 刮刮樂
- Numbers、LOTO6等彩券的發券終端機
- toto、BIG等運動彩券
- 查詢開出號碼的機械
- 顯示購買金額的螢幕
- 刮除刮刮樂銀漆用的硬幣

此場景中能聽到的聲響

- 彩券賣場打烊時，鐵捲門關閉的聲音
- 中獎確認機檢視彩券的聲音
- 發券終端機印出彩券的聲音
- 中了高額大獎時出現的音效
- 販售員說出的「祝您中大獎！」祝賀
- 顧客購買彩券的聲音
- 排隊隊伍中的交談聲

此場景中可感受到的氣味及味覺

- 彩券紙張的氣味
- 付款鈔票的氣味
- 用來刮除銀漆的硬幣氣味
- 剛印出來的彩券上的油墨味

此場景中可感受到的感覺

- 購買彩券時的期待感
- 妄想中了大獎該買些什麼才好
- 確認號碼時發現中了大獎的喜悅
- 知道沒中獎時的遺憾感
- 填寫投注單時的煩惱
- 在夏季排隊時的炎熱
- 在冬季排隊時的寒冷
- 刮除刮刮樂銀漆時的心跳加速感

設定時的小提醒 在街上經常能看到的彩券賣場，根據設置場所的不同，氛圍也會隨之變化。但是無論如何，人們夢想著一夜致富的這一點是共通不變的吧。

登場人物 ・買彩券的顧客・販售員・過路的人・排隊的人・正在填寫投注單的顧客

柏青哥・柏青嫂店

相關場景 重新開幕（P.221） 遊戲中心（P.386）

柏青哥・柏青嫂店

此場景中能看到的事物

- 柏青哥機台
- 小鋼珠
- 柏青嫂機台
- 柏青嫂用代幣
- 小鋼珠兌換機
- 代幣兌換機
- 卡片販售機
- IC卡片
- 小鋼珠箱
- 喚來店員用的呼叫鈕
- 小鋼珠計算機、總數明細表
- 禮品交換所
- 特殊禮品
- 換金所
- 來玩柏青哥的顧客
- 外場工作人員
- Coffee Lady（Wagon Girl，*柏青哥店內推著推車促銷輕食餐飲的女性職員）
- 禮品交換所的工作人員
- 店員佩戴的對講機
- 開店前的排隊隊伍
- 柏青哥店的霓虹燈
- 中獎機率變動的柏青哥機台
- 飲料自動販賣機
- 店內的播音喇叭
- 情侶座位
- 打烊後的鐵捲門

此場景中能聽到的聲響

- 柏青哥機台中小鋼珠的聲音
- 玩柏青哥機台時的電子音
- 中獎時響起的音樂
- 店內播放的音樂
- 小鋼珠落入箱子裡的聲音
- 柏青嫂轉盤旋轉的聲音
- 柏青掃轉盤停止的聲音
- 將小鋼珠倒入計算機中的聲音
- 店內的廣播聲

此場景中可感受到的氣味及味覺

- 顧客吸菸的香菸氣味（但最近因應法令，原則上室內已禁菸）
- 小鋼珠的金屬氣味
- Coffee Lady化妝品的氣味

此場景中可感受到的感覺

- 香菸煙霧瀰漫的感覺
- 店內的喧囂吵雜
- 剛開始玩時的期待感
- 持續輸下去時的不甘心
- 過於熱衷而被忽略的飢餓感
- 持續贏下去時的情緒高漲感
- 贏得小鋼珠的箱子一箱疊著一箱時的滿足感
- 計算小鋼珠或代幣時的雀躍感

設定時的小提醒　總而言之，這裡就是充滿各種聲音如洪水般大響的喧囂，同時還有香菸造成的煙霧。請多花點心力去適切地表現出那種喧鬧感吧！

登場人物
- 玩柏青哥的顧客
- 玩柏青嫂的顧客・外場工作人員
- 交換所店員・Coffee Lady

麻將館

關場景　非法生意（P.339）

此場景中能看到的事物

- 麻將桌、全自動麻將桌
- 麻將牌
- 麻將桌的椅子
- 點棒、骰子
- 小費
- 會員證
- 注意事項、規則表
- 來打麻將的顧客（1人加入的自由牌局、4人一起開桌）
- 客座的職業麻將選手
- 女性職業麻將選手
- 服務台
- 麻將館的工作人員
- 菸灰缸
- 在麻將館喝的飲料、茶水
- 邊桌
- 毛巾
- 點數速查表、點數記錄用紙
- 看板
- 外送的食物、速食炒麵、杯麵
- 衣架
- 漫畫、雜誌
- 放小費用的籃子
- 空氣清淨機

此場景中能聽到的聲響

- 全自動麻將桌的運轉聲
- 麻將牌洗牌的聲音
- 丟出麻將牌的聲音
- 擲出骰子的聲音、用點棒支付的聲音
- 店內播放的有線廣播
- 「立直」、「碰」等術語喊聲
- 工作人員針對店內系統進行說明的聲音
- 打麻將顧客的交談聲
- 麻將桌有問題或麻將牌掉落時，呼喚工作人員的聲音

此場景中可感受到的氣味及味覺

- 香菸煙霧的氣味（但最近因應法令，原則上室內已禁菸）
- 顧客飲用的咖啡氣味
- 空氣清淨機送出的風的氣味

此場景中可感受到的感覺

- 加入自由牌局，等候對戰對手時的無聊感
- 香菸的煙霧瀰漫感
- 手上組出好牌時的欣喜
- 贏牌時的興致高昂感
- 怎樣都贏不了時的焦慮感
- 和女性職業麻將選手對戰的心頭小鹿亂撞感
- 和同伴們一起打牌的安心感
- 對禮節很差的顧客感到憤怒

設定時的小提醒　最近因為健康麻將的意識抬頭，麻將館的氣氛也逐漸產生變化了。不論是單獨加入自由牌局，或是和同伴一起開桌等場合，請在建構時試想這些狀況。

登場人物
- 圍著麻將桌的顧客・職業麻將選手
- 女性職業麻將選手・麻將館的店員
- 來送外賣的餐飲店店員

地域限定場景

秋葉原

電器用品、家電、電腦等等，秋葉原總是作為時代的象徵。現在，這裡也以日本代表性的御宅族聖地聞名，有許多動畫或偶像等領域專門店於此開設。

此場景中能看到的事物

- 女僕、女僕咖啡廳
- 動漫商店
- 偶像活動
- 電器行的招牌
- 零件行
- 動漫海報
- 角色扮演玩家
- 御宅族
- CD、DVD商店
- KAMECO（カメラ小僧的略稱）
- 店門前的排隊隊伍
- 痛車（塗裝動漫角色等或以貼紙裝飾的車輛）
- 拉麵店
- 咖哩店
- 同人誌
- 採訪工作人員
- 模型
- 成人用品店
- 居酒屋
- 現場表演舞台
- 步行者天國
- 家電量販店

此場景中能聽到的聲響

- 店門前播放的動畫聲
- 偶像現場表演的聲音
- 電車的行駛聲
- 痛車的引擎聲
- 家電量販店的店內廣播
- 照相機的快門聲
- 店鋪的鐵捲門開啟的聲音
- 手機遊戲的聲音
- 興建中大樓的施工聲
- 女僕咖啡廳的招呼攬客聲
- 協助控管排隊隊伍的店員聲音
- 採訪中的電視節目相關人的聲音
- 居酒屋中的離線聚會交談
- 舉辦活動的聲音或偶像的聲音
- 電器行店員針對產品進行說明的聲音

此場景中能感受到的氣味及味覺

- 角色扮演玩家或偶像的化妝品氣味
- CD、DVD商店的包裝氣味
- 現場表演會場觀眾的體味
- 活動上拍攝的即可拍照片氣味
- 女僕咖啡廳的咖啡氣味
- 電器行販售的電視等機械氣味
- 握手會進行前使用的消毒劑氣味
- 人氣店的拉麵風味
- 人氣店的咖哩風味
- 在車站品嚐的蕎麥麵風味
- 在女僕咖啡廳享用的蛋包飯風味
- 離線聚會中暢飲的酒風味
- 在月台上喝下的牛奶風味
- 在現場表演會場喝下的飲料風味

此場景中能感受到的感覺

- 女僕咖啡廳店員熱情攬客
- 進入女僕咖啡廳時的悸動感
- 觀賞偶像現場演出時的興奮
- 參加聲優或偶像活動時的心跳加速感
- 拍下好照片時的滿足感
- 和御宅族同伴們討論嗜好時的樂趣
- 踏出秋葉原車站時的雀躍感
- 對著該吃點什麼感到迷惘
- 一大早就去排隊的酷熱或寒冷
- 深夜街道的寂靜
- 想要的東西無論如何都要入手的執念

設定時的小提醒 秋葉原擁有如「痛車」、「KAMECO」等等獨自的文化與用語。配合被稱為御宅族的族群生態，來設定人物角色或場景會是個好的選擇。

登場人物
- 女僕・角色扮演玩家・聲優
- 偶像・電器店店員・御宅族
- 餐飲店店員・攬客的店員

第十二章

圍繞著御宅族的場景

Geek Room / Game Shop / Anime Goods Specialty Shop / Card Game Shop / Parts Shop / Plastic Model Shop / Manga Specialty Secondhand Bookseller / Video Shop / Fan Fiction Books Shop / Cosplay Shop / Rental Shop / Gal Game Shop / Rental Showcase / Amusement Arcade / Capsule Toy Corner / Manga Cafe / Internet Cafe / Anime Song Bar / Neko Cafe / Maid Cafe / Butler Cafe / Card Game Tournament / Fan Fiction Books Spot Sale Meeting / Cosplay Events / Photography Event / Game Show / E-Sports Tournament / Voice Actor Give You Board / off Meeting / Circle Activities / Releases Events（CD）/ Releases Events（DVD）/ Underground Idol Live / Benefits Board / Idle Fes

房間

相關場景 學生宿舍 (P.157) 離線聚會 (P.401)

此場景中能看到的事物

- 住在該房間中的人
- 電視、電腦
- DVD、藍光播放機、軟體
- HDD錄影機
- 書架
- 海報
- 家用型遊戲機、攜帶式遊戲機及遊戲軟體
- CD
- 換洗衣物
- 泡麵
- 寶特瓶
- 智慧型手機
- 公仔、模型
- 窗戶
- 時鐘
- 窗簾
- 後背包
- 周邊T恤
- 手燈
- 牛仔褲
- 棉被
- 偶像的月曆
- 冷暖氣機
- 電視螢幕上正在播放的動畫
- 錢包
- 便利商店的便當
- 罐裝啤酒
- 眼鏡
- 漫畫書
- 寫真集
- 貓
- 喇叭
- 列表機
- 電腦椅
- 床
- 彩色收納箱
- 動畫角色抱枕
- 插座
- 電線類
- 布偶
- 沙發
- 掛軸
- 法被(*參見P.048)
- 角色扮演服裝
- 冰箱
- 菸灰缸
- 香菸
- 鐵路模型
- 加油用的頭巾

此場景中能聽到的聲響

- 電視遊戲的聲音
- 動畫的聲音
- 偶像的歌曲
- 收音機的音樂
- 敲打鍵盤的聲音
- 智慧型手機來電聲
- 打開罐裝啤酒的聲音
- 吃泡麵的聲音
- 空調的聲音
- 貓叫聲
- 堆疊非常高的書籍崩落聲
- 電腦開機聲
- 練習御宅藝(*為偶像加油打氣的動作)的腳步聲
- 除臭噴霧的聲響
- 列表機列印的聲響
- 打開遮雨窗的聲音
- 訪客按電鈴的聲響
- 開門聲
- 打開零食包裝的聲響
- 洗衣機的聲音
- 由廚房傳來做料理的聲音
- 打開房間電燈的聲音
- 沖馬桶的聲音
- 電熱水壺提醒水已煮沸的聲響
- 鐵路模型運行的聲音
- 和爸媽吵架的聲音
- 母親告知「吃飯囉」的聲音
- 講視訊的聲音
- 和來玩的朋友說話的聲音
- 透過門板聽見家人的說話聲

設定時的小提醒 就算都稱為阿宅(御宅族),每個人有興趣的事物也都不同,可能是動畫、遊戲、偶像或者鐵路等等。另外,並不是只有男性,女性的阿宅也越來越多了。明確設定一個目標會比較妥當。

房間

此場景中可感受到的氣味及味覺

- 堆積如山高的書本氣味
- 鋪著沒收的棉被有些發黴的氣味
- 在室內晾乾的換洗衣物濕臭氣味
- 吸菸的菸味
- 抹在身上的止汗劑氣味
- 廚房飄來料理的氣味
- 放在房間裡的芳香劑氣味
- 打開窗戶時吹進來的風兒氣味
- 堆積在一起的垃圾氣味
- 飼養的貓咪廁所氣味
- 泡麵的味道
- 便利超商便當的味道

此場景中可感受到的感覺

- 一直縮在房間裡的畏縮感
- 玩遊戲時的興奮感
- 和貓玩時覺得貓實在太可愛了
- 上網的時候覺得與人有所聯繫的感受
- 家人進來時覺得非常尷尬
- 和家人起爭執時的煩躁感
- 男女朋友來玩時非常緊張
- 和阿宅同伴們談話的喜悅感
- 喝著啤酒微醺的感覺
- 長時間看著螢幕覺得眼睛疲憊
- 看著喜歡的偶像影片覺得心情悸動
- 看著網路拍賣覺得焦急
- 不管怎麼收拾都收不完的絕望感
- 久未外出終於走出門的舒適感
- 三更半夜還醒著總覺得有罪惡感
- 電腦當機時的焦急
- 讓鐵路模型動起來時的喜悅
- 看著自己的收集品時非常滿足
- 要出門工作而覺得非常痛苦
- 在網路上被砲轟而覺得非常後悔
- 能愛睡多久睡多久非常舒服
- 堆積如山的書本或DVD崩落時非常焦急
- 寫部落格時非常煩惱
- 感冒而一直睡覺時非常不安
- 獨自角色扮演時的滿足感
- 拍要上傳用的影片時非常緊張
- 製作同人誌時的苦惱
- 手頭的錢不夠而非常焦急
- 被其他人看見自己房間而覺得非常丟臉
- 重看許久沒看的書，覺得非常懷念

此場景中可能發生之狀況

- 阿宅同伴來玩，讓他們看收集品
- 第一次有異性來玩
- 打算執行斷捨離而開始收拾，但太多充滿回憶的東西而放棄
- 被爸媽責備縮在房間裡的事情而吵了起來
- 在自己房間開始經營網路頻道
- 日夜顛倒、生活步調零亂
- 因為地震把堆在一起的遊戲或書山給震倒，只好連忙收拾
- 採買材料之後開始製作角色扮演的服裝
- 練習幫自己偶像加油的御宅藝
- 空調故障，請人來修覺得非常尷尬

登場人物
・房間主人（阿宅）・母親・父親・兄弟姊妹・阿宅朋友・普通朋友・男女朋友・來訪的推銷員
・來進行室內工程的師傅・偶像

遊戲商店

相關場景 卡牌遊戲店（P.376） 電玩展（P.398）

此場景中能看到的事物

- 展示櫃
- 家用型遊戲機、攜帶式遊戲機
- 操縱器、格鬥遊戲用操縱器
- 遊戲軟體
- 展示用包裝
- 初回限定版（*首批發貨、有附帶周邊或包裝精美的初版）遊戲軟體、預約特典的周邊
- 攜帶盒、充電座、腕帶、AC插頭等周邊機器
- 來買遊戲的客人
- 來賣遊戲的客人
- 店員
- 櫃檯、收銀台
- 客人背著的後背包
- 商品陳列架
- 海報、公告紙
- 播放遊戲畫面的電視螢幕
- 遊戲相關書籍、攻略本
- 遊戲相關周邊商品
- 價格標籤
- 店員的圍裙
- 立旗

此場景中能聽到的聲響

- 遊戲效果聲響、遊戲機啟動聲
- 店內背景音樂
- 收銀機的聲音
- 堆疊遊戲軟體的聲音
- 打開展示櫃的聲音
- 尋找遊戲的客人自言自語聲
- 向店員詢問商品的聲音
- 店員說明的聲音

此場景中可感受到的氣味及味覺

- 商品包裝上的塑膠氣味
- 相關書籍的紙張氣味
- 女性客人的化妝品氣味
- 打掃過的地面打蠟的氣味

此場景中可感受到的感覺

- 發現正在尋找的遊戲時的喜悅
- 帶來的軟體無法高價賣出時覺得有些遺憾
- 和爸媽撒嬌而買到遊戲覺得非常開心
- 價格超出預算時非常遲疑
- 發現老遊戲時的懷念感
- 在店裡打遊戲的開心感
- 尋找想要的軟體時的興奮感

設定時的小提醒 隨著時代演進，遊戲機也會跟著變化，但應該有許多人都曾沉迷一時。可以試著想像各種人出現在本場景中，比如親子一起來到店裡、或者喜歡遊戲的情侶等。

登場人物 ・來買東西的客人・來賣東西的客人・店員・情侶・親子・偷東西的客人

動畫周邊專賣店

關場景 動畫卡拉OK酒吧（P.390） 聲優當面遞交會（P.400）

此場景中能看到的事物

- 播放動畫畫面的電視螢幕
- 動畫作品、聲優演唱會等DVD、藍光光碟
- 漫畫、輕小說、動畫雜誌本、動畫相關書籍等書籍
- 海報
- 角色的布偶
- 聲優的歌曲專輯、動畫原聲帶、OP&ED單曲、VOCALOID等的CD
- T恤
- 徽章、閃卡、鑰匙圈、扇子
- 以動畫角色做成的收集卡
- 來買東西的動畫迷
- 在圍裙上別了很多徽章的店員
- 展示櫃
- 商品POP
- 櫃檯、收銀台
- 貼著商品預約卡的牆面
- 角色公仔、動畫機器人的模型
- 角色的角色扮演服裝
- 可辦活動的區域
- 正在辦活動的聲優
- 聲優簽名

此場景中能聽到的聲響

- 店內播放的動畫歌曲
- 當成店內背景音樂的聲優歌曲、動畫OP&ED
- 店員整理書籍的聲音
- 收銀機的聲音
- 疊在一起的漫畫崩落的聲音
- 自動門打開的聲音
- 將購買商品的贈品海報捲起來的聲音
- 來買東西的客人說話聲
- 店員招呼客人的聲音

此場景中可感受到的氣味及味覺

- 包裝的厚紙板氣味
- 相關書籍的紙張氣味
- 動畫製作軟體的塑膠氣味
- 正在進行活動的聲優化妝品的氣味

此場景中可感受到的感覺

- 想要的東西終於買到的喜悅
- 買東西的人接二連三而感到疲憊
- 結帳櫃檯隊伍一直沒有前進，非常煩躁
- 迷惘著該買哪個周邊商品
- 沒能買到打算購買的物品而非常遺憾
- 買太多東西而超過預算時覺得非常後悔

設定時的小提醒 有些店家除了販售動畫相關商品以外，也會設置活動區域，可以舉辦聲優握手會等。除了客人以外，也可以將角色設定為演員或者工作人員。

登場人物 ・動畫迷・店員・進行活動的聲優 ・活動司儀

卡牌遊戲店

相關場景 遊樂場（P.188） 卡牌遊戲大賽（P.394）

此場景中能看到的事物

- 陳列架
- 收集卡與卡牌組
- 裝了卡片的盒子、資料夾、展示櫃
- 收藏袋（用來放卡片的塑膠袋）、牌組盒、遊戲墊、骰子等卡片遊戲相關商品
- 對戰用桌子和椅子
- 來買卡片的客人
- 來賣卡片的客人
- 來進行對戰的客人
- 海報、遊戲大賽或活動的公告
- 對戰說明書
- 店員
- 稀有卡片的收購價格表
- 櫃檯、收銀台、店員
- 遊戲偶像
- 卡牌大賽的頒獎典禮
- 大賽獎品
- 遊戲卡偶像的攝影會
- 單眼相機
- 即可拍相機（用來拍攝與偶像合照的一次性照片相機）、即可拍照片
- 簽名用的筆

此場景中能聽到的聲響

- 店內背景音樂
- 收銀機的聲音
- 卡牌大賽中卡片磨蹭的聲響
- 攝影會時的快門聲
- 簽名時筆的聲音
- 店員招呼客人的聲音
- 客人的說話聲
- 參加大賽的人的聲音
- 說明卡牌大賽的工作人員聲音

此場景中可感受到的氣味及味覺

- 卡片的紙張氣味
- 聚集前來大賽的人的氣味
- 進行活動的偶像化妝品氣味
- 即可拍相片的氣味
- 簽名筆的氣味

此場景中可感受到的感覺

- 尋找想要的卡片非常有趣
- 帶來的卡片能賣個高價而非常開心
- 沒買到想買的卡片而非常失望
- 大賽中與人對賽時的緊張感
- 獲勝時的喜悅
- 敗北時的悔恨
- 偶像就在眼前時的興奮感

設定時的小提醒 雖然此處主要是販賣收集卡或者遊戲卡牌的商店，但是也會舉辦卡牌大賽、或者卡牌偶像的活動等。

登場人物 ・店家的客人・店員・參加大賽的人 ・卡牌偶像・活動司儀・活動參加者

零件商店

關場景　家電用品大賣場（P.261）　模型店（P.378）

此場景中能看到的事物

- 電阻、電容器等電子零件
- 電路板
- 電線
- 開關類零件
- 焊接用料
- 焊接器材等用品
- 木框展示架
- 狹窄的走道
- 用來吊掛商品的掛鉤
- 店長、店員
- 來買零件的客人
- 從店門前經過的人
- 公告紙
- 螺絲、插座等小型零件
- 收銀台
- 收據
- 裝了零件的籃子
- NG品區
- 店員穿的圍裙
- 玻璃櫃
- 區分非常精細的零件商品陳列盒
- 裝了商品的抽屜
- 紙箱
- 價格表
- 測試用品
- 高架橋下

此場景中能聽到的聲響

- 人行道上人來人往
- 將零件分別放在不同籃子裡的聲音
- 店內播放的背景音樂
- 打開展示櫃的聲音
- 裝了商品的塑膠袋聲音
- 自動門打開的聲音
- 收銀台聲音
- 客人說話聲
- 店員招呼客人的聲音

此場景中可感受到的氣味及味覺

- 塗在零件上的漆料氣味
- 焊接東西時發出的焦臭味
- 店內堆積的紙箱氣味

此場景中可感受到的感覺

- 小巷店鋪的狹窄感
- 尋找想要的零件非常有趣
- 煩惱著究竟該買哪個好
- 店內並沒有自己在尋找的商品而感到遺憾
- 能夠回應客人的需求而感到非常滿足
- 找到尋找的零件時非常開心
- 被人偷了東西時感到憤怒

設定時的小提醒　這類商店從前大多聚集在秋葉原那裡高架橋下的路邊，現在也有一些已經有大型店面。可以根據時代背景的設定來變更。

登場人物　・來買東西的客人・店長・店員・小偷　・從店門前走過的人・外國人觀光客

模型店

相關場景　百貨公司（P.250）　零件商店（P.377）

此場景中能看到的事物

- 模型的外盒
- 組好的模型
- 展示櫃
- 迷你四驅車等用的賽道
- 踏台
- 商品陳列架
- 紙箱
- 價格標籤
- 海報、公告紙
- 大人顧客、孩童顧客
- 店員
- 停在店門前的腳踏車
- 看板
- 顏料、筆、噴槍等上色用工具
- 老虎鉗、銼刀、塑膠板等組模型相關工具
- 立體透視模型用的底座、景觀材料、樹木零件、展示盒等
- 用來貼在模型上的轉印貼紙、一般貼紙
- 入口的門
- 穿過遮雨棚的陽光
- 入口的地墊
- 傘筒
- 收銀台、櫃檯
- 組裝用的黏膠
- 店員的圍裙

此場景中能聽到的聲響

- 堆疊模型盒的聲音
- 入口大門打開的聲音
- 商品掉落下來的聲音
- 收銀機的聲音
- 裝著商品的塑膠袋聲音
- 裝了馬達的模型轉動聲
- 孩子們的喧鬧聲
- 購物客人的聲音

此場景中可感受到的氣味及味覺

- 裝了模型的紙箱氣味
- 製作模型時使用的黏膠氣味
- 上色用的顏料等氣味
- 老舊店面的發霉臭味

此場景中可感受到的感覺

- 孩子們聚集在此的熱鬧感
- 找到難得一見的東西時的喜悅感
- 碰倒了堆積如山的盒子而感到非常抱歉
- 買到非常想要的東西的喜悅
- 錢不夠而無法買東西時非常悲傷
- 自己製作的模型被店家拿來擺飾，感到非常自豪

設定時的小提醒　這裡和一般的玩具店給人的感覺不太一樣。可以表現出不管過了多少年，店裡宛如時間靜止一般的氣氛；又或者是孩子們在這裡帶出的熱鬧感。

登場人物
- 店員・大人顧客・孩童顧客
- 親子・小偷・業者
- 同業敵對店的店員

漫畫專賣二手書店

關場景 書店（P.230） 漫畫咖啡店（P.388）

此場景中能看到的事物

- 書架
- 二手漫畫書、漫畫雜誌、單行本大全套
- 二手動畫雜誌本、動畫MOOK、漫畫家的畫冊等
- 展示櫃
- 展示櫃裡面擺設的稀有書籍
- 漫畫相關周邊商品
- 包著漫畫的塑膠袋
- 價格標籤
- 入口看板
- 從天花板垂吊下來的看板
- 踏台、購物籃
- 店員
- 購物的客人、站在原地看書的客人
- 覺得所有東西都很稀奇而走進來的國外觀光客
- 店員的圍裙
- 自動門
- 販售櫃檯
- 收購櫃檯
- 收銀台、放在收銀台旁的電腦
- 紙箱
- 索引牌
- 提袋
- 將書本清乾淨的機器（打磨機）

此場景中能聽到的聲響

- 將書本排在書架上的聲音
- 堆積在一起的書本崩落的聲音
- 將商品裝進紙袋裡的聲音
- 店內播放的背景音樂
- 自動門打開的聲音
- 打開展示櫥窗的聲音
- 收銀機的聲音
- 店員敲打電腦鍵盤的聲音
- 客人的說話聲
- 店員招呼客人的聲音
- 責備小偷的聲音

此場景中可感受到的氣味及味覺

- 二手書的紙張氣味
- 女性客人的香水氣味
- 店內打蠟的氣味
- 進店客人的氣味

此場景中可感受到的感覺

- 找到正在尋找的書籍時的開心
- 收購價格比預計高而非常開心
- 買了單行本大全套回家，非常沉重
- 找不到想要的書而覺得非常遺憾
- 踩在踏台上要拿上層的書籍覺得重心不穩
- 經營非常順利的滿足感

設定時的小提醒 專賣漫畫的二手書店非常多，也有全國連鎖店。可以先設定好客人是要來做什麼的，比如購買、販售或者來看書。

登場人物 ・來買書的客人・來賣書的客人・店員・站著看書的人・扒手調查員

DVD店

相關場景　百貨公司（P.250）　發售活動（DVD）（P.404）

此場景中能看到的事物

- DVD、藍光光碟陳列架
- DVD、藍光光碟包裝
- 正在播放DVD、藍光光碟的螢幕
- 防止扒手偷竊的安全裝置卡榫、解除器
- 海報
- 看板
- 立旗
- 索引牌
- 成人18禁區
- 用來區隔出成人18禁區的門簾
- 防盜門
- 裝著商品的塑膠袋
- 收銀台
- 倉庫
- 紙箱
- 集點卡
- 店員
- 購物的客人
- 活動參加券
- 購物客人的隊伍
- DVD、藍光光碟的購買特典贈品
- 演出者簽名
- 防盜攝影機

此場景中能聽到的聲響

- 正在播放的DVD、藍光光碟的聲音
- 店內背景音樂
- 排列DVD、藍光光碟盒子的聲音
- 呼叫店員的鈴聲
- DVD、藍光光碟散落一地的聲音
- 收銀機的聲音
- 購物客人的說話聲
- 店員招呼客人的聲音
- 正在舉辦活動的藝人聲音
- 拍照照片的快門聲

此場景中可感受到的氣味及味覺

- DVD、藍光光碟的塑膠氣味
- 購物客人或參加活動的客人氣味
- 裝了商品的紙箱氣味

此場景中可感受到的感覺

- 買到想要的片子而非常開心
- 碰掉了架上的商品而非常焦急
- 結帳櫃檯等了非常久而覺得煩躁
- 為了拿活動號碼牌而排隊時的炎熱或寒冷
- 看了包裝上的偶像猛然心跳漏了一拍
- 在活動上看見喜歡的偶像萬分憐愛

設定時的小提醒　這裡會販售電影、動畫、偶像等各式各樣的DVD和藍光光碟。另外，也有些店家會在角落設置活動區，可以舉辦握手會或攝影會等。

登場人物
- 購買東西的顧客・店員
- 參加活動的顧客・進行活動的藝人
- 司儀・湊熱鬧的觀眾

同人誌商店

關場景　漫畫專賣二手書店（P.379）　同人誌販售會（P.395）

 此場景中能看到的事物

- 書架
- 裝在塑膠袋中的同人誌（全年齡向、成人向、女性向）
- 試閱用的樣本刊物
- 同人誌販售會的場刊
- 包裝同人誌的膠膜
- 一般漫畫、成人向漫畫的單行本及漫畫
- 從天花板垂吊下來的看板
- 掛軸、海報
- 裝了同人誌的籃子
- 裝了同人誌的紙箱
- 同人誌相關周邊商品
- 索引牌
- 購物籃
- 入口的自動門
- 購物的顧客
- 店員
- 來委託店家販售的同人誌作者
- 店員的圍裙
- 客人帶來的行李箱
- 同人誌印刷廠的相關訊息

 此場景中能聽到的聲響

- 店內的背景音樂
- 嘩啦啦翻閱同人誌樣書的聲音
- 將同人誌疊在一起的聲音
- 撕開商品上的包裝膠膜的聲音
- 顧客拉動行李箱的聲音
- 自動門打開的聲音
- 收銀機的聲音
- 店裡顧客的對話
- 店員招呼客人的聲音

此場景中可感受到的氣味及味覺

- 同人誌紙張的氣味
- 自動門開關時門外傳來的空氣氣味
- 購買商品的顧客氣味
- 腐女（＊喜愛男性間戀情〔BL〕的女性）的化妝品氣味
- 下雨天的雨傘氣味

 此場景中可感受到的感覺

- 自己製做的同人誌銷售不錯的滿足感
- 買到想買的同人誌而非常開心
- 看到品質非常好的同人誌而覺得嫉妒
- 花了太多錢而感到後悔
- 行李箱塞滿買來的同人誌非常沉重
- 進貨時有新的同人誌，覺得有股新鮮感
- 店家不願意收購自己帶去賣的同人誌，覺得非常失望

設定時的小提醒

同人誌商店和有著一般客人進出的書店氣氛不同。也就是來訪的大多是所謂的御宅族男性、或者是腐女顧客。這點還請多多留意這一點。

登場人物

- 御宅族男性顧客・腐女・店員
- 來販賣作品的同人誌作者

角色扮演服飾店

相關場景 萬聖節（P.058） 角色扮演活動・攝影會（P.396）

此場景中能看到的事物

- 女僕裝
- 偶像服裝
- 動畫角色的服裝
- 模特兒人偶
- 包在服裝外的塑膠套
- 衣架
- 服飾櫃
- 貓耳等裝飾品
- 價錢標籤
- 光臨店面的顧客
- 角色扮演者
- 店員
- 假髮
- 角色扮演用的鞋子
- 鞭子等小道具
- 角色扮演用化妝工具、彩色隱形眼鏡等
- 櫃檯
- 收銀台
- 測量體型的工具
- 可以看到全身的鏡子
- 眼鏡
- 來賣二手角色扮演服裝的人
- 服裝清潔刷
- 角色扮演者的照片
- 試穿間
- 裝了商品的紙箱

此場景中能聽到的聲響

- 包裝衣服的塑膠袋磨擦的聲音
- 試穿時的拉鍊聲
- 收銀機的聲音
- 入口門打開的聲音
- 拉上試衣間門簾的聲音
- 光臨店面的顧客挑選服裝的聲音
- 互開玩鬧的顧客對話
- 店員招呼客人的聲音

此場景中可感受到的氣味及味覺

- 角色扮演服裝布料的氣味
- 沾附在服裝上的除臭劑氣味
- 角色扮演用鞋子的皮革氣味
- 化妝用品的氣味

此場景中可感受到的感覺

- 在試衣間試穿服裝的時候，覺得自己變了個人
- 沒想到服裝還挺適合自己的而有些開心
- 第一次戴彩色隱形眼鏡覺得有異物感
- 找不到和自己身材相合的服裝而覺得有些遺憾
- 有許多服裝一字排開，非常震撼

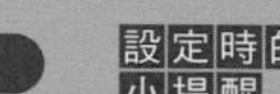

雖然統稱為角色扮演（COSPLAY），但還是有區分為動化角色或者偶像等領域。也可以試著表現出女性強調性感、又或者是男性穿女裝的心情。

・男性顧客・女性顧客・店員
・業者・玩鬧的顧客・化妝師

出租店

關場景　學校園遊會（P.168）　角色扮演服飾店（P.382）

此場景中能看到的事物

- 租借用的服裝
- 租借用的布偶裝
- 租借用的假髮
- 啦啦彩球等小道具
- 租借用的DVD、CD、漫畫
- 被裝上防盜卡榫的DVD、CD盒
- 活動式帳篷
- 麥克風、擴音器
- 模擬店的備用物品
- 商務會談用櫃檯
- 攝影機、數位相機
- 試衣間
- 收銀台、費用表
- 衣架
- 陳列架
- 店員
- 來借東西的顧客
- 來還東西的顧客
- 確認庫存用的電腦、搜尋終端機
- 宅急便快遞單、借用表
- 可以看到全身的鏡子
- 櫥窗
- 模特兒人偶
- 包裝著租借用商品的塑膠袋
- 出貨用的紙箱

此場景中能聽到的聲響

- 店內背景音樂
- 確認租借用品可正常使用的聲音
- 撕開服裝塑膠袋的聲音
- 操作確認庫存用電腦的聲音
- 拉上試衣間門簾的聲音
- 和店員商量關於租借商品事宜的聲音
- 店員招呼客人的聲音

此場景中可感受到的氣味及味覺

- 租借服裝上的塵埃氣味
- 維修電器類商品的機油氣味
- 用來打包的紙箱膠帶氣味

此場景中可感受到的感覺

- 借到了想借的東西而放下心來
- 期待著也許活動會非常熱烈
- 交涉價錢時感到非常不安
- 不知道試穿的東西究竟適不適合而感到不安
- 價格比預料中的還高昂而非常憤怒
- 找不到想要的東西而非常失望

設定時的小提醒　主要是租借角色扮演用服裝的店家，但也有些店家會經手所有活動相關用品。可以預設租借的東西將如何使用，來設定此場景。

登場人物
- 光臨店面的顧客・店員・宅急便業者
- 來販售商品的業者

女性角色遊戲商店

相關場景 遊戲商店（P.374） 電玩展（P.398）

此場景中能看到的事物

- 商品陳列架
- 展示櫃
- 女性角色遊戲的包裝
- 女性角色遊戲的軟體
- 播放示範影像的螢幕
- 描繪著美少女的海報
- 店面限定預約特典的周邊商品
- 電腦
- 遊戲機
- 遊戲操控器
- 入口看板
- 從天花板垂吊下來的看板
- 貼在商品上的價格標籤
- 索引牌
- 裝了商品的紙箱
- 店員
- 來購買遊戲的顧客
- 櫃檯、收銀台
- 女性角色遊戲相關書籍、畫冊
- 遊戲相關周邊商品
- 公告紙
- 描繪在地上的美少女圖畫

此場景中能聽到的聲響

- 店內播放的攜帶式遊戲的聲音
- 店員排列著遊戲軟體的聲音
- 店內的背景音樂
- 收銀機的聲音
- 打開展示櫃的聲音
- 店員招呼客人的聲音
- 阿宅同伴們聊天的聲音
- 前輩指導新人店員的聲音

此場景中可感受到的氣味及味覺

- 電玩遊戲包裝上的塑膠氣味
- 裝了遊戲的紙箱氣味
- 張貼的海報紙張氣味

此場景中可感受到的感覺

- 買到喜歡的女性角色遊戲，心裡覺得酸酸甜甜
- 想在發售日第一個買到遊戲的焦急感
- 無法買到想買的遊戲而感到遺憾
- 正巧遇到認識的人覺得有些丟臉
- 第一次進這類店家而覺得有些興奮刺激
- 想趕快玩買到的遊戲的焦急心情
- 被交代要整理商品架，覺得非常麻煩

設定時的小提醒 首先可以思考會玩一般女性角色遊戲的人的個性。接著再去設定遊戲的內容，將故事推展開來。

登場人物 ・購買的客人（遊戲宅）・店員・業者・與女性遊戲相關的聲優

出租式展示櫃販售店

關場景　雜貨店（P.232）　卡牌遊戲店（P.376）

此場景中能看到的事物

- 玻璃櫥窗、壓克力櫥窗
- 鋼架
- 把手
- 鑰匙
- 公仔、轉蛋玩具等
- 汽車模型玩具
- 二手書
- 二手玩具
- 自己做的小東西、模型、玩偶等
- 收集卡
- 偶像周邊商品
- 價格標籤
- 會談區
- BOX編號標籤
- 購買用表單、鉛筆
- 看板
- 公告紙
- 購買東西的顧客
- 寄賣者
- 寄賣者帶來的行李箱
- 店員
- 契約書
- 契約用的印鑑
- 使用規章
- 收銀台
- 收據

此場景中能聽到的聲響

- 打開展示櫃的聲音
- 上鎖的聲音
- 寄賣者拖拉行李箱的聲音
- 收銀台的聲音
- 在櫃子裡排放書籍的聲音
- 在契約書上簽名的聲音
- 買東西的顧客挑選商品的對話
- 寄賣者交涉契約內容的聲音

此場景中可感受到的氣味及味覺

- 擦拭櫃子用的清潔劑氣味
- 販售中的書籍紙張氣味
- 公仔的塗料氣味
- 店內除臭劑的氣味

此場景中可感受到的感覺

- 寄賣的東西逐漸都賣掉了而覺得開心
- 寄賣的東西完全賣不掉感到萬分寂寥
- 看見以前曾經擁有的玩具而覺得非常懷念
- 發現美麗的公仔時的興奮
- 始終沒有人來寄賣而感到焦急
- 便宜買到自己想要的東西覺得很划算

設定時的小提醒　出租式展示櫃店中販賣的東西五花八門，上面有著寄賣者的心思、以及其堅持等。另外比較特別的就是這種店家並不透過網路，而是在實體店面販售物品。

登場人物
- 來買東西的顧客・店員・寄賣者
- 運輸業者・展示櫃業者

遊戲中心

相關場景 懷舊零食店（P.244） 遊樂園（P.356）

此場景中能看到的事物

- 大頭貼機
- 抓娃娃機的機台
- 電玩遊戲的機台
- 節奏音樂遊戲的機台
- 賽道遊戲的機台
- 大型電玩機台的機台
- 打地鼠遊戲的機台
- 賽馬遊戲的機台
- 麻將遊戲的機台
- 兌幣機
- 氣墊球機台
- 推幣機遊戲機台
- 代幣、裝代幣的杯子
- 小鋼珠、吃角子老虎的機台
- 自動販賣機
- 正在玩遊戲的顧客
- 在大頭貼機拍照的情侶
- 遊戲中心的工作人員
- 遊戲機的椅子
- 誇張的燈光
- 可兌換的獎品（布偶、公仔、鑰匙圈等）
- 100日圓硬幣、500日圓硬幣
- 吸菸室
- 休息區
- 廁所的門

此場景中能聽到的聲響

- 電玩遊戲的電子聲響
- 賽道遊戲的引擎聲
- 氣墊球的圓盤反彈的聲響
- 打地鼠遊戲的槌子聲
- 敲打遊戲太鼓的聲音
- 熱中於打遊戲的人的吶喊聲
- 在大頭貼機裡照相的情侶聲音

此場景中可感受到的氣味及味覺

- 吸菸室裡香菸的氣味
- 代幣的金屬氣味
- 布偶的氣味
- 一邊打遊戲一邊喝的咖啡味道
- 贈品拿到的糖果味道

此場景中可感受到的感覺

- 和男女朋友一起拍大頭貼的幸福感
- 一個人奮力打著遊戲的孤獨感
- 和朋友一起打對戰型遊戲的喜悅
- 抓娃娃機的商品掉下去沒抓成功時的悔恨
- 遊戲打出高分時的滿足感
- 打完要用身體活動的遊戲後氣喘吁吁

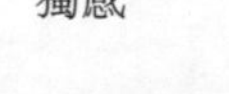

設定時的小提醒

以前是整體來說非常陰暗、充滿著只有特殊喜愛的人才會前去的氣氛，但自從大頭貼機開始流行以後，也變得有比較多女性會踏入這種場所。要有明確的時代背景再來進行設定。

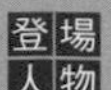

登場人物

・情侶・店員・喜歡遊戲的年輕人
・保全人員・孩童・不良青少年

轉蛋區

關場景　懷舊零食店（P.244）　遊樂園（P.356）

此場景中能看到的事物

- 能看到轉蛋商品內容的櫥窗
- 轉蛋機用來旋轉的把手
- 放著轉蛋商品的機台
- 從轉蛋機台滾出來的轉蛋
- 轉蛋商品的小模型、寫著系列商品的小紙條
- 放進轉蛋機的硬幣
- 轉蛋區的看板
- 用來丟轉蛋殼的垃圾桶
- 防盜攝影機
- 注意事項
- 兌幣機
- 顧客背著的後背包
- 店員
- 來放商品的業者、店面工作人員
- 狹窄的走道
- 轉蛋區一旁給孩童用的迷你遊戲機
- 乘坐式的遊樂器材
- 不太會使用兌幣機換零錢的外國人觀光客

此場景中能聽到的聲響

- 將零錢放進轉蛋機裡的聲響
- 旋轉機台的聲響
- 轉蛋掉下來的聲響
- 打開轉蛋的聲響
- 補充商品的聲音
- 收拾被丟棄的轉蛋空殼的聲音
- 向家長要求玩轉蛋的孩童聲音
- 轉出自己想要的商品而非常高興的顧客聲音

此場景中可感受到的氣味及味覺

- 放進轉蛋機中的100日圓硬幣氣味
- 滾出來的轉蛋塑膠氣味
- 轉蛋商品的氣味

此場景中可感受到的感覺

- 不知道會轉到什麼的興奮感
- 轉出了自己想要的商品而非常開心
- 一直轉不到自己想要的東西覺得很遺憾
- 煩惱應該要轉哪台比較好
- 轉蛋卡住了掉不出來，非常焦急
- 排在前面的人轉到了自己想要的東西，覺得有些悔恨
- 自己公司的轉蛋機大受歡迎非常開心

設定時的小提醒　除了專門賣轉蛋的店家，也有些是設置在懷舊零食店、百貨公司的一角等，有各式各樣的經營方式。除了店裡以外，也可以設想好周圍的環境，然後來設定這個場景。

登場人物
- 為了轉轉蛋而來的大人・孩童・店員
- 情侶・親子・業者・保全人員

漫畫咖啡店

相關場景 漫畫專賣二手書店（P.379） 網路咖啡廳（P.389）

此場景中能看到的事物

- 書架
- 漫畫書
- 雜誌
- 個人空間
- 共用空間
- 免費飲料的自動販賣機
- 咖啡
- 麵包等輕食、點心
- 服務櫃檯
- 寫著入店時間的卡片
- 會員卡
- 店員
- 正在看漫畫的客人
- 睡覺的客人
- 情人座
- 電腦
- 收銀台
- 從天花板垂吊下來的「飲料區」等看板
- 座位編號
- 沙發
- 除臭劑
- 防盜攝影機
- 索引牌
- 寫著注意事項的公告紙

此場景中能聽到的聲響

- 將漫畫書排列到書架上的聲音
- 嘩啦啦翻閱漫畫書的聲音
- 倒飲料的聲音
- 喝飲料的聲音
- 自動門打開的聲音
- 敲打電腦鍵盤的聲音
- 店員說明的聲音
- 情侶說悄悄話的聲音
- 看漫畫的客人拼命不要笑出來的聲音

此場景中可感受到的氣味及味覺

- 漫畫書的紙張氣味
- 咖啡的氣味
- 吸菸區的香菸氣味
- 店裡放置的芳香劑的氣味

此場景中可感受到的感覺

- 正在看的漫畫非常有趣
- 看完一部大型作品的感動
- 旁邊的客人在說話非常吵而感到煩躁
- 羨慕坐在情人座的人
- 和男女朋友一起看漫畫的幸福感
- 重讀以前看過的漫畫覺得非常懷念
- 沒搭上末班電車還能來這裡而鬆了一口氣
- 沒有客人來的時候，顧櫃檯非常無聊

設定時的小提醒 除了喜歡漫畫的人以外，最近也經常被人當成消磨時間的地方。除了考慮會有什麼人來使用這個場所以外，也可以好好思考看了什麼樣的漫畫、內心懷抱著什麼樣的思緒等等。

登場人物
- 客人・情侶・工作人員
- 交貨的業者

網路咖啡廳

相關場景　視聽娛樂包廂（P.332）　漫畫咖啡店（P.388）

此場景中能看到的事物

- 電腦
- 頭戴式耳機
- 螢幕
- 可躺下的沙發椅
- 沙發、可鋪平座椅
- 檯燈
- 直通服務櫃檯的電話
- 個人室的房門
- 鑰匙
- 書架、書
- 房間號碼的門牌
- 飲料區
- 淋浴間
- 衣架
- 服務櫃檯
- 短時間使用的顧客
- 長期滯留的顧客（網咖難民）
- 身分證明文件
- 會員卡
- 餐飲菜單
- 店家提供的食物、點心
- 價格表、使用注意事項
- 使用者的鞋子
- 飲料杯
- 咖啡壺
- 自動門

此場景中能聽到的聲響

- 自動門打開的聲音
- 敲打電腦鍵盤的聲音
- 熟睡者的鼾聲
- 收音機的聲音
- 淋浴的聲音
- 倒飲料的聲音
- 店員確認使用時間等事項的聲音
- 個人空間內降低音量講話的聲音

此場景中可感受到的氣味及味覺

- 飲料區的咖啡氣味與味道
- 在個人室內吃的食物的氣味與味道
- 長時間滯留者掛了剛洗好的衣服的氣味

此場景中可感受到的感覺

- 消磨時間非常無聊
- 打線上遊戲時非常興奮
- 看著DVD心情非常愉快
- 沒有房子只能長期滯留在此的絕望感
- 免費飲料非常划算
- 個人室有些狹窄擁擠
- 擔心是否有可疑人士而非常不安

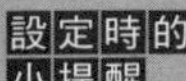

現在的網路咖啡廳最大特徵，就是有被稱為網咖難民的長期滯留者。可以先考量角色背後發生了什麼事情、人際關係等問題後，再來設定這個場景。

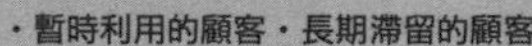

・暫時利用的顧客・長期滯留的顧客
・店員・總公司工作人員・業者・警察

動畫卡拉OK酒吧

相關場景　酒吧（P.286）　角色扮演活動・攝影會（P.396）

此場景中能看到的事物

- 卡拉OK用螢幕
- 卡拉OK機
- 選曲用的卡拉OK終端機
- 麥克風
- 櫃檯
- 椅子
- 店內照明
- 鏡球
- 酒瓶
- 陳列酒的架子
- 打扮成動畫角色的店員
- 動畫海報
- 舞台
- 布偶、公仔等動畫周邊商品
- 鈴鼓
- 客人拿的手燈、螢光棒
- 菜單
- 客人正在喝的飲料
- 下酒菜
- 動畫歌曲歌手的簽名
- 正在唱卡拉OK的客人
- 正在喝酒的客人
- 冰箱
- 動畫DVD

此場景中能聽到的聲響

- 當成背景音樂播放的動畫、遊戲、特攝歌曲
- 客人正在唱的動畫、遊戲、特攝歌曲
- 角色扮演店員所唱的動畫、遊戲、特攝歌曲
- 操作卡拉OK機的聲音
- 店員調酒的聲音
- 將冰塊放進玻璃杯中的聲音
- 客人們說話的聲音
- 店員和客人交談的聲音

此場景中可感受到的氣味及味覺

- 店裡提供的食物的氣味
- 酒類的氣味
- 聚集在此的客人的汗水氣味
- 吸菸區的香菸氣味
- 客人喝的酒的味道
- 角色扮演店員的化妝品氣味

此場景中可感受到的感覺

- 聽著喜歡的動畫歌曲非常開心
- 能夠唱出自己喜歡的動畫歌曲等非常開心
- 角色扮演店員為自己加油打氣非常開心
- 能夠與人聊自己喜歡的動畫非常開心
- 能和可愛的店員聊天非常開心
- 醉醺醺的非常舒服
- 喝得爛醉如泥非常後悔

這裡和普通的酒吧不同，是以聆聽或者歌唱動畫為主的相關歌曲處。另外，工作人員都是做角色扮演打扮的女孩子，也會和客人一起唱歌跳舞炒熱氣氛。

・喜歡動畫、遊戲、特攝歌曲的客人
・角色扮演的店員・端酒出來的店員

貓咪咖啡廳

關場景　商店街（P.220）　寵物（P.316）

此場景中能看到的事物

- 大量貓咪
- 貓咪的床
- 貓塔
- 喝水的地方
- 貓的玩具
- 貓的餐具
- 貓食
- 介紹貓工作人員的照片清冊
- 桌子、椅子
- 飲料
- 菜單、價目表
- 收銀台
- 櫃檯
- 店員
- 顧客
- 拍攝貓咪的人（但是嚴禁開閃光燈）
- 地毯
- 貓的項圈
- 鈴鐺
- 店裡賣的貓咪產品、貓咪零食
- 空氣清淨機
- 除臭劑
- 貓咪外出籠
- 貓砂盆
- 相機
- 工作人員穿的圍裙

此場景中能聽到的聲響

- 貓叫聲
- 貓咪爬上貓塔或跳下來的聲響
- 咖啡杯鏗鏘聲響
- 鈴鐺的聲音
- 拍攝貓咪照片的快門聲
- 店員說明注意事項的聲音
- 客人和貓咪玩耍的聲音
- 客人點東西的聲音

此場景中可感受到的氣味及味覺

- 貓砂盆的氣味
- 貓食的氣味
- 除臭劑的氣味
- 木製桌子的氣味
- 咖啡的香氣
- 咖啡的味道

此場景中可感受到的感覺

- 正在玩耍的貓咪非常可愛
- 看著貓咪就覺得自己被療癒了
- 留心不能讓貓咪跑出去
- 喝著咖啡非常放鬆
- 不能在自家養貓的寂寞感
- 被貓咪抓到時的疼痛感
- 能吃到東西很開心

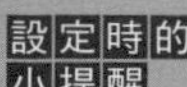
設定時的小提醒

貓咪咖啡廳非常受歡迎。可以考量不能在自家養貓咪等狀況來構思角色。又或者是自己轉化為在咖啡廳裡的貓咪立場來思考也不錯。

登場人物

- 喜歡貓咪的顧客・店員・貓咪
- 獸醫

女僕咖啡廳

相關場景 執事咖啡廳（P.393） 離線聚會（P.401）

此場景中能看到的事物

- 女僕店員
- 女僕制服
- 白色頭巾（戴在頭上用較輕薄材料製作成的頭巾）
- 貓耳等裝飾品
- 圍裙
- 托盤
- 飲料、咖啡
- 酒類
- 桌子、桌巾、椅子
- 入口前的隊伍
- 菜單
- 用番茄醬畫了圖案的蛋包飯
- 店員用手比愛心
- 顧客
- 外國人觀光客
- 櫃檯、收銀台
- 即可拍照片
- 可以和女僕進行的簡單遊戲
- 舞台
- 看板
- 放了玻璃杯等的櫃子
- 杯墊

此場景中能聽到的聲響

- 店內的背景音樂
- 玻璃杯等餐具鏗鏘聲響
- 將飲料倒進玻璃杯的聲音
- 拍即可拍照片的聲響
- 女僕們的歌聲
- 女僕打招呼說：「主人，歡迎回家」
- 喊著「要變好吃喔～」的聲音
- 顧客和女僕說話的聲音
- 顧客之間對話的聲音

此場景中可感受到的氣味及味覺

- 女僕們擦的香水氣味
- 顧客阿宅們的氣味
- 送上來的飲料氣味
- 施了魔法的蛋包飯特別好吃的味道
- 在店裡喝的酒類味道

此場景中可感受到的感覺

- 第一次來這種地方覺得很害羞
- 扮演女僕的女孩子們都非常可愛
- 和女僕對話覺得有些緊張興奮
- 有非常熟稔的女僕在場而覺得很安心
- 喜歡的女僕已經辭職了覺得有些寂寞
- 客人太多而沒有感受到完美的待客服務，覺得有些遺憾

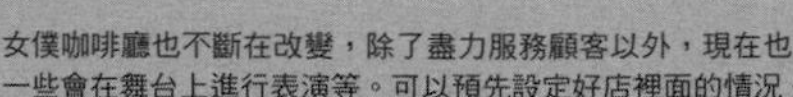

・女僕・工作人員・隻身前來的顧客・一群人一起光臨的顧客・女性顧客

執事咖啡廳

相關場景　歌劇團（P.357）　角色扮演活動・攝影會（P.396）

此場景中能看到的事物

- 帥哥店員（執事、男僕）
- 西裝、燕尾服
- 領帶
- 手套
- 懷錶
- 眼鏡、單片眼鏡
- 托盤
- 假髮
- 桌子、椅子
- 菜單
- 紅茶壺
- 事先準備好的大量茶杯組
- 紅茶
- 蛋糕架
- 蛋糕
- 叉子、湯匙
- 用來叫人的鈴鐺
- 女性顧客
- 裝飾在牆壁上的繪畫
- 吊燈
- 絨布地毯
- 裝飾在花瓶裡的花朵
- 入店的注意事項
- 收銀機
- 傳票

此場景中能聽到的聲響

- 執事開門的聲音
- 用來呼叫執事的鈴鐺聲音
- 倒紅茶的聲音
- 將餐具放在桌子上的聲音
- 非常沉穩的店內GBM
- 執事打招呼說：「大小姐歡迎回家」
- 離開店面時聽見：「路上小心」
- 執事與顧客間的對話
- 開店前執事們的對話

此場景中可感受到的氣味及味覺

- 執事為自己倒的紅茶氣味
- 執事身上擦的香水氣味
- 木製家具的木材氣味
- 在店裡喝的酒類味道

此場景中可感受到的感覺

- 被當成大小姐宛如身在夢中
- 看見帥哥執事覺得心動而緊張不已
- 第一次去的時候手足無措的緊張感
- 離開店面回到現實而非常寂寞
- 端上來的蛋糕放在三層架上，覺得自己也優雅了起來
- 要演出執事覺得非常緊張
- 花了太多錢而十分後悔

設定時的小提醒　會來這裡的顧客幾乎都是女性，請想像她們會前往這類店家的契機及心情。另外，或者站在店員（執事）的立場來思考這個場景也無不可。

登場人物　・店員（執事）・女性顧客・店長

卡牌遊戲大賽

相關場景 卡牌遊戲店（P.376） 社團活動（P.402）

此場景中能看到的事物

- 收集卡
- 裝了卡片的盒子、卡套、收集冊
- 寫著參加比賽注意事項的紙張
- 鋪好比賽用桌墊的桌子
- 摺疊椅
- 標示出場所的號碼
- 成人參加者
- 孩童參加者
- 流程工作人員
- 麥克風
- 擴音器
- 實況轉播區
- 司儀、解說者
- 評審（官方大賽等評斷是否符合規則的審判員）
- 攝影機
- 頒獎典禮
- 獎狀
- 獎品、獎金
- 參加獎限定卡
- 海報
- 公告紙
- 桌巾
- 服務台
- 參加者名冊

此場景中能聽到的聲響

- 遊戲當中玩弄卡牌的聲音
- 切牌聲
- 入口大門開開關關的聲音
- 工作人員說明的聲音
- 對戰者互打招呼的聲音
- 猜拳喊著剪刀石頭布
- 對戰中的對話
- 被找來評斷情況的評審的聲音
- 實況轉播的聲音、解說的聲音

此場景中可感受到的氣味及味覺

- 卡牌遊戲的紙張氣味
- 參加者的人的氣味
- 桌巾的布料氣味
- 作為會場的房間塵埃氣味

此場景中可感受到的感覺

- 對戰開始時的緊張感
- 說明規則時的奇妙心情
- 一路獲勝下去非常開心
- 落敗時的悔恨
- 獲勝而得獎覺得非常開心
- 規則有些模糊地帶而非常焦急；評審確定結果之後的安心感
- 對於對手搞不清楚規則感到憤怒
- 實況轉播時的緊張感
- 對戰時間越拖越長覺得肚子很餓

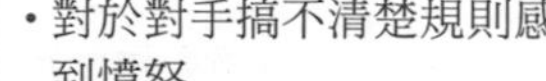

設定時的小提醒

有些是店家自己舉辦的小規模比賽，但也有在大型會場舉辦的數百人規模的比賽。大型比賽可能會有實況轉播，因此也可以把工作人員方面一起列入設定考量。

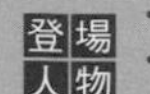

登場人物

- 參加大賽的人・會場工作人員
- 實況轉播者・解說員・攝影師
- 轉播的工作人員

同人誌販售會

相關場景　同人誌商店（P.381）　角色扮演活動・攝影會（P.396）　社團活動（P.402）

此場景中能看到的事物

- 一字排開的攤位
- 長桌
- 摺疊椅
- 同人誌
- 計算機
- 攤主
- 來買同人誌的客人
- 顧客隊伍、拿著寫了「隊伍最末尾」紙張的人
- 角色扮演者
- 主辦單位的工作人員
- 保全人員
- 各攤位看板
- 寫了攤位號碼的紙張
- 頒布價格表（在日本的同人誌是以頒布的方式有價分發，而不是販賣）
- 商業攤販賣的限定商品
- 來採訪的記者、工作人員
- 攝影機
- 同人誌販售會場刊
- 會場內的攤位表
- 休息區、吸菸區
- 由天花板吊掛下來的區域標示
- 區分區域的圍欄

此場景中能聽到的聲響

- 會場內廣播的聲音
- 翻同人誌的聲音
- 將同人誌疊在一起的聲音
- 拉著行李箱的聲音
- 拍攝角色扮演者的快門聲
- 尋找攤主的聲音
- 買同人誌的顧客聲音
- 會場工作人員的聲音
- 排隊的顧客們談話聲
- 來採訪的記者說話聲

此場景中可感受到的氣味及味覺

- 同人誌紙張及油墨的氣味
- 裝了同人誌的紙箱氣味
- 密集的人群當中人體氣味

此場景中可感受到的感覺

- 排隊非常痛苦
- 人潮擁擠而不舒服
- 看見漂亮的角色扮演者而非常興奮
- 買到想要的同人誌而安下心來
- 在夏天舉辦的活動，會場非常炎熱
- 和同伴走丟了而非常不安
- 驚訝於阿宅居然這麼多
- 離去時包包非常沉重
- 販售的刊物賣完而非常焦急

設定時的小提醒　有一些是在各地分別舉辦的小型販售會，但大家印象最深刻的應該還是COMIKE吧。建議先行理解所謂阿宅的人們樣貌及行動模式之後再進行設定。

登場人物

・客人（阿宅）・攤主・工作人員
・角色扮演者・保全人員
・採訪的記者・攝影師

角色扮演活動・攝影會

相關場景　角色扮演服飾店（P.382）　同人誌販售會（P.395）

此場景中能看到的事物

- 角色扮演者（有男有女）
- 攝影者
- 角色扮演的服裝
- 假髮
- 貓耳等裝飾品
- 布偶裝
- 相機
- 閃光燈
- 角色扮演用的小道具
- 攝影棚
- 攝影棚裡放的設備
- 攝影棚裡的照明
- 反光板
- 裝了角色扮演服裝的行李箱
- 角色扮演用的化妝品
- 在路上攝影時旁邊經過的路人
- 商店街
- 公園
- 整頓觀眾的工作人員
- 用來整隊的鍊條
- 活動場刊
- 自拍棒
- 攝影會服務處
- 更衣室

此場景中能聽到的聲響

- 角色扮演者邊展示服裝邊前進的腳步聲
- 攝影會的快門聲
- 拖拉著裝了服裝的行李箱發出的聲音
- 角色扮演者招呼客人的聲音
- 攝影師指示拍照姿勢的聲音
- 工作人員警告攝影師的聲音

此場景中可感受到的氣味及味覺

- 角色扮演時身上穿的服裝氣味
- 角色扮演者的化妝品氣味
- 室外道路上塵埃的氣味

此場景中可感受到的感覺

- 角色扮演時覺得自己成了另一個人的感覺
- 別人一直看著自己而覺得害羞
- 下定決心要拍出好照片
- 看見性感服裝覺得有些緊張又興奮
- 偶然經過想湊個熱鬧的心情
- 要讓活動安然結束的使命感
- 攝影結束換回平常的服裝，覺得變回自己的感覺

這類活動大部分都在室內的會場，但也有許多會在室外攝影。角色扮演的人通常有著「想成為其他人」的心情。要考量這點進行設定。

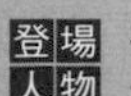

・角色扮演者・攝影者・工作人員
・路過的人・附近店家的店員

玩具展

關聯場景　下町的工廠（P.326）　電玩展（P.398）

此場景中能看到的事物

- 播放介紹玩具影片的螢幕
- 各企業的參展攤位
- 參展的最新玩具
- 角色的布偶裝
- 宣傳模特兒（也有可能是角色扮演者）
- 介紹產品的看板
- 海報
- 分發用的促銷小物品
- 背景板
- 展示用的電腦、大型螢幕
- 企業參加者
- 一般參加者
- 親子
- 商務會談區
- 休息區
- 餐飲賣店
- 分發給進場者的紙袋
- 寫著展示攤位的場內地圖
- 展示櫃
- 活動用舞台
- 發表用的演講台
- 麥克風、擴音器

此場景中能聽到的聲響

- 在攤位內挪動玩具的聲音
- 介紹玩具內容的聲音
- 場內廣播
- 攤位內發表商品的聲音
- 企業之間商務會談的聲音
- 宣傳模特兒招呼客人的聲音
- 累了而鬧起來的孩子聲音

此場景中可感受到的氣味及味覺

- 攤位使用的木板氣味
- 塗裝或黏貼的藥劑氣味
- 人潮擁擠而有汗水的氣味
- 宣傳模特兒的化妝品氣味

此場景中可感受到的感覺

- 能夠看到新玩具的期待感
- 玩玩具時的喜悅
- 展示出來的玩具都給人閃閃發光的感覺
- 排隊而感到疲憊
- 注意不能和孩子走散的緊張感
- 下定決心要招呼許多客人進自己的攤位
- 打算好好談成業務的心情

設定時的小提醒　在國際展示場舉辦的「東京玩具展」是最大的一場活動。除了提供相關人士進場的展示以外，也有給一般人參加的區域，氣氛不太一樣。也可以思考一下商務會談的情況來設定。

登場人物
- 參展者・負責發表的人・宣傳模特兒
- 來場者（企業）・來場者（一般）
- 保全人員

電玩展

相關場景 遊戲商店（P.374） 玩具展（P.397）

此場景中能看到的事物

- 展示用螢幕
- 試玩用遊戲機、試玩用智慧型手機
- 各攤位的看板
- 從天花板垂吊下來的區域標示看板
- 宣傳模特兒（也有些會是角色扮演）
- 活動舞台
- 遊戲體驗區
- 商務會談區
- 餐飲區
- 來場客人（企業負責人）
- 一般參加者
- 孩童
- 來採訪的媒體相關者
- 攝影師
- 角色扮演者
- 更衣室
- 在攤位前排列的隊伍
- 保全人員
- 服務櫃檯
- 導覽用手冊
- 掛在脖子上的通行證
- 分發用的促銷小物品
- 裝了資料的袋子
- 攤位背板
- 來場客人攜帶的電腦
- 交換名片的人

此場景中能聽到的聲響

- 正在展示的遊戲聲音
- 螢幕上播放的介紹影像的聲音
- 來採訪的攝影快門聲
- 場內廣播
- 負責說明遊戲的人的聲音
- 招呼客人進攤位的宣傳模特兒聲音
- 來採訪的媒體人聲音

此場景中可感受到的氣味及味覺

- 展示會場內水泥的氣味
- 遊戲機或螢幕等機械的氣味
- 宣傳模特兒擦的香水氣味

此場景中可感受到的感覺

- 體驗最新遊戲時的狂熱
- 拿到許多貴重促銷物品時感到很興奮
- 介紹遊戲時非常緊張
- 有許多客人前來而非常高興
- 角色扮演時覺得很害羞
- 展覽平安結束而鬆了一口氣

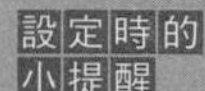

設定時的小提醒

這類展覽有區分為提供給同業的參加日期、以及開放一般顧客前往的日期，場內的氣氛會不太一樣。另外，會場通常也允許角色扮演，也有很多人是為此前往。

登場人物

- 參展者・媒體相關人員・保全人員
- 角色扮演者・攝影師・來場者（同
- 來場者（一般顧客）

電競大賽

相關場景　遊戲中心（P.386）　電玩展（P.398）

此場景中能看到的事物

- 顯示對戰內容用的螢幕
- 對戰用的電競電腦、遊戲機
- 遙控器
- 螢幕
- 舞台
- 對戰席
- 電競實況轉播區、實況轉播者、解說員
- 玩家
- 觀戰席
- 攝影機
- 麥克風
- 擴音器
- 燈光
- 桌子
- 電競用椅
- 看板
- 頒獎典禮
- 獎盃
- 獎狀
- 獎金目錄
- 對戰表
- 選手的名牌
- 紙花
- 頭戴式耳機
- 遊戲機的電線
- 大會相關人員
- 保全人員
- 正在看比賽轉播影像的人

此場景中能聽到的聲響

- 正在對戰的遊戲聲音
- 對戰前的會場背景音樂
- 確定優勝者時的樂聲
- 相機快門聲
- 觀眾席上的鼓掌聲
- 廣播員的實況轉播聲
- 解說員的聲音
- 對戰者的吶喊
- 會場裡加油的聲音
- 唸獎狀的聲音

此場景中可感受到的氣味及味覺

- 會場地毯上塵埃的氣味
- 對戰用的電腦、遊戲機的機械氣味
- 對戰者的汗水氣味
- 飲料的味道

此場景中可感受到的感覺

- 坐在對戰席上的緊張感
- 贏了比賽時的喜悅
- 輸掉比賽時的悔恨
- 旁觀精彩比賽時的心情高昂
- 拿到冠軍時的喜悅
- 在頒獎典禮上感覺十分驕傲
- 必須好好實況轉播的責任感
- 支持的選手輸掉了覺得非常遺憾

設定時的小提醒

近年來電競比賽非常受到矚目。因此在大型會場裡扮得很豪華的比賽也變多了。在會場的有對戰者、觀賽者、實況轉播者等，可以依據各自立場來考量看到的會場樣貌。

登場人物

- 對戰者・觀賽者・實況轉播者
- 解說員・攝影師・司儀
- 大會相關人員・會場工作人員

聲優當面遞交會

相關場景 動畫周邊專賣店（P.375） 動畫卡拉OK酒吧（P.390）

此場景中能看到的事物

- 聲優
- 服裝（*角色或宣傳）
- 參加者
- 舞台
- CD、DVD、藍光光碟
- 購買特典或預約特典周邊商品
- 聲優相關書籍、簽名書籍
- 海報
- 麥克風
- 擴音器
- 垂掛布幕
- 看板
- 禮物箱（*放置定點收集參加者送聲優或偶像禮物的箱子）
- 粉絲信
- 參加券
- 司儀
- 店員
- 事務所工作人員
- 螢幕
- 動畫影像
- 來採訪的媒體人
- 花籃
- 桌子、椅子
- 參加者的後背包
- 採訪用的攝影機
- 簽名用的筆
- 屏風
- 準備室

此場景中能聽到的聲響

- 正在播放中的動畫聲音
- 店內背景音樂
- 嘩啦嘩啦翻閱從聲優手上拿到的書籍
- 攝影師拍攝照片的快門聲
- 遞交會前的座談
- 司儀的聲音
- 聲優說著「非常謝謝你」的聲音
- 參加者向聲優說的話

此場景中可感受到的氣味及味覺

- 拿到手上的書籍紙張氣味
- 擺設的花朵氣味
- 拿到手上的CD等物品的氣味
- 聲優的化妝品氣味
- 參加者的氣味

此場景中可感受到的感覺

- 能夠見到崇拜的聲優而非常興奮緊張
- 等待非常久的時間而覺得疲憊
- 面對聲優時覺得非常緊張
- 不知道能不能好好說話而覺得不安
- 和同為粉絲的夥伴聊天覺得很開心
- 遞交會結束之後覺得非常寂寥

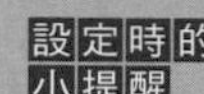

設定時的小提醒 這個活動並非握手會或簽名會，而是聲優本人遞交商品或者特典等，在遞交同時可以說上一兩句話的活動。在如此短暫的時間內能說多少話，就看個人功力了。

登場人物
- 聲優・參加活動的粉絲・司儀
- 店員・事務所工作人員
- 採訪者・攝影師

離線聚會

相關場景 居酒屋（P.287） 地下偶像活動（P.405）

 此場景中能看到的事物

- 居酒屋
- 家庭餐廳
- 卡拉OK房間
- 筆記型電腦
- 喜歡的動畫或偶像的周邊商品
- 主辦人
- 參加者（阿宅們）
- 來賓（偶像等）
- 啤酒、酒類飲品
- 食物
- 菜單
- 角色T恤
- 買了很多張的CD和DVD來分送的人
- 參加者的後背包
- 店員
- 交換LINE帳號的場景
- 名片
- 拍紀念照
- 參加者名冊
- 麥克風
- 桌子、椅子
- 寫著筆名的名牌

此場景中能聽到的聲響

- 店內的廣播節目、背景音樂
- 卡拉OK音樂
- 拍攝紀念照片時的快門聲
- 主辦人打招呼的聲音
- 乾杯的聲音和杯子聲響
- 參加者們互相自我介紹的聲音
- 對於喜歡的東西有所堅持的聊天內容
- 其他座位傳來的說話聲
- 參加者們之間的對話
- 開口邀請他人「要不要續攤？」的聲音

 此場景中可感受到的氣味及味覺

- 居酒屋的食物氣味
- 卡拉OK房間內的塵埃氣味
- 香菸的氣味
- 參加者體臭
- 正在喝的酒類味道

 此場景中可感受到的感覺

- 對於有些人和網路上的形象完全不同而感到驚訝
- 明明才第一次見面卻馬上能打成一片
- 能夠聊自己喜歡的事情非常開心
- 沒什麼說到話覺得後悔
- 和感覺不錯的異性說到話覺得非常開心
- 覺得時間過的飛快而有些遺憾

設定時的小提醒 離線聚會一般是平常在網路上面往來的對象，第一次在現實生活中見面的聚會。可以提出和先前印象不一樣的差距、或者是聊共通話題非常熱烈等劇情。

登場人物 ・主辦人・店員・第一次來的參加者 ・常參加的人・來賓・周遭的客人

社群活動

相關場景　同人誌販售會（P.395）　離線聚會（P.401）

此場景中能看到的事物

- 社團辦公室
- 主辦人房間
- 出租會議室
- 居酒屋
- 社團成員
- 鄰近座位的客人
- 店員
- 電腦、螢幕、平板電腦等
- 紙張原稿、畫筆等
- 印刷好的同人誌
- 酒類
- 飲料、能量飲料
- 點心
- 桌子、椅子
- 海報
- 電視
- DVD、藍光播放機
- 作為資料的書籍、漫畫等
- DVD、藍光軟體
- 書架
- 遊戲軟體
- 遊戲機
- 角色扮演服裝
- 相機
- 菸灰缸
- 同款設計的T恤
- 社團名稱的看板
- 有歷屆成員的照片

此場景中能聽到的聲響

- 店裡播放的音樂
- 敲打電腦鍵盤的聲音
- 畫紙張原稿時，筆畫在紙上的聲音
- 正在播放動畫等的電視聲音
- 討論關於社團活動內容的聲音
- 說著喜歡事物的聲音
- 意見對立而出現爭論聲
- 周遭客人的說話聲

此場景中可感受到的氣味及味覺

- 老舊房間的發霉臭味
- 製作好的同人誌紙張氣味
- 熬夜好幾天畫稿子的人的體臭
- 聚集在店裡時食物的氣味

此場景中可感受到的感覺

- 成立社團時的期待感
- 所有成員一起創作一件物品的整體感
- 對於有共通興趣的人能夠放開心胸
- 成員當中有感興趣的異性而覺得興奮緊張
- 自己的意見沒有被採納時有些懊惱
- 社團解散而感到非常寂寞

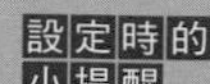

此處指有著共通興趣的人們成立的社團，也就是所謂的「同人社團」。可以預先設想是剛成立的時候呢、已經活動了很久呢、或者是不得不結束活動等，各種不同階段的時間。

- 社團主辦人・社團成員
- 指導老師・店員・周遭的客人
- 相關業者

發售活動（CD）

關聯場景　百貨公司（P.250）　特典活動（P.406）

此場景中能看到的事物

- 偶像
- 舞台
- 燈光、麥克風
- 聚集而來的粉絲
- 路過的人
- CD販賣處
- CD
- 播放音軌的電腦
- 工作人員
- 海報
- 簽名板、簽名用的筆
- 相機
- 司儀
- 宣傳用的服裝
- 收銀台
- 優先區
- 握手會
- 即可拍照片
- 擴音器
- 特典券
- CD預約券
- 手燈
- 周邊產品T恤或活動特典周邊商品
- 禮物箱（*參見P.400）
- 來採訪的媒體人員
- 電視螢幕

此場景中能聽到的聲響

- 偶像的歌曲
- 會場背景音樂
- 檢查麥克風的聲音
- 排列椅子的聲音
- 會場鼓掌聲
- 排列CD的聲音
- 偶像的中場口白
- 司儀的聲音
- CD販售員的聲音
- 粉絲的吶喊聲
- 周遭的人說話聲
- 握手會上偶像說著「非常謝謝你」的聲音

此場景中可感受到的氣味及味覺

- 附近的餐飲區飄來食物的氣味
- 擠成一團的粉絲的氣味
- 裝了CD的紙箱氣味

此場景中可感受到的感覺

- 正在唱歌的偶像非常可愛
- 握手會上能近距離看到偶像時非常緊張
- 握手時沒辦法好好說話覺得很後悔
- 粉絲在為偶像加油打氣時和大家有一體感
- 看到有許多人聚集而來覺得非常開心
- 沒有什麼人來活動覺得有些寂寥

設定時的小提醒　CD的發售活動通常會舉辦在購物中心、唱片行、室外活動空間等。一般來說流程是唱歌、座談、握手會或即可拍合照會等。

登場人物　・偶像・事務所工作人員・CD販售員・司儀・粉絲・路過的客人

發售活動（DVD）

相關場景 DVD店（P.380） 角色扮演活動・攝影會（P.396）

此場景中能看到的事物

- 清涼寫真偶像
- 泳衣
- 司儀
- 參加者（拿小相機拍攝的業餘攝影者）
- 舞台
- 麥克風
- 海報
- DVD盒
- 播放DVD的螢幕
- 簽名板
- 即可拍照片
- 禮物
- 粉絲信
- 販賣DVD的收銀台
- 店鋪工作人員
- 經紀人
- 來採訪的攝影師
- 簽名用的筆
- 相機
- 花籃
- 活動參加券
- 參加者的後背包
- 看板
- 椅子

此場景中能聽到的聲響

- 正在播放的DVD聲音
- 攝影時間的快門聲
- 在包裝盒上簽名的聲音
- 拍即可拍照片的聲音
- 偶像談話的聲音
- 司儀的聲音
- 工作人員的聲音
- 觀眾席的歡呼
- 猜拳大會的呼喊聲
- 握手會時的說話聲
- DVD販售員的聲音

此場景中可感受到的氣味及味覺

- 偶像香水的氣味
- 會場除臭劑的氣味
- 聚集而來的粉絲汗水氣味
- 簽名時筆的氣味
- 即可拍照片的氣味

此場景中可感受到的感覺

- 親眼看到偶像而非常開心
- 拍攝泳裝時的緊張興奮感
- 握手會非常緊張
- 拍合照即可拍時開心又緊張
- 座談會非常熱烈的喜悅感
- 擔心不知道是否會沒有人來
- 對於買了很多張片子的人感到羨慕

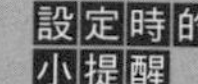
設定時的小提醒

DVD發售活動大多是清涼寫真偶像會舉辦的活動。一般來說流程會是司儀訪談、泳衣攝影會、握手會、即可拍攝影活動等。

登場人物

- 清涼寫真偶像・司儀・參加者
- 事務所工作人員・會場工作人員
- 來採訪的攝影師

地下偶像活動

關場景　女僕咖啡廳（P.392）　特典活動（P.406）

此場景中能看到的事物

- 通往地下室的樓梯
- LIVE HOUSE的大門
- 舞台
- 地下偶像
- 服裝
- 聚集而來的粉絲
- 御宅藝（粉絲所跳的獨特舞蹈、吶喊聲）
- 手燈
- 周邊商品T恤
- 周邊商品毛巾
- 敵對團體的偶像
- 酒吧櫃檯
- 飲料杯
- 麥克風
- 擴音器
- 飲料券
- 服務台
- 販售商品的桌子
- 傳單
- 海報
- 私人製作的CD、CD-R
- 即可拍照片
- 生日賀卡
- 首席粉絲（粉絲當中最熱衷的人）
- 事務所相關人員

此場景中能聽到的聲響

- 地下偶像的歌曲
- LIVE HOUSE裡播放的歌曲
- 觀眾席鼓掌聲
- 喝飲料時冰塊挪動的聲音
- 偶像的中場口白
- 觀眾的混音（TIGER、FIRE等……等獨特的吶喊聲）、支持的吶喊聲
- 服務台詢問「您主要是來看誰呢？」的聲音
- 偶像告知「有販賣周邊商品喔」的聲音
- 在特典活動上與偶像對話

此場景中可感受到的氣味及味覺

- LIVE HOUSE當中充滿塵埃的氣味
- 偶像化妝品的氣味
- 粉絲的汗水氣味
- 香菸的氣味
- 即可拍的氣味

此場景中可感受到的感覺

- 演唱會活動非常熱烈而感到很開心
- 有喜歡的偶像感到非常幸福
- 整層樓都擠滿了人而非常擁擠
- 幫偶像加油時的爽快感
- 等待自己想看的偶像時間非常漫長
- 客人很少而覺得寂寥
- 想著「這個人就由我來支持」的使命感

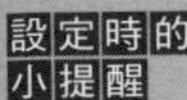

設定時的小提醒

「地下偶像」現在已經是日本文化之一。這是一個有支援吶喊和所謂御宅藝等，以獨特方式支持偶像的粉絲，也有純粹來欣賞表演的人共存的場所。

登場人物

- 地下偶像・粉絲・服務台
- 營運工作人員・首席粉絲
- 飲料櫃檯的工作人員

特典活動

相關場景　地下偶像演唱會（P.405）　偶像大會（P.407）

此場景中能看到的事物

- 偶像
- 粉絲
- 舞台
- 簽名板
- 即可拍照片
- 簽名
- 海報
- 筆
- 桌子、椅子
- 花朵
- CD、DVD、寫真集
- 周邊商品T恤
- 沖洗出來的照片商品
- 攝影會
- 握手會
- 擁抱會
- 擊掌會
- 簽名會（商品、私人物品等）
- 事務所工作人員
- 隊伍
- 特典會參加券
- 行李寄放處
- 相機
- 偶像的服裝
- 來採訪的媒體人員
- 給偶像的禮物
- 粉絲信
- 握手前擦的消毒藥水
- 燈光
- 保全人員

此場景中能聽到的聲響

- 偶像的歌曲
- 參加者鼓掌聲
- 拍攝即可拍照片的聲音
- 攝影會上相機的快門聲
- 偶像向大家打招呼
- 偶像與參加者的對話
- 工作人員的聲音
- 粉絲之間的說話聲
- 負責販售者的聲音
- 來採訪的媒體人員的聲音

此場景中可感受到的氣味及味覺

- 偶像的化妝品氣味
- 擺設的花朵氣味
- 即可拍照片的氣味
- 簽名的筆的氣味
- 寫真集的紙張氣味

此場景中可感受到的感覺

- 排在隊伍當中覺得心情激昂
- 握手時感到緊張
- 看到拍攝出來的即可拍照片非常滿足
- 拿到偶像的簽名非常開心
- 能夠好好和偶像說一兩句話，覺得非常開心
- 很快就被拉走了總覺得有些不滿足
- 偶像記得自己而感到非常開心

設定時的小提醒　這是在發售CD、DVD、寫真集或者演唱會後舉辦的活動。一般來說有握手、拍合照即可拍、簽名會等。

登場人物　・偶像・參加者（粉絲）・工作人員　・來採訪的相關人員

偶像大會

關場景 後台準備室（P.363） 特典活動（P.406）

此場景中能看到的事物

- 舞台
- 正在表演的偶像團體
- 在舞台邊等待上台的偶像
- 在相關人員座位的工作人員
- 非常熱烈的偶像粉絲
- 揮舞的螢光棒
- 制止粉絲暴動的保全人員
- 照耀舞台的燈光
- 來採訪的攝影師
- 舞台旁的商店攤位
- 參加者手上綁的腕帶
- 到了傍晚逐漸西沉的太陽
- 入場門
- PA桌（用來調整音質及音量等，使聲音較清晰的機器）
- 為了避免有人身體不適而設置的救護站
- 手工製作的圓扇、扇子
- 配合曲子揮舞的毛巾
- 在會場外發傳單的偶像
- 等待偶像離開會場時準備攔截偶像的粉絲

此場景中能聽到的聲響

- 入場檢查時聽見金屬探測器響起聲音
- 觀眾跳動或者搖動時踏在地面上的聲音
- 觀眾鼓掌聲
- 偶像唱的歌曲
- 偶像煽動觀眾的聲音
- 粉絲發出的加油聲
- 感動不已的觀眾哭聲及吶喊聲
- 廣播的聲音
- 保全人員制止觀眾的聲音

此場景中可感受到的氣味及味覺

- 密集的觀眾散發出汗水氣味
- 為了止汗而塗抹的止汗劑氣味
- 女性粉絲身上化妝品的氣味
- 戶外的草皮或塵埃氣味

此場景中可感受到的感覺

- 不斷曝曬於太陽下的灼熱暑氣
- 看著演唱會時覺得心情激昂
- 等待自己想看的偶像出來前興奮之情
- 演唱會結束後感受到非常舒適的疲勞感
- 因為一直站著而腳痛
- 偶爾會吹來的涼風令人感到清爽

設定時的小提醒 這和一般的戶外活動不太一樣，能夠看到特定的加油口號、御宅藝等等。主要是作為偶像以及粉絲們見面的地方。

登場人物 ・會上台的偶像團體・觀眾・工作人員・保全人員・販賣餐飲的人・業界人士

索引

六劃

七劃

八劃

九劃

十劃

十一劃

十二劃

十三劃

十四劃

十五劃

十六劃

十七劃

十八劃

十九劃

二十劃

二十一劃

二十二劃

二十三劃

二十四劃

參考文獻一覽

『旧暦で今をたのしむ「暮らし歳時記」日本の四季と行事が身近になる！』松村賢治（監修）・PHP 研究所／『これ 1 冊でカンペキ！図解日本のしきたりがよくわかる本―日常の作法から年中行事・祝い事まで』日本の暮らし研究会（著書）・PHP 研究所／『日本人の生活文化　くらし・儀式・行事』菅原正子（著書）・吉川弘文館／『知っておきたい日本の年中行事事典』福田アジオほか（著書）・吉川弘文館／『齋藤孝の覚えておきたい 日本の行事』齋藤孝（著書）・金の星社／『日本の伝統行事』村上龍（著書）・講談社／『四季の年中行事と習わし―伝えていきたい日本の伝統文化』竹中敬明（著書）近代消防社／『日本のしきたり冠婚葬祭・年中行事のなぜ？』ニューミレニアムネットワーク（著書）神崎宣武（監修）・ダイヤモンド社／『きちんと知っておきたい 大人の冠婚葬祭マナー新事典』岩下宣子（監修）・朝日新聞出版／『大人養成講座』全日本大人養成学会（監修）・扶桑社／『「贈り物美人」になるマナー術―冠婚葬祭・お中元・お歳暮』近藤珠實（監修）・オレンジページ／『子どもといっしょが楽しいおうち歳時記にっぽんの四季の行事 12 カ月』（コツがわかる本！）・メイツ出版／『おうちで楽しむにほんの行事』広田千悦子（著書）・技術評論社／『家族で楽しむ子どものお祝いごとと季節の行事』新谷尚紀（著書）・日本文芸社／『赤ちゃん・子どものお祝いごとと季節のイベント　しきたりから最新事情までがすべてわかる！』岩下宣子（監修）・河出書房新社／『子どもに伝えたい春夏秋冬和の行事を楽しむ絵本』三浦康子（著書）かとーゆーこ（イラスト）・永岡書店／『にっぽんの図鑑（小学館の子ども図鑑プレ NEO）（幼児～小学生向け）』藤森裕治（監修）・小学館／『教師力手帳 2018Teacher's Diary 2018』齋藤孝（監修）・明治図書／『プレジデント Family 日本一わかりやすい小学校受験大百科 2019 完全保存版』（プレジデントムック）・プレジデント社／『神社の解剖図鑑』米澤貴紀（著書）・エクスナレッジ／『日本人なら知っておきたいお寺と神社（イラスト図解版）』歴史の謎を探る会（編集）・河出書房新社／『和の背景カタログ 和室・日本家屋』マール社編集部（編集）・マール社／『日本 100 名城に行こう 公式スタンプ帳つき』日本城郭協会（監修）・学研プラス／『落語ぴあ』・ぴあ／『歌舞伎への誘い（別冊宝島）・宝島社／『能楽入門〈1〉初めての能・狂言（Shotor Library）』三浦裕子（著書）山崎有一郎（監修）横浜能楽堂・小学館／『実践！はじめての茶会』入江宗敬（著書）・淡交社／『日本舞踊ハンドブック 改訂版』藤田洋（著書）・三省堂／『角川短歌ライブラリー岡井隆の短歌塾 入門編』岡井隆（著書）・角川学芸出版／『句会入門（講談社現代新書）』長谷川櫂（著書）・講談社／『だれでも素敵にできるはじめての簡単いけばな（特選実用ブックス）』竹中麗湖（著書）・世界文化社／『宝塚語辞典：宝塚歌劇にまつわる言葉

をイラストと豆知識で華麗に読み解く』春原弥生（著書）・誠文堂新光社／『1980 アイコ十六歳』堀田あけみ（著書）・河出書房新社／『馬場のすべて教えます～ JRA 全コース徹底解説～』小島友実（著書）サラブレッド血統センター（著書）競馬道 OnLine 編集部（著書）・主婦の友社／『知りたい、歩きたい！美しい「日本の町並み」：この国の「原風景」に戻れる場所（知的生きかた文庫）』「ニッポン再発見」倶楽部（著書）・三笠書房／『日本懐かし団地大全』照井啓太（著書）・辰巳出版／『歩く地図東京散歩 2019』成美堂出版編集部（編纂）・成美堂出版／『絵でわかる英語で紹介する日本文化』桑原功次（著書）・ナツメ社／『JR 全線全駅ー全ての路線、すべての駅が、これ一冊でわかる駅の百科事典ー』・弘済出版社／『カラー版 日本の路面電車』遠森慶（著書）・宝島社／『はとバスで東京散歩してきました』田中ひろみ（著書）・新人物往来社／『はとバスオフィシャルガイド―江戸・東京ぶらり再発見！』はとバス（監修）・生活情報センター／『誰かに話したくなる大人の鉄道雑学ー新幹線や通勤電車の「意外に知らない」から最新車両の豆知識、基本のしくみまでー』土屋武之（著書）・SB クリエイティブ／『全国サービスエリアをとことん楽しむ！』・宝島社／『バスのすべて―クルマで人を運ぶ世界』広田民郎（著書）・グランプリ出版／『日本自動車史 日本のタクシー自動車史』佐々木烈（著書）・三樹書房／『基礎からわかる空港大百科』・イカロス出版／『凄いぞ！　エレベーター』霞昇（著書）・文芸社／『関西秋 Walker 2018 ウォーカームック』・KADOKAWA ／『連れて行きたい東京名店』・ぴあ／『ホテルブッフェ＆スイーツバイキング゛＋食べ放題　2019　首都圏版』・ぴあ／『東京「懐かし食堂」127 店（タツミムック）』・辰巳出版／『懐かしの昭和グルメ』・ぴあ／『寿司を極める。（TJMOOK）』・宝島社／『蕎麦屋のしきたり』藤村和夫（著書）・NHK 出版／『失敗しない美容室開業 BOOK』SALON 開業・経営チャンネル（著書）・日本実業出版社／『お客様に選ばれる人がやっている 一生使える「接客サービスの基本」』三上ナナエ（著書）・大和出版／『秋葉原・中野ブロードウェイ・池袋 乙女ロード　東京 3 大聖地攻略ガイド 2014』・マイナビ出版／『めざせコミケ！はじめての同人誌～パソコンを使った絵の描き方から、印刷、頒布まで完全入門～』おこさまランチ、むきゅう☆ほか（著書）・インプレス／『アイドルとヲタク大研究読本 イエッタイガー』ぺろりん先生（著書）・カンゼン／『大きな字の感情ことば選び辞典』学研辞典編集部（編集）・学研プラス／『大きな字のことば選び実用辞典（ビジネスマン辞典）』学研辞典編集部（編集）・学研プラス／『大百科事典』下中邦彦（編集）・平凡社／『三省堂学習国語百科辞典』三省堂（編集）・三省堂

※除了上述文獻之外，亦有參考諸多網站資料。

TITLE

場景設定靈感辭典

STAFF

出版　瑞昇文化事業股份有限公司
編著　株式会社ライブ
譯者　徐承義　黃詩婷

總編輯　郭湘齡
責任編輯　張聿雯
文字編輯　蕭妤秦
美術編輯　許菩真
排版　二次方數位設計　翁慧玲
製版　明宏彩色照相製版有限公司
印刷　桂林彩色印刷股份有限公司
　　　綋億彩色印刷有限公司

法律顧問　立勤國際法律事務所　黃沛聲律師
戶名　瑞昇文化事業股份有限公司
劃撥帳號　19598343
地址　新北市中和區景平路464巷2弄1-4號
電話　(02)2945-3191
傳真　(02)2945-3190
網址　www.rising-books.com.tw
Mail　deepblue@rising-books.com.tw

初版日期　2021年8月
定價　680元

ORIGINAL JAPANESE EDITION STAFF

イラスト　岡田 丈
装丁　鈴木成一デザイン室
本文デザイン　寒水久美子
DTP　株式会社ライブ

國家圖書館出版品預行編目資料

場景設定靈感辭典 = Dictionary of contemporary Japanese scene setting/株式会社ライブ作；徐承義, 黃詩婷譯. -- 初版. -- 新北市：瑞昇文化事業股份有限公司, 2021.08
416面；14.8x21公分
譯自：現代日本の場面設定辞典
ISBN 978-986-401-500-9(平裝)

1.小說 2.寫作法

812.71　　110008561